U0724150

童话诗十二月

徐鲁 著

24堂童话诗阅读欣赏课

明天出版社

目录

自序 …… 007

一月主题 相逢与别离 …… 011

两棵树的抒情故事
附录：《两棵树》
披着红斗篷的小矮人，你们去了哪里?
附录：《科隆城里的小矮人》

二月主题 感恩与分享 …… 025

在那漫长的冬天的夜晚
附录：《渔夫和金鱼的故事》
春天，谁也不能垄断
附录：《巨人的花园》

三月主题 童年与幻想 …… 045

乘着米拉·洛贝的幻想秋千
附录：《晚安秋千》
幻想家的诗歌花园
附录：《小人国》
《哑巴兵》

四月主题 智慧与宽容 …… 061

擦去蒙在星星上的灰尘
附录：《小阿贝盖尔和漂亮的小马》
《偷皮》
《飞盘历险记》
写诗就像镭的提炼一样
附录：《在每一页上，不是狮子就是大象》
《我这小书给大家讲讲海洋和灯塔》

五月主题　勇敢与担当 ………… 081

勇敢的小红帽

附录：《小红帽故事新编》

重新擦亮古老的神灯

附录：《青蛙王子故事新编》

六月主题　励志与自信 ………… 093

彼得堡，一个冬天的童话

附录：《早晨》

你是一朵会飞的花

附录：《童话》

《雏菊和蒲公英》

《投信》

七月主题　生命与成长 ………… 109

有个小小的花蕾，紧贴我的心房

附录：《小花蕾》

《玉米之歌》

孩子的天使，人类的儿童

附录：《金色花》

《花的学校》

八月主题　友谊与付出 ………… 123

打开克雷洛夫爷爷的珠宝匣

附录：《小树林与火》

友谊是温暖和珍贵的

附录：《小蚂蚁进行曲》

九月主题　自然与关爱 ………… 135

请让我来关心你，就像关心我自己

附录：《冬天，小窗内外的谈话》

《贝尔格莱德出了乱子》

无论走到哪里，我都把你想望

附录：《小孩和蛇》

《田野上的狗尾草》

十月主题　游戏与益智 ………… 149

来，来，大家一起来表演

附录：《小熊拔牙》

《好小熊和坏小熊》

原来，童话诗可以写得这么好玩

附录：《一个怪物和一个小学生》

《猫头鹰和小猫咪》

十一月主题　美德与良知 ………… 169

用美德的清泉滋润童年的心灵

附录：《乌鸦受骗》

《天鹅、狗鱼和大虾》

《瀑布和泉水》

寻找独角兽的银色蹄印

附录：《我自己的真正的家族》

《神奇的铅笔》

十二月主题　亲子与亲情 ………… 185

细腻的母爱，温暖的关怀

附录：《小猫走路没有声音》

我深爱着这个世界，包括它的悲苦

附录：《妈妈的礼物》

自序

我最早接触的童话诗作品，是俄罗斯伟大的抒情诗人普希金的童话诗。那是在三十多年前——20 世纪 70 年代里，我还在家乡的村小学里念书时。一位从城里来的小姐姐——来我们村“插队”的知识青年，见我勤奋好学，就送了我几本在当时很难见到的小书，其中就有一本带彩色插图的《普希金童话诗》。

这本书的封面上画着一只黑猫，正在系着金链的橡树上散步。那是普希金的一首长篇童话诗《鲁斯兰和柳德米拉》的开头所描写的情景：

海湾旁有一棵青翠的橡树，
树上系着金链子灿烂夺目。
一只猫可以说是训练有素，
日日夜夜踩着金链绕着踱步；
它向右边走——便把歌儿唱，
它向左边走——便把神话讲。

三十多年过去了，书的模样到现在还在眼前。后来我查对了一下，那是上海译文出版社出版的梦海、冯春先生的译本。使我感到荣幸的是，三十年后，我和老翻译家冯春先生不仅有了交往，并且还做了他的这部翻译名作《普希金童话诗》的责任编辑。这其中莫非也有某种因果联系？

我在自己的童话诗选集《徐鲁童话诗——七个老鼠兄弟》的后记里，也写到过普希金童话诗对我的影响。在那充满了饥荒和书荒的年代，《普希金童话诗》成了我最为心爱的宝书。它像一团小小的炉火，温暖着我幼小而寂寞的心灵，激发着我童年时代微弱而可怜的想象力。直到今天，我仍可以全文背诵出《渔夫和金鱼的故事》等篇什。

在蔚蓝的大海边，
住着一个老头儿，和他的老太婆。
老头儿出海打鱼，
老太婆在家中纺线。

这样的诗句是那么朴素和自然，美在有意无意之间。这大概也就是小说家汪曾祺先生所说的“一个人最初接触的、并且足以影响到他毕生的艺术气质的纯诗”吧。

到了 90 年代，当我自己也尝试着动笔写作童话诗的时候，我对《普希金童话诗》仍然旧情难忘。我重新找来了冯春先生翻译的《普希金童话诗》的最新版本。这是我的童话诗创作的灵感之源和唯一的参照。

我一遍遍地读着非常熟稔的《渔夫和金鱼的故事》，读着《神父和长工巴尔达的故事》《母熊的故事》……当我读着它们的时候，我的思绪又回到了童年时代，回到了那些寒冷的冬天的夜晚，在一个温暖的土炕上，我躺在被窝里听着老祖母在闪闪的灯花下讲故事的日子。

呼啸的大风雪掠过严寒的北方的旷野，它吹向村口，拍打着门窗，老槐树枝在天井里发出吱吱的声响，黑色的影子画在白色的纸窗上，不时地摇摇晃晃。

年老的祖母半闭着眼睛，一边搓着那永远也搓不完的麻线，一边缓缓地给我讲着那不知道已经讲了多少遍的灯花姑娘的故事、狗尾草的故事和金粪筐与银纺车的故事……

说到伤心处，她会叹息着抹起老泪；而说到冗长乏味的地方，她也会不知不觉地打起了瞌睡。有时候听着听着，我自己不知道什么时候也已经睡着了。一觉醒来，但见老祖母依然坐在橘黄色的灯影下，不停地搓着她的麻线——到现在我也没有想明白，那时，她搓那么多的麻线干什么呢。

我有时也想到，这情景不也正与普希金在米哈依洛夫斯克村，和他那善良的奶妈阿琳娜·罗季奥诺夫娜在一起度过的，那些又寒冷又温情的日子时的情景很相似吗？普希金曾在一封信中赞美过年老的奶妈给他讲的童话故事："这些故事多么美啊！每一个都是一篇叙事诗……"

我觉得，童年时我的老祖母给我讲的那些民间故事，每一个也都是一篇美丽的童话诗。事实上，我的童话诗创作的灵感和激情，就是在这种想象和回忆的氛围中诞生的。我的一些童话诗的题材，也直接是根据记忆中老祖母所讲述的民间故事改写而成的，如前面已说到的《灯花姑娘》《金粪筐和银纺车》以及《田野上的狗尾草》等等。

我对童话诗的理解，其实很简单。

首先，它应该是"诗"的，能够起到对人间的真、善、美的传播作用，能够表现出人间的智慧、勤劳、正直、追求和愿望。

其次，它应该比一般的叙事诗多一些幻想的成分和浪漫的色彩，应该具有童话的想象力和超现实的特质。而对于情节过于曲折复杂、不大适宜入诗的题材，则应尽量避开，让其他文学形式来担当好了。

第三，在语言上，童话诗应尽量朴素、自然、明快、流畅，在不影响诗的美感的前提下，多采用一点有情趣的、谐谑的民间文学风格的口语，也未尝不可。

现在，呈献在读者面前的这本《童话诗十二月》，可以说是对我童年时代的那个童话诗旧梦的重温与追寻。

我也从内心里真切地希望，今天的孩子、家长和老师们，还有我们的诗人和作家们，都能够喜欢上童话诗这种美丽的文体。

这是因为，我隐隐地有点感觉，甚至有点担忧，这种古老的儿童文学形式，在今天似乎快要"失传"了！不仅创作的人少，能够认识到它的美，并且喜欢阅读和欣赏这种文体的小读者，也越来越少了。

我相信，和我一样怀有同感的人也是不少的。这本书的策划者和责任编辑刘蕾女士，就是其中的一位。她也一直怀有一种“童话诗情结”。多年前，在她编辑的《幼儿园》杂志上，她曾特意开辟了一个专栏，名为“大声朗读童话诗”，每月一篇，约我创作了十二篇童话诗。同时她还约请了国内一些著名的童书插画家，为这些童话诗配上了美丽的彩色插图。

那一年，十二期的童话诗专栏，是我儿童文学写作中最美好的记忆之一。

现在，承蒙刘蕾的信任和邀约，我们又一起合作了这本《童话诗十二月》。我对童话诗的全部的热爱和牵念，就都写在这本小书里了。

我用这本小书，向一种古老而美丽的文体致敬。

我用这本小书，穿越汗漫的时空，向我所热爱和敬仰的经典童话诗人们致敬。

我也用这本小书，感谢明天出版社对我的信任、鼓励和邀约。

最后，顺便预告一下，这本《童话诗十二月》也是我正在写作的儿童文学阅读与欣赏的“三部曲”之一，另外两本书分别是《图画书十二月》和《经典寓言十二月》。

徐　鲁　2009年春天，东湖边。

一月主题 相逢与别离

两棵树的抒情故事

附录：《两棵树》

披着红斗篷的小矮人，你们去了哪里？

附录：《科隆城里的小矮人》

当二十四番花信风轮番吹过，又一个美丽的春天，伴随着新年的脚步，悄悄来到了我们身边。春天来到人间时，大地还被厚厚的冰雪覆盖着，春天还行走在远处的路上，孩子们还在做着堆雪人的梦……

说到雪人，许多人也许马上就会联想到那部著名的动画片《雪人》。曾经有一位记者去访问《雪人》的作者、英国图画书作家雷蒙德·布力格。记者有一项提问是："通过《雪人》，您想传达一种什么样的信息呢？"

对此，布力格的回答是："当初我还真没想过传达什么信息，不过，假如你非要一个答案不可，我就会说，雪人代表走过我们生命的一些不同寻常的人，我们意外相逢，立即就很喜欢他们，无奈他们总有离我们而去的一天，去到另一个地方，去到另一个世界，比如我们的长辈，比如一些不同寻常的人——他们都像雪人一样，总会融化的……"

雷蒙德·布力格在这里说到了每一个人在自己的成长之路上或整个生命过程中，都必须面对的一种情感状态，那就是，相逢与别离，拥有与失去。

人生在世，总是会失去一些什么东西的，甚至是极其宝贵的东西。例如童年的纯真烂漫，青春的壮志与热情，曾经有过的美梦与遐思……谁又能不失去什么呢？也没有谁能知道，它们丢失在什么地方，又是从什么时候起丢失的。等到你发现它们已经被你丢失了时，一切都已经晚了——你可能再也找不回它们了。

散文家亨利·戴维·梭罗在《瓦尔登湖》里，为我们讲过这样一则寓言："很久以前，我丢失了一头猎犬、一匹栗色马和一只斑鸠，至今我还在追踪它们。我对许多旅客描述它们的情况、踪迹以及它们会响应怎样的召唤。我曾遇到过一二人，他们曾听见猎犬吠声、奔马蹄音，甚至还看到斑鸠隐入云中。他们也急于去追寻它们回来，就像是他们自己遗失了它们……"

尽管梭罗一再解释说：“请原谅我说话晦涩。”但有不少读者和朋友仍然一再追问他是什么意思。梭罗只反问道：“难道你没有失去过吗？”便再也没有回答了。

是的，用不着再回答什么了，我们都曾经失去过自己的猎犬、栗色马，还有斑鸠。而且当我们一旦发现了这一失去，便也会急切地追寻着它们，要唤它们回来。

只是，这很不容易。有时，你追寻你得不到的，而你得到的又是你不追寻的。不过，只要是失去的，最好是尽可能地去追寻它们，找它们回来。毕竟，它们是被我们丢失的。我们的猎犬、栗色马、斑鸠，还有金色的小鹿……

那么好吧，我们的第一堂童话诗阅读欣赏课，就从这个主题开始——

两棵树的抒情故事

热爱格林童话的人们，也许会被格林兄弟俩的手足情谊所感动。他们从小就互敬互爱，相濡以沫，是一对亲密无间的好兄弟。还在他们很小的时候，一个就对另一个说：“我们永远也不分开。”另一个回答说：“是的，只有死才能把我们分开——不，连死也不能把我们分开！”

比利时女作家、儿童心理学家伊丽莎白·布莱美创作的抒情童话诗《两棵树》，曾经获得过法国“圣埃克絮佩里奖”。诗中的故事，令人联想到格林兄弟式的怡怡亲情。

有两棵树，一棵高大，另一棵矮小。它们本来是一对很要好的朋友，春天一起盛放鲜花，冬天一起打着寒颤。就像所有的树一样，它们比赛着谁能最先回到春天，谁的叶子长得更绿、更密，谁的树枝上落的鸟儿最多。不过，大树并不总是胜利者。有时为了分出胜负，它们也会互不相让，甚至发生争吵。

有一天，这片土地被人买走了，人们在中间砌起了一道高墙，挡住了两棵树彼此的目光。这时候，大树因为失去好朋友而感到了深深的孤独和忧伤，以至于满身的叶子都渐渐变得枯黄了。而墙那边的小树却安慰它说：“你要振作点啊！我们一定会长得超过高墙！”

它们一起经历了一段漫长的彼此分离、互不相见的日子。直到有一天，大树突然看见一片绿叶从高墙那边攀伸过来，那是小树长高了，要和它会合了！不久，它们终于超越了高墙的隔阂和阻挡，幸福地重逢了！这时它们互相已经认不出对方了，因为大树比以前更加高大了，小树也不再像以前那么矮小。它们十分珍惜着幸福的重逢，珍惜着那失而复得的友谊。最后，它们的树枝彼此交叠，再没有任何力量能够把它们分开了。

故事快要结束时，作家写道：当我们经过时，也许以为听到了风声，不，那其实是两棵树在低声倾诉自己心中的秘密。

这个带着浓郁抒情意味的童话故事，看上去是那么简单和纯美。

对于读者来说，好的故事就是光明。一如凯特·迪卡米洛在那部获得“纽伯瑞金奖”的作品《浪漫鼠德佩罗》里所说：我用整个心灵在你的耳边轻轻地讲述着这个故事，为的是把我自己从黑暗中拯救出来，也把你从黑暗中拯救出来。“故事就是光明。我希望你已经在这里找到了某种光明”。

是的，我从这里找到了一种光明。这个故事时时在提醒我们，如何去对待身边的好朋友，怎样去珍惜那些平淡的却又是不可缺少的友谊。

友谊是什么呢？友谊就是旷野上的一棵树，对身边的另一棵树的默默关注；友谊就是一枚小小的绿叶，在你孤独和绝望的时候，默默地从高墙那边伸过来，像一只温暖的小手，握住你的小手，给你安慰、鼓励和希望。

两棵树，正是代表着走过我们生命的一些不同寻常的人——我们意外相逢，立即就很喜欢他们，可是他们总有离我们而去的那一天。

然而，所有美好的回忆，乃至日后的美好片段，即使是短暂的相逢，一段短暂的亲密无间的友谊……其实都是能够经受和战胜那漫长生活道路中的许多波折而留存下来的。任何外在的力量，最终都不能把它们阻隔和分离。

或许，只有死才能把它们分开——不，就像伟大的格林兄弟所说的那样，“连死也不能把我们分开”。

那么，让我们这样想象并且相信吧：当我们偶尔经过一片树林，或者经过看似并不相干的两棵树下时，可不要以为，我们所听见的仅仅是一阵微风吹过的声音，不，那其实并不是风声，那是树与树在娓娓交谈，在低声倾诉它们心中的秘密。

◇法国插画家克里斯托夫·布雷恩为《两棵树》所绘插图之一

大声朗读童话诗

两 棵 树

旷野上有两棵树，
曾经是那么友好。
一棵长得高大，
一棵长得矮小。
不过，那棵矮小的树，
正在努力地长高……
春天来了，
它们一起绽开所有的花苞；
冬天来了，
洁白的雪花落满了枝条。
像所有的树一样，
它们经常比赛着
谁最先回到春天，
谁的叶子长得更绿、更繁茂。
它们有时还比赛谁的枝头上，
落的鸟儿更多、更会唱歌。
为了分出胜负，
它们有时互不相让，
闹得不可开交……

当然啦，大树并不总是占先，
有时候，小树比大树还要高傲。

有一天，有人买下了这片土地，
从中间砌起了一道高墙，
不用说，高墙一下子挡住了
两棵树彼此的目光。

大树感到好孤独啊！
它的叶子渐渐变得枯黄。
小树就在墙那边说：
“你要振作点啊！
我们一定会长得超过高墙……”

它们共同经历了好长好长的
一段孤独和离别的时光。
直到有一天，

◇法国插画家克里斯托夫·布雷恩为《两棵树》所绘插图之一

大树看见一片绿叶，
从高墙那边攀伸过来，
就像小树的问候一样。

“等一会儿！我快来了！”
大树兴奋地对小树说。
它在春天离去前也长高了许多，
它多么盼望早日和亲爱的小树会合！

它们幸福地相逢了，
尽管岁月改变了彼此的容貌。
大树比以前更加高大，
小树也不再像以前那么矮小。

它们又开始比赛
谁的枝头上绿叶更多、鸟儿更多。
它们是多么珍惜，
珍惜着这重逢的欢乐。
它们都在使劲地把手臂伸向对方，
只为了、只为了那友好的会合……

终于，它们的树枝交叠在了一起，
无论是谁，再也不能让它们彼此分离。
人们从它们下面经过时，
也许还以为听到了风声，
不，其实那是两棵树，
是两棵树在倾诉心中的秘密。

［比利时］伊丽莎白·布莱美 作
麦小燕 译 徐鲁 改写

法国插画家伊芙·塔勒为《科隆城里的小矮人》所绘图画书德文版封面

披着红斗篷的小矮人，你们去了哪里？

冬去春来，花事纷纭。

没有一朵花，不渴望在春天里盛开。迟迟地含苞未放，不是要故意错过季节，也许，只因为心中还另有期待……

闲话少说啦。现在开始我们的第二堂童话诗阅读欣赏课。

继续谈论我们这个月的主题：相逢与别离。

在人类创造的童话世界里，生活着诸如小精灵、小仙女、小矮人，还有巨人、巫婆、魔法师、幽灵、吸血鬼……这样一些独特的个体和群体。下面的这首童话诗《科隆城里的小矮人》所讲述的，是生活在德国古老的科隆城里的一群勤快和友善的，以悄悄地帮助他人而获得快乐与幸福的小矮人的故事。

他们不是那些住在家中的地板下，喜欢收集人类掉落在地上的东西的“地板小人”；也不是住在花蕊里面，长着透明的翅膀，靠吮吸花粉和露珠为生的“花仙子”；当然，也不是那种生活在茂密的竹林里，住在空空的竹节里面，能够在月光下吹出悦耳的笛声的“小精灵”。

不，他们是一群披着红色斗篷、专门在夜晚出来活动的小矮人。

◇法国插画家伊芙·塔勒为《科隆城里的小矮人》所绘插图之一

让我们设想一下吧，在很久很久以前，科隆城里的日子非常舒适，也非常悠闲。无论是谁，只要你想偷一点儿懒，哪怕你是坐在椅子上，或者是躺在地上，随时随地就可以闭上双眼，快活得像个神仙。这是因为，每当夜晚降临的时候，就会有一群勤快的小矮人，悄悄地聚集起来，头上点着小小的、橘黄色的灯盏。他们又是跳跃又是奔跑，专门帮助人们干活儿，而且什么活儿都会干——

帮助清洁工人清扫街道呀，帮助家庭主妇擦拭玻璃窗户呀，帮助木匠师傅用一块块木头建造小木屋呀，帮助面包师傅烤制面包呀，帮助肉铺师傅灌制香肠呀，帮助酿酒师傅酿造葡萄酒呀，甚至帮助裁缝师傅赶制市长急需的礼服呀……总之，当那些懒惰的人还在呼呼大睡、沉浸在香甜的梦境里的时候，小矮人们一天的工作都已全部做完。

每天早晨，等到科隆城里的人们醒来的时候，他们会惊奇地发现，许多白天里想做而没有做，或者是还没有做完的事情，总是有人在晚上趁着他们睡觉的时候帮助他们做完了！而且做得那么好，那么干净利落。

◇法国插画家伊芙·塔勒为《科隆城里的小矮人》所绘插图之一

可是有一天，那个裁缝的妻子发觉了事情的稀奇。她在猜疑中想出了一个主意：把圆圆的豌豆撒在地上，然后就一心等待着看一场好戏。果然，毫无防备之心的小矮人们，被一粒粒豌豆滑倒在地上，房子里不断地发出一阵阵声响，小矮人们头一次变得那么惊慌。等裁缝的妻子闻声跑来，在小小的灯光照耀下，所有的小矮人逃呀躲呀，顿时都失去了踪影，只剩下了一片夜色茫茫……从此以后，科隆城的人们，再也不能像以前那样清闲，所有的事情，都必须自己动手来做了。

也就是说，小矮人们给科隆城的人们带来的，是一次次无私的帮助与奉献，是一串串意外的惊喜和快乐。而科隆城的人们，却因为不信任和猜疑而最终失去了这些无私的、可爱的朋友。

失去了小矮人的日子里，科隆城里的人们虽然还在继续生活着、工作着，但是，每个人都会觉得，生活里不再有那么多的期待和幸福，也失去了曾经有过的惬意与惊喜。于是，人们都在感叹："想起从前的那些日子，多么让人留恋！过去的美好时光，还有科隆城的那些小矮人儿，多么让人怀念！"

这是一首给人带来惊喜和愉快的、充满谐趣风格的童话诗。看那些穿着红斗篷、顶着小油灯的小矮人，样子是多么憨厚，多么友善，他们干起活儿来的时候，又是多么投入，多么专心。无论是男孩子、女孩子，也无论是老爷爷、老奶奶，一个个都在专心的劳作中享受着奉献的幸福与快乐。

似乎谁也不知道，他们白天都居住在科隆城里的什么地方。请想象一下吧，也许，他们都躲藏在古老而高大的科隆大教堂的尖顶上和钟楼里吧。早在 1248 年，法国建筑师凯尔哈里特受邀设计并开始建造这座大教堂，直到 1880 年才最后建成。它古老的历史和宏伟的建筑艺术，它幽深的、漆黑的楼梯，它古老的烛台，拉丁文的羊皮书卷，黑洞洞的壁炉，高高的刻花玻璃窗，高入云天的尖顶，古旧的钟楼……以及数百年来发生在它身上的许多奇迹，似乎都在证明：这里，只有在这里，才是古老的精灵们出没的地方。

实际上也真是这样。如果仔细观察插画家为这首童话诗所绘的图画，我们就可以发现，那些可爱的小矮人，似乎正是在星月下的科隆大教堂四周出出进进的呢。

古今中外的童话诗，在艺术风格上是各种各样的。如果说，前面的那首童话诗《两棵树》是属于优美的抒情风格的，那么，这首童话诗呈现的则是一种诙谐、幽默的趣味。

这个故事的讲述，也带着德国古老、诙谐的叙事谣曲的风味。这种风

◇法国插画家伊芙·塔勒为《科隆城里的小矮人》所绘插图之一

味，我们从德国的一些民间叙事歌谣里，从格林童话里，从大诗人歌德、席勒、海涅、尼采的叙事诗歌里，也都可以领略得到。因此，在朗诵这首童话诗的时候，如果能通过不同的音色和声调，把故事里的不同角色，把这种诙谐和风趣的风格分别呈现和表演出来，那就更加完美了。

透过故事的轻松、快乐与好玩，我们或许还能发现，这是一个古老的寓言。那些可爱的小矮人，不是也代表着走过我们生命的一些不同寻常的人吗？我们意外相逢，立即就很喜欢他们，无奈他们也有离我们而去的一天，去到另一个地方，去到另一个世界。

不是吗？难道你从没失去过什么吗？

然而，越是失去的，越是美好的。

那么，请告诉我，披着红斗篷的小矮人，我们在哪里失去了你们？你们都去了哪里啊？

◇很久很久以前，古老的科隆大教堂是小矮人们在夜晚出没的地方

大声朗读童话诗

科隆城里的小矮人

啊，很久很久以前，
科隆城里的日子多么舒适、多么悠闲！
只要你想偷一点儿懒，
无论坐在椅子上，还是躺在地上，
随时随地就可以闭上双眼，
快活得像个神仙。

每当夜晚降临的时候，
一群小矮人，就会聚集起来，
点亮他们小小的灯盏。
他们又是跳跃又是奔跑，
有的专心干活儿，
有的开心地寒暄。
拉呀扯呀，
　　擦呀洗呀，
那些懒惰的人还在呼呼大睡的时候，
小矮人们一天的工作都已全部做完。

你看，木匠师傅躺在木梯边睡得正香，
小矮人们都悄悄地来到了他的小木房。
凿子、斧头、锤子、锯子，
全都派上了用场。
有的小矮人还当起了小小的泥瓦匠。
凿呀刨呀，
　　刷呀砍呀，
小矮人们用老鹰一样锐利的目光，
测量出一块块木料的厚薄和短长，
然后牢牢地安装在最合适的地方……
一觉醒来，木匠师傅惊奇地发现，
咦，小木房不仅已经完工啦，
而且每道墙壁都是这么漂亮！

你看，面包师傅也躺在那里不慌不忙。
小矮人们在忙活着拖面粉呀，
懒惰的伙计却躺在那里，
悠哉游哉地遨游梦乡。
嗨哟、嗨哟拖面粉呀，
　　吭哧、吭哧揉面团呀，
一二三四抬起来呀，
　　瞅准火候推进炉膛。
炉子里的木柴噼啪作响，
金黄色的面包香气飘荡。
嘿，伙计们还在那里鼾声隆隆，
烤好的面包已经摆满了面包房！

再看我们的肉铺师傅，
嘿，他那里一样是热火朝天！
伙计们还躺在那里呼呼大睡，
小矮人们却一个个忙得正欢。
剁呀切呀，
　　搅呀拌呀，
动作是那么的麻利，
好像风车转动一般。
削呀穿呀，
　　洗呀灌呀，
肥肥的灌肠，
做了一串又一串……
等到伙计们睁开了睡眼，
哇，香肠已经挂满了店铺门面！

酿酒师傅那里也是一样，

酒窖里弥漫着浓浓的酒香。
师傅守着酒桶喝得烂醉，
小矮人们悄悄来到他的身旁。
先用硫磺给所有的酒桶杀了菌，
再用绞车和木块，
把一个个酒桶安放停当。
滚呀抬呀，
　　拉呀拽呀，
大酒桶摆成了一排排，
葡萄酒装满了一缸缸。
酿酒师傅还没睡醒呢，
酒窖里已经变了模样！

还有从前的那个裁缝师傅，
曾经碰到一个好大的难题：
市长明天就需要一件新的礼服。
他却把衣料扔在一边，
睡得那么安逸、那么甜蜜！
幸好小矮人们动作麻利，
裁呀剪呀，
　　缝呀绣呀，
镶上花边，缝上扣子，
试穿一次，再试一次，
拉开皮尺，抄起剪子……
嘿！我们的小裁缝还没睡醒，
市长订做的新礼服已经完工！

这件事让裁缝的妻子觉得稀奇，
她想呀想呀想出了一个妙主意：
到了夜晚，
她把圆圆的豌豆撒了一地，
然后，
就一心一意等待着看一场好戏。

果然，一个个小矮人滑倒在地上，
房子里不断地发出了一阵阵声响。
有的从楼梯上滚到了客厅，
好像笨重的酒桶一样！
吵呀闹呀，
　　叫呀喊呀，
都怪那些小小的豌豆，
让小矮人们头一次变得这么惊慌！
这时候，裁缝的妻子闻声跑来，
手里举着小小的灯光。
逃呀闪呀，
　　滚呀爬呀，
还没等裁缝的妻子看个明白，
所有的小矮人都失去了踪影，
只剩下了一片夜色茫茫……

……就是这样，
科隆城的人们
再也不能像以前那样清闲，
所有的事情，从此都必须自己动手来干！
每个人都开始依靠自己的双手来劳动，
幸福的日子要依靠自己的双手来创建。
做木匠的，
　　就自己刮呀刨呀；
做面包的，
　　就自己背呀扛呀；
会酿酒的，
　　就自己推呀滚呀；
当裁缝的，
　　就自己裁呀缝呀；
开肉铺的，
　　就自己搬呀运呀；

做家务的，
　　就自己擦呀扫呀；
唉！想起从前的那些日子，
多么让人留恋！
唉！过去的美好时光，
还有科隆城的那些小矮人儿，
多么让人怀念！

[德国] 奥古斯特·科皮斯 作
曾璇 译　徐鲁 改写

二月主题 感恩与分享

在那漫长的冬天的夜晚

附录：《渔夫和金鱼的故事》

春天，谁也不能垄断

附录：《巨人的花园》

曾经听过一个关于迎春花的传说：很久很久以前，花神召集百花，商议谁在什么季节开放。当冰雪还未融化，北风还在呼呼地吹着，一切都瑟缩在寒冷的梦中时，谁能踏着刺骨的冰雪到人间去，向人们预告春天呢？

玫瑰、牡丹、芍药、莲花……都默不作声。沉默中，一个小姑娘毅然站出来轻声说道："让我去，好么？"她的目光里含着深切的期待。花神吃惊地打量着这个娇弱而勇敢的小姑娘。她是那么天真和自信，她穿着鹅黄色的裙子，像一个从没见过生人的小孩子一样不胜娇羞。花神微笑着点了点头，说："去吧！只有你，才属于春天！"她送给小姑娘一个美丽的名字——迎春。

迎春花只是稍稍打扮了一下，在发辫上插上一朵金黄色的、散发着淡淡清香的小花，便告别众姐妹，只身来到了人间。

迎春花是春天和大地的女儿。迎春花开放时，人间还是春寒料峭的二月。她来了，一切都渐渐变得温暖起来、湿润起来，小河悄悄解冻了，雪花在天空化为细雨，泥土变得松软了，小草在悄悄地返青，所有冬眠的生命都开始苏醒过来……

二月里，我们谈论的主题是感恩与分享。

懂得感恩与回报，乐于与他人分享快乐与幸福，这是人性中的大德与大美。

感恩是快乐的。分享也是快乐的。

而与此相反的一些人性弱点，例如贪得无厌、以怨报德、自私、利己、吝啬……却只能令人鄙视和不齿。

要知道，在这个世界上，人人都拥有快乐，才是真的快乐；每个人都能够分享温暖的阳光、温暖的春天，生活才更有意思。而送人快乐，如同赠人玫瑰，自己手上也定有余香……

在那漫长的冬天的夜晚

在俄罗斯，白天总是那么短暂，而黑夜总是那么漫长，尤其是到了寒冷的冬天。当地球上的许多国度已经进入了温暖的早春时节，而在俄罗斯，寒冷还在继续封锁着那广袤的大地。

让我们先想象一下那样的景象吧：从西伯利亚荒原上吹来的一阵阵寒风，不停地掠过大地，使所有的城市、村庄、田野、河流和山冈，仿佛都还冻结在十二月的寒风里。风暴把幽暗布满了整个天空，天空呈现着一种“俄罗斯式的忧郁”。古老的白桦林和樱桃园已失去了往日的生机，河流干枯了，风雪弥漫的道路阻塞着行人，萧疏的林木和沉默的村庄，散布在灰暗的天幕下，空中，雪花不停地旋舞……

风在呜呜地呼啸着。它一会儿像是野兽在嗥叫，一会儿又像婴儿在啼哭；它时而停留在破旧的屋顶上，把茅草吹得沙沙作响，时而又越过颓垣与荒冢，像晚归的旅人走进村庄，停留在任何一家小屋外，用力敲打着那紧闭的门窗……

寒冷在封锁着苦难的俄罗斯乡村。风雪在加重着俄罗斯乡村的忧郁……

◇诗人普希金（1799—1837）

这是在1824年的冬天。一个比以往更加寒冷的季节。命运多舛的诗人普希金，从南方回到了自己童年的村庄，回到了他的故园——普斯科夫省的米哈依洛夫斯克村。他将在这里度过生命中的又一段孤独的流放岁月……

好了，让我们暂且收回思绪，

回到二月的童话诗阅读欣赏课堂上来。

如果说，前面我们欣赏到的那两首童话诗还都是当代童话诗人的作品，那么，现在我们要欣赏的这两首童话诗，却是著名的经典之作了。

一首是俄罗斯大诗人普希金的童话诗名作《渔夫和金鱼的故事》，另一首是根据英国诗人和戏剧家王尔德的童话名作《自私的巨人》改写的童话诗《巨人的花园》。这两篇作品所触及的主题也正是人性中一些最基本的美德与弱点，那就是：感恩与分享，贪婪与自私。

◇《普希金童话诗》封面 （梦海、冯春 译）

我们先来欣赏一下普希金的童话诗。

1824 年的普希金，是一个被流放到了自己故乡的诗人。他住在米哈依洛夫斯克村那所破败荒寂的大房子里。屋外便是荒凉的田野和山冈，他夜夜可以听见那吹着刺耳的唿哨的疾驰的风声。他的身边几乎没有亲人和朋友，唯一的亲人是他童年时的奶娘阿琳娜·罗季奥诺夫娜。她成了他最好的亲人、朋友和伴侣。

在诗人的一生中，这位奶娘是位十分重要的人物。诗人寂寞的童年与少年时代的大部分光阴，都是在这位奶娘身边度过的。

这是一位极其善良和慈祥的俄罗斯农妇。她知道许多民间传说，满肚子谚语和俗语，很会讲故事，还会唱许多民歌和摇篮曲。普希金从小时候起就深深爱着这位奶娘，奶娘也成了他童年时代最忠诚、最可亲的心灵友伴。普希金后来有许多抒情诗是献给这位奶娘的。人们说，献给奶娘的那一系列诗篇，是诗人所有抒情诗中最美丽、最动人的一部分。

当诗人离开乡村，回到彼得堡，奶娘有时会用口述的方式托人代笔写信给诗人：“你永远不断地生活在我的心头和记忆中。只有当我睡着的时候，我才忘记你和你待我的恩爱。你答应夏天再到我们这儿来的，这使我们高兴。来吧，我的天使！回到米哈依洛夫斯克村来吧——我要把所有的马都派到大路上去迎接你……”

◇诗人普希金自画速写肖像及签名

圣像前的粘土灯下，
她的老脸皱皱巴巴。
头上是曾祖母时代的旧帽子，
下面凹陷的嘴巴里只剩下两颗黄牙。

这是奶娘为小普希金唱过的一首催眠曲。普希金一生都没有忘记过。

童年时代，许多个宁静的夏夜和漫长的冬夜里，小普希金哪里也不愿意去，最愿意待在奶娘的黑咕隆咚的小屋里，听她张合着瘪陷的嘴巴，讲着那些永远都那么新奇、那么有趣的民间故事。什么巫婆啦，古堡啦，幽灵啦，游侠骑士啦，皇帝啦，骄傲的公主和英俊的王子啦，还有四周布满骷髅的旧城啦……都会出现在奶娘的层出不穷的故事里。

◇前苏联插画家杰赫捷列夫所绘普希金在听奶娘讲故事的情景

这些稀奇古怪的传说，就像黑夜里的灯火，照耀着小普希金充满幻想的心灵。他从这些古老而美丽的故事里，认识了俄罗斯民间形形色色的生活，从那些朴素的摇篮曲里，感受到了俄罗斯语言的智慧与美妙……

不过现在，奶娘已经老了。岁月在奶娘慈祥的脸上刻凿了数不清的深深皱纹，她满头的青丝已变成了白发。童年记忆里她那双温柔、丰腴的大手，如今也因为不停的操劳而起皱了、粗糙了，她忧郁的眼睛里似乎也常常噙着忧伤的泪水……

当然，现在能够陪伴着普希金的只有这位善良、勤劳和苦难的老妈妈了。可怜的奶娘当然也无法明白，她心目中好动和任性的小普希金，究竟犯了什么弥天大罪，要遭到如此不公平的惩罚。她是看着他长大的，她不相信自己哺育大的这个小主人会变成什么坏人。不！他一定是被冤枉的——当她独自坐在黄昏或黑夜里时，她会忍不住低声抽噎，在胸前划着十字，祈祷仁慈的圣母玛丽亚保佑这个孩子，把他迷途的灵魂——假如他真的是像村里人传言的犯了什么罪的话——唤回到那明亮和平坦的大路上去吧！

◇冬日的夜晚，普希金和奶娘在一起（剪纸）

我们在这颓旧的茅舍里，
屋里凄凉而且幽暗。
我的老妈妈，你怎么了，
默默无言地坐在窗前？
可是听着这旋风的嘶吼，
亲爱的，你渐渐感到疲倦？
还是你纺车的单调的声音，
使你不由得在那里困倦？
我们且饮一杯吧，乳妈，

◇普希金在树下读书（剪纸）

我不幸的青春的好友伴，
以酒消愁吧！那杯子呢？
它会让心里快活一点。
请为我唱支歌，唱那山雀
怎样静静地在海外飞；
请为我唱支歌，唱那少女
怎样在清早出去汲水。
……

这是普希金当时写下的《冬日的夜晚》。诗人现在只有和他年老的奶娘相依为命了。极度的孤独和寂寞在吞噬着他无聊的生活。

“……寂寞啊，没有什么可做”，他给朋友们写信说，“这里既没有大海，也见不到正午的天空，又听不到意大利歌剧……我白天整天骑马——晚上听我奶娘讲童话故事……她是我唯一的朋友——只有同她在一起我才不感到寂寞……”

◇俄罗斯画家安德烈·普卡乔夫所绘《秋思的普希金》

年老的奶娘也真是一个讲故事的“圣手”。每当夜晚降临，他们就关紧了所有的门窗，相对坐在昏暗的灯光下，靠着那一个个古老的故事来消磨这漫长的、寒冷的冬夜。橘黄色的灯光映照着奶娘苍老而慈祥的脸庞，也映照着诗人满头火焰般的鬈发。

奶娘所讲述的民间故事，有的是他在童年时就听过许多遍的，有的还是第一次听到，如“神父和一个长工的故事”、“母熊的故事”、“渔夫和金鱼的故事”，还有“年轻的公主和七个勇士的故事”，等等。

无论是以前听过的还是第一次听到的，普希金觉得，只要它们是从奶娘嘴里讲出来的，就都是那么新鲜有趣，那么悦耳动听。小时候他只管听故事，为故事里的人物的命运担忧去了，现在，他长大了，他已经懂得了俄罗斯人民，懂得了俄罗斯民族的古老语言所具有的独特魅力。他从这些纯朴而生动的民间童话里，感受到了俄罗斯的美。

故园的风声响在他的耳边。听着这呜咽不停的风声，他给弟弟列夫写信说：“你知道我现在的工作情况吗？午饭前写日记，午饭吃得晚，午饭后骑马，晚上听童话故事——以此来弥补我所受的该死的教育的不足。这些童话故事多美啊！每一个童话故事都是一篇叙事诗……”

是的，奶娘讲述的这些童话故事，都成为了普希金童话诗创作的直接素材。而且，当他用笔去讲述这些童话的时候，他还将一字一句地去模仿老

◇俄罗斯画家 A · 戈利亚耶夫所绘普希金创作灵感来临时的情景

◇前苏联插画家杰赫捷列夫为《渔夫和金鱼的故事》所绘插图之一

奶娘的口吻和语气。他觉得，唯有这样，才能逼真地传达出俄罗斯民间的智慧与精神，否则就有可能伤害和曲解它们。

《渔夫和金鱼的故事》是普希金童话诗中最为优美的一篇，如今已成为世界童话诗中的经典名篇之一。

在这首童话诗里，诗人通过贪婪的老太婆的形象，讽刺了人性中那种得寸进尺、贪婪无度，妄想过上一种不劳而获的生活的丑恶行径。诗中的小金鱼，善良、忍耐、真诚，满怀着一颗感恩的心，本想任劳任怨地报答主人，可是，最终却认清了老太婆贪得无厌的本质，于是毅然转变了自己隐忍的态度，维护了一种是非分明、“宁为玉碎，不为瓦全”的生命尊严。

故事的结局：老太婆依然坐在门槛上，她面前还是那只破木盆。得寸进尺、贪得无厌的老太婆，只能给世人落下笑柄，成为又一个让人耻笑和不屑的童话形象。

与其说这是一首童话诗，不如说这是一篇寓言故事。小金鱼代表着一种知恩图报的形象，老太婆代表着一种贪得无厌的形象。诗人为两个童话主角设计了不同的性格和命运，显示了在故事构思上的智慧与风趣。

普希金的童话诗具有高超的艺术魅力。喜欢普希金童话诗的读者，也许还会记得他的另一首童话诗《鲁斯兰和柳德米拉》的开头：

海湾旁有一棵青翠的橡树，
树上系着金链子灿烂夺目。
一只猫可以说是训练有素，
日日夜夜踩着金链绕着踱步；
它向右边走——便把歌儿唱，
它向左边走——便把神话讲。

仅仅几行文字，就把读者带进了一个完全的童话境界。这是一个经典的童话诗开头，曾经为后来的许多读者和评论家所称道。

一首好的童话诗的开头，往往不需要用太多的笔墨就能使读者有身临其境之感。《渔夫和金鱼的故事》的开头也十分简洁明了，三言两语就把读者带进了故事现场。

这也是一幕带有讽刺意味的小戏剧。在朗诵这篇童话诗的时候，小朋友们可以分别扮演故事中的不同角色，在语调上也可以适当地做些夸张处理，以突出每个人物形象的性格特点和命运归宿。

大声朗读童话诗

渔夫和金鱼的故事

从前有个老头儿和他的老太婆，
住在蓝色的大海边；
他们住在一所破旧的泥棚里，
整整有三十又三年。
老头儿撒网打鱼，
老太婆纺纱结线。
有一次老头儿向大海撒下鱼网，
拖上来的只是些水藻。
接着他又撒了一网，
拖上来的是一些海草。
第三次撒下鱼网却网到一条鱼儿，
不是一条平常的鱼——是条金鱼。
金鱼竟苦苦求起来！
她跟人一样开口讲：
“放了我吧，老爷爷，把我放回海里去吧，
我给你贵重的报酬。
为了赎身，你要什么我都依。”
老头儿吃了一惊，心里有点害怕：
他打鱼打了三十三年，
从来没有听说过鱼会讲话。
他把金鱼放回大海，
还对她说了几句亲切的话：
“金鱼，上帝保佑！
我不要你的报偿，
你游到蓝蓝的大海去吧，
在那里自由自在地游吧。”

老头儿回到老太婆跟前，
告诉她这桩天大的奇事。
“今天我网到一条鱼，
不是平常的鱼，是条金鱼，
这条金鱼会跟我们人一样讲话。

她求我把她放回蓝蓝的大海，
愿用最值钱的东西来赎她自己，
为了赎得自由，我要什么她都依。
我不敢要她的报酬，
就这样把她放回了蓝蓝的海里。”
老太婆指着老头儿就骂：
“你这傻瓜，真是个老糊涂！
不敢拿金鱼的报酬！
哪怕要只木盆也好，
我们那只已经破得不成样啦。”

于是老头儿走向蓝色的大海，
看到大海微微地起着波澜，
老头儿就对金鱼叫唤。
金鱼向他游过来问道：
“你要什么呀，老爷爷？”
老头儿向她行个礼回答：
“行行好吧，鱼娘娘，
我的老太婆把我大骂一顿，
不让我这老头儿安宁。
她要一只新的木盆，
我们那只已经破得不能再用。”
金鱼回答说：
“别难受，去吧，上帝保佑你。
你们马上会有一只新木盆。”

老头儿回到老太婆那儿，
老太婆果然有了一只新木盆。
老太婆却骂得更厉害：
“你这傻瓜，真是个老糊涂！
真是个老笨蛋，你只要了只木盆。
木盆能值几个钱？
滚回去，老笨蛋，再到金鱼那儿去，
对她行个礼，向她要座木房子。”

于是老头儿又走向蓝色的大海，
（蔚蓝的大海翻动起来。）
老头儿就对金鱼叫唤。
金鱼向他游过来问道：
“你要什么呀，老爷爷？”
老头儿向她行个礼回答：
“行行好吧，鱼娘娘！
老太婆把我骂得更厉害，
她不让我老头儿安宁，
唠叨不休的老婆娘要座木房。”
金鱼回答说：
“别难受，去吧，上帝保佑你。
就这样吧，你们就会有一座木房。”

老头儿走向自己的泥棚，
泥棚已经变得无影无踪。
他前面是座有敞亮房间的木房，
有砖砌的白色烟囱，
还有橡木板的大门。
老太婆坐在窗口下，
指着丈夫破口大骂：
“你这傻瓜，十十足足的老糊涂！
老浑蛋，你只要了座木房！
快滚，去向金鱼行个礼，
我不愿再做低贱的庄稼婆，
我要做世袭的贵妇人。”

老头儿走向蓝色的大海，
（蔚蓝的大海躁动起来。）
他又对金鱼叫唤。
金鱼向他游过来问道：

◇前苏联插画家杰赫捷列夫为《渔夫和金鱼的故事》所绘插图之一

“你要什么呀，老爷爷？”
老头儿向她行个礼回答：
“行行好吧，鱼娘娘！
老太婆的脾气发得更大，
她不让我老头儿安宁。
她已经不愿意做庄稼婆，
她要做个世袭的贵妇人。”
金鱼回答说：
“别难受，去吧，上帝保佑你。”

老头儿回到老太婆那儿。
他看到什么呀？一座高大的楼房。
他的老太婆站在台阶上，
穿着名贵的黑貂皮坎肩，
头上戴着锦绣的头饰，
脖子上围满珍珠，
两手戴着嵌宝的金戒指，
脚上穿了双红皮靴子。
勤劳的奴仆们在她面前站着，
她鞭打他们，揪他们的额发。
老头儿对他的老太婆说：
“您好，高贵的夫人！
想来，这回您的心总该满足了吧。”

老太婆对他大声呵斥，
派他到马棚里去干活。

过了一星期，又过一星期，
老太婆胡闹得更厉害，
她又打发老头到金鱼那儿去：
“给我滚，去对金鱼行个礼，
说我不愿再做贵妇人，
我要做自由自在的女皇。”
老头儿吓了一跳，恳求说：
“怎么啦，婆娘，你吃了疯药？
你连走路、说话也不像样！
你会惹得全国人笑话。”
老太婆愈加冒火，
她刮了丈夫一记耳光。
“乡巴佬，你敢跟我顶嘴，
跟我这世袭贵妇人争吵？
快滚到海边去，老实对你说，
你不去，也得押你去。”

老头儿走向海边，
（蔚蓝的大海变得阴沉昏暗。）
他又对金鱼叫唤。
金鱼向他游过来问道：
“你要什么呀，老爷爷？”
老头儿向她行个礼回答：
“行行好吧，鱼娘娘，
我的老太婆又在大吵大嚷，
她不愿再做贵妇人，
她要做自由自在的女皇。”
金鱼回答说：
“别难受，去吧，上帝保佑你。
好吧，老太婆就会做上女皇！”

老头儿回到老太婆那里。
怎么，他面前竟是皇家的宫殿，
他的老太婆当上了女皇，
正坐在桌边用膳，
大臣贵族侍候她，
给她斟上外国运来的美酒，
她吃着花式的糕点，
周围站着威风凛凛的卫士，
肩上都扛着锋利的斧钺。
老头儿一看——吓了一跳！
连忙对老太婆行礼叩头，
说道："您好，威严的女皇！
好啦，这回您的心总该满足了吧。"
老太婆瞧都不瞧他一眼，
吩咐把他赶跑。
大臣贵族一齐奔过来，
抓住老头的脖子往外推。
到了门口，卫士们赶来，
差点用利斧把老头砍倒。
人们都嘲笑他：
"老糊涂，真是活该！
这是给你点儿教训，
往后你得安守本分！"

过了一星期，又过一星期，
老太婆胡闹得更加不像话。
她派了朝臣去找她的丈夫，
他们找到了老头把他押来。
老太婆对老头儿说：
"滚回去，去对金鱼行个礼。
我不愿再做自由自在的女皇，
我要做海上的女霸王，
让我生活在海洋上，
叫金鱼来侍候我，
听我随便使唤。"

老头儿不敢顶嘴，
也不敢开口违拗。
于是他跑到蔚蓝色的海边，
看到海上起了昏暗的风暴，
怒涛汹涌澎湃，
不住地奔腾、喧嚷、怒吼。
老头儿对金鱼叫唤。
金鱼向他游过来问道：
"你要什么呀，老爷爷？"
老头儿对她行个礼回答：
"行行好吧，鱼娘娘！
我把这该死的老太婆怎么办？
她已经不愿再做女皇了，
她要做海上的女霸王，
这样，她好生活在汪洋大海，
叫你亲自去侍候她，
听她随便使唤。"
金鱼一句话也不说，
只是尾巴在水里一划，
游到深深的大海里去了。
老头儿在海边久久地等待回答，
可是没有等到，
他只得回去见老太婆——
一看：他前面依旧是那间破泥棚，
她的老太婆坐在门槛上，
她前面还是那只破木盆。

[俄罗斯] 普希金 作

梦海 冯春 译

春天，谁也不能垄断

◇诗人王尔德（1854—1897）

西方传说里有一种鸟，它一生只歌唱一次，歌声却比世界上一切生灵的歌声都要优美动听。这种鸟，从它飞离巢窝的那一刻起，就拣尽寒枝不肯栖息，而是不停地在寻找着荆棘树，一旦找到就会毫不犹豫地栖落在上面，然后把自己的身体扎到最长、最尖的棘刺上，一边扎一边开始歌唱。刺扎得越深，它的歌声就越发凄婉动听。它遵循着一个不可改变的法则：在被荆棘刺穿身体的痛苦中，歌唱着、歌唱着，直至生命耗尽、灵魂飞升。它的歌声使所有鸟儿的歌唱都黯然失色。

英国诗人、戏剧家王尔德的命运，也像一只“荆棘鸟”。他自己曾经说过：“我的一生有两大关键点，一是父亲把我送进牛津大学，一是社会把我送进监狱。”这两件事正好把王尔德的人生历程分为“在天堂”和“在地狱”两部分。在天堂时，他是放浪不羁的快乐王子；在地狱时，他是声名狼藉的悲哀王子。

王尔德生不逢时，他的人生贴着“被侮辱与被损害的”标签，因此他的许多作品，包括他的童话，都常常在表现一个主题，那就是：美在现实生活中的受难和毁灭，爱在现实生活中的陨落与幻灭。

好了，我们现在要欣赏的这首童话诗《巨人的花园》就是根据王尔德的著名童话《自私的巨人》改写的。这首童话诗也呈现了我们前面讲到的主题：什么是自私，什么是分享。

故事中的巨人，一开始是十分自私的。他把自己的花园围上高高的栅栏，不准小孩子们进来。他可能是在幻想着美丽的春天只是属于他一个人的，温暖的春光与春色，只能他独自来享受。可是，他哪里晓得，当他把孩子们赶走之后，春天也就不再属于他了。他是把一个美丽、纯净、温暖和友善的世界拒之门外了。

只有当他醒悟到这一点之后，他才明白，单纯的孩子们才是最美的春天，有孩子们的花园，才是世界上最快乐、最美丽的花园。还有，“花园里有许多美丽的花朵，而最美丽的花朵，就是这群孩子的笑脸”。

这首童话诗带着淡淡的抒情意味，同时也蕴含着一个古老的哲理，那就是我们常说的“独乐乐不如众乐乐”。从这个角度说，这又是一篇意义独特的“寓言诗”。其实，古今中外所有的童话诗都有一个特点，那就是都含有一定的哲理和意趣，都对我们的人生具有美好的启迪和引导意义。

王尔德的这首童话诗也使我想到比利时诗人卡莱姆写的一首短诗，写的同样是分享带给人们的快乐，我们不妨也欣赏一下：

假如苹果只有那么一个，
它肯定装不满所有人的果篮。
假如苹果树只有那么一棵，
挂苹果的树杈也覆盖不满果园。
可是，假如一个人愿意把
心里的善良分撒给大家，
那就到处会有灿烂的阳光，
就像香甜的苹果挂满了果园。

这首短诗所蕴含的哲理也是十分明显的，无须过度阐释，即使是低年龄的小朋友也能理解。我们在这里不妨多讲一讲王尔德奇特的生平故事。因为他的生平故事本身，也像是一首富有哲理的童话诗或寓言诗。

1854 年 10 月 16 日，奥斯卡·王尔德出生在都柏林的一个绅士之家里。他的父亲是个有名的医生，母亲是一位青年运动领袖和激进的诗人。父母亲都各自出版过作品。人们说，仅仅是在自家的客厅里和餐桌上，父母亲就完成了对王尔德的优雅的王子般的早期教育。

◇“快乐王子”时期的诗人王尔德

1871~1874 年，王尔德进入都柏林三一学院就读，因为古典课程成绩优异而多次获得奖励。一个少年才俊的非凡的天赋之花开始绽放。有着“万神聚合的天城”之称的牛津大学是少年王尔德的天堂。那甜蜜的都城，梦幻般的塔尖，浪漫主义的诗歌，前拉斐尔派画家们的绘画，美艳的前卫风格的服饰，还有伊甸园般的校园草坪，自由、舒适和衣食无愁的优雅生活……所有这一切，都成了培育王尔德的唯美主义趣味和享乐主义花朵的沃土。这时的王尔德，已然是一个准唯美主义者了：他的宿舍里涂满了鲜艳的色彩，书架上摆放着古玩、插着鲜花；他自己常常身着天鹅绒的上衣，打着美艳的领带，还常常佩戴着向日葵、康乃馨或百合花。

1881 年，《王尔德的诗》问世。这是他在牛津大学和稍后创作的诗歌结集，也是他作为一个唯美主义诗人的成名作和代表作。诗集甫出，即风靡一时。与其说人们是在欢呼他的才情毕显的诗歌，不如说是在捧举他那时髦、放浪和夸饰的趣味。甚至连美国也邀请这位唯美的王子去那里演讲，传播他的爱与美的主张。他的足以骄人的名声从 19 世纪 80 年代一直持续到 90 年代，这期间他充分地施展了自己的文学天才，其卓越的才情挥洒在诗歌、童话、小说、剧本等各个领域。

仅以他的剧本为例。他一共写过四个喜剧、一个悲剧，每个剧本完成当年都在伦敦首演，每次首演都会引起一阵轰动。而且每个剧本几乎都是在他外出度假的间隙一挥而就，连剧中人物的命名都是就地拈来，若有神助。例如《温德米尔夫人的扇子》，就是他在英国北部湖区温德米尔度假时写就的。据说，剧本写完，刚刚接任圣杰姆斯大戏院经理职位的名演员亚历山大一读之下，如获至宝，大叫愿意出 1000 英镑买下剧本。而王尔德却答道：“亲爱的亚历克，我对你高明的判断深具信心，不过你慷慨的报价我却不得不拒绝。”结果这部戏单单初演就为王尔德赚了 7000 英镑版税。他的喜剧《理想丈夫》在皇家戏院首演时，风靡整个伦敦城，剧终时威尔斯亲王兴致勃勃地向王尔德道贺，连说精彩。王尔德说，这个戏太长了，演了四个小时！他表示要做些删节，亲王却连忙说道：“求求你啦，一个字也不要动。”由此可见王尔德当时受欢迎的程度。

而伴随着如日中天的荣耀，他那金食玉馔、挥金如土的享乐主义的生活方式，也达到了无以复加的程度。他甚至宣称，只有他的生活里才放着他全部的天才，而文学写作只不过是他生活的“捎带脚”而已。他的恃才自负也由此可见一斑。不过，因为生活与为人的过于浮华、张扬和放浪不羁，也为他日后的命运埋下了祸根，正所谓“木秀于林，风必摧之”。果然，正当王尔德以其盖世的才华、机智的谈吐和倜傥的风度使英国上流社会为之倾倒的时候，一场悲剧也在悄悄降临。

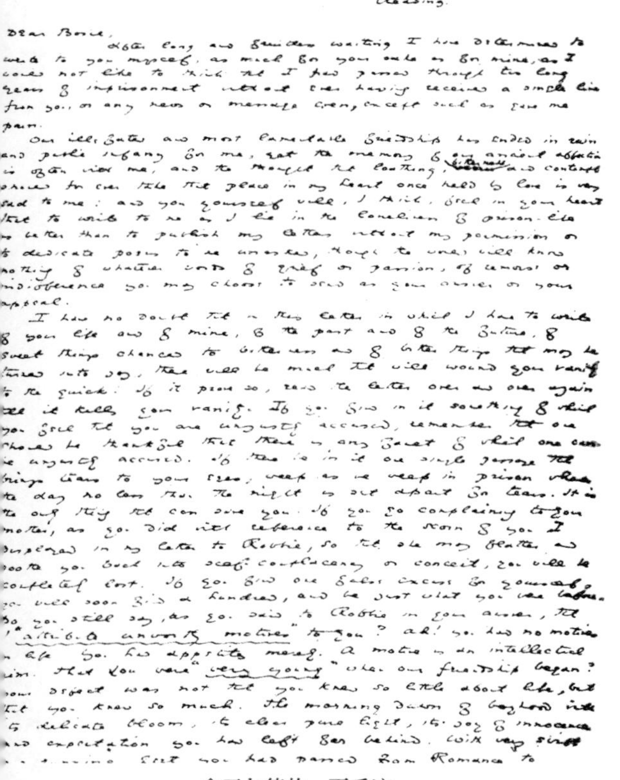
H. M. Prison.
Reading.

Dear Bosie,
After long and fruitless waiting I have determined to write to you myself, as much for your sake as for mine, as I would not like to think that I had passed through two long years of imprisonment without ever having received a single line from you, or any news or message even, except such as gave me pain.

◇王尔德的一页手迹

1895年，王尔德被他的同性恋伙伴和崇拜者道格拉斯的父亲昆斯伯里侯爵以“有伤道德风化罪”送上法庭。起初这个罪名并没有成立，法庭只能宣判王尔德无罪。谁料王尔德死心塌地的俊友道格拉斯却对自己的卫道士父亲怨恨有加，便极力怂恿王尔德以“诽谤罪”反诉他父亲。王尔德得意忘形外加鬼迷心窍，自以为是螳螂捕蝉却不知黄雀在后。整个伦敦上流社会正好逮着了机会，把平时对这位花花公子的怨怒和嫉妒一块儿清算。法庭再次审判的结果是：王尔德的日常行为举止和生活方式确为“有伤风化”，他因此被判处两年苦役。这便是王尔德后来所说的自己人生的第二个转折点："社会把我送进监狱"。

"快乐王子"的快乐生活从此宣告结束。王尔德从快乐和声名的顶峰一夜间跌至悲哀与孤立的深渊。他成了一个彻底的"悲哀王子"。在狱中，他写了一部《出自深渊》（也有人译为《狱中记》）。这是一个被侮辱与被损害者的精神自画像。屈辱的牢狱生活使他彻底明白了，快乐总是短暂的，是蒙着假面具的，只有痛苦和悲哀，才是人生最后的真谛，而人生的全部意义，都是隐藏在悲哀之中的。"我现在领悟到，悲哀是人所能表现出的最高贵的感情，同时也是一切伟大艺术的典型和试金石……生活和艺术的最终形式是悲哀。"他在狱中这样写道，"现在我在自己的本性深处找到了某种隐藏着的东西，它告诉我在这个世界上没有什么是毫无意义的，痛苦特别不会没有意义。那种东西隐藏在我的本性中，就像宝藏深埋在田野里，它就是人性。"入狱前，他是一个唯美主义诗人，崇尚艺术至上，笃信艺术可以支配人生，而人生只是艺术的镜子。在狱中，他改变了自己从前的看法，对人生表示了更大的敬畏，认为人生即是艺术了。塞翁失马，焉知非福。没有这场人生变故，王尔德哪里能够获得较之从前判若两人的，对生命的意义以及文学艺术本质等方面的如此深刻的再认识。

1897 年 5 月 19 日，王尔德被释放出狱。两年的牢狱生活，成就了王尔德的思想，却也残酷地摧毁了这个本来就十分脆弱的"快乐王子"的身体和写作的激情。他给一位朋友写信说："我不认为我还能够再写什么了。我的内心有什么被杀死了。我不再有写作的意念，我已经不再感觉到这种力量。"

他出狱后的残生是在流浪中度过的。他像一个穷途末路的艺术家，巴黎、尼斯、瑞士、罗马、格兰特等地的小旅馆，成了他一个个临时的家。1900 年 11 月 30 日，一代"快乐王子"在巴黎的阿尔萨斯旅馆孤独地辞别了人世，守在他床前的只有两个穷朋友和这家旅馆的慈善的老板。王尔德欠了旅馆 200 个英镑，但自他卧床不起始，老板不仅没有再提此事，并且在王尔德死后，帮助料理了这个悲哀的天才的后事。

大声朗读童话诗

巨人的花园

很久很久以前
有一个巨人
他有一座美丽的花园
春天一来
花儿就开满了枝头
秋天一到
果实就把树枝压弯……

每当巨人午睡的时候
鸟儿们喜欢飞进花园
轻轻地唱歌
孩子们爱聚集在果树下
尽情地游玩……

这一天
巨人发现了这群孩子
便亮开大嗓门一阵怒喊
——小家伙们
　　快快滚开
　　我的花园
　　只能属于我一个人
　　岂容你们
　　在这里游玩！
巨人用他粗暴的声音
把孩子们吓得四处逃散……

第二天
巨人又竖起一道高高的栅栏
把花园围在高墙里面
可是巨人没有想到
从此以后
春天便忘掉了这座花园
树不再绿了
花不再开了
秋天也被阻挡在
栅栏外边
没有金色的果实
没有小鸟的歌声
只有呼啸的北风
夹着凛冽的冰雪
在这里流连忘返……

巨人看着沉寂的花园
又是纳闷
又是伤感
——天哪
　　这是怎么一回事呢？
　　告诉我吧
　　我的花园
　　怎样才能使你像从前一样
　　硕果累累
　　鲜花烂漫……

这一天早晨
巨人刚刚从梦中醒来
一番奇异的景象
展现在他的面前——

北风停了
雪融化了
金色的阳光

洒满了花园
鸟儿在枝头唱歌
花香在空中弥漫
好像一夜之间
冬天变成了春天……

啊！原来是那群小孩子
又从地洞里钻进了巨人的花园
孩子到了哪里
哪里就有春天
看，他们都躲在密密的叶子里
像小精灵一样
快快乐乐
忽隐忽现……

巨人把花园看了又看
脸上顿时一片羞惭
——我终于明白
　　春天为什么不愿走进
　　我的花园
　　我是多么自私啊！
　　自私得把孩子们的乐园
　　当成了个人的财产

巨人一边责备着自己
一边张开巨大的手臂
把孩子们拥进怀抱里面
——请原谅我吧
　　孩子们
　　原谅我曾经无情地
　　拒绝过春天
　　从今天起
　　这座花园就是你们的
　　欢迎你们
　　天天都来这里游玩……
当巨人不再有任何私心时
他才感到了真正的快乐
四周充满了春天般的温暖

从此以后
巨人拆掉了高高的栅栏
孩子们天天到花园游玩
他们踏着巨人的肩膀
欢笑着攀上高高的树干
他们攀着巨人的手臂
轻轻地荡起快乐的秋千……

巨人高兴地说
——花园里有许多
　　美丽的花朵
　　而最美丽的花朵
　　就是这群孩子的笑脸！

徐鲁根据王尔德童话
《自私的巨人》改写

March

三月主题 童年与幻想

乘着米拉·洛贝的幻想秋千

附录：《晚安秋千》

幻想家的诗歌花园

附录：《小人国》

《哑巴兵》

科学家说：“给我一个支点，再加上我的想象，我就能撬动整个地球。”

诗人说：“给我一支三叶草，再加上我的想象，我就能创造出一片草原。”

而图画书作家米拉·洛贝说：“给我一架小小的秋千，再加上我的想象，我就可以游遍整个世界！”

——啊，不，米拉·洛贝其实并没有这么说。他只是用一首奇妙的童话诗告诉了我们：只要你敢于展开幻想的翅膀，一切就皆有可能。而且，孩子们美好的精神世界，往往都是通过他们无边无际的、自由的想象力“创造”出来的，而幻想之美，又总是带着童趣之美。

法国抒情诗人雅姆也说过这样一句话：“我同时具有牧神和小孩子的心灵。”

对于一位优秀的童话诗人来说，能够做到与自己的童年保持一种不受损害的、依然活生生的联系，无疑是一种罕有的才能。

真正的儿童文学作家、儿童诗人，就是那些能够真正“回到童年”的人。童话作家林格伦不是也说过：“要紧的是了解过去的那个孩子——自己。”

幻想和想象，是人类的天性，更是所有孩子的“特权”。

我相信，在我们每个人的心底，童年的幻想，就如同草木灰中的火种，稍稍一吹就能复燃。或者说，我们每个成年人的精神世界，也一直在等待一双小手的触摸；我们记忆的风灯，一直在期待一根火柴的点燃。这双小手，这根火柴，不是别的，就是那曾经伴随过我们整个童年的美好的想象力。

那么，我们这个月的主题，就从童年与幻想谈起——

乘着米拉·洛贝的幻想秋千

米拉·洛贝写过很多美丽的幻想故事。也许你看过他的一本图画书:《雪人历险记》。在那个童话故事里，一个普普通通的、站在花园里的雪地上的小雪人，因为喝了小女孩丽萨送来的一口热茶，竟然获得了生命和思想，以及游遍世界的力量与勇气。他不仅迈开步子走出了安静的花园，而且走到了城市最热闹的大街上，走到了白茫茫的原野上，甚至还期盼着能在夏日美丽的红花草场上做一个红花草人呢！而最不可思议的是，这个敢于幻想、敢于行动的勇敢雪人，竟然乘着一块浮冰，沿着河流开始了远航，经过了无数的田野、森林、城市、村庄，最终到达了他所向往的目的地：北极熊生活的地方！

◇德国插画家温弗里德·欧佩根诺斯画笔下的小瓦乐丽

与其说小小的雪人是乘着冬天的浮冰在漂流，不如说他是乘着米拉·洛贝想象的翅膀在远航。

今天，我们要阅读和欣赏的这首童话诗《晚安秋千》，也曾被德国儿童插画家温弗里德·欧佩根诺斯画成了一本美丽的图画书。

你看，也正是因为有了幻想，有了无边的想象力，故事里的小女孩瓦乐丽，就像斯蒂文森童话诗《被子的大地》里那个喜欢躺在床上做白日梦的小孩一样，只需要坐在家中客厅里的一架小小的儿童秋千上，轻轻地摇荡着，就可以荡到自己想要

◇温弗里德·欧佩根诺斯为童话诗《晚安秋千》所绘中文版（绿原 译）封面

去的任何一个地方——

一会儿荡到“缠头巾国”的大街上和集市上，

一会儿荡到遥远的、蔚蓝的大海上，

一会儿又荡到了牛羊成群的村庄里和农场上，

一会儿又荡到了想去哪里就能去哪里、载着满车厢的小动物的火车上，

甚至还荡到了可以堆雪人、可以乘着雪橇滑雪的高山滑雪场上……

而最棒的是，她仍然只是那么轻轻一荡，就可以荡来一只高大的长颈鹿。长颈鹿邀请她去动物园的马戏团里当一名导演，她指挥着所有的动物开始了精彩的表演……

与其说小瓦乐丽乘坐的是一架小小的儿童秋千在室内摇荡，不如说她是在乘着米拉·洛贝想象的翅膀，尽情地游玩遍了平日里所渴望的那些最好玩的地方。

米拉·洛贝还有一本图画书叫《魔法师家的小精怪》。

在那个故事里，也是出于奇妙的想象，魔法师波库斯和他的女巫太太霍库斯，竟然异想天开，想一起生一个能各遂心愿的小孩子。然而，他们即使把各自的超级魔法和超级巫术都混合起来，也不能如愿。幸亏有了一只小乌鸦的帮助，他们终于有了一个既不是儿子也不是女儿的“超级小精怪”——一个既具有魔法师的魔法、又具有女巫的巫术的混合体。

也因此，这个超级小精怪的名字就只好叫小霍库斯波库斯了……

与其说“小霍库斯波库斯”的诞生是因为魔法师和女巫以及那只小乌鸦的创造，不如说这个小精怪也是米拉·洛贝的奇妙想象力的结晶。

米拉·洛贝创作的幻想故事，当然不只是《雪人历险记》《晚安秋千》《魔法师家的小精怪》这三个，不过，仅仅凭着这三个故事，他也足可以跻身于全世界最优秀的幻想文学作家之列了。

他的故事之美，源于他的想象之美。

而他的想象之美，又使他的作品充满了无限的童趣。

这样的作家，你只要给他一个支点，他肯定也可以撬动整个地球。

这样的作家，你只要给他一支三叶草，他必定也可以给我们送来一片草原。

有意思的是，长期与米拉·洛贝合作的亲密搭档温弗里德·欧佩根诺斯，也是一位大师级的儿童插画家。

阅读他笔下的每一幅图画，你都需要睁大眼睛，不可以放过任何一个细节。因为，这位插画家也是一位细节大师。

◇德国插画家温弗里德·欧佩根诺斯为童话诗《晚安秋千》所绘插图之一

你看，他在为《晚安秋千》所做的插画里，无论是秋千上的小女孩摇荡到了哪里，处处都充满了密集的、一丝不苟的细节。每一个细节都在那里闪光，都在那里等待着细心读者的寻找与发现。例如那个“缠头巾国”的大街和集市，你看他仔细地、耐心地画了多少个热闹的场景！

如果说，米拉·洛贝呈现在文字里的想象力是吹过广阔原野的呼啸风声，那么，插画家留在这里的一个个细节，就是大风吹过后留下的蒲公英和红花草的种子。每一个读者的寻找与发现，就是照亮和温暖这些种子的阳光。

好了，让我们乘着米拉·洛贝的幻想秋千，展开各自想象的翅膀，一起在一个充满了智慧之美、幻想之美的世界里尽情地飞翔吧。

还有，在阅读的时候，请注意欣赏这首童话诗里的那种诙谐和幽默的童趣之美。著名诗人、老翻译家绿原先生的译文，把这种诙谐和幽默的风格传达得那么好，那么引人入胜。

大声朗读童话诗

晚安秋千

小小瓦乐丽，
在晚上总是不肯上床。
还要闲聊，还要歌唱，
还要荡来荡去
在秋千板上。
爸爸用块大毛巾
把瓦乐丽的湿头发擦干爽，
一、二、三、把她变成了
一个缠头巾的小姑娘。
“嗨，缠头巾的小姑娘，
快快上床去，
做个乖乖的小姑娘！”

缠头巾的小姑娘，
不想那么乖，
也不肯早早地躺到床上。
她还要闲聊，还要歌唱，
还要在秋千板上摇摇晃晃。
“爸爸，来推我一下！
爸爸，轻轻推一下嘛！”
瓦乐丽一下子——呼哧！
飞到了墙上的那张
缠头巾国的图画上。

缠头巾国里热闹非凡。
在胡同、阳台和街道中间，
好多故事正在上演。
商贩们比赛着叫卖东西，
把自己的货品连声称赞。
这里管商店叫集市，
塔楼就是蒜头顶的寺院。
奇怪的是还闻得到
许多气味，
在天空上面，还看得见，
缠头巾的人们在飞行，
坐着柔软的飞毯。
有的在打招呼，
有的在互相问安，
有的在地毯边缘快乐地摆着双腿，
好像在荡着秋千。
哈，缠头巾国，多么好玩！

这时候，
瓦乐丽的头发已经干爽。
“爸爸，快把头巾拿掉，
因为我想换个地方。
我的骆驼咬了我，
差点把我摔下来，
因为我生了它的气，
现在我想到别处去逛逛。
那么，爸爸，拜托啦，
把我的海员帽拿给我。
猜猜看，我是谁？
当然是，大海上的小海员。
瞧啊，它来了，
我的轮船，和大海一起来到眼前。
马上起锚喽！
我好快乐！
再见，老爸！
啊啊，开船喽！”

她现在正在掌舵，
就像一名真正的船长。
小小的瓦乐丽，
又像久经风浪的水手一样。
吊床上躺着老船长克劳斯，
他仰仰脖子，
又伸伸懒腰，
消除了疲劳，
正惬意地发笑：
“啊，你们尽管向
西、北、南方开吧！
再见！一帆风顺！
让我，先美美地睡上一觉！
到下个码头
再把我喊醒！”

穿过大海而来的人，
坐着他的圆桶航行到了这里。
“早安啊，小瓦乐丽！”
“嗨，桶里的人！
快上来吧，来接替我，
因为我觉得不好玩了！
想回到陆地上去，
不然，我再坐下去
就要头晕了。”

“瓦乐丽，我很抱歉！”
爸爸说：“到睡觉的时候了！
那么，请，放乖些，
快点，上床去哦！”
瓦乐丽，不那么乖，
也根本不想上床，
虽然，头发干了，
她仍然赖坐在秋千上。
“爸爸，请您把方格子头巾拿来，
再在我下巴下面打个结。
猜猜看，我现在是谁了？
嘻嘻，我是一个农妇了！
您得说见到您真高兴！
栅栏里，每只绵羊，
每头牛，连同它们的孩子，
肯定都在等着我来。”

随着第一声公鸡的喔喔啼，
她起身了，小小瓦乐丽。
瓦乐丽和弟弟瓦乐拉，
就在傍晚回了家。
这时候，几乎每个屋顶上，
都有一个黑黢黢的小伙子，
攀登到了最高的烟囱中间，
看看总共有多少个？
有谁再来数一遍？

瓦乐丽在干吗呢？
哦，她和家畜们站在一起，
一边打招呼一边四处张望，
然后开始大声歌唱：
“扫烟囱的、黑黢黢的人，
请你检查一下我的烟囱！
劳驾，劳驾，
不要害怕煤烟渣，
会把你弄成一个黑乌鸦。
扫烟囱的人，
等你扫完了回来，
拜托你把好运带到我们家！”

"喂，小瓦乐丽！"爸爸说，
"拜托不要这么大喊大叫。
快上床去，现在很晚了，
每个孩子都得乖乖去睡觉！"
可瓦乐丽怎么说呢？
"嘘！小声点，爸爸！"
她悄悄说道：
"难道您没看见，
难道您没听见，
我的玩具在跟我讲话吗？
难道其他动物就不会碰到，
高兴的事情吗？
爸爸，我有一个新的计划，
我想带着它们到铁路上去散散步。
爸爸，请把您的
乘务员帽子给我戴上。
瞧，我的火车开来了！
噗噗噗，噗噗噗，
白色的蒸汽升到了半空。
爸爸，如果我想请您当一次乘客，
您肯上来不？"

小小瓦乐丽，
带着满车厢的小动物，
在全国各地散步。
火车，在石头上和树桩上
冒烟、狂呼，
像是在抽着大烟斗。
两只野兔，用鼻子
在草地上嗅来嗅去：
"请问，你上哪儿去？"
瓦乐丽怎么说呢？
"爸爸，我和我们的动物，
这些深受欢迎的旅客，
今天旅行到某个小城的
某个神秘的地方，
高高兴兴地看奶奶去，
当然，也同样高兴地看爷爷去。"

爸爸说："现在该玩够了吧？
该停下火车头，
停下列车来了吧？
上床睡觉去，放乖些！
动物们也该上床睡觉了！"
瓦乐丽说什么呢？
"可是爸爸！"她咯咯笑着，
"动物们还没有床，
我们要不要打个赌？
请您最好把我的保暖帽给我戴上，
因为风刮得真吓人，
在我的耳旁呼呼作响，
大雪整天都在下啊下啊，
从没见过这样的景象。
爸爸，我四下一望，
一切都被大雪
照得好亮好亮！"

在白色的山丘上，
瓦乐丽抓住缰绳，
飞快地，向前冲去，
一只小狐狸坐在她背后。
在匆忙的雪橇滑道上，
有许多坎坷不平的土堆，
窟窿，台阶和最容易摔跤的地方。
每当她们飞驰过去，
就把她从座位上掀了起来。

随着这最美妙的飞跃，
雪橇就会一跳一跳。

这时，老爸开始抓狂了！
他这样抓狂，实在不多见，
只因为他别无办法，
所以才这样表现：
“瓦乐丽！只穿一件睡衣，
会把你冻坏的！
别玩雪橇了！
小傻瓜，快歇着！
穿着睡衣滑雪，
你有没有搞错！”

这时候，突然站起了
一个长脖子的大怪物：
“亲爱的瓦乐丽和瓦乐拉，
我是一头帅帅的长颈鹿。
我从动物园来，
我叫汉斯·黑克托尔。
瓦乐丽，我们想邀请你
到我们那儿去当一个导演！”
哇！当导演！
瓦乐丽，怎么办呢？
她向爸爸请求道：
“亲爱的老爸，拜托！
快给我一顶圆筒大礼帽。
请让我跟黑克托尔一起，
到动物园去当一回导演，
然后等动物园关门了，
我马上就会回家的！
老爸，请相信我！
拜托！快答应我吧！”

嘿，开场的哨子刚一吹响，
所有的演员纷纷上场。
瓦乐丽女士，我们的导演，
站在大象江博
和长颈鹿黑克托尔之间，
让动物们奔驰、转圈，
让它们在钢丝上散步，
让狗熊们排着队前进，
同时还把皮球抛来又抛去。

可是，这时候，
瓦乐丽突然觉得疲乏了，
这可是从来没有过的，
她一下子再也站不起来了，
一切都开始旋转起来：
动物们、小丑和观众们
都在围着她转圈圈。
天哪！瓦乐丽快晕倒了。
“帮帮忙，爸爸！”
她悄悄说，“拜托啦，
请您快送我……上床去！”

爸爸当然很快把她送到了小床上，
他轻轻叹口气：
“唉，我亲爱的小瓦乐丽，
晚安哦！”

［奥地利］米拉·洛贝 作
绿原 译　徐鲁 改写

幻想家的诗歌花园

在这一堂课里，我们继续欣赏童话诗的想象之美、幻想之美。

讲到童话诗的想象与幻想，我们不能不想到一位经典文学作家、著名儿童诗集《一个孩子的诗园》和探险小说《金银岛》的作者罗伯特·斯蒂文森。

1881 年秋天，斯蒂文森全家住在苏格兰的一个小岛上。他常常和儿子洛伊德一起在岛上写生。有一天，他们坐在窗前用水彩笔画了一张小岛的地图。画着，画着，斯蒂文森的心中便浮现出了围绕着这个小岛的一个故事。

一年后，他在瑞士的阿尔卑斯山区写出了这个故事。这便是已经成为经典探险小说的《金银岛》。

在《金银岛》之后，他又乘兴创作了另一部在英国文学史上独一无二的作品——儿童诗集《一个孩子的诗园》。

◇《一个孩子的诗园》中文版（屠岸、方谷绣 译）封面▲

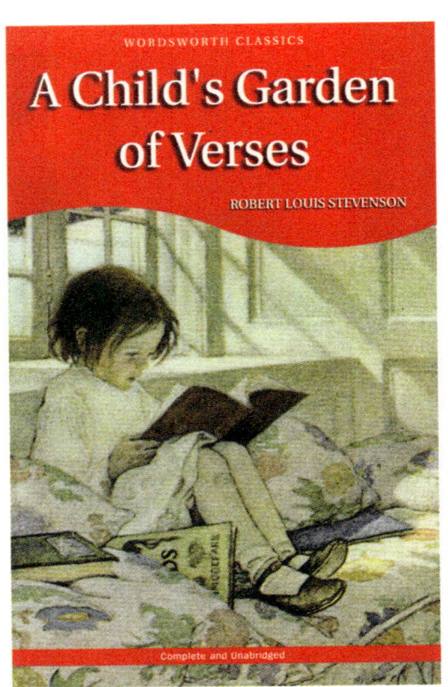

◇《一个孩子的诗园》英文版封面 ▶

◇《一个孩子的诗园》英文版扉页图案

在这本诗集里，他运用一些短小、诙谐的苏格兰童谣的形式，写出了自己童年时代留在脑海里的一些奇特的记忆和感觉。

诗中的那个小主人公，其实也就是斯蒂文森本人，总是那么孤独和寂寞。因为他每天都被疾病困在床上。他独自在想象中做着游戏，在白昼的光亮和夜晚的灯影里幻想着，甚至从壁炉的火光中、从被子的皱褶里、从天花板的寂静里……看到了一些奇特而有趣的幻象，听到一些“鬼怪的呼吸”。

例如，他在《孩子夜里的幻想》中写道：

妈妈灭了灯，黑夜来临，
整夜整夜，一直到天亮，
我老是看见人们在行军，
看得分明，像白天一样。

武装的军队，帝王将相，
全都在行进，威武堂皇，
手拿各种各样的东西，
白天你从没见过这景象。

即使是大马戏团在草坪
也从没演得这么漂亮，
我见到各种野兽各种人
全都结队行军向前方。

开始的时候，慢慢移动，
到后来，他们越走越匆忙，
我一步不离，紧挨着他们，
终于我们全都进入了睡乡。

◇《一个孩子的诗园》经典插图之一

在《被子的大地》里，他写到了自己在病床上的寂寞和寂寞中的幻想。他躺在床上，把两个枕头垫在头下，把所有的玩具都堆在身边，这些玩具足可以让他快乐一整天。他写道：

我病了，只好躺在床上，
垫两个枕头在脑袋底下，
一件件玩具都在我身旁，
叫我整天都快活，乐哈哈。

有时候，用一个钟头光景，
我瞧着铅质的兵丁行军，
他们穿着不同的军服，
操练在被褥铺成的山林。

有时候，我让我的舰队，
在床单的海洋上破浪行驶。
要不，把树木和房屋搬开，
在床上筑起一座座城市。

我是个伟大的严肃的巨灵，
在枕头叠成的山上坐镇，
凝视着面前的山谷和平原，
做有趣的被子大地的主人。

斯蒂文森的这本儿童诗集里还有不少充满幻想色彩的童话诗。

再仔细读一读下面的《小人国》和《哑巴兵》，你也可以领略到一种小孩子特有的幻想，以及他们在一个纯粹的想象世界里的漫游与冒险。

《小人国》写一个小孩子（童年时代的诗人自己）独自在家里，面对着空旷的地板、高大的白色粉墙、还有抽屉和门上的巨形把手……所产生的冥思与想象。

《哑巴兵》是他对着自己的一个无声的小兵木偶产生的联想和想象。

我们可以逼真地感受到，这些想象带着只有小孩子才有的逻辑、趣味和认知经验。这是真正的童年的诗学和梦想。

这也是斯蒂文森作为一个幻想作家的卓异的本领。

我们在这里有必要谈一谈他的生平，因为他的生平颇有传奇色彩。

1850 年，他出生在爱丁堡的一个祖传三代都很有威望的灯塔建造者之家。然而不幸的是，斯蒂文森从小体弱多病，哮喘、发烧、咳嗽……他的童年时代，几乎大半时光都是在病床上度过的。

◇斯蒂文森儿童诗集《一个孩子的诗园》经典插图之一

他曾在写给朋友的书信里说过："童年时，有三件事对我有着极大的影响，一是我病中的苦痛，二是在外祖父科林顿宅区中的休养康复，三是晚上上床后我大脑中许多不同寻常的活动。"

因为有这样一个不幸的童年，斯蒂文森也获得了比一般孩子更多的呵护和疼爱：他的父亲给他制作了许多小玩具，他的善良和慈爱的保姆也无微不至地呵护和照料着他，给他讲过许多美丽而神奇的苏格兰历史传说和鬼怪故事……

因此，在斯蒂文森童年的头脑里，积累下了许多浪漫和冒险的故事。他的童年时代一直就在这些充满玄思和幻异色彩的冒险故事里遨游，因此，他的想象力也比别的孩子更加活跃和奇特。

他的儿童诗集《一个孩子的诗园》其实就是一个幻想家的诗园。

这本优美而有趣的儿童诗集自 1885 年问世以来，不仅在英国已经家喻户晓，而且不久就成了全世界各国的孩子和大人都非常喜欢的一本小书。它伴着一代代孩子长大，也唤起了一代代成年人对于小时候的留恋和记忆。《不列颠百科全书》甚至称这本儿童诗集是世界文学宝库中“无与伦比的”一本。

1894年的一个黄昏，斯蒂文森正坐在家里的阳台上眺望大海，一阵海风吹来，他感到头脑里一阵剧烈的疼痛。等到他的妻子听到呼叫赶到他身边时，他已抱着头摔倒在阳台上了。他的脑中血管崩裂，再也没有苏醒过来。这一年他才44岁。人们把他安葬在面朝大海的山顶上，以便他那喜欢憧憬和幻想的灵魂好乘着海风去更远的岛屿和更远的地方旅行。

大声朗读童话诗

小人国

我独个儿坐在家里
感到非常烦腻，
我只好闭上眼睛
到天上去扬帆航行——
航行到遥远遥远的地方：
到那快乐的游戏之乡；
到那遥远的仙境乐土，
那儿有小人国的居民居住，
那儿有三叶草成了大树。
一片片草叶像是小船队，
短途航行来来又回回。
就在那棵雏菊的上空，
　　穿越草丛，
高高地飞过了一群大黄蜂，
嘤嘤嗡嗡。
在那林子里我可以行走，
可以徘徊，可以漫游，
可以看到苍蝇和蜘蛛，
看到蚂蚁一步步走路——
背着包裹，抬起腿脚，
爬过草地，绿色的街道。
我可以坐在酢浆草上，
那是瓢虫飞落的地方。
我可以登上一连片的草场；
　　可以看见
一群燕子在高空飞翔，
　　飞过蓝天，
圆圆的太阳在滚动不息，
不注意像我这样的小东西。

我可以穿越那座森林，
直到像透过一片明镜，
我看到嗡嗡的苍蝇和雏菊，
还有我这小小的自己，
线条清晰，形象明朗，
画进了我脚下雨水的池塘。
要是有一片小树叶掉下来，

在水里漂移，直向我漂来，
我会立刻登上那小舟，
绕着雨塘的大海去漂流。

沉入思考的小小生灵，
坐在绿草茸茸的海滨。
小生灵睁开可爱的眼睛，
带着惊奇观看我航行。
有的穿着绿色的铠甲——
（准是在战场上经历过厮杀！）
有的打扮得花花绿绿，
黑红金蓝，斑驳有趣；
有的拍拍翅膀飞得好快；
可他们全都显得那么和蔼。

等我的眼睛重新睁开，
我看到一切都已清楚明白：
广阔的地板，高大的粉墙，
巨形的把手在抽屉和门上。
大人们巨人般在椅子上坐着，
一针一线补破衣，缝横褶，
（褶子都是山，我能去登攀。）
一面瞎聊天，废话说不完——
　　哎，我的天！
　　我的志愿
是到雨塘大海里去航行，
是朝着三叶草尖去攀登，
一直玩到夜里才回家，
困得不行，直往床上趴。

［英国］罗伯特·斯蒂文森 作
屠岸 方谷绣 译

哑巴兵

◇童话诗《哑巴兵》插图之一

当青草被推平的时候，
我独自在草地上行走，
在那儿我发现了一个窟窿，
就把一个兵藏在这洞中。
春天带着雏菊快步到来，
青草把那个窟窿覆盖，
草儿像绿色的海水奔流，
海浪直涌向我的膝头。

他独自躺在草丛下边，
目光呆滞，注视着上面。
穿着红制服，背着刺杀枪，
直望着天上的星星和太阳。

只等青草像麦穗般熟透，
只等镰刀再磨快了刃口，
只等草地经过了修剪，
我的洞就会再一次出现。

◇童话诗《哑巴兵》插图之一

我会找到他，不用担心，
会找到我的娃娃掷弹兵。
不管世界在怎样变化，
我总会找到我那个哑巴。

他还活着，这个小东西，
生活在春天多草的树林里。
他一定（要是他对我实说），
会像我爱做的那样做过。

布满星星的夜晚他见过，
还有那盛开怒放的花朵。
他见过小精灵们那么匆匆
飞过森林般密密的草丛。
他听见——在一片寂静之中，
嗡嗡叫着的蜜蜂和瓢虫。
当他独自躺着的时光，
蝴蝶在他的头上飞翔。

他连一个字音都发不了，
不管他知道的事情有多少。
我只好把他放在书架上，
自己编一个故事替他讲。

［英国］罗伯特·斯蒂文森 作

屠岸　方谷绣 译

April

四月主题 智慧与宽容

擦去蒙在星星上的灰尘

附录：《小阿贝盖尔和漂亮的小马》

《偷皮》

《飞盘历险记》

写诗就像镭的提炼一样

附录：《在每一页上，不是狮子就是大象》

《我这小书给大家讲讲海洋和灯塔》

时令不知不觉已经进入了四月。

一丛丛火红的杜鹃花，一株株花开似雪的野樱树，还有在和风中翻着碎碎花瓣的一树树杏花……为我们送来了明媚的人间四月天。

好吧，我们把“智慧与宽容”作为这个月份的主题。

我国著名童话作家和寓言作家严文井先生曾经有过一个比喻：有那么一个魔袋，袋子很小，却能从里面取出很多东西来，甚至能取出比袋子大得多的东西；有那么一把钥匙，是用巧妙的比喻做成，这把钥匙可以打开心灵之门，启发智慧，让思想活跃。几乎任何人一生中都能讲一些智慧的话，有心的诗人和哲学家听见了，就用文字把它们记了下来。历史这个巨人很喜欢这些记载，就把它们珍藏起来。以后，当普通人从书中再看见它们的时候，竟然忘了这是自己讲的，不禁大为惊讶，叫道：“这是一些什么样的珍宝呀，这样光辉灿烂！”

严文井先生说的这些装在魔袋里的东西，也就是我们今天要讲的童话诗里的智慧。这种智慧，源于童话诗人的正义感、宽容的胸怀和强大的自信。

智慧是迷人的。智力与思想是美丽的，而且具有无限的魅力。无论把它放在哪里，无论经历了多少个世纪，它都总能像金子一样、如珍珠一般放出灼灼光华。岁月的风尘掩盖不了它，强权、愚昧、丑恶、残暴……都无法使它屈服。

人类自从有了伊索，也就有了伊索式的幽默与智慧。

人类自从有了荷马，也就有了荷马式的感叹与史诗。

传说智慧的伊索是被人从峭岩上推下，跌得粉身碎骨的。但是他智慧的精魂却是不死的。他残废的身躯已化为泥尘，但他的美名辉煌而不朽。即使在今天，伊索所代表的智慧与机智精神，仍然如奥林匹斯山上的圣火一样，永不熄灭地燃烧着，并且以它不朽的光辉照耀着人间天地。

擦去蒙在星星上的灰尘

◇诗人谢尔·希尔弗斯坦

在阅读和欣赏谢尔·希尔弗斯坦的童话诗之前，我们先通过几首短诗，来见识一下这位诗人睿智、风趣和幽默的风格。

自私的小孩，我们也许都见过一些。可是像谢尔·希尔弗斯坦笔下这个“自私小孩”的自私法，就算你再有想象力，恐怕也未必能想象得到。

请看他写的短诗《自私小孩的祈祷》：

现在我要躺下睡觉，
真诚地向我的主祷告，
如果我在醒来前死去，
求主让我的玩具都坏掉。
这样别的孩子就再不能碰它们……
阿门！

也正是这样一个超级小坏包，才想得出如此对付妈妈老是让他擦盘子的高招：如果你不得不去擦盘子（做那讨厌无聊的家务，而不是去商店购物），那么，你最好“故意掉一个在地上/也许他们就再不会/让你去把盘子擦亮”。

他甚至还会异想天开：

如果我长了轮子而没长腿，
如果我没长眼睛长了玫瑰，
我会自己开着自己去办花展，
也许会捧回一个大奖杯。

这个小坏蛋有着满脑子的鬼主意。想必他也十分明白调皮就会常常挨打的道理，因此，他竟希望爸爸妈妈（也可能是老师或校长）：

打大猪要用大树，
打小猪要用小树。
打蛇要用木耙。
用苍蝇拍把水獭来打。
打蜜蜂要用滑雪橇。
可你如果打我——要用羽毛。

凡是小孩子，没有谁不讨厌那些没完没了的作业的，可是，只有这个坏小子才想得出“作业机”这个美妙的主意：

只要把作业放进去，
再投进一角硬币，
按下按钮，等上十秒，
你的作业就会出来，
又干净，又整齐。

好了，现在我来介绍谢尔·希尔弗斯坦本人。

集诗人、插画家、漫画家、剧作家、绘本作家、作曲家、乡村歌手、吉他弹奏者等身份于一身的谢尔·希尔弗斯坦，真可以称得上是一位睿智的奇才。我们通过阅读他的一系列绘本故事，如《爱心树》《失落的一角》《失落的一角遇见大圆满》以及诗歌绘本《人行道的尽头》《阁楼上的光》等等，就可以领略到他那天才般的想象力、大师级的幽默感和哲学家的思想深度。谢尔·希尔弗斯坦的粉丝们，也因为这些作品而获得了一次次狂欢的理由。

希尔弗斯坦是一位大幽默家和搞笑高手，同时也是一位具有深邃洞察力、并且善于深入浅出的哲学家和寓言家。无论是在他的《阁楼上的光》里，还是在《人行道的尽头》，我们总会看到那个长着一堆乱草般头发的小坏包的若干“蔫坏”的主意和奇特的想象故事。

不，它们还不仅仅是一种想象故事，而是一些精彩的人生寓言诗篇。

◇《阁楼上的光》中文版（叶硕 译）封面

◇《人行道的尽头》中文版（叶硕 译）封面

这些饶有理趣的诗篇，不仅文心独运，揭示了人与世界相遇之后将会经历和品尝的许多尴尬、无奈的人生悲喜剧，同时也充分地呈现了一个天才艺术家的非凡智慧与豁达、乐观的性情魅力。

例如那首《啄》：有件事最令我伤心/ 那只啄木鸟正啄着塑料树生气/ 它看了看我，对我说，朋友/ 生活早已不像过去那样甜蜜。

再如那首《欠》：我该怎么办/ 我该怎么办/ 图书馆的这本书/ 我已经四十二年没有还/ 我承认是我借的/ 可我交不起罚款/ 我是把它还回去/ 还是把它藏起来/ 我该怎么办/ 我该怎么办。

又如那首《音乐生涯》：她想弹钢琴/ 手却够不着琴键/ 当她的手好容易能够到琴键/ 她的脚却够不着地面/ 当她的手终于能够到琴键/ 脚也够到了地面/ 那架老钢琴她却不再想弹。

还有那首《长长车》：我发誓这辆车世界最长/ 它的车头在比尔大街，车尾在华盛顿广场/ 你只要跳上车 / 去你想去的地方/ 然后就可以下车/ 因为你已经到了。

上面列举的都还是一些篇幅比较短小的诗篇。他的诗歌中还有一些充满奇思妙想的、篇幅比较长的故事诗和童话诗。我们来看下面这三首童话诗。

《小阿贝盖尔和漂亮的小马》写的是一个小女孩和爸爸妈妈一起出去郊游时，看到了一匹可爱的、正在被出售的小马。小马美丽的眼睛里流露着哀伤。小女孩立刻就喜欢上了这匹小马，请求爸爸妈妈买下它。可是，爸爸妈妈无论如何也不肯答应小女孩的请求。于是小女孩就哭着说："如果得不到那匹小马，我就会死掉！"爸爸妈妈当然不信啦，他们说："你不会的，从来没有一个孩子的死是因为得不到一匹小马。"结果，小女孩回家后不吃不喝也不睡，想那匹小马想得心都碎了，最后真的死去了！

这篇童话诗想象奇特，结局既出人意料，又符合情理逻辑。这就是希尔弗斯坦式的机智和夸张的魅力。

我们可以想象一下，面对这个结局，爸爸妈妈追悔莫及，爸爸肯定会想：哦，我们是多么愚蠢啊，为什么就不能满足孩子的这个心愿呢？妈妈肯定也同样会想：天哪，只要她能活着，就算是她想要一百匹小马，我们也都会买给她啊！而死去的小女孩假如还能思想的话，她肯定也会在心里说：哼！这一切都已经太晚了！谁让你们不肯给我买那匹小马呢！

当然，现实生活中是不可能出现这样的结局的。这只是希尔弗斯坦式的夸张的假想。他是在用这种想象，来表现一种智慧、宽容的心态，来表现一种对儿童心理、对童年需求的尊重。

他在结尾的括号里写的那几句话，也透露出了一个小秘密：他是想用这个童

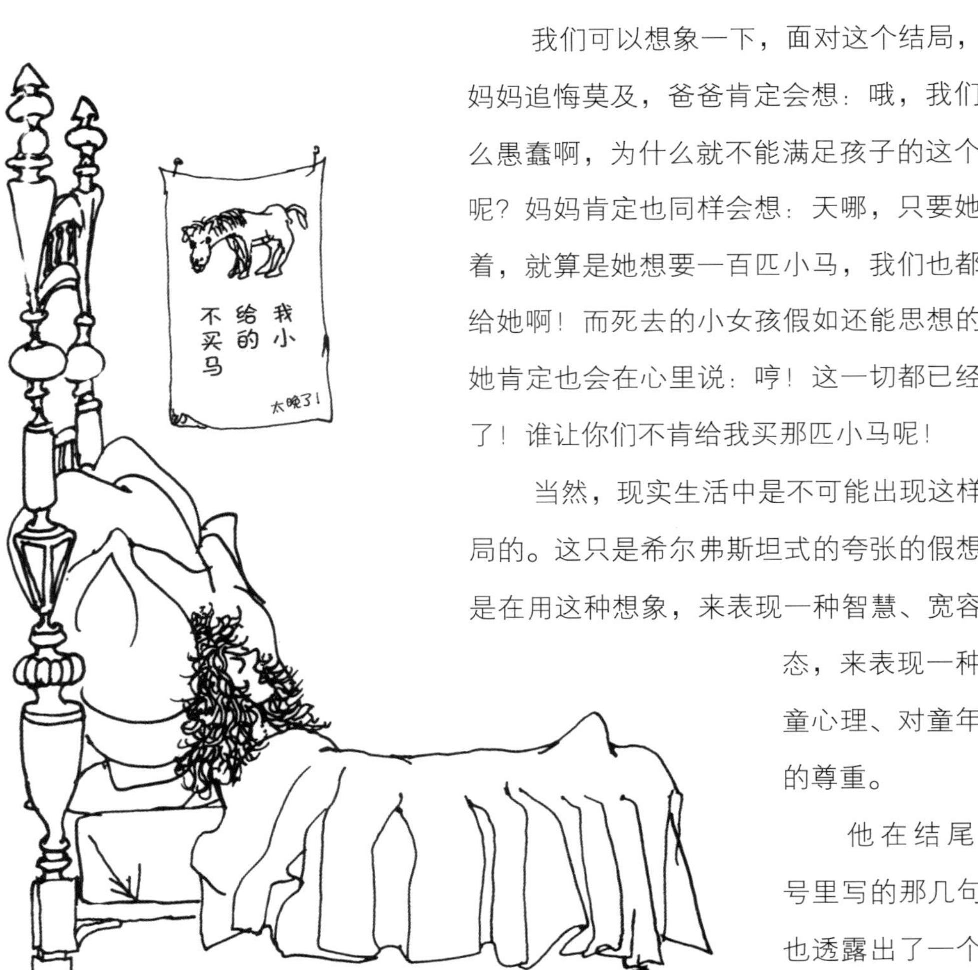

◇《小阿贝盖尔和漂亮的小马》插图

话故事来提醒一些家长和大人，不可以用简单和粗暴的方式轻易地去否定和拒绝小孩子的愿望和请求哦，不然，后果会很严重的！到时候你后悔都来不及了！

◇《小阿贝盖尔和漂亮的小马》插图

《偷皮》写得更为夸张和搞笑。在这个有点无厘头的故事里，我们再一次看到了希尔弗斯坦创造的那个长着一堆乱草般头发的小坏包的形象，亏他想得出来这个“蔫坏”的主意和充满荒诞色彩的故事。

《飞盘历险记》写一只普通的飞盘，厌倦了总是被人扔来扔去的日子，于是，当它再一次被人扔到空中后，竟然突发奇想，不再飞回地面了，就在空中一边不停地飞着、飞着，一边想找点别的事情“换换口味”……

这真是一个奇特的主意！

这是只有在童话里才可能发生的事情。

这篇童话诗写的就是这只飞盘的梦想与历险。

写得真是十分好玩，既出人意料，又那么合乎情理。

谁能不承认，这只浪漫的飞盘的那些梦想和愿望是不正当的呢？

在这里，希尔弗斯坦仍然肯定了童年时代常见的、或者一些孩子偶尔拥有的奇思妙想的合理性。他的用意也是在提醒所有的家长和成年人，要尊重和理解这些看上去有点不切实际的想法。有这些想法没有错，不然我们的日子就太过乏味了，我们的生活也可能过于按部就班和因循守旧了，到时候，心灵的世界也许会长满荒草，我们的思想也会变得锈迹斑斑。

当然，希尔弗斯坦在这篇童话诗的结尾也透露出一个秘密：当飞盘在经历了种种不切实际的幻想之后，重新回到地面，仍然做一只飞盘的时候，它感到自己比以前快乐多了！也许它还在想，只要能够思想，敢于幻想，即使做一只飞盘，又有什么不可以呢？

认识到或者说找到最适合自己的事情了，才是最快乐的。

看吧，希尔弗斯坦的智慧和宽容的心胸，就是这么优雅和丰富。

当然，生活中还会有许多艰辛和苦涩，世界也不会总是玫瑰色的，但希尔弗斯坦却总是以乐观和积极的姿态来看待世界。他说——

总得有人去擦擦星星，
它们看起来灰蒙蒙。
总得有人去擦擦星星，
因为那些八哥、海鸥和老鹰
都抱怨星星又旧又生锈，
想要个新的我们又没有。
所以还是带上水桶和抹布，
总得有人去擦擦星星。

显然，谢尔·希尔弗斯坦就是那个带着水桶和抹布，搭起智慧和想象的梯子，去为我们擦去蒙在星星上的灰尘的人。

◇希尔弗斯坦画笔下的超级小坏包形象

大声朗读童话诗

小阿贝盖尔和漂亮的小马

有个叫阿贝盖尔的小姑娘，
和爸爸妈妈开着车
穿过乡下的村庄。
在那里她看见一匹
灰白相间的小马，
它美丽的眼神是那么哀伤。
便宜卖啦——
有块牌子立在一旁。
“哦，”阿贝盖尔问道，
“那匹小马，
我能不能把它买下？”
“不能。”她的爸妈回答。
阿贝盖尔说：
“可我一定要那匹小马。”
她爸妈说：
“你不能要那匹小马，
但你可以吃美味的
奶油核桃冰激凌，
等我们一会儿回到家。”

可是阿贝盖尔说：
“我不要奶油核桃冰激凌，
我想要那匹小马——
我一定要那匹小马。”
她爸妈说：
“安静点儿，不要再说话。
你得不到那匹小马。”
阿贝盖尔哭着说：
“我会死掉，如果没有那匹小马。”
可爸妈说：“你不会的，
从来没有一个孩子的死，
是因为一匹小马。”
阿贝盖尔感觉很差，
一回家就在床上倒下，
她不能吃饭，
也不能睡觉，
她的心碎了，
她真的死去了——
这一切都因为她爸妈
没有买下那匹小马。

（如果爸妈不给你
买想要的东西，
就给他们讲这个故事吧！）

[美国] 谢尔·希尔弗斯坦 作
叶硕 译

偷 皮

今晚我脱下我的皮，
小心地摘下我的脑袋，
就像往常一样
准备上床睡个痛快。
当我正在熟睡，
一只鸽子光着身子进来，
偷走了我的皮，
戴上了我的脑袋。

它穿走了我的双脚，
那么不顾羞耻地
来到街上奔跑。
它说过的话和做过的事，
绝对和我无关：
把小孩逗，
把大人踢，
还跳着舞拐走美女。
如果它让你明亮的眼睛哭泣，
如果它让你可怜的脑袋发晕，
你所看见的那个浑蛋，
绝对和我无关！
它只不过是那只鸽子
穿上了我的皮。

［美国］谢尔·希尔弗斯坦 作
叶硕 译

◇《偷皮》插图

飞盘历险记

有一只飞盘，不愿再让人们
扔过来，扔过去，
于是就想有什么事情，
它还力所能及。
当人们再次将它抛向空中，
它却飞上了天空，
飞呀飞，找点别的事情
换换口味。
它想做一只镜片，
但它却不透明。
它想做一个UFO，
但人们说什么也不信。
它想做个盘子，
却因为有裂纹只好放弃。
它想做张比萨饼，
可是要被煎来烤去。
它想做个车轮盖，
发现车子开得太快。
它想做张唱片，
唱机的旋转又让它晕眩。
它想做一枚硬币，
但又太大了花不出去。
于是它旋转着回到家，
重新做一只飞盘——
真是快乐无比。

［美国］谢尔·希尔弗斯坦 作
叶硕 译

写诗就像镭的提炼一样

欣赏过智慧的希尔弗斯坦之后，这一堂课，我们再来认识另一位具有同样的智慧与风趣气质的诗人，他就是前苏联著名讽刺诗人弗拉基米尔·马雅可夫斯基。

1927 年，一位波兰记者访问了马雅可夫斯基。下面便是采访中的一段对话：

◇《马雅可夫斯基儿童诗选》中文版（任溶溶译）封面

“请问您目前正在创作什么？”

“同时写几部东西。特别使我着迷的是写儿童书。”

“啊，这很有意思……您写的这些书是什么内容呢？”

“我的目的是要告诉儿童一些初步的社会知识。当然，我是做得很谨慎的。”

“可以举个例子吗？”

“譬如写带轮子木马的那个故事。我要借此对儿童说明，为了做这个木马，得有多少人劳动。这样一来，儿童就可以了解劳动的社会性质。又如我写了关于旅行的一本小书，我就不只是要让儿童知道一些地理知识，而且要让他们知道别的许多事情，例如有些人穷，有些人富。”

从这番对话里可以知道，马雅可夫斯基非常关心孩子们的健康成长。

早在 1918 年，即“十月革命”的第二年，他就计划要为孩子们写书，书名也起好了，叫做《献给小家伙们》。可是由于国内的战争扰乱，直到 1923 年，他才开始着手写作。

他为孩子们（包括一些低幼年龄的小娃娃）写了许多有趣味、却又是十分严肃的诗歌，还有一些有趣的童话诗。如《我的这个童话，讲胖彼加和瘦西马》《什么叫做好，什么叫做不好》《长大了做什么好》《这一个故事，讲的是个懒孩子》《你来念念这首诗，上巴黎、中国去一次》等等。

在这些诗中，他和孩子们谈论劳动和工作的美丽，谈论什么才是好的生活，谈论理想和未来。马雅可夫斯基对当时的中国也非常关心，他号召小朋友们到中国去走走，认识受苦受难的中国人民，希望各国的小朋友都能同中国的儿童，同“中国的小苦力”们友爱和团结，共同奋斗。

马雅可夫斯基从来不把小孩子当成小木偶，而是把他们当成平等的朋友来看待。虽然他的童话诗里的主角也都是小孩子们，充满了小孩子的甜美、稚气与单纯，但在单纯中又包含着深刻的人生感悟。

可以说，能够像马雅可夫斯基这样，把一些比较严肃和深奥的生活哲理，写进给很小的小孩子听读的故事诗里，并且能让他们开怀大笑、爱不释手，这需要一种多么高超的智慧和艺术！

他的诗歌题材大多来自日常生活。他的诗歌里偶尔有一点点理想的、夸张的成分，但很少有不着边际的空想。他善于通过对日常生活和身边事物的描写与讲述，帮助人们看到生活本身的美丽与温暖，激发人们发现生活和热爱人生。

如在《闪电般的歌》中，他写道：

飞吧，闪电般的歌，
飞过千山
　　万水，
飞吧，到处去传播
少先队员大会。
来吧，
　　千百万兄弟！
来吧，千千万万姐妹！
快来
　　参加我们的

红色
　　营火大会！
哈哈，中国的鲨鱼，
你们
　　别那么狠，
我们
　　和中国的小苦力
要来
　　打倒你们。

他把旧中国的反动派比喻成吃人的鲨鱼。

而在另一首童话诗《我这本小书给大家讲讲海洋和灯塔》中，他用拟人的手法和童话的想象，描绘了海洋上船只来来往往的生活，描绘了灯塔对轮船和船员们起到的作用，赞美了灯塔对人们的无私奉献。他假借自己写的“会说话的书”，对所有的小孩子喊道——

孩子，
　　好好学灯塔！
有人
夜里不能开航，
你就用灯
把路照亮。

◇诗人马雅可夫斯基漫画像

《在每一页上，不是狮子就是大象》也是一首很有趣的童话诗。他想象着所有的动物都自己从打开的书本上走出来和小孩子们见面，他一一介绍它们的相貌特点和生活习性。例如：斑马“浑身道道，像是床垫”；骆驼“货可以背，人可以坐，它在沙漠里面住，吃些乏味小灌木”；“袋鼠的手比别个短上一半，两条腿，比别个的长一倍”……

马雅可夫斯基的童话诗正如他自己所说的，既要有想象，同时更要含有智慧和知识。小孩子读他的童话诗就像在读一些有趣的科学诗一样。

马雅可夫斯基一生写下了大量的长诗和讽刺诗。如长诗《列宁》《我爱》《好！》以及讽刺诗《官老爷》《开会迷》等。在国内战争期间，马雅可夫斯基在莫斯科罗斯塔通讯社工作，因为纸张油墨非常缺乏，杂志也印不出来，他就每天用手工绘制宣传诗画，张贴在宣传橱窗里。他曾回忆说，那时候为了祖国，每天工作 18 个小时是家常便饭。“记得我们常常夜半两三点钟才睡，不枕枕头而枕一块木柴——并不是没有枕头，我们是怕睡过了点”。诗人用自己忘我的劳动回答了小朋友们的那个问题——“什么叫做好，什么叫做不好”。

许多孩子都希望自己长大了去做最有意义的工作，他就写了《长大了做什么好》，向他们介绍各种理想和工作，最后告诉小朋友们：“样样工作都不错，就挑爱做的去做！”在坐飞机时，他也要细心地对孩子们说：“记住，谁要向下望，嘴巴可得紧闭上，别叫口水从天而降，落到哪位叔叔的头上。”

前苏联著名的少女英雄卓娅活着的时候就非常崇拜马雅可夫斯基。她说：“各样的好诗人很多，可是马雅可夫斯基是我最喜欢的诗人之一。”在卓娅看来，马雅可夫斯基是一个有血性的、坦白和率直的人。马雅可夫斯基在诗里创造了一种智慧的新生活。他是公民诗人，是一个诗人演说家。

◇中国画家黄炜为马雅可夫斯基童话诗所绘插图之一

卓娅在 17 岁那年报名参加了青年游击队。在行军途中，在雪地里的营火中，她多次深情地朗诵过马雅可夫斯基的诗：

天空
　　飞着黑云，
雨水
　　压缩了黄昏。
在破车下
　　躺着工人们。
上下的水
　　都听见了骄傲的耳语：
“四年后
在这里一定有一座
　　花园样的城市！”

伟大的诗篇培养了这个少女的英雄素质和为祖国献身的精神。马雅可夫斯基的诗作伴随她踏上了光荣的为国捐躯的道路……

马雅可夫斯基是一位非常幽默和风趣的诗人。

有一次，他给学生们举办诗歌朗诵晚会。晚会结束时，一位激动得气喘吁吁的女中学生冲开人群快步挤到了由于拼命工作而疲惫不堪、大汗淋漓的诗人眼前。舞台上的诗人在这个身材娇小的女学生看来，仿佛是一个巨人。可是她突然看到，这位巨人剥了块小小的水果糖，像一个小孩子似的高兴地把它扔进了嘴里。

女孩不由得脱口而出：“马雅可夫斯基先生，您这么一个大块头，竟然吃这种小糖块吗？”

马雅可夫斯基操着他那洪钟般的男低音回答说：“怎么，依你看，我该吃板凳不成？”

女中学生被逗得“扑哧”一声笑了起来……

有人曾说：“马雅可夫斯基首先就是一团紧张的、燃烧着的生命……现在，每当我在任何地方翻开任何一本马雅可夫斯基的书，生命每次都飞迸出来，像汹涌的激流般冲洗着我。这是毫不留情地射向一切黑暗爱好者的强光，有如探照灯的光流喷涌而出……”

同时，马雅可夫斯基也是一位极其严肃认真的诗歌艺术的探求者。他以自己天才般的智慧和灵性，独创了一种排列形式十分独特、朗诵起来抑扬顿挫、铿锵有力的“楼梯式”的诗歌形式。这种形式被人称为“马雅可夫斯基体”。

我国当代不少诗人都受到过这种诗歌形式的影响，写出了许多“楼梯式”诗歌杰作，如诗人贺敬之的长诗《雷锋之歌》《放声歌唱》，诗人郭小川的《致青年公民》等等。

马雅可夫斯基为孩子们写儿童诗和童话诗，用的也是这种看上去很特别的“楼梯式”。他的这些作品也给世界童话诗宝库增添了一种新的文体样式。

我们下面所选的《我这本小书给大家讲讲海洋和灯塔》《在每一页上，不是狮子就是大象》两首童话诗，就是用这种“楼梯式”形式写成的。

说到写诗这种创造性的工作，他告诉我们说：

做诗——
　　和镭的提炼一样：
一年的劳动，
　　一克的产量。
为了提炼仅仅一个词儿，
要耗费
　　几千吨
　　　语言的矿藏。
可是比起老也烧不着的
　　　　词的半成品来，
这些词儿
　　燃烧得
　　　多么痛快辉煌！
这些词儿
　　能在几千年间
鼓动起
　　千万人的心房。

大声朗读童话诗

在每一页上，不是狮子就是大象

书本大门八字开，
各种野兽
　　　　走出来。

我让狮子先上场，
瞧它站在这里：
它不再是兽中王，
如今只是主席。

这种野兽叫做羊驼。
一大一小，
　　　　母女两个。

小塘鹅它小小个，
大大个是大塘鹅。

这是斑马。
　　　　神气活现！
浑身道道，
　　　　像是床垫。

这是公象、
　　　　母象、
　　　　　　小象，
画得就跟活的一样。
身子两三层楼高，
耳朵好像盘子，
脸上尾巴一长条，
原来这是鼻子。
嘴上长出——
　　　　不说笑话！——
两根骨头，
　　　　叫作象牙。
它们吃喝要多少？
衣裳穿破多少套？
就连那些象宝宝，
都有我的爸爸高。
我请大家让一让道，
嘴巴嘴巴请张大。
要画它们，一页太小，
至少两页才画得下。

鳄鱼。孩子见了怕。
别去惹它为妙。
可是它在水底下，
现在看它不到。

这里一匹叫做骆驼，
货可以背，
　　　　人可以坐。
它在沙漠里面住，
吃些乏味小灌木。
它干活是一年干到头，
骆驼
　　是劳动的
　　　　　　牲口。

袋鼠。
　　样子多么好玩。
手比别个短上一半。

可是瞧它
　　　　两条腿,
比别个的长一倍。

长颈鹿,
　　　鹿颈长,
　　　　　　这么长的颈,
哪儿去找这么长的领?
鹿妈妈倒觉得
　　　　　　这样很好。
小鹿
　　有长脖子
　　　　　　给她们抱。

猴子。
　　样子滑稽非常。
干吗坐着像尊泥菩萨?
这活像是一个人像,
就多了一条大尾巴。
冬天怕冷,它不好受。
它的家乡是美洲。

都看完了。
　　　　该回家走。
再见,各位小野兽!

［前苏联］马雅可夫斯基 作

任溶溶 译

我这本小书给大家讲讲海洋和灯塔

船头船头,把水破开,
轮船轮船,漂洋过海。
狂风狂风,呼呼地吹,
吹着帆船,向前方飞。
一到晚上,
　　　　一到夜里,
海上航行很不容易。
许许多多大石块,
在水底下铺开来。
接近海岸,
　　　　就连白天,
好容易才
　　　　绕过浅滩。
船长拿着望远镜,
有望远镜也不行。
船长可是真真气恼,
竟连海岸也看不到。
只见波浪打转转,
眼看轮船
　　　　就要遇险。
忽然,
　　船员心花怒放:
有个灯塔发出光亮。
在无边的黑暗中,
闪着一只红眼睛。
它眨一眨,
　　　　闭了起来,
隔一会儿,它又张开。
它说:
　　“这里很安全,

船啊，请你走这边。”

狂风暴雨吓打墙壁。
可每一天快到夜里，
工人分秒也不会差，
打螺旋梯
　　　　登上灯塔。
塔上的灯好大一盏，
亮得
　　好像烈火一般。
什么灯也没它亮，
整个大海
　　　　看见它的光。
为了要让大家看见，
它还不停团团地转。
工人干活很是辛劳，
要在灯旁站个通宵。
为了不让灯火灭掉，
他得把油往灯里倒。
一面特大的放大镜，
他得擦得
　　　　亮晶晶。
塔上灯火向人指点：
这个地方危不危险。
轮船帆船，
　　　　大小船只，
卜卜地开
　　　　把桨划着。
波浪，
　　现在随你呼喊，
航行的人
　　　　像在安静的海湾。
孩子在家，
　　　　真干爽，
也没海水，
　　　　也没雷声，
　　　　　　　　也没浪。

我这小书喊这话：
“孩子，
　　　好好学灯塔！
有人
夜里不能开航，
你就用灯把路照亮。”

为了告诉大家这回事，
这本书里的文字，
还有一幅一幅草图，
写的画的，
　　　　都是马雅可夫斯基
　　　　　　　　　　　　叔叔。

［前苏联］马雅可夫斯基 作
任溶溶 译

May

五月主题 勇敢与担当

勇敢的小红帽

附录：《小红帽故事新编》

重新擦亮古老的神灯

附录：《青蛙王子故事新编》

成长是艰辛的，长大不容易。任何一个孩子，在成长过程中都无法逃避这样两个字眼：勇敢与担当。这个月，我们要讲的童话诗的主题就是勇敢与担当。

在凯特·迪卡米洛那部获得“纽伯瑞儿童文学奖金奖”的童话《浪漫鼠德佩罗》里，一只原本体弱多病的小老鼠，爱上了一位公主，关键时刻，他挺身而出，勇于担当，只身冒险进入黑暗的地牢，营救出自己所爱的人，谱写了一曲浪漫动人的爱的乐章。

这个童话有一个伟大的“尾声”：“用我整个心灵在你的耳边轻轻地讲述着这个故事，为的是把我自己从黑暗中拯救出来，也把你从黑暗中拯救出来。”

勇敢与担当，是人类最基本的美德和精神之一。毫无疑问，任何一个人，只有首先具备了一种勇敢的意志和担当的精神，才可能拥有一种把自己“从黑暗中拯救出来”的力量。

勇敢与担当，就意味着一种责任心，一种道义感，就意味着在关键时刻，要去守护弱小的生命，要去拯救弱者，甚至去制止灾难和挑战黑暗势力，要敢于去惩恶扬善。

一个人的生命的高度，正是从一颗勇敢的、敢于担当的心的高度开始的。

高尔基在他的小说《童年》里也说到过：“人是在不断地反抗周围艰苦的环境中成长起来的，而且，生活和成长环境越是困难，他就应该越发坚强。”还有，“即使这个世界不容我立足的时候，我也要像钢铁一样坚强地生存下去”！

谈论勇敢与担当精神，我们也不能不联想到彼埃尔·顾拜旦对伟大的奥林匹克精神的颂扬：“你就是勇气！肌肉用力的全部含义是敢于搏击。若不为此，敏捷、强健有何用……你就是正义！你体现了社会生活中追求不到的公平合理。任何人不可超过速度一分一秒，逾越高度一分一厘。取得成功的关键，只能是体力与精神融为一体。”

还有奥地利儿童文学作家、1984 年国际安徒生奖得主克里斯蒂娜·涅斯特林格在受奖演说时说过的一段话，也有助于我们来理解童话诗和所有儿童文学作品中的勇敢与担当的主题：我给儿童写书的办法很简单，既然他们生长于斯的环境不鼓励他们建立自己的“乌托邦”，那我们就挽起他们的手，向他们展示这个世界可以变得如何美好、快活、正义和人道。这样可以使儿童向往一个更美好的世界，这种向往会使他们思考应该摆脱什么、应该创造些什么以实现他们的向往……即便你放弃了通过写作来改变社会的想法，只是把写作当作帮助、安慰、解释和娱乐的手段，以便让孩子们活得好一点，你还是应该自问：“什么最重要？孩子们在什么地方最需要帮助？”

勇敢的小红帽

当我们泛游和沉迷于浩如烟海的世界诗歌的海洋之中，我们会惊奇地发现，几乎每一位曾经获得过诺贝尔文学奖的诗人和作家都曾以自己深情的笔，为孩子们写下过或多或少的童话诗和儿童诗。其中如泰戈尔的《新月集》、米斯特拉尔的《柔情集》、塞弗尔特的《妈妈》等，都是专门献给孩子们的儿童诗集。他们在成为全人类的文学大师的同时，也成了全世界的孩子们热爱和崇敬的儿童文学作家和诗人。

◇《柔情》中文版（赵振江、陈孟 译）封面

这是我们这个地球上所有孩子共同拥有的一笔珍贵的精神财富，也是一代代文学大师与幼小读者的心灵对话，是一颗颗伟大而深情的爱心对于弱小的生命、对于整个人类的明天与未来的爱护与祝福。

同时，这些儿童诗和童话诗也有助于小读者和儿童文学作者们开阔视野，拓展胸襟，净化心灵，从而丰富自己的文艺素养，提高自己的艺术欣赏趣味与写作能力。因为这一首首诗歌所传达出的都是真、善、美的真谛。诗人们面向儿童的诗情，总是那么真挚和纯洁，他们的童心、爱心与诗心，结合得又是那么完美。

智利著名女诗人米斯特拉尔有一首诗《对星星的诺言》，结尾写道：星星的小眼睛/ 我向你们保证/ 你们瞅着我/ 我永远、永远纯真。这几句诗仿佛表达了所有诗人的心声。

对星星的诺言，就是爱的诺言、美的诺言，如同太阳对于小草和花朵的诺言。

好了，言归正传。今天我们要欣赏的这首童话诗《小红帽》的作者，正是诺贝尔文学奖获得者米斯特拉尔。这首童话诗是她根据法国童话作家佩罗的同名童话改写的。

小红帽的故事，无论在西方还是东方，几乎是家喻户晓的。

小红帽的故事从诞生以来，不断被各国的孩子和大人重新演绎着，出现了不少版本。许多童话作家也都亲自参与改写过这个故事。小红帽故事的演变历史，以及它在不同时代所蕴含的不同意义，有不少学者已经写成了专门的研究著作。

这个故事最常见的结局是：残暴的狼不仅吃掉了外婆，最后还吃掉了小红帽。故事给予人们的教训：不要轻易相信凶残的和善于伪装的狼，不然就会落入狼口，丧失生命。

米斯特拉尔改写的这个故事，也是采用了这个结局：狼最后也吃掉了小红帽。原诗的结尾：她的骨和肉，全被狼嚼烂；心儿像樱桃，也被狼榨干……

但是在我看来——我相信许多孩子也会有这种感觉：这样的结局太残酷了！小红帽和她的外婆死得太可怜了！不，必须有人来为她们报仇！不能让凶残狡猾的老狼这么猖狂！最好就让小红帽变得机智一些，识破老狼的阴谋诡计，然后奋起反抗，用自己的智慧和勇气来制服老狼！因为，在可爱的小红帽身上，是可以产生这种智慧和勇气的。

我想，这也许是许多孩子更愿意看到的结局吧？尤其从许多中国孩子的接受心理来说，应该给这个故事一个正面的结局。

正是出于这样的考虑，我在改写这篇童话诗的时候，并没有采用佩罗的故事结局，也没有沿用米斯特拉尔的故事结局，而是给它增添了一个喜剧的结尾：小红帽用自己的机智和勇敢，战胜了老狼。她为可怜的外婆报了仇，不再让狡猾的恶狼危害人间。也因此，她的生命在童话里永存，她的故事在人间流传。

我想用这样的结尾，来彰显一种勇敢和担当的精神。

我相信，正在成长中的孩子们，尤其是那些男孩子们，是乐于认同并渴望拥有这种精神的。

大声朗读童话诗

小红帽故事新编

说的是那个小红帽，要去乡下把外婆看，
外婆住在邻村里，正在生病，天天受熬煎。
美丽的小红帽，梳着两条金黄色的发辫，
她的心灵可善良啦，说起话来像蜜一样甜。

她踏着清晨的露水上路，天才亮了一点点。
她轻盈地穿过了小树林，步伐迈得多矫健。

突然，有一只大灰狼，出现在她的眼前：
“早上好！美丽的小姑娘，你要去哪边？”

单纯的小红帽，哪里知道大灰狼的阴险，
她说：“我的外婆生了病，我去给她送些糕点。
对了，还有一砂锅肉汤，味道又香又鲜，
请问去邻村的路怎么走？她就住在村口边。”

小红帽穿过了小树林，一路走得那么欢。
她采摘来一些野果子，想给外婆尝尝鲜。
还掐来几朵小野花，插在金色的鬓发边。
她追着美丽的花蝴蝶，就像林中的小天仙。

◇童话《小红帽》经典插图之一

再说狡猾的大灰狼，悄悄绕过了磨坊边，
穿过了这片小树林，又翻过了几座小山。
它来到外婆家门外，一边敲门一边喊：
“外婆外婆开开门，我是外婆的小心肝。”

这只饥饿的大灰狼，已经三天没进餐。
它一口咬住外婆手，外婆全身难动弹。
大灰狼三下两下吃掉外婆，肚子变得好饱满，
然后拿起外婆的衣裳，一个劲儿地往身上穿。

这时候，美丽的小红帽来到外婆门前，
抬起小小的手儿，把大门敲了好几遍。
大灰狼在里面问：“是谁在外面敲门呀？”
声音很嘶哑，听上去好像已经病了好多天。

小姑娘进了外婆的门，亲热地来到外婆跟前。
先拿出篮子里的点心，又把野花插在床边。
“把点心放一旁吧，先给外婆把床铺暖暖。”
善良的小红帽，还没有认出大灰狼的嘴脸。

◇经典童话《小红帽》动画片剧照之一

突然，外婆的帽檐下，有一对大耳朵在忽闪，
小姑娘问：“外婆，你的耳朵怎么这样长又尖？”
狡猾的大恶狼，一把搂住了美丽的小姑娘：
“小孩子不懂得，耳朵这样长，听话才方便。”

望着小红帽柔软的身子，大灰狼馋得直流涎。
小姑娘看见外婆的眼睛，那么幽深又那么暗。
“外婆外婆告诉我，您怎么有那么大的眼？”
“那是为了更好地把你看，看看我的小心肝。”

说完话大灰狼龇牙一笑，漆黑的嘴巴好难看！
白色的大牙闪着光，让小红帽觉得好不舒坦。
“外婆外婆告诉我，你的牙齿为什么这样尖？”
“那是为了吃你吃得香，我的宝贝小心肝！”

大灰狼再也藏不住自己的模样，大吼一声扑上前。
小姑娘拿起一把镰刀，一下子砍断恶狼的喉咙管。
她为外婆报了仇，不再让狡猾的恶狼危害人间，
她的生命在童话里永生，勇敢的故事在人间流传。

［智利］米斯特拉尔 作

重新擦亮古老的神灯

从一个小孩子长成大人甚至老人，是一个多么漫长和艰辛的过程。

在我们记忆的长夜里，曾经有过许多明亮的童话的神灯，给过我们温暖、光明、幻想，还有智慧和力量。但是随着时间的推移，随着每个人精神世界的一次次蜕变，那些神灯的光芒也渐渐变得遥远和朦胧，有的甚至已经变成遥远又模糊的记忆背景，而不再是记忆的内容本身。即使有些童话书中的故事和人物我们都还记得，但经过了那么多年之后再打开它，却发现那已经是另一本书、另一个故事了，这也包括像《小红帽》《青蛙王子》《白雪公主》这样的经典童话。时间和经验在我们不知不觉中已将它们颠覆或重新整合。

这一堂课，我们再讲一个经典童话：青蛙王子的故事。

通常，我们也许只是笼统地知道，这个故事的意义是在告诉我们，要信守诺言，答应人家的事情，就一定要做到。可是，这个童话在美国心理学家布诺·布特汉博士眼里，却另有一番解读：小公主在池边玩耍的金球，象征着童稚混沌未开的完美；当金球落入深井，就像潘多拉打开了罪恶的盒子，生命开始向她展示出丑陋复杂的一面；小公主虽然对青蛙许下了诺言，但是，当青蛙含着金球一出现，小公主抢下金球就跑远了，背叛了对青蛙许下的诺言；接着，她的父亲希望她履行诺言，这其实是要帮助她学会敢于担当，敢于直面成人的责任……

这样的阐释，不仅为今天的读者提供了一种新的阅读视角，也帮助我们扩充了对这个古老童话的感受空间和思索的容量。

那么，下面这首童话诗，正是我在类似布诺·布特汉博士所做的心理分析理念的指引下，对这个古老的童话故事的重新改写。我试图赋予这个古老的童话一种新的意义、新的趣味。

我希望今天那些幻想着在未来的某一天，能遇见一位英俊王子的小姑娘，在读了这首童话诗之后，都能够恍然大悟：青蛙王子到底在哪里。

他不在你的梦中，也不在你的幻想里，而是就在你的身边、脚下或手上——那些像小小的蝌蚪一样弱小的、需要你去关爱和担当责任的小生命。

去把泥坑里的小蝌蚪捧进池塘，
去把岩石上的小蝌蚪放进小溪。
去学会担当你的责任，
去付出你的爱和勇气。
当你向弱小的生命献上你的关爱，
小小的蝌蚪会把你永远记在心里。

这就是我想赋予这个古老童话新的意义。面对经典童话，重新擦亮我们记忆深处的那一盏盏神灯，重新寻回我们阅读记忆中的密码和感觉，进而完成一种有别于童年时期的自我整合与精神确认，是有必要的。只有这样，所谓时光流转、记忆重现，甚至让一些可怕的终结变为新的开端，才会成为可能。

重新审视诸如《小红帽》《青蛙王子》这些古老的故事，我再一次惊异地发现，神灯虽然还是童年时代的那一盏，但它照耀的已不是原来的童年。古老的童话故事未曾有所更改，而我们却都发生了变化。

但是，真正的经典的魅力是永恒的。只要我们有耐心，并且怀着一颗敬畏之心轻轻地擦去时间留给它们的飞灰与尘埃，神灯的光芒将愈加明亮。

数千年来，人类有幸拥有了一批最伟大的经典童话作品，这是我们共同的记忆和文学花园。我们应该世世代代守护着它们，使这缕书香薪火相传、延绵不断。借用一句曾经非常流行的句式，如果非要在这份珍贵的遗产上加一个期限，我希望是一万年。

最后，我在这里向大家推荐两本优美的童话诗集。一本是前苏联著名儿童文学作家 C·马尔夏克的童话诗剧《十二个月》。在新年来临前夕，小女王下了一道命令："谁能献上一篮美丽的雪绒花，就赏赐给谁一篮金子。"于是，在大雪纷飞的冬夜里，一个可怜的孤女被贪心的后母赶到了白雪茫茫的大森林，去寻找只有在四月才能盛开的雪绒花……这个充满斯拉夫民间幻想色彩的童话故事，被马尔夏克演绎得十分优美和抒情，可谓世界童话诗峰巅上的一朵最耀眼的雪莲花。

另一本童话诗集名为《狐狸和月亮》，选编了前苏联一些著名的儿童诗人写给小孩子看的短篇童话诗。这是我在 20 世纪 80 年代里读到过的一本小书，至今仍然念念不忘。

◇童话诗剧《十二个月》中文版（许娜译）封面

◇童话诗选集《狐狸和月亮》中文版（聪聪译）封面

大声朗读童话诗

青蛙王子故事新编

如果你读过《格林童话》，
你一定还记得那只青蛙。
他本来是一个英俊的王子，
却不幸中了巫婆的魔法，
从此只能住在深深的井底，
在寂寞中倾听森林的喧哗。
没有伙伴，也没有欢乐，
看不见阳光也看不见鲜花。

有一天，一位美丽的公主，
来到森林里的水井边玩耍，
她最心爱的一只小小金球，
滚进了深深的水井底下。

好心的青蛙帮她找到了金球，
小公主用一个诺言作为报答……

后来的故事人人都知道，
公主最终信守了那个诺言：
她把青蛙抱上了自己的餐桌，
还让他住进了自己的房间。
最后青蛙变成了善良的王子，
成了公主亲爱的丈夫和伙伴。
他们从此过上自由的生活，
幸福地住在王子的宫殿。
故事告诉我们一个道理：
有谁在困难中帮助过你，
你就应该把他记在心间。

可是我现在要告诉你们的，
是另外一个美丽的秘密，
特别是那些漂亮的小姑娘，
你们可一定一定不要忘记：
如果你也想在长大以后，
遇见一个英俊的青蛙王子，
那么你最好就从现在开始，
学会去热爱每一只小蝌蚪。
去把泥坑里的小蝌蚪捧进池塘，
去把岩石上的小蝌蚪放进小溪。
去学会担当你的责任，
去付出你的爱和勇气。
当你向弱小的生命献上你的关爱，
小小的蝌蚪会把你永远记在心里。
当小蝌蚪变成青蛙的时候，
相信就会有一位英俊的王子，
坐着金色的马车来寻找你！

徐鲁　作

六月主题 励志与自信

彼得堡，一个冬天的童话

附录：《早晨》

你是一朵会飞的花

附录：《童话》

《雏菊和蒲公英》

《投信》

六月到了，夏天来了。夏天是强盛的，一进入它的边界，我们就能听见夏天隆隆的马车声——不，那是夏天的雷电滚过的声音——

对于孩子们来说，夏天是一个快乐的季节。躺在金色的叶堆上，和小伙伴们一起遥看天河两岸的星星；坐在高高的草垛上面，听老祖母讲那古老的银狐的故事；在井台边，在禾场上，在萤火虫飞舞的篱院里，我们骑着竹马，从天上跑到地下。而金色的池塘，也是孩子们夏天的乐园；村边的老槐树，是一把永不收拢的绿伞。知了在树叶里唱着正午的安宁，谁在树下轻轻地荡着童年的秋千？

也曾经盼望过，夏天一到，快放暑假——把暑假放到很远很远的地方；也曾经盼望过，夏天一到，就去海边，跟随一位老船长，去实现自己的航海梦——

也曾经盼望过，夏天一到，就举着美丽的营旗，穿上漂亮的营服，到青青的山谷间去野炊，去露宿，去点起篝火，唱歌、朗诵、手拉手跳舞——

啊，童年的夏天！浪漫的夏天！

夏天是热烈的季节。我们本月的主题是：励志与自信。

我们应该坚信，与今天的崇尚物欲、追逐享乐的思潮，以及许多人日渐颓靡、远离崇高的精神状态相比，那些青春的激情，那些高尚的誓语，那些美好的理想和追求……仍然是高贵和辉煌的，仍然是令人“高山仰止，景行行止，虽不能至，心向往之”的。而且，人们的生活状态越是焦躁和平庸，那些崇高和伟大的理想的光华就越来越显得宝贵和明亮。也许只有它们，能够教会我们如何去完成自己短暂的人生，如何让个人渺小的生命在一种“大爱”和“大德”中得以升华。

我们还应该相信，对生活，对我们周围一切的诗意的理解，将是童年和少年时代给一个人的最伟大的馈赠。一个人如果在以后悠长而严肃的岁月中没有失去这个馈赠，那他就有可能成为一位富有高尚心灵、拥有理想人生的人。

彼得堡，一个冬天的童话

阅读和欣赏中外一些经典童话诗作品，我们会有一个有趣的发现：原来，诗人们仅仅在文体形式上，就早已把童话诗打扮得多姿多彩了。

从形式上看，童话诗有通常最多见的那种参差不齐的自由诗体的形式，有看上去整齐的、像小火车的一节节车厢一样非常押韵的格律体形式，有可以分成不同角色来表演的童话诗剧的形式，还有我们在前面欣赏到的马雅可夫斯基的“楼梯式”的童话诗，等等。

那么，今天我们要欣赏的是介于散文和诗歌之间的一种散文诗式的童话诗。

这种童话诗，从文本形式上看，诗人们创造性地把自由体诗、散文和散文诗、童话、童话诗等元素，都吸收过来、糅合起来，形成了一种十分独特的、既自由活泼又自具章法的文体。这种文体既有自由体新诗的内在节奏和旋律，又有散文诗的简约形态和散淡韵致，当然，也涂抹着童话诗的幻想色彩……

我们先以俄国文豪高尔基的一篇童话诗《早晨》为例子。

这篇童话诗的诞生背景，本身就是一篇美丽的童话。

故事发生在1910年的冬天。那是一个异常寒冷的冬天，在七岁小男孩伊柳沙看来，似乎比以前所有的冬天都要漫长。来自西伯利亚的凛冽寒风，日夜不停地吹刮着，好像一个可怕的巫婆在不停地嚎叫。彼得堡清冷的大街

◇俄罗斯大画家列宾笔下的托尔斯泰肖像

上，每一个人都紧缩着脖子，神情抑郁得就像那随时都可能降下雪来的天空。

“多可怕的冬天啊！该不会发生什么事情吧？”有经验的老人不由得自言自语起来。

果然，这一年的11月7日，一个不幸的消息在一瞬间传遍了寒冷的俄罗斯大地：伟大的、仁慈的文学家列夫·托尔斯泰与世长辞了！

这个可怕的坏消息，让小男孩伊柳沙大吃一惊。他有点不相信报纸上的话是真的。因为就在昨天，他刚刚听到了一个新故事：《猫在屋顶上睡觉的故事》。讲故事的人告诉他说，写这个故事的人，就是白胡子的老爷爷列夫·托尔斯泰。

“不，这肯定不是真的！”伊柳沙摇着他爸爸的手说，“会写这么好听的故事的人，是不会死的。彼得堡的每一个人，都读过他的书……”

“哦，我亲爱的孩子，我也希望这不是真的。”

爸爸擦了擦眼里的泪水，把伊柳沙搂在胸前说：“可是，我们得接受这个不幸的事实了，托尔斯泰爷爷真的离开了我们，离开了他居住的雅斯纳雅·波良纳……就像普希金、涅克拉索夫、克雷洛夫、屠格涅夫这些伟大的诗人和作家一样，离开了我们，再也不会回来了……”

“天哪！他们都死了！这么说，我们不是再也没有诗人、没有作家了吗？”

小小的伊柳沙似乎感到了问题的严重性。是呀，没有了诗人，没有了作家，以后还有谁能给俄国的孩子写书呢？而没有书的日子，又是多么难过啊！

“不，亲爱的孩子，我们还有一位非常优秀的作家，他叫马克西姆·高尔基，他像托尔斯泰一样伟大、善良，他会给你们写书、讲故事的。只是，他现在不在俄国，他住在意大利的卡普里岛上。此时此刻，我想，他正和我们一样，在为托尔斯泰的去世而难过……”

爸爸说着，又拿起了那张为伊柳沙家送来了不幸消息的报纸……

马克西姆·高尔基？意大利的卡普里岛？当天晚上，七岁的伊柳沙坐在火炉旁边，手握着铅笔，思忖了好半天。他决定给这位远在意大利的高尔基先生写一封信。他从自己的小壁橱里找出一张平时舍不得用的彩色纸，铺展平整，在上面端端正正地写道：

亲爱的高尔基爷爷，您一定知道了，今天早晨，会讲故事的托尔斯泰先生死了。还有普希金、莱蒙托夫、涅克拉索夫、屠格涅夫和克雷洛夫……俄国有名的作家都死了。现在，只剩下您了，而您，又在遥远的意大利……

写到这里，伊柳沙突然觉得有种委屈涌上心头。他觉得鼻子有点发酸，泪水正在眸子里转动。但他想：不能，决不能让眼泪流出来！

于是，他转过脸看了看通红的炉火，好像是想让炉火把他的眼泪烘干似的。他转了转铅笔，继续写道：

……高尔基爷爷，您为什么不回彼得堡呢？是没有回来的路费吗？如果您回不来，请写个童话寄给我，好吗？

您的伊柳沙

第二天，伊柳沙就把这封信件交给了邮差。

他不知道从彼得堡到意大利的卡普里岛到底会有多远的路程，他一天天地等啊等啊，一边等一边计算着日子。

天气变得越来越冷了。厚厚的冰雪封住了涅瓦河……

终于有一天，邮差的铃声在伊柳沙家门口响了起来。马克西姆·高尔基真的从遥远的意大利给伊柳沙写来了回信！

◇在卡普里岛居住时期的高尔基

高尔基在信上这样写道：

我亲爱的伊柳沙：

是的，托尔斯泰人死了，但是作为一个伟大的作家，他仍然活着，他永远和我们在一起！

过几年后，当你长大一些，自己开始阅读托尔斯泰的优秀作品时，亲爱的孩子，你一定会十分喜悦地感觉到，托尔斯泰其实并没有死，他和你在一起，他在用他的艺术给予你最愉快的享受。

◇高尔基肖像（木刻画）

伊柳沙，你知道吗？还有一位杰出的作家叫符拉基米尔·柯罗连科。我建议，让爸爸给你朗读一下他写的《撞钟老人》。

谢谢你给我写信，根据你的请求，寄给你一个童话故事和几张卡普里岛的风景明信片。

马克西姆·高尔基

于卡普里岛

读着这封来自卡普里岛的书信，伊柳沙是多么高兴啊！

放下书信，他又捧起了那篇童话故事——《早晨》。

“世上最壮观的就是欣赏白昼的诞生！”高尔基在信中一开始就这样写道，“黑夜悄悄隐入山谷和石缝，藏到浓密的树叶下，躲进洒满露珠的草丛中。高耸的山峰温情地微笑着，空中射来第一束阳光，仿佛对柔和的夜影说：‘别害怕，这是太阳！’……”

在这篇童话诗里，高尔基用童话诗常用的拟人手法，赋予那些植物和动物以鲜明的个性，通过它们的对话和行动，热情地赞美了早晨的太阳，还有太阳下人们的工作与劳动。在早晨的金色霞光中，一切都是那么清新、朝气蓬勃，一切都充满积极向上的生机。

他希望所有的孩子都能够热爱太阳和早晨，并且都能够懂得热爱生活的人们在大地上辛勤劳动的经历，才是世界上最令人神往的童话！

这是一首充满了积极向上的励志精神，能够给人带来希望、信心和力量的童话诗。

这也是一篇用散文诗与童话两种形式完美融合而成的精致作品。

虽然作家采用的是散文诗的形式，但是通篇又充满了饱满而热烈的诗的激情，同时又散发着童话的想象之美。

这篇作品也给世界童话诗宝库增添了一种新的形式——散文诗式的童话诗。

白昼来到了！
早安，孩子们，但愿你们一生中能有很多美好的日子！

在这篇童话诗的末尾，高尔基这样写道：

我写得枯燥无味吗？
毫无办法，孩子活到了四十岁，多少会变得有点枯燥无味的。

读到这里，伊柳沙忍不住笑了起来。

“不，一点也不枯燥无味！”伊柳沙在心里说道，“亲爱的高尔基爷爷，我已经深深地记住您的话了，我们热爱的东西，我们要永远热爱，永远……”

是的，正是从这个冬天开始，伊柳沙渐渐地长大了。

谁也没有想到，伊柳沙长大之后，也成为了俄罗斯一位著名的诗人。

大声朗读童话诗

早晨

世上最壮观的就是欣赏白昼的诞生！

黑夜悄悄隐入山谷和石缝，藏到浓密的树叶下，躲进洒满露珠的草丛中。

高耸的山峰温情地微笑着，空中射来第一束阳光，仿佛对柔和的夜影说：

“别害怕，这是太阳！”

海浪高高扬起白头，向太阳鞠躬歌唱，犹如美丽的宫女参见皇上：

“欢迎您啊，世界的君王！”

仁慈的太阳笑逐颜开。海浪终夜嬉戏翻滚，左回右旋，这时已是乱作一团。

她们碧绿的衣衫揉皱了，天鹅绒长裙搓乱了。

“早安！”太阳俯向大海说，“早安，漂亮的姑娘们！不过，也该玩够了，安静下来吧！你们再不停止欢蹦乱跳，孩子们就不能下水游泳啦！应当让大地上的人们过上美好的生活，对吗？”

石缝里钻出几条绿色的蜥蜴，眨着惺忪的睡眼，彼此交谈道：

“今天是个热天啊！”

热天里，苍蝇飞得很慢，蜥蜴捕食可方便了！

吃到一个美味的苍蝇，有多快活！蜥蜴真是贪婪的馋家伙。

花朵托着露珠淘气地东摇西晃，仿佛挑逗人们说：

“我们清晨披着露珠，百媚千娇，先生，您不妨描写一番！花儿小巧玲珑的身姿，也可以动笔描绘几句。试试看，并不难！我们都是这样质朴无华……”

她们是一群狡猾的小东西！

花儿深知她们动人的绝色天姿是无法用文字形容的，于是，嘻嘻地笑了！

我脱帽向她们致敬道：“你们太客气了！谢谢你们的盛情厚谊，可是，我今天没时间了。以后吧，也许能做到……”

群花向太阳伸着懒腰，自豪地微微含笑。

映在露珠里的朝霞光华夺目，用宝石般的灿烂光辉镶满花瓣和叶片。

金色的蜜蜂和黄蜂已经在花间飞舞盘桓，贪婪地吸吮着香甜的花蜜，她们低沉的歌声在温馨的空中回响：

美好的太阳——

使生活永远欢畅！
幸福的劳动——
给大地披上盛装！

红胸脯的知更鸟睡醒了。

他们站起来，用纤细的小腿支撑着身子，不住地摇头晃脑，也唱起轻快的歌儿。鸟儿比人更懂得生活在大地上的欢乐！

知更鸟总是第一个迎来太阳。他们胸前的羽毛宛如朝霞朵朵，于是在遥远、寒冷的俄罗斯，获得了“朝霞鸟”的美称。

毛色灰黄的、活泼的金翅鸟，在灌木丛里跳上跳下，活像街头顽皮的孩子，没完没了地叫着闹着。

燕子和雨燕在追捕小虫，疾如黑色的飞箭，时隐时现，愉快地、讨人喜爱地呢喃啁啾。有这样一双敏捷轻盈的翅膀，多惬意啊！

伞松的枝丫在微微摇曳，一棵棵的伞松宛如一只只大酒杯，注满了玉液琼浆般的绚烂阳光。

人们睡醒了，他们的整个生活就是劳动；

人们睡醒了，他们毕生都在使大地变得美丽富饶。

然而，自身却从生到死一贫如洗。

为什么？等你长大后，会明白这些的，当然，如果你想知道的话。

可是现在，去热爱太阳吧。他是一切欢乐和力量的源泉，但愿你们快乐、善良，就像对一切都和蔼可亲的太阳一样。

人们醒来了，他们走向自己的土地，去从事自己的劳动！

太阳含笑凝视着他们：他最清楚人们在大地上做了多少美好的事情，他看见过去大地上一片荒芜，而今到处展现出人们——我们的父辈和祖先——进行伟大劳动的业绩，在干着孩子们暂时难以理解的严肃事业时，他们还造出了各种玩具，世界上各种惹人喜欢的东西——电视机等等。

啊，我们的先辈，艰苦卓绝地工作，在我们周围处处建立了丰功伟绩，赢得了我们的热爱和景仰！

应该想到这一点啊，孩子们！

人们在大地上劳动的经历才是世界上最令人神往的童话！

田间，篱栅旁的蔷薇开放了，到处都是花朵的笑靥，不少花儿快开放了，然而仍在仰望着蔚蓝的天穹和金色的太阳，柔弱的花瓣簌簌作响，沁发出甜蜜的芳香，蓝湛湛、暖洋洋，充满浓郁芬芳的天空中，柔和的歌声在轻轻飘扬：

美好的事物——
终归是美好的，
哪怕面临凋零的时光。
我们热爱的东西——
我们要永远热爱，
即使我们濒于死亡……

白昼来到了！
早安，孩子们，但愿你们一生中能有很多美好的日子！
我写得枯燥无味吗？
毫无办法，孩子活到了四十岁，多少会变得有点枯燥无味的。

［俄罗斯］高尔基 作
孟庆文 译

你是一朵会飞的花

◇作家郭风

这一堂课里，我们继续欣赏几首散文诗式的童话诗。

在中国现当代儿童文学作家中，能够把散文诗和童话这两种文学形式完美地融合在一起，创造出了一种意境优美、风格清新、形式感极其独特的“新型童话诗”的作家，似乎只有郭风先生一人。

半个多世纪以来，郭风先生在

儿童散文和散文诗、童话的田园里孜孜耕耘，心无旁骛，艺术成就斐然。他的文学成就不仅是对中国儿童文学的巨大贡献，同时也丰富了世界儿童文学的宝库。

他的主要著作有童话诗集《木偶戏》《月亮的船》，散文诗集和散文集《蒲公英和虹》《叶笛集》《避雨的豹》《在植物园里》《你是普通的花》《鲜花的早晨》《灯火集》《早晨的钟声》《小小的履印》《孙悟空在我们村里》《献给爱花的人》《龙眼园里》以及《郭风散文选》《郭风儿童文学文集》等。

◇郭风儿童散文诗集《灯火集》封面

他早期的童话诗集《木偶戏》（包括《小郭在林中写生》《小野菊的童话》《豌豆的三姐妹》等篇章），曾被著名编辑家黎烈文称赞为“给中国新诗开拓了一个新境界”的作品。

新中国成立后，他继续致力于散文诗和童话诗的创作，迎来了创作生涯中的第一个高潮，有童话散文诗集《蒲公英和虹》等。对乡土风习、地域文化精神的发掘与提炼，对故乡泥土和大自然之美的眷恋与赞美，是他作品常见的主题。他的童话诗里充满了诸如叶笛、果园、麦笛、水磨坊、山溪、灯火、小桥、干草堆、鸟巢、水文站、骤雨、蒲公英、白霜、村庄等平凡而朴素的乡土意象。

他善于从中捕捉到某种情绪和意趣，再加上童话的想象，从而抒发自己最细腻最真实的感觉与感受。

清新、简约、隽永、恬淡、开朗，是郭风这些作品最明显的风格。

进入新时期以后，他在艺术道路上继续探索和实验，使自己的散文诗和童话诗创作再次形成高潮。《鲜花的早晨》《早晨的钟声》和《孙悟空在我们村里》等集子，是他此间的标志性作品，其中包括《红菰们的旅行》《雏菊和蒲公英》《草丛间的童话》《松坊村纪事》等几个著名的系列作品。

他在《孙悟空在我们村里》的序言中说过这样一段话：

“我开始从事文学创作（包括为孩子们写作）以来，这数十年间，实际上都是认识自己、发现自己乃至扬弃自己的漫长的过程。或者，简约地说，在整个文学生活历程中，我逐渐明白了自己的文学气质。这所谓气质，一般看来是很复杂的、难以说清楚的。尽管如此，我逐渐明白自己较于能够从客观世界捕捉某种情绪、意趣，而不善于抓住情节；我逐渐明白自己较易于捕捉世界的善良部分、真纯部分，较能理解儿童，甚至喜欢把世界的某些事物注入儿童趣味和幻想等等。这使我在文学世界中容易接近散文，以及容易让散文童话化，或把童话这一文体予以散文化。”

◇郭风儿童散文诗集《早晨的钟声》封面

这段话有助于我们从作家个人气质角度去阅读和欣赏他的作品。

我们后面所选的《童话》《雏菊和蒲公英》《投信》这三篇童话诗，正好可以印证他的这种追求。

出现在他笔下的雏菊、蒲公英、紫罗兰，以及别的花、树、鸟、兽等等，还有它们所生活的场景、生长的环境……都给人以健康明朗、积极向上、亲密无间而又生机勃勃的感染力量。

这些作品也蕴含着温暖的励志精神。

即使是那些小小的花朵，即使轻柔如一朵蒲公英的花球，也志存高远，渴望展开梦想的翅膀，渴望在天上飞。

同时，它们也不仅仅是一页页明朗和写实的风景画，而是一幅幅带着鲜明的地域色彩和强烈的个性特征、偏重于儿童趣味和幻想色彩的印象画、写意画。

他极其自然地把一种纯美的儿童趣味和儿童幻想注入大自然的物象和生活的细节之中，或者说，他是那么善于从自然物象中提炼和攫取能与自己的思想、情绪、感觉相吻合的东西，然后努力去做到使自然物象与心象达到和谐统一，从而创造出一种特殊、生动而有韵致的艺术美感。

在形式上，他尽情地发挥了自己童话创作的艺术特长，大胆地把童话的情节引进散文诗的结构之中，创造了一种舒展自如的、更富儿童趣味和美学特征的复合型文体，使这种散文诗式的童话诗成为了当代儿童文学园地里的一束奇葩。

那么，郭风的童话诗的资源和他个人的文学气质与风格，究竟是如何形成的呢？为什么这位作家的风格是如此与众不同呢？

首先，他的故乡福建莆田的人文环境、乡土风习以及氤氲其间的宁静、和谐和醇厚的文化气息，一直贯穿着他创作的各个时期。秀丽、明媚的南国风光和散发着龙眼树与荔枝林芬芳气息的莆田景物，常常出现在他不同时期的作品里，形成了他作品特有的印记，以至于曾使一位读者产生过这样的感觉——

“有一次，我乘汽车从郭风的故乡穿过，目睹那里的山水田舍，不知怎么，我头脑中蓦地腾起一个无声的发现：‘这就是郭风！’”

其次，郭风在童年时代读过私塾，受过较严格的古典文学训练，有着深厚的传统文化根底，青年时代又接受了五四新文学的影响，尤其深受鲁迅、叶圣陶、冰心等作家散文艺术的濡染。接着，他又读到并且深深喜欢上了如阿左林、果尔蒙、凡尔哈仑、波特莱尔等西方诗人和散文诗作家的作品，尤其是戴望舒翻译的法国诗人果尔蒙的《西茉纳集》、卞之琳翻译的西班牙散文家阿左林的《阿左林小集》，对他后来在文体上的执着探索，起到了很大的启示性作用。这些作家的作品，都兼有散文、诗、散文诗乃至童话的某些品质。尤其是法国诗人果尔蒙的作品，其实就可以当作童话诗来看。

郭风曾说过他对果尔蒙的理解：“诗人奇异的、大胆的想象和联想，诗歌中新鲜的形象和幻想，诗人通过他自己特有的艺术手段强烈地而又似乎是朦胧地表达出来的情绪、某种欲念和召唤以及某种哲学思想，所有这些……一开始便有一种吸引我的特殊力量。”

我们从郭风童话诗意象的单纯与明朗、个人情绪的微妙与真挚等特色上，不难看出他与果尔蒙的文学师承关系。

郭风的散文诗式的童话诗，在中国 20 世纪儿童文学史上是一个巨大的存在，同时也直接启发和影响了后来的一些儿童文学作家的创作。他所创造的这一独特文体，有如绽放着清纯的芬芳的花朵，独具迷人的魅力。

郭风先生还有一篇短小的童话诗，写一朵小小的、美丽的豌豆花，在春光里看见美丽的蝴蝶从身边飞过，就情不自禁地问道：

“你是一朵会飞的花么？”

到了夜晚，小小的豌豆花，竟然也梦见自己变成了一只彩色的蝴蝶飞了起来。他的这些优美、轻柔、澄澈的童话诗，不也是一朵朵会飞的花么？

大声朗读童话诗

童 话

小野菊坐在篱笆的后面，
侧着头，说道：
“我长大了，
要有一把蓝色的遮阳伞。
那时候，我会很好看，
我要和蜜蜂谈话！”

站在她旁边的蒲公英，插嘴说：
“可是，那有什么好呢？”
小野菊马上问道：
“可是，你会比我好吗？”

“我长大了，会有一顶
旅行用的，黄色的小便帽。
我要带一只白羽毛的毽子，
旅行到很多的地方！”

小野菊沉思地说：“那真的很好，
可是，我不要像你！”

郭风 作

雏菊和蒲公英

我看见雏菊挥着淡蓝色的手帕，
她说：
你现在就动身么？
你要飞行到很远的地方去么？
飞行到林间？
飞行到崖边？
飞行到有一座古老水磨的山涧边，
——那里，真的已开始在建筑一座水电站了？

飞行到一座山塘边？
一座陌生的池沼边？
飞行到一座石桥边？
飞行到长着乌桕树的山坡上？
——那里有白色的雏菊，
请代我向姐妹们问好。
飞行到一片空旷的草地上？愿你和三色堇，
和白苜蓿花，和红色的酢浆草、
白色的酢浆草以及紫罗兰，
和草莓以及野生的山楂树，
和铺地锦以及从树上垂下的青藤，
一起开花，
一起装饰我们的土地。
使我们的土地上，
到处五色缤纷，到处有丰富的色彩；
到处能够看到
堇紫、海绿、海蓝、雪白、天青；
到处能够看到
胭脂红、麦黄；
使我们的土地，使我们的溪岸，
使所有的水边和草径，
村庄的篱笆周围，水电站的高墙四近，
散发香味……

我看见雏菊站在溪边的草丛间，
目送飞行的蒲公英，
挥着淡蓝色的手帕。
——这时，蒲公英带着雪白的绒毛的种子，
好像雪花，好像雪花，好像雪花，
在风中飞，在风中飞。

郭风 作

投 信

我的名字叫紫罗兰。
童话书里叫我紫罗兰妹妹。

这天早上，
喜鹊阿姨在榕树上向我叫：
“你好。你好。鹊！

昨晚睡得好么？”
我向喜鹊阿姨招招手，说：“谢谢。早上好！”

我还看见太阳先生在天上向我微笑。
他微笑，嘴唇微微地张开。
我向太阳先生说：“你好，早上快乐！”

随后，我便把信笺打开，给蒲公英哥哥写信。
蒲公英哥哥：
　　你好。
　　早上天气很好，喜鹊阿姨、太阳先生都向我问好。
　　我想，你吃过早饭后，我们一起
　　到附近草地上滚铁环，踢毽子，
　　好不好？
　　　　　　　　紫罗兰
　　　　　　　　　　　即早。
我把信折好，放在写好的信封里面，
便赶快跑到蒲公英哥哥的家门前来。

蒲公英哥哥住在我家附近
一片草地间的一座小屋里。
门前有竹篱。
竹篱上有一个信箱。
我把信投进信箱里，
便赶快离开蒲公英哥哥的家门，
回到自己家里来了。

郭风　作

July

七月主题 生命与成长

有个小小的花蕾，紧贴我的心房

附录：《小花蕾》

《玉米之歌》

孩子的天使，人类的儿童

附录：《金色花》

《花的学校》

“所有的孩子都要长大的，只有一个例外。”英国童话作家詹姆斯·巴里的童话名著《彼得·潘》一开篇就是这样写的。这个“例外”，是指童话作家笔下的那个不愿长大、也永远长不大的小孩子彼得·潘——一个穿着用干树叶和树浆做成的衣裳的“小飞侠”。

童话里的彼得·潘可以永远停留在快乐无忧的孩童时代，但所有的孩子却应该长大！成长，是每一个孩童的天赋权利。

所谓生命的力量、人的力量，其实就是生长的力量。就像所有的花蕾，都会在自己的季节里开放，孩子们总要长大的。他们也应该长大，世界也需要他们长大。只有一代又一代的孩子在成长，我们这个并不那么完美的世界，才有向着相对完美的方向转动的可能。因为，只有一代又一代的孩子长大了，他们才有能力去亲近、去改造和完善这个世界。

问题是，成长总有一个过程，甚至可以说，任何一个快乐的、美丽的、坚强的生命的获得，都必须经过这样一个或许是十分漫长和极其艰辛的过程。唯其漫长和艰辛，生命才具有了实际的意义和质量。否则，所谓生命和成长，都会变成一种虚幻和空想，都必将失去它原本的价值和意义。

每个人的成长过程，都是为争取和保卫自己的天赋权利与生存空间而进行抗争的一场“圣役”。同时，也是不断地战胜自己、无情地否定和超越自身的过程。所有生命和成长的真正意义，绝不仅仅是、或者说根本就不是最终的那个“目的”，而是在于这个不断渴望、不断实现和不断超越自身的“过程”。

所有生命与成长的快乐和幸福，也决不仅仅在于或者说根本就不在于最后的“到达”和“获得”，而是在于每一个瞬间和片刻的拥有、把握与完成之中。生命不仅仅是对“过去”的回忆和对“未来”的遥想，更为重要的是对“现在”的掌控、把握与享受。只有认清和弄懂了这个道理，我们才可能真正地去善待生命，去呵护成长，去实现和完成生命与成长的价值。

本月要讲述的童话诗的主题是：生命与成长。

我们心存一个小小的希望：通过对这些童话诗的阅读与欣赏，帮助孩子更清晰地认识到童年的珍贵与美好，认识到成长的艰辛与不易，认识到生命的宝贵与尊严，从而更好地敬畏生命、热爱生命、珍惜生命，并且懂得要对来自周围的呵护与关怀充满感恩。从童年时代起就能够健康、坚强和乐观地成长，让童年时代和整个生命沐浴在明亮的阳光之下。

有个小小的花蕾，紧贴我的心房

1945 年，瑞典文学院院士亚尔玛·古尔伯格先生，在当年的诺贝尔文学奖授奖辞中，向我们讲述了这样一个动人的故事：

几十年前，在智利艾尔基山谷的一个名叫坎特拉的小村庄里，诞生了一位名叫卢西拉·戈多伊·阿尔卡亚加的未来的小学女教师。戈多伊是她的父姓，阿尔卡亚加是她的母姓。她的父亲是一位小学教师，他曾为女儿修过一个小花园，却又在女儿的孩提时代就离开了家。美丽的母亲活了很大年纪，她说她常常发现可爱的女儿在同小鸟和庭院中的花儿亲切地交谈。之后，阿尔卡亚加以自己特有的方法自学成才，成为坎特拉的一名小学教师。这时候她正好 20 岁。

◇女诗人米斯特拉尔（1889—1957）

也正是在20岁的时候，她一生的命运就此决定：阿尔卡亚加对一个铁路工产生了好感。关于他们之间的爱情故事，今天我们知道的细节已经十分有限，只知道不久以后，那个铁路工又辜负了她。1909年11月的一天，他用枪击中自己的头部，自杀了。阿尔卡亚加从此陷入了无限绝望的境地。她如同面对着天崩一样，向苍天呼号，诅咒这不该发生的悲剧。而从此，在那贫瘠的智利山谷中升起了一个伟大的声音，这是在遥远地方的人们都能听得到的声音——日常生活中的不幸不再具有个人色彩，而成为文学作品的内容。“卢西拉·戈多伊·阿尔卡亚加”这个名字，也被另一个名字“卡夫列拉·米斯特拉尔”所代替。这位本来无足轻重的乡村小学教师，一步登上了拉丁美洲“诗歌皇后”的宝座……

故事就是这样。为悼念男友而写的诗篇，使这位女诗人获得了世界性的声誉。那是她的第一部著名的诗歌集，题名为《绝望》。当一位母亲读到这本忧郁、多情的诗歌集时，竟泪如泉涌，为死去的儿子，为再也不能复活的儿子痛哭流涕……

之后，米斯特拉尔便把她全部的爱和深情，倾注到了她所热爱的孩子们身上。她终生未嫁，毕生献身给了南美洲的教育改革事业。

她为孩子们所写的可以轮唱的诗篇，1924年在马德里首次出版，题名为《柔情》。这是一位伟大的女诗人绝望中的柔情。这些诗，感动着读过和唱过它们的每一个孩子和他们的母亲。为了向她表示敬意，曾经有四千名墨西哥儿童一起合唱了这部诗作。这部优美的诗集，如今已经成了全人类最珍贵的精神财富。

这些诗歌，大都是歌唱生命与成长、歌唱母亲和孩子的，充满了母爱的柔情，也揭示了生命与成长的一些秘密。

例如在《发现》一诗中，她写道：

我来到田间，
遇到这个孩子，

他正在酣睡，
在麦穗中间……

或许，
当你穿过葡萄园，
寻找鲜嫩的葡萄蔓的时候，
也会遇到他的小脸……
为此，我怕，
如果我熟睡，
他便会像冰雪那样，
在葡萄藤中消失、蒸干……

在《迷人》一诗中，她写道：

小宝贝多么富有，
胜过了大地和天空。
我的胸是他的貂皮，
我的歌是他的鹅绒。
他的身躯多么纤小，
就如同我的麦粒儿，
比他的梦儿还轻盈。

我们下面所选的两首童话诗，是米斯特拉尔献给孩子们的“生命之歌”和“成长之歌”。

在《小花蕾》里，诗人把正在孕育的小生命想象成一个小小的、像稻米粒一样的纯洁的小花蕾，紧贴在妈妈的心房。小孩子的生命与成长，永远与妈妈的生命同在。有了这个小花蕾，妈妈的身上就有了神圣的责任感。她知道，小小花蕾会长大，会长高，甚至有一天还会离妈妈而去。这也是生命延续的必然选择。因此，妈妈明白，即使有一天小花蕾离开了她的怀抱，她依然会自豪地歌唱：“有个小小的花蕾，紧贴我的心房！”

这首童话诗里充满了母爱的温暖，也呈现了母亲们对幼小的生命那种细心的呵护与无私的疼爱。

《玉米之歌》也是一首生命与成长的赞歌。诗人用拟人的手法，写出了玉米在田野上的成长过程：从结穗到成熟，直到被收进谷仓，在谷仓里又梦见了一片新的刚诞生的玉米地……

表面上看，这是一个关于玉米的童话，其实也暗喻着一个孩子从母亲的身上诞生，在母亲的怀抱里成长、长大、直至成熟的生命过程。

从一株玉米身上，我们可以想见，母亲在孕育和抚养自己的孩子的过程中所经受的艰辛：她要忍受孕育的疼痛，她要替小生命遮挡风雨，她要用自己的身体托举着孩子，任一个正在成长的小生命在她身上不停地摇晃……

从一株玉米的身上，我们同样也看到了母爱无私的奉献和牺牲精神。

米斯特拉尔对儿童的爱，不仅仅表现在诗歌创作上。她还热衷于儿童教育，圣地亚哥和墨西哥城等城市都特意邀请她去进行教育改革，聘请她担任一些中学的校长。1938 年，为了资助西班牙内战中受害的儿童，她把她的第三部长篇诗集《塔拉》放在布宜诺斯艾利斯出版。

正如亚尔玛·古尔伯格先生所说：“诗人用她那慈母般的手为我们酿制的饮料，使我们尝到了泥土的芬芳，使我们的心灵不再感到饥渴。这是来自艾尔基山谷的卡夫列拉·米斯特拉尔的心田里的泉水，它的源头永远不会枯竭。”

1957 年 1 月 10 日，米斯特拉尔在美国纽约病逝。

她的祖国的另一位伟大的诗人聂鲁达闻知噩耗时，悲痛地写道：

“米斯特拉尔，你回来吧！有谁会忘记你那颂扬玫瑰花、智利北方皑皑白雪的歌声呢？你是智利的女儿，你属于人民。有谁会忘记你献给赤脚儿童的诗句呢？……我们大家都如此热爱着你……”

大声朗读童话诗

小花蕾

有个小小的花蕾，
紧贴我的心房。
洁白而又小巧
像稻米粒儿一样。

在炎热的时刻，
我为她遮蔽阳光。
有个小小的花蕾，
紧贴我的心房。

她长啊又长，
比我的影子还长。
高得就像一棵树，
前额好似太阳。

她不断地长高，
充满了我的怀抱；
沿着道路而去，
像潺潺的小溪……

为了慰藉悲伤。
失去她，我依然歌唱：
“有个小小的花蕾，
紧贴我的心房！”

［智利］米斯特拉尔 作
赵振江 译

玉米之歌

玉米在风中歌唱，
充满了绿色的希望。
它们在三十天中成长，
喃喃声是一片颂扬。

在愉快的高原上，
玉米地一直伸展到天边，
它们在风中歌唱，
抬起了无数张笑脸。

玉米在风中呻吟，
成熟得可以进仓。
它们的须发变得焦黄，
结实的外壳已经绽放。

胀痛的呻吟，
充满了干枯的大氅。
玉米敞开衣襟，
在风中吟唱。

一根根玉米穗子，
像是一个个小姑娘，
挂在玉米秆上摇晃，
安稳地过了十个星期。

头上长着金黄的柔发，
仿佛初生的婴孩。
叶子像母亲那么慈爱，
替她们挡住露水。

穗轴像孩子，

躺在玉米皮里，
露出两千颗金黄牙齿，
傻呵呵地直笑。

一根根玉米穗子，
像是一个个小姑娘，
挂在母亲般的玉米秆上，
安安稳稳地摇晃。

玉米在谷仓里休息，
不声不响地睡熟。
她们在梦中瞧见，
一片刚诞生的玉米地。

［智利］米斯特拉尔 作
雷怡 译

孩子的天使，人类的儿童

欣赏过了米斯特拉尔的两首童话诗之后，我们再来介绍另一位同样获得过诺贝尔文学奖的诗人和他的作品。

他就是印度诗人、1913年诺贝尔文学奖获得者泰戈尔。

泰戈尔和米斯特拉尔这两位诗人有许多相近的地方：两个人都是诺贝尔文学奖获得者；两个人都为孩子们写过美丽的儿童诗集，包括童话诗，如今他们的儿童诗集都已成为世界儿童诗歌的经典作品；两个人在创作之外，都为孩子们创办过学校，并且都亲自担任过老师或校长……

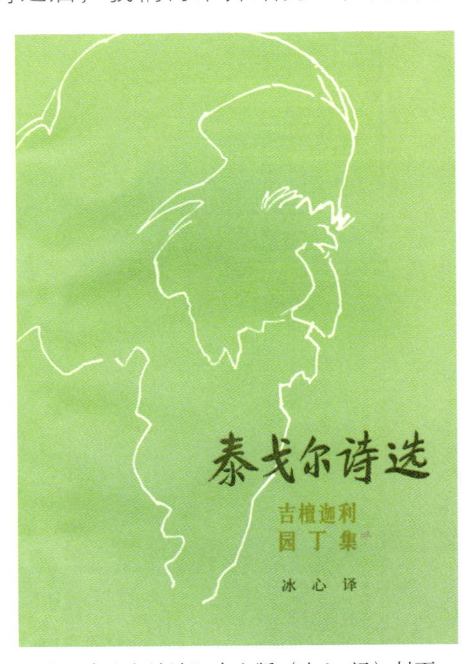

◇《泰戈尔诗选》中文版（冰心 译）封面

泰戈尔一生热爱孩子，被公认为

◇泰戈尔肖像及其签名（木刻画）

“孩子们的天使”。他在一首小诗中曾这样写道：“孩子啊，你给我的心带来了风和水潺潺相激的声音，花卉默默无言的秘密，云的梦，黎明天空惊讶的寂然凝视……”

的确，大自然和孩子是他永远不会忘怀的两个快乐和诗意的源泉。他曾想象过，自己毕生都背着一身沉重的货物，在这个世界上到处漂泊。国王发出要抢夺他的货物的恫吓，一个年老的百万富翁想用重金购买他的货物，一个美女想以自己的甜美微笑诱惑他……但货物的重负依然压在他身上。最后，一个玩着贝壳的孩子，抱住他的胳膊说：“这一切都是我的！”当他不求取任何报酬而心甘情愿地把自己的货物交给那个孩子时，他才感到终于卸掉了身上的重负……

泰戈尔就是这样心甘情愿地将自己奉献给了所有的儿童，包括他的生命、他的心灵、他的诗歌和他所有的财产……

他一生为孩子们写下了大量纯真而优美的诗歌，如《新月集》《园丁集》等。这些作品已成为全世界的孩子们最宝贵的精神财富。我们下面要欣赏的《金色花》和《花的学校》两首童话诗，选自他的儿童诗集《新月集》。

这两首童话诗内容都比较单纯和浅显，也比较容易理解。

《金色花》写一个小孩子想象着自己变成了一朵金色花，躲藏在一棵大树上，和妈妈玩起了捉迷藏的游戏。字里行间充满了一种纯美的儿童趣味，也传达着一种动人的亲子和舐犊之情，一种真切的生命关怀。幼小的孩子对母亲是那么的依恋，慈爱的母亲对自己的孩子是那么充满牵念、呵护和疼爱。

《花的学校》写的也是一个小孩子的想象。小孩子把雨后开在原野上的美丽花朵想象成一群在地下的学校里上学的“花孩子”。平时她们都关了门在做功课，如果她们想在散学后跑出来玩耍一会儿，肯定也会被老师罚站的。只有到了下大雨的时候，才是她们自由的“放假”的时候……

◇诗人泰戈尔

这篇首童话诗也抒发了对母爱、童真和生命与成长的礼赞。

泰戈尔也是世界公认的散文诗大师。他的许多童话诗也是用散文诗的形式写成的。他的作品已成为散文诗式的童话诗的经典之作。

正是因为有了这样一些揭示和礼赞孩子的天真、生命的欢愉、母爱的圣洁以及成长的秘密的童话诗篇，泰戈尔获得了“孩子的天使”、“人类的儿童”和“大自然之子”等美誉。许多评论家把他的儿童诗篇和安徒生的童话相提并论。

除了为孩子们写诗，泰戈尔一生中和孩子们保持着密切的精神联系。无论在他年轻还是年老时，他从来不放弃亲自给认识或不认识的孩子们写信的机会，不论是哪个国家的孩子给他写信，也不论他在什么地方。

这里可以讲一个小故事。1914 年 3 月 2 日，一个幼小的孩子用非常稚气的字体，从纽约百老汇私立学校给他写了一封字迹歪歪扭扭的信来：

亲爱的泰戈尔先生：

我们是露天学校的三年级学生。我们读了您的《新月集》，从中获得了巨大的快乐。今天早晨，我们读了那篇《遥远的堤岸》，难道您小时候想长大之后成为商船的水手吗？

十分忠实于您的苏珊 · 巴斯

诗人不久就写了回信。信中写道：

我亲爱的小朋友：

我感谢你的来信，我为此感到十分快乐。当我用孟加拉语写《新月集》时，我做梦也没有想到，我将为大洋彼岸的小朋友翻译这些诗篇。我感到欣慰的是，它们赢得了你们的心。你完全正确地猜到，那个孩童是谁，他希望长大之后，有朝一日成为把东海岸的爱带到西海岸去的“商船”上的水手。致以衷心的爱！

你的忠实朋友　罗宾德拉纳特·泰戈尔

曾有人评价泰戈尔说，他的生命本身已成为一部优秀的诗篇，一个流芳百世的童话故事。他的诗歌就像春天的花朵，将使子孙万代感到新鲜。他那像月亮的清辉般的音乐将使人流连忘返……

然而有谁知道，在他那欢乐悦耳的歌声背后，却隐藏着一颗痛苦和悲哀的心。当他为孩子们写着最欢乐的诗歌的时候，他的心中也许正默默地流着最悲伤的眼泪！ 1886 年，泰戈尔的第一个女儿诞生了。他为她取名玛吐莉勒达，大家都亲切地叫她“小素馨花”。然而当玛吐莉勒达刚刚 16 岁时，她美丽的妈妈——泰戈尔夫人黛维就患病去世了。不久，泰戈尔的第二个女儿莱努迦又患了重病。

根据医生的建议，诗人泰戈尔带着失去了妈妈的孩子们到了喜马拉雅山附近的阿尔莫拉山区。他希望孩子们能够摆脱悲伤，多呼吸一下高山的新鲜空气。但孩子们没有了妈妈，便日夜缠着父亲。泰戈尔不得不强忍着悲哀和痛苦，细心地倾听着孩子们的谈话，想方设法地从她们小小的话题中引出她们的乐趣。

也就在这样的日子和心境下，他写下了著名的儿童诗集《新月集》。他把这本诗集作为美丽的礼物献给了忧伤的孩子们。世界权威的泰戈尔研究专家评价说，这部儿童诗集“在世界文学史上是无与伦比的”。

◇画家徐悲鸿所绘泰戈尔肖像

然而，命运对他的打击还没有结束。就在孩子们的母亲去世九个月后，13 岁的莱努迦也因病夭折了。她的死给泰戈尔带来更为深重的悲痛。他含泪埋葬了可怜的小女儿，在极度的痛苦中，在悲哀的深渊里，他仿佛听到了另一个声音——“你的位置在世界彼岸游戏着的孩子的世界中！在那儿，我与你在一起，永远……”

这是他心中的诗神对他的召唤！他在极大的悲痛中想到，这个世界上还有更多需要欢乐和幸福、需要关爱与呵护的孩子。就在这接踵而至的最痛苦的日子里，他的心仍然紧密地关注着他亲自倡建并毕生为之献身的桑地尼克坦儿童学校。这是他专门为不幸的孩子们办的一所“花的学校”。

1913 年，泰戈尔获得了举世瞩目的诺贝尔文学奖，他把奖金全部捐献给了桑地尼克坦儿童学校。他期望着更多的孩子生活在自由、幸福和欢乐的土地上。

泰戈尔到了晚年，仍然经常关照身边的人，一定要在他的屋子里放置一些圆糖罐头和巧克力盒子，因为有许多孩子常来看望他，这样就可以使这些孩子不空手而归了。

1941 年 8 月 7 日，白胡子的泰戈尔爷爷停止了呼吸。几天前，他创作了一生中的最后一首歌。他希望，在他去世后，孩子们能够为他唱这首歌。如今，每年在他的逝世纪念日，人们都会为这位善良的“孩子们的天使”唱起这首歌，作为对他永远的怀念：

前面是宁静的海洋，
哦，舵手，放下舵吧，
你将成为永远的同伴。
把我抱在怀里，
在无限的道路上，
把永恒的星火点燃……

大声朗读童话诗

金色花

如果我变成了一朵金色花，因为好玩，长在了一棵大树的高枝上，

一会儿笑嘻嘻地在风中摇晃，一会儿又在一片新叶上跳舞……

妈妈，这时候你还认得我么？

如果你轻轻地喊我：“孩子，你在哪里呀？”

我就悄悄地躲藏在那里微笑，不发出一点声响。

我要悄悄地伸展开花瓣，看着你劳作。

当你沐浴之后，湿漉漉的长发披在肩头，轻轻穿过开着金色花的树林下，走到你做祈祷的那个小花园时，你会闻到金色花芬芳的气息，却不知道这芬芳的气息是从我身上散发出来的。

当你吃过午饭，坐在小窗下静静地读着《罗摩衍那》的时候，那棵大树的影子会落到你的头发上和膝上。

我也会把我小小的影子悄悄地投在你的书页上，正好投在你读的那一行字上。

妈妈，你会猜出这是你的孩子的小小的影子么？

当你傍晚时分端着灯往牛棚里走去，我会突然从树枝滑到地上，又变成了你的孩子，求你讲个最好听的故事给我听。

“喂，你这调皮的孩子！刚才躲到哪里去了？”

“我才不告诉你呢，妈妈。”

那时候，你肯定会这样和我说话。

[印度] 泰戈尔 作

徐鲁 译

花的学校

当雷电在天上轰隆隆作响，六月的阵雨落下的时候，

湿润的风奔跑过田野，然后在竹林里吹着笛子。

这时候，一群一群的花朵，会从人们看不见也找不到的地方突然跑出来，聚集到绿色的草地上跳舞、唱歌。

妈妈，我真的相信，那些花朵都是在地下的学校里上学的。
她们每天关着门在那里做功课。
如果她们想在散学后跑出来玩耍，她们肯定也会被老师罚站的。

大雨一来，她们就可以放假了。
当树枝和树枝在林子里手牵着手，绿叶在风中簌簌作响，雷电和云彩在空中拍着大手，这时候，那些花孩子就穿着紫色的、金黄的、洁白的衣裳，快活地奔跑出来。

妈妈，你知道吗？
她们的家是在天上，在那些星星居住的地方。
你看她们是那么急切地要到那里去呢！
你知道她们为什么会这么急切着要去那里吗？
我当然猜得出，她们是在向谁伸出双臂了：
她们也都有自己的妈妈，
就像我有自己的妈妈一样。

［印度］泰戈尔 作
徐鲁 译

八月主题 友谊与付出

打开克雷洛夫爷爷的珠宝匣

附录：《小树林与火》

友谊是温暖和珍贵的

附录：《小蚂蚁进行曲》

八月里，骄阳似火。虽然时令已经进入夏末秋初，但是酷暑的炎热仍然还藏在好客的人家。

我们的八月主题是：友谊与付出。

友谊是什么？友谊是从生命的悬崖上默默伸来的一根可以攀援的青藤，友谊是旱天里的芦苇默默吹奏的歌声，友谊是风雨之夜里携手同行的脚印，友谊是寂寞孤独的旅途上的一眼清泉或一袭清风，友谊是从天涯遥寄的一纸问候，友谊也是忧愁的日子里默默瞩望的一双美丽而温存的眼睛……

友谊也是旷野上的一棵树对身边的另一棵树的默默关注：友谊是一片小小的绿叶，在你孤独和绝望的时候，默默地从高墙那边伸过来，像一只温暖的小手，握住你的小手，给你安慰、鼓励和希望——就像我们在前面讲到的那首童话诗《两棵树》里的大树和小树一样。

大哲学家和文学家爱默生在他的讲演集里曾经说过：“我憎恨为吹嘘时髦而又世俗的同盟关系而滥用‘友谊’这个名称。”

诗人奥维德在《爱的艺术》里也提醒过善良的人们：“打着友谊的旗号招摇撞骗最能掩人耳目，这是骗子的惯用伎俩。”

是的，友谊总是拒绝自私与势利，而是永远与无私的给予和默默的关怀在一起。要知道，“给予”永远比“索取”更使人快乐，帮助他人永远比算计他人更让人快乐。在这个世界上，人人都拥有了快乐，才是真的快乐；每个人都能够分享给予和关怀带来的幸福，生活才会变得更有意思。

而且，美好的友谊永远与真诚和信任在一起。信任别人是美好的，得到别人的信任也是美好的。人与人之间最大的信任就是精诚相见。没有信任，也就没有了友谊和朋友。只有信任，才可以换来朋友的忠诚。你信任别人，别人也就会真心待你；你待别人高尚，别人也会高尚地待你。所以西方有两句著名的谚语: 一句是“信任出真诚”,另一句是“信任能把怀疑的大山搬走”。

我们的世界很小又很大。我们的世界有阳光灿烂的时候，也有风雨交加的日子。那么，当风雨突然袭来的时候，当一些弱小无助者需要你，渴望你给他们一点帮助和救援的时候，请告诉我，你是否也能够毫不犹豫地伸出自己的双手，用你的爱心和友善，为他们搭起一小片能够遮风蔽雨的友谊的天空呢?

打开克雷洛夫爷爷的珠宝匣

特维尔是俄罗斯最古老的城市之一，位于伏尔加河的上游。有一条不宽的特维尔察河从这里流入伏尔加河。很久很久以前，特维尔城里就流传着一支古老而忧伤的歌，歌中唱道: “特维尔美，特维尔亲，特维尔啊温暖着我的心……”

◇俄罗斯童话和寓言诗人克雷洛夫

1769 年 2 月 13 日，俄国童话和寓言作家克雷洛夫就出生在这个经历过无数次战火的古老的小城里。他的爸爸是一位正直而贫穷的上尉军官，妈妈不认识字，但温柔善良。贫穷和劳碌的生活过早地夺走了爸爸的生命，克雷洛夫 10 岁时就帮助妈妈挑起了家庭生活的重担。

爸爸给他留下的唯一“遗产”，是一只钉着铁提手的旧木箱，箱子里装满了爸爸生前积攒下来的一些旧书，有小说、故事、诗歌，还有一些杂志。放在箱子最底下的，是一本皮封面的、纸页已经发黄的小书。这是一本俄文版的《伊索寓言》。克雷洛夫从童年时代起就常常翻看这本有趣的小书，尤其喜欢那个乌鸦的故事：乌鸦停在树上，嘴里叼着一块肉。当那只狡猾的狐狸极力吹捧乌鸦的美丽时，乌鸦一得意就张开了嘴，肉掉了下来，归了狐狸……小克雷洛夫多次把这个故事背诵给妈妈和奶奶听。

爸爸去世后，为了生活，小克雷洛夫就到爸爸原来供职过的省议会当了一名抄写文件的小文书。他把每月挣得的微薄薪水交给妈妈，维持着家人的生计。同时他开始仿照一些杂志上的诗歌，写起分行押韵的讽刺歌谣来，写的都是他所看到的官场景象。不仅如此，他还对照着一本法语初级读本，动手翻译了一首拉封丹的寓言诗。

从青年时代起，克雷洛夫开始创作童话诗和寓言。他一生共创作了两百多首童话诗和寓言诗。他不仅继承了伊索、拉封丹等前辈寓言作家的优秀传统，更在这种古老的文体里大胆创新，把一种博大的俄罗斯民族精神和文化品格注入了自己的作品之中。他的作品既反映了20世纪前半叶俄罗斯人民的欢乐与疾苦、道德观念与人生智慧，同时在童话诗和寓言诗艺术上也创造了一种独特的“俄罗斯风格”。大文学家果戈理曾这样赞美说，克雷洛夫在一条“最不引人注目的狭窄小路上，追赶过了所有其他的人，就像一棵雄伟的大橡树，长得超出了整座丛林”。

在他晚年，不论大人小孩都尊称他为“克雷洛夫爷爷”，这个亲切的称呼是全俄国的读者赐予他的。那时在俄国没有一本书的销售数量能和他的书相比，他的童话诗和寓言故事真正做到了家喻户晓。

克雷洛夫从小就勤奋好学，他所孜孜追求的一切知识和学问，都为他最终攀登上童话诗和寓言艺术的最高峰奠定了一级级坚实的台阶。《克雷洛夫传》的作者尼·斯捷潘诺夫仔细地研究过克雷洛夫的童话诗和寓言诗的草稿，他发现，克雷洛夫对自己的作品就像首饰匠细心琢磨手中的宝石一样，总是精雕细镂，付出了极其艰苦的劳动，直到所有的文字简练准确、无可挑剔为止。

一位亲眼见过克雷洛夫写作的人也证实说：“克雷洛夫喜欢先把初稿写在小纸片上，然后誊写到稿纸上，修改，再誊写……就是在正式出版之后，他对作品的加工也没有停止，在新版中，他也常常要做些修改。”克雷洛夫还亲口对他说过：“我只要感到某些诗句读不下去，还感到不满意时，我就一直读我的诗歌，修改它们，甚至完全改掉。”

打开克雷洛夫童话诗和寓言诗艺术的“珠宝匣”，每个人都能感到它们绚丽和迷人的光华。而其中最为耀眼、也最能显示克雷洛夫艺术个性的光芒的，是它们那优美的诗意和谐谑的戏剧性风格。

对克雷洛夫童话诗和寓言诗中的“诗意”，果戈理做过详细的分析。他说，在俄罗斯诗人中，没有人能像克雷洛夫那样善于将自己的意思表达得如此易于把握，如此使人感到亲近。无论是对迷人或凶险的大自然，还是对人物隐秘的心理活动与细微的情绪变化，克雷洛夫都能够用文字准确而生动地表现出来，没有一丝语言的阴翳，没有任何矫饰之感。

当我们阅读他的《小树林与火》《瀑布和泉水》《矢车菊》《橡树和芦苇》《苍蝇和蜜蜂》《麦穗》等作品时，就会感觉到蕴含在这些童话诗和寓言诗里的浓郁诗意，且看下面这样一些段落：

庄稼地里的麦穗在寒风中瑟缩，
它透过温室的玻璃看到里面的花朵；
花儿在无微不至的照拂和爱抚中生长，
麦穗却饱受虫子、风暴、酷热和严寒的折磨。

——《麦穗》

如果你能像我一样，
飞到空中去把世界端详，
你就会看到草原、田野、庄稼地，
它们的生存和幸福全靠太阳。

太阳用自己的光和热
　　温暖着高大的橡树和雪松，
用自己灿烂的霞光
　　给芬芳的花儿穿上美丽的衣裳。
不过这些花与你迥然不同，
它们是那样高贵和漂亮，
连时间老人也不忍心让它们凋谢，
而你却既不高贵也不芳香。

——《矢车菊》

◇太阳用自己的光和热，温暖着高大的橡树和雪松

雄鹰穿过云层，
直上高加索山的峰顶，
停在一棵百年古松之上，
欣赏展现在眼前的美景。
从这里仿佛能看到大地的尽头，
看到草原上弯弯曲曲的河流，
这边是披上绿色春装的树林和草地，
那边是怒涛滚滚的里海，
远看像乌鸦翅膀一样黑油油。

——《雄鹰和蜘蛛》

从这些作品里，我们不仅看到了幽静的河谷、雄伟的峰巅、草原上的霞光、美丽的雪松、长满野苹果树的丛林和开花的原野，更真切地感到了一种无处不在的、回荡在整个俄罗斯大地上的广博诗意。克雷洛夫也曾经把自己所追求的那种诗意视之为有力的“翅膀”，他说，如果没有这样一双翅膀，他所有的才华都将无法飞翔。

克雷洛夫付出一生的艰辛和精力所创造的文学奇迹，也都珍藏在他的童话和寓言的“珠宝匣”里。如今它们已经成为了人类文学智慧宝库的一部分。人们坚信，在所有需要他出现的时候，他总能够拿出他那神奇的魔镜，把一切严酷和复杂的事实与真相，都照得分明。

他的童话诗《小树林与火》，就是这样一面“魔镜”。

这首诗写的是友谊这个话题。显然，这篇童话诗里的“火”，是一个打着友谊的旗号招摇撞骗的骗子。它用一连串的花言巧语，骗取了小树林的信任，使自己的阴谋得逞了。熊熊烈焰不仅焚毁了一片小树林，而且还亵渎了一个十分高贵和神圣的字眼。

这当然是一个悲剧。但也不是没有喜剧。善良的人们将从这个悲剧中获得一个真理：私利如果蒙着友谊的面具，只会坑害你。

能够认识到这一点，不就是一个喜剧的结果么？

所以我们说，克雷洛夫爷爷的“魔镜”，不仅能帮助我们去正确和深入地认识辽阔复杂的大千世界，也足以帮助我们去更好和更准确地认识我们自己。

1844 年 11 月 8 日，75 岁的克雷洛夫平静地对身边的亲人讲完了一生最后一个寓言故事。然后，他请家人把他最喜爱的、伴随他度过了坎坷一生的那本书《伊索寓言》拿给他。

他用无力的手翻动着有关伊索生平的那几页，轻声念出了伊索的结局：“……他们把他从非常高的石头山上推了下去，使他飞起来的身体摔得粉身碎骨……”

念着念着，他的目光变得模糊了。第二天早晨八点钟左右，这位伟大的童话作家和寓言作家、受人尊敬的“克雷洛夫爷爷”，永远地闭上了眼睛。

遵照他的遗嘱，他的殡葬讣告和一套新版的《克雷洛夫寓言》一同到达了熟人和朋友们的手中，书里附有一张字条：

“这是根据克雷洛夫先生的遗言而送给您的纪念他的礼物。”

出殡那天，跟随着他的灵柩自发聚集起来的人们，挤满了宽阔的涅瓦大街。

大声朗读童话诗

小树林与火

交朋友，
要注意，
私利如果蒙着友谊的面具，
只会坑害你。
请听我讲一个故事，
你会更懂得这一真理。

冬天的小树林边残留着一堆火，
那是过路人遗留在这里。
柴薪将尽，
火已是奄奄一息。
眼见末日来临，
它便打小树林的主意：
“啊，亲爱的小树林，
你的命运怎么这样不济，
浑身连一片树叶也没有，
如何把严寒抵御？”
小树林回答说：
“那是因为
冬天我整个儿被雪盖住，
既不会开花也不会发绿。”
火说：“没什么了不起！
只要你同我交朋友，
我会帮助你。
我是太阳的兄弟，
冬天比太阳能创造更多的奇迹。
你到温室里去打听打听，
在大雪纷飞、朔风呼啸的冬天，
那里却是春暖花开、一片碧绿，
而这一切，
都是我的功绩。

自吹自擂不好，
我也不爱吹嘘，
但我的本事确非太阳能比。
无论太阳从早到晚
多么高傲地闪耀，
它也融化不了半寸雪地；
而你看看我身边的积雪
融化得多么彻底！
如果你想在隆冬时节
变得像夏天那样苍翠，
只需在林间给我一席之地！”

事情就这样谈妥，
于是火苗窜进了树林里，
由树干，
到树枝，
熊熊烈焰席卷树林，
滚滚黑烟直冲天际。
一切都烧光了……
往昔过路人在炎炎夏日
借以乘凉的浓荫，
只剩下一些烧焦的树桩戳在那里。
这事不足为奇：
谁叫小树林同火讲友谊！

[俄罗斯] 克雷洛夫 作
裴家勤 译

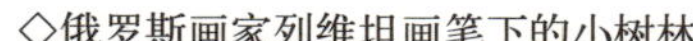
◇俄罗斯画家列维坦画笔下的小树林

友谊是温暖和珍贵的

友谊是一个纯洁的字眼，不可以滥用和假冒，更不能玷污和亵渎。

我们在前面讲到过，世界著名童话作家凯特·迪卡米洛在那部获得纽伯瑞儿童文学奖金奖的童话《浪漫鼠德佩罗》里，讲了这样一个故事：

一只原本体弱多病的小老鼠，爱上了一位美丽的公主。关键时刻，小老鼠挺身而出，只身冒险进入黑暗的地牢，营救出自己所爱的公主，谱写了一曲浪漫动人的爱的乐章，同时也向世人证明了一个真理：只要有爱，一切皆有可能。

这部童话有一个伟大的尾声："用我整个心灵在你的耳边轻轻地讲述着这个故事，为的是把我自己从黑暗中拯救出来，也把你从黑暗中拯救出来。故事就是光明。我希望你已经在这里找到了某种光明。"

我们下面要欣赏的这首童话诗《小蚂蚁进行曲》，写的也是一个看似不太可能发生的故事，但是，因为有了爱，因为有了无私的友谊，奇迹竟然发生了：

一只斑鸠竟然可以搭救了一只小小的蚂蚁的生命，

而一只小小的蚂蚁，也可以帮助一只斑鸠转危为安……

在这篇小童话诗里，显然也有一种"光明"存在，那就是友谊，有时其实也很简单，有时就在一举手一投足之间，送给对方的一个真诚的微笑、一串动听的音符、一声友好的问候、一瞥善意的目光……都是美好的友谊的体现。

这篇小童话诗里充满了一种暖暖的温情和爱心。它告诉我们应该如何去对待身边的人与事，怎样去珍惜那些不可缺少的友谊。

友谊是珍贵的，同时，友谊也是对等和双向的。

当你献给世界一丝光芒，世界也会回报给你一丝光芒；

当你献给周围一份温暖，周围也会回报给你一份温暖。

如果说，前面讲到的那篇《小树林与火》是一个反面的教训，那么，《小蚂蚁进行曲》这篇童话诗，则为我们提供了一个正面的例子。

请相信，只要你对朋友、对世界有所奉献和付出，那么，你所眷恋的一切就不会消失得无影无踪。给予和付出，永远比索取和得到更使人快乐。

古今中外有许多优秀的童话诗，字里行间都弥漫着一种温暖和芬芳的气息。这些气息实际上是诸如友爱、信任、关怀、尊重、接纳、谦让、奉献、自信……这些美德所散发出来的。

当世界上处处充满着美德的温暖与光芒，我们的生活也会变得像童话世界一样诗意葱茏，快乐和谐。而美德，潜藏在每一个人的身上。

这首童话诗的形式清丽浅显，朗朗上口，很适合小学生在班级故事会等场合朗读。

大声朗读童话诗

小蚂蚁进行曲

下面我要讲的这个童话故事，
跟“友谊”这个词有点关系。
如果你是一个肯动脑的孩子，
也许还能读出那另外的含义。

说的是一场大雨下过以后，
雨水灌满了蚂蚁们的房子。
小小的蚂蚁失去了家园，
却没有失去生存的勇气。
沿着一棵被风吹倒的大树，
他们浩浩荡荡开始大迁徙。
谁也不能阻止它们的步伐，
他们就像一支小小的远征军，
有着钢铁一样的意志。

突然，一只幼小体弱的小蚂蚁，
跌落在注满雨水的车辙里。
仿佛跌进了波涛汹涌的深渊，
小小蚂蚁的生命危在旦夕。
幸好有一只斑鸠正在喝水，
她赶紧啄下一片羽毛抛进水里。
一片羽毛就像一叶小小的舢板，
载着小蚂蚁返回了陆地。

“斑鸠姐姐，谢谢你救了我！”
小蚂蚁说，
“将来我一定会报答你！”

说完他就告别了斑鸠姐姐，
继续去追赶自己的队伍。
他用力爬上了一棵小树，
在树叶间眺望蚁兵的踪迹。

忽然，他看见有一个猎人，
正躲藏在树下的草丛里。
斑鸠却一点也没有发现，
因为猎人隐藏得无声无息。
她在青青的麦地里悠闲地散步，
寻找着那些散落的草籽。

狡猾的猎人端着猎枪，
瞄准了斑鸠正准备射击，
忽然他感到手臂发痒，
端枪的手也变得颤抖无力。
斑鸠这时候才发现了猎人，
一瞬间就从猎人的眼前消失……

斑鸠姐姐当然并不知道，
是小小蚂蚁爬上了猎人的手臂。
他用自己无声的行动，
回报了斑鸠姐姐无私的帮助。

徐鲁 作

九月主题　自然与关爱

请让我来关心你，就像关心我自己

附录：《冬天，小窗内外的谈话》

　　　《贝尔格莱德出了乱子》

无论走到哪里，我都把你想望

附录：《小孩和蛇》

　　　《田野上的狗尾草》

凡是读过约翰娜·斯佩丽的儿童小说《小海蒂》的人，也许都会记得小说里的那位老人——住在阿尔卑斯山上的小木屋里的“阿尔穆爷爷”。他勤劳善良，却又有些古怪和固执。当山下的牧师劝他把小海蒂送去上学时，他却固执地说：“不！我并不打算送她去上学。”他的朴素的“教育观”认为：小海蒂是和阿尔卑斯山上的小羊、小鸟一起长大的，与它们相伴是一件幸福的事，况且山羊和小鸟是不会教她干坏事儿的。

我在这里讲这个故事，倒不是想要所有的小孩子都不去上学。不，我只是希望今天的孩子们能够时常从太多的作业、电子玩具、钢琴、卡通节目和“NEW CONCEPT ENGLISH”里走出来，去亲亲大自然，多去认识几种花草和昆虫，能准确地叫出更多一些小鸟、小甲虫和绿色植物的名字。否则，未免太可惜了。

亲亲大自然！这是一个多么美好的愿望。大自然是属于每一个人的，我们不要去伤害它、破坏它，也不要去疏远它和冷落它，而应该像善待我们的生命一样去善待它、珍视它。请让我们都来关心大自然，关心大自然里的每一株绿色植物和每一个小动物，就像关心我们自己。

所以，这个月我们来讲童话诗中的自然与关爱这个主题。

大地上的一切生命，包括那些无言的和无助的、甚至濒临绝迹的动物与植物，都拥有自己不可抹煞的生命尊严、履历与故事。那是我们古老的地球和整个人类的全部记忆与生命谱系。但是，这些履历和故事必须由最真诚和最具智慧和灵性的作家来整理和讲述。

所幸的是，在我们的童话诗领域里，有一些伟大和崇高的身影，是可以作为人类和动植物的共同知音，自由地来往于文学和自然这两个领域的。无论对于文学还是对于自然，他们都真诚和勤恳地尽了自己的职责。他们以大自然为家，与鸟兽为邻，和昆虫做伴，用无限的爱心编织成守护大自然的美丽栅栏，月不朽的文字替鸟兽昆虫说话，讲述着土地、荒野、狮子、猩猩、羚羊、细腰蜂和知更鸟们的生命故事。

请让我来关心你，就像关心我自己

下面我们要欣赏的这两首童话诗，都与大自然有关。

《冬天，小窗内外的谈话》的作者布莱希特，是德国著名的诗人、剧作家和戏剧理论家。

◇德国诗人、戏剧家布莱希特（1898—1956）

他在这首童话诗里，假借小麻雀、啄木鸟和金莺的口吻，替自然界的一些弱小的动物，向孩子们发出了请求关爱与救助的呼唤。而孩子们的友爱和怜悯之心，也被小鸟们真诚的请求唤醒和打动了，他们向这些弱小的生命伸出了自己温暖的关爱之手，献出了自己力所能及的援助。

在这里，小麻雀、啄木鸟和金莺，其实是整个自然界的代表，当然也不仅仅是自然界，它们还可以让我们联想到世界上所有弱小的、需要帮助的小生命。它们柔弱无助，需要人类的悲悯与关怀。这些小小的生命在这个世界上所起的作用，以及它们真诚的求助，也将使我们明白一个道理：世界既是属于我们人类的，同时也是属于它们的。假如我们对它们麻木不仁、漠不关心，毫不在意它们的尊严和它们对世界的贡献，认为世界仅仅是属于人类自己的，那么，终究有一天我们会看到，这个世界归根结底也不会是属于人类的。

《贝尔格莱德出了乱子》这首童话诗，看上去就像一出小喜剧。

一只狮子突然跑出了动物园，来到了城市的大街上。于是，全城人都惊慌失措，如临大敌，有的人甚至吓得抱头鼠窜，以为狮子肯定要攻击他们了。

其实，这只是城里人的庸人自扰和自我恐吓。他们只是想当然地夸大了狮子凶猛的那一面，却没有想到，狮子也有和善、友好和温柔的另一面，狮子也会想家，也会怀念自己小时候出生和生长的非洲草原——它们自由、可爱的老家。

人类的确应该好好反省一下自己的所作所为了：他们把本来应该属于辽阔大草原的狮子抓到城市狭窄的动物园里，用冰冷的铁笼子或高高的围墙关起它们，限制着它们的生活和自由，使它们永远失去了童年的伙伴，失去了自由的家园，再也听不见那自由的、呼啸的风声，再也沐浴不到非洲家乡那明艳的阳光和酣畅的豪雨……

◇德国诗人、戏剧家布莱希特画像

人类给它们带来了无边的压抑、孤独和寂寞，于是，孤独的狮子一旦得到机会，才会跑出囚笼般的动物园，甚至不喝也不吃，只为了文文静静地走进电影院，温温和和地坐在观众席上，专心一意地看一场从它的老家非洲拍来的电影。

如此看来，和心胸狭窄、自私、粗暴的人类相比，这头狮子是多么友善、温柔和文明啊！在这只文静、大度、热爱家乡的狮子面前，慌乱、自私的人类显得多么可笑和可怜！

这首童话诗里的狮子，也使我想到了童话作家休·洛夫廷在《杜利特医生非洲历险记》里写到的狮子、猩猩和其他的动物朋友。

没有谁会怀疑，那是一个和平、温暖、安详、互相惦念、互相尊重和关爱的世界。杜利特医生说过："我爱动物胜过那些'上等人'！"他还曾对他的助手说过："如果我有办法，我要让世界上没有一个地方有一头被关起来的狮子或者老虎，因为那样它们永远不会快活的，它们永远不能安顿下来，它们总是会思念着它们离开了的广阔天地。你从它们的眼睛里可以看到这一点，它们总在梦想着巨大的自由空间，梦想着黑暗的大森林……"

◇藏书票上的诗人、戏剧家布莱希特

我们刚才讲到的这两首童话诗的作者，无疑也是与杜利特医生怀有同样美好心愿的人。他们的作品，在使我们领略和欣赏了童话诗本身的美丽与趣味的同时，也不能不思考一个比童话诗更为重要的问题：

我们在充分关注人类自身的健康与命运的同时，也应该时刻惦念那些与人类相比显然属于弱势群体的飞禽走兽的命运，也应该时刻记起，人类与土地、与动物、与整个大自然密不可分的相互依存关系。

大声朗读童话诗

冬天，小窗内外的谈话

“我是一只小麻雀。
我要饿死了，小朋友，救救我哦！
夏天，我给果园看守人发出警报，
果子才不被乌鸦吃掉。
小朋友，请给我吃点东西好不好！”

“来吧，小麻雀，过来吧，
朋友，我这就给你吃个饱。
我们感谢你，你干得很好！”

“我是花花斑斑的啄木鸟。
我要饿死了，小朋友，救救我哦！
我整个夏天都用嘴在树上笃笃地
敲，
歼灭害虫有多少，有多少。
小朋友，请给我吃点东西好不好！”

“来吧，我们的啄木鸟，过来吧。
朋友，我给你吃个饱。
我们感谢你，你干得很好！”

“我是金莺，金莺就是我。
我要饿死了，小朋友，救救我哦！
一年到头我从白天唱到晚上，
花园有我的歌声才特别美妙。
小朋友，请给我吃点东西好不好！”

“请过来吧，歌手，过来吧！
朋友，我这就给你吃个饱。
我们感谢你，你干得很好！”

［德国］布莱希特 作
韦苇 译

贝尔格莱德出了乱子

出了乱子！
出了乱子！
全贝尔格莱德
这样惊惊惶惶。
人人都在说，
有一头可怕的狮子，
不久前
从动物园里
跑到外面。

所有汽车，
所有电车，
所有大车，
所有小车，
都像兔子一样，
逃开去躲藏！
求狮子没有用，
唯一的办法是
逃快一点！

爬窗的爬窗，
进屋的进屋。
快点！快点！
谁跑得这么慢？

唉，这个不要命的家伙！
瞧那百兽之王
来咬你的屁股！

叫呀嚷呀，
哇啦哇啦，
都进了房。
然后从窗口
往外观望。
这里那里，
大家都在心里嘀咕：
“现在顶顶要紧的是
别叫狮子饿得慌！”

瞧面包师，
把大堆大堆
美味的小面包
全扔给了狮子：
“吃吧吃吧，
百兽之王，
可别来咬我们！”
糖果店的主人，
把大堆大堆的
巧克力和果冻
扔给了兽王：
“吃吧吃吧，狮子，
吃巧克力糖！
吃吧吃吧，狮子，
吃果子软糖！
可千万别
吃人！”

可是狮子
不喝不吃，
它文文静静地
走进电影院，
它温温和和地
坐在观众席上，
专心一意地
看那从它老家非洲
拍来的电影。

［塞尔维亚］德·鲁凯奇 作
韦苇 译

◇法国画家裘利恩·杜普荷的油画《喂食》（局部）

无论走到哪里，我都把你想望

这堂课，我们继续欣赏两首与大自然主题相关的童话诗。

曾有一位以毕生精力描述着大自然的作家，到了晚年这样感叹过：

“一只被打死并被做成标本的鸟，已经不再是一只鸟了。”

因此，他劝告孩子们，不要去博物馆里寻找自然。他建议孩子们的父母带着孩子去公园或海滩，看看麻雀在头顶上飞旋，听听海鸥的叫声，甚至跟着松鼠到它那老橡树的小巢中去看看。“当自然被移动了两次之后便毫无价值了。只有你能伸手摸得到的自然才是真正的自然”。

这位老人，就是美国著名鸟类专家、自然文学作家约翰·巴勒斯。

我们今天当然不是要在这里介绍这位善良的鸟类学家。我想介绍的，是下面这首童话诗《小孩和蛇》的作者，一位命运悲苦的英国女作家——准确地说，是要介绍这位女作家和她的弟弟两个人。她的名字叫玛丽·兰姆，她的弟弟是英国著名散文家查尔斯·兰姆。

◇英国散文家查尔斯·兰姆画像

这一对姐弟都是非常善良的人。可是，他们的一生却充满了不幸。

小时候，他们家里很穷，爸爸给伦敦的一位律师当仆人，妈妈患有精神病。弟弟查尔斯七岁时进入了一所专门为贫寒子弟开设的慈善学校念书，和后来成为著名诗人的柯尔律治是同学，并与之结下了终身的友谊。因为家境贫寒，弟弟从14岁起就开始在社会上谋生，挣来一点微薄的薪水补贴家用。他任劳任怨，含辛茹苦，而家里却连遭不幸。

因为妈妈的病症，使姐姐玛丽和弟弟查尔斯都受到了遗传的影响。先是弟弟，因为青梅竹马的女友被一位有钱的当铺老板娶了去而痛苦万分，一度精神失常，在精神病院里住了一个多月，才算恢复了正常。弟弟刚出院，家里又发生了一桩惨剧：姐姐玛丽因为一时的精神病发作，误杀了自己的妈妈。这样，玛丽也被送进了疯人院。他们可怜的爸爸也在这次事件中受了伤。弟弟查尔斯不得不既照顾爸爸，又照顾姐姐，这一年查尔斯才21岁。

不幸的事情发生后，他们一家的生活陷入了更大的困境。但查尔斯没有被不幸的生活击倒，他擦干了眼泪，一个人挑起了赡养失业的老父、照料患病的姐姐的重担。不久，他们的老父亲去世了，剩下弟弟和姐姐相依为命。姐姐的病时好时坏，每当觉察到姐姐可能发病的时候，姐弟俩就手拉着手哭着向疯人院走去。

姐姐病好的时候，他们就在一起读书和写作。玛丽也非常爱好文学，喜欢读书。他们在平静和寂寞的日子里相濡以沫，合作写出了不少散文、诗歌和随笔。他们还一起写了不少优美、快乐的童话诗。

他们姐弟二人都很喜爱莎士比亚的戏剧。因为阅读和研究得比较深入了，他们就一起合作，把莎士比亚的戏剧原作改写成了一本文笔优美、故事简练、通俗的《莎士比亚戏剧故事集》，作为一般读者、特别是青少年读者阅读莎士比亚的“入门读物”。

玛丽有一次在写给朋友的信上，说到了他们一起写这本书时的情景：“我们姐弟俩就像《仲夏夜之梦》里的赫米亚和海丽娜那样，使用一张小桌子，不停地讨论啊，写啊，直到把一篇篇故事完成了……”

如今，这本《莎士比亚戏剧故事集》已经成为世界公认的、文笔最优美的莎士比亚经典戏剧的“入门书”和散文作品。

为了照顾姐姐玛丽，不使她总是待在疯人院或无家可归，弟弟虽然暗中喜欢上了邻居家的一位姑娘，但也只好强忍着心中的爱恋，一生未婚。他舍不得扔下自己可怜的姐姐。他知道，他是姐姐玛丽最坚强的精神支柱，他愿意把自己的一生都交给不幸的姐姐。

在细心照料姐姐、辛苦地挣钱养活姐姐的日子里，查尔斯还一直坚持着散文写作。这些散文就是我们今天所看到的《伊利亚随笔集》。这部书已经成为英国和世界文学宝库中的名著。人们说，这是可怜的查尔斯留给世人的“含泪的微笑”。他是一个那么苦的人，又有一颗那么善良的心。他比任何人受到的痛苦和折磨都多，但他比任何人都更加热爱生活、热爱人类、富有同情心和宽厚的心胸。

◇查尔斯·兰姆的散文集《伊利亚随笔》

晚年，查尔斯带着姐姐移居到乡下,姐弟俩仍然过着相依为命的生活。因为玛丽的病时常发作，所以人们常常对他们另眼相看，他们的住所经常搬来搬去，备受艰辛。姐弟俩曾经相约，最好玛丽先死，免得弟弟先走了，姐姐会孤苦无依。可是，命运连这一个小小的请求也没有答应他们。

1834 年的一天，弟弟不慎跌倒了，不久便不治身亡。剩下可怜的姐姐，在痛苦无助中竟然又活了十来年，最后也在衰病中离开了人世，到天国里寻找她亲爱的弟弟去了。

玛丽的命运虽然如此悲苦，但是她写的童话诗却为孩子们带来了无限的乐趣。例如这首《小孩和蛇》，写得十分幽默、有趣。

诗中的小亨利和一条名叫小灰的蛇成为了好朋友。他们一起相约见面，一起说话，一起享用小亨利带来的丰盛的早餐，完全不像小亨利的妈妈所担心的那样，蛇会咬伤她的孩子。

这首童话诗里充满了一种暖暖的温情，这来自女作家那怡怡的爱心和天然的童趣。在诗中，小亨利的轻松快活与妈妈的焦灼不安形成了一组强烈的对比，增添了这个童话故事的喜剧效果。

更重要的是，诗中还表达了这样一个主题：只要心中有爱，只要互相尊重和关爱，即使是一条冰冷的蛇，也会变得温柔和友善。一个小孩，为什么就不能和一条蛇成为朋友呢！

这也使我想到曾经看过的另一个故事。说的是一天清晨，有一辆公共汽车驶过乡间时，有人突然看见村边的一群白色大鹅，都兴奋地伸着长长的颈子冲向公路。司机按了三下喇叭，这时候，鹅群便纷纷拍打着翅膀，仰颈高歌起来。

于是，旁边的人就问司机："这些鹅是在这里等你吗？"

"是的，"司机说，"每天一大早，它们就会在这里等着我。我朝它们按喇叭，它们就会向我叫唤。这样，我每天都会感到无比的快乐。"

听了司机的话，人们陷入了沉思。既然一群鹅和一辆公共汽车都能够这样彼此愉快地沟通和交流感情，那么，还有什么隔阂、对立、恩怨、得失……不能沟通和化解的呢？只要我们一起付出友善和爱心、一起真诚努力的话。

苦命的玛丽写的这首温暖的童话诗，传达给我们的也是这个道理。

如果说，《小孩和蛇》是一出快乐的小喜剧，那么，下面的另一首童话诗《田野上的狗尾草》，就是一个令人喟叹的悲剧故事了。

◇生生不息的狗尾草，它最懂得农民的勤劳

小小的狗尾草，在乡村的田野里、田埂上和小路边，随处可见，是最普通的一种野草。可是，有谁知道，在民间传说里，小小的狗尾草也连着一个十分悲苦的故事？小小的狗尾草原来是一只可怜的、苦命的小狗的生命变成的！

在这个童话里，小狗是那么善良、忠恳，任劳任怨又懂得感恩回报，可是命运对它是多么的不公平。那个弟弟也是那么勤劳、善良，和小狗相依为命、相濡以沫，可是最终却没能保护住小狗的生命。而哥哥和嫂嫂却心肠狠毒、自私贪婪，不仅不懂得珍惜手足情意，就是对一只忠诚和无辜的小狗也毫无怜悯之心，为了满足自己的贪欲，竟然心狠手辣地活活打死了无助的小狗！

这个悲苦的民间童话故事，无疑是从另一个角度来唤起我们的良知，唤起我们的爱憎分明的道义感，唤起我们对小动物的悲悯情怀。

同时，我也想用这首童话诗来传达另外一层意思——那也是美国著名生态学家和环境保护主义的先驱奥尔多·利奥波德在他那本《沙乡年鉴》里，向世人发出的、至今听来仍然振聋发聩的“土地道德”的声音。

简单地说，“土地道德”就是要求人类把自己习惯在大自然中以“征服者”的面目出现的角色，变成这个共同体的平等的一员。它要求人类对大自然中的每一个成员都能够予以尊重和关爱，包括对这个共同体本身的尊重和爱护。否则，那就只能有一个结果：“征服者最终都将祸及自身”。

说到土地和田野，我还想在这里告诉所有的孩子：这是属于我们每一个人的土地和家园，我们一定要珍惜和爱护它们，永远也不要漠视和践踏它们，包括那一棵棵普普通通的小草，无论是狗尾草、蒲公英，还是车前草与野苜蓿。也许，在它们清苦的生命里，在它们朴素的花朵和根茎里，或者在它们赖以生存的黑暗的泥土之下，都有一个不为人知的悲苦故事，就像小小的狗尾草一样。

清苦而甘美的野菜和野草，曾经喂养过多少生灵，包括苦难年代的孩子，包括那些辛苦的马、牛、驴子、羊和狗……这些十分不起眼的野草和野菜，生长在我们一代代人的记忆的田野上。这是大地母亲默默的恩赐。我们应该感谢田野上生生不息的野菜和野草，感谢给予我们生命的田野和土地。

美丽而清苦的田野，是我们永远的乡土家园。

无论走到哪里，我都把你想望。

大声朗读童话诗

小孩和蛇

每天早上，妈妈用牛奶和面包，
把小亨利喂得好饱好饱。
有一天，小亨利一边吃着早餐，
一边走到了清亮的小溪旁边。
妈妈只让他在家门口附近走动，
小亨利却更想每天走得很远很远。
这一天，妈妈听小亨利说到
他曾看见过一只美丽的灰鸟。
小亨利说，这只小鸟是那么漂亮，
每天都飞来和他一起把早餐分享；
小鸟爱他，也爱他的面包和牛奶，
小鸟全身像丝绸一样，柔滑可爱。
第二天早上，妈妈紧跟着小亨利，
细心地看着他，端着自己
丰盛的早餐，穿过了草地。
啊，妈妈是多么害怕又焦灼——
因为她突然看见小亨利，
端着面包和牛奶走近了一条蛇！
小亨利在草地上把早餐摆开，
紧挨着这不速之客坐了下来。
那条蛇正等着主人来请客，
他们俩就一起开始了吃喝。
可怜的妈妈！想喊叫却又担心，
捂着嘴生怕发出一丁点声音——
因为只要发出一丁点响声，
那条可怕的蛇准会大吃一惊——
要是他听到突然的声响，
肯定就会用毒牙把小亨利咬伤。
——哎！可不能出声，也不要动，
妈妈只能在树荫底下静静地站定。
妈妈一声也不敢响，只看到
小亨利正在举起自己的小勺，
朝着蛇的脑袋轻轻敲打，
看上去一点儿也不害怕。
然后，小亨利又和蛇拉起了家常：
“小灰，快回到你自己待的地方！”
这时，蛇好像受到了伙伴的责难，
看样子像是要爬回自己的窝边。
可是，不一会儿蛇又挨近了小亨利，
妈妈又看见了一幕不可思议的事。
小亨利拍拍蛇头说：
“去吧，走远点，
我的话你可要好好记在心间。”
危险总算过去了！妈妈看见小亨利
（谢天谢地，总算没有出什么事！）
站起身来对蛇说：“小灰，再见！
谢谢你和我一起享用了早餐，
明天早上，我们还是在这里见面。”
小亨利一边说一边跑得好远好远。

［英国］玛丽·兰姆 作
徐鲁 译

田野上的狗尾草

在树林里唱歌的蝉儿啊，
哪一只不留恋高高的树梢？

在田野上劳作的农人啊，
谁没见过那绿色的狗尾草？
风风雨雨的春天里，
狗尾草遍布在田梗和小道；
大雪纷飞的寒冬里，
狗尾草燃烧在农家的柴灶。
有一个伤心的故事，
也许很少有人知道。
请相信童话都是真的，
说出来会给你一点思考。

说的是农家兄弟俩，
父母双亡，无依无靠。
一间小屋，两亩薄田，
日子过得艰难寂寥。
只有一条小狗和他们做伴，
苦日子让小狗也受尽煎熬。
但小狗依然忠实地跟着主人，
白天一起下地，晚上一同睡觉。
不久后兄弟俩就分了家，
原因是哥哥娶回了嫂嫂。
贪心的嫂嫂唆使哥哥，
把弟弟赶进了村外的破庙。

冬天的风雪呼呼地吼叫，
弟弟和小狗合盖着一件破棉袄。
他的心里充满了忧愁，
泪水扑簌簌地往下掉。
小狗默默地望着流泪的主人，
半夜里突然开口说道：
“主人啊，快不要伤心了，
眼泪从来比不过双手可靠。
没有田地我们就去垦荒，
没有房子我们就住在这破庙。
春天来了我会和你一道耕地，
保证比牛儿耕得又快又好。”

第二年弟弟和小狗一道开荒，
小狗使劲地拉起沉重的犁套。
到秋天他们收获了成担的谷子，
哥哥的地里却长满了野草。
嫂嫂眼红弟弟的好收成，
便借去了小狗套上了犁套。
可是小狗一步也不肯走动，
哥哥和嫂嫂气得怒火直冒。
哥哥不停地挥动着皮鞭，
嫂嫂打断了十几根柳条。
可怜的小狗被活活打死在田野里，
到死也没发出一声哀叫。

狠心的嫂嫂匆匆地埋了小狗，
但没有埋住小狗的尾巴梢。
弟弟赶来悲伤地哭着小伙伴，
狗尾巴在黄土上面又摆又摇，
仿佛在控诉哥嫂的狠心，
又像在赞许弟弟的善良和勤劳。
后来它就变成了一棵绿色的植物，
农人们把它叫做“狗尾草”。
生生不息的狗尾草啊，
它最懂得农民的勤劳。
它和农民一起经受着风雨，
又和农民一起享受丰收的欢笑。

徐鲁 根据北方民间故事改写

October

十月主题 游戏与益智

来，来，大家一起来表演

附录：《小熊拔牙》

《好小熊和坏小熊》

原来，童话诗可以写得这么好玩

附录：《一个怪物和一个小学生》

《猫头鹰和小猫咪》

秋天是一年中最美的季节。英国诗人雪莱这样歌唱过秋天的美："秋日的天空里有一种和声，还有一种色调，人们未曾在夏天里闻见过它们——"

俄罗斯抒情诗人普希金也是一位对秋天情有独钟的诗人。他不爱春天，他说："解冻天气令我难耐，血在游荡，情感和思想被愁闷遮掩。"他也不爱夏天，"你在扼杀精神上的一切才能，把我们折磨；我们像田地，苦于旱情"。而冬天，最终也会使他厌倦：雪一下半年不停，人都快变成了"习惯于穴居的熊"。只有秋天，他最喜欢！他说，秋天真是"美不胜收"，"你那临别时的姿容令我心旷神怡——我爱大自然凋萎时的五彩缤纷，树林披上深红和金色的外衣，树荫里，气息清新，风声沙沙，轻绡似的浮动的雾气把天空遮蔽，还有那少见的阳光，初降的寒冽，和远方来的白发隆冬的威胁。每当秋天来临，我就又神采焕发……"

那么好吧，金秋十月里，我们来谈论一个轻松的主题：游戏与益智。

其实，童话诗的游戏精神和益智这个话题，我们在四月份的主题"智慧与宽容"里，讲到谢尔·希尔弗斯坦和马雅可夫斯基的童话诗时，已经有所涉及了。童话诗里的游戏精神，有时候可以是有意义的，是益智的和寓教于乐的，有时候也可以是无意义的，仅仅是给小孩子们提供一种轻松、逗趣和谐谑的文字游戏，不一定要承载多大的教益作用。就像中国传统童谣里的"逗趣歌"、"绕口令"和"颠倒歌"。

这类诗歌里的想象有时是十分荒诞和奇特的，没有什么逻辑性可言，甚至带点"无厘头"的意味，重要的是，在语言文字上要十分顺口，富有韵律感，小孩子们念起来像在念文字游戏般的"绕口令"一样，会觉得十分开心和有趣。孩子们读这样的童话诗，是一种真正的"悦读"，他们获得的是心灵上的愉悦和放松，是语言、文字、音韵上的戏谑和趣味，是对自己母语的语感的玩味和体会，当然，也不排除会有一点点美德熏染、生活习惯、常识认知上的收获。

人类自从有了荷马，便有了荷马式的痛苦和感叹；人类自从有了伊索，便有了伊索式的幽默和微笑。童话诗人们的幽默才能和游戏精神，本来就是一种大智慧和大才华。这种幽默与游戏精神看似消解了正经与严肃，其实是使更深刻的哲学隐藏在谐谑的背后，轻松与幽默，做了深刻的"隐身衣"。因此，西方哲人有言在先："只有幽默才是真正的民主。"

来，来，大家一起来表演

生活在20世纪80年代的那一代读者，或许都还在各自的心灵里保存着一份温馨和美丽的阅读记忆——那就是女诗人柯岩的作品所带给我们的感动、鼓励和梦想。

◇诗人柯岩在寓所客厅里

这些作品包括《奇异的书简》《船长》《美的追求者》《从一个孩子看中国》等报告文学名篇，《周总理，你在哪里》《科学大会诗稿》《中国式的回答》等诗歌名篇，《天涯何处无芳草》《谁说冬天只有暴风雪》等散文名篇，还有为著名小画家卜镝的儿童画写的一系列题画诗，为当时一套非常有名的童话邮票《咕咚》写的题画诗，还有她的儿童文学选集《“小迷糊”阿姨》《柯岩儿童诗选》等儿童文学名作。这些作品陆续进入千万读者的阅读视野，成为新时期之初人们心目中最美好的文学篇章和最温暖的阅读记忆。

那时候我是一个刚刚从贫穷的年月里走过来的大学生。个人的阅读曾经长久地处于极端贫瘠甚至空白状态，一旦进入了有着大量的文学书籍和文艺刊物的图书馆，便真如高尔基所说的，像饥饿的人扑到了面包上一样，用“饕餮”二字来形容大概是比较恰当的了。柯岩的《“小迷糊”阿姨》，是在当时给我留下了最温暖的记忆、并且影响了我日后的儿童诗创作的一本书。

三十年后的今天，重新翻开这本书，我发现自己曾在不少书页上划下了许多欣悦的波浪线。其中的童话诗剧《小熊拔牙》，还有《照镜子》等儿童游戏诗，后来也曾成为我女儿在幼儿园表演过的最有趣、最优美和最快乐的童话剧之一。它们也像一盏盏美丽的、温暖的小橘灯，照亮了一代代孩子童年的夜空。

今天我们就来欣赏如今已经成为“祖母级”老作家的柯岩奶奶的童话诗剧：《小熊拔牙》。

这是一首十分好玩的童话诗。说它好玩，是因为可以邀请一些小朋友，大家一起根据童话剧本的规定，简单地化一下装，分别扮成小熊妈妈、小熊、小兔、小狗、小猫、松鼠、小鸟等角色，来表演和朗诵这首童话诗。小朋友们可以在表演中获得参与和互动的快乐，体会和分享到一种分工和协作的乐趣。

这也是一首寓教于乐、充满益智乐趣的童话诗。

整个故事自始至终洋溢着一种轻松愉悦的儿童游戏精神，同时，小朋友们在互动和游戏中，又能获得一些知识和教益。例如，不应该贪吃和挑食，要讲究卫生，养成按时刷牙和保护牙齿的好习惯，还有，每一种小动物都有自己的饮食习惯，小熊喜欢吃蜂蜜，小猫喜欢吃鱼，小兔子喜欢吃胡萝卜，小鸟喜欢吃棒子面，等等。这些有关生活好习惯和科普知识的教益，都是在一种轻松的互动游戏过程中完成的，所谓润物细无声。

从形式上看，这首童话诗把童话的想象、儿童诗的优美、儿童游戏的快乐、儿童剧的角色扮演等元素，都巧妙地糅合在了一起，为中外童话诗的宝库增添了一种灵活有趣的、极具参与性和互动性的文体样式。

因此，这首童话诗问世后几十年来，一直成为一些幼儿园小朋友参与表演的保留节目。如果您是一位家长或幼儿园的老师，那么，我建议您不妨也和孩子们一起排练一下这篇童话诗剧。

英国儿童文学作家和童话诗人、经典童话故事《小熊维尼·菩》的作者A.A.米尔恩的童话诗《好小熊和坏小熊》，也是一篇带有很强的游戏意味的作品。全诗写得浅显易懂，诗句念起来有点像绕口令，充满童趣。通过对轻松好玩的诗句的念诵，孩子们也会认识到什么叫做好的习惯，什么叫做坏的习惯。再进一步，孩子们还能从游戏中懂得一个道理：“好”和“坏”都是可以改变的。“好小熊”如果不能坚持下去，也会变成“坏小熊”；“坏小熊”如果能改掉自己不好的习惯，也会变成“好小熊”。

◇《小熊维尼·菩》经典插图之一

这首诗最后的括号里，有一个出人意料的有趣结尾，这显示了作者米尔恩的幽默与机智，也很符合小孩子的阅读心理。

欣赏完了《小熊拔牙》《好小熊和坏小熊》，我们顺便在这里再欣赏一些柯岩老师写给孩子的短小的“题画诗”，其中有的也是十分优美的童话诗。

正如法国诗人雅姆的一句诗所说：“我同时具有牧神和小姑娘的心灵。”柯岩是一位同时具有慈母和孩童的心灵的诗人。

西方有一种理论认为，大凡优秀的女性儿童文学作家，她们的创作才能固然与其女性身份和母性情怀有关，然而更由于她们能够与自己的童年保持一种不受损害的、依然活生生的联系。这才是一种罕有的才能。也因此，仅仅能够生儿育女和了解孩子的人，不见得就能写出优秀的儿童文学作品来，要紧的是了解过去的那个孩子——自己。真正做到了这一点的儿童文学家，他们的好作品也许首先并不是观察的结果，甚至不是以母性去观察的结果，而是自己的童年记忆的果实。

柯岩题画诗中的大部分作品，都是她自己的童年记忆的果实。在她的心灵里，童年如同草木灰中的火种，稍稍一吹就能复燃。或者说，她成年的天空一直在等待一双小手的触摸，她记忆的风灯一直在期待一根火柴的点亮。终于，那双神奇的小手，那根美丽的火柴，都出现了！它们就是一个名叫卜镝的小孩子、一个天才般的小画家的一幅幅美丽的儿童画。正是小卜镝的这些充满了童真和想象的非凡的儿童画，使柯岩的那些其实从未走远的童年梦想如火光一般闪现出来。于是，这个世界在拥有卜镝那些珍贵的儿童画的同时，也拥有了柯岩如此美丽、纯净和动人的诗歌：

我原来以为大海
全是碧蓝碧蓝的颜色，
可安徒生爷爷告诉我：
海的女儿那灰色的寂寞……

几千年了，海的女儿，
你还在岩石上哭么？
让我把人间的颜色都倒进海里，
带给你我们的歌和欢乐……

——《海的女儿》

不要，不要跑得那么急，
你，多心的小狐狸！

没有狮子，也没有老虎，
有的只是我，是我呀——
轻轻的雪，细细的雨，
给你送来了，送来了
春天的消息……

——《春天的消息》

◇小画家卜镝画笔下的《春天的消息》

“孩子的天真唤回了我的天真，在孩子的眼里我重又找到了自己童年的梦。”女诗人这样说过。没有错，当她正要诉说自己童年的时候，一个孩子，在丛林深处，从鸟巢里掏出了美丽的红月亮。她从卜镝的一幅又一幅画里重新发现了自己。而且说不定，她还惊讶于自己童年的某些记忆与感觉，原来一直保存得这么清晰和完好：

我从前胆子很小很小，
天一黑就不敢往外瞧；
妈妈把勇敢的故事讲了又讲，
可我一看窗外心就乱跳……

爸爸晚上偏要拉我去散步，
原来花草都像白天一样微笑；
从此再黑再黑的夜晚，
我也能看见小鸟怎样在月光下睡觉……

——《夜色》

昨夜，我做梦了
梦见漫天飞雪
那么急，那么密
可我怎么也抓不到手里……

今天，你真的来了
可我一点也不敢碰你
怎么你，你——
比梦更美丽！

——《初雪》

从哪儿飞来、飞来这么多小鸟
都栖息在村口的大树上歌唱？
就好像流浪远方的孩子全都回来
跟小时候一样在村间小路上又叫又嚷……

——《故乡的节日》

这样的诗歌，不仅准确地揭示了人类童年时光的许多共同的秘密和最细微的感觉，而且因为它的单纯与优美，可以说，从它诞生之时，就如同贝多芬的《月光》那一类作品一样，为自己打上了“永恒的印章”，属于不同种族、不同肤色和不同年代的孩子都会感到亲切、都能理解并且热爱的作品。

柯岩的题画诗是中国当代儿童文学史上最美丽的收获，也是世界儿童诗歌花园里的奇葩。她和小画家卜镝的友谊，以及这个小男孩的成长之路和天性发展过程中的一些秘密，已经反映在她那篇曾经产生过广泛影响的报告文学《从一个孩子看中国》里了。我认为，这也是中国当代儿童教育史和儿童文学史上的一段佳话。

童话剧场

小熊刷牙（童话诗剧）

人物：

　　狗熊妈妈

　　小狗熊娃娃

　　小白兔医生

　　小黄狗

　　小花猫

　　大尾巴松鼠

　　美丽的小鸟

地点：

　　幼儿园小班、中班

妈妈：我是狗熊妈妈。
小熊：我是小熊娃娃。
妈妈：我长得又胖又大。
小熊：我最像我的妈妈。
妈妈：妈妈要去上班，
小熊：小熊在家玩耍。
妈妈：不对，你要先洗脸……
小熊：嗯嗯……好吧，洗一下。
妈妈：不对，你还要刷牙……
小熊：嗯嗯……好吧，刷一下。
妈妈：不对，要好好地刷。
　　　还有……
小熊：还有，还有……
　　　什么也没啦！
妈妈：不对，想想吧！
　　　不自己拿饼干？
　　　不自己拿……
小熊：好啦，好啦，都知道啦——
　　　不自己拿饼干，
　　　不自己吃甜瓜；
　　　不许抓糖球，
　　　还不许打架……

（小熊用脑袋把妈妈往门口顶，妈妈疼爱地戳一下小熊的额头，出去了。）

小熊：妈妈上班了，啦啦啦，
　　　现在我当家，啦啦啦。
　　　先唱个小熊歌：
　　　1234，哇呀呀呀，呀！
　　　再跳个小熊舞：
　　　5432，蹦蹦蹦蹦，哒！
　　　哎呀！答应过妈妈洗脸呀。
　　　先洗洗小熊眼，
　　　再擦擦熊嘴巴；

熊鼻子抹一抹，
熊耳朵拉两拉；
熊头发梳三下，
嗯，就不爱刷牙。
那——那就不刷吧！
饼干拿一叠……
唉！答应过不吃它。
糖球抓一把……
唉！也答应不吃它。
这罐甜蜂蜜，
哈！没说过不吃它。
这筒果子酱，
哈！妈妈也忘了提它。

先吃一匙蜜，
呀，真甜！
再来它一匙酱，
哈，多鲜哪！
哼！匙子才舀一点点，
不如盛一盘；
越吃越想吃，
干脆添一碗。
一匙，一盘，一大碗，
吃完挨个儿舔三舔……

小熊吃得真高兴，
小熊吃得肚子圆：
啦啦啦，甜到舌头底，
啦啦啦，甜到牙齿尖。
咦？咝，咝，咝，
怎么甜变了酸？
酸到了舌头底，
酸到了牙齿尖。
哎呀呀！嘶，嘶，嘶，
怎么酸变了疼？
疼得没法儿办。
哎哟，哎——哟！
疼得小熊直打转，
疼得小熊直叫唤。

（小白兔上）

小兔：身穿白衣裳，
手提医药箱，
每天给人去看病，
小兔大夫真正忙。
小熊：大夫，大夫，快来呀！
我牙齿疼得像针扎……
小兔：你先别哎哟，
别直着嗓子叫。
张开嘴巴来，
让我瞧一瞧。
哎，你的牙齿真不好。
唔，这一颗要补一补，
唔，这一颗嘛要拔掉。
你坐好呀，我够不着，
你怎么长得这么高？
搬个板凳当梯子，
爬上去给你打麻药。

你坐好，别害怕，
钳子夹牢才能拔！
……拔呀，拔呀，拔不动，
唉！你的牙齿这么这么大？
小熊：哎哟哟，快拔掉，
你怎么长得这样——小？

二人：小狗小狗快快来，
小狗：汪汪汪，我来了。
三人：帮助熊把牙拔掉。
拔呀，拔呀，拔不动……
你这颗牙怎么这么重？
小熊：哎哟哟，快拔掉，
疼得小熊眼泪冒。
三人：小猫小猫快快来，
小猫：喵喵喵，我来了。
四人：帮助熊把牙拔掉。
拔呀，拔，哎呀！
（众差一点跌倒）
小兔：呀！牙碎了……
你这颗牙齿都烂透了。
小熊：哎哟哟，快拔掉，
疼得小熊双脚跳。
四人：松鼠松鼠快快来，
松鼠：吱吱吱，我来了。
五人：帮助熊把牙拔掉。
拔呀，拔，还是拔不动，
你这颗牙齿可真要命。
小鸟，小鸟，快快来！
小鸟：叽叽叽，我来了。
六人：帮助熊把牙拔掉。
拔呀，拔呀，拔不掉，
一二，一二，一二，
哎佐，哎佐，哎佐哟！
（扑咚，大家一齐摔倒在地）
总算拔掉了。

小兔：现在还疼吗？
小熊：嘻，一点儿也不疼了。
小兔：好，现在涂上一点药，
以后牙齿要保护好；
不然一颗一颗都要烂，
一颗一颗都要这样来拔掉。
小熊：嗯嗯，我不来，
嗯嗯，我不干！
为什么光叫我牙疼，
你们牙齿都不烂？
小兔：我们从来不挑食。
小狗：汪汪汪，从来不多吃甜饼干。
小猫：喵喵喵，也不偷把蜂蜜吃。
松鼠：吱吱吱，也不偷把果酱舔。
小鸟：也吃菜，也吃饭；
小猫：也吃鱼，
小狗：也吃蛋；
松鼠：也吃胡萝卜，
小鸟：也吃棒子面……
大家：阿姨给什么吃什么，
牙齿每天刷几遍。
小熊：那……以后我也不挑食，
每天把牙齿刷几遍。
大家：早一遍，晚一遍。
小熊：嗯，早一遍，晚一遍。
大家：（示范）这样刷，这样刷。
小熊：（学样）嗯，里里外外全刷遍。
小兔：说到一定要做到，
省得把牙全拔完。
小熊：是！说到一定要做到，
大家：省得把牙全拔完。

柯岩 作

大声朗读童话诗

好小熊和坏小熊

森林里有两只小小熊，
一只小熊好，一只小熊坏。
好小熊学他的二乘一，
坏小熊把他的纽扣全解开。

热天他们住在树洞里，
一只小熊好，一只小熊坏。
好小熊学他的二乘二，
坏小熊的短裤撕掉一大块。

冷天他们住在洞穴里，
他们做什么，全听大熊来安排。
好小熊学他的二乘三，
坏小熊他手帕从来都不带。

不管老姑妈对他们说什么，
好小熊说："好的。"
坏小熊说："不好，我不来！"
好小熊学他的二乘四，
坏小熊样样到手都弄坏。

忽然之间（就像我们一样），
一个变好，另一个变坏。
好小熊不好好学他的二乘三，
坏小熊咳嗽，用手帕把嘴捂起来。

好小熊不好好学他的二乘二，
坏小熊东西从来不弄坏。
好小熊不好好学他的二乘一，
坏小熊的纽扣从来不解开。

这其中也许有寓意，
不过有人说没有，
我想是有，只是我也说它不明白。
如果这两只小熊，
一只变坏另一只变好，
那也就跟我们一样，
会变好，会变坏。
因为克里斯托弗·罗宾一直学到了
二乘十，
可我把钢笔放到哪里去了，
怎么想也想不起来。
（因此这首诗我只能用铅笔写。）

[英国] A.A. 米尔恩 作
原题为《二乘……》 任溶溶 译

◇《小熊维尼·菩》经典插图之一

我们今天要欣赏的童话诗《一个怪物和一个小学生》的作者任溶溶先生，也是一位和谢尔·希尔弗斯坦、马雅可夫斯基具有类似幽默气质和诙谐风格的诗人。

任溶溶先生不仅是一位诗人、作家，还是一位翻译过上百册世界儿童文学名作的老翻译家。他翻译过的儿童文学名作有来自俄罗斯的、法国的、英国的、德国的、美国的，还有瑞典、丹麦等北欧国家的。

◇诗人、翻译家任溶溶近影

有意思的是，谢尔·希尔弗斯坦的幽默诗歌，马雅可夫斯基的儿童诗集，任溶溶先生也都亲自翻译过。我们完全可以这么认为：经过任溶溶先生巧妙的翻译与传达，谢尔·希尔弗斯坦和马雅可夫斯基的童话诗、儿童诗，其实都已经带上鲜明的“任溶溶风格”了。

反过来说也是成立的：任溶溶先生自己创作的童话诗和儿童诗，其实也在不知不觉中受到了这些外国诗人的影响，尤其是受到马雅可夫斯基、米哈尔科夫、马尔夏克等前苏联儿童诗人的影响。

当然，对任溶溶先生产生过影响的外国儿童诗人，还包括英国的斯蒂文森、华兹华斯、米尔恩，法国的罗大里，等等。

任溶溶先生与这些诗人首先是一种“精神上的契合”。我们把任溶溶的童话诗、儿童诗与前面提到的这些外国诗人的作品摆放在一起，可以说是毫不逊色的。我们还会更清晰地看到，原来一切伟大和优秀的儿童文学家，当他们一旦返回了自己梦想的源头，重新找到了童年时代的“那个孩子”，他们的想象力和全部灵性与感觉的开放程度，居然会惊人的一致。

他们都端坐在有一群小小孩童经过的夜晚的道路上，在那里倾听着星星的话语和树木的交谈。他们的心灵也早已跨越不同世纪的时间的沟堑而声息相通、互相致敬了。

我们先来读一读任溶溶的一首儿童诗近作《书怎么读》：

爷爷读书，一本又一本，
有一些书，厚得像块砖。
我忍不住，问我爷爷说：
“书这么厚，怎么读得完？”
爷爷回答我说：
“就这样，
一个字一个字地读，
一句一句地读，
一段一段地读，
一页一页地读……
很简单。”

这是一首饶有童趣和智慧的儿童诗，带着典型的任溶溶风格：单纯、幽默，凭借着字体的大小改变和诗行排列形式上的视觉效果，营造出一种好玩的游戏味道。任溶溶先生如今已经年逾八十，还具有如此丰沛的创造力与好玩的童趣，不能不说是一个奇迹。

再来看他另一首童话诗《夜里什么人不睡觉》。

“夜，好像专门是用来睡觉的。”诗一开头，他就这样告诉孩子们。无论是大人还是小孩子，到了晚上都要开始睡觉的。这时候——

深夜，
街上静悄悄，
一家一家的灯，
陆陆续续地熄掉。

只有路灯在闪耀。

可是，夜里真是所有的人都睡觉了吗？有的小孩子可能就会这么好奇地询问。于是，他就用一节一节像小火车车厢一样的诗句，描写了那些到了晚上也不睡觉的人，究竟是些什么人。例如有医生，这是因为——

谁也保不定
　　什么时候肚子疼，
谁也说不准
　　婴儿什么时候要出生。

还有火车和火车司机，这是因为——

在黑夜的星空下，
火车奔驰在大地上。
把旅客，把货物，
运送到地球的四面八方。

还有轮船、轮船上的船长和水手，这是因为——

黑夜里，
　　在茫茫的汪洋大海上，
也有轮船在行驶。
他们从大洋对岸的一个港口，
　　乘风破浪，
　　　　千里迢迢开到这里……

当然，夜里不睡觉的，还有城市美容师，有送牛奶的工人，有面包师傅，有送货物的工人，有报纸的编辑和印刷工人……这是因为，“夜里有人不睡觉，是为了让我们能睡好。让我们不受惊扰”。

像柯岩的《小熊拔牙》、马雅可夫斯基的《我这本小书给大家讲讲海洋和灯塔》等童话诗一样，这首诗也带有一定的“益智性”和“认知作用”。这也是写给小孩子看的诗歌所应该具有的一种职能。诗中告诉了小孩子一些不同身份的人所从事的不同工作的特点，同时也对这些在夜晚里工作的人们的奉献精神予以了赞美。浅显而优美的诗句里蕴含着一种老年人的从容不迫和机智幽默。

《一个怪物和一个小学生》是任溶溶先生的一首童话诗代表作，写的是一个“怪物”，因为斗不过一些敢于跟它作对的大人，就瞄准了一个小学生，妄想以强欺弱、以大欺小，让自己抖抖“威风”。可是最终呢，这个小学生根本就不怕它，而是用自己的智慧和毅力，把这个怪物斗得筋疲力尽，怪物最后只好灰溜溜地逃跑了……这个怪物的名字就叫“困难”。

一个怪物和一个小学生
又名
一个怪物和一个小学生
任溶溶

话说有这么个怪物，
不在天上，
就在人间，
也不是在很久以前，
如今就在我、
你、
大家头上打转。
哪里有人在搔头皮，
怪物就在那里出现。
除非我们啥也不干，
要干，
它就准来捣乱。
这怪物会千变万化，
有多少变，
没法计算。

◇任溶溶童话诗《一个怪物和一个小学生》手迹

这首诗也用拟人的手法，让本来看不见也摸不着的“困难”化身为一个具体而形象的“怪物”，来跟小学生斗智斗勇，大玩 PK 游戏。这样的构思和想象，给整个故事涂上了美丽的童话色彩，也呈现出了儿童诗、童话诗所应具备的一种游戏精神。

为了突出“困难”的骄横和虚妄，诗人特意在字体形式上采用了一种不断放大的排列方式，看上去就像很直观的“图像诗”一样。

还有，这首诗在标题上，就已经通过字号的变化，显示出了“怪物”的“大”和小学生的“小”。这样不仅增强了诗的趣味和游戏成分，也体现着一种区别于别的诗人的个人风格：智慧、幽默、夸张，喜欢凭借着字体的大小改变和诗行排列的“楼梯式”的视觉效果，营造出一种快乐好玩的游戏味道。

童话诗《猫头鹰和小猫咪》，是一首纯粹的"逗趣歌"（英语里称为"胡诌歌"）。诗里的想象是奇特的，没有什么逻辑性可言，甚至有点"无厘头"的意味。重要的是，这首诗的原文在语言上十分顺口，富有韵律感。小孩子们念起来像在念"绕口令"一样，会觉得十分开心和有趣。

◇任溶溶儿童诗选集《给巨人的书》封面

这首童话诗的作者爱德华·里亚，是英国著名的儿童诗人、画家和旅行家，他为小孩子写过许多脍炙人口的"胡诌歌"，在英国几乎家喻户晓，流传很广。

孩子们读这样的童话诗，是一种真正的"悦读"，他们获得的是心灵的愉悦和放松，是语言、文字、音韵上的戏谑和趣味，是对自己母语的语感的玩味和体会，当然，也不排除能有一点点生活习惯、常识认知上的收获。

"游戏精神"是童话诗乃至所有的儿童诗中必不可少的元素，从童话诗创作的角度来看，原来，童话诗还可以写得这么好玩！

大声朗读童话诗

一个怪孩和一个小学生

话说有这么个怪物，
不在天上
　　　就在人间，
也不是在很久以前，
如今就在我、
　　　　你、
　　　　　大家头上打转。
哪里有人在搔头皮，
怪物就在哪里出现。
除非我们啥也不干，
要干，

它就准来捣乱。
这怪物会千变万化，
有多少变，
没法计算。
它会变成汹涌大江，
它会变成拦路高山，
它会变成飞沙走石，
它会变成酷暑严寒……
它还会变成 1234、
abcd、
句号逗点……
你对它软，它就变硬，
你对它硬，它就变软。
看见它怕
是胆小鬼，
敢跟它斗
才叫勇敢。
它可以是天那么大，
越斗越小，小到不见。
这个怪物，要问是谁，
说出来会有人打战，
我想你是勇敢孩子，
听了不会吓出冷汗。
好吧，
它的名字就叫：
困难，
困难，
困难，
困难。

* * * *

就说这么一个怪物，
在咱国家到处乱钻，
到过工厂、
农村、
部队，
还溜进实验室里面。
它到处去找人麻烦，
想要跟人较量一番，
结果都给斗得大败，
拔脚就溜，抱头鼠窜。
它没有个落脚地方，
呼噜呼噜，
粗气直喘。
这时候正夜深人静，
它从高空往下一看，
猛然看见一扇窗里，
一盏电灯亮光闪闪。
有个孩子在温功课，
坐在桌前埋头计算。
“妙哉妙哉，
运气不坏！”
怪物顿时喜地欢天。
“找啊找啊，
找到了他，
也可算是老天开眼。
工农兵和科学家们，
简直叫我丢尽了脸。
我不用花吹灰之力，
就能制服，
哼，
这小不点。
我正好来抖抖威风，
免得人们把我小看。”
说着怪物钻进窗子，

马上就是摇身一变，
它变成了
　　　　加减乘除，
制造一道一道难关。
可是孩子不慌不忙，
兵来将挡　水来土掩。
一道一道击术攻破，
弄得怪物
　　——还是困难，
　　直叫“困难！”
孩子眼看就要取胜，
也是怪物诡计多端，
它变成了个瞌睡虫，
一下飞进孩子的眼。
孩子眼皮越来越重，
脑袋快要碰到纸面。
二二得几也想不出，
脑子完全不听使唤。
孩子只好关灯上床，
乐得怪物大蹦怪喊：
“谁说我在这个地方，
再无法把威风施展？
可是斗倒这小不点，
说老实话，
　　　　很不简单！
我给弄得精疲力尽……”
怪物边说边打哈欠，
不知不觉呼呼大睡，
梦中不住呻吟哀叹，
梦见自己到处挨揍，
直被赶得东逃西窜。
可它忽然露出笑容，
因为最后赢了一盘。
怪物正在洋洋得意，
忽然一道亮光刺眼。
它猛然间惊醒过来，
说醒，
　　还只醒了一半。
它的眼睛老睁不开，
好不容易睁开一看：
孩子早就坐在灯下，
沙沙地写，精神饱满。
怪物累得像一摊泥，
勉强撑起，正想再变，
可它还没想出变啥，
孩子已经
　　　　写下答案。
怪物气得七窍生烟，
顿时飞出窗子外面……

＊　＊　＊　＊

新中国的勇敢孩子，
哪会屈服于这困难。
可是怪物不肯罢休，
它又到处找人捣乱。
它在找啊找啊找啊，
也许已经到你眼前。
怎么对付这怪物呢？
这就
　　该你自己来谈！

任溶溶 作

猫头鹰和小猫咪

乘一只漂亮的嫩绿色的小小船，
猫头鹰和小猫咪出海去远航。
带着蜂蜜一小罐，大把的钱，
包钱的是一张钞票五英镑。
猫头鹰仰望星星高空悬，
伴着小小的吉他把歌唱：
“可爱的小猫哟，小猫哟，
我的小心肝，
小猫哟，你呀你有多漂亮，
多漂亮，
多漂亮！
小猫哟，你呀你有多漂亮！”

小猫咪对猫头鹰说：
“美丽的鸟儿哟，
你唱得多么迷人多么甜！
哦，咱俩结婚吧，不能再等啦。
可一枚戒指怎样才能到手边？”
整整一年零一天，他们去得远，
来到个长着“当当”树的好地方，
有只小猪崽在林子里面站起来，
一枚戒指挂在鼻尖上，
鼻尖上，
鼻尖上，
一枚戒指挂在鼻尖上。

“小猪儿乖，我出一角钱，
你愿不愿把戒指卖给我？”
小猪说：“这好办。”
他们买走了金指环，
结婚就在第二天，
还有山上的火鸡来相伴。
他们手里拿着利刃的三齿叉，
吃着榅桲果的薄薄片和百果馅；
手把手来挽，双双站在沙滩边，
他们在月光下面舞翩翩，
舞翩翩，
舞翩翩，
他们在月光下面舞翩翩。

［英国］爱德华·里亚 作
屠 笛 译

十一月主题 美德与良知

用美德的清泉滋润童年的心灵
附录：《乌鸦受骗》
《天鹅、狗鱼和大虾》
《瀑布和泉水》
寻找独角兽的银色蹄印
附录：《我自己的真正的家族》
《神奇的铅笔》

美德就像温暖的阳光，美德也像清澈的泉水。如果一个幼小的生命从诞生那天起，就能享受着美德的阳光的照耀，就能享受着美德的清泉的滋润与灌溉，让美德就像一位最好的朋友一样，陪伴着童年的心灵，伴随着我们健康、正直、快乐地成长，这该是一件多么好的事情！是的，只有从小与美德与良知为伴，你才能从一个小孩子，成长为有高尚情感、有智慧、有力量、有信心和有作为的巨人。

国际安徒生文学奖获得者、前苏联著名儿童文学作家和教育家谢尔盖·米哈尔科夫，写过一本关于儿童成长与素质教育的散文名著《一切从童年开始》。他认为，无论孩子们的家庭生活和学校生活多么有趣，可是如果不去阅读一些珍贵的美德故事书，也就像被夺去了童年最可贵的财富一样，其损失将是不可弥补的。他举了自己在八岁时记住的诗人涅克拉索夫的一首童话诗为例，这首诗出自《涅克拉索夫选集》：“在我们这块低洼的沼泽地方 / 要不是总有人用网去捕，用绳索去套 / 各种野兽会比现在多五倍 / 兔子当然也一样，真让人心伤。”

他说，过去了许多年——超过了半个世纪之后，这些诗句仍然没有失去当年迷人的魅力，它们仍然在不断地唤醒着他的良知和爱心，像童年时一样。他说，他小时候还读过一篇文字优美的叙事诗《马扎依爷爷》，当他自己也成了一名作家后，他仍然一直想去看看当年马扎依爷爷搭救可怜的小兔子的地方。

他举这些小例子只为了说明，一些美好的、高尚的和有趣的美德故事，对小孩子们的成长，对他们精神世界的建构，有着多么重要的意义。

因此，强调儿童文学的“美育”和“德育”等的教育作用，强调儿童文学作家的道德责任感和社会使命感，并非是一个陈旧和可笑的话题。

有人把儿童文学创作比喻成“寻找独角兽的银色蹄印”。可惜的是，我们有许多人忘记了童年记忆里的“马扎依爷爷搭救可怜的小兔子的地方”，也失去了那美丽的独角兽的银色蹄印。

记得儿童文学界的老前辈陈伯吹先生说过一句话：“儿童文学虽是派生于文学的一个组成部分，但儿童文学又不能不受制于教育。”也许正是因为这些年来所看到的那种忽视儿童文学的“美育”和“德育”作用，甚至一味地“去教育化”而片面追求“娱乐化”、“魔幻化”的作品越来越多，所以，我对一些具有美德教育价值和意味的儿童文学作品，不免有着深深的怀旧之感，所以我对陈伯吹先生的这句话也仍然抱有好感和认同感。

用美德的清泉滋润童年的心灵

在世界众多的童话诗人和寓言诗作家当中，生活在17世纪的法国寓言大师拉封丹被后人誉为“大自然的诗人”。他一生写过牧歌、颂歌、故事诗、喜剧和小说等许多作品，但都没有产生什么影响，唯一给他带来了文学声誉、奠定了他的经典作家地位的作品是他的240首寓言诗和童话故事诗。

那么，今天这堂童话诗欣赏课，我们就先来谈一谈拉封丹。

拉封丹出生在法国香槟地区的夏托蒂埃里城堡。他出生时的那栋小屋现在依然保留着，成了一个纪念馆。拉封丹的父亲是当地负责管理森林和河道的公务员。拉封丹幼年时经常跟着父亲去森林里散步、玩耍，从小就对池塘、草地、森林和各种小动物十分熟悉和热爱，这为他后来写作以森林、动物为主角的寓言和童话诗埋下了种子。

拉封丹的祖父有很多藏书。祖父的书房，是拉封丹童年时代除大自然之外的又一个乐园。书本培养了他对知识和学问的兴趣。拉封丹不喜欢充满脂粉气息的巴黎城市生活，他是个梦想家，对家乡的森林、草地和河流更感兴趣。中学毕业后，他就回到了家乡夏托蒂埃里。在那里，他与森林、溪流和飞禽走兽为邻，以荷马、维吉尔、贺拉斯、薄伽丘、拉伯雷等诗人和作家为友。在从事着像他父亲那样的森林河道管理工作的同时，他也开始了一个作家的写作生涯。

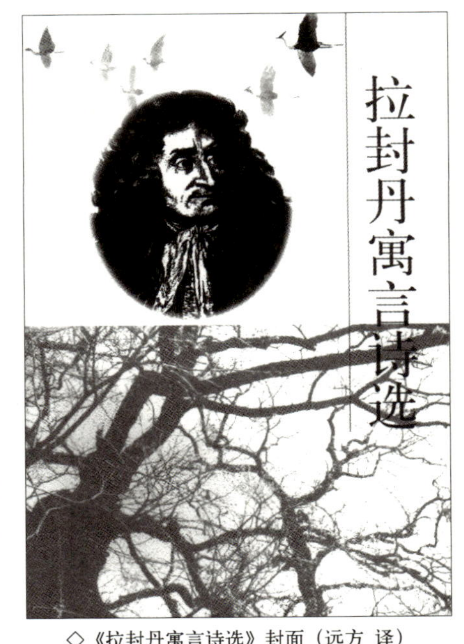

◇《拉封丹寓言诗选》封面（远方 译）

拉封丹在临去世的前一年，完成了他最后一卷寓言故事诗。他留下了240首诗，被后人誉为“法国的荷马”。

拉封丹的寓言和童话故事诗，以其生动有趣的动物故事、通俗易懂的生活道理，再加上自由活泼的表现形式，一出场就受到了孩子们的欢迎。

◇《拉封丹寓言诗选》封面（远方 译）

我们不能肯定，拉封丹在写作这些故事诗的时候，已经有了某种明确的“儿童本位”意识，但我们看到，他为他的故事诗所写的题词表明，它们是献给柳多维克十四世六岁的儿子多芬的。他还在序言中特意强调说，儿童们可以从这些故事里“找到美德与良知”。

事实上也是这样，拉封丹的故事诗从诞生直到今天，一直都是法国一代代学龄儿童最喜欢诵读的诗篇之一。

他率领着一群来自森林和田园、

带着泥土气息和野性味道的动物，浩浩荡荡地冲进了温文尔雅的古典主义文学和王公贵族们的客厅。他把底层人、手工劳动者的形象和他们的口头俚语、俗话等等一股脑儿引进了原本戒律森严的文学殿堂，给沉闷的法兰西文学注入了一股自由的活力和自然的芬芳。

其实，在拉封丹身上，本来就有一种轻松悠闲、不受约束的梦想家的天性，而童话故事诗这种自由活泼的文体，使他充分地展示自己的天性成为可能。我们从他的童话故事诗中也真的感到了一种风趣与诙谐，甚至还有一些纯真、烂漫与搞怪的风格。

拉封丹故事诗创作的资源，首先来自他童年时代对大自然生活的热爱和观察。他人生的前三十年，几乎都是在家乡的森林水泽间度过的。他以诗人的敏感和自由的天性，去拥抱和了解大自然，自由自在而又细致入微地观察过各种动物的行为习性和花草树木的生长姿态，以及它们之间微妙的相互依存的关系。

所以，我们从他的故事诗里不断地看到和听到：芦苇在轻舞飞扬，橡树在轧轧作响，老鹰在空中盘旋，细腰蜂在嗡嗡歌唱……

还有月光下的枫树林，映着倒影的沼泽和池塘，狐狸和田鼠出没的小路，狮子和豹子散步的山冈……

还有动物们走过后留下的蹄印，栗子成熟后散发的芬芳，秋日的乡村干草的气息，猎人踩动落叶的声响……

难怪后来的大作家巴尔扎克会有这样的印象：他童年时代对于法兰西大自然美景的了解，是从阅读拉封丹的故事诗开始的，他因此把拉封丹称为“大自然的诗人”。

拉封丹故事诗的资源，还与古希腊寓言家伊索、古罗马寓言家费德鲁斯、古印度的《五卷书》以及波斯的《智慧之书》等民间讽喻故事密不可分。他的许多寓言和童话故事诗，是对伊索、费德鲁斯等传世作品的改写、加工和再创作。他利用他们现成的故事和故事里的角色，再根据自己的观察、想象进行扩展或重新演绎，其中又融入了自己的经验和思想，使它们成为一篇篇视角和主题都有所创新的作品。所以，拉封丹为自己的故事诗题写过这样的献词：

“我的诗篇的主人公的‘父亲’，都是伊索。”

拉封丹写过一首题为《狮子和牧人》的故事诗，可视为他的艺术宣言：

寓言故事不只是像外表那样：
让人们从最单纯的动物那里得到教导。
赤裸裸的道德教训只会惹人厌烦。
那样的故事和教训写得再多，也是枉然。
但是，仅仅为训诫而训诫，
似乎也没有什么价值可言。
教训是必要的，但要讲得惬意，
聪明的作家都是依靠愉悦的力量，
为自己的作品插上翅膀。
他们无须浮华的装饰，不拖沓连篇，
在他们的著作里，看不到赘语冗言。

拉封丹在自己的故事诗中，一方面尽可能地去掉了那些“赘语冗言”，使全篇故事简洁明了，叙事流畅完善，同时又极力抛开那些古老的和现成的故事本身所具有的、人人皆知的寓意，别出心裁地在陈旧的框架结构里注入新鲜的自然景色和当代人文气息，演绎出另外的“惬意”的主题。

他的故事诗的文学色彩，更多的是体现在作品的细节上。他在伊索等前辈留下的“空白处”进行精细的“文学作业”，在原有的故事结构和人物框架之内，获取了最大的创作自由，尽情地挥洒了自己的灵感与才华。

拉封丹童话故事诗里，有时是以正面的故事，有时是以反面的故事写到了人世间的许多良知与美德，诸如谦让、分享、诚信、专注、承担、奉献、勇敢、自信、友爱、互助、智慧、感恩等等。这些良知和美德都是小孩子在成长过程中应该学会接受的。

当然，拉封丹是把它们作为寓言故事或童话故事诗来讲述的，他讲述得是那么单纯、亲切和有趣。他的故事诗的亮点在于对自然场景、动物行为、人物关系等都做出了细致的观察，所以他讲述的故事是完整和丰满的，他所描绘的形象是逼真和生动的。滥用单调的道德教训，当然只能坏人胃口，而传达丰富的生活信息，揭示出人与人、人与物、物与物之间微妙的相互依存关系，却能使人喜闻乐见。

读过伊索寓言的读者，也许都还记得那只因为爱慕虚荣、喜欢奉承而上当受骗的乌鸦。伊索用简洁的话语讲述了这个故事，把结论停留在乌鸦的愚蠢上。可是，拉封丹的童话故事诗《乌鸦受骗》却在这个基础上有了延伸。他让乌鸦认识到了自己的轻浮和虚荣，并感到了羞愧——不贪图虚荣，并能及时地认识到自己的错误并予以改正，正是人类的美德之一。

拉封丹正是在伊索留下的“空白处”，合理地驰骋着自己的想象力，让动物站在各自的“本位”上思考、说话和行动，因而使故事情节更加丰盈，故事里的主角更加富有生动可感的个性化。这首童话诗也证实了一点：拉封丹善于用细节来打扮他的故事诗。

接下来，我们再来欣赏另外两首短小而优美的童话诗。

这是我们前面讲到过的另一位童话诗人和寓言诗人克雷洛夫的作品。

《天鹅、狗鱼和大虾》讲的也是人类的一种美德，那就是在日常生活中，人人都离不开与他人的协作，人人都应该具有一种良好的团队精神。可是你看，在这首故事诗里，只要天鹅、狗鱼和大虾还在如此这般地拉着这辆运货的大车，

◇克雷洛夫童话诗《天鹅、狗鱼和大虾》经典插图之一

我相信，它们就是再拉上整整一个世纪，大车还是不会挪窝的。道理很简单，克雷洛夫一开始就告诉了我们，不需要再做更多的解释了。

◇克雷洛夫童话诗经典插图之一

克雷洛夫用他的童话诗揭露、讽刺、谴责和鞭挞着许多罪恶、丑陋和可憎的行为，也用他的诗歌赞美着大自然和人间的种种良知与美德。在《瀑布和泉水》里，他讽刺了虚荣和傲慢的瀑布，而把赞美献给了谦逊的、默默奉献的泉水。克雷洛夫还有一篇同样主题的童话诗《树叶和树根》，对谦和的、不事张扬的树根，也给予了深情的礼赞，而对喜欢自吹自擂的树叶则表达了自己的厌恶之情。

这两首小童话诗都带着鲜明的诙谐和讽刺意味。

是的，无论是拉封丹还是克雷洛夫，他们的许多童话诗都像一出出小型戏剧，舞台背景、人物造型、性格对话，甚至作者的“旁白”等等，一样都不缺少。他们用童话诗和寓言诗的形式为各类角色搭起了出场和表演的小舞台，是亮相还是出丑，是英雄还是坏蛋，是坦坦荡荡还是老谋深算抑或弄巧成拙，台下的人们一眼就能看个明白。

大声朗读童话诗

乌鸦受骗

乌鸦衔了一块奶饼，
站在树上非常得意。
狐狸闻到香味，
立刻跑来用计。

“啊！真早！乌鸦先生！
您太漂亮啦！
在我看来，
美到绝顶！
美到绝顶！
要是您的嗓子，
也像您的乌绒袍子，
您就是森林里的孔雀，
您就是森林里的王子！”

乌鸦一听丢了魂，
两脚几乎站不稳。
狐狸几句马屁话，
说得他全身骨头轻！

为了证明嗓子好，
张开大嘴哇哇叫。
大嘴一张奶饼落，
狐狸接住哈哈笑。

狐狸笑着说：
“我的好大爷，
切切记在心。
天下马屁鬼，
靠谁来活命？
就靠傻瓜们，
偏偏肯相信！
你损失一块奶饼，
但是得到一个教训。
这个教训那样宝贵，
花一块奶饼并不吃亏！”

乌鸦又是害臊又是慌乱，
只想找个树洞往里一钻。
他发誓不再中狐狸诡计，
但是太晚了，
狐狸已经快把奶饼吃完。

［法国］拉封丹 作
倪海曙 译

天鹅、狗鱼和大虾

一个集体如果不能协作，
办事情绝不会有好的效果，
不仅搞不成功，
还会受尽折磨。

狗鱼、大虾和天鹅
有一次同拉一辆载货大车。
尽管大家都使出了全力，
却怎么也拉不动那辆车！
车上的货对它们来讲
看来并不算重，

但天鹅往云端飞，
　　大虾往后面爬，
　　　　狗鱼则把车往水里拖。
它们谁是谁非不用评说，
反正是大车
至今还在原地没有挪窝。

［俄罗斯］克雷洛夫 作
裴家勤 译

瀑布和泉水

一弯泉水毫不起眼地从山脚流过，
却因能治病而声名远播。
沸腾的瀑布从崖顶倾泻而下，
傲慢地把泉水奚落：
“真奇怪！你水量又少又瘦弱，
可是来找你的客人总是那样多！
照理说应当来把我欣赏，
他们去找你究竟为了什么？”
“他们找我是为了治病。”
泉水谦逊地回答瀑布说。

［俄罗斯］克雷洛夫 作
裴家勤 译

◇法国画家柯罗的风景名画《蒙特枫丹的回忆》

这一堂课，我们继续讨论童话诗中的“美德与良知”的主题。

《寻找自己的真正的家族》写的是一个小孩子在森林里的大树下做了个梦，他梦见在橡树林里，他遇见了被人类砍倒的橡树的家族成员，向他提出了一个奇特的要求：“每见到一株橡树被砍倒，你得发誓栽两株／你若不发誓，黑色起皱的橡树皮会把你裹住／让你植根在橡林中，你出生在这儿却永远不发育。”

这个故事的结局：这个孩子从此便更加懂得爱护绿色的森林了，他的心也仿佛变成了一棵树，他觉得自己也成了橡树家族中的一员。

这首童话诗极富想象力。尤其是开头遇见的老太婆的样子：一身疙瘩的枯柴套了被布，还带着一个装有许多秘密的小口袋，还有咯咯的笑声……都带着浓郁的童话色彩。

当然，更重要的是，这首诗用一个想象的故事提醒今天的孩子们：应该热爱绿色的森林和树木，应该敬畏美丽的大自然，生活在这个世界上，应该爱护自己所处的自然环境。

对大自然永远怀有敬畏和热爱之心，懂得爱护植物与动物，懂得保护环境，尊重别的生命……这同样是生活在今天的孩子们应该具有的美德与良知。

《神奇的铅笔》讲的是一个小女孩在树林里捡到了一支神奇的铅笔，于是引出了一连串的只有在童话里才能发生的故事。小女孩得到了这支铅笔，并且用这支铅笔实现了自己的许多愿望，应该说，这没有错，也很正当，非常符合一个小孩子的所思所想，况且小女孩还想到了去满足自己对爸爸妈妈、对家人的爱。错就错在小女孩不该对老奶奶隐瞒自己捡到铅笔的事实。

这个情节赋予了这首童话诗一个美德教育的主题：小孩子应该诚实，不应该撒谎。要知道，最终，“幸运决不会亲近撒谎的孩子”，神奇的铅笔

◇法国画家柯罗的风景名画《林中仙女之舞》

也终究不会属于“那些懒惰的和幻想着不劳而获的孩子”。

本来，这个故事到这里就可以结束了。可是，在诗歌最后，作者意犹未尽，又续写了一段：“如果你真的想拥有一支又漂亮又神奇的铅笔，那么请你和爸爸妈妈在春天里，去种植十棵、一百棵小树。当你向世界奉献出一片绿色树木，世界会回报给你一支神奇的铅笔。”

这个结尾或许能够使这首童话诗所蕴含的意味变得更加丰富，可以让小孩子在“诚实”这个单一的主题之外，进而想到环境保护、奉献、感恩等更多的美德。

世界上的书是各种各样的。我们的童话诗花园里，也有题材、风格各不相同的作品。这是因为，我们这个世界，我们所处的生活环境，我们的心灵本身，都是丰富多彩的。欢乐的，悲哀的；真实的，幻想的；崇高的，卑丽的；美好的，丑恶的……整个活生生的世界，都可能进入一本书或一首童话诗中，也许正因为如此，我们才更加觉得一本书、一篇童话或一首诗歌的神奇与伟大。

在我们人不同的书本和诗篇中，既可以看到赖以生存的这个真实的世界，以及我们周围真实的人和真实的事件，也可以看到那些来自于作家头脑的，虚构和幻想中的世界、人物和故事，如巨人和小矮人、恶毒的巫婆、善良的精灵、神秘的外星人、智慧的魔法师、美丽的海妖、可怕的吸血鬼等等。

美国女诗人艾米莉·狄金森写过这样几行诗："没有任何大船，能像书本一样，载着我们远航；没有任何骏马，能像一页奔腾的诗行，把我们带向远方。"

是的，有时候，那几近无限的内容，就存在于一本书或者一首诗当中，世界因一本书而存在，而精彩。而一首小小的童话诗，也可以超越最久远的时间和最辽阔的空间，让我们在任何时候和任何地方，都能够反复看到最古老的过去和最遥远的未来。

◇俄罗斯画家希施金的风景名画《阳光照耀的树林》

大声朗读童话诗

我自己的真正的家族

有一次我悄悄进入橡树林——去寻找一头鹿。
我遇见个老太婆——一身疙瘩的枯柴棒加破布。
她说："你的秘密在我的小口袋里，我全有数。"

于是，她开始咯咯笑，我开始发抖。
她打开她的小口袋，我一而再地意识到，
一群人在围着我看，我在木桩上被捆牢。

他们说："我们是橡树，是你真正的家族成员。
我们被砍倒，被撕裂，你连眼睛也不眨一眨。
你现在就将死去，除非你答应一个条件。

每见到一株橡树被砍倒，你得发誓栽两株。
你若不发誓，黑色起皱的橡树皮会把你裹住，
让你植根在橡林中，你出生在这儿却永远不发育。"

这是我在树枝下做的梦，这梦改变了我。
我走出了橡树林，回到人间伙伴的居处，
我走路像人类的孩子，我的心却成了一株树。

［英国］泰德·休斯 作　屠岸 译

神奇的铅笔

妈妈曾经讲过一个故事，
过去好多年了我也没有忘记。
说的是一个漂亮的小妹妹，
刚刚开始读小学一年级。
有一天她在小树林里玩耍，
突然拾到一支神奇的铅笔。

她用铅笔画了一只小猫，
小猫立刻就跳下了白纸。
她用铅笔画了一杯冰淇淋，
冰淇淋立刻就淌出了草莓汁。
她还给小猫画了一座小屋，
小屋的四面立刻有了窗子。
总之，不管她在纸上画出什么，
眼前立刻就会出现真的东西。
她想：给爸爸画一辆小汽车吧，
好让他上下班的路上坐得舒适；
给妈妈画一件漂亮大衣吧，
因为后天就是妈妈的生日。
哈，要是他们收到我的礼物，
不知道心里会有多么欢喜！

第二天她又来到了小树林，
口袋里装着那支漂亮的铅笔。
她老远就看见一位老奶奶，
好像在那里寻找什么东西。
老奶奶问："可爱的小姑娘，
你有没有拾到过一支铅笔？"
"没……没有。"她捂着口袋，
很怕老奶奶发现她的秘密。
她的心儿咚咚地跳着，
赶紧跑回了自己家里。

她舍不得把铅笔还给老奶奶，
因为铅笔能带给她想要的东西。
她给自己画了满满一盒糖果，
还有玩具、发卡和巧克力。
她还给自己画了长长的睫毛，
还有金色的头发和漂亮裙子。
她想，伙伴们该多么羡慕我呀，
当他们看到我有这么多东西！

她一边想象着一边向外走去，
不知不觉来到一片金色的草地。
这时候那位老奶奶又出现了，
不用说，小妹妹心里一阵着急。
"小姑娘，你的裙子真漂亮啊！"
老奶奶慈祥的脸上带着笑意。
"这……是……妈妈给我做的。"
她的脸红得就像擦了胭脂。
"那么，你的金色头发和长睫毛，
也是妈妈做的吗？"老奶奶说，
"啊，我明白了，一定是你，
昨天拾到了我丢失的铅笔。"

"没……没……我没有……"
小妹妹想转身离开这片草地，
可是长头发挡住了她的目光，
小树枝也勾住了她的裙子。
这时候铅笔飞出她的口袋，
正好落在了老奶奶手里。
"神奇的铅笔啊快快显灵，"

老奶奶轻轻念出两句咒语，
“让撒谎的小姑娘画的东西，
快快从她的眼前消失！”

话一说完，老奶奶就不见了，
小妹妹也失去了所有的东西。
没有了糖果，也没有了裙子，
身上只剩下原来的一件睡衣。
没有了长长的睫毛和金色的头发，
她又恢复到了原来的样子。
当然也没有了那支神奇的铅笔，
因为幸运决不会亲近撒谎的孩子！

妈妈给我讲过的这个故事，
我一直把它深深记在心里。
我相信，在我们这个世界上，
一定还存在着这样的铅笔，
但它不会属于撒谎的人，
它也远远地躲避着那些懒惰的
和幻想着不劳而获的孩子。
可是我在这里要告诉你们，
另外一个小小的秘密：
如果你真的想拥有一支
又漂亮又神奇的铅笔，
那么请你和爸爸妈妈在春天里，
去种植十棵、一百棵小树。
当你向世界奉献出一片绿色树木，
世界会回报给你一支神奇的铅笔。

徐鲁根据俄罗斯童话故事改写

十二月主题 亲子与亲情

细腻的母爱，温暖的关怀

附录：《小猫走路没有声音》

我深爱着这个世界，包括它的悲苦

附录：《妈妈的礼物》

斗转星移，柳色秋风。当二十四番花信风轮番吹过，春夏秋冬十二个月，也不知不觉地从我们身边走远了。这时候，美丽的春天女神正赤着双足，踏着洁白的飞雪，向我们走来。她的鹅黄色的裙裾里，兜着献给人间的鲜花……

冰雪飞舞的十二月，是我们迎接圣诞、迎接新年、迎接春天的时节，也是一个弥漫着爱与感恩、弥漫着新的希望与梦想的月份。

那么，我们就把这个月的童话诗欣赏课的主题，留给“亲子与亲情”。

亲情是珍贵的，亲情是无敌的。尤其是亲情中的母爱。所有的妈妈都是子女们的第一所学校，谁拒绝了妈妈对自己的教导，谁就首先失去了做人的机会。当然，母爱也不仅仅是指妈妈对孩子的爱，还应包含孩子对妈妈的崇拜与敬爱。

在这里，我还想给年轻的父母们一个建议：爱孩子，就先教会孩子阅读。孩子幼年时代美好的“亲子阅读”记忆，同样是亲情和亲子之爱中不可或缺的一部分。如果做父母的能够经常和孩子一起“亲子共读”，不仅能使孩子在语言、智力方面得到更好的培育，更重要的是，能使孩子在情感和心理上得到健全的发展。

儿童文学作家格雷厄姆·格林说过：“或许只有童年读的书，才会对人生产生深刻的影响。孩提时，所有的书都是‘预言书’，告诉我们有关未来的种种，就好像占卜师在纸牌中看到漫长的旅程或经由水见到死亡一样，这些书影响到未来。”可见，对孩子来说，有一些书，有一些故事，童年时读到了、听到了，也就是永远地读到了、听到了；相反，童年时错过了、省略了，也可能是永远地错过和省略了，它们可能会成为一个人终生的缺失和遗憾。

爱丽诺·库珀在《格蕾丝——一个美国女人在中国》这本书里，写到过作为妈妈的格蕾丝，当孩子们年纪还小的时候，她给他们朗读；孩子们渐渐长大了，他们一起朗读。他们的读书声，盖过了外面世界里所有的喧嚣。孩子们在朗读中不仅获得了对声音的敏感和欣赏力，而且也渐渐形成了各自对人生、对生命的思考与理解。正如格蕾丝的儿子维汉所回忆的那样，一遍遍阅读与朗读那些经典文学作品，“不仅让我有了一种历史感，也让我对人生经历的差异和共性有了更深刻的理解，帮助我把眼光放到了自身之外的广阔世界”。

维汉对这种亲子阅读的回忆，正好印证了另一位美国人吉姆·崔利斯在他那本儿童朗读研究著作《朗读手册》一书扉页上所引用的那几行诗：“你或许拥有无限的财富 / 一箱箱的珠宝与一柜柜的黄金 / 但你永远不会比我富有 / 我有一位读书给我听的妈妈。”

细腻的母爱，温暖的关怀

◇小猫走路没有声音

国外有一些儿童心理学家和文学批评家指出，成年人创作的儿童文学里，大都弥漫着一种“母性”，是一定意义上的“母性文学”。这也正好印证了冰心老人的一句名言：从事儿童文学创作的人，“必须要有一颗热爱儿童的、慈母的心”。

下面是一首短小的童话诗《小猫走路没有声音》，是台湾著名儿童文学作家林焕彰先生的童话诗代表作之一。

小猫走路没有声音，这是所有小孩子都

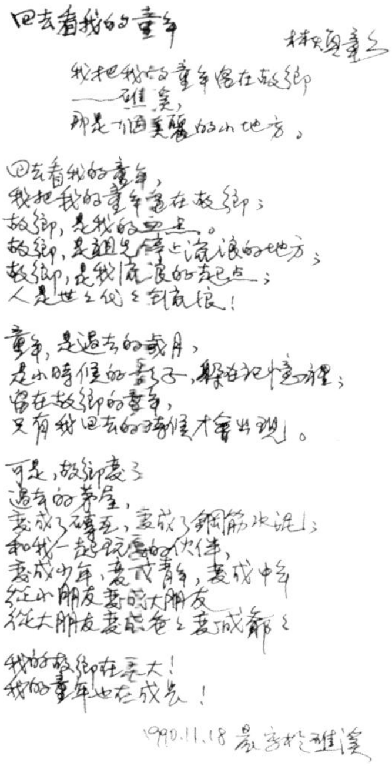
回去看我的童年 林煥彰
我把我的童年留在故鄉
——礁溪，
那是一個美麗的小地方。

回去看我的童年，
我把我的童年留在故鄉；
故鄉，是我的[illegible]。
故鄉，是祖先停止流浪的地方；
故鄉，是我流浪的起点；
人是世々代々[illegible]流浪！

童年，是過去的歲月，
是小時候的影子，躲在記憶裡；
留在故鄉的童年，
只有我回去的時候才會出現。

可是，故鄉變了
過去的茅屋，
變成了磚瓦，變成了鋼筋水泥；
和我一起玩耍的伙伴，
變成少年，變成青年，變成中年
從小朋友變成大朋友
從大朋友變成爸々變成爺々

我的故鄉在長大！
我的童年也在成長！

1990.11.18 晨寫於礁溪

◇诗人林焕彰儿童诗手迹

懂得的一个常识。可是，为什么小猫走路会没有声音呢？经过诗人的想象，原来，小猫穿的鞋子是妈妈用最好的皮做的！这首童话诗既是写实的，同时也是依靠美好的想象来完成的。

小读者通过诗人的想象与虚构，足可以感到一种真、善、美的力量。细心的小读者还可以体会到，小猫在这个世界上这么轻轻地、骄傲地和幸福地走路，原来是因为有了妈妈的无私的爱，有了妈妈细腻的呵护。小猫走路没有声音，还体现着小猫对来自妈妈的那份温暖、无私的母爱的珍惜与感恩。

当然，这份温暖、无声的母爱，这种对妈妈的珍贵赠予的爱惜与感激，首先来自诗人心中对人类、对所有生命的亲子之情的理解、敬畏与感念。

这首诗在语言节奏和内在韵味上有着奇特的效果。把每一个句子拆开来看似乎平淡无奇，可是，经过诗人巧妙的、反复回旋的吟咏，整首诗就具有了一种很特别的情意深长的韵味。因此，这首童话诗也特别适合小孩子放低声调来吟诵。同时，这也是一首十分适合年轻妈妈在孩子睡前用来亲子共读的童话诗。

这首童话诗也显示了林焕彰先生儿童诗的一些常见的精神底色和艺术趣味：优美的想象，机智、幽默与风趣的表达方式，真挚的亲情和爱心，还有澄澈的浅语艺术，淡淡的抒情意味……

卢梭在他那本关于儿童教育的名著《爱弥儿》里说过一句话：“植物通过耕耘获得改善，而人类则是通过教养获得进步。”

童年，作为人生的第一个成长阶段，已经变得越来越重要。童年时期，尤其是幼儿时代的一些哪怕是极其细微的生活感受的培养，都将直接影响着一个人成年后的生活品质、性格气质和价值取向。

《童年的消逝》一书的作者、世界著名媒体文化研究家和批评家尼尔·波兹曼博士甚至认为，如果说在人类文明中人的移情和情感，即单纯的人性有所成长的话，那么，“它们始终是跟随童年的脚步一起成长起来的”。

1990年国际安徒生文学奖得主托莫德·豪根也这样说过：“只要我们一天弄不清我们对孩子的行为，只要我们不敢回归童年，我们仍会不断地伤害儿童，同时也伤害我们成年人自己。……当我们鼓足勇气向童年走过时，这就意味着我们必须感受心中的痛苦，即灵魂中的渴求——对更好的生活的梦想。”

◇诗人林焕彰儿童诗集《回去看童年》封面

一首优秀的童话诗所能带给我们的，将不仅仅是一种阅读上的喜悦，也不仅是一种艺术欣赏上的趣味，还有一些关于孩子成长与呵护的理性思考。

大声朗读童话诗

小猫走路没有声音

小猫走路没有声音，
小猫它的鞋子是
妈妈用最好的皮做的；

小猫走路没有声音，
小猫知道它的鞋子是
妈妈用最好的皮做的；

小猫走路没有声音，
小猫知道它的鞋子是
妈妈用最好的皮做的，
小猫爱惜它的鞋子；

小猫走路没有声音，
小猫知道它的鞋子是
妈妈用最好的皮做的，
小猫爱惜它的鞋子，
小猫走路就轻轻地轻轻地；

小猫走路没有声音，
小猫知道它的鞋子是
妈妈用最好的皮做的，
小猫爱惜它的鞋子，
小猫走路就轻轻地轻轻地，
没有声音。

林焕彰 作

我深爱着这个世界，包括它的悲苦

童话诗人马尔夏克在他的童话诗剧名著《十二个月》的结尾，借“四月”之口这样唱道：

新月正在消失。
星辰正在隐退。
红彤彤的太阳
正迈出敞开的大门。
新的一天，新的一年
正在来临……

新的年岁将带给我们新的期待、新的希望。

新的年岁将带给我们新的梦想、新的力量。

是的，无论生活有多么平凡，多么艰辛，无论人生有多少烦恼，多少的不如意，我们最终还是会珍爱生命中的每一天，珍爱每一个崭新的早晨，并且对未来依然充满最大的信心和希冀。

◇美国画家玛丽·卡萨特的儿童题材绘画作品《蓝沙发》

当我们的 24 堂童话诗阅读欣赏课即将结束的时候，我们就要迎来美丽的圣诞节和新年了。而在我们祖国广大的乡村里，许多孩子也在不知不觉间走过了农历腊月，走进了年糕飘香的时节，即将迎来欢乐热闹的农历春节。这个时候，也是所有的人最为想家、恋家，所有的孩子最渴望回到妈妈和亲人身边的日子。是的，在这个世界上，最温情、最让人眷恋的，还是这冷暖人间的万家灯火。

家是什么？家是爸爸妈妈盼归的期待，家是亲人们团聚在一起的笑语喧哗。家是温暖的港湾，是温情的怀抱。哪怕它是贫寒的，哪怕它可以没有豪华的门楣和漂亮的客厅，可以没有流油的烤鹅和喷香的苹果，但它毕竟会有一盏温暖的灶火，会有一个弥漫着一家人的真情的小小饭桌……

好吧，我们的最后一课，继续欣赏一首有关母爱和亲情的童话诗。

母爱是无敌的。要知道，在这个世界上，正是妈妈在孩子的心底种植和培育了第一颗善良和智慧的种子。细心的妈妈会用一言一行轻轻打开孩子的心扉，让他接纳大千世界的种种甘苦，唤醒孩子沉睡的心灵，帮助孩子建立起美好的理想和坚强的信念。

伟大的音乐家贝多芬曾经回忆自己的妈妈说："她是我最爱的慈母，也是我最好的朋友。当我能够叫出'妈妈'这甜蜜的名字，而她又能够听见的时候，谁又比我更幸福、更自豪呢？"

童话诗《妈妈的礼物》写的是一个美丽感人的想象故事：

一只小蜈蚣，看见别人家的小朋友每到新年来临时，就会得到自己想要的礼物。而小蜈蚣最大的愿望，是想在新年来临时能有新鞋子穿。

应该说，孩子的这个愿望和要求并不过分，是十分正当的。可是，大家知道，蜈蚣可是"百足之虫"，小蜈蚣生来就有100只脚！他想要在新年里穿上新鞋子，就意味着得有100只鞋子！为了满足小蜈蚣的心愿，妈妈只好每天晚上不停地做啊做啊，她悄悄地做了整整一个冬天，手上都磨出了殷红的血花，终于给自己亲爱的小宝贝做了整整100只新鞋子！妈妈想的是：明天早晨，当新年的太阳升起的时候，每个小孩子都应该得到一份新年礼物，我的宝贝小蜈蚣得到的礼物，就是妈妈的一片爱。

这个故事里也有一种撼动人心的母爱的力量，那是来自小蜈蚣妈妈的。

同时，这个故事里还有一种撼动人心的感恩的力量，那是来自小蜈蚣的。虽然，诗歌里并没有说出来和写出来，但是每一个细心的小读者都能感觉得到。

是的，在这个世界上，妈妈的生命可以终止，但是母爱是永生不死的。保护那伟大的、崇高的母爱永生不灭的，不会是别的什么东西，只能是我们的一颗颗永远感恩的心！

妈妈的爱就是温暖着我们生命的不熄的火焰，妈妈的爱就是全世界！

当然，亲情中还有一个重要的成分来自父爱。我们常说，母爱是圣洁和伟大的。其实，来自父亲的爱，又何尝不是如此呢？而且它往往比母爱又多了一些机智、雅谑和风趣。好父亲和好母亲一样，都是孩子的"第一所学校"。一位教育家就说过："一位好父亲胜过一百位好老师。"

有谁体会过做父亲的感情吗？那种感情会从他的目光里、话语里和行动举止中流露出来。对于儿女的父爱，和血液一起在血管里奔流，在心脏里跳动，遍布每根神经，充满身体的各个部位。我们生活在其中的这个世界，从来都不是完美的，可是，一个好父亲，会用自己的行动教会孩子，无论怎样，对生活都要充满信心，对世界都要充满热爱！

好了，当幸福的小蜈蚣终于得到了自己最想得到的新年礼物，自豪地穿上妈妈亲手做的100只温暖、舒适的新鞋子的时候，新的一年也静悄悄地来临了。

迎春花已经绽出了紫色的芽苞。

春天的脚步近了。

是的，我们的24堂童话诗阅读与欣赏课，到这里也要暂告结束了。

大地春常在。人间春常在。

亲爱的朋友们，在我就要和你们说“再见”的时候，我不能不再一次想起我们在一月份里讲到的那个主题：相逢与别离。

每一个人的人生，不都是由一次次的相逢与别离构成的吗？

最后，请允许我再写下两句临别的留言：

我会深爱着这个世界，包括它的悲苦；

我会深爱着平凡生活中的点点滴滴，包括它所有的艰辛。

大声朗读童话诗

妈妈的礼物

雪花像一群群白蝴蝶，
轻轻地从天边飞来。
新年的钟声就要响了，
圣诞老人的马车已停在门外。
啊，这是新年来临前的
最后一个夜晚，
苹果和烤鹅的香味儿，
已经飘满每一条大街。
橘黄色的灯光，
照耀着所有温暖的家，
孩子们都在想象着，
今年，圣诞老人的礼物，
会是带锡纸的糖果，
还是一束蓝色的发带？

哎，艰辛的人们有许多心事，
那些富有的人永远无法理解。
就像沉浸在欢乐中的人们
有时候会忘记他人的悲哀。
今夜，有一只可爱的小蜈蚣，
就遇到了一件伤心的事情，
所以他怎么也不能使自己
像别的小孩那样感到欢快。
不是他想要的礼物太过贵重，
也不是担心圣诞老人
会不会忘记他的存在。
不，他想要的礼物非常普通，
他多么希望在新年的早晨，
自己也能穿上漂亮的新鞋。

夜很深了，温柔的雪花，
轻轻把大地和屋顶覆盖。
小小的蜈蚣，
怀着满腔委屈睡着了，
光光的小脚丫，
排了长长的一大排。
哎，是谁最懂得孩子的心？
是谁还在这深夜的灯光下，
一针针一线线，又剪又裁？
啊，那是辛劳的蜈蚣妈妈，
正为自己的孩子赶制新鞋。

……98 只，99 只，100 只，
妈妈悄悄做了整整一个冬天，
手上的血花像宝石花在盛开。
妈妈想：明天早晨，
当新年的太阳升起的时候，
每个小孩子都会得到一份礼物，
而我的宝贝小蜈蚣得到的礼物，
就是妈妈的一片爱。

徐鲁 作

图书在版编目（CIP）数据

童话诗十二月 / 徐鲁著. －济南：明天出版社，2016.5
（儿童阅读专家指导书系）
ISBN 978-7-5332-8790-0

Ⅰ. ①童… Ⅱ. ①徐… Ⅲ. ①儿童文学－创作方法
Ⅳ. ① I058

中国版本图书馆 CIP 数据核字 (2016) 第 018326 号

策划组稿：刘 蕾　　责任编辑：周红燕　　美术编辑：杨 瑞

童话诗十二月　　徐鲁 / 著

出版人 / 傅大伟
出版发行 / 山东出版传媒股份有限公司
明天出版社
地址 / 山东省济南市胜利大街 39 号（250001）
网址 /http://www.sdpress.com.cn　http://tomorrowpub.com
E-mail:tomorrow@sdpress.com.cn
经销 / 各地新华书店　印刷 / 济南继东彩艺印刷有限公司
版次 /2016 年 5 月第 1 版　印次 /2016 年 5 月第 1 次印刷
规格 /170×240mm　16 开　印张 /12.25
ISBN 978-7-5332-8790-0　　定价 /35.00 元

2019年度江苏高校哲学社会科学研究一般项目：跨LAM（图档博）领域的资源组织与服务模式研究（项目编号：2019SJA0781）

2020年度无锡市哲学社会科学招标课题："双一流"建设背景下无锡市高校图书馆智库型服务体系构建及运行机制研究（项目编号：WXSK20-C-86）

档案保护学与科技档案管理工作

李蕙名　王永莲　莫求　著

图书在版编目（CIP）数据

档案保护学与科技档案管理工作/李蕙名，王永莲，莫求著. 一沈阳：辽宁大学出版社，2020.12
ISBN 978-7-5698-0276-4

Ⅰ.①档… Ⅱ.①李…②王…③莫… Ⅲ.①档案保护②技术档案一档案管理 Ⅳ.①G273.3②G275.3

中国版本图书馆 CIP 数据核字（2021）第 012805 号

档案保护学与科技档案管理工作
DANG'AN BAOHUXUE YU KEJI DANG'AN GUANLI GONGZUO

出 版 者：辽宁大学出版社有限责任公司
（地址：沈阳市皇姑区崇山中路 66 号　　邮政编码：110036）
印 刷 者：沈阳海世达印务有限公司
发 行 者：辽宁大学出版社有限责任公司
幅面尺寸：170mm×240mm
印　　张：24
字　　数：450 千字
出版时间：2020 年 12 月第 1 版
印刷时间：2021 年 5 月第 1 次印刷
责任编辑：任　伟
封面设计：孙红涛　徐澄玥
责任校对：齐　悦

书　　号：ISBN 978-7-5698-0276-4
定　　价：89.00 元

联系电话：024-86864613
邮购热线：024-86830665
网　　址：http://press.lnu.edu.cn
电子邮件：lnupress@vip.163.com

前 言

档案是一种不可再生资源，其最大的特点是原始性和唯一性。随着社会的发展，档案资源的开发力度越来越大，档案利用的频度越来越高，因此如何及时、有效地保护档案，如何最大限度地延长档案的寿命等问题凸显出来。档案的保护工作就是为了更好地、长远地利用档案，克服与限制损毁档案的各种因素，最大限度地延长档案的寿命，维护档案的系统和安全。档案馆应建立和健全各种管理制度，提高档案人员保护意识，改善档案的保管条件，并采取必要的防治措施，确保馆藏档案的完整与安全。

在档案的分类中，有一种很重要的档案，即科学技术档案。科学技术档案是科学技术和社会文明发展到一定阶段的产物，是人类社会进步的一个标志。人类社会发展史告诉我们，生产活动是人类最基本的实践活动，科学技术来源于生产实践和对自然现象的观察与探索。科技档案就是人类生产实践活动和科学技术实践活动的历史记录。科学技术档案是一种科技信息，是反映人们认识自然、改造自然的手段、过程和成果的科技信息及其载体的统一体。科学技术档案本质上是一种知识形态的产品。在人类的科技、生产活动中，一般可获得两种形态的产品：一种是物质形态的，如机床、楼房、煤炭、石油等；另一种是知识形态的，如工程或产品设计图样、科学实验记录和成果报告等。这种知识形态的产品归档保存起来，就是科学技术档案。而科学技术档案的重要性决定着科学技术档案管理的紧要性。

本书由江南大学图书馆与档案馆李蕙名、合肥第二人民医院王永莲和广西医科大学莫求共同撰写。具体撰写分工如下：由李蕙名撰写第一至七章内容（共计 18 万字）；由王永莲撰写第八至十二章内容（共计 15 万字）；由莫求撰写第十三至十六章内容（共计 10 万字）。总共十六章，分为上、下两篇：上篇以档案保护为研究内容，包括档案纸张材料及其耐久性、档案字迹材料及其耐久性、声像档案的制成材料及其耐久性、档案库房温度和湿度的控制与调节、档案库房的防光及防有害气体与灰尘、档案有害生物的防治、档案库房建筑与设备、档案修复技术；下篇以科技档案管理为研究内容，包括科学技术档案、科技档案工作概述、监督和管理科技文件材料工作、科技档案收集工作、科技档案整理工作、科技档案鉴定工作、科技档案保管与统计工作、科技档案利用工作。

本书论述力求系统和翔实，但鉴于笔者能力有限，书中内容难免存在不足之处，望广大读者批评指正。

目录

上篇

绪　论 / 3

第一章　档案纸张材料及其耐久性 / 10

第一节　造纸植物纤维的质量与纸张的耐久性 / 10
第二节　造纸植物纤维的性质与纸张的耐久性 / 17
第三节　纸张的生产过程与纸张的耐久性 / 22
第四节　描图纸与手工纸的耐久性 / 28

第二章　档案字迹材料及其耐久性 / 31

第一节　各种档案字迹材料的主要成分 / 31
第二节　各种档案字迹材料的耐久性 / 40
第三节　影响档案字迹材料耐久性的因素 / 42

第三章　声像档案的制成材料及其耐久性 / 45

第一节　档案胶片材料及其耐久性 / 45
第二节　档案唱片材料及其耐久性 / 51
第三节　档案磁带材料及其耐久性 / 56

第四章　档案库房温湿度的控制与调节　/　62

第一节　温湿度的基本知识　/　62
第二节　控制和调节库房温湿度的原因　/　69
第三节　档案库房的温湿度标准　/　72
第四节　库内外温湿度变化的一般规律　/　74
第五节　库内外温湿度的测定　/　77
第六节　控制与调节库房温湿度的措施　/　85

第五章　档案库房的防光及防有害气体与灰尘　/　95

第一节　防光　/　95
第二节　防有害气体与灰尘　/　100

第六章　档案有害生物的防治　/　111

第一节　微生物对档案的破坏作用及其防治　/　111
第二节　档案害虫的防治　/　121

第七章　档案库房建筑与设备　/　137

第一节　档案库房建筑的基本要求　/　137
第二节　档案库房设备　/　159

第八章　档案修复技术　/　169

第一节　档案的除污与去酸　/　170
第二节　档案的加固与修裱　/　179
第三节　档案字迹的恢复与再显　/　186
附表　/　189

下 篇

绪 论 / 195

第九章 科学技术档案 / 198

第一节 科技档案定义 / 198
第二节 科技档案的种类和构成 / 200
第三节 科技档案的作用 / 216

第十章 科技档案工作概述 / 222

第一节 科技档案事业构成 / 222
第二节 科技档案工作管理原则 / 225
第三节 科技档案工作管理体制 / 230
第四节 科技档案工作的性质 / 232
第五节 科技档案工作机构 / 237

第十一章 监督、管理科技文件材料工作 / 245

第一节 对科技文件材料形成、积累的监督、管理工作 / 245
第二节 协助、指导科技文件材料的鉴别、整理工作 / 253
第三节 检查、指导科技文件材料的归档工作 / 261

第十二章 科技档案收集工作 / 269

第一节 科技档案收集工作的意义和要求 / 269

第二节　基层科技档案部门收集工作的方法　/　273
第三节　科技专业档案馆的收集工作　/　281

第十三章　科技档案整理工作　/　284

第一节　科技档案整理工作的内容、意义和原则　/　284
第二节　科技档案的分类要求和分类方案　/　287
第三节　科技档案的分类方法　/　292
第四节　科技档案编号　/　314

第十四章　科技档案鉴定工作　/　319

第一节　科技档案鉴定工作的内容和意义　/　319
第二节　科技档案鉴定工作的组织和方法　/　325

第十五章　科技档案保管、统计工作　/　333

第一节　科技档案保管工作　/　333
第二节　科技档案统计工作　/　341

第十六章　科技档案利用工作　/　347

第一节　科技档案利用工作的意义和要求　/　347
第二节　科技档案利用工作的方式　/　351
第三节　编辑科技档案参考资料　/　356
第四节　科技档案检索工具体系　/　362

参考文献　/　375

上篇

绪 论

一、档案保护学的研究对象与任务

档案保护学主要研究档案制成材料的损毁规律及科学保护档案的技术方法，以最大限度地延长档案的寿命。档案制成材料是记载和体现档案内容的物质材料。

我们要研究科学保护档案的技术方法，首先必须研究档案制成材料的损毁规律，因为这是研究科学保护档案技术方法的依据。我们只有研究了档案制成材料的损毁规律，才能知道什么样的档案制成材料在什么样的条件下会遭到损毁，才能确定档案应该保存在什么样的环境里、应该保存在什么样的条件下，才能进一步研究科学保护档案的技术方法。

（一）档案制成材料的损毁规律

研究档案制成材料的损毁规律，就要研究档案制成材料的损坏原因。档案制成材料的损坏原因有很多，但概括起来，不外乎两方面的原因，即内因和外因。

1. 档案制成材料损坏的内因

档案制成材料损坏的内因指档案制成材料遭到损坏的内在因素，即档案制成材料具有在一定条件下会遭到损坏的性质。因此，研究内因，就是研究档案制成材料的特性，研究档案制成材料的耐久性。档案无论遭到什么样的损坏，都必然有其内因。例如，档案在一定条件下会生虫，会遭到虫蛀，从而遭到损坏。档案生虫必然有其内因，其内因便是档案的纸张材料可为档案害虫提供营养。如果把档案制成材料换成一块块钢板，档案就不可能遭到虫蛀，因为钢板不能为档案害虫提供营养，没有生虫的可能，也就不具备生虫的内因。档案损毁的内因是由档案制成材料的性质决定的。

虽然档案制成材料无论遭到什么样的损毁，都必然有其内因，但内因并不是档案制成材料遭到损毁的唯一原因。内因只说明了档案有遭到这种损坏的可能性，至于档案是否会遭到这种损毁，还要看其外因。

2. 档案制成材料损坏的外因

档案制成材料损坏的外因指档案制成材料遭到损坏的外在因素，即遭到损坏的外部条件。例如，档案生虫，其内因是档案的纸张材料可为害虫提供营养。这只说明档案有生虫的可能性，但不一定会生虫。档案是否会生虫，还要有其外因。档案生虫的外因主要是温度和湿度。在我国南方，档案就容易生虫；而在北方，档案生虫问题就较少。从内因看，无论是在南方还是在北方，档案的制成材料都是相同的，即档案的纸张材料没有差别。从外因看，南方气温高、湿度大，档案容易生虫；北方气温低、湿度小，档案不易生虫。因此，研究档案制成材料损坏原因，既要研究其损坏的内因，又要研究其损坏的外因。

研究档案制成材料的损毁规律，即研究档案制成材料的损坏原因，是档案保护研究的依据，而不是目的。研究档案制成材料的损毁规律虽然能确定档案的保护条件，但关键在于如何创造和达到这样的保护条件，这就必须研究科学保护档案的技术方法。

（二）科学保护档案的技术方法

科学保护档案的技术方法也是一个十分复杂的问题，它涉及许多学科领域，但概括起来，则包括两方面的内容。

1. 防的技术方法

防就是预防档案损毁，防止或减少外在不利因素对档案制成材料的破坏作用。因此，防的技术方法就是改善档案保护条件的方法。

改善档案保护条件包括两方面内容：一是通过日常的库房技术管理工作改善档案保护条件，如档案库房温、湿度的控制与调节，库房的防光、防有害气体与防尘，档案有害生物的防治等；二是通过提高档案库房建筑条件改善档案保护条件。这两个方面是改善档案保护条件所不可缺少的，如果只注意日常的库房技术管理工作，而库房建筑条件很差，档案保护条件不可能得到很大的改善；反之，虽然有一个理想的库房建筑条件，但不注意日常的库房技术管理工作，档案保护条件也不可能得到很大的改善。只有把这两方面结合起来，才能使档案保护条件得到根本性改善，获得理想的效果。

2. 治的技术方法

治就是治理已经被损坏的档案，即清除档案制成材料中不利其耐久性的因素，增强其抵抗外界不利因素的能力，修复已遭损毁的档案。其内容包括档案的除污与去酸、档案的加固与修裱、档案字迹的恢复与再显等。

总之，档案保护学既要研究档案制成材料损毁的原因，又要研究科学保护档案的技术方法。研究档案制成材料的损毁原因，既要研究其损毁的内因，又要研究其损毁的外因。研究科学保护档案的技术方法，既要研究防的技术方法，又要研究治的技术方法。这就是档案保护学要研究的全部内容，也是档案保护学的研究对象。档案保护学的任务就是最大限度地延长档案的寿命。

二、档案保护技术工作的重要性

档案保护技术工作是整个档案工作中的一项极其重要的工作。近些年，负责档案保护技术工作的同志在有关档案工作的讲话中反复强调两个问题：一是如何充分发挥档案的作用，即档案工作如何为建设社会主义物质文明和精神文明服务；二是如何把档案保护好，不使其遭到损坏。之所以要反复强调这两个问题，是因为它们是档案工作的两项基本任务，而且它们又是互相联系的。只有保护好档案，使档案不遭到损坏，才有可能充分发挥档案的作用，如果档案都被毁掉了，它的作用自然无法发挥。另外，只有档案作用得到充分发挥，档案保护技术工作才更有意义。

（一）档案保护技术工作是一项直接关系到档案命运的工作

档案保护技术工作同其他档案工作不同。例如，档案的整理工作没做好，分类组卷不合适，使档案排列混乱了，还可以重新开始，重新整理。但是，如果档案保护技术工作没有做好，使档案遭到损坏，缩短了档案的使用寿命，就会造成无法挽回的损失。即使再把档案保护技术工作做好，也只能解决以后的问题，已造成的损失是无法弥补的。

（二）档案价值的长远性决定档案保护技术工作的重要性

档案是党和国家的宝贵财富，档案作为历史记录，有着参考作用和凭证作用。档案价值的特点不仅在于重要，还在于其价值的长远性。档案不仅今天有用、明天有用，将来也有用，档案的价值是长远的。因此，档案事业是百年大计、千年大计、万年大计的事业，我们做好档案工作不仅是今天的需要，更是为子孙后代造福。做好档案工作，不仅是当前工作的需要，而且是维护党和国家历史真实面貌的重大事业。

档案的作用具有长远性，大量档案需要长期保存，有一部分档案要永久保存，这是档案本身价值特点决定的。档案制成材料属于物质材料，如纸张材料、字迹材料，其具有一定寿命。档案的永久保存性与档案材料的有限寿命之间产生了矛盾，这个矛盾怎么解决呢？解决的途径就是改善档案的保护条件，最大限度地延长它的寿命，我们只能做到这一点，这是档案保护技术工作所承担的艰巨而又繁重的任务。

当前在档案保护技术工作中还存在一定的问题，普遍存在的问题是保护条件差，以致档案纸张材料过快老化，档案字迹褪色严重，档案发霉生虫事件时有发生。要想把档案保护技术工作提到应有的重要地位，需要解决以下两个认识问题。

第一，档案有重要的作用，是党和国家的宝贵财富。但是，档案的价值只有在被利用的过程中才能明显地体现出来，在保存过程中，其价值不易体现，而利用它的又不是档案部门，这就使有些人产生了档案谈起来重要，实际上损失了也没关系的想法。档案被损坏了，会造成多大损失，没人过问，也没人算这笔账，当然也不好算。这就从客观上给人们一个错觉：档案在理论上重要，实际上无所谓，损坏了既没有人追究责任，也不需要任何人承担责任。事实上，档案的损坏不仅会造成经济上的损失，还会造成政治上的损失。因此，我们要提高认识，做好工作，保护好档案。

第二，一般来讲，档案制成材料（如纸张材料和字迹材料）是比较耐用的。也就是说，档案制成材料在一般保护条件下，变化过程较缓慢，或者说量变过程长，往往需要十年、几十年。这就在客观上使损坏档案的人看不到档案损坏的后果，从而产生一种错觉，即档案不易损坏，保护条件好坏关系不大，没有必要改善档案保护条件，最终忽视档案保护技术工作的重要性。

虽然档案制成材料量变时间长，但总会产生质变，而量变时间的长短和档案保护条件有直接关系。例如，一份档案应有一百年的寿命，因保护不好，只能保存五十年，寿命缩短一半。但是，这五十年的时间也是较长的，档案保护仍然容易被忽视。

从档案价值讲，档案应被长期或永久保存，不能因档案制成材料量变时间长而放松对它的保护。我们要把档案传给后代，正如有的人表示：“如果档案在我们手中坏了，没有留给后代，对我们的子孙是犯罪。”

三、怎样做好档案保护技术工作

（一）要做好档案保护技术工作，必须注意贯彻“防重于治、防治结合”的思想

1. 为什么防重于治

目前我们保存的档案，大部分没有遭到损坏。因此，延缓这些档案的损坏，是档案保护技术工作的重点。我们只有做好防的工作，才能减少治的任务。如果不注意防，只注意治，其结果必然是“治不胜治”。因为与治的工作相比，防的工作简单，所需人力、物力相对少一些。例如，中国第一历史档案馆用托裱的方法修复档案，经计算，这项工作需要几百年才能做完。如果防的工作做得不好，就会不断产生需要托裱的档案，使该工作无尽头。不防只治，是治不完的。如果档案字迹褪色了，要恢复，就更加困难了，需要花费更多的人力、物力和时间。

档案是历史的记录。档案上的内容、标记、签字、批语、颜色和格式等都是历史的痕迹。档案一旦遭到损坏，很难恢复原貌，而且档案是不能再生产的。因此，档案本身的价值特点决定了档案保护工作必须贯彻防重于治的原则。

2. 为什么要防治结合

防重于治，但不能忽视治。因为档案制成材料是物质的，随着时间的推移，总会遭到损坏。因此，治的任务始终存在，无法排除。

对于已经遭到一定程度损坏的档案应及时治，否则损坏的程度会加重，损毁的范围会扩大，以致无法修复，造成无法挽回的损失。

防重于治在道理上很简单，可在实际工作中，却存在着不少问题。人们容易忽视防而重视治。有的省档案馆技术室只搞两项工作，一是托裱，二是缩微、复制，怎样改善档案保护条件则没人管，这就是只治不防。为什么会出现重视治而忽视防的现象呢？原因有以下几点：

（1）因为档案制成材料变化慢，所以人们觉得改善档案保护条件意义不大，不发霉、不生虫就行了，库房温度高低没关系。他们不愿把人力、物力用于改善档案保护条件上，等档案损坏了，就开始重视了。

（2）防的工作效果不明显。例如，控制与不控制库房的温、湿度，在短时间内看不出什么效果。还有的人不尊重进行防的工作人员，进一步导致人们愿治而不愿防。

只治不防，一旦将来档案大量损坏，治也治不过来。总之，防是档案保护工作的重点，是基础，是首要任务。防重于治，并非否定治、忽视治，而是要防治结合。

（二）要想做好档案保护技术工作，既要注意吸取其他领域的科技成果，又要注意结合档案保护技术本身的特点

档案保护技术是综合性应用技术，涉及许多科学领域（如物理、化学、生物、建筑等）。如果档案保护技术工作中的问题都由我们自己研究解决，既不可能，也没有必要，因为其中的许多问题正被相应部门研究，只要我们吸取有关领域的科技成果就可以了。例如，研究档案纸张材料的耐久性，可以吸取造纸学、纤维素化学方面的成果；研究字迹材料的耐久性，可吸取染料化学方面的成果；档案有害生物的防治，可吸取微生物学、昆虫学、杀虫药剂学的成果和粮食部门杀虫、防虫的经验；库房建筑改良可吸取建筑学方面的成果。

我们吸取有关领域的科技成果，不是简单地拿来，必须结合档案保护的特点。例如，研究纸张的耐久性，可吸取造纸学和纤维素化学方面的成果，但是造纸部门研究的重点是造纸的工艺过程，即纸张的质量与成本等问题，至于纸张的耐久性问题还需要我们在吸取他人成果的基础上深入研究；档案杀虫可以使用有关部门研制的现成的杀虫药剂，但我们要研究杀虫药剂对档案制成材料的耐久性有无影响。

（三）抓好档案保护工作，既要注意一定的物质设备条件，又要注意发挥人的作用

档案保护技术是以一定的物质设备条件为前提的，没有一定的物质设备，档案保护技术工作就无法进行。因此，强调物质设备的重要性，这是唯物主义的观点，而认为强调物质条件就是否定人的主观能动性，认为只要有了人，不要物质设备也能做好档案保护技术工作，恰恰是唯心主义的观点。在这个问题上我们过去是有教训的，这个问题不解决，势必会影响档案保护技术工作的发展和提高。如果否定了物质设备条件的必要性，实际上也就否定了档案保护技术本身，因为档案保护技术与一定的物质设备联系密切。也可以说，档案保护技术本身就包括一定的物质设备条件，所以物质设备条件绝不是可有可无的，从某种意义上说，物质设备条件将影响保护条件的好坏。

我们强调物质设备的重要性，并不是否定人的作用，而是同时要注意发挥人的作用。也就是说，物质设备条件好，并不等于档案保护技术工作就一定做好了。我们经常看到这种情况，两个单位物质设备条件差不多，但是档案保护结果却不一样，这就是人的作用问题。比如，用除湿机控制库房湿度，有的单位就能把湿度控制在标准范围内，效果很好；有的单位虽然也能使库房湿度有所改善，但控制不好，效果不太理想，这与人有很大关系。从事档案保护技术

工作的人员应具备两个条件。其一，要有高度的政治责任感。档案保护技术工作是个具体而细致的工作，稍一疏忽，就有可能造成档案的损坏。因此，对这项工作要有高度的政治责任感，确实认识到档案是党和国家的宝贵财富，一定要保护好档案。其二，要掌握档案保护技术工作相关业务知识。例如，有的人在档案受潮后，会将其拿出去在太阳下晾晒，主观愿望是好的，但客观效果恰恰相反，这样做会使纸张强度下降，字迹褪色。档案受潮后应采用阴干或风干的方式，决不能晒干。

因此，做好档案保护技术工作，既要有一定的物质设备条件，又要注意发挥人的作用。同时，从事档案保护技术工作的人员要具有高度的政治责任心和档案保护技术工作相关业务知识。

思考题

（1）试述档案保护技术工作的重要性。

（2）为什么在档案保护技术工作中要贯彻“防重于治、防治结合”的思想？

第一章　档案纸张材料及其耐久性

第一节　造纸植物纤维的质量与纸张的耐久性

造纸工业用的纤维原料包括植物纤维原料、矿物纤维原料、合成聚合物纤维或树脂及金属纤维等。目前，全世界所用的造纸纤维原料绝大部分为植物纤维原料，其他各纤维原料所占比重都很小。我国书写文件用的纸张均以植物纤维为原料，所以我们只讲植物纤维的质量与纸张的耐久性。

在自然界中，虽然植物的种类繁多，但并不是任何一种植物纤维都能用于造纸。作为造纸原料的植物纤维，要保证纤维素含量高，一般不应低于40%；纤维要细长，纤维的长宽比一般要在30以上。此外，纤维必须具有一定的强度和韧性，木质素的含量不能太多，否则不易蒸煮。能够作为造纸原料的植物纤维，被称为造纸植物纤维。

一、造纸植物纤维的种类

目前我国可用于造纸的植物纤维原料，大体可分为以下几种。

（一）木材纤维原料类：可分为针叶木与阔叶木两类

针叶木（软木）：云杉、冷杉、铁杉、红松、落叶松、柏木等。

阔叶木（硬木）：杨木、桦木、枫木、桉木、榉木、榕木等。

（二）非木材纤维原料类

1. 禾本科植物纤维原料：可分为竹类与禾草类两种

竹类：毛竹、慈竹、白夹竹、楠竹等。

禾草类：稻草、麦秆、芦苇、甘蔗渣、龙须草、高粱秆、玉米秆等。

2. 韧皮纤维原料：可分为麻类与树皮两种

麻类：亚麻、黄麻、大麻、苎麻等。

一般树的树皮纤维素含量少，不宜做造纸原料，但有几种树的树皮含纤维素高，可用来造纸，如桑皮、构皮、枸皮、檀皮等。

3. 种毛纤维原料类：棉纤维

二、各种造纸植物纤维原料的化学组成与纤维形态

造纸植物纤维的原料不同，造出的纸张和耐久性也不同，因为不同原料的植物纤维的化学组成及纤维形态不同。

在化学组成与纤维形态中，纤维素含量和纤维的长宽比对纸张耐久性的影响较大。

（一）纤维素含量

研究表明，不管何种植物纤维原料，其主要化学组成均为纤维素、半纤维素及木质素三种。另外，还有单宁、果胶质、有机溶剂抽提物（包括树脂、脂肪、蜡等）、色素及灰分等少量化学组成。这些有机物质的结构与性质虽然很不一样，但其元素组成皆包含碳、氢、氧及氮等。但不同植物纤维原料的化学组成（包括主要化学组成与少量化学组成）有很大差别，如表 1–1 所示。

与纸张耐久性关系最大的是化学组成中的纤维素含量。

表 1–1　各类植物纤维主要化学组成占比

植物纤维种类		纤维素含量	半纤维素含量	木质素含量
木材纤维	针叶木	43%	28%	29%
	阔叶木	45%	34%	21%

续 表

植物纤维种类				纤维素含量	半纤维素含量	木质素含量
非木材纤维	禾本科		玉米秆	43%	43%	14%
			小麦秆	42%	36%	22%
	韧皮纤维	麻类	大麻	69.51%		4.03%
			亚麻	70.75%		
			苎麻	82.81%		1.81%
			青麻	67.84%		15.42%
			黄麻	65.84%		11.78%
		树皮	桑皮	54.81%		8.74%
			构皮	39.98%		14.32%
			雁皮	38.49%		17.49%
			三桠皮	40.52%		12.15%
			檀皮	40.02%		10.31%
	种毛纤维		棉纤维	95% ～ 97%		

纤维素含量高可增强纸张的耐久性。

（二）纤维的长宽比

纤维形态是指纤维的长度、宽度、长度和宽度的均一性、长宽比、壁厚、壁腔比、非纤维细胞的含量等。其中，纤维的长宽比与纸张的耐久性关系较大。表 1–2 为各类植物纤维中的纤维的长度、宽度和长宽比。

表 1–2　各类植物纤维中的纤维的长度、宽度和长宽比

<table>
<tr><th colspan="4">植物纤维种类</th><th>长　度</th><th>宽　度</th><th>长宽比</th><th>备　注</th></tr>
<tr><td colspan="4">木材纤维</td><td>1.3 毫米</td><td>20 ～ 40 微米</td><td>不到 100</td><td></td></tr>
<tr><td rowspan="7">非木材纤维</td><td colspan="3">禾本科</td><td>1.0 ～ 1.5 毫米</td><td>10 ～ 20 微米</td><td>100 左右</td><td>竹类、龙须草、甘蔗渣纤维较细长</td></tr>
<tr><td rowspan="5">韧皮纤维</td><td rowspan="4">麻类</td><td>西麻</td><td>18 毫米</td><td>16 微米</td><td>1 100 以上</td><td></td></tr>
<tr><td>大麻</td><td>15 ～ 25 毫米</td><td>15 ～ 20 微米</td><td>1 000</td><td></td></tr>
<tr><td>苎麻</td><td>120 ～ 180 毫米</td><td>20 ～ 50 微米</td><td>2 000 以上</td><td></td></tr>
<tr><td>黄麻</td><td>2 ～ 3 毫米</td><td>15 ～ 25 微米</td><td>100 左右</td><td></td></tr>
<tr><td>树皮</td><td>桑皮</td><td>7.18 毫米</td><td>15.5 微米</td><td>463</td><td></td></tr>
<tr><td colspan="3">棉纤维</td><td>18 毫米</td><td>20 微米</td><td>921</td><td></td></tr>
</table>

纤维的长宽比越大，即纤维越细长，造出的纸张耐久性越好。

三、造纸植物纤维原料的质量与纸张的耐久性

不同的造纸植物纤维原料所造出的纸张的耐久性不同，其中主要受造纸植物纤维原料的化学组成和纤维形态影响。那么，化学组成及纤维形态影响纸张耐久性的原因是什么呢？下面分别加以说明。

（一）纤维素含量与纸张耐久性

纤维素、半纤维素、木质素是植物纤维的主要化学组分，但不同的植物纤维其主要化学组分的含量不同，因而质量不同。为什么在主要化学组分中纤维素的含量大则纤维原料的质量就好呢？这就需要对纤维素、半纤维素、木质素进行分析。

1. 纤维素

纤维素是一切造纸植物纤维的主要成分。通过对纤维素样品进行元素分析，测得纤维素由碳、氢、氧组成，其实验式为 $C_6H_{10}O_5$。

将纤维素样品溶于 40% 盐酸或 72% 的硫酸，放置 12 小时，然后冲稀成含酸量不足 1% 的水溶液，再煮沸 15 小时，纤维素则水解生成 D– 葡萄糖，产率达 96%，由此可以推论存在于自然界的纤维素是由 D– 葡萄糖构成的，故纤维素可按下式水解成 D– 葡萄糖。

$$(C_6H_{10}O_5)_n + nH_2O \underset{\text{在生物体内聚合}}{\overset{\text{在某种条件下水解}}{\rightleftharpoons}} nC_6H_{12}O_6$$

因此，也可以说纤维素是 D– 葡萄糖失掉一分子水，在生物体内聚合而成的。

纤维素的分子式为（$C_6H_{10}O_5$）$_n$，式中 n 为葡萄糖基的数目，称为聚合度，指括号内分子重复的次数。葡萄糖基的分子量是 162，我们测出纤维素的聚合度就可以知道这种纤维素的分子量了。n 的数值可达几百、几千甚至一万以上，分子量极大，故属于高分子化合物。

纤维素是由许许多多个 $C_6H_{10}O_5$（即葡萄糖基）所组成的，但并不是说这些 $C_6H_{10}O_5$ 堆在一起就能形成纤维素，它们要按照一定的次序排列而成。纤维素分子的结构是链状的，好像打了许多结的绳子，每一个结代表一个葡萄糖基，结有多有少，结多的聚合度就高，绳子就长，结少的聚合度就低，绳子就短。

聚合度越大，链越长，其化学性质就越稳定。纤维素聚合度很大，其分子链较长，所以其化学性质十分稳定。

在实验中，用酸水解或用氧化方法对棉和苎麻纤维进行不同程度的降解，然后测定其机械性质和聚合度。实验发现，聚合度降低到 700 ～ 800 以前，纤维的裂断强度、裂断时的伸长和抗曲强度下降缓慢，但在聚合度降至 700 以下时，其机械性质迅速下降，当聚合度降至 200 以下时，纸张裂成粉末，不再具有纤维的特性。

纤维素的结构是直链状的，分子链之间靠得很近。当纤维素分子链之间的距离在 2.6 微米之内时，纤维素分子链上的氢氧基之间能产生氢键。氢键具有氢键力，由于纤维素中每个葡萄糖基有三个氢氧基，纤维素聚合度又很大，因此纤维素分子链间可以产生大量的氢键，形成具有很大氢键力的微纤维，从而增强了纤维的强度，如图 1–1 所示。

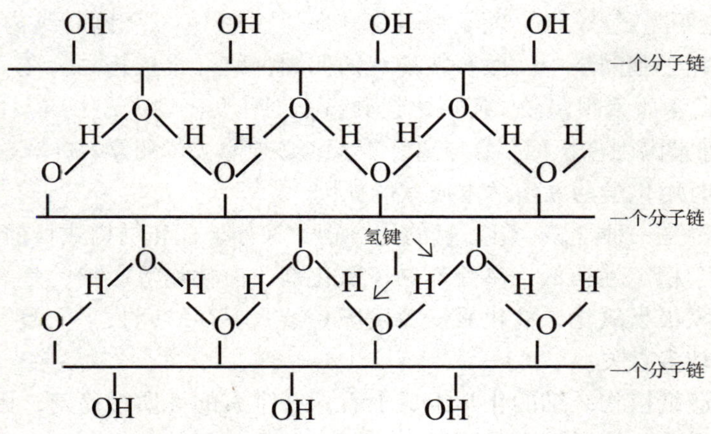

图 1–1　相邻纤维素分子链间产生氢键示意图

纤维素分子链间形成氢键的地方，由于分子排列整齐，形成了结晶区。结晶区分子排列紧密，空隙小，外界化学物质进不去，纤维素不易遭到破坏，提高了纤维的耐久性。

当然，纤维素分子链之间不是所有的地方都能形成氢键，有的地方纤维素分子间距离远，无法产生氢键，分子排列不整齐，无法形成结晶区，这些地方被称为无定形区。无定形区不紧密，空隙多，容易进入有害化学物质使纤维素遭到破坏。因此，纤维中结晶区比例越大，其强度也越大。

总之，纤维素的化学性质比较稳定，不溶于水，也不溶于有机溶剂和稀碱溶液，纤维素在普通温度下是较稳定的。

2. 半纤维素

半纤维素是一种性质和结构类似的非纤维素的碳、氢、氧化合物。因为它也属于碳水化合物，故取了一个与纤维素近似的名称。但是，它和纤维素不完全相同，它由两种或两种以上糖基构成并具有枝（侧）链。半纤维素的结构也可用打结的绳子比喻，不过每一个结所表示的糖基可能不同，结各种各样，如木糖基、半乳糖基等。同时，在每个打结的绳子上还系了另外一些打了结的短绳子，即枝链，因而半纤维素的分子结构更复杂。半纤维素的分子量比纤维素低，即聚合度比纤维素低。由于半纤维素的链状结构有枝链，分子链无法靠得很近，产生不了氢键，也形成不了结晶区，因此其化学性质不如纤维素稳定，大部分溶于稀碱溶液，易水解。

3. 木质素

木质素是植物纤维原料的另一个主要成分。木质素的结构与纤维素、半纤维素不同,它不是线状分子,而是像马蜂窝那样,是一种立体网状结构的大分子。它大部分存在于胞间层中，散布在纤维的四周，使纤维互相黏合在一起，聚集而成植物体。木质素很坚硬，使树木挺硬直立。有人比喻说，木质素像一堵“围墙”，把纤维素围困在里面，要分离纤维素，必须除去木质素，拆掉这堵“墙”，这就是制浆时用化学药品溶解木质素的原因。

木质素也是一种含碳、氢、氧的化合物，其分子式和结构式目前尚不清楚。木质素的化学稳定性较低，易受热碱、氧化剂、卤化物等影响，是一种较脆的物质。木质素极易氧化，氧化后变黄发脆。纸张保存时间长了变黄发脆，与纸内含木质素较多有关。

从以上造纸植物纤维的化学组成上看，纤维素的性质最稳定，因而纤维素含量高的原料造出的纸张耐久性好。

（二）纤维长宽比与纸张耐久性

各种植物原料的纤维长度、宽度差别较大。纤维长度对纸张有重要的影响。纤维较长可以提高纸张的抗张强度（裂断长）、耐破度及耐折度。这是因为纤维细长，交缠力好，纤维之间结合得牢固。

当然，纤维的长宽比只是个平均数，其中还有均一性问题，所以有时两种原料纤维的长宽比相差不大，但优劣表现却有很大差异，如草类原料结构复杂，纤维长度差别较大。

此外，纤维细胞壁厚与胞腔直径的比值（壁腔比）也会影响纸张的性能。一般认为，用细胞壁薄而腔大的纤维制成的纸张强度较大，这是由于壁薄腔大的纤维有柔软性，彼此易于结合。而壁厚腔小的纤维比较僵硬，彼此结合性差，制成纸张强度较低，纸质松散。壁腔比即细胞壁厚度的二倍与胞腔直径的比值：

$$壁腔比=\frac{2\times 壁厚}{胞腔直径}$$

非木材纤维的壁腔比一般都比木材纤维大。

非纤维细胞含量与纸张质量有关。因为非纤维细胞不易完全分离，总是混杂在纸浆纤维中，含量过高时，会降低纸张质量，影响纸张耐久性。草类原料的非纤维细胞含量都较多，尤其稻草、玉米秆、芦竹等含量最多。

综上所述，可得出以下结论：

第一，棉纤维性质强韧，是极好的造纸原料，适用于制成质量优良的高级纸张。由棉纤维制成的纸张具有物理强度大、韧性强、组织细致且柔腻、良好

的耐磨性和永久性等特点。由于棉纤维要保证纺织工业的需要，因此棉纤维在造纸工业的应用受到限制，即使是纺织与被服厂的废料也多限于供制造钞票纸、证券纸等所用。破布则多用于制造描图纸、晒图纸、复写纸、胶版印刷纸、打字纸等。更次等的棉纤维（包括鞋帮、鞋底、油花、败絮、油污深色破布等）则多用于生产报纸、打字纸、羊皮纸原纸、油毡原纸等。

第二，韧皮纤维中麻类也是纺织工业的重要原料，除个别特殊情况需要外，造纸工业一般不直接采用原麻，而是采用各种麻的废料，如旧麻绳、废麻袋、麻屑、麻头等。由于麻类纤维极长，且具有坚韧性，适合于制造高级纸及工业技术用纸，如钞票纸、证券纸、卷烟纸、复写原纸等。

树皮纤维也是造纸的优质原料。其木质素含量低于木材和草类原料，纤维长宽比则大于后者。我国过去有名的宣纸就是以树皮作为原料。由于原料来源有限，故多用于手工纸的生产。

第三，目前我国的文化用纸多以木材和禾本科植物为原料。木材是一种良好的造纸原料，化学木浆可制成高级的书写纸。但是，我国木材资源较为紧缺，目前使用比重较大的是禾本科植物，如稻草、玉米秆、蔗渣、芦苇等。像一般的有光纸、书写纸均用草浆制作，高级书写纸、胶版纸才使用木浆。

总之，我国目前造纸使用的原料多为禾本科植物，纸张的耐久性差，这就使我们的档案保护任务更加艰巨。

第二节　造纸植物纤维的性质与纸张的耐久性

纤维素在造纸植物纤维的主要组分中，属于化学性质稳定、最耐久的一类，因而在造纸过程中要尽量把纤维素保留下来。纤维素是纸张的主要成分，也可以说纸张的耐久性是由纤维素的性质决定的。

纤维素的化学性质有很多，与纸张耐久性关系最大的是水解和氧化。

一、纤维素的水解

纤维素是由大量葡萄糖基构成的链状高分子化合物，其结构式如图 1–2 所示。

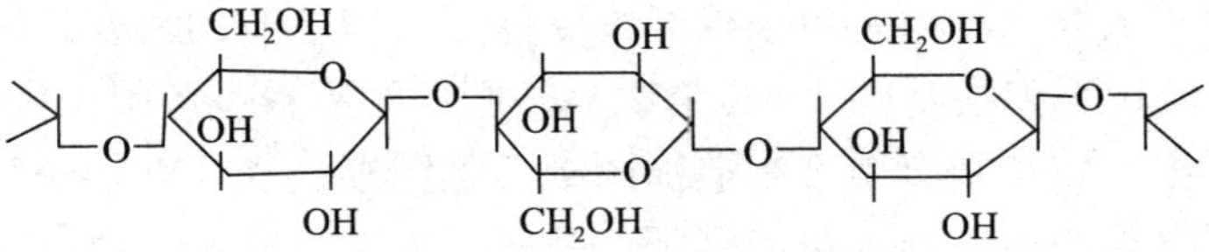

图 1-2　纤维素分子结构式

从上式可以看出，葡萄糖基是通过氧桥连接在一起的，氧桥是纤维素容易发生水解的地方。所谓水解，可理解为加水分解的意思。在纤维素长链中有氧桥的地方在某种条件下被加进去一分子水，这种现象就叫水解。纤维素水解反应式如图 1–3 所示。

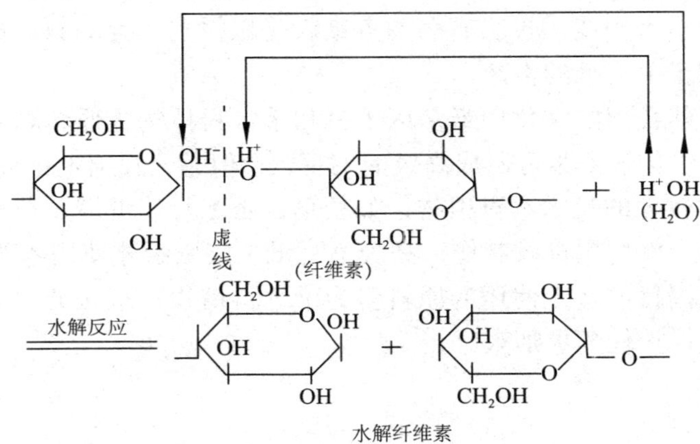

图 1–3　纤维素水解反应式

纤维素水解的最初产物叫水解纤维素，其化学结构与原来的纤维素并无区别，只是聚合度较低。表 1–3 展示了水解时间与纤维素聚合度、生成单糖量的关系。

表 1–3　水解时间与纤维素聚合度、生成单糖量的关系

亚硫酸盐浆		
水解时间 / 小时	纤维素聚合度	生成单糖量
0	1 980	0
1.5	570	6.8
3	510	9.3

续　表

亚硫酸盐浆		
水解时间 / 小时	纤维素聚合度	生成单糖量
4.5	490	11.3
6	460	13

水解纤维素具有以下三种性质：①纤维素水解后聚合度下降，下降的程度取决于水解的条件，一般降至 200 以下则成粉末。②水解纤维素由于聚合度下降，因此在碱液中的溶解度增加。③由于聚合度的下降，水解纤维素的机械强度下降，水解纤维素变为粉末时，机械强度等于零。因此，水解纤维素是一种脆弱的物质。

如果纤维素水解得彻底，即所有的链都断了，其最终的产物就是葡萄糖。因此，纤维素一旦发生水解，纸张强度就会下降，耐久性就会受到影响。

那么，哪些因素会促使纤维素水解呢？

（一）水

纤维素的水解是在氧桥的地方加入一分子的水而发生的，所以水是纤维素水解不可缺少的因素。在保护档案过程中水是从哪里来的呢？主要受库房湿度的影响，库房湿度大，纸张含水量就会增加，这就为纤维素的水解创造了条件。但是，只有水这一个条件，纤维素仍不容易发生水解，即使水解，速度也是相当慢的。

（二）酸

酸是纤维素水解的催化剂。纤维素是由许多葡萄糖基聚合在一起形成的，葡萄糖基通过带负电的氧连接在一起（这个地方也被称为氧桥）。酸容易电离出带正电的氢离子，吸引氧桥中带负电的氧，使氧桥这个地方的结合力量减弱，便于水加进去，水一旦进去，氧桥断开，链也就断了，即发生了水解。酸本身没有消耗，仅起促进作用，所以被称为催化剂。

无机酸和有机酸都能促使纤维素水解，但酸的种类不同，纤维素水解的速度也不同。表 1–4 展示了不同的催化剂的活性常数。

当其他条件固定时，增加酸的浓度，水解反应速度亦随之增加。

档案纸张里的酸有两个主要来源，一是生产过程中带来的；二是在档案保存过程中，来自空气中的有害气体和灰尘。

表 1–4　催化剂活性常数

酸的种类	a 值	酸的种类	a 值
HCl	1.0	H_2SO_4	0.5
HBr	1.14	CH_3COOH	0.025
HNO_3	1.0	H_3PO_4	0.06

注：a 为催化剂的活性常数

（三）酶

酶是霉菌的分泌物。在档案上生长的霉菌能分泌出纤维素酶，使纤维素水解为纤维二糖，再分解出纤维二糖酶，使纤维二糖进一步水解，最后成为葡萄糖。因此，在档案上生长的霉菌靠分泌出的酶使纤维素水解为能溶于水的简单糖类，从而得到营养。

档案发霉意味着纸张里的纤维素发生了不同程度的水解，纸张强度下降，耐久性受到影响。

（四）温度

在一般情况下，化学反应的速度随温度的增高而加快。在 10℃以上，温度每增 10℃，化学反应速度加快 1 ～ 2 倍。当其他条件具备时，温度越高，纤维素水解越快。因此，库房温度不能过高。

此外，纤维素材料本身的性质对水解有很大影响，即不同植物纤维的纤维素水解的速度也不同。表 1–5 展示了不同原料的水解常数。

表 1–5　不同原料的水解常数

原　料	δ 值
棉花	1
木材、禾草	2.0 ～ 2.5
半纤维素	10 ～ 400

注：δ 为水解常数，以棉花的 δ 值为 1 作为基准

可以看出，棉花最难水解，草浆与木浆水解常数比棉花大 1 ～ 1.5 倍。

二、纤维素的氧化

纤维素容易发生氧化，因为在每个D－葡萄糖基的C_2、C_3和C_6上都存在着醇羟基。当氧化剂作用于纤维素时，根据不同条件，纤维素相应生成醛基（—CHO）、羧基（—COOH）、酮基（C=O），形成所谓氧化纤维素。氧化纤维素的结构与性质和原来的纤维素不同，随使用的氧化剂的种类和条件而定，因而它只是一群化学结构与性质相类似的物质。

在大多数情况下，随着羟基被氧化，纤维素聚合度随之下降，这种现象被称为氧化降解。但是，在有些氧化过程中纤维素聚合度并不一定下降。

由于纤维素氧化会使葡萄糖基的六环破裂，从而降低纤维素的机械强度，因此当纸张中纤维素发生氧化时，纸张的强度和耐久性就要下降。

哪些因素会促使纤维素氧化呢？

（一）氧和氧化剂

一般空气中的氧对纤维素的氧化速度较慢，氧化剂会加速纤维素的氧化。在档案保护中氧化剂主要来自空气中的有害气体。

（二）光

光会加速纤维素的氧化。光本身有一定能量，在光照下，纤维素吸收一定量的光能，可加速自身氧化。此外，光能促使空气中某些氧化性有害气体产生氧化剂。

（三）潮湿

潮湿会促使纤维素发生氧化降解。空气中某些氧化性有害气体与水作用产生氧化剂，空气潮湿，档案纸张含水量大，吸附氧化性有害气体产生的氧化剂多，纤维素氧化加速。

（四）高温

当其他条件存在时，温度越高，纤维素氧化反应越迅速。

因此，档案受潮后不能用阳光晒，因为日晒时，氧、光、潮湿、温度四个因素综合作用于纸张，会大大加快纸张中纤维素的氧化速度，使纸张强度下降并发脆。

总之，档案纸张材料中的纤维素一旦发生水解或氧化，纸张的强度就会下降，其耐久性随之受到影响。因此，在档案保护过程中，要尽量防止纸张材料中的纤维素水解或氧化，这就需要减少各种促使纤维素水解或氧化的因素。因此，需要控制与调节档案库房的温、湿度，注意防光、防有害气体和灰尘、防霉等。

第三节　纸张的生产过程与纸张的耐久性

纸张的生产可分为制浆与造纸两个过程。

一、制浆与档案纸张材料的耐久性

制浆是指利用化学或机械的方法从植物纤维原料中分离出纤维的过程。在工业上，利用化学方法制得的浆被称为化学浆，利用机械方法制得的浆被称为机械浆。为了满足造纸产品的需要，有的浆需要在制纸之前先进行漂白，故又有未漂白浆和漂白浆之分。

（一）机械法制浆

利用机械方法磨解纤维原料制成的纸浆，被称为机械浆。以木材为原料的，被称为机械木浆或磨木浆；以草类为原料的，被称为机械草浆。

机械木浆分为白色磨木浆和褐色磨木浆两种。白色磨木浆色泽较白，包括普通磨木浆（磨石磨木浆）和木片磨木浆。普通磨木浆系将一定长度的原木在磨木机内磨浆而得；木片磨木浆系用盘磨机磨碎木片而成。褐色磨木浆系先将原木蒸煮处理，然后在磨木机内磨浆，沉积浆料颜色为棕褐色，纤维细长，强度较高。

机械木浆有以下优点：

第一，纸浆得率高。白色磨木浆的得率可达 92% ～ 96%，褐色磨木浆也可达到 80% ～ 85%。

第二，生产直接费用低。生产磨木浆不用化学药品，蒸汽消耗少，主要消耗的是木材、动力和水。

第三，磨木浆除对动力和磨木机两大生产设备要求较高之外，其他设备都不太复杂，生产流程也比化学浆简单，生产过程本身又是连续性的，故需人力较少。

因此，磨木浆的生产成本低，生产过程简单，成纸的吸墨性强，不透明度高，纸张软而平滑，适合印刷上的要求。同时，生产中不需要化学药品，对环境的污染危害也小。

磨木浆的主要缺点如下：

第一，纸浆纤维短，非纤维素组分含量高，成纸强度较低。

第二，由于木材中的木质素和其他非纤维素组分绝大部分未被除去，用磨木浆生产的纸张容易发黄变脆，不能长久保存。

白色磨木浆主要用于生产新闻纸。其他的书写纸、印刷纸、卡片纸等的配料中也有不同配比的磨木浆。经过漂白，磨木浆便可用于制造高级书写纸和印刷纸。褐色磨木浆则多用于生产包装纸和纸板。

（二）化学法制浆

1. 碱法制浆

碱法制浆就是用碱性化学药剂的水溶液处理植物纤维原料，将原料中的木质素溶出，尽可能地保留纤维素与不同程度地保留半纤维素（根据浆种而定），使原料纤维彼此分离成浆。

按所用蒸煮化学药剂的不同，目前常用的方法有石灰法、烧碱法（又称苛性钠法、苏打法）及硫酸盐法。

石灰法制浆蒸煮所用的化学药剂是石灰乳液，其有效的化学成分为$Ca(OH)_2$。此法目前除了应用于手工纸的生产外，在某些机制纸厂还用于处理稻麦草以生产纸板及蒸煮棉浆、麻浆等。由于$Ca(OH)_2$碱性弱，蒸煮中脱木质素能力很弱，蒸煮所得的稻草浆粗糙僵硬。但蒸煮破布、废棉时，其脱色、脱脂、去油污及麻类脱胶能力十分强。为了提高蒸煮质量，有时会加入少量的纯碱或烧碱。但是，此法不能用于处理木化植物以生产漂白浆，更适宜处理不含木质素的破布、废棉，不仅成本低，且白度、强度好。

烧碱法制浆蒸煮所用的化学药剂主要成分是NaOH，也有少量Na_2CO_3。此法主要适用于稻草、麦草、棉、麻等非木材纤维原料，也可用于蒸煮阔叶木。针叶木一般不宜用此法，因针叶木木质素含量高，用此法碱耗高，漂白困难，得率低。

硫酸盐法制浆所用的蒸煮液的主要成分是NaOH和Na_2S，也含有少量Na_2CO_3、Na_2SO_4等。此法应用范围很广，既适于处理针叶木，又适于处理阔叶木及草类原料。硫酸盐法纸浆得率与强度均高于烧碱法，成为目前最重要的制浆方法。

硫酸盐法蒸煮的化学反应过程如下：

硫酸盐法蒸煮液的成分是烧碱（NaOH）和硫化钠（Na_2S），Na_2S经过水解生成NaOH和硫氢化钠（NaHS），由此增大了蒸煮液内NaOH的浓度，加快了对原料的浸透作用。更重要的是，NaHS 中的 H^-S 与木质素反应较快，生成可溶于碱液的硫化木质素，从而加速蒸煮的化学反应。

石灰法稻草浆常用于制作草纸板。用石灰法处理破布，质量较好的布浆可用于某些高级纸的生产。

烧碱法纸浆一般用于制作文化用纸。

硫酸盐法纸浆用途比较广泛。针叶木本色硫酸盐浆常用于制作纸袋纸、电光纸、电容器纸、包装纸等，也可用于制造某些特殊用途的纸板及工业技术用纸。针叶木漂白硫酸盐浆常用于制作文化用纸及其他一些用途。阔叶木与草类原料的硫酸盐浆大多用于生产文化用纸，也可作其他用途，如生产报纸。在某些情况下，如掺配部分针叶木浆也可生产某些技术工业用纸。

2. **亚硫酸盐法制浆**

根据蒸煮液所含主要组成成分和pH的不同，亚硫酸盐浆主要有以下两类：

第一，酸性亚硫酸盐法。其特点如下：

（1）药液中除含亚硫酸氢盐外，还含有过量亚硫酸。

（2）pH 为 1 ～ 2。因此，对半纤维素损伤较大。此外，还易使木质素发生缩合。一般草类原料不宜采用。

第二，亚硫酸氢盐法。其特点如下：

（1）药液中除含亚硫酸氢盐外，还可能有亚硫酸盐，也可能有过量的亚硫酸。

（2）pH 为 2 ～ 6。当 pH ≤ 4.5 时，药液对半纤维素损伤仍较大，而当 pH 为 4.6 ～ 6 时，损伤较小，草类原料可以采用，而且不易使木质素发生缩合。

亚硫酸盐浆的蒸煮化学反应为蒸煮液中的亚硫酸与植物纤维中的木质素发生反应，变为木质素磺酸，再与亚硫酸氢盐作用，变成木质素磺酸盐并溶解，纤维素被保留下来，从而制得亚硫酸盐化学纸浆。

当用亚硫酸盐蒸煮时，即使是最温和的条件，纤维素也会发生酸性水解和降解，短链分子溶出，长链分子降解变成中等长度，平均聚合度下降，若不低于 1 000 时，对纤维质量或浆的强度无影响。

酸性亚硫酸盐法主要用于化学木浆的生产。亚硫酸氢盐法可用于木材，也可用于芦苇、蔗渣、芒秆等草类原料蒸煮化学浆。

用亚硫酸盐法制浆，由于木片充分磺化需要一定时间，故蒸煮时间较碱法长，且需用耐酸器材等，在化学制浆中使用频率不如硫酸盐法。

总之，在化学法制浆中，由于使用化学药剂进行蒸煮，将大部分木质素及其他杂质除去，有利于成纸的耐久性。但是，化学法制浆使用强酸、强碱蒸煮，

纤维素会发生不同程度的降解，而且制造的纸张中会残留一定的酸和碱，这在以后的保存中，会影响纸张的耐久性。

（三）漂白

经化学蒸煮或机械磨解等方法制得的纸浆，均具有一定的颜色，深的呈暗褐色，浅的呈灰白色。

纸浆的颜色主要来源于纸浆中的木质素。而纤维素、半纤维素除经碱处理时会略显黄色外，一般不易转变为有色物质。另外，颜色亦与非纤维素成分、抽提物（树脂、单宁等）、多酚类化合物有关。因此，为了扩大用途，提高白度，纸浆必须经过漂白。

通常漂白的方法有两大类。一类是利用有氧化性的漂白剂。其作用是氧化破坏木质素及有色物质的结构，使其溶解，提高纸浆强度，同时提高纸浆白度。这种方法从某种意义上说是蒸煮的继续，常用于采用亚硫酸盐法、硫酸盐法等制成的含少量残余木质素的化学浆。另一类是利用具有还原性的漂白剂。改变发色物质分子上发色基的结构，令其褪色。这种方法适用于木质素含量高的纸浆，如机械浆等。但是，这种漂白是暂时性的，一旦长时间在空气中被氧化后，又会恢复原来的颜色。要获得永久性高白度纸浆只能用氧化性漂白剂。

在漂白过程中，纤维素与半纤维素会受到氧化，其化学稳定性会降低，同时纸浆的物理强度下降。另外，纸浆经过漂白会残留氯等氧化性化学杂质，对纸张的耐久性不利。

二、造纸与档案纸张材料的耐久性

造纸的工序可分为打浆、调料和抄造。其中，与纸张耐久性关系较大的是打浆、施胶和加填。现分述如下：

（一）打浆

经过净化和筛选以后的纸浆，还不宜直接用于造纸。由于纸浆纤维挺而有弹性，不加任何处理就用来抄纸，则在网上沉积时，难以均匀分布，而抄得纸张的强度势必很低。另外，未经打浆的纸张尚含有未离解的纤维束，这些纤维束光滑挺硬，有的太长，有的太粗，需要必要的切短和分丝。若用其抄纸，则所得产品会显得疏松、多孔、表面粗糙，强度很低，无法满足一般的要求。用经过打浆处理的纸料生产的纸，则组织紧密均匀，强度较大。

利用物理方法处理悬浮于水中的纸浆纤维，使其适应造纸机生产要求，并使所生产的纸张达到预期的质量，这一操作过程被称为打浆。打浆对纤维主要有切短、润胀、疏解和分丝几种作用。

打浆良好的纸料能够抄出强度较高的纸张。因为经过良好的打浆，纤维得到充分润胀、细纤维化后，其柔软性和可塑性大大增加，纤维的细度也有所增加，并露出细纤维，从而增大了比表面积。这样，在干燥时，表面张力就足以使纤维与纤维彼此紧密靠拢，为氢键结合创造了条件。

总之，适当打浆对纸张的强度及其耐久性有着重要的影响。

（二）施胶

用植物纤维生产的纸张，因为纤维本身以及纤维和纤维之间存在许多毛细孔，所以有相当大的吸水性。如果在上面进行书写，墨水就会很快地扩散开来，使字迹模糊不清，严重时根本看不清楚书写内容。

人们通过长期的生产实践认识到，在浆料中加一种有抗水性的胶体物质就能降低水渗透进毛细孔的速度，从而保证在纸上写字时墨水不扩散。

加到浆料中的物料被称为胶料，这一生产工艺过程被称为施胶。施胶的方法可分为内施胶和表面施胶两种。内施胶多以松香胶作为胶料。表面施胶多采用动物胶、淀粉、石蜡、合成树脂等。通常多采用内施胶，只有在抄制某些特殊要求的纸张（如高级绘图纸）时，才采用表面施胶。

根据纸张的施胶情况，施胶通常分为重施胶、轻施胶、不施胶等几种类型，施胶的轻重根据纸张的用途决定。例如，书写纸、账簿纸、办公纸、石版印刷纸、胶版印刷纸、绘图纸、感光原纸等的制作均需重施胶。凸版印刷纸、凹版印刷纸、包装纸等的制作均需轻施胶。新闻纸、卷烟纸、吸墨纸、滤纸等的制作可不施胶。

在浆料中施胶，只采用松香胶不能达到施胶的目的，只有在加入松香之后，再加入矾土，才能获得一定的施胶效果。

矾土（又被称为造纸明矾）是施胶常用的沉淀剂，其主要组成为结晶硫酸铝 [$Al_2(SO_4)_3$]。矾土溶液中具有六个水分子的三价水合铝离子 [$Al(H_2O)_6$]$^{3+}$。在水中悬浮的纤维通常带有负电荷，松香胶也带负电荷，因而带正电荷的铝离子起着桥梁作用，使松香胶得以附着在纤维表面。

沉淀剂矾土中的硫酸铝与水作用会产生轻酸。

$$Al_2(SO_4)_3 + 6H_2O \longrightarrow 2Al(OH)_3 + 3H_2SO_4$$

因此，施胶会给纸张带来酸，降低纸张强度，影响其耐久性。

（三）加填

所谓加填，就是往浆料中加进一些基本不溶于水的矿物质，使纸具有平滑

性、不透明性、适印性等。

纸是由纤维相互交织而成的。在不加填的情况下，相互交织的纤维之间不可避免地会有许多大大小小的空隙，使纸产生一般肉眼难以观察到的凹凸不平的现象，影响书写和印刷。浆料中加进了填料就能克服这些缺点，使纸面匀整、平滑。

形成纸张的植物纤维本身是比较透明的。印刷纸应该具有印刷字迹不透过纸页的不透明性，书写纸和笔记本纸也应具有一定的不透明性。填料能降低纸的透明性，或者说能提高纸的不透明性，使薄型纸张有更为广泛的适用范围。

造纸用的填料种类很多，有滑石粉、碳酸钙、瓷土（高岭土）、钛白、重晶石（硫酸钡）等。

加填量主要由纸张质量而定，也要适当考虑选用填料的性质。加填量有少至 2% 的，有高至 40% 以上的，多数为 10% ～ 20%，如表 1-6 所示。

表 1-6　不同种类纸稿所用的填料及加填量

纸稿	填料种类	加填量 / %
书写纸	滑石粉、瓷土	4 ～ 10
凸版印刷纸	滑石粉、瓷土、碳酸钙、二氧化钛	5 ～ 10
胶版印刷纸	滑石粉、瓷土、二氧化钛	10 ～ 25
字典纸	滑石粉、碳酸钙、二氧化钛	20 ～ 30
有光纸	滑石粉、瓷土	10 ～ 20
打字纸	滑石粉、瓷土	20 ～ 25
新闻纸	滑石粉、瓷土、碳酸钙	2 ～ 6
卷烟纸	碳酸钙	35 ～ 40

加填会使纸张的裂断长、耐破度和耐折度有较大下降；撕裂度所受影响较小。这是由于填料颗粒填充于纤维间，减少纤维间的接触面，妨碍纤维间氢键的结合。加填纸压光过于剧烈，易损伤纤维，导致纸张物理强度的下降。

总之，从纸张的生产过程可以看出以下两点。第一，纸张生产的各个环节，如制浆、打浆、施胶、加填等都与纸张的强度和耐久性有关。第二，在纸张的生产过程中，往往存在不利于纸张耐久性的内在因素，如酸、碱、氧化剂等。这需要从生产与保护两个方面加以限制，减少其破坏作用。

第四节　描图纸与手工纸的耐久性

一、描图纸的耐久性

科技档案中的底图（描图纸）用来描绘原图，因而必须具有一定的透明度，同时纸面要平滑、耐摩擦和刮洗。

为了达到上述要求，在生产描图纸时，要采取下列措施：

第一，在原料上要使用100%的漂白亚硫酸盐木浆。亚硫酸盐木浆是一种比较好的纸浆，原料是木材，比草类制成的纸浆要好。此外，亚硫酸盐木浆又分为漂白与不漂白两种，漂白的亚硫酸盐木浆比不漂白的质量高，因为漂白的木浆不仅颜色白，而且在漂白的过程中还能去除非纤维素，因而漂白的亚硫酸盐木浆要比未漂白的亚硫酸盐木浆纤维素的含量高。

第二，打浆时要提高打浆的叩解度，形成高黏状浆。打浆由于目的和方法不同一般分为两种，即游离打浆和黏状浆。打浆的方法不外是将纤维横向切短或纵向切细，但由于造纸的要求不同，打浆的重点也不一样，打浆时主要将纤维横向切短，打出的是游离浆；打浆时主要将纤维纵向切细，则打出的是黏状浆。

叩解度是造纸的专用语，叩解度是指纸浆滤水快慢的程度。将2克绝干浆稀释至1 000毫升，在20℃条件下，通过80目网，从肖氏打浆度仪测管排出的水量可衡量叩解度。滤水快即叩解度低，滤水慢即叩解度高。游离浆纤维较粗短，结合不紧密，空隙多，滤水快，叩解度低；黏状浆纤维较细长，结合紧密，空隙少，滤水慢，叩解度高。同样是黏状浆，由于打浆的程度不同，叩解度高低也不一样，描图纸则需要叩解度高的黏状浆。

打高黏状浆的目的是使描图纸具有一定的透明度。打高黏状浆，首先将纤维纵向切细，与此同时将纤维的初生壁磨掉，而露出纤维的次生壁。初生壁不透明，次生壁透明，故而高黏状浆制出的描图纸具有透明度。

第三，其他成分。为了改进描图纸的质量，还需要添加一些其他成分，一般有下列几种：

硬脂酸胶：由硬脂酸和氨水制成。硬脂酸胶可使纤维结合得更紧密，并增加透明度。

葡萄糖：增加透明度。

淀粉：帮助纤维结合，使其耐磨不起毛，增加纸张的亮度。

硫酸铝：增加抗水性。

上述措施主要是为了使描图纸达到使用要求，但对底图的耐久性有一定影响。简单归纳如下：

第一，为了制取高黏状浆，选用亚硫酸盐木浆，浆中失水戊糖较多，失水戊糖是半纤维素水解的产物，具有一定黏性，可以增加浆的黏度。但是，失水戊糖的耐久性不如纤维素，会影响描图纸的耐久性。

第二，描图纸需要打高度的黏状浆，打浆时虽然主要将纤维纵向切细，但在长时间的打浆过程中，纤维也必然被横向切短。因此，高黏状浆中细小纤维多，这就影响了纤维之间的结合，使纸张强度降低，不耐折。

第三，浆料中加硬脂酸胶的目的是增进纤维的结合，但硬脂酸胶中的氨容易挥发，时间长了，氨逐渐挥发，硬脂酸胶也逐渐失去胶粘性质，不能再起到增进纤维结合的作用。这也是描图纸容易变硬的原因之一。

第四，葡萄糖、淀粉等成分比纤维素更易氧化和水解，从而影响纸张耐久性。淀粉易使纸张变黄。

第五，硫酸铝会为纸张带来酸性，影响纸张耐久性。

二、手工纸的耐久性

目前在一些档案馆所保管的历史档案中，如中国第一历史档案馆保存的明清档案，其纸张大部分都是手工纸。经历了时间的考验，这些手工纸耐久性较强。其原因有以下几点：

第一，原料比较好，主要采用韧皮纤维中的树皮纤维，如皮纸主要原料是桑皮；宣纸原料主要是檀皮（70%），另有 30% 稻草。

第二，生产过程缓和，纤维受到的损伤较小，纸中杂质少。制浆时用弱碱（石灰水）处理，日光漂白，河水洗涤，一般不施胶，生产周期为数月至一年。

宣纸是中国文化的宝贵遗产。传说在东汉末年，造纸术的发明者蔡伦死后，其徒弟孔丹在泾县以造纸为业，一直想造出一种洁白如玉的好纸，为其师傅画像修谱，以表缅怀，于是踏遍青山寻找理想的原料。一天，他偶然发现一棵青檀倾斜在山溪流水之中，长期被水浸日晒，使木质素腐烂而纤维变为洁白。他确定此原料较佳而取用。经过十多年的反复试验，终于造出佳纸。这就是后来的宣纸。这个传说虽不足为据，但表明宣纸确实是我国劳动人民在长期的生产活动中发明创造出来的。据现有资料所查，宣纸大致始产于东晋，闻名于盛唐，传扬于明代。

宣纸产于安徽泾县，古时泾县属宣州管辖，泾县所产宣纸又集中于宣州府出售，故因地得名为“宣纸”。

宣纸艺术为中国特有，它主要采用盛产于皖南山区的青檀树和部分沙田稻草为原料，并利用自然泉水精作制成。一般从原料到成品，需经十八道工序、一百多道操作过程，历时一年之久。宣纸由于产地环境得天独厚，选择原料严格，处理条件缓和，加工步骤精细，胶汁使用得法，捞纸技术娴熟，晒纸手艺高超，故产品优良，质地强韧，颜色白雅，光泽经久不变，被誉为“纸寿千年”而驰名中外。

手工纸虽然较耐久，但生产速度慢，产量低，成本高，不能适应需要。而且手工纸不上胶，不便于书写，目前多用于书画。

手工纸因基本上不施胶，对潮湿敏感性强（字迹扩散、发霉生虫），保管中应特别注意。

思考题

（1）为什么纤维素含量高的造纸植物纤维造出的纸张耐久性好？

（2）根据纤维素的性质说明纸质档案的保护条件。

（3）试述施胶对纸张耐久性的影响。

第二章 档案字迹材料及其耐久性

档案字迹材料的耐久性问题较纸张材料问题更为复杂。字迹材料种类繁多，其耐久性也各不相同，因为不同的字迹材料成分不同。

第一节 各种档案字迹材料的主要成分

一、墨与墨汁

墨是我国古代就有的一种书写材料，目前所保存的历史档案绝大多数都是用墨书写的。

块墨主要原料为炭黑及动物胶，其制造方法是用动物胶将粉状炭黑黏结成块。在使用时，即以块墨加水研磨，使炭黑悬浮在水中形成悬浮液，然后用于书写。墨汁最初用块墨研制，现直接做成液体，成分与块墨相同。

炭黑是墨中的主要成分，是墨的色素成分，墨写字迹的黑颜色，就是依靠炭黑所取得的。炭黑是较纯的碳素，碳的化学性质很稳定，不溶于水和其他溶剂，耐光、耐热、极难氧化。

动物胶的主要作用是使炭黑的字迹固定在纸张上。因此，动物胶的质量与字迹耐久性有关。如果动物胶质量不好，就容易发生字迹脱落或遇水洇化的现象。

因此，墨的优劣，首先取决于炭黑的优劣，其次取决于所用动物胶的优劣。

制墨用的炭黑分为松烟、桐烟、漆烟、墨灰几种，其质量以颜色的光泽及颗粒的粗细而定，以桐烟、漆烟较佳，松烟差一些，墨灰接近于桐烟。动物胶有广胶、牛皮胶、骨胶之分，以自制牛皮胶为佳。从块墨外观而论，用自制牛皮胶者最黑，用广胶者次之，用骨胶者略呈灰色。另外，用骨胶制墨，夏日易变软，在这一点上自制牛皮胶也优于广胶。

制块墨时，所用炭黑与胶的比例，根据各种炭黑性质的不同而略有出入，通常为1 ∶ 0.78 ～ 1 ∶ 1.19。一般而论，制墨所用胶的比例越小越好。用胶过少则制作困难，不易使炭黑粘在一块儿，且混合困难。但用胶过多，则墨不易研磨，且所得墨汁滞笔。块墨为固体时，依靠胶将炭黑颗粒黏着牢固。在加水研磨后，则形成在胶溶液中的炭黑悬浮液，胶愈多则液的黏度愈大，故滞笔。因此，用胶量只需要保证块墨在固体时牢固即可，愈少愈好。

松烟所用胶的比例一般较小，桐烟用胶比例稍大，如用墨灰，胶的比例则更应增大。因后者颗粒较细，表面积较大，故对胶的吸附能力较强。

二、墨水

档案上的墨水字迹主要是蓝黑墨水、纯蓝与红墨水。蓝黑墨水因其色素成分主要为鞣酸铁，又被称为鞣酸铁墨水。纯蓝与红墨水色素成分为染料，又被称为有机染料墨水。

（一）蓝黑墨水

蓝黑墨水中的色素成分为鞣酸、没食子酸、硫酸亚铁。

鞣酸与硫酸亚铁发生作用生成鞣酸亚铁，经氧化变为鞣酸铁（不溶性高价铁）。

鞣酸 + 硫酸亚铁 ⇄ 鞣酸亚铁 + 硫酸

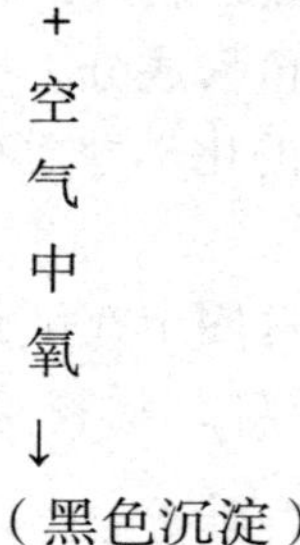

鞣酸铁（黑色沉淀）

没食子酸与硫酸亚铁发生作用生成没食子酸亚铁，经氧化变为没食子酸铁。

鞣酸铁与没食子酸铁均为黑色沉淀，是使蓝黑墨水变黑的成分，但两者又有区别，鞣酸铁色泽较淡，耐光性差，但是耐水性较好；没食子酸铁色泽较深，耐光性好，但耐水性差。故两者配合使用可以取长补短。

为了防止蓝黑墨水在书写前发生沉淀，可加入适量硫酸，使 pH 达到 2.5 左右。色素成分是在书写后逐渐产生的，为了书写便利，色素成分中加入酸性墨水蓝，使书写时立即显色。

鞣酸铁的黑色沉淀物属于颜料，其化学性质较有机染料稳定。蓝黑墨水在耐水、耐晒上比有机染料墨水佳，鞣酸铁在酸性介质中稳定，遇碱则褪色。氧化剂会使蓝黑墨水褪色。蓝黑墨水褪色后所留下的黄色痕迹是铁的成分。若没有黄色痕迹则说明铁的成分太少。如蓝黑墨水中色素成分含量大，则字迹耐久性更好一些，但易生沉淀。

（二）有机染料墨水

有机染料墨水实际上是由有机染料的水溶液加上其他辅助原料制作而成。由于色泽丰富多彩，产生沉淀的可能性小，腐蚀性也低，颇受一般消费者欢迎。但就其耐久性而言，不如蓝黑墨水，同时日久易受空气、阳光等的作用而消退。消退后难以使字迹再显。

有机染料墨水所用的染料应符合下列要求：色泽鲜艳；水溶性较好；能耐日光；对纤维素有亲和力。纯蓝与红墨水常用的色素如下：

1. 酸性墨水蓝

这是纯蓝墨水中的主要色素成分。墨水蓝是一种水溶性酸性染料，按染料化学分类，属于三苯甲烷系，按应用分类属于酸性染料。

墨水蓝外观为呈古铜金属光泽的红棕色粉末，易溶于水，水溶液呈鲜明的蓝色，其水溶液遇碱变为棕色，中和后仍恢复蓝色。遇浓硫酸亦呈棕色，稀释后又恢复蓝色。

墨水蓝溶液色泽鲜明，与纤维亲和力差，纸面色条易被清水溶退，耐水性不佳。对过氧化氢、漂白粉等药剂十分敏感，发生反应后色泽被破坏。墨水蓝的纸面色条经较长时间的日晒后会消退。

2. 直接湖蓝 5 B

依照染料化学分类，直接湖蓝 5 B 属于双偶氮染料，按使用方法分类则属于直接染料。色泽不如墨水蓝鲜艳，水溶性一般，对纤维亲和力较好，耐水性较墨水蓝略强，耐晒性差。遇酸比遇碱稳定。

3. 酸性大红 G

按染料化学分类，其属于单偶氮染料，按应用分类属于酸性染料。

酸性大红 G 外观为酱红色粉末，水溶性及耐光性良好，遇酸色泽变为桃红，遇碱色泽变黄，与植物纤维的亲和力弱，字迹耐水性差。

4. 曙光红 A

又名墨水红，按染料化学分类属二苯并哌喃系，按应用分类属酸性染料。

曙光红 A 为橙红色至棕红色粉末，其水溶液呈鲜艳的桃红色，稀释后泛黄绿色荧光，品质纯粹的水溶液应澄清透明，遇酸即生成沉淀，遇碱色泽变棕，耐水性、耐光性差。

三、油墨

油墨字迹主要有两种：铅印油墨与誊写油墨。与油墨字迹耐久性关系较大的成分是色素与黏结剂。

（一）色素

1. 黑色

黑色色素为墨灰，墨灰是炭黑的一种。

2. 蓝色

蓝色色素为铁蓝（华蓝）。其主要成分为亚铁氰化铁 $Fe_4[Fe(CN)_6]_3$。

铁蓝是一种色彩鲜艳、色力强大、耐光性良好的蓝色颜料。耐晒性 5 ～ 6 级。耐热性 170 ～ 180 ℃。耐酸性尚强。耐碱性差。有油渗和水渗现象。

$Fe_4[Fe(CN)_6]_3 + 12NaOH \rightarrow 4Fe(OH)_3 + 3Na_4[Fe(CN)_6]$

蓝色色素酞菁蓝是一种高级的蓝色颜料，色泽鲜艳，耐光可达 8 级（我国生产部门将各种字迹材料的耐光性分为 8 个等级，8 级为最好），耐酸碱，没有水渗与油渗现象，耐热可达 180℃，着色力为铁蓝的二倍，但不耐强烈的氧化剂。因价钱较贵，只在高级油墨中配比使用。

3. 红色

红色色素主要有金光红和立索尔红，均属偶氮颜料。在耐光坚牢度方面，立索尔红可达 4 ～ 5 级，金光红为 3 ～ 4 级；金光红耐热达 90℃，立索尔红耐热达 120℃；在耐酸碱性方面，立索尔红耐碱差，无油渗，但有水渗。

（二）黏结剂

黏结剂又叫调墨油，有使字迹与纸张纤维牢固结合在一起的作用。调墨油

又分为干性与不干性两种。

干性调墨油属于干性植物油类，如亚麻仁油、桐油、苏子油、大麻油等。干燥原理主要是油在空气中吸收氧，发生聚合作用而生成固化油。干性调墨油能使字迹材料因干燥而结膜，固定在纸张上。

不干性调墨油有植物油、动物油、矿物油等，其通过对纸张纤维的渗透作用，使字迹材料固定在纸张上。

四、复写纸

在我国档案中，复写的字迹占相当大比重。复写纸一般分为打字和手写两种。

与复写字迹耐久性有关的主要是色层部分，复写纸的色层是由下面一些成分组成的。

（一）色素

复写纸的色素有颜料与染料两种，颜料耐久性好，但色泽较暗，复写次数少。染料耐久性差，但色泽鲜艳，复写次数多。目前的复写纸中两种成分均有，手写复写纸以染料为主，打字复写纸颜料的比例高于手写复写纸。

复写纸常用的色素如下：

1. 墨灰

制造复写纸时，用高级的硬质墨灰，要求其质地轻、粒子细、色纯黑、吸油量高，墨灰性质极稳定，耐酸、碱、光，因而黑色复写字迹比其他色彩更耐久。

2. 油溶黑

油溶黑属醌亚胺染料，为黑色粉末，能溶于热油酸中，色不浓重，耐光性尚好（4～5级），常同油蓝、油紫合用，加深品蓝色调。

3. 盐基品蓝、盐基青莲

两者均为三苯甲烷类有机染料，是蓝色和紫色复写纸的主要色素，但需加碱皂化改为油溶性后使用。盐基性染料颜色虽然鲜艳，但耐光性差，也不耐酸碱。

4. 铁蓝

已在油墨小节中介绍。

5. 立索尔红

已在油墨小节中介绍。

6. 烛红

烛红是一种油溶性偶氮染料，为暗红色粉末，能溶于蜡和油，色泽不够鲜明，耐光性尚可（3 级），常用于红复写纸，调节色光。

（二）蜡

蜡是复写纸的重要原料之一，其作用是把色素固定在复写纸上。蜡有一定的熔点和黏附力，可使复写纸上的色料耐摩擦，在使用时不致落色玷污纸张和手，且能使字迹坚牢，保持清晰。蜡的种类有很多，一般有蒙旦蜡（熔点 85℃左右）、甘蔗蜡（熔点 72 ～ 79℃）、白蜡（熔点 56 ～ 62℃）、混合硬脂酸钙皂（熔点 95℃）、混合松香钙皂（熔点 70 ～ 75℃），复写纸用蜡要求选用结晶细、吸油量大、展色好的。

（三）油（油类及脂肪酸类）

油脂的主要作用是软化蜡质，调节浆料的硬度，使其柔软而有黏着力，可以在压力下复写。油酸的作用则以溶解染料为主，同时软化蜡质。复写纸中用的油为不干性油，这样才能使浆料维持一定的软硬度，使复写纸不发干。

在复写纸浆料中，油和蜡的比例要适当。如果蜡的比重大，会降低复写的份数；如果油的比重大，虽能增加复写份数，但形成的字迹易发生油渗，而使字迹扩散、模糊不清。

五、圆珠笔

圆珠笔这种书写材料，因其书写简便、价格低廉而为人们所乐用，但圆珠笔的字迹耐久性较差。1964 年，国务院秘书厅、国家档案局联合发出了《关于请勿使用圆珠笔、铅笔拟写文件的通知》。其中指出："我们在检查一些机关的档案工作时，发现不少重要文件的字迹已经看不清楚，使用时很不方便。这除了打印、纸张、保管等方面的原因外，还由于很多文件是用圆珠笔、铅笔或用质量不好的墨水（特别是红墨水）起草、修改和批注的。我们认为，这一问题应该引起普遍注意。为了利于档案的长期保存，今后在起草、修改文件或者批注时，一律要使用毛笔或钢笔，同时要用质量较好的墨水，不要再使用圆珠笔，一般地也不要使用铅笔。"圆珠笔字迹耐久性差，主要是耐晒坚牢度差，另外也有油渗、水渗问题，关键在于色素成分。1964 年以前，我国生产的圆珠笔，其色素成分多用盐基性的染料。例如，蓝色圆珠笔油墨中色素成分为盐基品蓝和盐基青莲，圆珠笔油墨中的溶剂有的是油，如蓖麻油酸、氧化蓖麻油，有的

是醇，如二乙醇胺。盐基性染料溶于水，因而要把它改制成不溶于水而溶于油的染料。

RCl + NaOH ⟶ ROH + NaCl

这些盐基性染料耐光性差，一般只有 1～2 级。1964 年《关于请勿使用圆珠笔、铅笔拟写文件的通知》发出后，圆珠笔生产单位为了改善圆珠笔字迹的耐久性，在色素成分中使用了耐久性较好的色素，如在“423”“424”蓝色圆珠笔油墨中加入铜酞菁蓝。铜酞菁蓝是一种有机颜料，不溶解，须经过磺化使其溶于醇。加入铜酞菁蓝，其耐晒度可提高到 4 级，另外“322”黑色圆珠笔油墨色素使用苯胺黑或中性黑，耐晒度可达 5 级，中性黑的水浸坚牢度比苯胺黑要好。

圆珠笔字迹的耐久性虽有所提高，但目前尚不能做出可以适用于档案的书写材料的结论。

六、铅笔

在档案中全部都是铅笔的字迹较少，一般在批示中有铅笔字迹。铅笔主要有两种：一为黑铅笔；一为颜色铅笔。黑铅笔的成分为石墨和黏土，颜色铅笔（主要是红蓝铅笔）的成分为色素（颜料）、黏合剂和脂肪混合剂。铅笔的色素成分耐久性较好，但铅笔这种固体的书写材料不耐磨。

七、印泥和印台油

印泥和印台油是档案上各种印迹所使用的材料。

（一）印泥

印泥最早叫火漆，因其用于封印，也叫封泥，宋朝宣和时叫紫泥，成分是茜草汁（颜料）。明朝时叫水砂印泥，是用蜂蜜和朱砂制成的。到清朝时改叫朱砂印泥，原料是蓖麻油和朱砂，当时用的蓖麻油是经过太阳晾晒的，也叫作优油。太阳晒的时间愈长，油色愈白，黏度愈大。一般要晒两三年，多者达几十年。日晒的作用是氧化漂白，但更主要的作用是增加黏度，因蓖麻油氧化后分子量增加，故便于吸收颜料。

红粉是印泥的主要色素成分，印泥对色素的要求是颜色鲜艳、不溶于蓖麻油、耐晒、耐热，粉粒要细，以便于悬浮，一般还要求耐酸、耐碱，但目前使用的 5203 红粉耐碱性差一些。因其易分散于碱液中，易被碱洗掉。

黄粉的作用是调正色光，因红粉太红，加入适当比例的黄粉，可使印泥的红色中带有黄头，更接近于朱砂的颜色。

因色素中的红粉遮盖力不强，需加填料——白粉（陶土），因白粉颗粒比红粉大，透光性比红粉小，因此可增加其遮盖力，此外也可以使红颜色更鲜艳一些。

蓖麻油的作用是调和色料，是印泥油的主要成分。油不仅可以使色料分散其中，还具有黏附作用。配方中如果红粉数量过多，写在纸上容易被摩擦掉。如果油过多易造成渗油现象，因油过多后，多余的油不能和色料产生黏附作用，写到纸上后，多余的油则析出而渗开。

牛油的作用是增加其黏度。

因印泥中的艾绒易生霉，故须加一定量的防霉剂，目前多用石炭酸和乙萘酚，因这两种防霉剂能溶解于油。石炭酸用量过多，色素颜色发暗，乙萘酚的防霉力不如石炭酸，故两者结合使用。

艾绒的作用是吸收印泥油。

（二）印台油

印台油的色素是可溶性的有机染料，溶剂主要是水，另外还有甘油和酒精。甘油的作用是防止印台油过快蒸发而变干，酒精的作用一为加快盐基性染料的溶解，二为渗透作用。

印台油中的色素使用盐基性染料，耐光性差，不耐酸碱，易扩散。

八、底图、铁盐蓝图、重氮盐蓝图

（一）底图线条

底图线条是用绘图墨汁在描图纸上绘制而成。绘图墨汁的主要成分为硬质灰和虫胶水。硬质灰就是墨灰，属于碳素，耐久性好。虫胶水的作用是使碳素的颗粒能均匀分布在绘图墨汁中，不产生沉淀，写在纸上后，虫胶使碳素颗粒固定在纸张上。

此外，还有甘油、酒精、氨水、石炭酸等。

（二）铁盐蓝图

线条形成的原理如下：

第一，铁盐一般均有感光性能，高价铁经感光变为低价铁，低价铁感光变为高价铁。

第二，高价铁或低价铁能与某些成分发生作用产生颜色。

高价铁与黄血盐发生作用生成蓝色（普鲁士蓝）。

高价铁与没食子酸或鞣酸发生作用生成褐色或黑色。

低价铁与赤血盐发生作用生成蓝色（滕氏蓝）。

1. 蓝底白线图

用高价铁柠檬酸铁铵和赤血盐混合溶解后涂在晒图纸上，但高价铁柠檬酸铁铵和赤血盐并不产生颜色。晒图时，底图上光线透过没有线条部分，使晒图纸上的感光层曝光，将柠檬酸铁铵变为低价铁，而低价铁和赤血盐发生作用产生蓝颜色，即滕氏蓝。底图上有线条部分，光线无法透过，这部分晒图纸没感光，柠檬酸铁铵仍是高价铁，它和赤血盐不产生颜色。晒好图后进行水洗，将晒图纸上没有感光部分的药剂洗去就获得了稳定的蓝底白线图。

2. 白底蓝线图

将含有柠檬酸铁铵和氯化铁（均为高价铁）的药液涂刷在晒图纸上，形成感光层。晒图时，底图上有线条部分，光线无法透过，晒图纸上没有感光，感光层中仍是高价铁；底图上没有线条部分，光线可透过，在晒图纸上感光，感光层中的高价铁变为低价铁。然后，用黄血盐溶液显影，高价铁的地方与黄血盐作用产生蓝色（普鲁士蓝），低价铁的地方与黄血盐不产生颜色，从而取得白底蓝线图。

3. 白底黑线图

将含有氯化铁（高价铁）的溶液涂刷在晒图纸上，形成感光层。晒图时，底图上有线条部分，光线无法透过，晒图纸上没有感光，感光层中仍是高价铁；底图上没有线条部分，光线可透过，在晒图纸上感光，感光层中的高价铁变为低价铁。然后，在五倍子溶液中显影，该溶液中含有鞣酸。高价铁的地方与鞣酸作用产生黑色（鞣酸铁），低价铁的地方与鞣酸不产生颜色，从而取得白底黑线图。

铁盐蓝图产生的颜色都是颜料，耐久性较好。但要经水洗或显影，需要烘干，使用不方便，所以被重氮盐蓝图取代。

（三）重氮盐蓝图

重氮盐蓝图线条形成的原理是重氮化合物和染料中间体在碱性条件下产生颜色，这一过程叫作偶合生色，该颜色属于有机染料中的偶氮染料。重氮化合物在光照下可分解，分解后的重氮化合物无法与染料中间体发生作用产生颜色。重氮盐蓝图就是利用这种原理制出的。

重氮盐晒图纸上的感光药液中有重氮化合物和染料中间体（使用不同的重

氮化合物和染料中间体可产生不同的颜色），为了使其在晒图前不产生颜色，要使药液保持酸性状态（只有在碱性条件下才产生颜色），所以重氮盐晒图纸的 药液酸性大。晒图时，底图上没有线条部分，光线可通过，在晒图纸上感光，使药液中重氮化合物分解，失去了与染料中间体偶合生色的能力。底图上有线条的部分，光线无法通过，晒图纸上未感光，重氮化合物未分解，使它保持着和染料中间体偶合生色的能力。但是晒图以后，图上并没有产生颜色，这是因为图纸仍保持酸性，所以要显影，就要给它一个碱性条件，使没感光的重氮化合物和染料中间体产生颜色。

重氮盐蓝图显影有两种方法：

1. **湿法显影**

湿法显影指的就是给已感光的重氮盐蓝图表面涂上一层碱性溶液。其优点是对环境没有污染，但显示出的线质量差，需要干燥，生产较麻烦。

2. **干法显影**

干法显影指用碱性气体熏，一般使用氨气。其优点是显示出的线条质量较好，不需干燥，适用于大规模生产。但氨气很臭，对环境有污染。

重氮盐蓝图产生的颜色是有机染料，所以它的耐久性差，不耐光。

第二节　各种档案字迹材料的耐久性

字迹材料种类很多，成分不同，耐久性也不一样。对字迹耐久性影响最大的是色素成分和转移固定方式。

使各种字迹材料有一定颜色的成分叫色素成分，它的优劣直接影响字迹材料的耐久性。字迹材料写（转移）在纸张上，与纸张结合得是否牢固，与转移固定方式有关，它也会影响字迹材料的耐久性。

一、色素成分的耐久性

根据耐久性的不同，字迹材料的色素成分可以分为三类。

（一）炭黑

炭黑是色素中耐久性最强的一类。它耐光、耐热、耐酸碱，不溶于水和其他溶剂，另外也耐氧化。

以炭黑作为色素成分的字迹材料有墨和墨汁、黑颜色的油墨、黑铅笔。我国档案馆中保存的明清档案都是用毛笔写的，虽已几百年，但字迹仍不褪色，主要原因是字迹材料的色素成分是炭黑。

（二）颜料

颜料是耐久性比较好的色素，分为无机颜料和有机颜料。它的化学性质一般比较稳定。它不溶于水和其他溶剂，耐光性比较好，在 4 级以上。有的颜料耐酸性差，有的耐碱性差，有些颜料有油渗和水渗现象。

以颜料作为色素成分的字迹材料有彩色油墨、蓝黑墨水、红蓝铅笔、印泥和铁盐蓝图。

（三）染料

染料耐久性较差。它的化学稳定性比较差，不耐光，一般在 4 级以下。还有的不耐酸或不耐碱，也有的既不耐酸也不耐碱，溶于水、油、醇等溶剂。

以染料作为色素成分的字迹材料有纯蓝墨水、红墨水、复写纸、圆珠笔、印台油、重氮盐蓝图。

二、转移固定方式

将字迹材料的色素转移固定在纸张上，字迹材料的色素在纸张上牢不牢固，直接影响着字迹材料的耐久性。字迹材料转移固定在纸张上的方式主要有以下三类：

（一）结膜

它是指字迹材料写在纸上会在纸张表面结一层膜，通过结膜把它固定在纸上。这种方式最耐久，耐摩擦，不容易扩散。

转移固定方式属结膜的字迹材料有墨和墨汁、油墨、印泥。墨和墨汁里有动物胶，所以能结膜。油墨里有干性植物油，可以结膜，铅印油墨结膜更好些，誊写油墨要差些。印泥里有氧化蓖麻油，可以结膜。

（二）吸收

它是指字迹材料写在纸上，会被纸张纤维吸收。这种方式比较耐久，因为字迹材料被吸收在纸张纤维里，耐摩擦。但只吸收，不结膜，容易扩散。

转移固定方式属吸收的字迹材料有墨水、圆珠笔、复写纸、印台油、铁盐和重氮盐蓝图。

（三）黏附

它是指字迹材料写在纸张上，既没结膜，也没吸收，只是黏附在纸张上。这种方式不耐久，不耐摩擦。

转移固定方式属黏附的有铅笔。

三、各种字迹材料的耐久性

我们评价一种字迹材料耐久性如何，既不能单看色素成分，也不能单看转移固定方式，必须将两者结合起来，才能全面评价其耐久性。例如，黑铅笔的色素成分是化学稳定性最好的炭黑，但它的转移固定方式是不耐久的黏附，因而全面衡量后得出黑铅笔的字迹材料是不耐久的。

将字迹材料的色素成分和转移固定方式结合考量，我们可以将各种字迹材料的耐久性分为以下三类：

（一）最耐久的字迹材料

以炭黑作为色素成分，转移固定方式为结膜的，这样的字迹材料是最耐久的，包括墨和墨汁、黑颜色油墨。

（二）比较耐久的字迹材料

色素成分是颜料，转移固定方式是结膜或吸收的，这样的字迹材料是比较耐久的，包括彩色油墨、蓝黑墨水、印泥、铁盐蓝图。

（三）不耐久的字迹材料

主要有两种情况：第一，凡色素成分是染料，无论其转移固定方式如何，均为不耐久的，包括纯蓝墨水、红墨水、复写纸、圆珠笔、印台油、重氮盐蓝图。第二，凡转移固定方式是黏附，无论其色素成分如何，也都是不耐久的，包括铅笔（黑铅笔、红蓝铅笔等）。

第三节　影响档案字迹材料耐久性的因素

一、光

光是促使字迹材料褪色的重要因素，特别是以染料作为色素成分的字迹材

料，在光的作用下，褪色更严重。主要原因是光会使字迹材料色素成分中的发色团（能使色素产生颜色的成分叫发色团）遭到破坏。

二、氧化剂

字迹材料的色素成分一旦被氧化，也会产生褪色现象。氧化剂来源于空气中的有害气体。如果氧和光同时作用于字迹材料，褪色就更厉害。

三、酸和碱

字迹材料的色素成分有的怕酸，有的怕碱。例如，蓝复写纸的色素成分是盐基性染料，盐基青莲、盐基品蓝这些染料在碱性条件下稳定，遇酸则易褪色。墨水（包括蓝黑墨水、纯蓝墨水和红墨水等）在酸性条件下稳定，遇碱易褪色。所以说，酸和碱也是引起字迹褪色的因素。酸和碱主要来自空气中的有害气体和灰尘。

四、潮湿

潮湿对字迹耐久性的影响有两个方面。

一方面，潮湿会使耐水性差的字迹发生扩散，如墨水字迹，尤其是纯蓝墨水和红墨水字迹，它们本身的色素溶于水，所以在档案受潮时，墨水字迹就容易扩散。

另一方面，潮湿会加速其他因素对字迹材料的破坏作用，特别是空气中有害气体和灰尘的破坏作用。

五、高温

高温对字迹材料耐久性的影响有两个方面。

一是使耐热性差的字迹发生扩散。例如，复写字迹容易扩散，这是因为它们的色素是油溶性的染料。它们用的油和蜡熔点低，这种字迹在保存过程中，如果库房温度高，油就往外渗，色素也就跟着往外渗，因而发生字迹扩散。

二是加速其他因素的破坏作用。如温度高，各种化学反应也快。

由这五个因素可知，在档案保护过程中，我们应该注意控制调节库房的温、湿度，注意防光、防有害气体和防尘。

思考题

（1）为什么蓝黑墨水比纯蓝墨水字迹耐久性好?

（2）试述铁盐蓝图与重氮盐蓝图线条形成的原理及其耐久性。

（3）试述各种档案字迹材料的耐久性。

第三章　声像档案的制成材料及其耐久性

第一节　档案胶片材料及其耐久性

一、胶片片基的主要成分及其耐久性

（一）纤维素酯类片基

1. 硝酸纤维素片基

制作硝酸片基的主要成分是硝酸纤维素，也叫“硝化棉”，这种硝酸纤维素非常易于分解并且极易燃烧。

硝酸纤维素是纤维素与硝酸之间发生酯化作用以后的产物。

$$C_6H_{10}O_5 + 2HNO_3 \rightleftarrows C_6H_8O_3(ONO_2)_2 + 2H_2O$$

由于这种酯化反应是可逆的，当胶片吸收了空气当中的水分以后，硝酸纤维素即自行分解，反应就向左进行，产生硝酸和纤维素。如果有外界因素的影响，这个分解过程就会加快。比如，温度升高了，硝酸纤维素分解成为硝酸及纤维素的过程就会加快，而硝酸在较高的温度下也发生分解，产生二氧化氮。

$$4HNO_3 \xrightarrow{热} 2H_2O + 4NO_2 + O_2$$

$2NO_2 + O_2$（空气中）$\rightarrow 2NO_3$

硝酸是一种强烈的氧化剂，它跟纤维素发生反应变成氧化纤维素。同时，在潮湿的环境下遇到硝酸，纤维素还会发生水解，作为片基主要成分的硝酸纤维素最后就完全被破坏了。高温不仅促使硝酸纤维素分解，还会促使片基中其他成分如增塑剂和残余溶剂挥发，使片基失去柔性。

当硝酸纤维素分解而产生硝酸时，增塑剂和残余溶剂会吸收一部分硝酸。吸收硝酸以后，增塑剂和残余溶剂本身会发生变化，从而逐渐失去作为增塑剂和残余溶剂的作用，最终使片基产生混浊不清、发黄、发脆和收缩等现象。

如上所述，片基受到热的作用后就会加速分解。另外，硝酸纤维素在分解过程中本身也会产生热，这种热也会加速硝酸纤维素的分解，同时加速增塑剂和残余溶剂的挥发。

以上过程使胶片变黄、发脆、失去塑性。同时，干燥和收缩也会使胶片尺寸改变，从而使胶片遭到损坏或使其无法被复制拷贝。

硝酸纤维素片基除了易于分解，还非常容易燃烧或爆炸。

硝酸纤维素燃点较低，在 20℃以下开始发生分解，不过比较缓慢，20℃以上分解较快，50℃时硬度降低一半，80 ～ 90℃片基柔软变形，在 100℃条件下时间长了就会发生燃烧，在 150 ～ 160℃下便发生爆炸性的分解，与 175℃的暖气管接触只需要两分钟就会燃烧。这里要强调的是虽然库房温度不太高，但由于长期不通风，胶片自身变化的热量积累有可能达到燃烧的温度。

硝酸纤维素自身含有大量的氧，因而燃烧得很快，如 20 吨胶片在三分钟内就可以烧完，其温度能达到 1 700 ℃，燃烧时产生大量的气体，这些气体比它原来的体积大很多倍，假如燃烧发生在封闭空间，就一定会发生爆炸。

另外，硝酸纤维素的分解产物，特别是燃烧后所产生的气体，多半带有毒性，而且具有强烈的腐蚀性，在保管当中应引起注意。

硝酸纤维素虽有很多缺点，但仍有机械强度比较高、伸缩性较小、耐水较强、成本比较低等优点。

2. 醋酸片基

醋酸片基的主要成分为醋酸纤维素。醋酸纤维素是纤维素与醋酐、冰醋酸的混合液在催化剂作用下而产生的。

与硝酸纤维素相比，醋酸纤维素具有许多优点，它不易于分解，化学稳定性好，着火点比硝酸纤维素高，不易燃烧。同时，燃烧得并不快，当火焰离开胶片的时候，火就会熄灭。因此，醋酸纤维素片基是一种安全片基。安全片基不仅不易燃烧，而且在保管年限上也比硝酸纤维素片基长一倍多。这对保管非常有利。

醋酸纤维素片基分为二醋酸纤维素片基和三醋酸纤维素片基。醋酸纤维素片基也存在一些缺点，如二醋酸纤维素片基机械强度、耐柔度不如硝酸纤维素片基。三醋酸纤维素片基的机械性能与硝酸纤维素片基近似，但成本很高。

这里还有一点值得注意，有的醋酸片基含有一定量的硝酸纤维素。有的硝酸纤维素存在于醋酸片基当中，有的则涂布在片基的表面。前者为硝酸醋酸纤维素片基，硝酸纤维素的含量不超过4%，其易燃性并不会显著提高，如果含量增加到16%，其易燃性就稍有增加。后者情况则有所不同，当其含量为4%时易燃性不会显著增加，但如果增加到14.5%时，它的易燃性就会显著提高。

根据上述情况，我们对所谓安全片基的醋酸片基的保管，也要提高警惕。

（二）合成高分子聚合物类片基

1. 聚酯片基

聚酯片基又称涤纶片基。涤纶的化学名称为聚对苯二甲酸乙二醇酯。一般由对苯二甲酸二甲酯与过量乙二醇酯交换反应成对苯二甲酸乙二醇酯后经聚合而得。

涤纶片基的着火温度为252℃，熔点为260℃，本身不易燃烧，属安全片基。

涤纶片基耐磨、耐拆、耐寒和具有高抗性强度，不仅延长了胶片的使用寿命，也扩大了胶片的使用范围。低温、高速等特殊条件下也能够使用。

涤纶片基具有良好的机械性能，常用于电影胶片，耐拉、耐磨、耐撕、经久耐用。用它制成的电影正片放映15 000次不断片，而醋酸片基放映1 000次就破烂不堪了。

但是，涤纶片基也有缺点，由于它的化学稳定性高，能抗酸、碱及氧化剂的侵蚀，室温下与很多试剂及溶剂都不发生反应，使片基和乳剂层、片基与片基难以黏附牢固。

2. 聚碳酸酯片基

聚碳酸酯的熔点等于或大于220℃，软化点较高，能耐低温，溶于二氯甲烷和对二恶烷，稍溶于芳香烃和酮等。

聚碳酸酯片基大部分物理性能和机械性能与涤纶片基接近，是一种有发展前途的新型片基，由于其价格较贵，目前尚未广泛使用。

二、胶片乳剂层的主要成分及其耐久性

乳剂层是片基的重要组成部分，影片、照片的影像就是依靠感光后的乳剂层内的银盐颗粒表现出来的。影片、照片的影像能否反映被摄实物的原貌，

与乳剂层中精胶的性能密切相关。

银盐是一种不溶于水的物质，在水中会发生沉淀，因而很难直接均匀分布在片基上。精胶的特性是能溶解于热水，并具有胶黏的性能。这些特性使银盐颗粒能均匀地悬浮在液体精胶里。精胶涂布在片基上冷却后可形成一层透明的胶膜，使银盐均匀地分布在片基上，从而保证银盐在照相时发挥其感光成像的性能。

但是，精胶在乳剂层中的优良特性是有条件的。当温度、湿度发生变化时，精胶的软、硬、胀、缩也将随之变化，甚至会破坏影像。例如，当相对湿度为30% ～ 70% 时，精胶中所含的水分为 10% ～ 20%，在这样的湿度条件下，精胶的机械强度比较高，坚而韧。但是，当湿度持续升高时，精胶会发生膨胀，当膨胀到一定限度后，乳剂层中构成影像的银粒子便会发生位移，使影像变得模糊甚至遭到破坏。相反，当湿度降低了，精胶会收缩甚至使乳剂层从片基上脱落下来。

精胶的凝固点一般为 22 ～ 25℃，熔点为 26 ～ 30℃，当温度高于凝固点或熔点时，精胶就会软化或熔化。在保管影片、照片档案时，必须要注意这些情况。

此外，我们还可以看看精胶的某些化学性质。

精胶是一种含氮的物体，属于蛋白质类物质。它的分子是由许许多多的氨基酸结合而成的，分子量极大，结构也非常复杂。蛋白质有一种特性，即当它受到酸、碱或菌的作用时，很容易发生水解，逐渐变成结构简单的物质，最后成为各种氨基酸。这些氨基酸基本上都溶于水。从这里看出，硝酸片基的分解产物——氮氧化合物、硝酸或亚硝酸等对精胶是不利的，它能使精胶在正常温度下发生水解作用，产生一系列氨基酸。在实际当中，我们常遇到这个情况：把已经损坏的胶片放在水中时，有的脱离了片基，有的溶化于水中。

片基的分解产物不仅会破坏精胶，也会破坏构成影像的金属银，使它变成易溶于水的硝酸银。

$6Ag+2HNO_3 \rightarrow 3Ag_2O+2NO+H_2O$

$Ag_2O + 2HNO_3 \rightarrow 2AgNO_3 + H_2O$

三、胶片的洗印过程及其耐久性

影片、照片档案的保管问题，实际上是经过加工的胶片的保管问题。所谓加工主要指胶片的显影、定影和水洗等过程。在这些过程中，与影片、照片档案保管特别相关的是定影和水洗。

我们知道显影可以把曝过光的银盐里的银粒还原出来（银粒呈黑色）而呈现出各种形象的影像。未感光的银盐在显影过程中不产生任何的变化，这些银盐占总数占整个乳剂层银盐的 75% ～ 80%。如果不设法将这些银盐除去，在光的照射下它们就会变成黑色，影像将无法显示。为了显现出影像并使影像被长期地保存下来，胶片就必须经历定影这个过程，也就是把显影后的胶片放在定影液中进行处理，除去其中未还原的银盐。

定影液的主要成分是硫代硫酸钠（$Na_2S_2O_3$），俗称“大苏打”或“海波”。硫代硫酸钠的定影作用即除去未感光的且在显影液中未被还原的卤化银。在定影过程中，硫代硫酸钠与卤化银发生化学反应，生成能溶于水的硫代硫酸银钠的络盐。能溶于水的络盐并不是一次生成的，而是经过两个阶段的化学反应生成的。可用下列化学式表示两阶段的变化。

$AgX+Na_2S_2O_3 \rightarrow NaAgS_2O_3+NaX$

$3NaAgS_2O_3+Na_2S_2O_3 \rightarrow Na_5Ag_3(S_2O_3)_4$

第一阶段生成不易溶解的 $NaAgS_2O_3$ 络盐。如果定影液不新鲜或不充分就会发生此反应。

第二阶段由于定影液的继续定影产生许多能溶于水的络盐，即易溶于水的 $Na_5Ag_3(S_2O_3)_4$，溶解于水中。

因此，定影过程进行得好，胶片乳剂上未还原的银盐就会变成可溶性的络盐。反之，如果定影不彻底，胶片乳剂上未还原的银盐就会变成不易溶解的络盐，这种络盐残存在影片上，日后用水洗也不容易洗净，时间一久会使影片变色。

不仅定影要做好，水洗也要做好，否则同样会在胶片上遗留硫代硫酸盐，从而使胶片褪色和发黄。胶片褪色和发黄是由硫代硫酸钠引起的。其原理可用下式表示。

$Na_2S_2O_3+CO_2+H_2O \rightarrow H_2S_2O_3+Na_2CO_3$

$H_2S_2O_3 \rightarrow H_2SO_3+S$

$2Ag+S \rightarrow Ag_2S$

棕黄色

$H_2SO_3+O \rightarrow H_2SO_4$

$H_2SO_4+Ag_2S \rightarrow Ag_2SO_4+H_2S$

$2Ag+H_2S \rightarrow Ag_2S+H_2$

因此，胶片水洗不干净时，残留的硫代硫酸盐就会破坏影片的画面。

硫代硫酸盐有一定的吸附作用，很不容易被全部洗掉。对于需要长期保存的档案文件来说，残留的硫代硫酸盐不能超过一定的限度，如表 3-1 所示。

表 3-1　不同的感光材料可容许硫代硫酸盐的含量

感光材料名称	通常可容许的含量/(毫克/分米^2)	历史档案可容许的含量/(毫克/分米^2)
翻底用的微粒胶片	0.31	0.08
微粒正片（发行拷贝）	0.78	0.16
全色底片	3.1	0.78
医用胶片(一面有乳剂的)	2.3 ～ 3.9	0.78
X 光胶片（一面有乳剂的）	6.7 ～ 7.8	1.6
厚纸照片	3.1 ～ 3.9	0
薄纸照片	1.6 ～ 2.3	0

作为档案需要长期保管的影片、照片，对其水洗是否彻底必须进行检查。

四、关于彩色片的耐久性问题

彩色片与黑白片有很多共同点，同时由于它是彩色的，因此在乳剂中含有各种有机染料，这些染料的稳定性很差，当遭到日晒、高温和高湿的影响后，彩色画面就会发生彩色的不平衡现象，进而褪色。如果彩色片处在 30 ℃下，彩色的平衡就会被破坏，首先受到影响的是蓝绿色，然后是品红色，最后是黄色，画面颜色变黄主要由蓝绿色的褪色导致。

如果温度正常，空气中的湿度较高，在这个情况下，黄色与蓝绿色会变得不稳定，画面上就会出现黄色和浅红色的阴影。如果在洗印过程中在彩色片里留下硫代硫酸盐，再加上高温高湿，硫代硫酸盐就会对彩色片产生强烈的破坏作用，使蓝绿色消退，使画面完全变为黄色。这里还应当注意，胶片不应当在阳光下晒，尤其是彩色片，在阳光下彩色容易褪色，特别是品红色。在保管方面应该特别注意这一点。

第二节　档案唱片材料及其耐久性

唱片属于机械录音，是借助声音的振动用刻刀在录音片上记录声音的一种方法。

声音是物体的振动引起空气介质的振动而产生的。空气介质的振动把物体的声音以波的形式传播出去，当声波到达人的耳朵中就振动鼓膜，使人产生听觉，听到物体的声音。

录音应该能把声音记录下来，然后再把它放送出去，也就是说，要能把原来记录下来的声音重复放出来。

根据人耳的结构，制造一个有弹性的薄片形状的声音接收器（振动膜），让它具有与人耳的鼓膜同样的作用。当声音作用在振动膜上时，振动膜随着声波而振动。再经过传动杆把这些振动传给刻刀，刻刀把声波的图形刻画在运动着的载音材料上，形成声音槽纹。在放音的时候，用原来的速度拉动载音材料，使针尖随着曲线形的声音槽纹而振动，连带地使膜片也振动起来，于是激发出原来的声音。这就是机械录音的简单原理。目前机械录音中都使用了微音器，可以把声音的振动变换成电流的振动，然后把电流放大到适当的程度以操作刻刀，刻制唱片的音迹。

一、唱片的生产过程及其制成材料

唱片的生产分为两部分：一是制版，二是制片。

（一）制版

唱片的金属模板有三种：初次负模，又称为一版；初次正模，又称为二版；二次负模，又称为三版。三版就是压制唱片的金属模板。

初次负模是以金属化了的录音片为原始模型，用电铸成形的方法翻铸出来的金属模型。在录音以后，录音片的表面刻有螺旋状的、弯弯曲曲的、V字形的声槽。V字的尖端朝下。用录音片做原始模型，翻铸金属复制品，复制品的形状与录音片的形状相反。假使录音片的声槽为正，即从录音片上翻出来的金属模的声槽就为负，故称初次负模（一版）。

用初次负模代替录音片作为电铸成型的原始模型翻铸金属复制品，这块复制品的声槽与初次负模相反，与录音片的声槽相同，故称初次正模（二版）。同样地，用初次正模可以翻铸出二次负模（三版）。

由上可知，初次负模是从录音片翻铸出来的，它的声槽为负，初次正模是从初次负模翻铸出来的，它的声槽为正；二次负模是从初次正模翻铸出来的，它的声槽为负；唱片是用二次负模模塑出来的，它的声槽为正，与录音片的声槽相同。

一版和二版不用来压制唱片，由于录音片一般是用蜡制成的，比较柔软，因此当制出一版以后，其音纹往往受到损伤，不能再用，一面录音片只能翻铸一面一版，如果用一版压制唱片，数量有限，同时损坏了一版想再版就不可能了。另外，一版最多能制出 4 ～ 5 块二版，每块二版最多能制出 7 ～ 8 块三版，因而为了保存一版和大量地生产唱片，就从一版上制出二版，再从二版上制出三版，用三版压制唱片，一、二版就作为档案保存起来。如果唱片发行量很大，必要时还要制取四版、五版，此时用五版压制唱片，把一版、三版作为档案保存起来，这样就可以保证模板不受到损伤。

唱片的金属模板是圆的，厚约 1 ～ 2 毫米，直径按唱片的大小而定。一版的表面为金或银，底背为铜；二版表面为镍，底背为铜；三版表面为铬，中层为镍，底背为铜。它们的主要生产过程如下：

（1）灌制录音片（多用蜡盘），并在录音片上覆上一层薄薄的导电的金膜或银膜，使录音片录有音纹的一面金属化。

（2）以金属化了的录音片为原始模型，在镍或铜的电解溶液中淀积，使金膜或银膜上被覆一层镍或铜。

（3）在铜电解溶液中电铸铜背。

（4）取出，与录音片分离，获得表面为金或银而底背为铜的一版。

（5）以一版为原始模型，在其表面做一层分离面。

（6）在镍电解溶液中电铸镍面。

（7）在铜电解溶液中电铸铜背。

（8）取出，与一版分离，获得镍面铜背的二版。

（9）以二版为原始模型，在其表面做一层分离面。

（10）在镍电解溶液中电铸镍面。

（11）在铜电解溶液中电铸铜面。

（12）取出，与二版分离，获得镍面铜背的三版。

将三版镀铬，就成为压制唱片的金属模板。模板的表面为铬，中层为镍，底背为铜。

（二）制片

制片是用金属模板压制塑料唱片。塑料是一种具有可塑性的高分子有机化合物。塑料的品种繁多，性质不一，通常按照塑料对热所表现的性质不同，把它分为热塑性塑料和热固性塑料两大类。热塑性塑料的性质是当塑料受热时，逐渐变软，柔和可塑，冷后变硬，固结成形，成形以后，仍然遇热软化，可以再行模塑；热固性塑料的性质是当塑料受热受压时，先呈软化或熔化状态，继而发生化学变化，固化成形，成形以后，不再因热软化，也不能再行模塑。做唱片的塑料属于热塑性塑料，因而遇高温容易变形。在唱片的塑料中包括胶合剂、填充剂、着色剂、润滑剂和稳定剂。

胶合剂主要是树脂，它是一种具有可塑性的高分子化合物，是制造唱片的主要原料。制唱片的树脂有天然的虫胶，有人造的诺伏拉克型酚醛树脂、聚氯乙烯树脂、聚乙烯树脂等。

常用的唱片塑料填充剂有石英、重晶石、乌泥、氧化铝、氧化铬等。这些填充剂的硬度很高，可以改善唱片的磨损程度，延长唱片的使用寿命，还可降低其生产成本。但是，唱片对填充剂的细度要求非常严格，细度不达标就会引起杂声，降低唱片质量。

着色剂的作用在于把塑料着成各种鲜艳夺目的颜色，增加塑料制品的美观度。唱片塑料大多着成黑色，但也有着成各种色彩的，常用的着色剂有炭黑、对氮苯黑。

加入润滑剂是为了便于塑料的脱模。常用的润滑剂有硬脂酸钙和云母粉。有时为了防止塑料在热炼或脱模时发生分解现象，需要加入一些稳定剂。例如，聚氯乙烯树脂在热炼时容易分解，因而需要添加一些铅、钡、钙的有机盐或无机盐，使之更稳定，以防分解。

树脂、填充剂、着色剂、润滑剂和稳定剂经过粉碎、配料、混合、热压和切坯制成唱片塑料。然后以唱片的金属模板为模型，一般用压塑法或注塑法制作唱片塑料，形成唱片。

唱片有两种：一种是实心唱片；另一种是夹心唱片。我国目前生产的唱片多为夹心唱片，如果把夹心唱片切开来看，其组成共有五层：第一层是一号塑料粉，第二层是牛皮纸，第三层是二号塑料粉，第四层是牛皮纸，第五层是一号塑料粉。

其中，第一层和第五层是唱片的表面，所用的塑料粉制作得非常精细，故称为“一号塑料粉”。第三层是胶片的夹心，塑料较粗，称为“二号塑料粉”。一号粉被附在牛皮纸上，故叫作被复纸。

夹心唱片是用两张被复纸，中央夹一块二号塑料片，经过压制而成的。

唱片有普通唱片和密纹唱片两大类。普通唱片与密纹唱片除音纹的密度、转速、放音时间，以及塑料的种类有所不同外，它们的生产原理和工艺过程基本相同。但是，生产密纹唱片的设备、操作方法要求更准确细致。

塑料唱片本来不作为档案保存，但对于历史上有价值的唱片来说，如果该唱片的金属模板已经损失，塑料唱片也可以作为档案保存。另外，为了利用方便，在保存金属模板的同时，还应保存一套塑料唱片。因此，唱片档案除了金属模板以外，还有不少塑料唱片。

二、金属模板与塑料制品唱片的保管

（一）金属模板的保管

保管金属模板的主要任务，就是不要损坏模板上的音纹，防止它生锈、磨损或腐蚀。金属与空气接触时，常与空气中的二氧化碳、二氧化硫、硫化氢等气体发生作用而产生腐蚀现象。金属模板如果长期被存放在空气不洁净的库房中，就会逐渐氧化，在版面上盖上一层金属氧化物的薄膜，从而损坏音纹。因此，在保管金属模板的库房中，不能有二氧化硫、硫化氢和大量的二氧化碳等能腐蚀金属的气体。

高湿和高温会加速腐蚀性气体对金属的作用。金属模板如果经常处于高湿、高温的条件下，则更容易被氧化而生锈。此外，高湿、高温有利于霉菌的繁殖，若金属模板产生霉菌，同样会使版面遭到腐蚀。因此，要求保管金属模板的库房一定要干燥，最好把温度控制在 18 ～ 20 ℃，相对湿度不超过 50%。

此外，用手指接触版面也是使其腐蚀的一个原因，因而取拿金属模板时必须戴上手套。

为了防止金属模板遭到腐蚀，一般可以采取以下两种方法：

1. 涂油

涂油就是在洗涤干净的金属模板上涂抹一层油。经常使用的是石蜡油和机器油，尤以石蜡油最佳，因其性能稳定。模板上涂油后，再以油纸包好，装袋保管，这样就可以使版面不与空气接触，避免遭到腐蚀。

2. 金属覆盖

这个方法是在金属版面上镀一层耐蚀性较强的金属，构成对版面的保护层，以防有害气体的侵蚀。做法是首先将模板洗涤干净，去除油脂污垢，然后在镍槽中镀上一层非常微薄的（6 微米）镍层。为了使镍层牢固，还要在其上加镀

一层较厚的铜层（100 ～ 120 微米）。这样就可以防止周围空气对模板的氧化腐蚀作用。这种方法一般多用于对珍贵模板的保护；个别特殊贵重的模板也可以电镀金层。

金属版面上的音纹非常细密，极易损坏，因而在保管中要防止版面遭到任何可能的磨损。降落在版面上的灰尘微粒，不仅会磨损音纹，而且由于灰尘本身有吸附空气中化学杂质的性能，还可能腐蚀版面。因此，为了避免灰尘磨损或腐蚀版面，要保持模板的清洁。在保管前，应仔细洗涤模板，同时要经常清洁库房卫生，防止灰尘侵入库内。

金属模板应该保管在坚固的硬纸套里，有音纹的一面应垫以柔软的材料，套子要有覆盖。同时还要注意做套子用的纸板、糨糊以及垫衬的柔软材料都不能在物理、化学上影响模板的金属，因为这些材料常含有能引起模板腐蚀的酸、氯、过氧化氢等。模板装好后，可按号立放在架子上。

每年至少要系统地检查一次金属模板的技术状况。检查模板上有无任何由于氧化或气体的其他作用而造成的薄层、斑点以及锈迹时，需用放大镜和显微镜。检查时应特别注意查找和固定那些蔓延性的缺点和损伤，因为这类缺点和损伤的进一步发展可能会使模板全部毁坏。检查中发现任何缺点，都必须立即进行处理。

当金属模板产生锈痕时，可用各种液体（如汽油）和软刷子洗涤。但是，洗涤时必须十分仔细，不能擦坏音纹，否则就会走音，从而失去其原有的价值。

（二）塑料唱片的保管

塑料唱片质地脆弱，音纹细致，稍受损伤就会影响音质，缩短寿命。

唱片是一种热塑性塑料制品，它有遇热变软、遇冷变硬的性质。唱片遇热软化后，其上音纹的深浅密致程度也易发生改变，影响还音质量。因此，保管唱片的库房温度不宜过高，且要避免日光暴晒，库内温度一般不应超过 20 ℃。

唱片从较低温度处移到较高温度的地方时，要经过缓慢的升温阶段，以免因骤然接触高温，而使其表面发生凝结水珠的现象。

唱片不宜受潮湿的侵蚀。唱片受潮后不仅会发胀变形，而且还会生霉，损害塑料层，造成声音失真，甚至成为废品。因此，库房一定要干燥，相对湿度应保持在 50% 左右。当唱片受潮表面凝结有水珠时，应立即用绒布或棉布擦拭干净，并放在通风处风干，必要时也可放在电灯或微弱的日光下进行烘晒干燥，但烘晒时间不可过长。

唱片库房应该清洁干净，不能有大量灰尘。如果唱片表面沾有灰尘污物，则易磨损音纹，特别是当播放时，灰尘颗粒在唱针的作用下，会进一步使音纹受到损伤，从而大大降低还音效果，缩短唱片使用年限。因此，在保管唱片时要加强防尘措施，利用前应用干净柔软的绒布将唱片表面的灰尘轻轻拂去，以防音纹受损。

唱片性质较脆，极易损伤，因而在调阅或库内搬运时，必须小心轻取轻放，不能振动或摔扔，以免震裂或坠地摔碎。

在保管过程中，应将唱片平整叠放，使其受压均匀，以免翘曲。如果由于叠放不平或温度过高而引起翘曲变形，可以把唱片翻身，或将其叠压在玻璃板之间，使其逐渐恢复平整。当翘曲变形的唱片亟须利用时，可用下列办法使其迅速恢复平整：将变形唱片表面用绒布擦干净，平放在玻璃板上，移至太阳光下曝晒 10 min 左右（周围温度须为 37 ～ 43 ℃），然后移入室内，将边缘对齐后叠起来，其上面再盖以玻璃板，玻璃板上面再加以适当的压力（每 20 张唱片，需 20 ～ 30 磅重的压力），待其冷却后，即可恢复平整。不过在采用这个方法时，要特别小心，因为温度太高会损伤音纹，而温度过低又很可能将唱片压碎。

保管唱片的柜子，格板要平，格板上要放置厚玻璃（或用厚玻璃做格板），唱片叠放在玻璃板上。唱片不宜叠得太高，一般以放十张为宜，以免底层受压过重。在保管过程中，应上下翻倒，防止底层唱片损坏。柜子最好是铁制的。如用木制，不可采用柏木、松木、樟木等含有挥发油成分的木料。含有挥发油成分的木材所逸散的气体，易与唱片发生化学作用，造成唱片表面发黏、溶解，以致音纹破坏。

总之，不论是金属模板还是塑料唱片，由于其音纹细密，稍受损伤，就会影响还音质量，缩短寿命，因此在保管中必须严加注意，尽量不使其遭到任何可能的损坏。

第三节　档案磁带材料及其耐久性

用磁记录声音的工作，一直到 1898 年才有了些成绩。丹麦科学家普尔森的第一架钢丝录音机在 1900 年公开展览之后，获得许多好评。但是，由于当时电声学基础薄弱，所以它的实用效果比不上同时代的另一发明——蜡盘录音（机械录音），以致得不到广泛的发展。

直至第二次世界大战末期和战后恢复时期，科学研究和广播方面愈来愈需要简单和高效的录音方法，磁录音才开始重新被各国科学家和工程师们所注意。

他们扩大了研究，结合现代的电声技术，才发现了它无比的优越性。

中华人民共和国成立前，我国的录音事业主要是机械录音，目前所保管的当时的录音档案主要是金属模板和唱片。中华人民共和国的成立使这项新颖的科学技术——磁性录音得到了孕育和发展。特别是近几年来，在我国的广播事业上，磁性录音已经基本代替了机械录音。不仅如此，在科学研究、文化教育、工业运输、通信等方面也都应用了磁性录音技术。随着磁性录音在我国的广泛应用，大量的磁性录音档案由此产生。因此，如何妥善地保管好这些大量产生的磁性录音档案，就成为一项必须研究和解决的问题。

一、磁性录音的一般原理

为了了解磁性录音的一般原理，首先简单介绍一些有关的电磁学基本知识。

（一）磁感应

感应是指一个物体接近另外一个有某种特性的物体时，会受它的影响而得到这个特性。磁的感应作用，也可以叫作磁化。所谓磁化，就是原来不显磁性的物体，经过磁场的感应后，带有不同程度的磁性。凡受磁场感应后容易磁化的物质，在离开磁场以后，也容易失去磁性；而不容易磁化的物质，一旦磁化以后，也不容易失去磁性。

（二）电生磁

磁性是从哪里来的？法国物理学家安培早在 1822 年就发表了磁性起源的假设，他认为磁场是由电流产生的。这跟我们今天已经知道的物质结构相关。分子是由原子组成的，原子里的电子围绕核心而旋转。电子的运动就是电流，它当然也要产生磁场。多个电子的磁场如果方向相同，合在一起就会使分子显出磁性，也就是所谓的磁分子。至于有些物质能被感应而磁化，有些物质不能，则是由不同物质的原子内部电子形成的磁场的排列情况各有不同所造成的。某一种排列能使磁性互相抵消，而另一种排列却能使磁性互相增强，所以有不同的表现，因而电是产生磁现象的本体，有电流就有磁场。磁是电在流动的表现，也就是带电体运动的时候具有的性质。电流的大小可以决定磁场的强弱，电流越大，电生磁的磁场越强；电流越小，电生磁的磁场越弱。

（三）磁生电——电磁感应

电可以生磁，那么磁是不是可以产生电呢？英国科学家法拉第在 1831 年用实验证明了导线在磁场里运动可以产生电流。不管用什么方法，只要使导线在磁场里切割磁感线而运动，就会有电流产生。因为这种电流是由导线在磁场中运动而产生，像是由磁感生出来的，所以叫作感生电流，也叫作感应电流，这个现象叫作电磁感应。磁场的强弱，决定了感应电流的大小。

磁性录音的基本原理是当磁性物质通过磁场时，受到磁场的铁磁感应作用，引起磁化；而当磁性物质离开磁场以后，仍旧保留着残磁，残磁的大小、方向与磁化它的磁场相对应。在录音的时候，声音由话筒转变为相对应的音频电流，即录音信号，经放大以后，流入录音头的线圈，在录音头的工作缝隙，造成交变磁场。交变磁场是由录音信号造成的。磁场的变化与录音信号的变化相对应。与此同时，磁带以一定的速度通过这个交变磁场，就会被交变磁场磁化，那么在磁带的每一小段上就会出现与录音信号相对应的交变残磁，也就是磁带录音的音迹。

例如，当我们对着话筒（麦克风）讲话或唱歌时，随着声音的高低，话筒的线路上产生强弱不同的电流，电流经过扩大器的放大，通到一个绕在铁心上的线圈，于是铁心就变成了电磁石（根据电生磁的原理）。磁性的大小随着声音电流的大小而变化，如果这时有条钢丝（或磁带）在这个铁心上面滑过去，那么钢丝（或磁带）上也就带上了强弱不同的磁性，磁性的强弱和原来声音的高低是一致的，这样就可以把声音录到钢丝（或磁带）上，如图 3–1 所示。

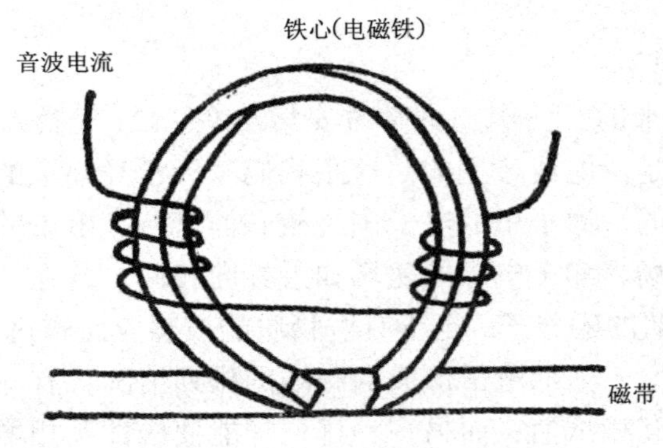

图 3–1　磁性录音原理

在放音的时候，录有音迹的磁带以相同的速度通过装有线圈的放音头，磁带上的交变残磁产生磁场，感应放音头的铁心，使放音头铁心的磁场强度产生相对应的变化，从而在放音头的线圈上也产生相对应的电动势。该电动势传输被录信号，再经放大器放大，由扬声器转变为声波。也就是说，当我们把已经录上声音的钢丝（或磁带）滑过一个没有通有电流的铁心线圈（还音头）时，

因为钢丝（或磁带）上面有磁性，便在这个铁心线圈上产生了电流（根据磁生电——电磁感应原理）。由于钢丝（或磁带）上所保留的残磁随着录音时声音的高低不同而有着不同强弱的磁性，因此当带有磁性强弱不同的钢丝（或磁带）通过铁心线圈（还音头）时，便产生了强弱不同的音频电流。而这种电流的强弱是与钢丝（或磁带）上残磁的强弱相对应的，也就是说，与录音时声音的高低相对应。因此，当把强弱不同的音频电流由扬声器转变为声波时，我们就可以听到原来录上去的声音，如图 3-2 所示。

磁性录音与其他几种录音不同。被磁化的载音材料上的残磁还可以采用消磁的方法去掉，载音材料还可以用来录音。

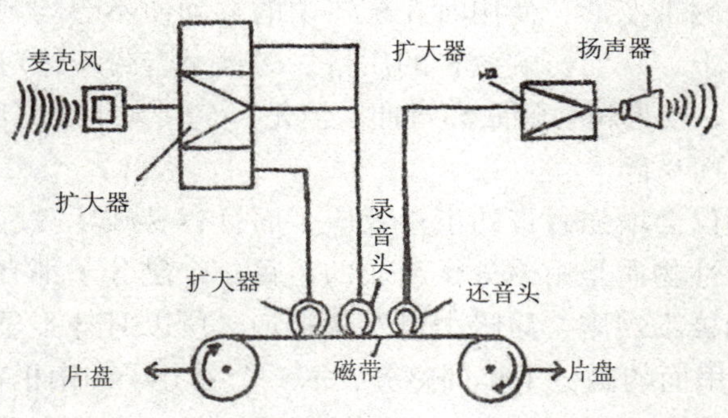

图 3-2　磁性录音还音路线图

二、磁带材料的主要成分及保护条件

（一）磁带的主要成分

1. 带基

磁带的带基过去曾用醋酸纤维素，目前均使用涤纶。涤纶带基在潮湿、高温环境中易变形，但环境太干燥也易产生静电。涤纶片基不耐碱。

2. 磁层

（1）铁磁粉。铁磁粉是使磁带能显磁性的物质，均为氧化铁。

（2）聚氨酯。聚氨酯其能调和铁磁粉涂布在带基上，使铁磁粉牢固地与带基结合形成薄薄的磁层。聚氨酯不耐酸。

（3）大豆磷脂。大豆磷脂是一种分散剂，可使铁磁粉在聚氨酯中均匀分布。大豆磷脂在潮湿时易发霉。

（二）磁带的保护条件

我们知道，经过录音后的磁性胶带上保留着与录音信号相对应的交变残磁。但是，录音带上所保留的这种残磁是非常微弱的，还音时必须把它放大若干倍才能听到。因此，磁性录音带遭到任何轻微的损伤，都会严重地影响还音质量，失去其原有的价值。

保护磁性录音档案的主要任务有两方面：一方面，要把磁性录音档案保护在对它的机械性和物理性都没有伤害的环境中；另一方面，要使它不产生显著的窜渗噪声。

保管磁性录音档案的库房，温、湿度应该保持在一定限度之内。温、湿度变化过大会引起磁带变形，使用时在机器中的移动便不会均匀，而且磁带不能紧密地贴在磁头上，从而影响放音的质量。磁性录音带应绝对禁止放在潮湿的地方保存，太潮，胶带就会膨胀和弯曲；但是，空气太干燥对胶带也是不利的，会使胶带变得脆而易碎。

温度太高不仅会增强磁带的窜渗效应，而且容易破坏磁层中磁分子的排列次序。因为铁磁性物质是由磁分子组成的，每一个磁分子都有南、北两极，平时磁分子的排列极不规则，斥吸力量互相抵消，所以对外不显磁性。而有磁性的铁磁性物质，里面的磁分子排列整齐，每一个磁分子的南极都指向一个方向，北极都指向另一个方向，所以就显出磁性。激烈的碰击或高温都会影响铁磁性物质内部磁分子的排列，把磁分子的整齐排列打乱，这样磁性就会消失。因此，不能把磁性录音带保管在高温之中，否则就会不同程度地影响载音体的磁性，从而降低录音的质量。

前面已经讲到，激烈的碰击也会影响铁磁性物质内部磁分子的排列，因而磁性录音带在保管中要避免剧烈的摩擦和摔碰，在取放磁带时应轻拿轻放。这不仅可保持磁带上残磁的稳定性，也可防止磁带受到机械性损坏。

灰尘会磨损磁带的磁层而损坏录音的效果。库房应经常进行清洁，保持干净的环境。光的照射会降低磁带的抗断力，而且长时间的强光照射会加速磁带中磁分子的运动，从而容易破坏磁层中剩余残磁的稳定性。因此，磁性录音带不能保管在光的照射之下。

为了保护磁带上的残磁，不使其因受到外来磁性的作用而使声音遭到破坏，磁带必须保存在远离变压器、电动机、无线电装置及其他能够形成磁场的机器的地方。最好将磁带保管在可以防止外界散射磁场感应用抗磁性材料做成的盒子中，这种盒子中心应当有透明窗口，可以从中看到磁带档案内容的标签。

保管磁性录音档案必须防止其窜渗效应的影响。所谓窜渗效应，就是一部

分磁带经过录音而存在着的较强磁体，当卷绕以后使与它相接触的前后两面的其他未录音或虽经录音而信号较弱的磁带磁化，在放音时就会出现超前或滞后的回声，即在原声音的前后出现了很轻的同样的声音。窜渗效应与环境温度、信号强弱、保存时间及磁带材料等都有关系。磁带带基愈厚效应愈小，带基愈薄效应愈大，录音信号愈强，窜渗效应愈显著，高温、拉扯和振动也可使窜渗效应加强。

为了尽可能避免或减弱这种现象的产生，除在保管当中注意不要撞击、拉扯，不要保管在高温之下，并远离磁场外，还可以在铁磁带上加一层厚为100微米的非磁性带作为覆盖，然后卷成卷，以作隔离。另外，磁带窜渗效应的产生主要是由磁带表面磁化造成的，其窜入邻层的场强很弱，只存在于磁层的表面。因此，采用适当强度的超音频处理，将录音带进行表面消磁，也可以获得成效。但是，这个做法可能会对磁带上的残磁有一定损失。

磁性录音的寿命不长，4～7年就有可能损毁。为了长期保管这些珍贵的录音档案，必须定期（约4年）进行复制，以延长其总的保管年限。对于特别珍贵的录音档案，最好灌成唱片，将金属模板保管起来。

思考题

（1）大苏打残留量与胶片影像耐久性的关系是怎样的？

（2）唱片档案金属模板的保护条件是什么？

（3）试述磁带的保护条件。

第四章　档案库房温湿度的控制与调节

档案库房温湿度的控制与调节，主要有两方面的内容：一是当库内温湿度状况适宜档案保护条件时，要采取措施，防止和减少库外不适宜的温湿度对库内的影响，使库内适宜的温湿度状况趋于稳定，这就是对库内温湿度的控制；二是当库内温湿度不适宜档案保护条件时，就必须采取措施，改善库内的温湿度状况，这就是对库内温湿度的调节。

要想使档案库房温湿度经常处在比较适宜的状态，既需要控制库内温湿度，又需要调节库内温湿度。如果对库内温湿度只控制不调节，或只调节不控制，就不能收到比较好的效果。因此，温湿度的控制与调节是改善档案库房温湿度状况不可缺少的两项措施。

第一节　温湿度的基本知识

控制与调节库房温湿度，首先必须掌握温湿度的基本知识。

一、温度

温度是衡量物质冷热程度的指标。例如，没有生火的炉子，炉壁是冷的，生火后就会从冷的变成温的，再变成热的。“冷”“温”“热”是用来说明炉

量冷热程度的。物体的冷热程度，就是该物体的温度。空气的温度，就是空气的冷热程度，简称气温。人们一般所讲的库内温度、库外温度都是指库内外空气的温度。

为了标示温度的高低和保证温度测量的准确一致，就要规定一个衡量温度高低的标准尺子，即温度标尺，简称温标。也就是说，温标是指衡量温度的标尺，它规定了温度的起点（零点）和测量温度的单位。目前国际上使用的温标有摄氏温标、华氏温标和绝对温标等。

摄氏温标（℃）：它规定在一个标准大气压力下，纯水开始结冰时的温度（冰点）为 0 度，纯水沸腾时的温度（沸点）为 100 度。在零度与 100 度之间划分为 100 等分，每一等分就是 1 摄氏度。摄氏温度以“℃”表示，如 32 摄氏度即记为 32℃；零度以下的度数，在度前加“–”号，如零下 5 摄氏度即记为 –5℃。

华氏温标（°F）：它规定在一个标准大气压力下，纯水的冰点为 32 度，纯水的沸点为 212 度，在这中间划分为 180 等分，每一等分为 1 华氏度。华氏温度以“°F”表示，如 32 华氏度即记为 32°F。

摄氏温度和华氏温度可以互相换算。

由华氏度数求摄氏度数的换算公式如下：

$$℃ = (°F-32) \times \frac{5}{9}$$

例如，华氏度数为 59 °F，换算成摄氏度数应为：

$$℃ = (59-32) \times \frac{5}{9}$$

$$℃ = 27 \times \frac{5}{9}$$

$$℃ = 15$$

由摄氏度数求华氏度数的换算公式如下：

$$°F = ℃ \times \frac{9}{5} + 32$$

例如，摄氏度数为 15℃，换算成华氏度数为：

$$°F = 15 \times \frac{9}{5} + 32$$

$$°F = 27 + 32$$

$$°F = 59$$

绝对温标（K）：又叫国际实用温标，是目前国际上通用的一种温标。它规定在一个标准大气压力下，纯水的冰点为 273.15 K，纯水的沸点为 373.15 K，其间相差 100 K。

绝对温标与摄氏温标的关系如下：

K= 273.15+℃

在不需要精确计算的情况下，可近似认为同一物体的绝对温度比摄氏温度大 273。

在档案库房的温度管理中，为计算方便，一般统一使用摄氏温标。有些干湿球温度计在查对表时，需要使用华氏温标。绝对温标主要用于空调。

二、湿度

湿度这个概念，一般用来表示空气的潮湿和干燥的程度。但是，由于空气湿度有不同的表示方法，我们必须弄清以下一些概念。

（一）绝对湿度

绝对湿度是指 1 立方米空气中实际所含的水蒸气的量。由于地球表面海洋、江河、湖泊的面积约占 70%，水分不断向空气中蒸发变为水蒸气，所以空气中或多或少含有一定量的水蒸气。在自然界，不含有水蒸气的绝对干的空气，实际是不存在的。而空气实际含有水蒸气的量，就是空气的绝对湿度。

绝对湿度可以按密度计算，即按每个立方米空气中实际所含水蒸气的重量（克）计算，通常以克 / 立方米表示。例如，如果 1 立方米空气中含有 5 克水蒸气，那么这 5 克就是 1 立方米空气的绝对湿度。

绝对湿度也可以用水蒸气压力来表示，水蒸气分子在空气中不断地做不规则的运动，分子与分子互相碰撞，也向四周冲撞。如果把水蒸气放在密闭容器中，分子运动便会因不断撞击器壁而产生对器壁的压力，就像雨点打击雨伞产生的压力一样。水蒸气所产生的压力，就叫作水蒸气压力，简称蒸汽压。空气中的水蒸气含量愈多，密度就愈大，水蒸气压力也愈大，因而也可以用压力大小表示绝对湿度的高低。水蒸气压力可以用产生同等压力的水银柱毫米高度表示。气象系统目前统一使用毫巴作为压力单位。1 毫米约等于 1.333 3 毫巴或 4/3 毫巴，1 毫巴约等于 0.750 08 毫米或 3/4 毫米。为简便起见，毫米常写成 mm，毫巴常写成 mb。

（二）饱和湿度

我们知道，空气具有吸收与容纳水蒸气的能力，如湿衣服挂在比较干燥的宿舍里就会晾干，这是因为衣服上的水吸收热量变为水蒸气散到了空气中；如果把湿衣服挂在十分潮湿的房间里，就不易晾干，这说明潮湿房间里的空气能够吸收和容纳水蒸气的能力较差。

这种现象说明空气中能够容纳水蒸气的量是有一定限度的。因此，空气所能容纳的最大限度的水蒸气的量就是饱和量，或者说饱和量就是在饱和状态时空气所能容纳的水蒸气的重量。此时的蒸气压被称为该温度时的饱和蒸气压，这时的空气湿度被称为饱和空气湿度。

如果空气中的水蒸气超过了它的容量，也就是说超过饱和量时，超过部分的水蒸气就会凝结成雾或水珠，这种现象在日常生活中经常见到。例如，在炉子上烧开水，水开时，从壶嘴冒出一团团白热气。其原因是当水开时，从壶嘴冒出的水蒸气量超过壶嘴周围空气容纳水蒸气的饱和量，超过的部分水蒸气凝成雾状细小水珠，即白热气。再如，冬天两人在室外谈话，会从口中冒出白热气，这是因为谈话时呼出的水蒸气量超过嘴部周围空气容纳水蒸气的饱和量，凝结成雾状水珠。

那么，空气能容纳水蒸气的饱和量是否在任何条件下都一样呢？不是的。饱和量大小和空气温度有关，空气温度越高，能容纳水蒸气的量越大，饱和量越大；空气温度越低，能容纳水蒸气的量越小，饱和量越小。因此，空气能容纳水蒸气量的大小与空气温度高低相一致。例如，空气温度为 10 ℃时，含水蒸气的饱和量为 9.4 克，而空气温度为 20 ℃时，含水蒸气的饱和量则为 17.3 克。冬天两人在室外谈话时，可看到从口中冒出的热气，而夏天就看不到。这是因为夏天室外温度高，能容纳水蒸气的量大，讲话时呼出的水蒸气不超过饱和量，也就不会凝结成雾状水珠，所以也看不到有白热气从口中冒出来。

当我们需要不同温度下空气含水蒸气的饱和量时，可通过查表得知，见书后附表 1。

（三）相对湿度

测定库内外湿度能否用绝对湿度，或者绝对湿度能不能直接反映空气是干燥的还是潮湿的？答案是不能的。因为绝对湿度是指空气中实际含有水蒸气的量大小，并不直接说明空气是干燥的还是潮湿的。比如，某档案库空气的绝对湿度是 15.4 克 / 立方米，库房空气是干燥还是潮湿呢？这还要看库内空气的温度。假设温度是 18 ℃，这时库内的空气是潮湿的。因为温度为 18 ℃时，空气含水蒸气的饱和量就是 15.4 克 / 立方米，所以空气已处于饱和状态。假设库内温度是 30 ℃，这时库内空气则是干燥的，因为空气温度是 30 ℃时，空气含水蒸气饱和量是 30.3 克 / 立方米，而库内空气绝对湿度是 15.4 克 / 立方米，只是饱和量的一半，说明这种空气还能容纳较多的水蒸气，因而它是干燥的。再如，有两个库房，第一个库房空气温度是 10 ℃，绝对湿度是 9.4 克 / 立方米，第二个库房温度是 30 ℃，绝对湿度是 15 克 / 立方米，哪个库房干燥，哪个库房潮湿呢？如果只看绝对湿度，必然认为第二个库房潮湿，因为绝对湿度大。但实际却相反，因为第一个库房温度是 10 ℃，空气含水蒸气的饱和量是 9.4 克 / 立方米，现在绝对湿度已是 9.4 克 / 立方米，达到饱和，所以空气潮湿。第二个库房温度是 30 ℃，空气含水蒸气饱和量是 30.3 克 / 立方米，现在绝对湿度是 15 克 / 立方米，是饱和量的一半，所以空气干燥。因此，绝对湿度不能直接说明空气干湿的程度，而必须用相对湿度。

相对湿度就是一立方米空气中实际所含水蒸气的重量与同温度下饱和状态时所含水蒸气重量的百分比。其公式如下：

$$\text{相对湿度}=\frac{\text{实有水蒸气重量}}{\text{同温度下饱和状态时水蒸气质量}}\times 100\%$$
$$=\frac{\text{绝对湿度}}{\text{同温度下饱和量}}\times 100\%$$

例如，某空气在 10 ℃时含水蒸气的量为 4.7 克 / 立方米，其相对湿度是多少呢？首先查出 10 ℃时空气含水蒸气的饱和量为 9.4 克 / 立方米，代入公式。

$$\text{相对湿度}=\frac{4.7}{9.4}\times 100\%=50\%$$

相对湿度反映了空气实际含水蒸气量距离饱和量的程度，因而相对湿度是百分数，它说明空气中实际含有水蒸气量达到饱和量的百分之几。空气含有水蒸气的量距饱和量越近，百分数就越大，说明空气越潮湿；空气含有水蒸气量距饱和量越远，百分数就越小，说明空气越干燥。因此，相对湿度可说明空气是潮湿的还是干燥的。

测定库内外湿度要用相对湿度，相对湿度也可简称为湿度。

（四）露点温度

从相对湿度的概念可以看出，空气是干燥的还是潮湿的除了和空气里含有水蒸气量的大小有关外，还和空气温度有关。因此，在空气含水蒸气量不变的情况下，空气温度如果发生变化，相对湿度也必然会随之变化。温度升高，

相对湿度就会下降；温度下降，相对湿度就会升高。例如，某档案库空气含水蒸气量为 7.7 克 / 立方米，温度为 18 ℃，由于 18 ℃温度下空气含水蒸气的饱和量为 15.4 克 / 立方米，因此空气的相对湿度为 50%。如果库内空气含水蒸气量没有变，而温度升高为 30 ℃，其相对湿度必然下降，因为 30 ℃温度下空气含水蒸气的饱和量为 30.3 克 / 立方米，这时空气相对湿度下降为 25.4%。反之，如果库内空气的温度下降为 10 ℃，其相对湿度必然上升，因为 10 ℃温度下空气含水蒸气的饱和量为 9.4 克 / 立方米，这时空气的相对湿度上升为 81.9%。

露点温度是指空气在含湿量不变的条件下，使其达到饱和状态时的温度。如果空气温度降到露点温度，那么其相对湿度为 100%。若温度继续下降，空气中的实际含水蒸气量超过饱和量，超过部分的水蒸气会凝结成水珠，这种现象叫作结露。因此，露点温度也是空气结露的临界温度。结露在日常生活中十分常见，夏天的自来水管上有水珠，是因为管壁表面温度低于空气的露点温度。冬天人们戴眼镜从室外进入暖和房间，镜面上出现一层雾，这是因为镜片在室外时温度低，进入暖和房间后，镜片温度低于室内露点温度，所以在镜面上产生雾。如果人们不擦镜片，在房间待一会，雾就没了，这是因为镜片温度上升，高于室内露点温度，镜片上雾状水珠就蒸发了。降雨也是冷热空气相遇，产生结露的结果，热空气温度高，含有大量水蒸气，和冷空气相遇时，热空气温度急剧下降到露点温度以下，它就容纳不下那么多水蒸气，多余的部分水蒸气凝结成水珠，从空中落下来，形成降雨。

在管理库房的过程中，一定要避免库房结露，特别是地下库、洞库更应注意。通风不合适就容易结露。夏天地下库、洞库温度低于库外，由于通风把库外热空气引进库内，使热空气温度下降，若降到露点温度以下，就可能结露。

库内外温差多大会结露呢？这难于确定，因为结露也同空气的相对湿度有关。若库内空气湿度是 99%，接近饱和量，这时温度下降 1 ～ 2 ℃就有可能结露。若库内空气湿度是 50%，则温度下降十几摄氏度才有可能结露。因此，是否结露，要看温度和湿度两者的状况和变化。结露易出现在光滑的冷表面，对库房来说，多是地面或墙壁的下半部。

三、绝对湿度、相对湿度与温度之间的关系

通过以上叙述不难看出，绝对湿度、相对湿度、温度三者之间有着固定的关系。

（一）当温度不变时，绝对湿度大，相对湿度也大；绝对湿度小，相对湿度也小

温度不变就意味着空气含水蒸气的饱和量不变，绝对湿度越大，说明它越接近饱和量，同时说明它占饱和量的百分比越大，所以它的相对湿度也就越大；如果绝对湿度小，那么它距离饱和量就远，占饱和量的百分比也就越小，同时说明它的相对湿度越小。比如，在控制和调节库房温湿度时有一项措施叫作“吸潮降湿”，就是利用了这个原理。吸潮就是采用除湿机或吸湿剂去掉库房空气中的一部分水蒸气，其直接结果是降低库内的绝对湿度。但是，由于吸潮去湿时库房的温度基本没有变化，通过吸潮使库内绝对湿度下降，必然导致相对湿度的下降，所以吸潮能够去湿。

（二）当绝对湿度不变时，温度上升，相对湿度必然下降；而温度下降，相对湿度必然上升

绝对湿度不变，即空气含水蒸气的量不变，温度上升就意味着空气含水蒸气的饱和量加大，而实际含水蒸气的量并没有变化，这样实际含水蒸气的量占饱和量的比例就会缩小，所以相对湿度就会下降。同样的道理，如果温度下降就意味着空气含水蒸气的饱和量变小，而实际含水蒸气的量没有变化，这样它占饱和量的比例就会加大，因而相对湿度就会上升。在控制和调节库房温湿度时，“增温降湿”的措施就是利用了这个关系。因为增高库内的温度，就是使库内空气含水蒸气的饱和量加大，而库内绝对湿度基本没有变化，那么绝对湿度占饱和量的百分比必然会变小，因而相对湿度必然下降，进而达到降湿的目的。

（三）当相对湿度不变时，温度高必然绝对湿度大；温度低必然绝对湿度小

相对湿度不变，就是空气中所含水蒸气的量占其饱和量的百分比不变，如果温度升高就意味着它的饱和量大，那么它的绝对湿度也必然大；反之，相对湿度不变时，温度低就意味着它的饱和量小，绝对湿度也必然小。在控制和调节库房温湿度时，当库内外相对湿度相等，库外温度低于库内时，可以进行通风降湿，这也是利用了这个关系。

第二节　控制和调节库房温湿度的原因

不适宜的温湿度不仅会直接影响档案制成材料的耐久性，而且会加速一些不利因素对档案制成材料的破坏作用。因此，库房温湿度的控制与调节是档案保护技术中的一项十分重要的内容。如果库房的温湿度能控制在比较适宜的范围内，档案保护条件就会得到很大的改善。

不适宜的温湿度主要指库房温度过高和湿度过大，但库内温度过低或太干燥同样不利于档案制成材料的耐久性。

一、高温影响档案制成材料的耐久性

这里所讲的高温不是指几百度、上千度的高温，而是指库房温度过高。一般当库内温度达到 30 ℃左右时，从对档案制成材料耐久性的影响看，已经算是高温了。高温对档案制成材料的破坏作用及影响有以下几个方面：

（一）库房温度过高会使耐热性比较差的复写纸、圆珠笔字迹发生扩散

这是因为复写纸、圆珠笔等字迹材料中的色素成分大都是油溶性染料，即这些染料可以溶解于油，而作为溶剂的油，蜡熔点一般都不高，因而这些字迹长期保存在高温条件下，就会逐渐出现油渗，并随之发生扩散，严重时会使字迹模糊不清，无法阅读。

（二）高温有利于档案有害生物的生长与繁殖

每种微生物的生命活动都有一定的温度范围，超出这个范围则生长缓慢或停止。根据研究，各种微生物在最适生长温度的范围内，温度每升高 10 ℃，其生长速度可加快 1 ～ 2 倍。霉菌生长的最适温度一般为 20 ～ 35 ℃。温度对于害虫的发育也有很大影响。因为昆虫是变温动物，它的体温随着环境温度的变化而变化，环境温度的高低直接影响昆虫发育的快慢、产卵数量、代谢、密度乃至地区分布等，档案害虫生长的最适温度为 22 ～ 32 ℃。因此，库房温度过高将会有利于档案有害生物的生长繁殖，给档案制成材料带来较大破坏。

（三）高温会加速各种有害化学杂质对档案制成材料的破坏作用

一般情况下，温度在 10 ℃以上，每升高 10 ℃，各种化学反应会加速 1 ～ 2 倍。因此，当不利因素存在时，库房温度越高，各种不利因素对档案制成材料的破坏作用就越大。

二、潮湿影响档案制成材料的耐久性

（一）库房潮湿会加速档案纸张材料中纤维素的水解

纸张材料是由植物纤维构成的，植物纤维又主要由纤维素组成。一般来讲，纤维素的化学性质比较稳定，在正常的自然条件下不容易损毁，但是会在水和酸的作用下发生水解，变为强度很差的水解纤维素。档案纸张材料中的纤维素一旦发生水解，纸张强度就会下降，耐久性也会随之受到影响。库房潮湿会使纸张含水量增加，当其他不利因素存在时，纤维素水解过程会加快，从而影响纸张耐久性。

（二）潮湿会使耐水性较差的纯蓝墨水、红墨水等字迹发生扩散褪色

纯蓝墨水、红墨水的色素成分都是有机染料，如墨水蓝、直接湖蓝、墨水红、酸性大红等，这些有机染料都是水溶性的，以便保证墨水能书写流畅，书写后水分蒸发，色素被纸张吸收而成固定的字迹。如果库房潮湿，档案纸张材料含水量加大，这些字迹的水溶性色素就会逐渐扩散。即使是蓝黑墨水，因为其含有水溶性的有机染料成分，在潮湿的环境下也会发生轻度扩散。

（三）潮湿有利于档案有害生物的生长和繁殖

危害档案的微生物的生命活动是离不开水的，在其细胞中水分要占 80% ～ 90%，这些水分主要来自档案纸张中的水分，而档案纸张含水量的多寡又受到库房空气湿度的影响。另外，微生物体内水分的保持也与环境空气湿度有关，如果环境空气湿度大，微生物体内水分（蒸发得慢）就容易保持，因而微生物的生长繁殖需要一个湿度较大的环境。在档案上生长的霉菌所需要的湿度一般在 75% 以上，一旦湿度高于这个指标，档案就容易生霉，因而把相对湿度 75% 称为生霉的临界湿度。档案害虫体内同样含有大量进行生理活动不可缺少的水分，它的含水量大约占体重的 44% ～ 67%。这些水分的获得和保持都和环境湿度有关。一般来讲，无论是危害档案的霉菌还是档案害虫，它们所要求

的最适宜的湿度约在 70% 以上。因此，若库房比较潮湿，将有利于档案有害生物的生长和繁殖。

（四）库房潮湿会促进空气中的有害气体、灰尘等不利因素对档案制成材料的破坏作用

某些酸性有害气体和水发生作用后会产生酸，当库房湿度大时，档案纸张含水量也会相应增大，进而吸附酸性有害气体后所产生的酸的量也比较大。因此，潮湿也会加速一些不利因素对档案制成材料的破坏作用。

三、低温影响档案制成材料的耐久性

一般来讲，档案库房温度低一些会减缓档案制成材料因各种不利因素所引起的各种化学反应的速度，而且使档案制成材料不易发霉生虫，但这不是说库房温度越低越好。只有当档案纸张具有正常含水量时，纤维才能具有相应的塑性和柔软性，获得较理想的强度，进而提高纸张的耐久性。但是，如果温度过低，就会使纸张里的水分产生冰结，致使它的内部结构遭到破坏，影响档案制成材料的耐久性。因此，库房温度不要低于零度。

四、低湿影响档案制成材料的耐久性

库房湿度过低（太干燥）同样不利于档案制成材料的耐久性。这是因为湿度太低，纸张里的水分过度蒸发会导致纤维内部的结构遭到破坏，就像塑料失去增塑剂一样，使纸张纤维变硬变脆，强度也相应下降。因此，库房湿度不能太低。在我国有些地区，如西藏、新疆等地的库房，相对湿度经常在 20% ～ 30%，因而库房里的纸张易变脆，这就是过于干燥的问题。

总之，库房温度过高或过低，湿度过大或过小都会影响档案制成材料的耐久性。因此，必须对库房的温湿度进行控制与调节，使其保持在一个合适的范围，但究竟保持在一个什么样的范围才算合适，还需要涉及下节档案库房温湿度的标准问题。

第三节 档案库房的温湿度标准

为了实际工作的需要，我们从学术研究的角度考虑，将温度 14 ～ 20 ℃、湿度 50% ～ 65% 作为我国档案库房温湿度的参考标准。对这个标准现存在两种不同意见，一种认为这个标准太低，要求过于宽泛，应该更严格些。比如，有人认为库房的温度应定为 8 ℃或 10 ℃，湿度定为 50% ～ 60%。另一种认为这个标准过于严格，应该再放宽些。比如温度的上限可再高一点。根据我国的实际情况，这个参考标准还是可行的，其依据主要有四个方面。

一、要有利于档案制成材料的耐久性

这是制定此标准的首要依据。标准规定温度为 14 ～ 20 ℃，就是考虑到在这个温度范围内，各种化学反应、不利因素的破坏速度较慢。若把温度标准定得再低一些，如定为 8 ℃或 10 ℃，比起 20 ℃，对档案制成材料的耐久性会更有利，但我们提出这样一个标准不能只考虑档案制成材料耐久性一个因素，还要考虑其他的因素，因而温度标准不能定得太严。关于湿度，当纸里的含水量在 7% 左右时，纸张的强度最好，所以把 7% 的含水量称作纸张的正常含水量（一般造纸厂对出厂纸张的含水量要求在 7% 左右）。在保存档案的过程中，要想使档案纸张材料的含水量维持在 7% 左右，就必须要求周围环境的湿度为 50% ～ 65%，因为这样的湿度标准能保持纸张的正常含水量，有利于档案纸张材料的耐久性。

二、要不利于档案有害生物的生长繁殖

由于档案有害生物所要求的温度在 20 ℃以上（霉菌所要求的最适温区是 20 ～ 35 ℃，档案害虫要求的最适温区是 22 ～ 32 ℃），要求的湿度在 70% 以上（霉菌要求的最适湿度在 75% 以上，档案害虫要求的最适湿度在 70% 以上），所以把库房温度标准规定在 20 ℃以下、把湿度标准规定在 65% 以下是不利于档案有害生物的生长和繁殖的。那种认为可把温度标准的上限定在 24 ℃的意见显然是不合适的，因为该温度较接近档案有害生物的最适温度。

三、要考虑目前国家的经济条件

制定档案库房温湿度标准的目的是促使人们不断改善库房温湿度的状况，逐步达到或接近这个标准。但是，要想把库房的温湿度控制在一定范围内，从建筑到设备都需要一定的物质条件，这和国家的经济能力有密切的关系，因而制定库房温湿度标准要有现实性。由于目前我国档案库房还不能普遍采用空调设备，假若把温湿度的标准定得太严，实际执行时会有一定的困难。因此，温度不能定得太低，湿度的要求也允许有一定波动范围。如果要求库房的温度保持在 10 ℃或 8 ℃的低温状态，那么首先库房建筑本身就要有相应的隔热措施，同时要使用空调设备。再则，要求库房在低温条件下保持干燥也是很困难的，因为温度低，空气含水蒸气的饱和量就小，只要空气中有一点水分，湿度就容易大，这也需要用空调解决，但空调费是相当可观的。因此，根据目前我国库房的条件，库房温度不宜定得太低，即使 20 ℃，在夏天若能保持也是不容易的。这个标准虽然目前还达不到，但总可以促使大家采取各种措施去接近它，进而达到推动改善库房温湿度状况的作用。如果标准定得太严，使人们觉得难于接近，反倒不会积极想办法采取措施了。因此，把标准定得太严，从表面上看很好，但实际上却起不到作用。另外，湿度若能规定在 50% ～ 60%，对档案制成材料的耐久性当然会更好一些，但湿度下降 5%，同样要增加相应的设备和费用。若把湿度定为 55% 不允许有波动，使库房保持恒湿，对档案制成材料更为有利，但目前我国的状况还达不到。总之，从我国经济条件考虑，档案库房温湿度标准还不能过于严格，当然也不应过于宽泛，否则就会失去标准的意义。

四、要考虑库房里的工作条件

因为目前我国档案管理工作基本上是手工式的，经常有人在库房中工作，所以制定库房温湿度标准时不能不考虑人的工作条件。因此，温度不能定得太低，否则人就无法在里面工作。而 50% ～ 65% 的湿度也是较为适合人的工作条件的。

总之，档案库房温湿度标准是根据各个方面的情况经过综合考虑而制定的，因而这个标准是相对的，不是绝对的。它将随着我国经济能力的提高以及档案管理现代化程度的提高而不断发生变化。

第四节　库内外温湿度变化的一般规律

控制与调节库房温湿度，必须掌握库内外温湿度变化的一般规律，这样才能有的放矢，收到理想的效果。

一、库外温湿度变化的一般规律

库外温湿度变化的一般规律指的是大气的温湿度变化的一般规律。

（一）库外温度变化的规律

空气中的热量主要来源于太阳，太阳通过光辐射把热量传到地球表面，地球表面又把热量传到接近地面的空气中，这就使靠近地面的空气温度逐渐上升，然后通过冷热空气的对流使整个大气层的温度发生变化。由于空气导热性较差，所以距地面越近气温越高，距地面越远气温越低。

大气温度的变化有两种：一种叫作周期性的变化，一种叫作非周期性的变化。大气周期性的变化又分为日变化和年变化，日变化指一天 24 小时之内的规律性变化，年变化指一年 12 个月里的规律性变化。

气温日变化的规律大致是这样的：早晨日出以前气温最低，日出以后温度逐渐升高，到午后 2 ～ 3 点钟时，温度达到最高值，以后温度逐渐降低，到次日日出以前温度达到最低值。从日出到午后 2 ～ 3 点钟这段时间里温度上升比较快，从午后 2 ～ 3 点钟到黄昏这段时间温度下降比较慢，从黄昏到次日日出这段时间温度下降得比较快。一天之内气温变化最快的时间是上午 8 ～ 10 点钟，其次是午后 6 ～ 8 点钟。

气温的年变化是这样的：一年之中最热的月份在内陆地区是 7 月，在沿海地区是 8 月；最冷的月份在内陆地区是 1 月，在沿海地区是 2 月。每年的平均温度大约出现在 4 月底和 10 月底。

气温之所以有日变化和年变化这一规律性，主要是太阳对地面形成周期性照射以及照射角度不同的缘故。

气温非周期性变化是指不正常的偶然性变化。比如，寒流、暖流、霜冻、阴云、风、雪、雾、雨等天气都会造成气温的突然性变化，这些变化没有固定的时间和规律，因而被称为非周期性变化。

（二）库外湿度变化的规律

大气的绝对湿度和相对湿度经常进行着周期性的有规律性的变化。

1. 库外绝对湿度变化的规律

大气绝对湿度一般随着温度的升高而增加，随着温度的降低而减小。也就是说，绝对湿度的变化和温度的变化是一致的，温度高绝对湿度也大，温度低绝对湿度也小。大气绝对湿度的变化也有日变化和年变化。

日变化的一般规律是在日出前绝对湿度最低，因为那个时候气温最低。到午后 2 ～ 3 点钟时绝对湿度最高。每天有一次最高值和最低值。绝对湿度的年变化和气温的变化也是一致的，7 ～ 8 月绝对湿度最高，1 ～ 2 月绝对湿度最低。

2. 库外相对湿度变化的规律

一般情况下，温度升高，相对湿度下降，温度降低，相对湿度上升，即相对湿度的变化与气温的变化是相反的。

大气相对湿度的日变化是在日出以前相对湿度最高，日出以后逐渐降低，到午后 2 ～ 3 点钟时相对湿度达到最低值，以后又逐渐升高，到次日日出以前它又达到最高值。

以上可以看出库外温湿度的变化是这样的：日出以前这段时间是库外温度最低的时候，是库外绝对湿度最小的时候，也是相对湿度最大的时候。午后 2 ～ 3 点钟时是库外温度最高的时候，是绝对湿度最大的时候，也是相对湿度最小的时候。

下面我们看相对湿度的年变化：因为我国受季风的影响比较显著，大部分地区冬天刮偏北风，夏季刮偏南风，冬季北风从西伯利亚、蒙古国刮来，带来的空气比较干燥，这种风一般要刮到第二年的三四月份。因此，我国北方由于受季风的影响，在冬季和初春这段时间大气相对湿度最低。大气相对湿度最高时是在雨季，特别是降水量最大的月份。

以上所讲的库外温湿度变化的规律，只能说是一般的规律。由于地区的不同，甚至档案库房所处的地理位置不同等因素，库外温湿度都会有所差别。

二、库内温湿度变化的一般规律

在大气温湿度及其变化的影响下，库内空气的温湿度也发生着规律性的变化，并受具体条件的影响而带有某些特点。

（一）库内空气温度的变化规律

库内空气温度的变化无论是年变化还是日变化基本上和库外温度的变化是一致的，但库外温度对库内温度的影响要有一个过程，并且在程度上有所削弱。一般来说，库外温度的变化引起库内温度的变化要经过 1 ～ 2 小时的时间，并且由于变化程度有所削弱，库内气温变化的幅度要比库外气温变化的幅度小。这样，库内温度的最高值比库外温度的最高值要低，而库内温度的最低值要比库外温度的最低值高。因此，库内夜间的温度一般高于库外，而库内白天的温度又低于库外。根据这个规律，在采取库房建筑措施时，要考虑白天有利于隔热、夜间有利于库内散热。

库内温度往往还会受一些具体情况的影响，如建筑情况会对库内温度产生影响。另外，就一间库房来讲，不同部位的温度也是不一样的，如库内向阳一面温度偏高，背阳一面温度偏低，库房的上部温度偏高，越接近地面温度就越低。

库内温度的年变化也受库外温度变化的影响。在春夏季节，由于库外温度上升较快，库内温度随之上升（一般低于库外温度）；而在秋冬季节，由于库外温度急剧下降，库内温度也随之下降（一般高于库外）。因此，根据这一特点，在采取库房建筑措施时，既要有利于夏季隔热，又要有利于冬季保温。

（二）库内湿度的变化规律

先看库内绝对湿度的变化规律。如果库房密封的条件比较好，那么库内绝对湿度的日变化就比较小。只有经过较长的时间，随着库外条件的变化，库内的绝对湿度才会发生比较小的变化，而且变化的幅度也比库外小。库内绝对湿度的年变化基本上和库外是一致的。

至于库内相对湿度的变化，无论是日变化还是年变化，都受库外的影响并和库外变化相一致，但库内相对湿度的变化还有一个特点，就是它还受到库内温度变化的影响。如果库房密闭的条件较好，库外的湿度对库内的影响就比较小，这样库内绝对湿度的变化就比较小，特别是日变化比较小。但是，由于库内温度的变化会使库内相对湿度发生变化，因此库内相对湿度一般白天偏低，夜间偏高。库房密闭条件好，就可以近似认为绝对湿度没有日变化，夜间库内温度低，必然相对湿度高；反之，白天库内温度高，必然相对湿度低。另外，由于具体条件的不同，同一间库房的湿度也有所差别，库房的四角和靠近墙壁的地方湿度偏高；向阳的地方偏低，背阳的一面湿度偏高；库房上部因温度高相对湿度偏低，库房下部因靠近地面温度又比较低，所以相对湿度偏高。这就

是库内相对湿度变化的一般规律。

虽然库内温湿度的变化都受库外温湿度的影响，但库外温度与湿度对库内温度与湿度的影响是有所差别的，库外温度对库内温度的影响要大于库外湿度对库内湿度的影响。这是因为库外温度对库内温度的影响，除了通过库房各种缝隙（产生空气对流）把库外空气的热量传到库内这个途径以外，热还可以传导，也就是说可以通过库房建筑材料把库外的热量传到库内，因而库外的温度对库内温度的影响比较大。库外湿度对库内湿度的影响，主要是通过库房各种缝隙使库外的湿空气进入库内，当然库外湿度也可以通过建筑材料传到库内，但量是非常小的。如果库房的密闭条件比较好，那么库外湿度对库内湿度的影响就会大大受到限制。但对库外温度来说，即使库房密闭条件较好，它也会对库内温度产生相当大的影响。

第五节　库内外温湿度的测定

档案库房温湿度的控制与调节，必须以测定的库内外温湿度数据作为依据。

一、测定温湿度的仪表

要测定库内外温湿度，就必须了解各种常用测试仪表的构造原理和性能，掌握其使用和校验的方法。

（一）测温仪表

测量温度的仪表叫作温度计。物体的温度是通过观察某些测温物质（水银、酒精、双金属片等）在受热时物理性质的变化而间接测定的。测温物质的物理性质（如膨胀性）应随温度的变化而变化，不受其他因素的影响，才能保证测量的准确性。

由于测温物质测温原理的不同，温度计有许多种类型。目前档案部门经常使用的是液体温度计和双金属自记温度计。

1. 液体温度计（也被称为玻璃管液体温度计）

这种温度计就是把水银或酒精等液体密封在一个玻璃管中，利用水银或酒精热胀冷缩的性质测量温度。当环境温度高时，玻璃管中的水银或酒精膨胀，液面就会上升；当环境温度低时，玻璃管中的水银或酒精收缩，液面就会下降。

因此，玻璃管中水银或酒精液面的上升或下降，实际上反映了环境温度的变化。水银温度计的测温范围一般在-30～700℃，酒精温度计的测温范围一般在-100～75℃。这两种温度计都可以用来测定库内外的温度，而目前使用较多的是水银温度计。

水银温度计构造简单，价格便宜，有足够的准确度，因而应用比较广泛。但是，因为水银的膨胀系数较小，所以灵敏度较低，热惰性较大，往往由于使用不当而影响测量精度。为此，使用时应注意以下两点：

第一，在测量温度时，人体不应靠温度计太近，不要对着它急促呼吸。由于水银温度计热惰性大，温度计必须在需测的环境中放置15分钟以上。读数时要尽量快，先读小数，后读整数，以防人体靠近使温度计增热，从而产生读数误差。例如，若被测温度为20.5℃，应先读0.5℃，后读20℃。

第二，读数时眼睛的位置必须正确，眼睛应与温度计读数的这一点上的刻度线平行。眼睛位置过低或过高，都会造成读数的误差。因此，温度计放置的高度应合适。

2. 双金属自记温度计

测定库内外温度，只测定个别的瞬时温度往往是不够的。为了掌握库内外温度变化的规律，需要获知温度连续变化的过程，这就要用到自记温度计。目前比较普遍使用的是双金属自记温度计。

双金属自记温度计的测温原理（图4-1、图4-2）为将两个受热以后膨胀系数不一样的金属片焊在一起，把其中一端加以固定，另一端不固定，为自由端。由于受热后膨胀系数不一样，金属片弯曲的程度会随着温度的变化而变化，即金属片自由端的位置会发生变化。金属片自由端通过杠杆连着一个带笔尖的指针，金属片自由端位置的变化通过杠杆使指针的位置发生变化。指针这边有一个内有钟表装置的圆筒，给它上紧发条以后便可以转动。圆筒有两种转法，一天24小时转一圈为日记，一周七天转一圈为周记，在圆筒外面放上记录纸，圆筒转动时，指针上的笔尖就会在纸上画出相应的线条。笔尖的位置发生变化，画出的线条的位置也会发生变化，而笔尖位置的变化是由于环境温度的变化而引起的。因此，在记录纸上画出的线条的位置反映了当时环境温度的高低，这样就可以把每天或每周的温度进行分别记录。

图4-1 双金属片

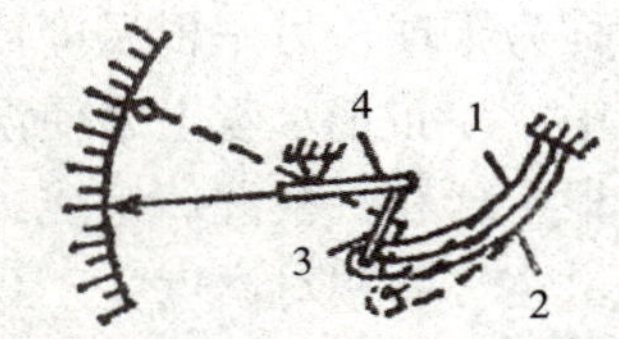

1. 金属片（有较大膨胀系数的）；

2. 金属片（有较小膨胀系数的）；3. 杠杆；4. 记录笔

图 4-2　双金属自记温度计原理图

这种温度计最大的优点就是自记，通过它可以更好地掌握库内外温度变化的规律；缺点是准确性较差，不如液体温度计，且价钱也较高。使用这种温度计应注意以下事项：

第一，使用时仪器应水平放置。记录纸要摆正摆平，将金属压条牢固地压在记录筒上。金属压条下端插在筒底的穿孔中，上端夹在记录筒上口的边缘内。

第二，记录笔尖靠记录筒不宜过紧，以免由于摩擦力过大，而使笔尖移动失灵，形成记录误差。记录笔要定时加足墨水（墨水含有适量甘油，可保持笔尖湿润），笔尖要对准记录纸上测量时刻的标线，并轻微地横向移动一下，笔尖在时间标线上画一小横线作为起始标记。在记录纸上填好测量的月、日、时。与此同时，应上足自记钟发条。

第三，仪器在出厂时虽然做过校验，但由于运输等原因，仪器指示的温度不一定准确，所以在每次使用前均需用液体温度计进行校对，若发现与液体温度计指示值不符，应及时调整调节螺丝使之相符。

第四，除调节螺丝外，仪器上的其他螺丝出厂时均应用红漆封好，不得随意调节。双金属片应保持清洁，切忌用手碰触。

第五，如果自记钟走时不准，每天快慢超过 10 分钟时，可推开自记筒上的快慢调节孔，根据快慢情况拨动调节针予以调节。走时快，应将针向‘–’的方向拨；走时慢，应将针向“+”的方向拨。

（二）测湿仪表

测定空气相对湿度的方法有很多，使用的仪表也不同，常用的有普通干湿球温度计、通风干湿球温度计、指示式毛发湿度计、自记毛发湿度计。下面分别介绍这些仪器的工作原理、构造、使用和校验方法。

1. 普通干湿球温度计

普通干湿球温度计由两根液体温度计组成（图 4-3）。其中一根是温包上没有东西的液体温度计，被称为干球；另一根温度计的温包上包有纱布，纱布放在下面一个有水的玻璃管中，纱布把水吸上来使温包上的纱布变湿，被称为湿球。因为这种温度计由一根干球和一根湿球组成，所以它被称为干湿球温度计。这种温度计为什么能测出空气的相对湿度呢？我们知道，干球温度就是环境空气的温度，因而测湿的关键在于湿球温度。湿球温包上的纱布含有水分，当环境空气的湿度不是百分之百的饱和状态时，纱布的水分就要向空气中蒸发，并由液态变为气态，在这个过程中就要吸收一部分热量而使湿球的温度下降，这样湿球与干球的温度就会产生差别。如果空气比较干燥，那么纱布中的水分蒸发得就快，所吸收的热量就多，湿球温度下降得也多；反之，若空气比较潮湿，纱布中的水分蒸发得就慢，所吸收的热量就少，而湿球温度下降得也就少。因此，湿球与干球之间的温度差实际上反映了环境空气干燥与潮湿的程度，温差越大，说明越干燥；温差越小，说明越潮湿。如果干球和湿球温度一样没有温差，说明环境空气处于饱和湿度状态。测出干球温度和湿球温度后通过查表就能知道相对湿度的多少。

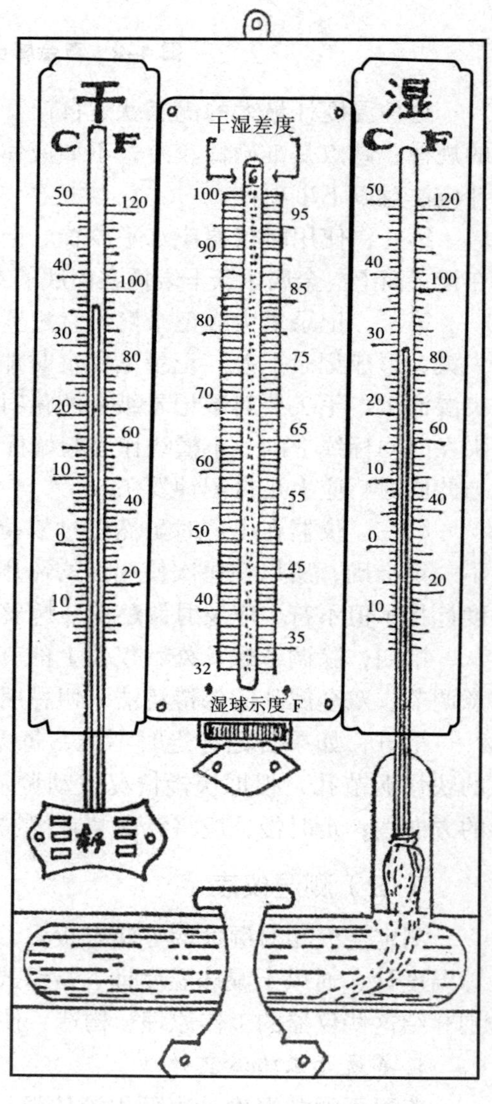

图 4-3　干湿球温度计

必须指出，湿球纱布上水分蒸发得快慢，除了受环境湿度大小的影响外，还受环境风速的影响。若风大则纱布水分蒸发得快，若风小则纱布水分蒸发得慢。为了排除风速的影响，使测定的数据更准确，可以参考各种不同风速的相对湿度

查对表。使用时要根据所测环境风速的情况，使用相应风速的相对湿度查对表，才能得出较准确的数据。目前市场上出售的普通干湿球温度计，本身就附有一个能转动的查对表，但因其风速太小，不适合我们使用。

使用干湿球温度计时应注意以下事项：

第一，测定库内湿度时，干湿球温度计应放在适当的位置，既不要放在靠近门窗的风口处，也不要放在不通风的死角，应放在能代表库内风速的适中位置。测定库外湿度时，最好放在百页箱内。

第二，为得到正确的示度，必须保证湿球温度计表面的良好蒸发性。这就要选择质量较好的纱布，进行正确的缠缚，并应保持纱布清洁。

干湿球温度计用的纱布应是脱脂纱布，因为脱脂纱布不含油脂类的杂质，它的毛细管吸水作用能得到充分发挥。而普通纱布因所含的油脂不吸水，又有黏性，会妨碍纱布正常吸水和水分的蒸发，并且易变色、发硬，影响测定的准确性。

缠缚纱布时，应首先将选好的纱布缠在温度计球部试验。纱布应只绕球部一周，边缘彼此重叠不要超过球部圆周的 1/4。将纱布放在水中浸湿，密实地缠在温度计的球部周围。用线结好两个线圈，即先用一个线圈套在温度计球部上端系紧纱布，然后将第二个线圈套在球部中央上方慢慢往下拉，系紧球部下端，同时把纱布拉平。球部下方的线不宜结得太紧，以免妨碍纱布吸水。完成后，纱布应密贴在整个球部表面。

第三，应用蒸馏水润湿纱布，而不应用硬水。因为硬水含有矿物质，脱脂纱布在吸水过程中会吸附这些矿物质而使毛细管逐渐阻塞，影响纱布的吸水量和纱布中水分的蒸发。如无条件使用蒸馏水，也可使用冷开水。

2. 通风干湿球温度计

通风干湿球温度计又被称为旋风式干湿球温度计，如图 4–4 所示。它不同于普通干湿球温度计之处在于在两根温度计外面各套上一只保护管（或称防护框）。保护管除在温度计刻度部分的正面嵌以玻璃外，其余部分均为金属，这样可以减少辐射热的直接影响，使测出的数据更准确。另外，在两根温度计的上端装有小风扇且与两根保护管相连，测定湿度时打开风扇，以大于等于 2 米/秒的风速通过保护管流经两个温度计的温包，因风速固定，再查相应风速的相对湿度表，就可以得出更准确的湿度。因通风干湿球温度计精确度高，常用来校正其他的湿度计。

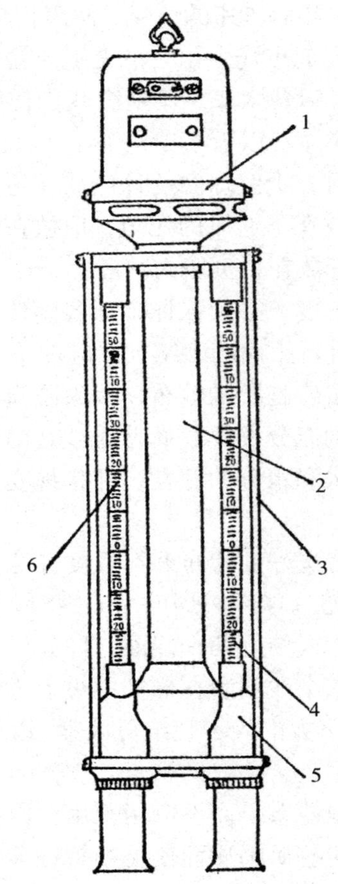

1. 通风器；2. 通风；3. 防护框；4. 干球温度计；
5. 通风分道管；6. 湿球温度计

图 4–4　电动通风干湿球温度计示意图

3. 指示式毛发湿度计

指示式毛发湿度计（图 4–5）是利用毛发（即人的头发）湿度大时伸长、湿度小时缩短的特点测定湿度的。它将单根毛发的上端固定在金属架上，下端与杠杆相连，当毛发随着环境空气湿度的变化而伸长或缩短时，杠杆受到牵动，带着指针沿着弧形刻度尺移动，即可指示出空气相对湿度的数值。

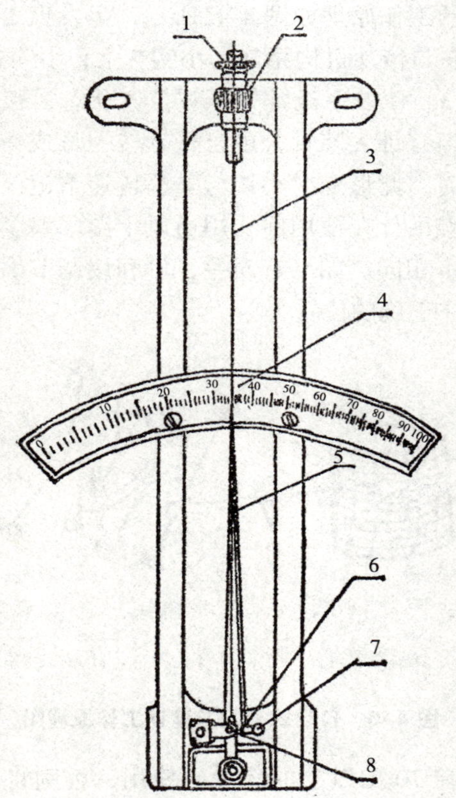

1. 紧固螺母；　2. 调节器；　3. 毛发；　4. 刻度投；
5. 指针；　6. 弧块；　7. 重键；　8. 轴

图 4-5　毛发湿度计

这种毛发湿度计在使用前要进行校验。其方法是用毛笔蘸上蒸馏水令毛发全部润湿，其指示值将升高到 90% 以上，一段时间后，当指示值逐步下降于最后稳定下来时，用通风干湿球温度计测量同一环境的相对湿度与之核对。如果不相符，可调整拉紧毛发的调节螺丝以便使之相符。

这种湿度计构造简单，使用方便，能从刻度尺上直接读出湿度数值。但准确度差且不太稳定，同时惰性也较大，需要经常校验。

4. *自记毛发湿度计*

自记毛发湿度计的构造比较复杂，它的湿度感应元件为一束脱脂毛发。其自动记录部分与自记温度计相同。

自动毛发湿度计的工作原理如图 4–6 所示。毛发束 1 固定在可调螺丝的支架上，发束的中央挂在与传动机构相连的小钩 2 上，小钩 2 与弧片 4 同轴固定，弧片上装一个平衡锤 3，使发束经常处于被拉紧状态，弧片 5 与记录笔 6 同轴固定，自动记录筒 7 内有钟表装置，可自行旋转一日或一周。当毛发束由于受潮或干燥而发生形变时，此形变由小钩与弧片传递给记录笔，由其记录相对湿度的变化。自记毛发湿度计在使用前要用通风干湿球温度计进行校验，方法与指示式毛发湿度计基本相同。如果有误差，可利用调节螺丝改变毛发束的松紧程度，使记录笔尖指在正确的位置上。

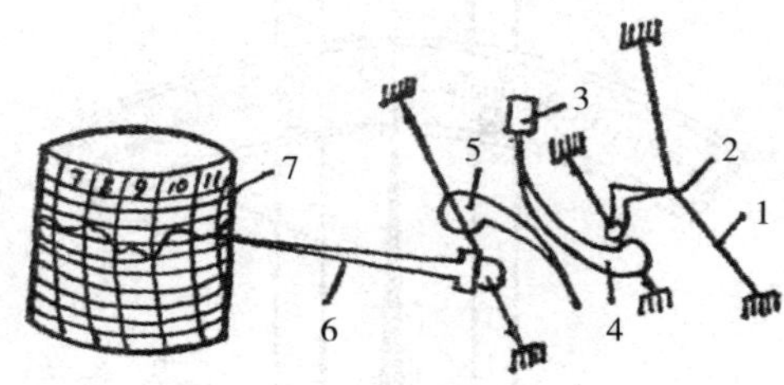

1. 脱脂毛发；　2. 小钩；　3. 平衡锤；　4. 弧片；　5. 弧片；
6. 记录笔（指针）；　7. 自动记录筒

图 4–6　自记式毛发湿度计工作原理图

毛发湿度计不宜在 70 ℃以上的环境中使用，否则将促使毛发变质，难以指示出正确的相对湿度数值。毛发细而脆，很容易折断，切忌用手触摸。毛发弄脏后，可用毛笔蘸蒸馏水轻轻地洗刷干净。搬动时轻拿轻放，防止将毛发震断。自记毛发湿度计在长途搬运时，应将小钩拆去，使毛发全部放松，并将记录笔固定住。如果长期不用，在保管期间，应每隔一定时间湿润一次毛发束，以保持其特性不变，也可防止它断丝。

测定室外温湿度时，最好使用百叶箱，以防太阳辐射热的直接作用。装置温度计时，应使温度计球部都恰好处在离地面 2 米的高处。百叶箱门应开在北面，以防观测时阳光直照在温度计上。

二、测定库内外温湿度的作用

第一，测定库内外温湿度，掌握库内外温湿度变化的规律，有利于有计划地、及时主动地采取控制与调节库内外温湿度的措施。例如，某档案馆根据库内外温湿度测定记录的数据进行分析，把一年中库内外温湿度变化状况分为九种情

况，这样就掌握了一年中库内外温湿度变化的规律，做到了心中有数，以便有计划地采取措施。如果根据规律分析出即将进入库外湿度经常低于库内湿度的较干燥季节时，就可提前准备，在接下来的一段时间里主要采取通风的办法降低库内湿度，若根据规律分析出即将进入库外湿度经常高于库内湿度的梅雨季节时，就可提前检查库房密闭情况及去湿机的运转情况，在接下来的一段时间里主要采取密闭吸潮的办法降低库内湿度。

第二，测定库内外温湿度，有利于分析确定库内产生不适宜温湿度状况的原因，从而采取相应的措施，收到较理想的效果。

第三，测定库内外温湿度，有利于掌握通风降湿的有利时机。例如，某档案馆对一个库房进行了一年的库内外温湿度的测定，并通过对测定的数据的计算，得出一年中哪个月份通风降湿的机会多，哪个月份通风降湿的机会少，并对每天早晨、中午、晚上三次测定的数据进行计算，结果证实在一天中通风降湿机会最多的时间是在早晨。这样，就掌握了通风降湿的有利时机，便于主动采取措施。

第四，检查控制调节库房温湿度措施的效果。只有通过对库内外温湿度的测定，了解采取措施后库内温湿度状况的改善情况并加以分析，才能不断地改进工作。

第六节　控制与调节库房温湿度的措施

控制与调节库房温湿度的方法有很多，实践证明，必须采取密闭、通风和增温、降温、加湿、减湿相结合的办法，才能取得理想的效果。

一、密闭

密闭的作用是防止或减少库外不适宜的温湿度对库内温湿度的影响，以便使库内温湿度保持相对稳定。因此，密闭是控制和调节库房温湿度不可缺少的措施。

库房密闭的重点是门窗的密闭。对于库房多余的门窗，可以完全封闭，不再打开。对于需要保留的门窗，以及还要开启的门窗，也要采取措施提高其密封程度。一般做法是在门窗框上嵌以橡皮条、呢子条或绒布条（钢制门窗加橡皮条，木制门窗可加呢条或绒条）。库房通往库外的门应有一个过渡间，先打开过渡间的门，进入过渡间后把过渡间的门关上，再打开库房门进入库内，从而减少库外不适宜的温湿度对库内温湿度的影响。另外，也可在通往库外的门上安装气幕防潮装置，当门打开时，气幕防潮装置中的排风扇随之开动，从门的上方排下一股气流，由于这股气流的压力大于库外空气的压力，因此可有效阻止库外空气进入库内。

密闭只有控制库房温湿度的作用，而没有调节的作用，库房的密闭又是相对的，只靠密闭这一个措施无法使库内温湿度达到标准范围。因此，密闭必须和通风及调节库房温湿度的其他措施相结合。

二、通风

（一）通风的原理

通风就是根据空气流动的规律，有计划地使库内外的空气进行交换，以达到调节库内空气温湿度的目的。通风是调节库内空气温湿度的简便易行且比较经济的有效办法。

通风的方式有两种：一种是机械通风；另一种是自然通风。机械通风是在库房的通风口处安装风扇，靠风扇的机械力量使库内外的空气交换。要注意的是，使用机械通风时，既要设进风口，又要设排风口，以保证空气能够对流，使库内外空气得到充分交换，这样才能取得较理想的效果。

自然通风就是打开库房的门窗进行通风，它是利用库内外空气的热压差和库外风力进行的。空气温度不同时，其密度不同，压力也不同。空气温度越高，密度越小，压力也越小；空气温度越低，密度越大，压力也越大。因此，当打开库房门窗时，只要库内外温度不同，空气压力大的一方就要向压力小的一方流动，这样就能使库内外的空气交换，进而达到通风的目的。库外风力越大，通风效果越好，但风力过大，空气中含尘量也会增加，此时通风不利于档案库的防尘。因此，一般通风时，库外的风力不要超过三级。

（二）通风的依据

通风可以实现四种效果，既可以增加库房的温度或降低库房的温度，又可以增加库房的湿度或降低库房的湿度。那么，究竟在什么情况下通风，又将会得到什么样的结果呢？这就是通风的依据问题。能否根据通风依据，正确掌握通风的时机，是涉及通风效果的关键问题。

1. 通风调节库内温度的依据

如果通风的目的是调节库内的温度，那么通风的依据比较容易掌握，只要了解库外的温度是高于库内还是低于库内就可以。比如，通风是为了增加库内的温度，只要库外温度高于库内温度就可以通风，通风后库内的温度必然会升高；如果通风是为了降低库内的温度，只要库外的温度低于库内温度就可以通风，通风后库内的温度必然会下降。

2. 通风调节库内湿度的依据

如果通风的目的是调节库房的湿度，则通风的依据就比较复杂一些。这是因为湿度既同空气中实际含有水蒸气量的多少有关，又和空气温度的高低有关。

（1）通风降湿的依据。通风降湿要根据四项原则进行。

第一，库外的温度和湿度都比库内低时，可以通风；反之，不能通风。

第二，库外温度低于库内，库内外的相对湿度一样时，可以通风；反之，不能通风。

第三，库外的相对湿度低于库内，库内外的温度一样时，可以通风；反之，不能通风。

第四，库内外温湿度的情况不与上述三原则相同又不相反时，需经计算确定能否通风。

第一种情况：库外温度低于库内，相对湿度大于库内。

第二种情况：库外温度高于库内，相对湿度小于库内。

这两种情况都必须将库外温度下的相对湿度换算为库内温度下的相对湿度，如果低于库内则可以通风；反之，则不能通风。

现将库外温度下相对湿度换算成库内温度下相对湿度的公式举例如下：

某日上午 8 时，某档案库房温度是 21 ℃，相对湿度 75%；库外温度 17 ℃，相对湿度 78%。分析这种情况下能否通风降湿。

由于库外温度（17 ℃）小于库内温度（21 ℃），库外相对湿度（78%）大于库内相对湿度（75%），所以符合通风降湿依据第四点的第一种情况，不能立即判断，需要根据公式进行换算。

查不同温度时空气中水蒸气的饱和量表得出：

21 ℃：18.3 克 / 立方米；17 ℃：14.5 克 / 立方米

由此可知，比库内原来的相对湿度低（61.8% < 75%），可以通风降湿。

通风降湿四项原则实际上是一个依据，就是看库外的绝对湿度是否低于库内，如果库外绝对湿度低于库内，就可以通风降湿。

为什么通风降湿四项原则的依据就是看库外的绝对湿度是否低于库内呢?下面分别予以说明。

第一，库外的温度和湿度都比库内低时，可以通风；反之，不能通风。

库外温度低于库内，说明库外空气含水蒸气的饱和量低于库内；而库外的相对湿度又低于库内，即库外空气的绝对湿度占饱和量的百分比也低于库内。因此，库外的绝对湿度必然低于库内。

第二，库外温度低于库内，库内外的相对湿度一样时，可以通风；反之，不能通风。

库内外相对湿度一样是指库内空气的绝对湿度占库内空气温度下的饱和量的百分比与库外空气的绝对湿度占库外空气温度下的饱和量的百分比一样，库外温度低于库内，就是库外空气的饱和量比库内空气的饱和量小，因而库外绝对湿度必然低于库内（即当相对湿度不变时，温度高必然绝对湿度大，温度低必然绝对湿度小）。

第三，库外的相对湿度低于库内，库内外的温度一样时，可以通风；反之，不能通风。

库内外温度一样指库内外空气含水蒸气的饱和量一样；库外的相对湿度低于库内指库外空气绝对湿度占饱和量的百分比低于库内空气绝对湿度占饱和量的百分比。因此，库外绝对湿度必然低于库内（即当温度不变时，绝对湿度大必然相对湿度大，绝对湿度小必然相对湿度小）。

第四，库内外温湿度的情况不与上述三原则相同又不相反时，需经计算确定。就是把库外的相对湿度换算为库内的相对湿度，如果低于库内的相对湿度则可以通风；反之，不能通风。

把库外相对湿度换算为库内温度下的相对湿度，就是计算库外空气的绝对湿度与库内温度下空气含水蒸气饱和量的百分比，如果库外相对湿度比库内相对湿度小，必然是库外绝对湿度低于库内。

总之，通风降湿四原则的依据就是库外绝对湿度低于库内。因此，通风降湿可根据四原则进行，也可根据库外绝对湿度是否低于库内进行。这几种方法各有优缺点，通风降湿四原则的优点是前三条不需要查表计算，便可确定能否通风降湿，缺点是记起来比较麻烦。用库外绝对湿度低于库内的方法的优点是非常容易记，缺点是必须根据测得的库内外的相对湿度计算出绝对湿度，然后进行比较，才能确定库外的绝对湿度是低于库内还是高于库内。计算公式如下:

绝对湿度 = 空气含水蒸气的饱和量 × 相对湿度

另外，也可根据空气的温度和相对湿度，直接查表得到绝对湿度。

为什么当库外绝对湿度低于库内时通风后就能降低库内的湿度呢？这是因为通风办法中有许多因素不固定，无法进行精确计算，只能把通风时库内湿度变化状况与通风密闭后库内湿度变化发展趋势结合起来考虑。库外绝对湿度低于库内绝对湿度，通风时必然使库内绝对湿度下降，但由于通风时库内温度也有变化，所以还不能断定库内的相对湿度是否下降。通风后要及时进行密闭，库房温度会较快恢复到正常状态（即消除了因通风而引起的库内温度的变化），并使经过通风库内下降了的绝对湿度状态维持相对稳定（在库房密闭的条件下，库外湿度对库内湿度的影响要大大低于库外温度对库内温度的影响）。这样通风后，当库内温度恢复正常，而绝对温度下降时，就必然会导致相对湿度的下降。

（2）通风增湿的依据同通风降湿的依据相反。

总之，掌握库外气候的有利时机，正确通风是可以改善库内温湿度状况的。但通风必须与密闭结合，才能使库内经过通风得到改善的温湿度状况维持较长的时间。另外，通风还要看库外是否存在能够进行通风的温湿度状况，如果库外的温湿度状况都不适宜，就不能用通风的办法改善库房温湿度的状况。因此，通风又必须与其他调节库房温湿度的措施相结合。

三、调节库房温湿度的其他措施

调节库房温湿度的其他措施包括增温、降温、加湿、减湿。

（一）增温

我国北方各省冬季气温较低，因而档案库房在冬季需要增温。增加库房温度最理想的办法是使用空调设备，空气经过加热器加热后被送入库房，从而提高库房的温度。这种增温的办法对空气的加热可以在库外进行，所以比较安全，加之把加热后的空气通过通风口送入库内，也可使库内的温度比较均匀。当然这种增温的方法费用较高。目前，我国除少数大档案馆外，大部分档案库房还没有条件用空调设备给库房增温，我国档案库房一般都采用在库内局部加热增温的办法，其中又以用暖气进行局部加热增温最为普遍。这种方法就是在档案库内设置由金属管构成的暖气片，里面通入热媒使暖气片表面温度升高，经过库内空气与暖气片之间的对流换热和库内空气的对流，整个库房温度升高。但局部加热增温的库内温度不均匀，暖气片周围温度偏高，远离暖气片的地方温度偏低。暖气片中通入的热媒有两种：一为热水；二为蒸汽。使用热水作为热媒，一旦暖气片损坏，易对档案造成较大损害，所以档案库房暖气使用的热媒最好是蒸汽。如果档案库有走廊，最好把暖气片装在走廊里，这比直接放在库内更安全。档案库内不准用火炉进行局部加热增温，这是因为火炉不仅会产生大量有害气体和灰尘影响档案制成材料的耐久性，而且容易引起火灾。

（二）降温

降温是控制调节库房温湿度的重要措施，因为我国绝大部分地区夏季库内温度都过高，特别是在我国一些炎热地区，由于库外温度对库内温度影响较大，要想取得较理想的降温效果，只有采取空调措施，即在空气处理室对空气进行冷却，然后通过送风管道送入库房。冷却空气一般有三种方法：第一，用喷水室处理空气，即用冷水直接喷淋，使空气冷却；第二，用水冷式表面冷却器冷却空气，即用冷却水与空气间接热交换冷却空气；第三，用直接蒸发器冷却空气，即把制冷系统的蒸发器放在空气处理室内，靠制冷剂在蒸发器内蒸发吸热而冷却空气，但这种降温措施的费用比较高。另外，由于太阳辐射热可以通过库房建筑的外围结构把热传到室内，影响库内的温度，因此在对库房采取降温措施的同时，必须对库房建筑采取相应的隔热措施，否则不仅很难取得理想的降温效果，空调费用也会很高。

（三）加湿

我国西北等地区气候干燥，库内湿度偏低，相对湿度经常在 30% 左右，因此库内需要加湿。加湿的方法就是增加库内空气含水蒸气的量（绝对湿度），使库内相对湿度升高。加湿的方法有很多，但目前档案部门使用的主要是水表面自然蒸发加湿的方法。

最简单的做法是在库内设置敞口盛水容器，地面铺湿草垫，直接向库内地面洒水，挂湿纱布条，等等，即靠水分的蒸发增加库内的湿度。这些方法虽然简便经济，但加湿速度较慢，占地面积较大。

为了提高水表面自然蒸发加湿的能力，也可以利用通风机吹淋湿的麻绳，使麻绳中的水分很快地蒸发到空气中，从而提高加湿的效果。采取此种加湿措施，要选用直径为 3 毫米的脱脂麻绳，挂麻绳时要保持每根绳的前后左右距离为 10 ～ 15 毫米，空气通过麻绳加湿层的断面风速采用 2.5 ～ 4 米 / 秒。这种方法虽然能提高加湿效果，但占地面积较大，影响库容。

使用自然蒸发加湿器加湿比较理想。这种设备下半部分是一个水槽，上半部分装有鼓风机，在上下部各装有一个可以转动的辊子，辊子上缠有由粗孔泡沫塑料等制作的润湿表面材料。当接通电源开机后，润湿表面材料随转动的辊子进入水槽中浸满水，在离开水槽向上转动时，受到安装在上部的鼓风机的

吹动，其中的水分很快蒸发到空气中。当润湿表面材料中的水分被蒸发后又转到水槽中浸水，如此循环反复可起到每小时向空中增加 2 ～ 3 公斤水分的增湿作用。

（四）减湿

减湿是控制调节库房温湿度的重要内容，特别是在我国南方，年降雨量大，最潮湿月份的相对湿度为 80% ～ 90%，对库内湿度影响较大。以前，档案部门普遍采用在库房里放置吸潮剂（如木炭、生石灰、氯化钙等）进行静态吸潮减湿的办法。实践证明，采用这种办法吸潮太慢，效果也不太理想，并且大量放置比较麻烦，整理不便。目前普遍采用的减湿方法有以下几种：

1. 用制冷去湿机减湿

该方法去湿原理是用冷冻的方法使通过的空气温度降到露点温度以下，将一部分水蒸气凝析出来，从而达到去湿的目的。制冷去湿机的工作原理分为两部分。

一是制冷循环部分：低压氟利昂制冷剂被压缩机吸入，并被压缩成高压气体，通过冷凝器放出热量冷凝成液体，然后通过毛细管节流（减压）进入蒸发器，吸收空气热量后液体蒸发成气体，再回到压缩机压缩。制冷剂在制冷系统内这样反复循环，从而达到制冷目的。

二是空气除湿循环部分：湿空气通过过滤网后流经蒸发器，空气在这里被冷却，当蒸发器的表面温度低于空气的露点温度时，空气中的一部分水蒸气就会在蒸发器的表面结露而凝聚下来，经过凝结中盘到凝结水箱中，被干燥冷却的空气继续前进，经过冷凝器加热以后，再由离心风机排出，经过不断循环，空气中的水分被不断凝聚下来，从而达到除湿的目的。又由于冷凝器的排热量大于蒸发器的制冷量，送出的空气是经过加热的，所以相对湿度很低。

制冷去湿机有如下优点：

第一，去湿性能稳定可靠，可以连续降湿，而且使用管理比较方便，只要有电源即可。

第二，除湿效果较好。例如，上海冰箱厂生产的 KQF–5 型制冷去湿机，在库内温度为 27 ℃、相对湿度为 70% 时，只要开机一小时，就可以从空气中抽掉 3 公斤水。目前，某些档案库用此设备已经能把湿度控制在标准范围内。

制冷去湿机有如下缺点：

第一，开机几小时后库房的温度会增加 2 ～ 3℃，这主要是由于空气经过蒸发器降温后又经过冷凝器的缘故。因为冷凝器管里的制冷剂在由气体变为液体的过程中要放出热量，所以管内温度较高，加之开机后制冷剂不断循环导致冷凝器管温度不断上升，因而需要对这部分管进行冷却。冷却的办法就是用经过蒸发器的温度较低的空气给冷凝器降温，这样设计使机器结构简单、合理，但排出的空气却是热风。

第二，此机不适宜低温降湿，一般温度在 15 ～ 35 ℃、相对湿度在 50% 以上的条件下降湿效果比较好。因该机降湿主要靠制冷凝析，如果环境温度较低，有可能在蒸发器管子表面凝析的不是水而是霜，从而影响降湿的效果。

2. 用氯化钙吸湿装置

氯化钙是白色多孔结晶体，略有苦咸味，吸湿能力较强，吸湿后潮解，最后变为氯化钙溶液。

常用的氯化钙有两种，一种是工业纯氯化钙（$CaCl_2 \cdot 2H_2O$），纯度为 70%，当吸湿量达自重的 100% 时，全部溶解；另一种是无水氯化钙（$CaCl_2$），纯度为 95%，吸湿量达自重的 150% 时全部溶解。工业纯氯化钙的单价只有无水氯化钙的 15% 左右，因而用工业纯氯化钙较为经济。

氯化钙潮解变为液体后，可以再生重复使用，最简单的方法是用锅熬煮。方法是先将氯化钙水溶液沉淀过滤，然后准备三个锅，第一个锅用来预热溶液（温度为 60 ～ 70 ℃），将预热过的溶液放在第二个锅中熬煮（温度为 100 ℃），直至熬煮成糊状后，将其盛到第三个锅中进行烘烤（温度为 60 ～ 70 ℃），使水分蒸发，直至出现白色结晶。氯化钙再生后，其吸湿能力下降。

目前，有的档案馆利用氯化钙可以吸收空气中水分的原理制作出了氯化钙吸湿装置。选择一个没有盖子的木箱，箱子两端是窗纱，箱内涂上沥青（因氯化钙有腐蚀性），然后在箱子上用木条分成若干格，再按每格大小放一个装氯化钙的竹篓子，并在箱子底部放一个磁盘。氯化钙吸湿前是固体状态，吸收空气中的水分后慢慢变成液体流到磁盘里，最后将液体通过橡皮管子引流到集水桶或集水池。关键是在箱子的一端安装风扇，吸湿时打开风扇迫使库内空气不断流经氯化钙，使静态吸湿变为动态吸湿，以提高氯化钙的吸湿能力。这种设备的优点是可以自制，设备费低，不受环境温度影响（也适用于低温吸湿）；缺点是氯化钙有腐蚀作用，再生也比较麻烦。

3. 用硅胶局部减湿

硅胶（$m\mathrm{SiO_2} \cdot n\mathrm{H_2O}$）又名氧化硅胶、硅酸凝胶，是一种无毒、无臭、无腐蚀的固体，不溶于水，呈半透明结晶多孔块状。硅胶的孔隙率达 70%，平均容重约 650 千克 / 立方米，吸湿能力约为其重量的 30%，目前国产的硅胶有粗孔、细孔和原色、变色之分。粗孔硅胶易饱和，吸湿时间短，细孔硅胶吸湿时间长；原色硅胶在吸湿过程中不变色，变色硅胶（如氯化钴）原为蓝色，吸收

水分后由蓝色变为淡蓝，再变为紫红，最后为淡红色。变色硅胶价格高，通常用作原色硅胶吸湿程度的指示剂。硅胶失去吸湿能力后需要再生，再生的方法是用 150 ～ 180 ℃的热风加热，将硅胶吸附的水分蒸发出去，然后再将硅胶冷却。再生的硅胶能重复使用，但时间太长吸湿能力会下降，必须更换新硅胶。硅胶这种吸湿剂由于吸湿后仍为固体，使用方便，但因价格较贵，一般用于少量珍贵档案或声像档案的局部减湿。

调节库房温湿度的其他措施必须与密闭结合，才能使经过调节改善了的库内温湿度状况保持稳定，否则不仅会影响调节措施的效果，也会增加管理费用。比如，用制冷去湿机降湿，如果库房密闭程度好，库外湿空气对库内影响很小，就容易把库内湿度维持在标准范围内，取得理想的效果，而且不需要经常开机，运行费用也较低；如果库房密闭条件差，库外湿空气随时都能影响库内湿度，虽然去湿机开动时库内湿度会有所下降，但一停机库内湿度很快就会上升，即使每天开机 8 小时，也难以达到理想效果，大大增加了运行费用。有个别单位经常一边开着库房窗户一边开去湿机，这样显然更不合适。又如，给库房加湿也要和密闭结合，如果库房有很多缝隙，经过加湿措施给库内空气增加的一点水分很快会散发出去，而无法取得理想的效果。

在实际工作中，往往会出现这样一种情况，一个过去长期潮湿或干燥的库房，当开始采取减湿或加湿措施时，尽管库房密闭条件很好，库内空气的湿度也无法稳定，即减湿或加湿的效果不理想，但这不是减湿或加湿措施本身的问题。比如，一个库房过去长期比较潮湿，库房建筑材料、档案柜架（木制）以及档案本身含水量都比较高，它与库内相对湿度高的状态相平衡，当我们采取减湿措施（用制冷去湿机）时，开机把库内空气中一部分水分抽掉，降低了库内的相对湿度，但停机后库内湿度又很快回升。这是因为库内湿度降低后，与库内各种物体中的含水量不再平衡，停机后，库内各种物体中的水分开始向空气中蒸发。改变这种状况需要一个过程，当库内各种物体中的水分不断蒸发，其含水量与通过库内减湿措施降下来的湿度状态达到平衡时，库内湿度才能趋于平稳。加湿也是如此，当开始加湿时，增加到库内空气中的水分很快被库内各种物体所吸附，使库内湿度无法保持稳定；当库内各种物体不断吸收水分，其含水量与加湿后库内空气的湿度状况处于平衡时，库内空气湿度自然趋于稳定。

调节库房温湿度的其他措施也要与通风相结合，因为调节库房温湿度的其他措施费用较高，所以如果库外存在能够调节库内温湿度的气候条件，也应尽量用通风的办法，以适当降低管理费用。

总之，控制与调节库房温湿度不是简单依靠某一种措施就能奏效的，需要采取综合措施。我们必须清楚各种措施的作用及局限性，在实际工作中根据具体情况综合治理，达到既少花费用又有理想效果的目的。

思考题

（1）什么是绝对湿度？
（2）什么是相对湿度？
（3）为什么相对湿度能直接反映空气潮湿、干燥的程度？
（4）什么是露点温度？
（5）绝对湿度、相对湿度、温度之间的关系及其意义分别是什么？
（6）制定库房温湿度标准的指导思想是什么？
（7）普通干湿球温度计的测湿原理及使用中应注意的事项分别是什么？
（8）测定库内外温湿度的意义是什么？
（9）为什么库外绝对湿度低于库内时可以通风降湿？
（10）制冷去湿机去湿原理及其优缺点分别是什么？

第五章　档案库房的防光及防有害气体与灰尘

第一节　防光

光是从发光体发射出的辐射线、电磁波，由于其在行进中呈波状，所以也叫光波。光波中起伏的高点被称为波峰，低点被称为波谷。波长是波在一个振动周期内传播的距离，也就是沿波的传播方向，两个相邻的同相位点（如波峰或波谷）间的距离，它等于波速和周期的乘积。光有各种各样的波长，不同波长的光具有不同的特性。从太阳发射出来的光，其波长从200纳米一直延续到10 000纳米。但当其穿过大气时，波长短于290纳米的短波长——紫外线和波长长于3 000纳米的长波长——红外线会被吸收掉。能够到达地球表面的光，又可根据其波长的不同分为三类。一种是可见光，即人的视觉可以感受到的，其波长为400～760纳米，可见光又分为赤、橙、黄、绿、青、蓝、紫七种颜色，它们的波长也各不相同，红光的波长最长，接近于760纳米，紫光的波长最短，接近于400纳米。另外，还有两种光为不可见光，即人的视觉感受不到的。一种是波长为760～3 000纳米的光，即红外线；另一种是波长为400～290纳米的光，即紫外线。在这三种光中，虽然紫外线仅占5%以下，但其破坏作用最大。在各种人工光源中，也都有一定的紫外线。

一、光对档案制成材料耐久性的影响

光是影响档案制成材料耐久性的因素之一，它不仅会使档案纸张材料强度下降，而且会使档案字迹发生褪色。

实验证明，各种纤维素经过阳光一段时间的照射后，其机械强度都会比原来降低 50%。各种纤维素对应的照射时间如下：

天然麻：200 小时　　棉：940 小时

亚麻：999 小时　　羊毛：1129 小时

三种不同强度的棉纤维光照 20 天后，其抗张强度变化如表 5-1 所示。

表 5-1　三种不同强度的棉纤维在光照下的抗张强度变化情况

试验前	20 天后	强度降低（热）
202	212	19
259	180	30
226	146	36

档案字迹材料，特别是以有机染料为色素的字迹材料，在一定时间的光照后都会发生不同程度的褪色。

光对档案制成材料耐久性的影响表现在三个方面。

（一）光辐射热

光具有能量，当其向外辐射时会产生热效应，可见光与红外线热效应较大，被称为热射线。例如，在无遮挡的暴露空间，气温 40 ℃、太阳高度角为 73.2 度的条件下，物体每平方米每小时受到阳光辐射所产生的热能就有 756 千卡。这种光辐射热会影响档案制成材料的耐久性。美国国家标准局进行的研究表明，某几种纸在空气中受到辐射时就会褪色，温度高于 30 ℃时会发黄。在高温下烤成褐色或在 100 ℃下变黄的纸，类似于因阳光而褪色的旧纸。耐热性差的字迹也会因辐射热的影响而发生褪色、扩散等现象。

（二）光氧化

聚合物在含氧的环境中受到光的照射时，就会发生光氧化反应，经常引起聚合物的断链或交联。档案纸张材料中的纤维素发生光氧化反应时，会产生氧

化降解，变为易碎的氧化纤维素，从而影响纸张的强度和耐久性。字迹材料在光氧化作用下也会产生褪色现象。

（三）光能的破坏作用

光是具有一定能量的，发光体的原子在发射光波的时候，是一份一份地发射的，光源好像射出一个一个“能量颗粒”，通常把每一份大小固定的能量颗粒称为这种光的一个量子，量子大小只与这种光的频率有关。光的吸收是以光量子为单位，通常以一个分子或一个原子吸收一个光量子的方式进行。当一个分子吸收了光的能量后，分子高度活化或者形成电子激发态，这种激发态分子通常是极不稳定的，只能保留一个极短的时间（约一亿分之一秒），必须通过各种途径失去这部分能量，恢复到非激发态（基态）。这些途径经常有三种：第一，将能量以热量形式（分子振动）传递给邻近的分子，从而回到基态；第二，通过荧光、磷光和热的形式，以更长波长发生再辐射；第三，引起光化学反应。以第三种途径吸收能量而引起的光化学反应，能使有机物遭到破坏。

不同物质在一定能量的光的照射下会引起化学变化，以致遭到破坏。以档案纸张来讲，它的主要成分是纤维素，其葡萄糖基中有六个碳，碳与碳之间都有化学键，破坏这些化学键，需要 58.6 千卡 / 克分子的能量。另外，纤维素的结构是一个线性的长链分子，要使这种线性链断裂要 80 千卡 / 克分子的能量。因此，光的能量的大小决定着其破坏作用的大小。由于光的能量等于普朗克常数乘以光的频率，即 $E=h\nu$ [E 为光子的能量，h 为普朗克常数 $6.626\,17\times10^{-27}$ 尔 /（格・秒），ν 为光的频率]，所以光的频率愈大，则其能量也愈大；光的频率愈小，则其能量也愈小。光的频率的大小又与光波的长短有关，因为光的频率 $\nu=\dfrac{C}{\lambda}$（C 为光速 3×10^{10} 厘米 / 秒，即 30 万公里 / 秒，λ 为光的波长），所以频率的大小与光波的长短成反比。由此可见，光波长，则频率小，能量也小；光波短，则频率大，能量也大。各种波长光波的能量如表 5-2 所示。

表 5-2　各种波长光波的能量

波长 / 纳米	光的种类	爱因斯坦值 /(千卡・克分子 $^{-1}$)
1 000	短波长红外线	28.6
800	可见光的极限	35.7

续 表

波长 / 纳米	光的种类	爱因斯坦值 /(千卡 · 克分子 $^{-1}$)
700	红	40.9
600	黄	47.6
500	蓝	56.9
400	可见光极限	71.5
300	长波长紫外线	95.3
200	紫外线	143
100	短波长紫外线	286

可以看出，紫外线波长短而能量最大，足以使档案制成材料遭到破坏。它不仅具有使档案纸张材料中纤维素的碳键断裂的能量（58.6 千卡 / 克分子），而且具有使纤维素线性链断裂的能量（80 千卡 / 克分子）。由于紫外线能量大，会使档案字迹材料色素成分中的发色团遭到破坏，从而引起褪色，因此档案库房防光的重点是防紫外线。

二、防光的措施

为了防止或减少光对档案制成材料的破坏作用，一般可采取以下措施：

第一，为了防止阳光的直接照射，库房的窗子要少，东西向不宜开窗，南北向的窗子要小而窄。在窗上可采取遮阳措施，以太阳光不能直接照射在档案架上为宜。

第二，为了防止或减少漫射（散射）光中的紫外线进入库内，在库房窗玻璃上应采取如下措施：

一是在库房窗子上加设窗帘或百叶窗，可以减少紫外线的透入。也可在库房窗子上设置木板窗或铁皮窗，当库内不需使用自然光源时，可将木板窗或铁皮窗关上，以防止紫外线的透过。

二是库房窗子使用毛玻璃、花纹玻璃等，因其表面粗糙不平，对光线可产生重复反射，从而减少了透过量。也可使用有色玻璃，不同颜色的玻璃对可见

光中的各种颜色光的透过情况不同，如红色玻璃可以透过可见光中波长较长的红光，而对波长较短的蓝紫光具有吸收作用。一般以用红、绿、黄色玻璃为宜。另外，以白铅粉和桐油相混合（2 ∶ 1），用汽油稀释涂在玻璃上，也可过滤掉一部分紫外线。

三是在库房窗玻璃上涂刷紫外线吸收剂能取得更为理想的效果。紫外线吸收剂的作用相当于一个紫外线滤光片，能把大部分紫外线都过滤掉。紫外线吸收剂首先应具有足够的光稳定性，其次要对对有机物最有害的波长范围内（一般为 300 ～ 400 纳米）的光具有较强的吸收能力。这样只要有很小的用量，就能起到足够的光稳定作用。另外，紫外线吸收剂完全可以透过可见光，不影响库内采光。

从化学结构特征来说，紫外线吸收剂有邻－羟基二苯甲酮类、邻－羟基苯并三唑类等。

中国科学院化学研究所研制并于 1982 年通过技术鉴定的 KH–1 型滤紫外光涂料和薄膜，已由江苏常州第二绝缘材料厂生产。KH–1 型滤紫外光涂料能滤掉 99% 以上的紫外光，透明性较好，可见光透过率大于 99%。KH–1 型滤紫外光薄膜是在聚酯薄膜上涂上滤紫外光涂料制作而成，它的滤紫外光性能与涂料相同，可见光透过率为 85%，接近窗玻璃，适合于包裹日光灯管及其他需防紫外光的物品。

实测结果：当室外紫外光含量为 500 微瓦 / 流明时，涂刷前室内紫外光含量为 200 ～ 400 微瓦 / 流明，涂上 KH–1 型滤紫外光涂料之后，室内紫外光含量下降到 50 微瓦 / 流明。

第三，了防止或减少人工光源中的紫外线，库内使用人工光源时，以用白炽灯即普通的钨丝灯泡为好，不宜使用日光灯，因为日光灯发射出的紫外线比白炽灯多。

白炽灯发出的可见光成分中，长波光谱强，短波光谱弱，与天然光相较差别较大，呈红色。因此，相对来说紫外线所占比例较小。

日光灯又叫水银灯，也叫荧光灯。荧光灯管的内壁涂有荧光粉，管内充以 6×10^8 毫米汞柱的水银蒸汽和惰性气体，管端各有两个电极，与封在荧光灯管内涂有氧化钍的螺旋形钨丝和一对触须连通。通电加热灯丝，当其温度达到 850 ～ 900 ℃时，氧化钍开始发射电子，电子在电场的作用下获得高速度，冲击汞原子，使汞原子电离，由于氧化钍发射的电子和电离释放出来的电子迅速增加，所以在一瞬间出现电离的雪崩现象。汞原子电离时发射出波长为 253.7 纳米的紫外线，紫外线刺激管壁上的荧光粉发出可见光。因此，与白炽灯相比，日光灯发射出的光中，紫外线更多。库房人工光源如用日光灯，应有一定的防护措施，可用含有紫外线吸收剂的薄膜把整个管子包裹起来。

第二节 防有害气体与灰尘

空气中的有害气体和灰尘是影响档案“寿命”的因素之一。虽然它对档案制成材料的破坏作用在一般情况下是比较缓慢的，不易被人们所察觉，但它确实每时每刻都在影响档案制成材料的耐久性。有害气体与灰尘和大气的洁净程度有关，随着工业的发展，在城市中大气污染问题日益严重，有害气体与灰尘对档案制成材料的不利影响也日趋突出。因此，防有害气体与灰尘也是改善档案保护条件、延长档案寿命的一项重要措施。

一、有害气体的来源及对档案制成材料耐久性的影响

档案一般都保存在空气中，也就是保存在大气中。所谓大气，就是指围绕在地球周围，维持人类、动物和植物生存的空气层。这一空气层厚达 1 000 公里，离地面越远，空气越稀薄，接近地面空气密度最大。

正常大气（干燥状态）的组成（按体积计算）：氮气约占 78%，氧气约占 21%，氩、氦、氖、氪、氙等惰性气体约占 0.94%，二氧化碳约占 0.03%，此外还有少量其他气体，如表 5–3 所示。

空气正常成分以外的气体状污染物质被称为其他气体成分或不纯部分，其中危害性大的气体污染物质被称为有害气体。

表 5–3　正常大气中各成分的组成

气体类别	浓度 /ppm	气体类别	浓度 /ppm
氮	780 900	甲烷	2.2
氧	209 500	氪	1.0
氩	9 300	二氧化氮	1.0
二氧化碳	300	氢	0.5

续表

气体类别	浓度 /ppm	气体类别	浓度 /ppm
氖	18	氙	0.08
氦	5.2		

（一）污染大气的有害气体的主要来源

1. 燃料的燃烧

主要是工业用燃料的燃烧，但民用生活取暖的排气也是一个重要污染源。据测算，每燃烧 1 吨燃料就向大气排放 5 ～ 70 公斤的废气。

2. 工业生产过程中的排气

据测算，每处理 1 吨原料就要排放 25 ～ 300 公斤的废气。

3. 运输工具的排出物排放

具有代表性的是汽车。汽车排出物的性质以及数量，因发动机的种类、所使用燃烧的性质和成分、行驶状况等情况而有差别。

散发臭气的主要企业类型，如表 5–4 所示。

表 5–4　散发臭气的企业类型

企业名称	散发臭气的物质
化工产品企业	硫化氢、氨、胺、酒精、醛、酚、硫醇
肥料厂	氨、有机氮化合物、骨粉
食品厂	烤面包、巧克力、咖啡、鱼
一般工厂	橡胶、塑料制品、溶剂、喷漆
炼油厂	从原油中放出的硫化物
纸浆及造纸厂	含硫物质
化妆品生产	香料、动物性脂肪

有代表性的汽车排出物的测定结果，如表 5–5 所示。

表 5–5　代表性汽车排放物的测定结果

测定项目	空 挡	加 速	定 速	减 速
碳氢化合物（己烷计）/ppm	800	540	480	5 000
碳氢化合物范围（己烷计）/ppm	300 ～ 1 000	300 ～ 800	250 ～ 550	3 000 ～ 12 000
乙炔 /ppm	710	170	178	1 096
醛 /ppm	15	27	34	199
氮氧化物（二氧化氮计）/ppm	23	543	1 270	6
氮氧化物范围（二氧化氮计）/ppm	10 ～ 50	1 000 ～ 4 000	1 000 ～ 3 000	5 ～ 50
一氧化碳 /%	4.9	1.8	1.7	3.4
二氧化碳 /%	10.2	12.1	12.4	6
氧气 /%	1.8	1.5	1.7	5.1
排气值 /（立方英尺 · 分 $^{-1}$）	8	60	35	8
排气值范围 /（立方英尺 · 分 $^{-1}$）	5 ～ 25	40 ～ 200	25 ～ 60	5 ～ 25

目前，我国城市中的汽车数量在急剧增加，汽车将成为排放有害气体的一个重要污染源。

锅炉、汽车与工业设备排放废气量比重，如表 5–6 所示。

表 5–6　锅炉、汽车与工业设备排放废气量比重

污染源	污染物	1 吨原料或燃料产生废气重量
锅 炉	粉尘、二氧化硫、一氧化碳、酸类和有机物	5 ～ 15 公斤（燃料）
汽 车	二氧化氮、一氧化碳、酸类、有机物	40 ～ 70 公斤（燃料）

续　表

污染源	污染物	1 吨原料或燃料产生废气重量
炼油	二氧化硫、硫化氢、氨、一氧化碳、碳化氢、硫醇	25 ～ 150 公斤（原料）
化工	二氧化硫、氨、一氧化碳、酸、溶媒、有机物、硫化物	50 ～ 200 公斤（原料）
冶金	二氧化碳、一氧化碳、氟化物、有机物	50 ～ 200 公斤（原料）
采矿（矿石处理加工）	二氧化硫、一氧化碳、氟化物、有机物	100 ～ 300 公斤（原料）

（二）对档案制成材料耐久性影响较大的几种有害气体

影响档案制成材料耐久性的气体主要是酸性有害气体和氧化性有害气体。大气中含量较多的有如下几种：

1. 二氧化硫（SO_2）

二氧化硫主要是由含硫的燃料和原料在燃烧和冶炼过程中产生的。硫酸厂、化肥厂、钢铁厂、热电厂、冶炼厂、砖瓦厂、化工厂、焦化厂、各种锅炉以及加工硫磺和冶炼含硫矿物的工厂，都会产生大量的二氧化硫。

因此，在工业区和大的居民点，空气中的二氧化硫含量要多些，往往超过相关标准（我国标准是一次最大容许浓度为 0.5 毫克 / 立方米，日平均浓度为 0.15 毫克 / 立方米）。

二氧化硫是一种无色且具有剧烈窒息性臭味的气体，易溶于水，在 20 ℃温度下，1 个体积的水可溶 40 个体积的二氧化硫。二氧化硫和水发生作用首先产生亚硫酸，然后与空气中的氧发生作用成为硫酸。

$SO_2+H_2O \longrightarrow H_2SO_3$

$2H_2SO_3+O_2 \longrightarrow 2H_2SO_4$

二氧化硫也可以和空气中的初生态氧或臭氧发生作用，形成三氧化硫，然后再和水发生作用成为硫酸。

$SO_2+[O] \longrightarrow SO_3$

$3SO_2+O_3 \longrightarrow 3SO_3$

$SO_3+H_2O \longrightarrow H_2SO_4$

由此可知，二氧化硫是一种酸性有害气体。哪怕空气中含有 0.5 ～ 1 ppm

的二氧化硫，也很容易被纸张吸收，与纸张中的水分发生作用而生成酸，逐渐使纸张酸度增加。

2. 硫化氢（H_2S）

自然界中的硫化氢是动植物中氨基酸腐败的产物，多和氨气一起存在于粪坑、厕所、垃圾堆、污水洼、屠宰厂等处。工业生产中的粗焦炉气、水煤气及许多天然气中含有硫化氢。制造硫酸盐纸浆、人造丝、人造棉、橡胶、硫化染料以及其他各种硫化物过程中常常排出混有硫化氢的废气。例如，炼焦厂炼 1 吨焦要排出 54 公斤硫化氢气体。

硫化氢是一种带有腐败鸡蛋臭味的气体，易溶于水，在 20 ℃的温度下，1 个体积的水可溶解 2.5 个体积的硫化氢。硫化氢溶于水后成为氢硫酸。硫化氢也可以在大气中被迅速氧化成二氧化硫，特别是当空气比较充足时其反应速度更快。

$$2H_2S+3O_2 \xrightarrow{\text{空气充足（燃烧）}} 2SO_2 + 2H_2O$$

硫化氢也可以和空气中的臭氧发生作用生成二氧化硫。

$$H_2S+O_3 \longrightarrow H_2O+ SO_2$$

二氧化硫又可以进一步产生酸。因此，硫化氢是一种酸性有害气体。

3. 二氧化氮（NO_2）

大气中共有七种氮的氧化物，其中以一氧化氮和二氧化氮最多。燃料在空气中高温燃烧时可使空气中的氮氧化成氧化氮。一般化肥厂、制造硫酸或硝酸的工厂及各种用硝酸处理的工序都会排出氧化氮。

二氧化氮易溶于水而产生硝酸。

$$3NO_2 + H_2O \longrightarrow 2HNO_3 + NO$$

二氧化氮在光的作用下会分解为一氧化氮和初生态氧，初生态氧又会和空气中的氧发生作用而生成臭氧。

$$\text{光} \searrow NO_2 \left\langle \begin{array}{l} NO \\ [O]+O_2 \rightarrow O_3 \end{array} \right.$$

硝酸在一定条件下也可分解产生氧气。

$$4NHO_3 \xrightarrow{\text{特定条件}} 4NO_2+2H_2O+O_2$$

因此，二氧化氮既是酸性有害气体，又是氧化性有害气体。

4. 氯气（Cl_2）

氯气主要来自某些工业生产的排气。氯气与水作用能生成盐酸和次氯酸。

$Cl_2 + H_2O \longrightarrow HCl + HClO$

次氯酸不稳定，又易分解为盐酸和初生态的氧，初生态的氧又会和空气中的氧发生作用成为臭氧。

$HClO \longrightarrow HCl + [O]$

$[O] + O_2 \longrightarrow O_3$

因此，氯气既是酸性有害气体，又是氧化性有害气体。

（三）有害气体对档案制成材料耐久性的影响

纸张是多孔的物质，它的孔洞以及纸张之间都有空气。在大气压力变换的情况下，纸张内的空气也在不断变换。这时，有害气体也会进入纸张而被其吸收。有害气体会从浓度较高的地方移向浓度较低的地方，由于纸张能迅速吸收有害气体，而使纸张表面上的有害气体量等于零，因此有害气体便不断地移向纸张。单位时间内有害气体的移动量与移动的面积和单位长度（1 厘米）内有害气体的浓度差成正比。

酸性有害气体被纸张吸附后，与纸张中的水分作用生成酸，进而使档案纸张材料的酸度增加。酸是促使纸张中纤维素水解的催化剂，其含量的增加会使档案纸张材料强度下降，耐久性降低。同时，还会使耐酸性较差的字迹材料（如复写字迹等）发生不同程度的褪色。

氧化性有害气体所产生的初生态氧或臭氧都是氧化剂，会使档案纸张材料中的纤维素被氧化而强度下降，进而降低其耐久性。一些字迹材料中的色素也会因被氧化而发生褪色。

二、灰尘的来源及对档案制成材料耐久性的影响

灰尘也是空气中的一种有害杂质，和有害气体不同，它是以固体状态存在的。空气中灰尘的多少，与环境条件有很大关系。一般城市中的灰尘较多，特别是工矿区、住宅区和繁华的、城市中心区。

（一）灰尘的种类

1. 粉尘

粉尘是由于物体粉碎而产生和分散到空气中的微粒。其粒径大小差别较大，大的肉眼可见，小的要在高倍显微镜下才能看到。但一般多为 1 ～ 10 微米粒径的粒子。粒子的形状不规则，但其成分与生成前的物质相同。

2. 凝结固体烟雾

凝结固体烟雾是在燃烧、升华、蒸发、凝聚等过程中形成的。其粒径分布范围为 0.1 ～ 1 微米。凝结固体烟雾与粉尘不同，它的凝聚力很大。金属在熔化过程中熔化物质的蒸汽压力大到一定程度就形成气体。这种气体在空气中冷却，凝结成固体烟雾，它与粉尘粒子相比较为规则。

3. 烟

烟是木材、纸、布、油、煤、香油等燃烧的产物。其粒径在 0.5 微米以下。有机物完全燃烧时生成二氧化碳和水，但是如果不完全燃烧，没有燃烧的颗粒就会散发到空气中。通常所指的烟是指未燃烧的碳和水处于共存状态，悬浮在空气中而形成的。

（二）灰尘的主要来源

有的灰尘来自自然界，有的来自人类的生产生活。

1. 来自自然界的灰尘

（1）岩石的风化。

（2）海水浪花蒸发时形成的小的盐粒结晶体。

（3）火山爆发喷出的岩浆。

（4）植物的花粉等。

2. 来自人类生产生活的灰尘

（1）燃料的燃烧向大气排入烟尘，每烧 1 吨煤就要释放 10 多公斤甚至更多的煤烟。

（2）工业生产中的排尘。例如，水泥、矿业、食品、制材、冶炼、钢铁等企业排出的各种粉尘。

（3）库房地面、墙壁处理不当，也会产生灰尘；工作人员也会把灰尘带入库房。

（三）灰尘对档案制成材料耐久性的影响

灰尘是一种固体杂质，它的形状是不规则的，多是带有棱角的粉粒。在整理、保存、利用档案的过程中，随着移动和翻阅，就会引起落在档案上的灰尘颗粒对档案纸张的摩擦，使档案纸张材料受到损坏。同时，纸张表面磨擦起毛后，也会影响字迹的清晰度，一些牢固性差的字迹（如铅笔字迹）则更易被磨擦掉。

灰尘一般都能吸附空气中的化学杂质而带有酸、碱性，有些灰尘本身就带有酸、碱性。因此，灰尘落在档案上，就会给档案带来酸或碱，从而对纸张和字迹产生破坏作用，当库房潮湿且纸张含水量大时更甚。

灰尘中往往含有黏土（$Al_2O_3 \cdot 2SiO_2 \cdot 2H_2O$），黏土吸收空气中的水分会发生水解而分解出胶状的氢氧化铝[$Al(OH)_3$]，使档案黏结在一起。

灰尘会脏污档案。灰尘多是一些带有颜色的细小颗粒，落在档案上，就会使档案的纸张逐渐变为灰色，严重时会影响字迹的清晰度。

灰尘是霉菌孢子的传播者和微生物寄生和繁殖的掩护所，霉菌孢子能附着在灰尘上到处传播。

粉尘来源及其种类和粒径，如表 5-7 所示。

表 5-7　粉尘来源及其种类和粒径

散发粉尘的设备	粉尘种类	粉尘粒径 / 微米	粉尘含量 / 克·立方米$^{-1}$
水泥烧结窑	水泥烧结粉尘		10 ～ 50
石灰窑	石灰粉	20 ～ 40	21
锌矿熔烧窑	氧化锌、飞尘	5 左右	1 ～ 8
炼铁高炉	矿粉、焦粉	0.5 ～ 20	7 ～ 55
镍铁熔矿炉	主要成分为二氧化碳	0.1 ～ 10	2 ～ 10
铝烙矿	铝化合物	0.1 ～ 10	2 ～ 6
炼钢平炉	氧化铁	0.02 ～ 0.5	2 ～ 14
废铁炼钢平炉	氧化铁、氧化锌	0.08 ～ 1.0	1 ～ 3.4
硫铁平炉	硫铁矿熔渣		1 ～ 40
铝矾土煅烧炉	半烧铝粉尘		25 ～ 30
粉煤锅炉	飞尘		8 ～ 30
炭黑工厂内的空气		1 ～ 30	0.5 ～ 2.5
煤干锅炉	煤焦油	1 ～ 10	5 ～ 40
硫酸厂设备	硫酸雾	5 ～ 58	0.6 ～ 0.8

三、防有害气体与灰尘的措施

（一）正确选择档案库房的地址

正确选择档案库房的地址是防有害气体与灰尘的经济而有效的办法。档案库房的地址应该选择在不产生大量有害气体与灰尘的地区，不要把库址选在工业区、大居民点或繁华的街道上。档案库房应建于这些地区的上风处，可大大减少有害气体与灰尘的影响。

（二）档案库房要实行密闭

档案存放可采取密封的或相对多层密封的方法，如用档案柜、档案箱、档案盒等，以减少有害气体，特别是灰尘对档案的破坏。国外也有用塑料薄膜密封保存档案的。

（三）绿化植物对环境保护有着积极的作用

对档案库房周围进行绿化，可以减少有害气体和灰尘对库房的影响。

绿化植物可以吸收有害气体。例如，二氧化硫是一种数量多、分布广、危害大的有害气体，大气中的二氧化硫除一部分散入高空被稀释外，大部分降到地面上，其中少量能被雨水溶解渗入土壤中，剩余的则主要靠各种物体表面吸收。空气中的各种物体表面，不论是生物还是非生物，都有吸收二氧化硫的能力，但吸收快慢和单位面积吸收量的大小与表面的属性有关。各种物体表面中，以植物叶片的表面面积最大，一株植物的叶面积要比它所占的土地的面积大得多。因此，植物吸收二氧化硫的能力也比其所占的土地面积的吸收能力大得多。

硫是植物体中氨基酸的组成成分，也是植物所需要的营养元素之一，正常的植物中都含有一定的硫。二氧化硫被植物吸收后形成亚硫酸及亚硫酸盐，植物能以一定的速度将亚硫酸盐氧化为硫酸盐。如果大气中二氧化硫的浓度不超过植物的需要量，植物叶片就不会受害，并能不断吸收大气中的二氧化硫。随着植物叶片的衰老凋落，它所吸收的硫也一同落到地上。植物年年长叶，年年落叶，可以不断吸收有害气体，达到净化空气的目的。

植物，特别是树木，对灰尘有明显的阻挡、过滤和吸附作用。树木的减尘作用表现在两方面：一方面树木的枝冠茂密，具有强大的减低风速的作用，随着风速的降低，空气中携带的大粒灰尘就会下降；另一方面叶子表面不平，有些植物叶面表面多褶皱，有的树叶表面粗糙，有的树叶表面有绒毛，还有的树叶能分泌油脂等，这些特征都有利于阻挡、吸附和黏着灰尘。花卉和草皮也有一定的吸收有害气体和滞尘作用。因此，植物是大气的天然净化器和过滤器。

（四）净化与过滤灰尘与有害气体

使用空调装置净化和过滤灰尘与有害气体，一般能收到较理想的效果。这是使空气通过过滤器而实现的。

黏性冲击过滤器通常采用粗纤维被制成平的薄板状，它具有很高的通气性，在滤料上涂有黏性物质，其作用是黏附冲击纤维上的粒子。所采用的滤料，最普通的是玻璃纤维、金属丝、膨胀金属、金属箔片、成卷的滤网等。干式空气过滤器是由非常细微和紧密相连的纤维形成一个稠密的过滤层，滤料上没有黏附剂。静电过滤器则多用电极板静电过滤，即在高压电离导线上产生的正离子越过空气流，触击空气流可携带的所有灰尘粒子，并贴附其上，这些粒子随即进入带电的和接地的板极系统中。在那里，由于它们所携带的电荷和板极之间的电场力的作用，粒子被驱至板极上，因而被从空气流中分离出来。

黏性冲击过滤器的效率不如干式空气过滤器高，但其初投资及维护费用一般是较低的。目前干式空气过滤器的效率已接近静电过滤器，且成本较低。但这类过滤器还是比黏性冲击过滤器贵，压力损失也较大。静电过滤器初投资较高，但它的效率也较高，特别是当粒子非常细的时候。此外，静电过滤器也具有很低的压力降。

选择过滤器要考虑下面三个因素：第一，所要求的空气洁净度；第二，对从空气中除下的灰尘的处理；第三，所过滤空气中灰尘的数量和类型。这些因素决定了初投资、运行费用及需要维修的程度。

净化空气中的有害气体有洗涤、吸附、化学反应等方法，目前常用活性炭过滤器吸附空气中的有害气体。

如果库房采用少数通风口进行机械通风时，也可以在通风口采取简单的净化与过滤的措施。首先按通风口的面积大小做一个匣体，如果是过滤灰尘，可将不同孔径网眼的波纹金属网多层交错叠置在匣体内，沿着空气流动的方向，孔径逐渐缩小。使用前金属网要浸油（10 ～ 20# 机油），使用后清洗可用浓度为 10% 的 60 ～ 70℃的碱水，洗净后晾干浸油，再继续使用。如果是净化空气中的有害气体，可在匣体内填充活性炭。活性炭主要是采用有机物，如木材、果核、椰子壳等通过加热和专门的加工方法制成的。制成后的活性炭内部形成许多极细小的孔隙，从而大大增加与空气接触的表面积。1 克（约 2 立方厘米）活性炭的有效接触面积约为 1 260 平方米。在正常条件下它所吸收的物质等于自身重量的 15% ～ 20%，当达到这种程度时，就需要更换活性炭。

（五）防止库房建筑内表面起尘

库房应选用质地坚硬耐磨、光滑易清洗的材料做围护结构的面层，以防建筑内表面起尘。这样做会使建筑投资增加，应根据条件，因地制宜采取适当措施。目前有些档案部门采用高分子有机涂料，喷刷库房地面或墙壁，这种方法比较经济，可以收到一定的效果。

（六）档案材料入库前应进行除尘处理

进入库房的工作人员应换工作服和拖鞋，必要时可在库房的入口处加设吹淋室（专门的“风浴”设备），用以吹除进入库房的人员和档案材料表面附着的灰尘。此外，经常做好库房清洁卫生工作，也能有效地降低库内的含尘量。

思考题

（1）光如何影响档案制成材料的耐久性？

（2）为什么档案库房防光重点是防紫外线？

（3）为什么档案库房人工光源宜用白炽灯？

（4）简述有害气体、灰尘的主要来源与库房地址的选择。

（5）简述 SO_2、H_2S、NO_2、Cl_2 对档案制成材料耐久性的影响。

（6）试述灰尘对档案制成材料耐久性的影响。

（7）试述绿化植物对空气的净化与过滤作用。

第六章　档案有害生物的防治

第一节　微生物对档案的破坏作用及其防治

一、微生物的基本知识

微生物是一群体形微小、构造简单（单细胞及接近单细胞，有的甚至没有细胞构造）的生物的总称。广义来说，微生物包括细菌、酵母菌、霉菌、病毒、放线菌、单细胞藻类和原生动物。狭义地说，微生物主要指细菌、酵母菌和霉菌。细菌和霉菌都能危害档案，但危害性最大的还是霉菌。

（一）细菌

细菌是单细胞微生物，每个细菌的菌体都只由一个细胞组成。根据细菌的形态，基本可分为三种：球菌、杆菌和螺旋菌。细菌的个体很小。球菌的直径大约为 0.5 ～ 2 微米；杆菌的大小差别较大，一般宽为 0.5 ～ 1 微米，长为 1 ～ 5 微米；螺旋菌宽为 0.3 ～ 1 微米，长为 1 ～ 5 微米。把三万个细菌排成一行，也不过一寸长；把一亿个细菌集中起来的总体积也只有一立方厘米。

细菌的繁殖是通过细胞分裂的方式进行的。这种生殖方法叫裂殖。生殖时，菌细胞先膨胀伸长，并在细胞中央部分生成隔膜，继而分裂为两个细胞。细菌在条件适宜时繁殖的速度是非常惊人的，新细胞成长至再分裂大约需要 20 ～ 30 分钟。例如，按 30 分钟分裂一次计算，一个细菌经 8 小时就可繁殖到

65 536 个。当然，由于各种条件因素的影响，细菌的实际繁殖速度要比理论计算的速度低得多，然而仍是相当快的。

细菌细胞的构造，基本上包括细胞壁和原生质体（包括原生质膜、细胞质和细胞核）。有些细菌还具有荚膜、鞭毛和芽孢。

芽孢是许多细菌发育的某一阶段中，在细胞内形成特殊的、圆的或椭圆形的构造。产生了芽孢的细菌不再繁殖，且失去活力，往往细胞壁破坏后，芽孢也就脱离细胞而出。当芽孢落入适宜的环境中，便开始吸收水分与养分渐渐膨胀，体积增大，外壁破裂，逐渐发育成新的细菌细胞。细菌的芽孢往往是在不良的条件下形成的。由于芽孢的含水量很小，且具有不易渗透的脂肪质厚壁，所以芽孢对于不良的外界环境条件有很强的抵抗力。芽孢含水量少，且多为结合水,能耐高温。有的芽孢(枯草杆菌)能在100℃高温下坚持三小时不丧失活力。因此，高压灭菌时需要在 120 ～ 150 ℃的温度下才能彻底消灭芽孢。芽孢具有不渗透性外壁，对化学毒物也具有极大的抵抗力，如芽孢在 5% 石炭酸溶液中能维持 15 日之久。总之，细菌的芽孢只是细菌的休眠体，也可以说是细菌抵抗恶劣环境保证其存在的适应方式，有许多细菌的芽孢可以保存其活力达数十年甚至数百年之久。

（二）霉菌

霉菌在各类微生物中是数量最多、分布较广的一种。由于霉菌对一些复杂的有机物（纤维素、淀粉、蛋白质等）具有较强的分解能力，因而对档案制成材料危害较大。

霉菌的菌体是由菌丝组成的。许多菌丝聚集在一起形成菌落，所以菌落是由许多单个菌丝交织而成的，其形状有绒毯状、棉絮状或蜘蛛网状等，我们平时所看到的物体上的霉层就是菌落。霉菌的菌丝多是白色或浅色。菌落形成后，在菌丝的顶端逐渐长出各种颜色的孢子，从而使菌落带有一定的颜色。不同菌种具有不同的颜色，如绿、黄、青、棕、橘、粉红等。有时菌丝也能分泌一些色素，扩散到寄生的物体上，使其局部着色。

霉菌的生长过程是孢子发芽长出菌丝。菌丝可分为两种：一种为营养菌丝，往往伸入寄生物的内部或蔓生于寄生物的表面，可摄取营养物质或排出废物；另一种为气生菌丝，其直立于空气中，因其具有产生孢子而繁殖的功能，又叫生殖菌丝。

霉菌是个体最大的微生物，霉菌平均宽度为 3 ～ 10 微米，比一般细菌的宽度大几倍到几十倍。霉菌菌丝的结构有两种类型：一种为单细胞结构，即整

个菌丝由一个细胞组成，无隔膜，菌丝生长过程只是细胞个体的增大，而没有细胞数目的增多，毛霉就是这种类型；另一种由多细胞组成，菌丝内有隔膜，菌丝生长过程也是细胞分裂的过程，曲霉、青霉都属于这种类型。

霉菌的繁殖速度是非常快的，每一平方厘米的霉层上能有几千个孢子头，而每个孢子头内又有成千成万个孢子。例如，黑曲霉的一个孢子发芽生长后，短期内可生出上千个孢子头，每个孢子头内又有七万多个孢子，在几天内就可生出七千多万个孢子。霉菌孢子体积小、重量轻，可借助流动的空气传播到各种物质上，在条件适宜时又发芽、生长、繁殖。霉菌孢子也具有像细菌芽孢那样的抗恶劣环境的能力。危害档案的霉菌有毛霉、青霉、曲霉、大孢霉、芽枝霉、镰刀霉属等。

从以上介绍的情况可以总结出霉菌具有两个特点：第一，繁殖力强、速度快，体积小，分布广；第二，细菌的芽孢和霉菌的孢子具有较强的抵抗不利环境的能力，能长时间保持活力，条件适合时又可生长。因此，档案库房防霉的主要方法是消除霉菌的生长条件，但是使库房处在无菌状态是不可能的。

二、霉菌对档案的破坏

（一）霉菌能使纤维素水解，破坏纸张强度

构成霉菌菌体的物质中，水分占 70% ～ 85%，其余主要有蛋白质、碳水化合物、脂肪和少量无机盐等。微生物为了维持它的生命活动和生长繁殖，就必须从体外吸取养料，以供新陈代谢与构成菌体的各种物质。微生物没有专门的摄食器官，它们通过菌细胞的细胞膜把养料吸收到体内，只有溶解于水中的简单物质才能通过细胞膜被直接吸收。构成纸张主要成分的纤维素，由于分子体积大，结构复杂不溶于水，不能通过菌细胞的细胞膜，因此不能被微生物直接利用。然而，微生物能产生酶的物质，微生物借助各种酶的作用，使复杂的有机物分解成为可溶于水的简单物质。档案上生长的霉菌，首先靠纤维素酶使纤维素分解为纤维式糖，然后再靠纤维式糖酶使其继续水解为可被其吸收的葡萄糖。

$$(C_6H_{10}O_5)n+H_2O\xrightarrow{\text{纤维素酶}}X(C_{12}H_{22}O_{11})$$

$$X(C_{12}H_{22}O_{11})+H_2O_2\xrightarrow{\text{纤维式糖酶}}X(2C_6H_{12}O_6)$$

据国外资料记载，由于霉菌的破坏，纸张强度在 5 天内就会降低 50%。

（二）霉菌会使档案的字迹褪色

霉菌在吸取营养时，还会分解出有机酸，从而使纸张中的酸性急剧增加。

霉菌利用酶把纤维素水解为葡萄糖，葡萄糖还可以进一步被某些菌分解为有机酸和醇。

$C_6H_{12}O_6 \longrightarrow 2C_2H_5OH+2CO_2+$ 能量

$C_6H_{12}O_6 \longrightarrow 3CH_3COOH+$ 能量

酸会促使纤维素水解，并使某些耐酸性差的字迹褪色。

（三）霉菌会分泌出色素遮住档案的字迹

霉菌的孢子具有各种颜色，菌丝有时也能分泌出色素，如红曲霉会污染上红色，灰绿青霉和灰绿曲霉等能染上紫色和绿色，烟色曲霉和紫青霉会染上蓝色，根霉、黑曲霉能染上褐色或黑褐色。因此，档案发霉后字迹往往被一定的颜色所遮住，严重时会影响阅读。

总之，霉菌的生长繁殖需要不断得到营养的补充，档案纸张材料中的纤维素是霉菌营养的来源。因此，档案发霉既是霉菌生长繁殖不断取得营养的过程，也是档案制成材料逐渐遭到破坏的过程。

三、影响档案发霉的外界条件

档案制成材料本身具有可供微生物营养的成分，这是档案发霉的内在因素，但这只说明档案有发霉的可能性。实践告诉我们，档案并不是在任何保存条件下都会发霉，档案发霉还必须有适宜的外界条件。

造成档案发霉的主要外界条件有以下几个方面：

（一）湿度

水分是微生物的生命要素之一。微生物的生存与繁殖离不开水，因为水分是组成微生物细胞的主要物质之一；微生物的新陈代谢（摄食和排泄）也必须有水分参与。

微生物所需的水分，主要来源于档案纸张的水分，而档案纸张水分的高低又受库房空气湿度的影响。库房相对湿度高时，档案纸张就会从空气中吸收水分而增加本身的含水量；如果降低库房湿度，档案纸张就会向空气中放出水分而减少本身的含水量。只有当档案纸张的含水量能满足微生物生活、发育和繁殖的需要时，档案才能生霉。档案受潮容易生霉就是这个道理。同时，微生物体内水分的保持也跟空气湿度有关系。因此，微生物生长所需的水分是直接和

间接地来自档案和空气。

一般说来，微生物的发育都要求较高的空气相对湿度，但是各种微生物对空气湿度的要求仍有差别，根据这种差别可以把微生物分为三种类型，如表 6–1 所示。

表 6–1 不同类型微生物对空气湿度的适应性

类 型	发育要求的最低相对湿度
湿生型（高湿性）微生物	90% 以上
中生型（中湿性）微生物	80% ～ 90%
干生型（低湿性）微生物	80% 以下

在微生物中，细菌属于高湿性微生物；酵母菌也属于高湿性微生物，个别属于中湿性微生物，要求的最低湿度也在 88%～ 90% 以上。霉菌的情况较复杂，但多数霉菌是中湿性微生物。据实验可知，多数霉菌在空气湿度为 95% ± 2% 的条件下都能良好地生长繁殖，在相对湿度低于 75% 的条件下多数霉菌不能发育，因而通常把相对湿度 75% 称为生霉的临界湿度，几种霉菌生长繁殖时要求的最低相对湿度如表 6–2 所示。

表 6–2 几种霉菌生长繁殖时要求的最低相对湿度

菌 名	生长所需最低相对湿度 /%	繁殖（孢子）所需最低相对湿度 /%
白曲霉	75	80
黄曲霉	80	85
烟色曲霉	85	90
黑曲霉	88 ～ 89	92 ～ 95
杂色曲霉	75	80
总状毛霉	92	95
黄青霉	83	85

（二）温度

微生物的生长需要有适宜的温度，每种微生物的生命活动都需要一定的温度范围，超出这个范围则生长缓慢或停止。这种关系通常用三个界限表示，即最低生长温度、最适生长温度和最高生长温度。这些温度界限对不同的微生物来说是很不相同的。根据微生物对温度条件的要求，通常把微生物分为三类：低温性（嗜冷性）微生物、中温性（嗜温性）微生物、高温性（嗜热性）微生物。各类微生物生长的温度条件，如表 6–3 所示。

表 6–3　各类微生物的温度适应性

微生物类型	最低生长温度	最适生长温度	最高生长温度
低温性	0℃	5 ～ 10℃	20 ～ 30℃
中温性	5℃	25 ～ 37℃	45 ～ 50℃
高温性	30℃	50 ～ 60℃	70 ～ 80℃

危害档案的微生物大多数是中温性的，如多数霉菌的最适生长温度为 20 ～ 30℃，在 10℃以下不易生长，45℃以上停止生长。

据研究，各种微生物在最适生长的温度范围内每升高 10 ℃，生长速度可加快 1 ～ 2 倍。

档案库房中常见微生物的生长温度界限，如表 6–4 所示。

表 6–4　档案库房中常见微生物的生长温度界限

菌　名	最低生长温度 /℃	最适生长温度 /℃	最高生长温度 /℃
毛霉		25 ～ 30	
黄曲霉	6 ～ 8	36 ～ 38	44 ～ 46
黑曲霉	6 ～ 8	25 ～ 30	48 ～ 50
烟色曲霉	10 ～ 12	37	57 ～ 58
青霉	7	20 ～ 30	38

微生物在最适宜的温度范围内生长旺盛。微生物在超过其生长的最高温度的环境下很容易死亡。超过的温度愈高，微生物死亡的速度愈快。高温之所以

能杀菌，最主要的原因是高温能使蛋白质变性或凝固。微生物中蛋白质的含量很高，由于高温能促使微生物的蛋白质变性，同时破坏酶的活动，因此可以杀死微生物。多数微生物在 80 ℃的潮湿空气中会很快死亡（微生物细胞含水分愈少，其蛋白质胶体愈能耐高温），微生物的芽孢及少数菌种具有较高的耐热性。

一般情况下，微生物对低温的抵抗力较对高温的抵抗力强。例如，黑曲霉的个别菌株的最适温度为 36 ℃。例如，将温度升高 7 ℃，则其菌丝体减少至原来的数百分之一；如果将温度降低 15 ℃，其菌丝体减少至原来的数十分之一。细胞的芽孢和霉菌的孢子抵抗低温的能力更强。低温只能抑制微生物的生长，但其致死作用较差。微生物之所以能抵抗低温，可能是由于它们的体积小，在其细胞内不能形成冰结晶体，因此也不能破坏细胞内的原生质。

（三）空气成分

根据对氧需要的情况微生物可分为两大类，一类是在有氧的条件下才能进行正常的呼吸，这种呼吸叫有氧呼吸。在呼吸过程中，不断把葡萄糖和脂肪等物质氧化分解成二氧化碳和水，同时放出热量。必须在有氧条件下进行呼吸的微生物被称为好氧性微生物，也叫嗜氧性微生物。另一类是能在无氧的环境中进行呼吸，这种呼吸叫无氧呼吸。在呼吸过程中不能彻底分解有机物。可以在无氧条件下进行呼吸的微生物被称为厌氧性微生物。

多数霉菌需要在有氧的条件下才能正常生长，在无氧条件下不能形成孢子。空气中二氧化碳浓度的增加不利于微生物生长，如果使空气中二氧化碳逐渐增加，使氧逐渐减少，那么微生物的生命活动就会受到限制，甚至死亡。例如，当空气中的二氧化碳浓度达到 20% 时，霉菌中某些青霉和毛霉的死亡率能达到 50% ～ 70%；二氧化碳在空气中的浓度达到 50% 时，它们将全部死亡。

（四）酸碱度

酸碱度会影响微生物细胞膜的渗透性及菌体内霉的活性，也会影响原生质胶体的结构和性质。大多数细菌最适 pH 为 6.5 ～ 7.5，霉菌最适 pH 为 4.0 ～ 5.8。

四、防霉

（一）药剂防霉

防霉药剂的种类有很多，但大多数防霉剂需在生产中加入或涂在物品上才能起到防霉的作用，不适于档案防霉。适用于档案的防霉药剂应该是气相的，即具有挥发性，而且要符合一些要求：第一，具有足够的钻透性，药效好；第二，挥发出的气体对人无害；第三，对档案制成材料耐久性无不利影响；第四，价钱比较便宜。因此，目前适用于档案防霉用的药剂比较少。

1. 3号中药气相防霉剂

3号中药气相防霉剂由上海博物馆和上海医药工业研究院联合研制，从三种药材中提取四种具有抗霉性的成分配制而成。经实验研究，它对46种霉菌中较为顽固的霉菌谱（由黑曲霉、米曲霉、溜曲霉、黄曲霉、托姆青霉、产黄青霉、常见青霉、薇紫青霉、绿色木霉9个菌株组成）有良好的抑制效果。用其对纸张熏蒸两个月，对纸的拉力、白度无影响。用其对广告画颜料熏蒸五个月，对国画颜料熏蒸一个月，也都没有影响。在急性毒性试验中，小鼠口服给药试验，无毒性影响。这些中药材在我国长期被使用，对人体无不良反应。

经0.65立方米、6立方米、60～70立方米应用试验，空气中防霉剂浓度为1立方米空间1克，保持相对湿度80%～88%，室温28～33 ℃，在试验品上喷霉菌孢子，观察三个月，未发现霉菌生长。

3号中药气相防霉剂对各种档案字迹耐久性的影响尚需进一步试验研究。

2. 香叶醇长效抗霉灵

香叶醇长效抗霉灵由中央档案馆、北京中医学院、北京轻工学院联合研制。

香叶醇又名牻牛儿醇，是多种中草药、油所含的一种含氧单萜类成分，其分子式为$C_{10}H_{18}O$，分子量为154.25。香叶醇天然存在于香茅、香天竺葵、蔷薇、掌玫瑰、香叶、九里香等多种中草药中，为无色至淡黄色液体，具有特殊香味。可溶于大部分挥发油、矿物油及丙二醇等，但不溶于甘油、水。沸点为230 ℃，比重0.889 4。本品是从香茅草中提取的总挥发油，经化学处理而得，有效含量为90%。

在抗霉菌实验研究中，选用档案上常见的杂色曲霉、产黄青霉、淡紫青霉、黑曲霉、高大毛霉、黄曲霉、腊叶芽枝霉、交链孢霉、葡柄霉、黑根霉10种霉菌，对它们进行熏蒸抗霉效果、直接抗霉效果和抗纸张霉变效果试验，结果证明抗霉效果良好，其抗霉菌作用为杀菌作用。

在对档案制成材料的耐久性影响的试验研究中，选定4种纸张、10种字迹材料，在9.3 g/m^3的高浓度下，封闭熏蒸4个月，然后进行测试鉴定。纸张的铜价、pH值、白度、拉力、耐折度和撕裂度，以及光（30W紫外线灯，35小时）、热（100℃，72小时）老化后的各项测试数据，与对照组对比均无明显变化。10种字迹的色差值都在微量变化或极微量变化范围内。

香叶醇对人无毒副作用。国内有人报道在小白鼠灌胃、恶急性毒性试验中

未见其有明显毒性反应及病理变化。临床上用于治疗慢性气管炎，对心、肝、胃等主要脏器无明显毒副作用。据《世界精细化工手册》记载，以 10 000 ppm 剂量给大鼠口服 16 个星期，然后降为 1 000 ppm 剂量继续口服 27 ～ 28 个星期，未发现任何异常症状。因其具有蔷薇花样香味，还可以作为食品香精使用，故用于档案防霉时对人是安全的。

在防止档案霉变的实用研究中，在雨季分别对北京、苏州、无锡等地的档案馆进行试验。在档案箱中放入各种纸张档案，有的用霉菌孢子混合液接种，有的不接种。药物组放入香叶醇，对照组不施药。在同等条件下（一般温度在 25 ℃以上，相对湿度在 85% 以上），观察两个月以上，结果对照组档案有霉菌生长，而药物组均无霉菌生长。

剂型研究表明，香叶醇为一种液体挥发油，用于档案防霉，但使用不便，且易弄脏档案。为改变剂型，需研制一种无机释放载体，能收容挥发油，控制挥发速度，固化成片剂。目前确定的剂型是 1 克释放载体收容 1 克香叶醇，压制成片剂，释放速度为至少一年内有效。此药在江西省档案局已批量生产。

（二）改善档案保护条件防霉

接收档案入馆应进行严格检查，发现有档案生霉现象要进行消毒后才能入库房，以防把霉菌带入库内。

加强库房的温湿度管理，控制库房的温湿度是防霉的重要措施。要注意控制库房的湿度，特别在梅雨季节更要注意把库房湿度控制在标准范围内，库房干燥就不会发霉。

搞好库房的清洁卫生。霉菌的孢子往往附着在灰尘上到处传播，库房中灰尘多，就意味着霉菌孢子多。注意库房清洁卫生，经常不断地把霉菌孢子清除出去，可以减少发霉的隐患。

（三）气调防霉

多数霉菌在有氧条件下才能正常发育繁殖，如果用氮或二氧化碳全部或大部分取代保存环境中的空气，霉菌就不能生长了。这种方法要求密闭条件必须好。

五、消毒

消毒的方法有很多，但高温高压、紫外线消毒等都不适用于档案消毒，因其对档案制成材料耐久性影响太大。目前档案消毒只能靠药剂。

（一）适用于档案消毒的药剂

1. 甲醛

甲醛又叫蚁醛，分子式为 HCHO。目前市场上出售的是 37% ～ 40% 的甲醛水溶液，为了防止甲醛聚合，可加入 8% ～ 10% 的甲醇。

甲醛有刺激臭，消毒的作用是能使菌体内蛋白质凝固，但甲醛对人的黏膜有刺激作用，接触会烧伤皮肤。

甲醛对档案纸张和字迹材料无影响，但对皮革有影响。

甲醛易气化，可作熏蒸消毒使用，但甲醛钻透力不强，散气较慢。一般多在小范围内使用。

2. 环氧乙烷

环氧乙烷的分子式为（CH_2）$_2$O。

环氧乙烷在低温时为无色液体，沸点为 10.7 ℃，冰点为 -111.7 ℃，在空气中挥发快，常温下是气体状态。气体比重 0.89。浓度较低时，能刺激鼻眼黏膜，使人无法忍受，是一种适于低温下使用的熏蒸剂。

环氧乙烷具有良好的杀菌性能，可作防除各种霉菌之用。环氧乙烷钻透力强，散毒容易。环氧乙烷对虫卵有较强毒杀效果，也是一种杀虫药剂。

据资料介绍，环氧乙烷对档案制成材料没有影响。

环氧乙烷对高等动物具有毒性，空气中含 750 ppm 时，人在其中呼吸 30 ～ 60 分钟就有致命危险；含 50 000 ～ 100 000 ppm 时，能使人很快死亡。

环氧乙烷与空气中的氧混合能生成爆炸性气体。环氧乙烷气体在空气中着火浓度范围为 75 ～ 1 440 毫克 / 升，一般使用虽达不到这个浓度，但施药后毒气尚未扩散均匀时，仍有很大的着火爆炸危险。因此，环氧乙烷常与二氧化碳混合使用，其比例为 7 ： 1 ～ 10 ： 1（环氧乙烷为 1）。

（二）消毒方法

1. 个别档案文件用甲醛液消毒

个别档案文件发霉，可用甲醛溶液消毒。方法是用夹子夹住脱脂棉球沾上甲醛溶液，再往档案发霉的地方擦。进行这种消毒工作时，应在通风橱中进行，如无这种设备，要在库外做。因为用甲醛溶液棉球擦霉层时，有的霉层可能会脱落，其中的孢子会散到空气中，若在库内进行，孢子仍落到库内。另外，甲醛溶液挥发的气体对人有刺激作用，也不宜在库内进行。在库外操作时，人要站在上风处，减少甲醛对人的刺激。还应注意，如果档案字迹遇水扩散，则不能用甲醛溶液消毒。

2. 简易消毒箱甲醛熏蒸消毒

这种消毒箱是一个密封程度较高的木箱，在箱内下部 10 ～ 15 公分处放置活动的木条格板，把案卷竖放其上，开口处应稍敞开，便于甲醛气体的进入。在箱外加热甲醛溶液，使其气化后通入箱内。箱内温度保持在 20 ℃左右，不能太低，密闭处理 24 小时。

3. 真空消毒箱环氧乙烷消毒

真空消毒箱设备一般分为三个部分，即消毒箱、真空泵及气体发生器。

消毒箱是一个金属制成的卧式长筒，箱内设有便于放置档案的活动架子，装取档案时可顺轨道将架子推进或拖出。两端（或一端）有密封程度非常高的密封门。

真空泵是由一个电动机和泵构成，有管道与消毒箱相连，可以抽出消毒箱中的空气，使消毒箱内成真空状态，以利消毒。

气体发生器主要是借助高温或减压使药物气化，并沿输送管进入消毒箱进行消毒。

由于箱内有自控加温设备，不受外界气温变化的影响。箱内处于真空，加强熏蒸毒气的钻透力，可提高消毒效果。

有的真空消毒箱设备带有尾气处理设备，熏蒸后需要放气时，使毒气经过尾气处理设备处理，变为无毒气体放出，可避免对环境的污染。

第二节　档案害虫的防治

一、档案害虫及其危害

（一）档案害虫

档案害虫属于仓库害虫的一部分，世界上已定名的仓库害虫有 600 多种。目前我国有记载的仓库害虫约有 100 多种，其中危害档案的害虫已发现的有十几种，因未进行过全国普查，确切数字不清楚。

现已发现的十几种档案害虫有：档案窃蠹、烟草甲竹蠹、鳞毛粉蠹、短鼻木象、裸蛛甲、怪甲、中华圆皮蠹、黑皮蠹、花斑皮蠹、红缘皮蠹、毛衣鱼、蟑螂（蜚蠊）、白蚁等。

1. 档案窃蠹

档案窃蠹主要分布在南方，主要危害图书纸张、胶合板、硬纸板等，尤以毛边纸为烈。受害严重的物件，表面布满芝麻大的虫孔，内部虫道密布，充满虫粪。

成虫：椭圆形，体长 2.2 ～ 2.5 毫米，栗褐色。头部珠形，触角 9 节，背面凸，密被白色细毛。

卵：长椭圆形，长约 0.3 毫米，一般较细，乳白色，不透明。

幼虫：乳白色，老熟时长约 3.5 毫米，被有白色疏毛，头部棕黄色，口器棕褐色。

蛹：长约 3 毫米，宽约 1 毫米，乳白色。头向下。

此虫一年一代，以幼虫在虫道中越冬。翌年 3 月中旬，老熟幼虫在虫道中化蛹。蛹期约半个月，4 月中旬出现成虫，以上午 8 时至 9 时羽化最多。成虫羽化后以爬行为主，很少飞翔，有趋暗习性。羽化后 2 ～ 3 天交配，以上午 8 时至 9 时最多，交配可长达 2 ～ 3 小时，姿势成一字形。交配后 3 ～ 5 天产卵，卵散产，多产于物件的裂缝中，产卵量 20 粒左右，卵期 10 ～ 20 天。孵化的幼虫钻入寄主的裂缝中为害。虫道条状，长约 10 ～ 15 毫米，宽约 2 毫米。此虫在广州地区无越冬现象，在气温较低的一月下旬，幼虫仍能活动排粉。

2. 烟草甲

又名烟草标本虫、蛀虫。分布于全世界，我国多数地区已有发生，如福建、广东、四川、台湾、江苏、浙江、安徽、山东、河北等。烟草甲食性非常复杂，能危害多种物品，除危害各种粮食外，还能危害烟叶、药材、动植物标本、皮毛、图书档案。

成虫：体长 2.5 ～ 3 毫米，宽椭圆形，背面隆起，赤褐色有光泽，全体生被红黄色至褐红色细毛，头隐于前胸下。

卵：长 0.4 ～ 0.5 毫米，长椭圆形，淡黄白色，表面平滑。

幼虫：体长约 4.0 毫米，弯弓形，淡黄白色，密生金黄色细长毛。头部淡黄色，体多皱褶。

蛹：长约 3.0 毫米，乳白色。腹部略弯曲。

一般每年发生 3 ～ 6 代，寒冷地区 1 ～ 2 代，炎热地区 7 ～ 8 代，以幼虫越冬。成虫不食固体食物，有假死性，善飞，喜黑暗。成虫在阴天、黄昏或高温潮湿时则四处飞翔。雌虫一生产卵 38 ～ 172 粒。幼虫老熟后，在被害物中作白色坚韧的薄茧化蛹。在温度 30 ℃、相对湿度 70% 时，完成一代需要 29.1 天。

3. 毛衣鱼

毛衣鱼分布于全国，主要危害淀粉类物质，也危害档案纸张类、衣服类物质。

毛衣鱼体长 9～13 毫米，属无翅昆虫，身体背面有灰褐色鳞片。头部较小，口器属咀嚼式，触角为丝状，胸比腹宽，腹部从前至后逐渐缩小，末端有三根尾须。幼虫与成虫形态相似，但身上无鳞片，属不完全变态，即无蛹阶段。

毛衣鱼一年数代，卵属散产（也有成块的），卵常产于富有营养处，成虫、幼虫趋暗，藏在缝中，性情活泼，爬行快，属夜出性昆虫。

4. 白蚁

白蚁的种类很多，根据特性分为木居型、土居型和土木两栖型。白蚁喜欢蛀蚀纤维类物品，也能危害档案。

白蚁在生活上有严密的组织分工。一个蚁巢中有蚁王、蚁后、繁殖蚁、工蚁和兵蚁，并且各有专长和分工。

蚁王：雄性，一个巢中有一个蚁王，腮部较发达，身躯较其他蚁稍大，呈深褐色，负责全巢指挥调动和与蚁后交配。

蚁后：雌性，每巢有一个或数个蚁后，长期居住在蚁巢中，专职交配产卵，繁殖幼蚁。由于多次受精和产卵的原因，身躯变大，腹部特别大，是蚁群中身躯最大的，身躯上长有柔软的细毛。由于行动困难，由工蚁取食喂养。蚁后的繁殖力很强，据观察，其在 24 小时内能产卵 4 000～6 000 个。

繁殖蚁：繁殖蚁分有翅繁殖蚁和无翅繁殖蚁两种。

有翅繁殖蚁雌、雄性皆有，在巢内发育长熟后，经分飞孔飞出巢外，短时飞舞脱翅落地后，寻偶交配。当找到合适的环境时，就定居产卵繁殖，建造新巢，逐渐形成新的群体，这一对繁殖蚁即成为新巢的蚁王和蚁后。

无翅繁殖蚁属补充型繁殖蚁，也有雌雄，不飞出分群，留居蚁巢中。当原始蚁王或蚁后死亡后，就由体形较好的、成熟的无翅繁殖蚁替补。

工蚁：负责筑路、建巢、侍喂蚁后、抚养幼蚁、取食运输及清洁卫生等全部活动。

兵蚁：头部上额特别发达、坚硬，善于战斗，在蚁巢群体中负责维护蚁巢的安全和护卫工蚁外出取食等任务。

白蚁的生活习性有以下五个特点：

第一，畏光性。一般筑巢生活于阴暗潮湿、环境隐蔽的地方。为保护其活动，外出通道均筑蚁路，在内爬行。蚁路如受破坏，即由工蚁进行修补。

第二，喜潮湿。白蚁以木材纤维等为主要食物，水分与空气也是它生活所必需，故一般都靠近水槽、厨房、浴室及其他有水源的地方筑巢。

第三，有爱清洁和互相舔吮的习惯。粪便均由工蚁搬至巢外，保持巢内清洁。吃食后，白蚁之间相互舔吮。

第四，呕吐喂食性。外出取食的运送方法是，食进肚里带回巢内，或在途中遇到被供养者时，再吐出来喂食。

第五，工蚁分泌的唾液能腐蚀多种物质。为了取食生存，工蚁分泌的唾液能把木料、化纤、塑料，甚至水泥、沥青、生铁等蛀蚀；穿墙钻壁，在墙内筑成上下四周贯通的隧道，即蚁路；在泥土里更是畅通无阻。

（二）档案害虫的危害

档案害虫能给档案造成严重的危害。据 1960 年对四川省档案部门的调查，在 53 个发生虫害的单位中，被虫蛀食的案卷达 13.7 万卷。1964 年对湖南、广东两省 196 个单位的调查中有 82 个单位发生虫害，档案被蛀蚀的占总数的 41%。其中有的单位害虫密度很大，如广东省五华县公安局档案室，从 30 个案卷中拣出的档案窃蠹有 1 800 头。一般的每卷有十几头，最少的每卷平均有 1 ～ 2 头。凡是被虫蛀严重的档案，均成碎片。

目前仍有档案被虫蛀现象的发生。

二、档案害虫生长繁殖的环境条件

昆虫和其他生物有机体一样，与周围环境有着密切的联系，它们有选择地从环境中取得所需要的物质，同时它们的行为、生长、发育和繁殖也受环境条件所制约。因此，研究昆虫就必须与它的周围环境条件联系起来，认识有机体与环境条件的矛盾性与统一性，从而根据具体情况控制与改变档案保护条件，运用有效的防治手段，达到控制与消灭害虫的目的。

昆虫生活的环境是由许多因素组成的。与昆虫的生存有密切关系的生活条件主要是温度、湿度、食料和空气等。

档案害虫生长繁殖所需要的食料及空气的条件是不成问题的，凡是有档案的地方就有这两个条件。档案中有淀粉及大量的植物纤维，有时也有蛋白质之类的物质。下面主要探讨一下档案害虫赖以生存的温湿度条件。

（一）温度

昆虫是变温动物，所以它的体温、新陈代谢率和生长、发育等的生理机能在一定的温度范围内是随环境温度的变化而变化的。因此，任何昆虫对于温度都有它一定的要求，这个要求是种维持生命的温度。根据温度对昆虫的影响，可分为几个区：8 ～ 40℃是其维持生命的有效温度，叫有效温区。8 ～ 15℃是昆虫生长、发育的起点，叫最低有效温区。22 ～ 32℃是昆虫的最适温区，昆

虫在最适温区内，其死亡率最小，生殖力最大，发育速度也最快。35～45℃是昆虫的最高有效温区，在此温度条件下，有些种可能受到抑制。45～48℃是停育高温区，此时昆虫新陈代谢过速，呈现热昏迷。8～4℃是停育低温区，新陈代谢作用缓慢，出现冷麻痹，处于冬眠状态。48℃以上或-4℃以下为致死高温和致死低温区，昆虫在此温度条件下，经一定时间均可致死。

总之，温度对昆虫的生长发育影响很大。例如，烟草甲每繁殖一代平均需要的时间是随温度高低而改变的，当温度为30～35℃，繁殖一代约需33天，25℃时约需50天，20℃时约需120天。因此，在一般情况下，烟草甲每年能发生3～6代，在寒冷地区每年仅1～2代，在炎热地区一年可高达7～8代。烟草甲的卵期，在35℃时，为6～9天；在32℃时，为3～10天；在30℃时，为7～10天；在25℃时，为11～18天；在22℃时，为14～20天，在17.5℃或40℃时不孵化。烟草甲幼虫，在温度17.5℃或40℃时不能发育，最适的温度是32.5℃，温度在10～15℃时逐渐死去。烟草甲的蛹期，在32.5～35℃时最短，平均不到4天。烟草甲的成虫，在32.5℃时羽化后的静止期最短，平均不到3天；在低于20℃时停止产卵；在37.5℃时产卵极少且不孵化；在22.5～35℃时，每头雌虫产卵最多，达100粒以上。烟草甲在温度65～70℃时，各虫期1小时内全部死去；在40℃时，各虫期需40天左右死去；在-10～-5℃时，各虫期3天之内死去。

再如白蚁，当温度在-3℃时，约7天全部死亡；在-1℃时，历时9天全部死亡；在40℃时，历时28天全部死亡；在10℃时，经45天尚可存活80%；在13～17℃时，开始活动，但行动迟缓；在17℃以上，活动基本正常；在25～30℃时，其生命活动最旺盛，繁殖力最强，是其最适宜的温度范围；当温度升高到39～41℃时，经2天会死亡95%。

昆虫对温度的反应与适应，还因以下两种情况不同而有差异：

一是温度的变化速度。当环境温度变化，很快升高或急剧下降时，可使昆虫对高温或低温的适应能力减弱。

二是昆虫生理状态与温度的关系。在虫体含水量多、脂肪含量少的情况下，昆虫的抗低温能力减弱；反之，就较强。从其发育阶段，以越冬的虫期抗寒力最强，处于停育和老熟幼虫次之，正在发育的虫期抗寒力最差。昆虫耐高温的能力远不及耐寒力。

了解温度对昆虫的生长发育与生命活动的影响，既可以通过调节库房温度来防虫，又可掌握时机利用高温或低温进行杀虫。

（二）湿度

昆虫体内含有大量的水，这些水是昆虫进行生理活动的重要介质。水分与昆虫消化作用的进行、营养物质的循环、废弃物质的排出、体温的调节等都有密切的关系。没有水分，昆虫就不可能进行正常的生理活动。昆虫由于种的不同，营养状况不同，甚至虫期的不同，其体内含水量和对水的需求量也不尽相同。一般虫体内含水量约占体重的 44% ～ 67%。

昆虫体内所需水分的获得主要是从食物中取得，其次是从体内新陈代谢获得的代谢水。然而昆虫也不断地在活动中失去水分，失水原因主要是：环境温度升高加速虫体失水；环境湿度变化影响虫体失水；空气流速影响虫体失水。昆虫体内获得与失去的水分如不能得到平衡，将影响它正常的生理机能。由此可以看出，昆虫的得水与失水都与环境湿度有关。例如，烟草甲的卵，在温度为 32 ℃时，相对湿度为 45% ～ 60%，孵化率为 70%；若相对湿度升至 75% ～ 90%，则孵化率增至 90%。

各种昆虫对湿度的适宜范围，在很大程度上是受温度和其自身生理状况的影响。当虫体含水量适宜，而失水以后又不能及时得到补充时，干燥环境对其发育、生殖是不利的，特别是在高温条件下会影响其生存。如果失去的水分能及时得到补充，低温环境仍能维持生存。因此，要想抑制档案害虫的生长，既要控制库房的温度，又要控制库房的湿度。

三、防虫

（一）库房建筑

新建或改扩建档案馆时，应按照 JGJ 25- 2010 中的相关规定进行，并做到以下几点。

（1）档案馆选址，应远离池塘低洼地带，防止害虫滋生；远离粮库、医院、住宅区等，防止害虫传播；有白蚁地区，应作地基防蚁处理。

（2）库房地基应采用钢筋水泥或石质结构。

（3）门窗密闭性能好。

（二）档案入库消毒

新建或改扩建的档案库房、新进档案柜架等装具、新接收进馆档案、在虫霉活动频繁期调出库超过 24h 的档案等，在档案入库前应进行消毒。

1. 空库及档案装具消毒

（1）拟除虫菊酯消毒。将拟除虫菊酯药液对空库的四壁、档案装具（金属装具除外）等进行喷雾。药剂的剂量及密闭时间参见其使用说明书。例如，溴氰菊酯药剂消毒的参数是：将 2.5% 溴氰菊酯乳油或可湿性粉剂用清水稀释成 0.1% 的药液进行喷雾，剂量为（5 ～ 10）g/m^3，密闭 12 ～ 24h。

（2）紫外线灭菌灯消毒。紫外线灭菌灯安装数量应根据房间面积大小与空气污染程度而定，一般每 $10m^2$ 设置 30W 灯管 1 ～ 2 只。消毒时应关闭门窗，每次时间不少于 1h，自灯亮 5 ～ 7min 后计时。照射过程中，工作人员禁止入室。

（3）洁尔灭、新洁尔灭杀菌。

2. 新进馆档案消毒

建立健全新进馆档案消毒制度。新进馆档案经仔细检查后，区别不同情况，采取物理或化学杀虫、灭菌的方法进行消毒。档案入库前，对消毒效果进行检查，检查方法见附录 B。档案馆的档案消毒设施，应按照 JGJ 25-2010 中的相关规定进行。

（三）改善档案保护条件，防止害虫发生

1. 入库前检查是否有虫害迹象

接收档案入库时应进行检查，发现有虫害迹象，要进行杀虫处理后方可入库。

2. 控制调节温湿度

档案害虫生长繁殖的最适温度为 22 ～ 32 ℃，最适湿度在 70% 以上。如果把库房温度控制在 20 ℃以下，把库房湿度控制在 65% 以下，档案一般不会生虫。例如，上海市档案馆由于把库房湿度控制在 65% 以下，再加上其他管理措施，库房虽多年不放药也未发生虫害。

3. 搞好库房的清洁卫生，不堆放杂物，以免害虫滋生

档案害虫对生活环境的要求是潮湿、温暖、肮脏，喜欢在洞孔、缝隙、角落及阴暗处栖息活动。清洁卫生是造成对害虫生长发育不利的环境条件，是阻碍害虫的发生或发生以后因不适应环境而渐趋死亡的一种限制性措施。

档案库内要经常保持四壁、天花板、地面和柜架清洁，无洞穴、缝隙。对库内阴暗、潮湿角落，应注意清洁消毒，以防害虫滋生。

在库内不应堆放任何杂物，也不应带进可食物品。待处理或待销毁的案卷要保存好，不要随意堆放，由于长时间无人过问，易生虫而感染其他档案。

书籍资料要妥善保管，因为书背使用糨糊、胶水，装订密实，害虫也常常以此发生，引起蔓延。

4. 定期检查，破坏档案害虫的生态环境

档案进入库房之后，除了整理、利用以外，通常都处于静止状态。如果没有什么特殊原因，往往放在那里很少移动。在这种相对稳定的环境中，将有利于害虫的生长繁殖，有可能造成害虫的大量发生和为害。如果定期检查，翻动案卷，就可以破坏档案害虫稳定的生态环境，处于不利的条件下，使其生长发育受到限制，甚至死亡。古语云“流水不腐，户枢不蠹”，就是说明了这个道理。

四、杀虫

（一）化学杀虫法

化学杀虫法就是把杀虫药剂直接接触害虫的体躯或害虫的食物、栖息场所等，然后通过害虫取食、活动或其他接触方式，使药剂进入虫体，造成害虫生理、生化上的变化（破坏生理代谢过程，如呼吸、神经传导等），导致害虫中毒死亡。这种方法既能歼灭大量害虫，又能预防害虫的传播，有防与治的作用。

用化学药剂防治害虫有很多优点：第一，杀虫效果比较彻底，对任何一种害虫及其任何发育阶段，都能把它们消灭；第二，杀虫作用迅速，在短时间内能歼灭大量的害虫；第三，相对来说处理费用较低，省工省力。

杀虫药剂种类很多，按其侵入虫体的途径进行分类可分为三类：第一类，胃毒剂。通过害虫的口器进入消化道后引起中毒死亡的杀虫剂，如砷素剂、氟素剂等。第二类，触杀剂（接触剂）。通过害虫表皮进入虫体，引起中毒死亡的杀虫剂，如666、敌百虫等。第三类，熏蒸剂。利用易于挥发的药剂的蒸气，通过害虫的呼吸系统或由体壁的膜质进入虫体引起中毒死亡的杀虫剂，如溴甲烷、磷化氢等。由于档案害虫大多是藏在案卷内蛀食档案，因此只有熏蒸剂才适于毒杀档案害虫。

化学杀虫有许多优点，是目前毒杀档案害虫的一种主要方法。但是，化学杀虫有严格的技术要求，使用时需要熟练的应用技术、严格的操作规程、严密的防护措施等，否则就会发生杀虫效果不好，影响操作人员的健康与安全等问题。

1. 几种毒杀档案害虫的熏蒸剂

（1）环氧乙烷杀虫。环氧乙烷杀虫有杀灭档案虫霉的作用，技术方法和注意事项如下：

①环氧乙烷是一种熏蒸剂，毒性大，危险性高，应由专业人员使用专用设备操作。

②环氧乙烷杀虫应在一个密闭空间进行，熏蒸室要求温度在 29℃以上，相对湿度在 30% ～ 50% 的范围内。

③环氧乙烷极易燃烧，一般以 1 ∶ 9(重量比）的比例与二氧化碳或氮气混合，装入钢瓶使用。

④用药量：常温常压下用药量为 400g/m^3，密闭 24 ～ 48h；真空熏蒸杀虫为 (150 ～ 300）g/m^3，密闭 10 ～ 24h。

⑤环氧乙烷对人接触的极限是 50ppm，工作人员应严格采取防护措施。

⑥使用环氧乙烷气体进行熏蒸时，档案盒之间应留有间隙。

（2）硫酰氟杀虫。硫酰氟熏蒸剂是呈分子状态的气体，具有很强的扩散和渗透力，能通过虫孔和其他缝隙穿透到被熏蒸物内部，能在杀虫后逸出消失。对潜伏在各种物品内的有害生物同样有效。技术方法与注意事项如下：

①应在专用的、密闭性能好的消毒空间或容器内杀虫。

②由专业人员佩戴防毒面具、防护服进行操作。

③常温常压下每立方米使用剂量为 10 ～ 40g，密闭 48 ～ 72h。

④消毒结束后应通风，并检测药剂残留量，残留量低于 5ppm，人员方可进入。

（3）拟除虫菊酯类杀虫剂杀虫。拟除虫菊酯类杀虫剂杀虫有高效低毒、杀虫谱广、消灭库内外档案害虫、建立隔离带、营造档案保护环境的作用。杀虫方法和注意事项如下：

①主要采用喷洒或雾化的方式杀虫。

②主要用于新建库房、库房周围环境、新购档案装具(金属装具除外)的消毒。

③不能直接作用于档案，防止药剂水迹影响档案及其载体。

④药液浓度与稀释程度参见该药剂的使用说明书。

2. 影响熏蒸毒效的因素

（1）熏蒸剂的理化性质与毒效的关系。熏蒸杀虫的毒效不仅取决于药剂本身的毒性，而且在很大程度上与其理化性质有关。

①熏蒸剂的挥发性。挥发性是指液体或固体转化为蒸气或气体的能力。这种能力的强弱与熏蒸剂本身及其所处的环境条件有关，同时也直接影响杀虫效果。良好的熏蒸剂必须有较好的挥发性，才能迅速形成有效的浓度，而使害虫很快致死。

熏蒸剂挥发性的大小，与其沸点及蒸气压的高低有关。在一定温度与气压下，熏蒸剂的沸点愈低，其挥发性就愈强，蒸气压也就愈大。相反，沸点高的熏蒸剂，其挥发性就弱，蒸气压也小。

此外，熏蒸剂的挥发性还与环境温度及药剂的表面积有关。环境温度愈高，熏蒸剂的挥发性愈强；反之，环境温度低，熏蒸剂的挥发性就弱。液体熏蒸剂还与其表面积成正比，即表面积大，挥发速度就快。

②熏蒸剂的扩散性。熏蒸剂挥发成蒸气后，它会均匀地扩散到整个熏蒸范围，形成有效浓度，才能杀死案卷内的害虫。因此，熏蒸气体的扩散性也是决定毒效的因素之一。气体的扩散性与其分子量有关：在常温常压下，气体分子量愈大扩散速度愈慢，分子量愈小扩散速度愈快。磷化氢分子量小，扩散快，易于渗入卷内，但也容易外逸，因此对密闭要求更严格。温度也是影响气体扩散的重要因素，温度高，气体扩散快，反之则慢。因此，高温下熏蒸，气体均匀分布的程度就好。

③熏蒸剂的钻透性。熏蒸剂形成气体后，由于气体扩散运动产生一定压力，使毒气具有透入物体的性能，这种性能称为熏蒸剂的钻透性。由此可知，熏蒸剂的钻透性是以蒸气分子的扩散运动为基础的。因此，凡是影响扩散性的因素都可能影响钻透性。除此以外，熏蒸剂的钻透性还与被熏物的性质、储存形式及孔隙度等有关。案卷放的松紧程度将影响毒气的钻透性。

④熏蒸剂的相对密度。在熏蒸操作中，毒气的相对密度也是不可忽视的因素，因为它关系到毒气的分布。相对密度大的毒气，通常在库房的中、下部位浓度较大，为了取得更好的毒效，对相对密度大的溴甲烷等，应在上方施药，对略重于空气的磷化氢可在地面施药。

⑤熏蒸剂的燃烧性。熏蒸剂气化以后，以一定的浓度在一定温度下与空气中的氧气发生化学作用而发生的燃烧特性，叫作熏蒸剂的燃烧性。如熏蒸剂中的磷化氢具有燃烧性。在熏蒸时如发生了燃烧现象就会降低药效，甚至发生燃烧事故。所以燃烧性是熏蒸剂的不良特性，要特别注意。可与不易燃的药剂混合使用，或加入一些防止燃烧的药物，这是避免燃烧的有效方法。注意施药方法和掌握环境条件则是防止燃烧的有力措施。

（2）环境条件与熏蒸毒效的关系。

①闭密程度和时间对熏蒸毒效的影响。毒气分子在扩散运动中的一个重要特性，就是要占据最大的空间。如果在密闭范围内有细小的缝隙，毒气分子就能通过这些缝隙外逸，从而降低毒气浓度，影响杀虫效果，威胁环境安全。因此，熏蒸时的密封、查漏、测毒也很重要，它是安全和效果的重要保障。

密闭时间与药剂毒效的关系是：在条件相同的情况下，药剂浓度大，密闭时间即可缩短；反之，密闭时间就应延长。不过在实际熏蒸时，药剂浓度与熏蒸时间如何配合，还要考虑许多因素的影响，如闭密程度、被熏物质量与耐药力、

堆放形式、熏蒸时的温度湿度及害虫种类与发育状况等。因此，应全面考虑各种因素的作用，才能保证杀虫效果，符合安全、经济的原则。

②被熏物与药剂之间的化学作用对熏蒸毒效的影响。在某些条件下，被熏物与药剂的化学作用也能影响熏蒸效果。例如溴甲烷，当挥发成蒸气后，溴离子可以与被熏物所含脂肪的未饱和双键起加成反应，因而影响了熏蒸浓度。

③物体的吸附性对熏蒸毒效的影响。在熏蒸过程中，熏蒸场合的各种物体，如档案、卷皮卷盒、档案柜架、建筑物等都能把毒气分子吸附在自己的表面，这种现象叫物体的吸附性。物体吸附的毒气愈多，空间毒气的浓度就相应地降低，杀虫效果也就受到影响。

影响物体吸附的因素很多，主要因素有：

a. 物体的表面积。吸附现象发生在物体表面，物体的表面积越大，吸附性也越强。库房中的灰尘表面积都是比较大的，能吸附大量的毒气分子，从而降低毒气浓度，影响杀虫效果。所以熏蒸前，首先要做好清洁卫生工作，这对提高熏蒸毒效是有积极作用的。

b. 温度。温度也是影响物体吸附性能的一个重要因素。物体吸附毒气分子是一个放热过程，而解吸（被吸附的毒气分子脱离物体表面）则是个吸热过程。因此，温度降低，就有利于吸附的进行；温度升高，不利于吸附而有利于解吸。因此，环境温度较低的情况下，毒气分子被吸附在物体表面上的数量就多，熏蒸毒效也就较差。相反，温度高，毒气分子不易被吸附，空间的毒气浓度就较高，熏蒸效果就好。故在一般情况下，不宜在低温时熏蒸。

c. 含水量。档案与其他物体的含水量对吸附作用有很大影响。潮湿物体不仅吸附性强，而且不易解吸，尤其是水溶性的熏蒸剂，还容易对档案制成材料造成药害。因此，档案含水量高以及在雨天或相对湿度较大的情况下，都不宜进行熏蒸杀虫。

d. 熏蒸剂的沸点与浓度。毒气分子被物体吸附的多少，还与熏蒸剂的沸点及毒气的浓度有关。一般地说，在其他条件相同时，沸点较高的熏蒸剂，容易被物体吸附。

e. 案卷的松散程度。由于吸附是在物体表面进行的，所以案卷各部位对毒气分子的吸附是不平衡的。一般是卷皮及档案边缘部分吸附的毒气较多，以致影响毒气向卷内的钻透。因此，选择高温时熏蒸，把案卷放得松散一些，可帮助毒气的扩散与钻透，对提高杀虫效果具有一定的作用。

④温湿度对熏蒸效果的影响。当环境温度较高时，一方面能改善熏蒸剂的物理性能；另一方面又能加速害虫的生理活动，促使较多的毒气分子侵入虫体。

另外，温度高时，档案及其他物体的吸附性也比较弱。因此，温度高对提高熏蒸效果是有利的。

湿度应包括环境湿度和档案纸张的含水量两个方面。因为湿度与水分对熏蒸效果都有影响。湿度大，害虫的呼吸、生长、发育等生理活动较为旺盛，害虫中毒死亡的速度也较快。但是，从一般熏蒸剂的理化性质与保护对象来看，湿度大则会引起药剂物理性能减弱，吸附增加，影响空间浓度。但磷化铝、磷化钙的分解需要足够的水分。权衡利弊，一般来说，在高湿的天气或雨天是不宜熏蒸杀虫的。

（3）不同的虫种、虫态和生理状态与熏蒸毒效的关系。

①不同种类的害虫，由于其生活习性、生理机能、接受药剂的方式和程度不同，对熏蒸剂的敏感程度（或抗药性）也不同。

②同一种类昆虫，由于所处的发育阶段不同，形态和生理机能不同，对药剂的反应差别也很大。通常卵和蛹期的抗药性较强，幼虫和成虫期的抗药性较弱。因此，掌握各个虫态的弱点，确定合理用药量和施药时期是非常重要的。

昆虫卵期对药剂的抵抗力一般均较强。这主要是由于卵壳和卵黄膜的保护，药剂不易透入。在卵的不同阶段对药剂的抵抗力是不一样的。在卵发育中期及中期以后施药，其毒杀作用比卵处于发育前期大，这显然与前期呼吸缓慢及胚胎神经在中期以后才出现有直接关系。不过一般熏蒸剂多数对卵都是有毒杀作用的，这可能是因为气体分子更易通过卵孔直接作用于胚胎的关系。

通常幼虫期对药剂的抵抗力较弱，但随着虫龄的增长，其抗药性逐渐提高。这主要是由于幼虫表皮随着龄期增长而加厚变硬，药剂透入体内较难。同时，体内脂肪含量增加，提高了对脂溶性药剂的贮存能力和解毒代谢速率，从而降低了药剂的毒性。刚脱皮的幼虫对药剂敏感，这是由于表皮薄而软，孔道内充满原生质，毒物容易侵入体内。

蛹期由于蛹壳有一定的保护作用，药剂不易透入。同时，因为蛹期的新陈代谢缓慢，呼吸率低，这就更促使蛹对杀虫剂具有较大的抗性。在整个蛹期中，早期是组织分解时期，后期是组织形成时期，在这两个时期中的新陈代谢及呼吸率均较中期高，因而对药剂的敏感性较强，而中期的抗药性最大。

成虫期和幼虫期一样，对药剂也是比较敏感的，尤以初羽化时及临近死亡时较显著。但是，成虫对杀虫剂的抵抗力不像幼虫那样有规律，由于性别引起对药剂抵抗力的差别极为普遍，一般是雌性比雄性的抵抗力强。

③生理状态和营养条件。害虫生理状态不同，对药剂的反应敏感程度也有差异，通常越冬虫期对药剂的抵抗力较强。这是由于呼吸率及新陈代谢率降低，

体内脂肪积聚。处于饥饿状态的害虫，体内肝糖及脂肪均有减少，因而对药剂的抵抗力也减弱。此外，害虫的营养条件也能造成抗药力的差异。其原因除营养不同引起脂肪量及质的变化外，还可能受其他生理变化的影响。

④施药方法对熏蒸效果的影响。

a. 减压熏蒸。采取减压熏蒸法可以缩短药剂熏蒸的时间，并能提高杀虫效果。在减压情况下，气体分子易于扩散，能迅速地钻入物体的空隙，这样就大大缩短了熏蒸时间。另外在减压状态下，氧气减少，可促使昆虫呼吸加速，使毒气进入虫体，提高杀虫效果。但是，减压会加强物体表面的吸附性。减压熏蒸对密闭环境要求较高。

b. 循环熏蒸。在库房密闭条件较好和具有机械通风设备的地方，可以应用强制流动及加速对流的办法，促使熏蒸剂与空气的混合气体通过案卷，而使熏蒸剂的分布更为有效。

c. 熏蒸剂的混合使用。熏蒸剂的混用种类很多，最常用的有二氧化碳与各种熏蒸剂的混用。这一方面可以减少易燃药剂的燃烧性，同时二氧化碳本身有刺激昆虫呼吸神经的作用，加速了昆虫对毒气的吸收。

（二）物理杀虫法

1. 高温或低温杀虫

温度对档案害虫的发育、生长与繁殖有很大影响。环境温度的变化对害虫生命活动既有促进作用，也有抑制甚至破坏作用，但害虫对环境温度的变化有一定适应能力。当它在一定的高温时，用蒸发体内水分的方式来调节或降低它的体温；如果环境温度变得过高或过低，但还不到致死高温或致死低温的界限时，害虫能改变它的生理活动来适应生存，如高温的夏眠和低温的冬眠。当环境温度急剧变化时，能以迁移活动等方式来躲避它所不适宜的温度刺激，选择适宜的场所栖息，所以害虫在有效温区范围以内是不容易死亡的。因此，为促使害虫在较短的时间内死亡，必须造成害虫所不能忍受的致死高温或致死低温，才能彻底杀灭害虫。在通常的情况下，高温的杀虫效果好，作用时间短的低温致死过程比较复杂，这与低温的寒冷程度有关，也与低温的作用时间有关。

（1）高温致死过程与致死原因。当环境温度急剧升高到害虫不能忍受的致死高温时，害虫的生理代谢速度很快，表现出过分的兴奋活动。进行不正常的爬行、飞翔，呼吸旺盛，体内养分过量消耗。经过一段时间以后，呼吸强度又急剧下降，处于热麻痹或热昏迷状态，从而很快死亡，而且这种死亡是不可逆转的。致死原因如下：

第一，虫体水分过量蒸发。在致死高温条件下，害虫的生理代谢率增强，需要吸取大量的氧气，促使气门开放，这时虫体内的水分也从气门逸出，造成虫体失水；高温破坏害虫体壁的护蜡层和蜡层，使虫体大量失水；失水过多又导致虫体内的盐类浓度增高，造成代谢障碍、生理机能失调，以致死亡。

第二，虫体的蛋白质凝固。蛋白质是虫体的重要组成成分（细胞原生质、肌肉纤维、血液等），它在高温下就会凝固，引起虫体组织破坏致死。但是，蛋白质的凝固温度因其含水量不同而异。含水量多的蛋白质容易凝固，凝固温度也就较低；含水量少的，凝固点就高。因此，发育生长中的虫期，高温杀虫效果就彻底。

第三，虫体的类脂质液化。害虫的神经系统和细胞原生质含有程度不等的磷脂、糖脂、固醇、脂蛋白等，它们的性质类似脂肪；虫体内又有大量的脂肪体，它们在高温下容易熔化变性，引起组织破坏而死。

（2）低温致死过程与致死原因。当环境温度下降到零下若干度，害虫体温也随之下降，在这样的低温下，害虫体液处于冷却状态。由于体液在结冰时就放出结晶热，而使体温短暂上升，这种上升的温度不可能超过零度。这时害虫体液虽已冷却，但细胞结构尚未破坏，如果温度迅速回升，害虫仍能保持生命力。如果温度继续下降，害虫体液开始结冰，但在体液完全冻结以前，细胞结构还未受到破坏，害虫还保持微弱的生命力，如及时得到适宜的温度时，也同样能复苏。只有温度过低或时间较长，当害虫体液完全冻结时，虫体组织遭受破坏，才能造成害虫的死亡。害虫在低温作用下的致死过程是比较复杂的，也是害虫耐寒性的表现。因此，低温杀虫时，就要讲究低温的寒冷程度，作用时间也要较长。

害虫在低温下致死的因素也是比较复杂的，总的原因有以下几点：

第一，新陈代谢作用停止。在长时间的冷麻痹状况下，最终因代谢停止而死。

第二，细胞膜破裂。细胞内、外的游离水结冰，因体液结冰（扩大冰晶体积）而使细胞膜破裂致死。

第三，细胞原生质失水。细胞结冰会使原生质失水而浓缩，并造成代谢物累积中毒而死。

第四，酶的活动抑制。酶是生理活动的介质，酶失去了活性，生理机能就会停止。

第五，尿酸盐中毒。由于细胞大量失水，细胞内的盐类浓度增大，引起尿酸盐中毒而死。

高温、低温杀虫的优点是安全、无毒，不需使用化学药品，但创造较长时间、

稳定的高温或低温环境是比较困难的，尤其使整个库房具备这个条件是很难做到的。因此，不能像化学杀虫法那样大规模地毒杀档案害虫，只能在高温或低温设备中，对小量档案进行杀虫。20世纪50年代，档案部门曾用土办法（火墙）进行高温杀虫，由于温度控制不住，温度过高而影响了档案制成材料的耐久性。低温杀虫难度更大，创造低温条件更不容易。档案生虫大部分在南方，库房温度冬季也达不到0 ℃。因此，高温或低温杀虫未能普遍推广使用。

2. γ射线辐照杀虫

γ射线能摧毁有机体细胞，能杀灭档案害虫。据试验，16万伦琴的剂量可以杀死档案害虫，对档案纸张和字迹材料无明显的不利影响。问题是要想达到实用，必须解决专用设备。我国有钴-60放射源的地方不是很多，而且放射源是用于搞研究工作的，档案需要杀虫时，就要把档案运到有放射源的地方，而且每次处理的数量有限。据资料介绍，国外已有用于档案、图书辐照杀虫的专用设备。

（三）除治白蚁的方法

1. 蚁路施药

利用白蚁相互舐吮的习性，将各种有毒药剂喷在蚁路上，使其通过传递引起白蚁大量死亡。杀灭白蚁的药物，常用的有灭蚁灵和亚砒酸两种粉剂，主要是利用白蚁身上有无数细毛容易沾染药粉的特点。

灭蚁灵：纯品以洁白粉状结晶，无臭，性能稳定，是慢性胃毒药，对人畜较安全。

亚砒酸：即亚砷酸，为白色粉末或结晶，是剧毒物品，成人误食0.1～0.2克即能致死，使用时应严格注意安全。配方一般为亚砒酸46%、水杨酸22%、滑石粉32%。

施药做法是，选取适当部分把蚁路挑开一个长1～2厘米的缺口，观察来往的白蚁比较频繁并有兵蚁护卫蚁路和有工蚁修补时，可对准缺口向蚁路两端轻轻喷药，药品喷成雾状，不要将蚁路堵塞，施药后应将蚁路封闭好。

2. 挖巢

要彻底消灭白蚁，应挖掉蚁巢。家白蚁蚁巢的位置可根据以下迹象，跟踪去找。

第一，危害点。凡是白蚁活动最多、危害最严重的地点，蚁巢可能即在附近。

第二，蚁路。蚁路是白蚁外出取食的通道。接近蚁巢的蚁路较粗，离巢越近则越粗，蚁路也多而集中。可稍稍破坏一段进行试探，如修复速度很快，说明附近可能有蚁巢，先修复的一段大都是蚁巢所在的方向。

第三，吸水线。吸水线是白蚁专为通往水源取水的通道，形状类似蚁路，但较粗而直，位置一般接近蚁巢。吸水线比较隐蔽，可从水源附近找起。

第四，排泄物。白蚁的排泄物一般呈深褐色，在蚁巢附近往往堆积较多。

第五，分群孔。分群孔是有翅繁殖蚁分群移殖的出口，用泥土、排泄物等做成，其外形稍凸起，呈条状或木耳状。位置一般在蚁巢上方，距蚁巢一米或数米远的地方。

第六，空气孔。空气孔是白蚁用以调解巢内温湿度的气孔，似芝麻大小，呈连串珠或不规则的点孔状，常出现在蚁巢的上方或周围。

第七，一般在每年五六月间，凡发现繁殖蚁大量飞舞或脱翅较多的地点，附近可能有蚁巢。

以上七个外露迹象中，最主要的是空气孔，因它最接近蚁巢，其次是排泄物和分群孔。其他迹象对找巢也有较大的帮助，可以作为找巢的线索。

思考题

（1）档案生霉的外界条件有哪些?

（2）霉菌对纸质档案有哪些危害?

（3）试述档案窃蠹的生活习性。

（4）改善档案保护条件的防虫措施有哪些?

（5）说明哪一类药剂适宜毒杀档案害虫?

（6）试述环境条件对熏蒸毒效的影响。

（7）试述档案害虫的不同虫态与熏蒸毒效的关系。

第七章　档案库房建筑与设备

档案库房建筑与设备是改善档案保护环境的物质条件。库房建筑是否符合要求、设备是否合理，将直接关系到档案保护环境的好坏。因此，档案库房建筑与设备是档案保护学的重要内容之一。

第一节　档案库房建筑的基本要求

档案库房是保存档案的重要基地。过去我国档案库房主要是利用旧建筑，随着档案馆馆藏数量的不断增加，以及改善档案保护条件的需要，各地都在兴建新的档案库房。如何在有限的投资条件下，建造出比较理想、基本符合档案保护要求的库房，是建库中需要解决的重大问题。

一、档案库房建筑的重要性

库房建筑在档案保护中具有特殊重要的地位，原因在于以下两个方面：

（一）库房建筑是档案保护技术中长期起作用的因素

库房建筑为档案保护提供了最基本的物质条件，档案库房建筑的好坏会直接影响到档案保护条件。库房建筑比较理想，档案保护条件就能得到相应的改善；反之，库房建筑不符合要求，档案保护条件的改善就要受到很大的影响，甚至无法得到根本的改善。由于库房建筑属于百年大计的工程，也就是说，往往新建一栋库房需要花费几十年甚至几百年，所以库房建筑的好坏将在档案保护中长期起作用。如果库房建的比较理想，它就会长期起着有利于改善档案保护条件的作用；如果库房建的不符合要求，它也会长期起着不利于改善档案保护条件的作用。总之，只要库房在继续使用，库房建筑总是在起着好的或坏的作用。

库房建筑上的问题与日常的库房管理措施相比，改动比较困难。管理措施不合适，改变比较容易，可以改用其他的措施，造成管理费用上的损失也不会太大。库房建筑则不然，一栋库房建好后，发现某些方面不合适，改动则十分困难，特别是一些结构上的问题，很难进行根本性的改动。即使能够改动的部分，往往也需要花费很高的费用，造成很大的浪费。例如，库房地面未做防潮处理或处理不当，地下水就会长期通过地面向库内蒸发，造成库房潮湿，如果重新采取有效的地面防潮措施，则比建库时采取同样的措施花的费用要多。

（二）库房建筑的好坏将直接影响到库房管理措施的繁简、效果和费用

库房管理措施繁简是以库房建筑条件为依据的。如果库房建筑较理想，基本能适应档案保护的要求，库房管理上的措施就会简单一些，效果也较显著，费用也会低一些。如果库房建筑较差，不符合档案保护的要求，管理上的措施不仅复杂，而且效果差，费用也会高一些。例如，用去湿机调节库房湿度，当库房建筑密闭条件好时，库外湿度对库内影响小，去湿机的降湿效果就比较理想，即库内湿度能够控制住、稳定住，而且不需要经常开动，也会节省费用。如果库房建筑密闭条件很差，库外湿空气不断影响库内，去湿机降湿效果就不理想，只要去湿机一停，库内湿度很快上升，而且每天需要经常开机，管理费用大大增加。

档案库房建筑重要，并不是说库房管理就是次要的了，更不能认为只要库房建筑搞好了，库房管理搞不搞都可以。因为只靠库房建筑上的措施，并不能完全达到档案保护条件的要求。那种认为在档案保护技术中应以建筑为主、管理为辅的观点是不合适的。建筑与管理都是档案保护技术的重要内容，二者是互为补充、缺一不可的。我们强调库房建筑的重要性，但不能绝对化。

二、库房建筑应遵循的原则

档案库房建筑应遵循适用、经济、美观的原则。这个原则是适用于我国一切建筑的，但在档案库房建筑上又有着它的特殊性。

（一）适用原则

库房建筑首先必须符合适用的要求，这是最基本、最重要的一条，是衡量建筑成败的关键。任何建筑都是为了一定的使用目的而兴建的，如果建成后能达到预期的使用目的，就是符合适用的要求。特别是一些特殊性建筑，为了达到使用目的，在建筑上会有一些特殊的要求，只有符合这些要求，才能够适用。档案库房是保存档案的基地，它是一种特殊性建筑。档案作用的长远性和原始材料的特殊价值，要求对其进行长期甚至永久的保存，这就必然对档案库房提出一些较严格的要求，如防热、防水（防潮）、防光、防尘、防火等。库房建筑如果不符合上述要求，要么根本不能使用，要么勉强使用，但后患无穷。

为了使库房建筑符合适用的要求，档案部门应向建筑设计部门提出档案库房建筑的要求。由于设计部门不了解档案库房建筑的要求，或者有的设计部门也不愿意花费更多的力量去搞这种特殊建筑的设计，而愿意使用标准的办公楼设计，所以档案部门不仅要向其提出要求，还需要用充分的理由说服设计部门。要想做到这一点，档案工作人员就必须具有这方面的业务知识。因此，了解和掌握库房建筑要求的基本知识，是能否使库房建筑符合适用要求的关键。

（二）经济原则

建筑涉及投资和造价，因而适用必须和经济一起考虑。既不能单纯强调适用而不顾国家经济能力，也不能只强调经济而不管是否适用。

档案库房建筑如何贯彻经济的原则？首先，库房建筑的要求要与国家经济能力相适应，离开国家经济力量的可能，片面强调过高的要求，实际上也办不到。其次，档案库房建筑的要求还应该与所保存的档案的重要程度相适应。中央一级的档案馆，省档案馆，地、市档案馆以及县档案馆等，由于所保存的档案的重要程度不同，在档案库房建筑的要求上应有所区别。如果离开了所保存的档案的重要程度，一味追求最高的要求，势必造成浪费。

但是，不能把经济原则简单理解为少花钱。如果一个档案库房建成后，根本不适用，给档案保护带来很多问题，尽管花钱少也不能算是经济。因此，是否经济应该把投资的多少与达到的经济效果放在一起考虑。这就要求把档案库房建筑的有限投资尽量用于档案保护的一些基本要求方面，以取得最大的经济效果。比如，库房的窗子问题，如果窗子少而小，既有利于防热、防潮、防光、防尘等，又可以降低造价，这就符合既适用又经济的档案库房建筑原则。

（三）美观原则

建筑都要求具有一定的外观美，但是美观应该以适用和经济为前提，不能离开适用和经济片面追求外观美。特别是档案库房有着特殊的要求，而某些要求又会影响到建筑的外观。例如，库房的屋顶最好能用起脊式屋顶（人字形屋顶），库房的门窗要少等，这都会影响到建筑的美观。因此，必须坚持在适用、经济的前提下考虑美观。当然，有的档案库房因为建在风景区或主要街道上，为了照顾整个市容的需要，城建部门对外观上提出一些要求，还是应该考虑的，但是应当尽量避免因照顾美观而影响适用。

三、档案库房建筑地址的选择

档案库房建筑地址的选择是一个既重要又复杂的问题。之所以重要，是因为地址如果选择不当，建成后则无法改变，往往只好弃之不用，另建新库。之所以复杂，是因为地址的选择要考虑多种因素，而有些因素之间又往往会出现一些矛盾，实际情况则很难完全符合各项要求。这就要从具体情况出发，权衡轻重、慎重考虑，做出正确的决定。

（一）防水、防潮

根据档案库房防水、防潮的要求，库房地址不应选在靠近江河湖泊或地势低洼的地方，以防水患。例如，某县档案馆库房建在县政府院内最低洼的地方，一次暴雨成灾，其他房屋均未进水，档案库房却进水 1 米深，淹没档案 1 017 卷、资料 1 500 多册。也有的档案库房由于建库地址选择不当，靠近江岸，地基下沉，库房倾斜，库内潮湿，致使档案严重受潮发霉，最后只好另建新库。

另外，库房地址不应选在地下水位高的地方，以免地下水通过库房地面影响库内，使库房潮湿。

（二）避免有害气体及灰尘

为了避免有害气体及灰尘对档案的不利影响，库房地址不应选在靠近工矿企业的工业区，也不应在其下风处。因为有害气体及灰尘主要来自燃料的燃烧和工业生产过程中的排气排尘。因此，工业区的空气污染一般都是比较严重的。

选址时应取得周围环境的监测数据，证明该地区无大气污染的情况。若没有现成数据，可请环保部门进行大气监测。

选址时还应向城建部门了解情况，以保证在周围一定的距离内，目前和远景建设规划中都不会有产生大量有害气体及灰尘的工矿企业。

（三）安全与防火要求

为了确保档案的安全与防火的要求，选择地址时应注意周围环境，不宜远在城市繁华的中心区。库房建筑应与其他建筑保持一定的距离，并且不应暴露在临街的位置上。目前，有的新建库房不仅处在城市的主要街道旁，而且临街的一面开有较大的玻璃窗，这是很不安全的。

（四）注意交通方便

为了便于提供利用，库房地址最好不要选在远离城市的地方，且应注意交通方便。过去出于战备的考虑，有些档案馆建在远离城市几十公里的郊区，实践证明这样不仅使利用档案十分不便，而且也给工作生活带来一定困难，即使从战备考虑，上述做法也不一定能保证安全。目前有些档案馆在新建库房时改在市区，搞一层、二层地下库，并与人防工程接通，必要时档案可通过人防工程转移出去。这样既注意了战备，又方便了利用。

（五）留有扩建空地

从档案馆长远发展考虑，由于不断接收档案进馆，库址周围要留有以后能扩建库房的空地。

四、档案库房建筑的防热与防水（防潮）

控制与调节库房的温湿度，必须在建筑上采取防热与防水（防潮）的措施。这个问题在我国一些炎热地区更加突出（我国炎热地区包括长江流域的江苏、浙江、安徽、江西、湖南、湖北等省和四川盆地，东南沿海的福建、广东，还有广西、云南和贵州等省的大部分或一部分）。这些地区气温高且持续时间长，7 月份平均气温为 26 ～ 30 ℃，最高气温为 30 ～ 38 ℃；日平均气温高于 25 ℃的天数每年约有 75 天至 175 天。昼夜温差不是很大，但内陆比沿海大一些；太阳辐射强度较大，最高为 900 千卡 / 平方米 · 时；年降水量大，相对湿度大，最热月份相对湿度在 80% ～ 90%。因此，防热与防水（防潮）是库房建筑中的一个极其重要的问题。

造成库内温度高的原因，主要是太阳的辐射热通过库房屋顶、外墙、门窗把热传到库内，使库内温度升高；另外，库外的热空气通过门窗等缝隙流入库内，把库内温度较低的空气排出库外，这样不断循环，也会使库内温度升高。造成库内潮湿的因素包括地下水通过库房地面向库内蒸发；雨水通过屋面、墙身渗透到库内；库外潮湿空气通过门窗缝隙侵入库内；等等。因此，库房的防热与防水（防潮），就是要在屋顶、外墙、门窗、地面等处采取相应措施。

（一）库房屋顶的隔热与防水

1. 库房屋顶的形式

档案库房屋顶的形式基本上有两种：一为平屋顶，也叫水平屋顶；一为人字形屋顶，也叫起脊式屋顶。根据档案库房防热与防水的要求，哪一种形式的屋顶比较合适呢？

从屋顶的防热要求看，库房屋顶是库外热量向库内传递的重要途径，影响屋顶的热源主要是太阳的辐射热。屋顶受太阳的辐射热后，首先使屋顶的外表面温度升高，从而使屋顶外表面与内表面之间产生温差，这样就会以导热的形式，使屋顶外表面的热量通过屋顶的实体材料传递到屋顶的内表面，使屋顶内表面的温度升高。然后，屋顶内表面又会以辐射或对流换热等方式，向库内传热，使整个库房的温度上升。因此，屋顶传热主要是受太阳辐射热的影响，而屋顶承受太阳辐射热量的多少，又与太阳照射时间的长短有关。实践证明，水平面受到太阳直接照射的时间最长，也就是说，平屋顶比人字形屋顶受到太阳照射的时间要长。因此，平屋顶接受的太阳辐射强度，不论是 1 天的总量，还是 24 小时的平均值或最大值，都比人字形屋顶要大。因此，在其他条件相同的情况下，平屋顶要比人字形屋顶外表面温度高，当然向库内的传热量也大。

从屋顶的防水要求看，平屋顶由于没有坡度或坡度很小，降雨时排水不畅，屋顶会有短时间积水，因而平屋顶防水措施要求严格，技术措施要求复杂。但是，由于防水层的老化以及建筑物的不均匀下沉等原因，平屋顶经常容易产生渗漏，并且一旦发生漏雨，维修比较困难。由于人字形屋顶坡度很大，降雨时排水非常顺畅，屋面没有积水，因此防水措施简单，不易发生渗漏，并且维修也比较容易。

因此，人字形屋顶比平屋顶在防热、防水上都有更大的优点。档案库房屋顶的形式一般以人字形屋顶更为理想。但是，经常受台风影响的地区，则采用平屋顶较为安全。

2. 库房屋顶的结构

（1）防热结构。普通的民用建筑在屋顶结构上，一般没有专门的隔热措施。档案库房因有防热的要求，屋顶必须采取一定的隔热措施。目前，库房屋顶隔热结构主要有两种：一种为实体材料隔热屋顶；另一种为通风间层隔热屋顶。

①实体材料隔热屋顶。实体材料隔热屋顶是在屋顶中铺设一层隔热材料层，以提高屋顶的隔热效果。

隔热材料是指导热系数比较小的材料，建筑上通常把导热系数小于 0.2 的材料作为隔热材料。材料的导热系数是表示其导热能力的大小，主要指的是截面为 1 平方米、长度为 1 米的材料，在其两侧的温度相差 1 ℃时，1 小时内，从温度高的一侧向温度低的一侧传递的热量，单位是千卡 /（米 · 小时 · 度）。

我们知道，不同的材料导热能力不同，即导热系数大小不同。比如，我们手拿着一根铁棍，把其前端插在烧红的炉火中，一会儿，手拿着的这端会感到烫手。这是因为热量首先从烧红的炉火传递给与其相接触的铁棍的一端，然后热量又从铁棍的下端传到上端的缘故。这种热量从物体的一部分传到另一部分，或从一个物体传到与其相接触的另一个物体的方式，就叫着热传导，也叫导热。由于铁的导热系数大，所以手拿着的一端很快就会感到烫手。如果把手拿着的铁棍这端装上个木头把，时间再长一些也不会感到烫手，这是因为木材的导热系数比较小。建筑上使用的隔热材料有泡沫混凝土、膨胀珍珠岩混凝土、稻草板、矿棉、泡沫塑料等。

隔热材料都是多孔的、容重小的轻质材料。隔热材料的空隙中充满了空气，由于空气的导热系数很小，只有 0.02 千卡 /（米 · 时 · 度），所以提高了材料的隔热效果。钢筋混凝土与几种常用的隔热材料的导热系数值如表 7–1 所示。

表 7–1　常用隔热材料的导热系数

材料名称	γ/ 千卡 ·（米 · 时 · 度）$^{-1}$
钢筋混凝土	1.33
泡沫混凝土	0.18
膨胀珍珠岩混凝土	0.06
稻草板	0.09
矿棉	0.06
聚苯乙烯泡沫塑料	0.04

由于隔热材料导热系数小，铺设隔热材料的屋顶比没有铺设隔热材料的屋顶隔热效果要好。例如，一个由 30 毫米的厚钢筋混凝土板、15 毫米的厚水泥砂浆、10 毫米的厚卷材防水层构成的普通屋顶，在库外最高温度为 35.2 ℃，平均温度为 30.8° C 的情况下，屋顶内表面的最高温度为 59.7 ℃，平均温度为

42.6 ℃。如果在钢筋混凝土板和水泥砂浆抹平层之间，增加 80 毫米厚的泡沫混凝土隔热材料层，在上述条件下，屋顶内表面最高温度为 39.9 ℃，比没有隔热材料层的低了 19.8 ℃，平均温度为 35 ℃，比没有隔热材料层的低了 7.6 ℃，如表 7–2 所示。

使用实体材料隔热屋顶时，一定要注意防止隔热材料层受潮。由于实体材料隔热屋顶结构多用在平屋顶，而平屋顶容易发生渗漏，一旦平屋顶漏雨，隔热材料层受潮，屋顶的隔热效果将大大降低。因为隔热材料的空隙中的空气受潮，其中一部分将被水分所代替，而水的导热系数是空气的 25 倍，从而降低了材料的隔热效果。

表 7–2　铺设隔热材料与没有铺设隔热材料的屋顶隔热温度比较

单位：℃

编 号		1	2
屋顶构造		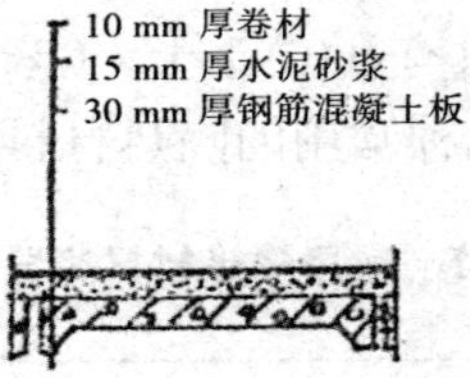 10 mm 厚卷材 15 mm 厚水泥砂浆 30 mm 厚钢筋混凝土板	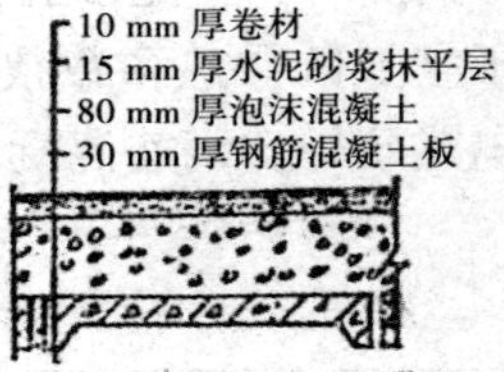 10 mm 厚卷材 15 mm 厚水泥砂浆抹平层 80 mm 厚泡沫混凝土 30 mm 厚钢筋混凝土板
外表温度	最高 平均	67.7 42.8	73.4 44.8
内表温度	最高 平均	59.7 42.6	39.9 35.0
室外气温	最高 平均	35.2 30.8	

②通风间层隔热屋顶。通风间层屋顶也叫双层屋顶，由两层屋顶组成，中间有一空间，称为间层。由于间层开有通风口，间层内外空气可以通风对流，因此叫通风间层屋顶。

通风间层屋顶为什么能隔热？其隔热效果是通过三个途径实现的。第一，间层内充满了空气，空气导热系数很小，只有 0.02 千卡 / 米 · 时 · 度，间层空气层起了隔热材料的作用，减少了屋顶面层向基层的传热量，同时具有重量轻、

经济实用的特点。第二，间层设有通风口，间层内外的空气可以进行通风交换。间层外温度低的空气可以从进风口进入间层，把间层内温度高的空气从排风口排出，通过空气的对流，降低间层内空气的温度。第三，间层外温度低的空气进入间层后，流经屋顶面层和基层的内表面，通过对流换热，把屋顶面层和基层的一部分热量带走，从而降低了屋顶面层和基层的温度。

通风间层隔热屋顶可用于人字形屋顶，也可用于平屋顶。

通过实测数据，可以说明通风间层屋顶的隔热效果。例如，一个100毫米厚钢筋混凝土板、20毫米厚水泥砂浆、25毫米厚的黏土方砖的实体材料屋顶，当库外最高温度为34 ℃，平均温度为29.5 ℃时，屋顶内表面最高温度为37.6 ℃，平均温度为30.8 ℃；而一个100毫米厚钢筋混凝土板、180毫米厚空气间层、25毫米厚黏土方砖的通风间层屋顶。在上述条件下，屋顶内表面最高温度只有26.2 ℃，比实体屋顶低11.4 ℃；平均温度为24.7 ℃，比实体屋顶低6.1 ℃，如图7–1、表7–3所示。

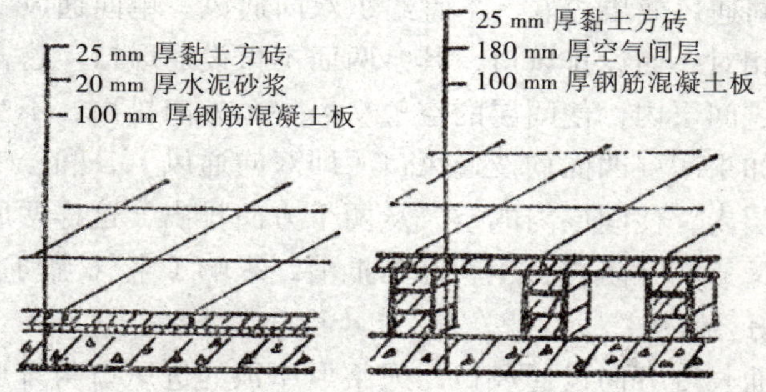

图7–1　不同构造黏土方砖屋顶

表7–3　实体和通风间层屋顶隔热效果

单位：℃

屋顶做法	外表面温度		内表面温度		室外气温		室外综合温度	
	最高	平均	最高	平均	最高	平均	最高	平均
铺砌黏土方砖	56	36.5	37.6	30.8	34.0	29.5	62.9	38.1
架空黏土方砖	49.6	30.9	26.2	24.7				

由于通风间层屋顶是通过多种途径实现隔热的，因此更便于从多方面采取措施提高其隔热能力。

第一，保证间层通风顺畅。通风间层屋顶通过间层内外空气的交换，以对流和对流换热的方式提高了屋顶的隔热效果。因此，保证间层通风顺畅，是提高屋顶隔热能力的重要措施。为了使间层通风顺畅，必须注意以下几点：

间层屋顶的面层和基层的内表面要光滑。这样可使空气流动不受阻挡，进而加速间层内外空气的对流，有利于降低间层内空气的温度，同时有利于对流换热。因为固体表面越光滑，流体流动速度越快，对流换热越顺畅，换热量越大。

为了使间层通风顺畅，间层应有一定高度，一般以 20 厘米左右为宜。间层过低则通风不畅，间层过高也没有必要。这是因为间层的高度在保证通风顺畅后，利用通风所能带去的热量也就达到了一定的限度，再增加间层的高度几乎对屋顶面层向基层的辐射传热没有影响。因此，间层过高隔热效果提高不大，反而增加了屋顶的造价，这在经济上是不合算的。

以组织单向通风效果较好，不宜组织双向通风。单向通风就是在间层的一面设进风口，相对一面设排风口，其余两面不再设通风口。这样间层外的空气从一个方向压进间层内，使间层的空气从另一个方向排出，不受任何干扰，通风比较顺畅。如果间层四面均设通风口（即双向通风），间层外的空气会从两个方向压进间层内，使间层内的空气从两个方向排出，这样两股气流在间层内相遇，互相交叉，相互阻挡，压力互相抵消，影响了空气流动速度，反而不如单向通风效昊好。

不宜沿屋面长度方向设通风口，人字形屋顶的进风口与排风口不要设在两端的山墙上，否则因为通风路线过长，间层内通风阻力大，热空气不易排出，势必影响通风效果。人字形屋顶进风口可设在檐口处，排风口最好能设在屋脊处，使密度小的热空气上升后从屋脊处排出。平屋顶进风口可设在夏季主导风向一面的檐口处，相对一面设排风口。在间层的进风口与排风口之间不能有横的构件，以免阻挡空气流动的路线，使间层内外空气无法对流。

第二，在间层中铺设一层对辐射热反射系数大、吸收系数小的材料。因为间层内空气层导热系数小，所以减少了通过传导的方式传递的热量。但屋顶面层向基层传递热量，除传导方式外，尚有辐射传热，而间层内的空气层对屋顶面层向基层的辐射传热几乎不起作用。为了提高间层屋顶的隔热能力，减少屋顶面层向基层的辐射传热，可在间层铺设一层对辐射热反射系数大、吸收系数小的材料，如铝箔，它可将 85% 的辐射热反射回去，从而减少了传热量。根据实测资料，一个 25 厘米厚的钢筋混凝土斜槽瓦，120 厘米厚的空气间层，15

厘米厚的水泥大瓦的通风间层屋顶，当室外最高气温是 34.4 ℃，平均气温是 29.3 ℃时，屋顶内表面的最高温度是 36.7 ℃，平均温度是 31 ℃。当在间层内铺上一层铝箔，屋顶内表面的最高温度为 35.3 ℃，降低了 1.4 ℃，平均温度为 30.7 ℃，降低了 0.3 ℃。

第三，在间层中铺设一层隔热材料。通风间层屋顶属于轻型屋顶，用间层的空气层代替隔热材料，既能减轻屋顶的重量，又能取得隔热的效果。由于间层屋顶有两层屋顶，又不能使屋顶过重，因此每层屋顶的材料都比较薄，进而热阻也比较小，增加了传热量。为了提高通风间层屋顶的隔热能力，可在间层中铺设一层隔热材料，以增加屋顶的热阻，减少传热量。这实际上是兼有实体材料隔热与通风间层隔热的做法，综合了两种屋顶隔热的优点，提高屋顶的隔热效果。隔热材料铺设在间层屋顶的面层还是基层，要视具体情况而定。从隔热效果来看，铺设在面层或基层都可以，没有什么差别，但隔热材料铺在屋顶的面层，有利于屋顶夜间散热，而不利于屋顶的保温，夏热冬暖地区可采用此种做法。隔热材料铺在屋顶的基层，有利于屋顶的保温，但不利于屋顶夜间散热，夏热冬寒地区可采用此种做法。

第四，在通风间层屋顶中间加一块薄板，把一个间层变为两个间层，两个间层上均设有通风口，即把单腔通风间层变为双腔通风间层，也可以提高隔热能力。这样，不仅是由于加了一块薄板而增加了屋顶的热阻，更重要的是间层由单腔变为双腔后，增加了两个对流换热面，通过对流换热能带走更多的热量，从而减少了屋顶的传热量，提高了屋顶的隔热能力。

总之，由于通风间层屋顶是通过多种途径来实现隔热的，便于采取多种措施提高屋顶的隔热能力。因此，与实体材料隔热屋顶相比，这种结构的隔热屋顶更为理想。

（2）防水结构。

①屋顶卷材防水结构。屋顶的卷材防水结构就是铺设沥青油毡防水层，因油毡是一卷一卷的，故叫卷材防水。目前这种防水结构多用于平屋顶，一般的做法是二毡三油。在卷材防水层中，起防水作用的主要是沥青，而油毡起着骨架的作用。沥青是一种有机胶结材料，富有黏结力，有一定的弹性，对酸、碱、盐的侵蚀有相当的抵抗能力，有很强的防水性，沥青形成的薄膜能防止水的透过，是一种较好的防水材料。但是，沥青的大气稳定性差，沥青在大气中会氧化，在日光与潮湿的作用下性质不稳定，其中所含的油分逐渐转变为胶质，因而材料随时间而变脆，塑性降低，黏结力减少，以致发生裂缝、松散，这种现象叫作“老化”。因此，平屋顶的卷材防水层由于长时间地经受日光照射、雨水浸

泡以及温度变化的影响，随着沥青的“老化”而产生渗漏。这种屋顶防水结构一旦发生渗漏，修补很困难，往往需要换掉旧的防水层，重新铺设新的防水层。

②屋顶构件自防水结构。屋顶的构件自防水结构，就是利用屋顶构件自身防水的性能，达到防水的效果，一般多用于起脊式屋顶。比较普遍使用的有槽瓦、小青瓦等。槽瓦之间垂直于屋脊的横缝，是靠混凝土盖瓦防水；纵向缝则利用沿屋面坡度方向，槽瓦上下搭接，以达防水的效果，其形式与小青瓦相似，这种屋顶的防水结构具有自重轻、构造简单、节约材料、施工方便、易于修理等优点。

综上所述，根据隔热、防水的要求，档案库房屋顶以采用通风间层隔热、构件自防水结构为好，因为这种屋顶具有比较理想的防热、防水性能。

3. 库房屋顶的颜色

库房屋顶的颜色虽与防水无关，但与屋顶的隔热有关。因为不同的颜色会影响到屋顶对太阳辐射热的吸收与反射的比例。

辐射热遇到物体时，一部分会被物体吸收，一部分会被物体反射。如果遇到透明体，还有一部分会透过。例如，太阳照射到库房的屋顶时一部分辐射热会被吸收，而另一部分会被反射掉。如果物体对辐射热吸收比例大，反射比例小，即吸收的多反射的少，这个物体辐射热量的能力就强；如果物体对辐射热反射比例大，吸收比例小，即反射的多吸收的少，这个物体辐射热量的能力就弱。因此，对于不透明的物体来说，其辐射热量的能力同对辐射热的反射与吸收之间的比例有关。

那么，物体对辐射热反射与吸收的比例又与哪些因素有关呢？实验证明，物体的颜色能影响对辐射热反射与吸收的比例。因为颜色对于占太阳能量一半的可见光具有明显的影响，即不同的颜色对可见光的吸收与反射比例不同。颜色越深，吸收系数越大；颜色越浅，吸收系数越小。吸收系数（ρ）是指物体表面能吸收的辐射热量占太阳的辐射量的百分比（$1-\rho$ 为物体的反射系数）。

一般来讲，物体表面的颜色与对辐射热的吸收比例关系大致如表 7–4 所示。

表 7–4　物体表面的颜色与对辐射热的吸收比例关系

物体颜色	吸收系数（ρ）值
浅色（白、淡黄、淡绿、浅灰、粉红）	0.2 ～ 0.4
中度色（浅褐、黄、浅蓝、浅绿、玫瑰红、浅灰）	0.5 ～ 0.7
深色（褐、深蓝、黑）	0.7 ～ 0.7

下面是几种屋面对辐射热的吸收系数，如表 7–5 所示。

表 7–5 几种屋面对辐射热的吸收系数

材料名称	表面颜色	ρ 值
红褐色瓦屋顶	红褐色	0.65 ～ 0.74
灰瓦屋顶	浅灰色	0.52
水泥屋顶	青灰色	0.74
水泥瓦屋顶	暗灰色	0.69
沥青屋顶	黑色	0.85

根据实测的数据，也说明浅色屋顶由于对辐射热的吸收系数小，减少了对太阳的辐射热的吸收，降低了屋顶外表面温度，所以这种屋顶减少了传热量，可以提高屋顶的隔热能力。例如，一个 120 毫米厚的钢筋混凝土空心板、180 毫米厚空气间层、25 毫米厚水泥板的屋顶，当库外最高温度为 34.8 ℃，平均温变为 30.2 ℃时，屋顶内表面最高温度为 31.5 ℃，平均温度为 31.1 ℃，如果在屋顶外表面刷白灰水两道，在同样条件下，屋顶内表面最高温度为 31.5 ℃，降低了 3.6 ℃，平均温度为 29.1 ℃，降低了 2 ℃。又如，一个 25 毫米厚的钢筋混凝土、150 毫米厚的空气层、25 毫米厚的钢筋混凝土的屋顶，当库外温度为 35℃时，屋顶内表面最高温度为 43.5 ℃，平均温度为 33.4 ℃，如果在屋顶表面加一层 30 毫米厚的无水石膏，使其色白而光滑，在同样条件下，屋顶内表面的最高温度为 31.4 ℃，降低了 12.1 ℃，平均温度为 28.2 ℃，降低了 5.2 ℃，这说明浅色屋顶有利于隔热。因此，档案库房的屋顶应尽量做成浅颜色，最好是白颜色的。

总之，根据档案库房隔热、防水的要求，以起脊式通风间层屋顶较好。因其坡度大，上下两层，有利于防水；间层通风，有利于隔热，并且具有重量轻、便于修理等优点。

（二）库房外墙的隔热与防水

1. 外墙的隔热

由于受太阳辐射热和气温的影响，外墙外表面温度升高，内、外表面产生温差后，热量就会通过墙体材料从外表面传递到内表面，使内表面温度升高，并影响库内的温度。气温对各朝向的外墙影响基本上是一样的，但因为不同朝向的外墙受太阳照射时间的长短不同，所以不同朝向的外墙受太阳辐射的影响不同。太阳辐射热对东西垂直面的外墙影响最大，其次是南向垂直面的外墙，影响最小的是北向垂直面的外墙。虽然西向垂直面接受太阳的辐射值对称于东向垂直面，但由于西向垂直面下午太阳照射时温度较高，所以西向垂直面库外综合温度最高。因此，外墙隔热重点是西墙隔热的问题。

（1）墙体隔热措施。

①加厚墙体。因为导热量与材料的厚度成反比，即材料越厚，导热量越小。例如，夏天洞库内的温度就很低，这是因为洞壁厚，传到里面的热量小。再如，墙壁平均超过一米厚，夏天库内温度也较低，这也是墙壁厚、导热量小的缘故。这就是说，墙壁越厚，热阻越大，传到库内的热量越少。例如，240 毫米厚的砖墙，热阻为 0.343 千卡 /（平方米 · 时 · 度）；370 毫米厚的砖墙，热阻为 0.529 千卡 /（平方米 · 时 · 度）；490 毫米厚的砖墙，热阻为 0.7 千卡 /（平方米 · 时 · 度）；620 毫米厚的砖墙，热阻为 0.866 千卡 /（平方米 · 时 · 度）。因此，档案库房的外墙应有一定厚度，特别是西墙，应不同于一般民用建筑的 240 毫米厚的墙体。

②墙体使用隔热材料。目前有两种做法：一种是两边用黏土砖，中间填充隔热材料，如煤渣等；一种是使用隔热材料做的砌块，如加气混凝土砌块（导热系数为 0.18）、粉煤灰砌块（导热系数为 0.4）等。也有将粉煤灰混凝土或钢筋混凝土做成空心的砌块，内填充泡沫混凝土或膨胀珍珠岩混凝土等隔热材料。这些砌块的墙体隔热能力一般都比 240 毫米厚的黏土砖墙好，当然能否使用这种墙体要根据当地的建筑材料情况而定。

③空气间层墙体。这种墙体就是一般所谓的空斗墙或双层墙，它是利用两层墙体中间的空气层起到隔热效果的。目前，国外图书、档案库房多采用这种墙体，我国在新建库房中也普遍使用了这种墙体。采用空气间层隔热墙体，空气间层的厚度（即空心部分的厚度）一般以 50 毫米左右为宜。间层之间最好没有横的构件，因为减少了导热系数大的横的构件，使传热量减少，增加了隔热效果。当然，两层墙体之间没有横的构件，又要保证墙体的牢固，两层墙体都必须有一定的厚度，进而造价会相应增加。

为了提高空气间层墙体的隔热效果，也可以把间层搞成通风的，即在外层墙壁的上、下方开通风洞，使间层内的空气能够流动，通过对流和对流换热，提高隔热能力。实测证明，通风的空气间层墙比封闭的空气间层墙隔热效果

要好。例如，在库外最高温度为 33.2 ℃的条件下，封闭空气间层墙体的内表面最高温度为 37 ℃，而通风空气间层墙体的内表面最高温度为 32 ℃，降低了 5 ℃。

无论采用哪一种隔热墙体，墙体的外表面均应刷成浅颜色，而且表面尽量做到光滑，以减少太阳辐射热的影响。

（2）设内走廊是解决外墙隔热的措施之一。这种措施除隔热外，还有利于防水（防潮）、防光、防尘，可以防止库外一切不利因素直接影响库内。如果四面均设内走廊，叫作环形走廊，这对于防止库外各种不利因素对库内的影响是非常有利的。但由于缩小了使用面积，造价要高一些，一般适用于库房建筑面积比较大的大档案馆。如果部分外墙内设走廊，应首先考虑西向，即首先在西墙内设内廊（因为影响外墙西向垂直面的库外综合温度最高），其次是东向，然后是南向，最后考虑北向。如有的地方在新建库时，只在北向设了内走廊，这种做法显然是不合适的。

（3）把楼梯间设在建筑的西端，是解决西墙隔热的最经济的办法。楼梯间起到了内走廊的作用，但没有减少使用面积，不会增加造价。楼梯间设在建筑的一端还有利于库房面积的安排，当中、小型档案馆整个库房建筑面积不是很大时，可考虑采用这种办法。

（4）当库房西墙外面有空地时，可以植树，利用树木遮阳，减少太阳对西墙的照射，也是一种解决西墙隔热的办法。

2. 外墙的防水

由于雨水浸湿外墙，也会渗透到墙的内面而造成库房潮湿。外墙防水除要求墙体比一般民用建筑厚一些外，一般做法是在外墙的外表面抹一层 10 ～ 15 毫米厚的水泥砂浆或防水砂浆，减少墙体材料的毛细现象，增加墙体防水能力。

（三）库房门窗的防热与防潮

库外的热空气与潮湿空气通过门窗缝隙会影响到库内。当遇到透明体时，会有一部分太阳辐射热透过去。因此，当太阳辐射热遇到窗玻璃时，有一部分辐射热会透过去影响库内温度。表 7-6 为透过窗玻璃的太阳辐射强度的实测数据。

表 7–6　透过玻璃窗的太阳辐射强度（7 ～ 8 月）

单位：千卡 / 平方米 · 小时

钟点	北纬 30°　单层									北纬 30°　双层								
	南	东南	东	东北	北	西北	西	西南	水平	南	东南	东	东北	北	西北	西	西南	水平
6	31	90	218	180	50	31	39	31	52	24	68	182	158	31	24	31	24	30
7	70	350	545	442	82	74	70	70	204	55	274	459	356	57	58	55	55	131
8	97	394	585	424	29	90	98	94	390	74	310	484	320	100	70	76	73	292
9	128	427	549	327	113	117	113	117	565	92	320	437	220	88	91	88	91	463
10	167	372	414	215	129	132	129	148	677	114	263	297	141	100	103	101	116	567
11	215	283	243	199	148	148	156	153	738	146	189	159	155	116	116	122	117	618
12	215	192	211	164	156	164	211	192	760	152	141	133	128	122	128	133	141	644
13	215	153	156	148	48	199	243	283	738	146	117	122	116	88	155	159	189	618
14	167	148	129	132	129	215	414	372	677	114	116	101	103	100	141	297	263	567
15	128	117	113	117	113	327	549	427	565	92	91	88	91	116	220	437	320	463
16	97	94	93	90	129	424	585	394	390	74	73	76	70	100	320	484	310	292
17	70	70	70	74	82	442	545	350	204	55	55	55	58	57	356	459	274	131
18	31	31	39	31	50	190	218	90	52	24	24	31	24	31	158	182	68	30

根据档案库房防热防潮的要求，门窗应少而小，能满足通风要求即可。为了减少阳光直接射进库房的面积和时间，窗子应尽量窄一些。门窗关闭时要严密，以双层为好。表 7–7 为不同层数的门窗的传热系数。

表 7–7　不同层数的门窗的传热系数

结构	层数	K/ 千卡 ·（小时 · 平方米 · 度）$^{-1}$
木框	一层	5
木框	二层	2.5
木框	三层	1.5
金属框	一层	5.5
金属框	二层	2.8
金属框	三层	2.0

续 表

结构	层数	K/ 千卡·（小时·平方米·度）$^{-1}$
实体木制门	一层	4.0
实体木制门	二层	2.0

从表中可以看出，随着门窗层数的增加，向库内传递的热量将减少。

有的档案库房采用高位小横窗的做法。窗子小有利于防热防潮，因在高位可避免阳光直射在档案柜架上，但库房采光差一些，通风效果不够理想，库房下部的潮湿空气不易排出库内。如果在墙壁下部开通风洞，则可改变通风状况。

另外，有的新建的库房为了提高通风能力，采用落地窗，即窗位比较低，距地面只有几十厘米。这样，通风时便于把聚集在库房下部的潮湿空气排出库外。这种窗子虽然比较窄，但高度大，库房窗子总面积仍然比较大，一般不宜采用。

在窗子上采取遮阳措施，可以减少太阳辐射热的影响。遮阳的形式基本上有水平式、垂直式、综合式、挡板式四种。水平式主要遮挡从窗口上方射来的阳光，垂直式主要遮挡从窗口两侧斜射来的阳光，综合式能遮挡从窗口上方和左右两侧射来的阳光，挡板式主要遮挡从窗口前方平射来的阳光。根据实测，西向窗口用挡板式遮阳时，太阳辐射透过系数约为 17%，即可阻挡 83% 的辐射热；南向窗口用水平式遮阳时，太阳辐射透过系数为 35%，即可阻挡 65% 的辐射热。但是，遮阳后，库内照度降低 53% ~ 73%，库内风速降低 22% ~ 47%，这对采光和通风有一定的影响。因此，遮阳设计要考虑到采光与通风。

窗内采用窗帘、百叶窗等简单遮阳措施，也可取得一定的隔热效果。目前档案库房也有在玻璃窗里面加一层木板窗或包有隔热材料（泡沫塑料等）和防火材料（石棉）的铁皮窗。这不仅能隔热，也有利于防火，但影响库房采光，需要使用人工光源。

（四）库房地面防水与防潮

库房地面的防水与防潮是库房建筑中必须注意解决好的一个重要问题。如果库房地面防水防潮处理不当，地下水经常通过地面影响库内，即使采取吸潮、降湿等措施，也很难收到理想的效果。

地下库的地面和部分墙壁常在地下水位以下，主要是防水问题；地上库房因地面在地下水位以上，主要是防潮问题。

1. **地下库地面与墙壁的防水**

地下库应有安全、防光、防尘、冬暖夏凉、库温比较稳定等优点，但地下库容易产生的问题就是潮湿。能否把地下库的地面和墙壁防水问题解决好，将直接影响地下库的使用质量。

地下库地面与墙壁的防水措施主要有两种：一种是柔性防水；另一种是刚性防水。

柔性防水就是用沥青油毡作为防水层，也就是地下工程的卷材防水。由于地下防水层受地下水的压力作用，一般需做三毡四油或四毡五油。柔性防水可用于各种结构的地下库，但这种防水层长期埋在地下受到腐蚀，会使沥青油毡层老化，一旦发生渗漏，很难维修。

刚性防水是指在地下库的地面和墙壁结构的表面，用素灰层和水泥砂浆层相间交替抹压密实而构成的整体防水层（一般采用四至五层素灰层和水泥砂浆层）。由于相间抹压，各层残留的毛细孔道相互弥补，从而阻塞了渗漏水的道路，具有良好的防水性能。这种防水层适用于钢筋混凝土整体浇灌结构的地下库，对于砖砌结构不适用。刚性防水具有较高的抗渗能力，施工比较方便，发生渗漏时，堵修也比较容易。

2. **地上库房的地面防潮**

库房地面防潮的做法很多，根据档案部门多年来的经验，以架空地面防潮较为理想。架空防潮地面就是地面基层进行一定处理后，架空铺设库房地面，由于基层与上层库房地面之间有一定空间，地下水不能直接通过地面影响库内，从而起到了较好的防潮作用。

架空的高度一般不应小于60厘米。在基层与上层地面之间的墙壁上，前后开通风洞，使间层内的空气流通，以便把间层内的潮湿空气排出。上层库房地面的背面应施以防水材料，如涂刷沥青等，以防间层内潮湿空气通过上层地面影响库内。为了提高架空地面的防潮能力，基层地面也应进行一定的防潮措施。具体做法很多，如用三合土夯实、做水泥砂浆地面、铺设沥青油毡防水层、做钢筋混凝土浇灌地面等，可根据地下水位的高低来考虑。

此外，还应当在库房周围设一定宽度的防水坡和排水沟。这样，在下雨时，就可以通过防水坡和排水沟将雨水迅速引到远离库房的地方去，以防库房周围排水不畅，雨水经常聚集，侵蚀基础，造成基础早期损坏，致使库内潮湿。

总之，库房建筑的防热与防水（防潮），是整个库房建筑中的一个极其重要的问题，这个问题解决得好坏，将直接关系到库房的温湿度状况。因此，在建库时，必须切实把这个问题解决好。

五、档案库房建筑的其他要求

（一）档案库房与档案馆各类房间的安排

档案馆除库房外，还有其他各类用房，一般可分为四种。

1. 行政办公室

行政办公室是根据档案馆的行政机构编制及工作情况设置的。凡是对外联系较多或行政事务工作较繁忙的单位，应将行政办公室安排在靠近入口的地方。要做到既便于工作，又注意不能使外人由于和馆内某些单位联系而随便到他们不应去的地方。

2. 阅览室

阅览室是外界与档案馆接触的主要场所，是档案馆提供利用档案的地方。根据阅览室的工作性质，应当被安排在整个建筑比较显要的地方，环境应当安静，光线要充足，但不应使阳光直接照射在供阅览的档案上。阅览室又分为普通阅览室、研究室、缩微阅览室等。普通阅览室为一般借阅利用档案的地方。应设置一个阅览室工作人员的办公间，这个办公间应与利用者隔开，但要便于随时了解利用者的情况，以便维护阅览秩序，帮助利用者更好地利用档案。研究室是专门为科学家、学者及负责同志进行专题研究准备的。缩微阅览室是用来对阅读档案缩微复制品的房间。

3. 业务工作室

这是档案馆管理档案的办公用房，有关人员要在这里进行档案文件的整理、编目、鉴定及有关工作。因此，业务办公室应安排在比较僻静的地方，以靠近库房为宜，但也要便于与其他单位，特别是与阅览室的联系。业务办公室根据情况可以集中在一处，也可以分散设置。

4. 技术处理室

这是对档案进行各种技术处理的房间，包括接收室、去尘室、消毒室、修复室、复制室、技术实验室以及计算机房等。

档案馆其他各类用房，使用的目的与保管档案的库房不同，在建筑要求上也不一样，不宜和库房混杂安排在一起，但各类用房在工作中又都需要调用档案，因而与库房又不能相距太远。

目前一些大型档案馆在建造库房时，与馆内其他办公用房分开建筑，这样可以互不干扰，有利于档案的安全。但又要使两者之间有一定联系，有采取工字形的，即办公楼在前，库房楼在后，中间有甬道相连而形成工字形；也有采取放射形的，即库房主楼在中间，环绕库房四周为层数较低的其他用房；也有库房主楼在中间，两边为层数较低的其他用房，形成裙房。

中、小型档案馆往往把库房和馆内其他用房放在一栋建筑内，其布局基本有两种：一种是将整栋建筑纵向一分为二，一部分是库房，一部分是馆内其他用房，中间用较厚的防火墙隔开，两部分各自单独开门，互不串通（为了工作方便，也可在一定的楼层上开有通往库房的门，但最好设防火门），库房部分因从底层到顶层均为库房，所以对地面防潮处理和屋顶隔热防水措施的要求要高一些，建筑造价相对也要高一些；另一种做法是将整栋建筑横向一分为二，某些层次做库房，某些层次做馆内其他用房，一般是将底层作为办公用房，也有的将顶层作为会议室、资料室等使用，把中间几层作为库房，这样由于底层和顶层不存放档案，建筑的地面防潮处理与屋顶的隔热防水措施可简单一些，建筑的造价相对要低一些，但从档案的安全来看，不如第一种做法。

（二）档案库房的容量

档案库房的容量要根据具体情况而定。确定库房总容量必须进行周密的考虑和精确的计算。确定库房容量时，首先应确定几个数字：现有馆藏档案数量；应进馆尚未进馆的档案数量；今后每年平均进馆数量；预计多少年满库。这些数字必须根据大量的统计材料，经分析研究后才能确定。有了上述数字，根据排架情况再确定单位面积（m^2）上的容量，就可以计算出库房的总容量。

库房容量不宜太小，也不宜太大。库容量太小，很快就需要扩建，无论是管理使用上，还是建造费用上，都不合算；库容量太大，可能造成浪费，技术上也难以更新。一般预计满库的年限，以 10 ～ 20 年为宜。

（三）库房的负荷与结构

档案库房是长期保存档案的基地，库房建筑要求坚固耐久。档案库房所存放的档案负荷比一般民用建筑要大。因此，库房的结构设计要能够承担装满档案的重量。建库时，档案部门应根据所使用的档案柜架放满档案的重量，精确计算出库房每平方米的负荷，并增加 20% ～ 25% 的保险系数，提供给设计人员作为参考。

根据目前条件，我国大、中型档案馆的库房结构以钢筋混凝土框架结构较为适宜。小型档案馆如果库房层数不多，也可采用砖石结构加钢筋混凝土梁板。少数档案库房也有采用钢结构的，即用固定在库房地面上的钢制档案架承重。这种结构一般还比较坚固，但由于用钢量较多，防火性能差，使用的不多。无论采用哪种结构，都要保证库房的负荷要求，以免库房建成后，因结构不能负荷装满档案的重量而造成浪费。

（四）库房的面积与高度

库房的面积有大间库房与小间库房之分。小间库房由于各小间形成一个独立的环境，安全而且有利于防火，但是建小间库房内墙增多，减少了有效使用面积，在排架与管理上都不如大间库房方便；大间库房虽然增加了有效使用面积，便于管理和排架，但在安全与防火方面不如建小间库房。这就是说，小间库房与大间库房各有优缺点。因此，要避免绝对化，不要都搞成小间库房或都搞成大间库房，而是应该两者兼而有之。可以大间库房为主，结合建一些小间库房，把重要的档案存放在小间库房，把一般档案存放在大间库房。这样，既便于管理，又较为安全。无论是建大间库房还是小间库房，都要预先根据档案柜架的尺寸、摆放的位置、走道的尺寸，经过精确计算，确定每间库房的长度与宽度，以免造成使用面积上的浪费。

库房的高度应与所使用的档案柜架的高度结合考虑，以略高于档案柜架为宜，一般在 2.5 米左右。库房过高不仅造成空间上的浪费，提高了造价，而且对改善保护环境不利，并且会增加库房的管理费用。

（五）库房建筑的防火要求

建筑物的耐火等级是由建筑构件的燃烧性能和最低耐火极限决定的。所谓耐火极限是指建筑构件从受到火的作用起，到失掉支持能力或发生穿透裂缝或背火一面温度升高到 220℃时止。所用的抵抗时间一般用小时表示。

一般一级耐火等级建筑是钢筋混凝土结构或砖墙与钢筋混凝土结构组成的混合结构；二级耐火等级建筑是钢结构屋架、钢筋混凝土柱或砖墙组成的混合结构；三级耐火等级建筑是木屋顶和砖墙组成的砖木结构；四级耐火等级建筑是木屋顶、难燃烧体墙壁组成的可燃烧结构。

档案库房建筑的耐火等级，不应低于二级，如表 7-8 所示。

表 7-8　建筑物的耐火等级

构件名称	耐火等级							
	一　级		二　级		三　级		四　级	
	燃烧性能	耐火极限/小时	燃烧性能	耐火极限/小时	燃烧性能	耐火极限/小时	燃烧性能	耐火极限/小时
承重墙和楼梯间的墙	非燃烧体	3	非燃烧体	2.5	非燃烧体	2.5	难燃烧体	0.5

续 表

构件名称	耐火等级							
	一 级		二 级		三 级		四 级	
	燃烧性能	耐火极限/小时	燃烧性能	耐火极限/小时	燃烧性能	耐火极限/小时	燃烧性能	耐火极限/小时
支撑多层的柱	非燃烧体	3	非燃烧体	2.5	非燃烧体	2.6	难燃烧体	0.5
支撑单层的柱	非燃烧体	2.5	非燃烧体	2	非燃烧体	2	难燃烧体	–
梁	非燃烧体	2	非燃烧体	1.5	非燃烧体	1	难燃烧体	0.5
楼板	非燃烧体	1.5	非燃烧体	1	非燃烧体	0.5	难燃烧体	0.25
吊顶（包括吊顶阁棚）	非燃烧体	0.25	难燃烧体	0.25	难燃烧体	0.15	燃烧体	–
屋顶的承重构件	非燃烧体	1.5	非燃烧体	0.5	燃烧体	–	燃烧体	–
疏散楼梯	非燃烧体	1.5	非燃烧体	1	非燃烧体	1	燃烧体	–
框架填充墙	非燃烧体	1	非燃烧体	0.5	非燃烧体	0.5	难燃烧体	0.25
隔墙	非燃烧体	1	非燃烧体	0.5	难燃烧体	0.5	难燃烧体	0.25
防火墙	非燃烧体	4	燃烧体	4	非燃烧体	4	非燃烧体	4

为了保证档案库房的防火安全，库房与四周建筑之间应保持有一定的防火间距。防火间距，即一幢建筑物起火，对面建筑物在热辐射的作用下，没有任何保护措施，不会起火的距离。防火间距的确定，还要考虑到周围建筑物的性质与耐火等级，一般不要小于 30 ～ 50 米。

档案纸张材料属于易燃物质，档案库房一旦发生火灾，火势容易蔓延，造成严重损失。因此，在库房建筑上应考虑设置一定的防火分隔物。防火分隔物是针对建筑物的不同部位和火势蔓延的途径而设置的，主要有防火墙、防火门等。

防火墙可把整个库房建筑的空间分隔成若干防火区，以限制燃烧面积，阻

止火势蔓延。防火墙应直接砌筑在基础或钢筋混凝土的框架梁上，不开门窗。如开门窗，必须有防火门窗封闭。防火墙应具有 4 小时以上的耐火极限。

第二节　档案库房设备

一、空气调节装置

空气调节装置是使档案库房取得符合保护要求的气候条件的理想设备。空气调节的目的是使室内空气的温度、湿度、洁净度和流动速度符合一定的要求。

（一）空气调节系统的分类

要调节送入室内的空气的温度、湿度和风量，就要对空气进行适当的处理（如加热、冷却、加湿、干燥和过滤等）和输送分配。因此，空气调节系统一般均由空气处理设备和空气输送管道以及空气分配装置所组成。根据需要，它能组成许多不同形式的系统。

1. 按空气处理设备的设置情况划分

（1）集中式空调系统。集中式空调系统是把空气处理设备和风机都设在一个集中的空调机房内，冷源和热源也往往集中在冷冻站或锅炉房内，其特点是便于集中管理，处理后的空气经过风道分别送入使用房间。这种系统适用于空调量大的地方。

（2）局部式空调系统。局部式空调系统是把冷热源和空气处理、输送设备（风机）集中设置在一个箱体内，形成一个紧凑的空调系统。因此，局部空调系统不需要集中的机房，可以按照需要，灵活而分散地设置在使用房间内。这种系统适用于在一个大建筑物内只有少数房间要求空调的情况。有的虽然要求空调的房间较多，但是由于房间的布局很分散，如用集中式空调系统，不仅在经济上不合算，还会给运送管理带来很多不便，在这种情况下，可以采用局部式空调系统。这种设备大多能自动控制，不需要专人管理，使用很方便，移动也方便，灵活性大。

（3）半集中式空调系统。半集中式空调系统不仅有集中的空调机房，还设有分散在使用房间内的二次设备（末端装置），其中多设有冷热交换装置。它的功能主要是在空气进入使用房间之前，对来自集中处理设备的空气进行补充处理。因此，半集中式空调系统把对空气的集中处理和局部处理结合起来，在一定程度上兼有集中式和局部式空调系统的优点，并且避免了它们的缺点。

2. 根据集中式空调系统处理的空气来源划分

（1）封闭式系统。它所处理的空气全部来自使用房间本身，没有室外空气补充，全部为再循环空气。因此，使用空气和空气处理设备之间形成了一个封闭的环路。封闭式系统适用于无法应用室外空气的密闭空间，多用于战时的地下庇护所、潜艇等战备工程或很少有人进出的仓库。这种系统冷、热量消耗最省，但卫生效果差。当室内有人长期停留时，必须考虑空气的再生。

（2）直流式系统。它所处理的空气全部来自室外，处理后送入使用房间，与封闭式系统相反，其冷、热耗量很大，投资和运行费用高，但卫生效果好，故适用于不允许采用回风的场合，如散发大量有害物的车间。

（3）混合式系统。封闭系统不能满足空气的卫生要求，直流式系统经济上不合算，因而两者只能在特定的场合使用。对于绝大多数场合，则综合两者的利弊，采用混合一部分回风的系统。这种系统既能满足卫生要求，又经济合理，故应用最广。

这种混合式系统又分为“一次回风系统”和“二次回风系统”。仅在空气处理室前混合一次回风的称为“一次回风系统”，其构造和调节都较为简单。对于大型空调系统，为了节约投资和经常运行费用，常采用“二次回风系统”，即在空气处理室后再进行一次混合回风，然后送入使用房间。

（二）空气的处理

1. 空气的加热

在空调系统中加热空气大都是使空气在空气处理室内流过加热器而实现的。加热器的热媒为蒸汽或热水，在电能便宜、需要局部加热和自动控制的场合也可采用电加热器。

（1）蒸汽或热水空气加热器。暖气片、金属管焊制成的排管都可以用来加热空气，但是为了增强空气对管内热媒的热交换，应在与空气相接触这一侧加设助片，从而使加热器的传热系数提高。

（2）电加热器。在小型的空调机组或具有较高精度要求的空调系统，在分支管路上可以用电加热器进行局部加热，以达到精度较高的恒温要求。这是因为它具有表面温度均匀、热量稳定、效率高、结构紧凑、控制方便等特点。但是，它要消耗大量电能，运行费用多，故在大型空调系统加热容量要求大的场合不宜采用。

电加热器是让电流（交流或直流）通过电阻丝而发热，然后把热量传给流过的空气。目前，在空调上应用的电加热器有两类。

①裸露式电加热器。裸露式电加热器的外壳用双层铁板中间垫以绝缘层，在钢板上装固定电热丝（铬铝合金丝）的瓷缘子以固定电热丝，可根据需要用多排组合。工作时电阻丝的表面温度不超过 150 ℃。

②电热元件构成的电加热器。这种电加热器由若干根管状电热元件组合而成。管状电加热器元件是在一根管内放入一根螺旋形的电阻丝（镍铬丝），并在空隙的部分紧密地填满一种有良好导热性和电绝缘性的氧化物（结晶氧化镁）而构成。

从以上构造可知，裸露式电加热器结构简单，而且无热惯性，但安全性差（有电阻丝断落的可能性）。管状加热器虽安全可靠，但有热惯性。档案库房空调如使用电加热器，应注意安全问题。

2. 空气的冷却

在空气调节中，空气的冷却处理过程用得较多，尤其是我国南方地区，这不仅是空调技术的重要问题，还与空调设备及运行费用的关系极大。

冷却空气的冷源有天然冷源（深井水等）和人工冷源（制冷设备）两种。冷却空气的方法有以下三种：

（1）喷水室处理空气。在大型集中式空气调节系统以及空调房间相对湿度精度要求高的空气调节系统中，经常采用喷水室处理空气。喷水室（又称喷雾室、淋水室）就是用水直接喷淋空气，使空气达到一定处理效果的装置。

当用不同温度的水喷淋空气时，空气与水之间产生了十分复杂的热、湿交换过程。为说明热、湿交换的基本概念，我们假设从喷水室空间内悬浮在空气中的大量小水滴中取出一个小水滴来加以分析。在水滴表面包围着一层很薄的饱和空气层，其温度接近水滴的表面温度。在饱和空气层与周围未饱和空气之间存在着一个混合区，正是在它们混合过程中产生着热、湿交换。当空气流经水滴表面时，就会把紧贴水滴表面的饱和空气层的一部分空气带走，同时形成新的饱和空气层。这样，饱和空气层的空气不断地混入流动的空气中，使整个空气状态发生变化。因此，我们可以把空气的热、湿交换过程看作两种空气的混合过程，即和喷水接触后的空气终状态就是进入喷水室的初状态空气与水温下饱和空气的混合状态。

因此，具有规律性的热、湿交换过程如下：

①空气与不同温度的水滴接触时，只要有温差存在，就会产生热变换，其传热方向是从温度高的传向温度低的。例如，夏天用冷水喷淋高温空气时，空气失去热量降低了温度，而水得到热量提高了温度。冬天用热水喷淋低温空气

时，空气得到热量提高了温度，而水失去热量降低了温度。

②当水滴的温度低于周围空气的露点温度时，空气中的水蒸气被凝结出来，空气得到减湿。反之，如果水滴的温度高于周围空气的露点温度时，那么饱和空气层中的水汽分子被蒸发到周围空气中去，其结果是空气被加湿。

③热、湿交换是同时进行的。一般夏季是冷却减湿，冬季是增温加湿。

（2）水冷式表面冷却器冷却空气。在空调系统中，除了用喷水室处理空气外，还可用表面式空气处理设备。表面式空气处理设备用作加热的是空气加热器，用作冷却的是空气冷却器，构造上基本相同，均由排管和助片组成，不过后者管内通过的不是热媒而是冷媒。有时在同一设备内，根据季节不同，分别通入冷媒或热媒以达到冷却加热空气的目的。水冷式表面冷却器以深井水、冷冻水等为冷媒。

水冷式表面冷却器的热湿交换过程是当冷却器表面平均温度低于空气温度，而高于空气露点温度时，空气的温度降低而含湿量不变，称为等湿冷却过程（或干式冷却）；当冷却器表面平均温度低于空气露点温度时，空气温度降低，含湿量也减少，称为冷却干燥过程（或析湿冷却）。在空气调节的实际应用中，多数是析湿冷却过程。

水冷式表面冷却器的优缺点如下：

优点：

第一，不需要喷水室和水箱（或水池），可以减少空调机房的占地面积。

第二，简化了水系统，又没有喷嘴那样对水压的要求，因而降低了水系统的造价和运行费用。

第三，可采用封闭循环的水系统，避免了冷水的漏损，管理简单，而且水与空气不直接接触，可不考虑水质方面的卫生要求。

缺点：

第一，要耗用较多的有色金属，不易制作，设备费较贵。

第二，只能对空气进行减湿冷却和等湿冷却过程，不能像喷水室那样可实现对空气加湿处理等多种过程。

第三，对空气的净化作用不如喷水室。

（3）直接蒸发式冷却器冷却空气。这种表面冷却器实际上是制冷循环中的一个蒸发器，虽然和前面的水冷式冷却器有同样的功能，但在构造上有所区别。

采用氟利昂为工质的直接蒸发或空气冷却器有以下优点：

第一，氟利昂冷剂无毒，即使渗漏也对人无害。

第二，结构紧凑，机房面积小。

第三，不用中间介质（如水），直接靠工质吸收空气热量后蒸发，冷量损失少，同时空调房间的降温速度快，可以减少起动时间。

第四，管理方便，易于实现自动控制。

它的缺点是比设有冷水箱（池）的冷水冷却系统缺乏充分“蓄冷”的可能性；对相对湿度要求高的场合，控制质量不如喷水室的理想。

3. 空气的加湿

调节空气的湿度是空气调节的任务之一。例如，在干燥季节对空气进行加湿处理；在潮湿季节、潮湿地区和地下建筑等，又要求对空气进行减湿处理。

空气的加湿可以在空气处理室对送入空调房间的空气集中加湿，也可以对空调房间内部的空气直接进行加湿，即局部补充加湿。

给空气加湿方法很多，除喷水室加湿外，还有喷雾加湿、蒸汽加湿以及水表面自然蒸发加湿等。其加湿原理，或是由水吸收空气中的热量而蒸发加湿，或是利用外界热源产生的蒸汽混入空气来加湿。

（1）喷雾加湿。把常温的水喷成雾状直接送入空调房间，由于水雾很快蒸发为水蒸气，就对空气起降温加湿作用。利用这个原理加湿空气，对水温无要求，因而较方便。常用在余热量较大而余湿量很小，并要保持较高相对湿度的场所，采用这种补充加湿可节省为排除余热所需要的风量，但室内空气状态不均匀，还要增加喷水设备和管道系统。

（2）蒸汽加湿。将蒸汽直接与空气混合是比较简便的加湿方法。蒸汽加湿可以在空气处理室内集中进行，也可以在空调房间内局部进行。

（3）水表面自然蒸发加湿。这类加湿方法很多，如室内地面洒水、铺湿草垫、设置敞口盛水容器等。人们在日常生活中经常采用它，其缺点是加湿量不易控制，加湿速度慢，占地面积大。

4. 空气的减湿

空气减湿的方法很多，需要有选择地使用。

（1）液体吸湿剂减湿。在喷水室中用低于空气露点温度的水去喷淋空气，之所以能获得减湿的处理，是因为水滴表面上饱和空气层的水蒸气分压力低于周围空气中水蒸气分压力的缘故。如果在水中加入某些盐类（如氯化钠、氯化钙等），那么盐水表面上水蒸气分子的浓度将由于盐分子的混入而降低。换句话说，与同温度的水相比，盐水表面上饱和空气层的水蒸气分压力总是小于纯水表面饱和空气层的水蒸气分压力，并且要低得多。可见，盐水比纯水易于吸收空气中的蒸汽。盐水溶液的浓度越大，它的表面上水蒸气分压力就越低，吸湿能力也就越强。甚至在盐水温度高于空气露点温度时，盐水表面上水蒸气分压力可能比空气中水蒸气分压力还低。液体除湿就是利用盐水溶液喷淋空气来实现的，盐水溶液吸收水汽后，其浓度将逐渐降低，吸湿能力也要逐渐下降。对于变稀的盐水溶液需要进行再生，除去吸收的水分和热量后才能重复使用。

液体吸湿剂减湿方法具有下列特点：空气减湿的幅度比较大，盐水溶液吸湿的温度可以大大高于冷冻水减湿时的温度。但是，这种方法要有一套盐水溶液的再生设备，系统比较复杂，容量小时单位减湿量的初投资大。最大的问题是，某些盐溶液对除湿设备本身具有腐蚀性，处理后的空气带出氯离子对空调房间也有影响。这是应该注意的。

（2）固体吸湿剂减湿（已在第四章中介绍）。

（3）冷冻除湿剂减湿（已在第四章中介绍）。

（4）升温减湿和通风减湿。空气加热的过程是等湿升温、相对湿度降低的过程。例如，将温度 20 ℃、相对湿度为 85% 的空气，加热到 26 ℃，则空气的相对湿度可降至 60% 左右。冬天室内生火炉感到干燥，就是这个道理。这种方法可用于地下库、洞库或冬天库房减湿处理。

空气的等湿升温过程虽然可以降低相对湿度，但不能减少含湿量，即不能降低绝对湿度，如果室内有湿量产生，空气中的含湿量就会增加，相对湿度也会提高。因此，这种方法只能起到暂时的防潮作用，不是根本除湿的办法，不能无限制使用。

如果把加热和通风（机械的或自然的）结合起来，就可以弥补单纯加热的不足，这就是通风升温除湿法。它的工作原理是当所在地区室外空气的含湿量小于洞内空气的含湿量时，可将室外空气经过加热升温送入洞内，同时从洞内排出同样数量的潮湿空气，这样便可达到除湿的目的。

这种除湿方法的优点是简单方便，投资和运行费用较小，操作容易，洞内空气新鲜。缺点是不能降低室外空气的含湿量，洞内空气参数受洞外空气影响较大。因此，它适用于洞内发热量较小，产湿量不大，并且夏季室外空气的含湿量小于洞内规定的空气含湿量地区（如我国东北、西北某些地区）。

采用这种方法时，要及时掌握气象变化规律（如晴天和阴雨天不一样，早晚和中午不一样），抓住有利时机进行通风除湿；出现不利情况时应适时关闭通风系统或洞室，以免产生相反的效果。

5. 空气的净化

一般说来，空气调节工程的主要矛盾是空气的湿度处理与调节。由于处理

空气的来源是新风和回风的混合空气，而新风受室外环境中灰尘的污染，室内空气因人的活动等发生污染，所以空气调节系统中一般除温湿度处理外，还应设有净化处理。

（1）空气净化的标准。净化空气的室内标准指含尘的重量浓度。对超净房间含尘浓度一般均用计数浓度表示，即每立升空气中的颗粒数（≥某一粒径的总数）。

目前，空调工程实践中的净化标准并未统一，一般有以下几种考虑：

第一种：一般洁净要求。对于以温湿度要求为主的空调系统来说，通常不提具体要求，采用粗过滤器一次滤尘即可。现在的空调系统绝大部分都还属于这种情况。

第二种：中等净化要求。对室内空气含尘浓度有一定的要求，通常提出质量浓度（如 0.15 ～ 0.25 毫克 / 立方米）的指标，但实际上也很少能确切规定。

第三种：超净要求。对室内空气含尘浓度提出严格要求，这类指标均以颗粒计数浓度为准。

（2）影响室内含尘浓度的因素和一些控制措施。要保证室内的净化要求，必须根据发尘因素从各方面采取措施。单纯用空调设备的过滤手段解决不了问题，也是不合理和不经济的。综合措施有如下方面：

①应将净化室布置在环境清洁的地区，远离交通干道，净化区与非净化区应隔离；净化区室内应保持一定正压，这一点是很重要的。

②选用质地坚硬耐磨、光滑及易清洗的材料作为围护结构的面层，以防止建筑内表面起尘。但是，这样会使建筑投资增加，所以应在因地制宜的条件下重视这个问题。

③设备、档案材料及工作人员本身的发尘是洁净库房内的主要尘源，因而档案接收进库前应进行除尘处理，工作人员进入净化库房应换工作服、拖鞋等。必要时，可在人员进入洁净房间时加设吹淋室（专门的“风浴”设备装在洁净室入口，以吹除工作人员或材料表面的附着灰尘）。

以上措施往往可在一定程度上控制灰尘对空调房间的污染，但通常不能完全做到，所以必须在空调系统中设置过滤器以捕集室外进入的空气和室内回风的灰尘。

（3）空气过滤器。从目前我国各种过滤器的作用原理看，大致可分为三种类型：浸油金属网格过滤器、干式纤维过滤器和静电过滤器。下面简单介绍它们的过滤作用。

①浸油金属网格过滤器的作用原理。金属网格浸油过滤器，由十数层波

形金属网格（作为滤料）叠置而成，每层网格的孔径不同，且孔径沿着空气的流动方向逐渐缩小。当含尘空气流过波形网格结构时，由于气流经多次曲折运动，因而灰尘在惯性作用下，偏离气流方向而碰到黏性物质（油）上面被粘住。总体来说，网格孔径越小，层数越多，过滤效果越好，但气流阻力必然越大。

②干式纤维过滤器的作用原理。干式纤维过滤器的滤料有玻璃纤维、合成纤维、石棉玻璃纤维纸等。它的过滤作用是较复杂的。分析起来有以下作用：

第一，惯性作用（或称撞击作用）。当尘粒随气流运动，逼近滤料时，尘粒受惯性力作用，来不及随气流绕弯而仍向前直进，便与纤维碰撞而附着其上。这一作用的大小随尘粒直径和过滤风速的增加而增加，随纤维直径增加而减少。

第二，扩散作用。由于气体分子做布朗运动，空气中的细微尘粒随之运动，当尘粒围绕纵横交织的纤维表面做布朗运动时，便因扩散作用有可能与极细纤维接触而沉附下来。尘粒越小，过滤速度越低，扩散作用就越明显。

第三，接触阻留作用。对非常小的尘粒（亚微米范围的）可以认为没有惯性，它随着气流流线运动，当遇着密集的细纤维时，它与滤料接触的或然率非常高，所以被滤料阻留下来。其接触作用往往与惯性作用同时存在，或在低速情况下，与扩散作用同时存在。

第四，静电作用。当含尘空气经过某些纤维滤料时，由于气流磨擦可能产生电荷，从而增加吸附尘粒的能力。静电作用与纤维材料的物理性质有关。

③静电过滤器工作原理。在空调净化工程中通常采用二段式结构：第一阶段为电离段，即使尘粒荷电；第二阶段为吸尘段，即使灰尘沉积下来。

电离段是一系列等距离的平行的流线型管柱状接地电极（也有成平板状的），管柱之司布有放电线，放电线上加有 10 ～ 12 千伏的直接电压，与接地电极之间形成电位梯度很强的不均匀电场，因而在金属导线周围产生电晕放电现象，而空气经过放电线时被电离，使中性的尘粒带正电。

吸尘段是由铝板制成的交替排列的高压电极板和接地极板（间距约 10 毫米）。高电位电极板上加有 5 000 伏直流电压，因而在各对电极之间形成一均匀电场。在电离段已带正电荷的尘粒进入均匀电场内时，受库仑力的作用，便垂直于气流方向运动，附着在接地电极板上。

静电过滤器的过滤效率主要取决于电场强度、尘粒大小、气流速度及尘粒在吸尘段的停留时间。

沉积在接地电极板上的尘粒可定期清洗，也有的可周期性自动清洗。

二、档案装具

档案装具是档案库内的主要设备，也是存放和保护档案的基本条件。由于档案装具用量大，其形式、用材、结构、规格等是否合理，会直接影响档案的保护条件和设备的投资。

档案装具种类很多，目前普遍使用的主要有档案架、档案柜和档案箱。设计档案装具时应注意所用的材料及加工方法都不应当对档案有丝毫损害；装具的形式要便于调阅档案，并便于合理利用库房的空间；装具要经久耐用，还要符合节约原则；尽量做到整齐划一，便于管理。

（一）装具的用材

目前，档案装具有金属与木质的两种。金属装具耐久，有利于防火，搬动不易损坏，但造价高，防潮隔热不如木质好。木质装具造价低，可就地取材，有利于防潮隔热，但易生虫，不如金属装具耐久，不利于防火。木质装具要注意选材，所用木材应当不生虫、不出油、结实耐久。在加工时应注意干燥、去脂，或浸以一定药剂、涂布防火材料等，以提高木质装具的质量。

（二）装具的形式、结构

档案架造价低，比较经济，调用档案方便，可提高库房有效使用面积。但是要求具有较理想的库房保护条件，否则各种不利因素对架中档案的影响将大于档案柜和档案箱。

档案箱因自成一个密闭的环境，可减少外界不利因素对档案的影响。但是档案箱因其结构复杂，一套箱子消耗材料较多，逐项提高了成本。另外，使用档案箱还会降低库房面积的利用率，与档案架相比，约浪费 26% 的库房面积，并且调用档案不如档案架方便。我国普遍使用档案箱最初是从便于战备转移考虑的，而档案馆档案数量多，战时以档案箱转移将是十分困难的。因此，战时档案的保存，关键在于复制，这不是装具所能解决的问题。

档案馆档案数量多，保护条件较好，以用档案架为宜。机关档案室的档案数量少，保护条件差，可用档案柜或档案箱。一般而言，档案柜与档案箱优缺点相近，但比档案箱便宜。

此外，还有一种活动式密排档案架（也叫活动式密集架）。这种架子在库内是紧密排放的，一般架子下面有轨道可以推动或电动，库内留少数通道作为移动架子和取放档案用，大大提高了库房面积的利用率。一般固定档案架，架间通道比装具占地多，由于档案调用次数较少，库内流动人员有限，通道经常闲置，在库房使用面积上造成很大浪费。活动密排架减少了通道的面积，能使库房的容量提高 1 ～ 2 倍。密排架连接的地方，装有气垫框，档案架可密封为一个整体，有利于减缓各种有害因素的影响。这种架子造价高，在一定程度上增加了建筑的负荷，如每层均用密排架，库房建筑的投资就要增加，调用档案也不如一般档案架方便。

思考题

（1）试述档案库房建筑的重要性。
（2）试述档案库房建筑应遵循的原则。
（3）为什么人字形屋顶比平屋顶有利于防热防水？
（4）什么是实体材料隔热屋顶？
（5）试述通风间层屋顶的隔热原理。
（6）怎样提高通风间层屋顶的隔热效果？
（7）外墙隔热有哪些措施？
（8）什么叫架空地面？
（9）试述空调系统的分类及其使用的范围。
（10）为什么喷水室处理空气能实现对空气的多种处理过程？

第八章　档案修复技术

修复技术是将遭到不同程度损毁的档案制成材料，进行适当的技术处理，清除不利于耐久性的因素；停止其继续损毁；增强抵抗外界不利因素的能力；尽量恢复原来的面貌，提高其耐久性，从而达到延长寿命的目的。

档案修复工作的基本原则：

第一，保持档案的历史原貌。档案是历史记录，不仅档案的内容，档案上的任何标记都是历史痕迹。因此，它不仅有参考作用，还有着重要的凭证作用。在修复工作中，要想使档案的这一重要作用能够继续实现，不仅要保持档案内容的完整，档案上的任何戳记、批语、标记以及格式等均不能有所改变。

第二，应有利于延长档案的寿命。修复中采取的措施，不仅要看其短期内能否改善档案制成材料的状况，还要从长期考虑，看其是否有利于档案制成材料的耐久性。

修复方法应对档案制成材料没有副作用。也就是说，我们在研究修复方法时，不仅要考虑这种方法能否解决某种损毁的问题，还应考虑这种方法对档案制成材料有无副作用。例如，加固纸张强度的方法是否会对字迹的耐久性有影响，恢复字迹的方法是否会对纸张的耐久性有影响，恢复某一种字迹的方法是否会对其他字迹的耐久性有影响，等等。

但是，档案制成材料种类繁多，损毁的原因极复杂，要求所有的修复方法都无任何副作用是极其困难的。因此，有些修复方法即便有些副作用，也不等于完全不能采用。这就要求根据具体情况，权衡轻重，正确处理。因此，任何一种修复方法都是有条件的。

第三，修复前应进行试验。修复工作是一项关系到档案命运的工作，必须谨慎、细致。修复前要对档案制成材料的性质、损毁原因，以及将采用的修复方法的使用范围等情况了解清楚，并应进行修复前的试验，确认没有问题时，再正式处理。绝不能贸然行事，否则会造成无法挽回的损失。

第一节　档案的除污与去酸

一、档案的除污技术

档案在形成、管理、利用等过程中，由于某种原因有时会沾染上各种污斑。这些污斑如果长期留在档案上，往往会影响档案的利用或档案制成材料的耐久性。因此，需要采取一定的技术方法将污斑除掉。一般常见的污斑有水斑、泥斑、油斑、蜡斑、霉斑、颜色斑等。除污的方法很多，要视具体情况选用。

（一）机械除污

机械除污是借助手术刀、毛刷等工具，依靠机械的力量，将污斑全部或大部除掉。这种方法一般用于基础较坚固，而污斑易除或污斑较厚的档案。

第一，机械除污时，不需清理的部分或由于纸面过大需要下一步清理的部分，必须用白纸盖住，以免清理掉的污斑微粒落到这些地方。

第二，使用手术刀除斑时，应使刀刃跟纸面呈很小的角度。通常是从纸的中心向纸的边缘移动手术刀，在有裂伤或重折伤的情况下，要从基础的坚固部分向有折伤或裂伤的那一边移动手术刀。最好让手术刀的移动方向与纸的纵向相一致。

第三，清除下来的污斑微粒，需要随时从档案上加以清除。可用轻毛刷刷掉，或用镊子夹棉球清除，也可将档案立起敲打纸背。

第四，清理带字的部分最好用放大镜。如果字迹是铅笔或易擦掉的字迹，则应特别注意，防止将字迹除掉。

（二）水洗除污

水斑、泥斑和一些能溶于水的污斑，均可用水洗的方法除掉。

（1）采用水洗除污前应试验字迹是否遇水扩散。方法是在一块滤纸上打一小孔，把滤纸放在档案边缘不重要的字上，孔洞要对着字。取另一块滤纸滴 2 ～ 3 滴水，压在第一块滤纸孔洞处露出的字上，经一段时间，如果湿滤纸揭

开后带有颜色印迹，说明字迹遇水流散。

（2）水洗除污不能只将污斑的部分水洗，否则纸张会发生不均匀的膨胀，造成褶皱或卷起。

（3）水洗时，用一个比档案稍大的瓷盘，内盛蒸馏水（应是中性）。除污的档案要一页一页地洗，将档案从瓷盘边滑入水中，使其完全浸湿并沉入水中，轻轻晃动盘子，即可达到水洗的目的。如果污斑较重，可将水适当加热，以促进污斑溶解。污斑除掉后，可放在清水中再洗一次，然后放在白色吸水纸中压干。

（4）档案纸张强度较差，水洗时应特别注意。为防止取放时使档案遭到损坏，可将档案放在一块稍大的玻璃板上，一同放入水中，取出时可用玻璃板将档案托出。

（5）水洗不仅能清除污斑，还可将档案纸张中含有的酸部分溶解于水中起到一定的去酸作用。

（三）有机溶剂除污

在水中不能溶解的污斑，要使用一定的溶剂才能除掉。酒精或丙酮等水溶剂对去除虫胶、漆、油漆效果较好；憎水溶剂如苯、甲苯、四氯化碳、汽油等，去除油、蜡斑效果较好。

（1）使用溶剂除斑前应试验对字迹有无影响。方法是把档案放在一块滤纸上，字迹和滤纸相对，选择边缘处一个不重要的字迹，在背面加一块浸过少量溶剂的滤纸，压放一定时间，揭开后如果下面滤纸上出现颜色印迹，说明溶剂对字迹有影响。

（2）溶剂除污只处理污斑处即可，因溶剂易于挥发，不会使纸张过分膨胀而发生褶皱。

（3）处理时，把有污斑的档案放在滤纸上，字向下，从背面用浸有溶剂的棉球擦拭有污斑的地方，污斑被溶剂溶解后，即被滤纸吸收，随即把档案移到干净滤纸的地方，以防止污斑流散。

（四）氧化除污

颜色斑、霉斑的色素用溶剂很难除去，需要使用氧化剂。

氧化剂除污就是用氧化性的化学药品对污斑色素进行氧化，强行破坏有机色素的发色团，达到除去污斑的目的。可用于档案去污的氧化剂有漂白粉[$CaCl_2 \cdot Ca(ClO)_2 \cdot H_2O$]、高锰酸钾（$KMnO_4$）、过氧化氢（$H_2O_2$）、氯胺T（$C_7H_{13}O_5NSNaCl$）、二氧化氯（$ClO_2$）、次氯酸钠（NaClO）等。

1. ***漂白粉去污法***

（1）过程。将需要去污的档案浸入清水中片刻，使纤维膨松，污斑浸透，再放入 0.5% ～ 1% 漂白粉溶液的盆内约 15 分钟，取出用清水洗一下，再放进 1% ～ 2% 的次亚硫酸钠（$Na_2S_2O_4$）溶液内约 15 分钟，再用清水洗净，夹在吸水纸中干燥即可。

（2）去污原理。漂白粉去污原理是因为漂白粉中的有效成分次氯酸钙 [$Ca(ClO)_2$] 遇水产生原子状态的氧，具有强烈氧化色素的作用。

$Ca(ClO)_2+2H_2O \longrightarrow Ca(OH)_2+2HClO$

$Ca(ClO)_2+CO_2+H_2O \longrightarrow CaCO_2+2HClO$

$HClO \longleftarrow HCl+[O]$

次亚硫酸钠是一种还原剂，其作用是消除和停止氧化剂的氧化作用，以便消除残留的漂白粉对纸张纤维的氧化破坏作用。

$Na_2S_2O_4 + H_2O+[O] \longrightarrow 2NaHSO_3$

亚硫酸氢钠

$NaHSO_3 + H_2O \longrightarrow NaHSO_4 + 2[H]$

硫酸氢钠

$2[H]+[O] \longrightarrow H_2O$

因漂白粉杂质较多，常用较纯的次氯酸钠代替。

2. ***次氯酸钠去污法***

（1）过程。

①将需要去污的档案放进 5% 的次氯酸钠和浓盐酸混合溶液内约 5 分钟（浓盐酸按体积占 0.5% ～ 3%），氧化漂白。

②取出后放入含有 0.5 毫升的浓盐酸溶于 2 700 毫升水的盐酸溶液内，约 5 分钟，赶氯。

③取出后再放进氨水溶液中（2 毫升浓氨水溶于 900 毫升水）约 10 分钟，以中和残存的酸。

最后用流水洗涤，夹在吸水纸中干燥。

（2）原理。

①次氯酸钠与盐酸作用产生原子状态氧，具有漂白作用。

$NaClO + HCl \longrightarrow NaCl + HClO$

$HClO \longrightarrow HCl+[O]$

②盐酸溶液的作用是消除档案上残存的次氯酸。

$HClO + HCl \longrightarrow H_2O + Cl_2$

③氨水溶液的作用是中和档案上残存的酸。即 NH_4OH 氢氧化铵中的 OH^- 不断和酸中的 H^+ 作用生成水。

$H^+ + OH^- \longrightarrow H_2O$

3. 高锰酸钾去污法

（1）过程。

①将去污档案放进 0.5% 高锰酸钾溶液内约半小时，档案呈棕褐色。

②取出后水洗，再放入约 0.5% 亚硫酸氢钠（$NaHSO_2$）溶液中浸泡，档案还原为无色时取出。

③再用清水充分洗净，夹在吸水纸中干燥。

（2）原理。

①高锰酸钾和水作用产生初生态氧，具有氧化作用。

$2KMnO_3 + H_2O \longrightarrow 2KOH + 2MnO_2 + 3[O]$

②亚硫酸氢钠的作用有二：一是将棕褐色的二氧化锰还原为无色的硫酸锰，使档案恢复原来的颜色；二是消除或停止氧化作用。

$NaHSO_3 + H_2O \longrightarrow NaOH + H_2SO_3$

$H_2SO_3 + MnO_2 \longrightarrow MnSO_4 + H_2O$

$H_2SO_3 + H_2O \longrightarrow H_2SO_4 + 2[H]$

$2[H] + [O] \longrightarrow H_2O$

需要注意的问题如下：

第一，以上三种除污法均系使用强氧化剂，可去除蓝黑墨水或霉斑，但应注意对其他字迹有无影响。一般而言，档案字迹的色素成分是炭素的可以应用。

第二，强氧化剂对纤维素有破坏作用，污斑严重影响阅读时才可使用此法。

第三，木质素含量高的档案纸张材料，其除污时不适用高锰酸钾法，因为纸色变黑后难以恢复。

4. 过氧化氢－乙醚乳浊液去污法

（1）过程。取等体积的过氧化氢（H_2O_2）和乙醚（$C_2H_5{-}O{-}C_2H_5$）在分液漏斗中混合。混合时先在分液漏斗中放入乙醚，把预先放在另一分液漏斗中的过氧化氢慢慢流入乙醚中，边混合边摇动。混合完毕后，再用力摇动锥形瓶（塞好瓶塞）5 ～ 10 分钟。静置片刻，锥形瓶内混合液体分为两层，下层为未溶于乙醚的过氧化氢，上层为含有过氧化氢的乙醚乳浊液。取出后用有机溶剂去污的方法即可。

（2）原理。

①过氧化氢能分解出初生态氧。

$H_2O_2 \longrightarrow H_2O+[O]$

②乙醚具有溶解污斑的作用。

5. 氯胺 T 去污法

$$\begin{array}{c} SO_2N\begin{cases} Na \\ Cl \end{cases} \\ | \\ C_6H_4 \\ | \\ CH_3 \end{array}$$

（1）过程。

①将去污档案放进 2% 氯胺 T 水溶液（呈微碱性，pH 为 8 ～ 9），处理 15 ～ 30 分钟。

②取出在流水中冲洗 15 分钟。

③也可将去酸档案夹在氯胺 T 湿滤纸中间，加适当压力约 1 小时。

（2）原理。氯胺 T 和水作用能产生初生态氧。

$$\begin{array}{c} SO_2N\begin{cases} Na \\ Cl \end{cases} \\ | \\ C_6H_4 \\ | \\ CH_3 \end{array} + H_2O \longrightarrow \begin{array}{c} SO_2NH_2 \\ | \\ C_6H_4 \\ | \\ CH_3 \end{array} + NaCl + [O]$$

6. 二氧化氯去污法

（1）过程。在 2% 的亚氯酸钠溶液中加入 40% 甲醛溶液，体积比约为 40 ∶ 1，混合均匀，将去污档案放入，一般为 15 ～ 60 分钟。取出后放在吸水纸中压平。

（2）原理。

①亚氯酸钠与甲醛作用产生二氧化氯。

$3NaClO_2+CH_2O \longrightarrow HCOONa + 2ClO_2 + NaCl + NaOH$

②二氧化氯和水作用产生初生态氧。

$2ClO_2+H_2O \longrightarrow 2HCl + 5[O]$

二氧化氯因其沸点仅为 10℃，可作为气相去污剂，方法是将档案用湿滤纸夹起来，使档案潮湿，然后放在一个密闭容器内，设法把二氧化氯气通进去，通入量和密闭时间可根据污斑情况来控制，一般为 15 ～ 30 分钟。

以上三种氧化剂，其氧化性能比前三种要弱，对纸张中纤维素的破坏作用也较轻，适于清除染料墨水等较易去除的污斑。

二、去酸

酸会促进纤维素水解，使纸张强度下降，也会使耐酸性较差的字迹褪色。因此，对酸度较大的档案（pH 在 5 以下），特别是一些珍贵档案应进行去酸处理，以延长档案的寿命。

检查档案纸张酸度的一种简便的方法是用试剂滴试或试纸测试。试剂可用石蕊试剂溶液，用滴管滴在档案无字部位上一两滴，观察颜色的变化。石蕊试剂 pH 值变化范围为 5 ～ 8，滴试后若颜色不变可认为 pH 在 7 左右，若变红为微酸性，若变蓝为微碱性。用石蕊试纸测试，将试纸和测试部位润湿，紧贴在一起压实片刻，观察试纸变色情况，即可判断其 pH 值。试纸检查的效果不如试剂。

去酸就是用碱性化学药品将档案纸张中的酸中和掉。去酸的方法分为湿法去酸、无水去酸和气相去酸。

（一）湿法去酸

湿法去酸选择碱时，应选用中和酸以后的产物，即使其残留在档案上也有益无害。这样的碱就是钙、镁的氢氧化物。氢氧化钙和氢氧化镁都是较弱的碱，去酸时对纸张纤维无影响。

1. 氢氧化钙 $Ca(OH)_2$ ⁻重碳酸钙 $Ca(HCO_3)_2$（酸式碳酸钙）去酸法

（1）溶液的制备。氢氧化钙溶液的制备：将 454 克氧化钙放在一个玻璃容器内，注入 2 280 毫升的水。水与氧化钙发生反应，产生氢氧化钙，同时放出热量，$CaO + H_2O = +Ca(OH)_2$，10 分钟后搅拌溶液，并移入容量为 23 升的瓶中。然后，在这个瓶内注满水搅拌，并静置，当溶液清晰时可滤出。再注水。可注水三次。取得的溶液含有约 0.15% 的氢氧化钙。也可直接用纯的氢氧化钙溶于水取得，但氢氧化钙溶解度低。

重碳酸钙溶液的制备：将 454 克的碳酸钙放在容量为 23 升的瓶子内与水掺混，然后把水注满，通入二氧化碳气使之冒泡 15 ～ 20 分钟，从而取得乳白色的重碳酸钙溶液。

$CaCO_3 + H_2O + CO_2 \longrightarrow Ca(HCO_3)_2$ 溶液的浓度约为 0.15%。二氧化碳可以市购，可以自制。自制时在固体粉状碳酸钙中加盐酸就可以放出 CO_2。

$CaCO_3 + 2HCl \longrightarrow CaCl_2 + H_2O + CO_2 \uparrow$

（2）去酸过程。

①将去酸档案在清水中浸透，放入 0.15% 的氢氧化钙溶液里约 10 ～ 20 分钟。

②取出后用清水洗一下，洗去档案纸张上大部分氢氧化钙液体，放入重碳酸钙溶液中（pH 约为 6.5 ）10 ～ 20 分钟。

③取出后放在空盘内，排除过量的重碳酸钙溶液，最后在吸水纸中压干。

（3）去酸原理。

①氢氧化钙溶液起中和去酸的作用。

$H^+ + OH^- \longrightarrow H_2O$

②重碳酸钙溶液的作用是中和去碱，即去掉残留在档案上的氢氧化钙。

$Ca(OH)_2 + Ca(HCO_3)_2 \longrightarrow 2CaCO_3 + 2H_2O$

③残留在档案上的重碳酸钙会慢慢分解变为碳酸钙。

$Ca(HCO_3)_2 \longrightarrow CaCO_3 + CO_2 + H_2O$

④这种方法最后残留在档案上的是碳酸钙，颗粒微细的碳酸钙渗入档案纸张纤维中，既可作为填料，又具有防止档案酸度增高的作用。对档案无害而有益，是其优点。

2. 重碳酸镁溶液去酸法

（1）重碳酸镁溶液的制备。将 40 克碳酸镁放入容量为 23 升的玻璃容器，然后注满水，对二氧化碳气体施加压力，使之通过溶液冒泡，直至溶液从乳白色变为纯白色为止。

$MgCO_3 + CO_2 + H_2O \longrightarrow Mg(HCO_3)_2$

（2）去酸过程。将去酸档案放入溶液浸泡约 20 ～ 30 分钟，然后取出晾干。也可采用喷洒法，但效果不如浸泡法，因浸泡法可使药液渗入纤维的内部。应注意当溶液从纯白色变为微黄色，最后呈琥珀色时，不能再用。

（3）去酸原理。

①重碳酸镁和水作用产生弱碱性的氢氧化镁。

$Mg(HCO_3)_2 + 2H_2O \longrightarrow Mg(OH)_2 + 2H_2CO_3$

$H_2CO_3 \longrightarrow H_2O + CO2 \uparrow$

②残留在档案上的重碳酸镁也会慢慢分解变为碳酸镁。

$Mg(HCO_3)_2 \longrightarrow MgCO_3 + H_2O + CO_2 \uparrow$

3. 缓冲溶液去酸法

（1）什么是缓冲溶液。凡是向混合溶液中加入少量强酸或强碱时，混合溶液的 pH 值并不发生明显的变化，这种混合溶液就叫缓冲溶液。

也就是说，凡能抵制外加少量强酸或强碱的影响，而使原溶液的 pH 不发生明显变化的混合溶液，就叫缓冲溶液。因此，缓冲溶液必须具有两种物质，一种是抵制外加少量强碱的物质，一种是抵制外加少量强酸的物质。缓冲溶液就是通过这两种物质，对外加进的 H^+ 或 OH^- 离子进行调正、控制，使混合溶液的 pH 基本保持不变。

（2）去酸原理。以 H_2CO_3 和 $NaHCO_3$ 组成的缓冲溶液为例，说明其去酸的原理，如图 8-1 所示。

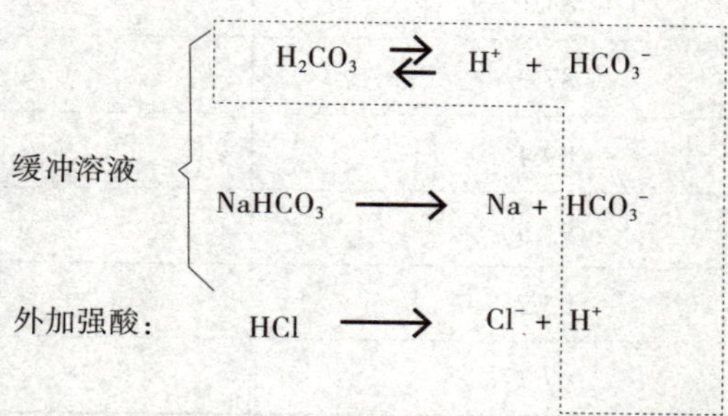

图 8-1　H_2CO_3 和 $NaHCO_3$ 组成的缓冲溶液去酸原理示意图

H_2CO_3 是个弱酸、弱电解质，在水溶液中只有部分电离成 H^+ 和 HCO_3^- 离子；$NaHCO_3$ 是个弱酸盐，这个强电解质几乎全部被电离成 Na^+ 和 HCO_3^- 离子。这样就使缓冲溶液中存在大量的 H_2CO_3（大部分未电离）分子、大量的 HCO_3^- 离子和少量的 H^+ 离子（因为少部分 H_2CO_3 电离）。当加进少量强酸后（HCl），即加进了多余的氢离子，pH 应降低。但是，由于加进的 H^+ 被大量的 HCO_3^- 结合，变为 H_2CO_3，从而把 H^+ 消耗掉了。这种抵制酸的作用实际上是把加进的强酸（HCl）变成了弱酸（H_2CO_3），使 pH 基本保持不变。

（3）缓冲溶液的选择。不同化学物质可组成具有不同 pH 的缓冲溶液。档案经缓冲溶液去酸后，其纸张的 pH 值基本与缓冲溶液的 pH 相同。因此，档案去酸时选择的缓冲溶液，其 pH 应与档案去酸后所要求的纸张 pH 相同。纸张的酸碱度以中性或微碱性对其耐久性有利，即 pH 在 7～8 的范围内较为适合。档案去酸时，就要选择 pH 在 7～8 的缓冲溶液，如磷酸盐缓冲溶液，见表 8-1。

表 8-1　pH 值参照表

pH 值	M/15 Na_2HPO_4 溶液 / 毫升	M/15 KH_2PO_4 溶液 / 毫升
7.0	61.1	38.9
7.1	66.6	33.4

续 表

pH 值	M/15 Na_2HPO_4 溶液 / 毫升	M/15 KH_2PO_4 溶液 / 毫升
7.2	72.0	28
7.3	76.8	23.2
7.4	80.8	19.2
7.5	84.1	15.9
7.6	87.0	13.0
7.7	89.4	10.6
7.8	91.5	8.5
7.9	93.2	6.8
8.0	94.7	5.3

湿法去酸的优点: 第一,既可去酸,又可积存一些以后起缓冲剂作用的盐类。第二，可溶解许多种有害物质。

湿法去酸的缺点：第一，档案经水处理易损坏，纸张易破，厚度会稍有增加，操作要求高。第二，遇水扩散的字迹不能使用。

（二）无水去酸

无水去酸法是使用一种含有去酸剂和有机溶剂的无水溶液去酸。例如，醋酸镁（CH_3COO）$_2Mg$ 溶于甲醇和乙醇的溶液（被纸张吸附后，可与空气中的二氧化碳作用，生成碳酸镁 $MgCO_3$），氢氧化钡 [Ba（OH_2）] 的甲醇溶液（氢氧化钡被纸张吸附后，会由于大气中 CO_2 的作用变为碳酸钡 BaCO），甲醇镁（CH_3O）$_2Mg$（甲醇镁与空气中的水分直接发生反应,形成一种稳定剂氢氧化镁）。

无水去酸法的优点是使用的溶剂在室温下能迅速蒸发，容易干燥，不易起皱。缺点是使用的溶剂有毒、易燃、昂贵（如甲醇烟汽既会爆炸又有毒）。另外，对某些字迹会产生扩散问题。

（三）气相去酸

气相去酸就是用碱性蒸汽对档案进行处理，而达到去酸的目的。

1. 氨（NH_3）

氨是一种碱性较强的无色气体。处理时要在密封的条件下，用稀释的氨水

（1 ：10）处理 24 ～ 36 小时，可使纸的 pH 值增到 6.8 ～ 7.2。

2. 吗啉 [NH（CH_2）$_2$O（CH_2）$_2$]

1， 4- 氧氮杂环己烷是一种无色有吸湿性的碱性液体，在真空器内可呈蒸汽状态。

使用时，把去酸档案放在一个可抽真空的容器内，抽真空后，将另一个密闭容器中准备好的吗啉溶液，经过导管使其导入真空容器内，密闭约 15 分钟，可使纸张 pH 值达到 7 左右。

吗啉去酸原理是其中的仲胺氮原子易和酸中的 H^+ 结合。

$$O(CH_2CH_2)_2NH + H^+ = O(CH_2CH_2)_2{}^+NH_2$$

3. 二乙基锌 [Zn（C_2H_5）$_2$]

Zn（C_2H_6）$_2$ + H_2O ⟶ H_2O + ZnO +2C_2H_6 ↑

ZnO 为两性化合物，遇 H^+ 结合而达到中和。

二乙基锌性质活泼，与水、氧接触可燃爆，需要真空处理。

气相去酸的优点是字迹不会发生扩散，处理后不需要干燥，强度较差的档案不会因去酸而受到损伤，适合于大规模去酸，但需要专用的设备。

第二节 档案的加固与修裱

一、加固

档案的加固有两个内容：一是对遇水、遇热扩散，不耐磨的字迹的加固；二是对机械强度下降的纸张材料的加固。其方法就是在档案上加上一层高分子材料的薄膜，因而加固纸张强度也会起到巩固字迹的作用。巩固字迹的同时会起到加固纸张强度的作用，但重点不同，所用的方法与材料不同。

（一）胶黏剂喷涂法

胶黏剂喷涂法就是把具有胶黏性的化学药液喷涂在档案上，当溶剂挥发后，形成一层薄膜，使字迹得到巩固，纸张强度增加。加固用的胶黏剂应具有以下性能：

第一，要有一定的胶黏性，并能形成柔软而不透水的薄膜。

第二，胶黏剂的成分对档案纸张及字迹无害。

第三，胶黏剂应无色，透明度高，且不变色，不易老化。

第四，具有可逆性。

常用的胶黏剂溶液有以下几种：

1. 明胶溶液

（1）配制。配方：明胶（纯净透明的）100 克，甘油 60 毫克，乙萘酚（10% 酒精溶液）25 毫升，中和皂 4 克，水 2 800 毫升。

先称好无色透明的明胶 100 克，放在 1 500 毫升水中浸泡 8 ～ 20 小时，然后加热至 40 ～ 50 ℃，加热时要用玻璃棒不断地搅拌至明胶完全溶解。另外，取 1 300 毫升水倒入另一容器中，并逐次加入中和皂、乙醇和甘油，配制成乙醇甘油溶液，然后将此液倒入上述明胶溶液内，温度保持在 40 ～ 50 ℃，趁热用纱布过滤，最后加入乙萘酚（主要起防腐作用），即成明胶甘油溶液。

明胶起加固作用。明胶溶液涂在纸上后，可以渗透到纤维中去，使纤维借助明胶的胶黏性质而增进结合，提高强度。此外，明胶溶液变干后，可在纸上形成薄膜，纸张依靠明胶薄膜可增加强度。甘油使薄膜柔软，乙萘酚是防腐剂，乙醇起渗透作用，中和皂起渗透与中和作用。

（2）注意的问题。

①溶解明胶要注意温度（40 ～ 50 ℃），高则分解，低则溶解不充分。

②涂刷要均匀，半干时要压平（不能晾干），过早压干易粘在一起。

③因溶液中有水和乙醇，应注意字迹是否流散。

④易发霉。

2. 聚丙烯酸甲酯溶液

聚丙烯酸甲酯是一种合成树脂，其溶液是一种胶黏剂，涂在档案上能形成具有弹性的薄膜，从而提高纸张的强度，特别是增加纸张的耐折性和弹性。

市售的聚丙烯酸甲酯溶液的浓度为 18% ～ 24%，加固档案纸张强度，可加水配至 6% 的浓度，再加入溶液量的 1/4 的甘油，增加其塑性。

3. 乙基纤维素

（1）配制。配方：乙基纤维素 5 克，苯 170 毫升，纯净汽油 15 毫升，邻苯二甲酸二丁酯 0.25 克。

配制方法：将白色粉状的乙基纤维素放入带有玻璃塞的干燥锥形瓶内，加

苯使之溶解，然后再加入汽油和邻苯二甲酸二丁酯。每次放药后要搅拌，使之完全溶解。

乙基纤维素，又称纤维素乙醚，白色粒状热塑性颗粒，性质随乙氧基含量而定，标准商品的乙氧基含量是47%～48%。软化点在100～130℃，能生成坚韧薄膜，低温时仍保持其抗曲性，溶于许多溶剂。对碱和烯酸稳定，乙氧基含量增高，软化点和吸湿性降低，在有机溶剂的溶解度增大。

乙基纤维素起加固作用，能形成柔软薄膜，耐热，耐光，耐水，耐酸、碱，而且渗透性好。苯是溶剂。汽油增加透明度。邻苯二甲酸二丁酯为增塑剂。

（2）注意的问题。

①溶液中有有机溶剂，含有油蜡成分的字迹不能使用，一般用来巩固黑铅笔或墨水字迹。

②溶解时不加温，但容器必须无水。

4. 有机玻璃（聚甲基丙烯酸甲酯）

有机玻璃是由甲基丙烯酸甲酯经聚合而成的高分子化合物。有热塑性，是透明如玻璃的无色固体，耐光，耐酸、碱。

有机玻璃溶液形成的薄膜在耐光、耐水方面都很好，只是不如乙基纤维素柔软。

使用溶剂为苯或三氯甲烷，因其难以溶解，故需要在水浴锅中加热，并使用冷凝器。常用浓度为1%，增塑剂用邻苯二甲酸二辛酯。

5. 氟塑料（C–42含氟高聚物）溶液

氟塑料是一种新型的塑料，因其能耐强酸、耐强碱、耐高温、化学性质稳定、老化慢，故号称“塑料之王”。

C–42含氟高聚物是氟代乙烯与四氟乙烯的共聚物，呈白色粉末状、无臭、不溶于水，易溶于丙酮、甲基丙烯酸甲酯、乙酮。用丙酮、丁酮溶解时不加热用甲基丙烯酸甲酯溶解需要加热，用水浴锅加冷凝器。常用浓度为5%。

（二）加膜法

就是给纸张强度大大降低了的档案，正、反两面各加上一层透明薄膜，档案被夹在中间，既不影响阅读，又可以提高强度。

1. 热压加膜法

加膜机借助热（一般为80～150℃）和压力（5～30千克/平方厘米），使热塑性树脂薄膜与档案纸张黏合在一起（30秒至3分钟），成为一个牢固的整体。

有的用醋酸纤维素薄膜的，也有的认为聚乙烯薄膜透明度和弹性更好。

应用此方法，档案需要经高温处理，对纸张耐久性不利。

2. *溶剂加膜法*

不用加膜机，使用溶剂将塑料薄膜微溶与档案黏合在一起。

具体做法：将档案、醋酸纤维素薄膜、砂纸按次序放在玻璃板或平滑的桌面上，用棉球蘸丙酮，从砂纸的中心开始向边缘涂抹，再迅速（15 ～ 20 秒）用拧干的丙酮棉球在表面擦一遍，要给以一定的压力，使三者结合在一起，最后压干。

这个方法可避免档案因高温高压受到损害。但是，丙酮有毒易燃，操作时不能有明火，并要有良好的通风设备。手工操作速度慢、质量差。

3. *丝网加膜法*

此法是用蚕丝网（单丝织成的）对档案进行加膜。将档案放在两面喷有乙烯类树脂的丝网中间，上下各放一张氟塑料薄膜，经热压机处理，使丝网上的树脂熔化将丝网与档案粘在一起。

此法既增强了纸张强度，又不影响阅读，轻而薄，丝网耐老化，但为了不影响阅读，丝网用单根蚕丝组成，空隙较大，强度较小。

二、档案修裱

修裱就是修补和托裱。修裱技术是我国的传统方法，修裱技术不仅用于档案的修复，还用于图书、字画等。我国的修裱技术在世界上享有盛誉。

修裱方法的优点：第一，修裱方法是以纸张来加强档案的强度，因用的材料和档案制成材料一致，不会产生副作用，而且纸张耐久性较好，不会影响档案的寿命；第二，这种方法是可逆的；第三，设备简单，购置较易，许多工具可以自制；第四，技术不复杂，经过一定时间的训练，就可以基本掌握，因而是目前普遍采用的一种修复方法。

（一）胶结成砖档案的处理

有些档案由于长期保管不善，受潮发霉，以及灰尘等因素的作用而胶结成砖。这种“档案砖”的纸张材料已经脆弱不堪，但在修裱之前必须把它揭开，因而揭“档案砖”常是修裱前的重要工作之一。

1. *干揭法*

干揭只适于黏结不太严重，页与页之间仍有缝隙的档案，或者是字迹遇水扩散的档案。

干揭法就是用竹扦子从页的缝隙处慢慢伸进去，左右移动，从而把文件揭开。

揭时，竹扦子移动要稳，并应紧贴下页档案，不要往上挑动，以免挑坏档案。最好先从字的两边揭起，即字行之间揭起，然后再揭字的下面，由于两边已经揭动，所以字的下面就较易揭开，而不会把字揭破。

若有揭下的字迹，必须记住位置，不能错放，待修裱时对在原处。

2. **湿揭法**

黏结得严重，页与页之间无缝隙的成砖档案，需用湿法揭，但要注意字迹是否遇水扩散。

（1）沸水冲。沸水冲是依靠水的渗透力和温度，把成砖档案中的胶黏物和杂质溶解并冲掉，从而能够揭开。这种方法还具有清除档案上的污物、杂质的作用。但是，档案受高温和水的共同作用，纸张、字迹均受影响。

具体做法：将一块木板放在盆中，成45° 角。木板上放麻纸，然后放上“档案砖”，再放上麻纸，用沸水从“档案砖”上边的缝隙处冲，水流要缓慢，以免将档案冲跑。冲完一面再冲一面，至水净为止。

冲后档案很湿不能马上揭，易揭坏。也不能等干了再揭，干后就又粘在一起了。正确的做法是晾八九成干，用针挑起一个小角，轻轻揭起，遇有黏着的地方用镊子帮助揭开。

（2）蒸汽蒸。依靠水蒸气的渗透力熔化“档案砖”中的胶黏物而便于揭开。

方法：用麻纸将“档案砖”包好，放在笼屉里蒸，一般40分钟左右即可，蒸后要在蒸汽未散时及时揭开。

（3）溶剂浸泡。当“档案砖”上的胶黏物难溶于水时，可用有机溶剂浸泡，使胶黏物溶解，而便于揭开，但要注意字迹是否会扩散。

（二）胶黏剂的制备与修裱用纸

1. **胶黏剂的制备**

修裱是依靠胶黏剂使档案与修裱用纸牢固结合，从而起到增加档案纸张强度的作用，因而胶黏剂的好坏直接影响修裱质量。

修裱用的胶黏剂是一种特制的淀粉糨糊。淀粉糨糊胶性小，无麸皮，修裱出的档案柔软不变形，而且经若干年后必须重托时，仍能揭下来。一般的糨糊因未除面筋，胶性太大，修裱时不便于操作，易使纸张发皱不平整，修裱的档案较硬，也称“老虎糨糊”。

淀粉浆糊配方：小麦淀粉20克，甘油1毫升，明矾0.05克，乙萘酚0.5毫升，水90毫升。

配制糨糊时应注意温度，不要超过 70℃，温度过高会使黏性降低。糨糊的浓度可根据纸张的厚薄和吸水性能来调制。

2. 修裱用纸的选择

修裱实际上就是用纸张进行加固。用纸选择十分重要，选择适当的纸张对延长档案的寿命有很大关系，选择不当会缩短档案的保存期限。

修裱用纸应符合下面一些要求：第一，纤维素含量高，化学杂质少；第二，纸张应是中性或微碱性；第三，纸张薄而柔软，强度好。

托裱用纸常用棉连、单宣、夹连，其均为宣纸，棉连较薄，单宣、夹连较厚。这种纸杂质少，纤维长，纸质薄软而韧，色洁白，经久不变。溜口常用河南棉纸，这种纸纤维长，拉力大，薄而柔软，只是有的会有沙子或小疙瘩，使用时应除掉，是溜口较理想的纸张。

（三）档案修补

1. 补缺

档案部分残缺或有孔洞时可用补缺方法修复。补缺是将档案破损处周围涂上糨糊，将补纸按上，把多余的地方撕下，这样补纸周围呈帚状，与档案纸张结合牢固。补缺的搭头处不应过大。补缺用的糨糊要比托裱稍稀一些，这样补出的档案柔软。补缺纸与档案纸张纤维方向要一致，否则就会发皱。

2. 托补

（1）溜口。有些档案是筒子页，经过不断翻阅摩擦在骑缝处断成两个半页，必须补齐，恢复原筒子页形状。溜口纸条宽度一般为 1 厘米。有的断开处已磨破或磨圆，必须补齐后再溜口。

方法是将两个半页档案反放在台子上，对齐，涂糨糊后上溜口纸。

（2）加边。有些档案字迹距纸边很近，需要加边。加边的方法有以下两种：

①挖镶。用一张大于档案的镶纸补在档案上，与档案重叠处均用镊子揭掉。这种做法加出的四边没有接口，非常美观，但较费纸。

②拼条镶。把配好宽度适当的纸条贴在需要加边档案的四周。要先镶长边，后镶短边。

（3）接后背。有些档案后背窄小，影响装订和翻阅，必须把它接宽。接后背用纸的宽度应视装订情况而定。

（四）档案托裱

托裱就是在整页档案的背面托上一张纸，从而提高档案纸张的强度。

1. **湿托**

湿托是把糨糊刷在档案上，然后把托纸托上。适于字迹遇水不扩散的档案。

湿托时先在工作台上铺一张预先用水浸湿了的油纸。铺油纸时要平，油纸和台面紧密结合，不准有气泡，否则档案上不平、易动。油纸表面不要太湿，以防档案滑动，但也不能过干，否则档案会离开油纸。然后将要托裱的档案字向下平放在油纸上，用排笔将糨糊刷在档案的背面。上糨糊时手腕要灵活，避免使用臂力，刷的方向有上下，也有左右。糨糊不能蘸得太多，多了容易使档案随糨糊浮动，可能刷跑了字迹。但也不能太少，少了容易粘住档案，可能揭破字迹。能刷一遍解决问题，就不刷两遍。档案上的糨糊越少越好，刷糨糊的多少应以粘牢为原则。刷完糨糊，把准备好的托纸刷在档案上。上纸要求轻快而稳，一手拿纸，一手持笔，排笔或棕刷要紧贴托纸向前移动，轻快地向上下方向刷，边刷边放纸。然后将档案从油纸上取下，字朝下放在工作台上，在背面四周用毛笔刷上糨糊，然后上墙干燥。上墙要保持档案平整，上完后要用棕刷在四周敷实，操作时要用力均匀，否则会出现走边现象。

2. **干托**

干托是把糨糊刷在纸上，然后把档案托上，档案字迹遇水扩散时，需要用干托。

（五）修裱后的干燥

1. **用绷子晾干**

绷子是用木框和 10 ～ 20 层高丽纸糊制而成，小者可移动称为“绷子”，大者固定在墙上称为“纸墙”，占据整面墙者称为“大墙”。

托裱后的档案贴在绷子上晾干，极其平整美观，不会发皱。由于绷子是纸制的，不但干得快，而且与档案纸张的收缩程度相同，不易发生断裂。上墙时室内湿度应保持在 65%，干燥过程中湿度也应不小于 60%。湿度过大托裱的档案干燥慢，易引起发霉。湿度太小，干燥过快，由于剧烈收缩，会引起绷裂现象。

2. **吸水纸压干**

此法多用于修裱后的档案的干燥，即把修裱后的档案放在吸水纸中间，上置重物，进行压干。压干后的档案比较平整。但空气湿度大时，应注意翻动和更换吸水纸，以免由于干燥太慢而发霉。

第三节 档案字迹的恢复与再显

一、物理法

（一）用滤色镜摄影恢复被污斑遮盖的字迹

滤色镜是由有色光学玻璃制成的，它对色光有透过、限制、吸收的选择作用。不同颜色的滤色镜对色光的透过、限制、吸收的情况也不相同。什么颜色的滤色镜，就只能让相同颜色的光透过，对其附近的光起限制作用，即只能透过一部分，对其他颜色的光则吸收不能透过。

根据滤色镜对色光的这种选择作用，恢复被污斑遮盖的字迹时，只要使用与污斑相同颜色的滤色镜进行摄影，被污斑遮盖的字迹就可以在感光材料上显现出来。

例如，一份白底黑字的档案上面有了红色的污斑，用红色滤色镜摄影，黑字部分因不反射光，在底片上不感光；白底部分反射出的白光是由七色光组成的，其中红色光透过滤色镜在底片上感光；污斑部分反射出的红光透过滤色镜在底片上感光。经过冲洗，污斑下面的字迹在底片上就能清楚地显现出来。

当然，白底部分和污斑部分虽然都在底片上感光，但程度稍有差异。白底部分反射出的光中，除红色光外，还有黄色光；黄色光通过红色滤色镜时只起限制作用，尚有一定量通过。因此，白底部分在底片上感光的程度要稍大于污斑部分。尽管如此，在底片上污斑部分基本被去掉，字迹还是能较清楚地显现出来。

这种方法只适于字迹和污斑颜色不同的档案。

（二）用补色滤色镜恢复褪色字迹

我们所见到的白色光是由红、橙、黄、绿、青、蓝、紫七色光所组成。也就是说，七色光加在一起形成白色光。但是，不仅七色光混合后能形成白色光，在七色光中有三种基本颜色的光，混合后也能形成白色光。这就是红、绿、蓝三种颜色光，这三种色光称为“三原色”。

红 + 绿 + 蓝 = 白

如果从白色光中减去三原色光中的一种，就可以形成另外颜色的光。

白－红＝绿＋蓝＝青

白－绿＝红＋蓝＝紫

白－蓝＝红＋绿＝黄

白色光分别减去三原色光红、绿、蓝所得的青、紫、黄三色光，称为“三补色”。即青色光是红色光的补色；紫色光是绿色光的补色；黄色光是蓝色光的补色。

所谓某颜色光是另一颜色光的补色，即这种颜色光中绝无另一颜色光。根据这个道理：

白－青＝白－（绿＋蓝）＝红

白－紫＝白－（红＋蓝）＝绿

白－黄＝白－（红＋绿）＝蓝

因此，红、绿、蓝三色光中也绝无青、紫、黄三色光，所以红色光又是青色光的补色，绿色光又是紫色光的补色，蓝色光又是黄色光的补色。实际上是互为补色的。

用摄影法恢复褪色字迹，就是想办法使无字的地方（白底）在底片上感光，有字的地方在底片上不感光，在底片上形成较大的反差，使原来因褪色而变淡的字迹能清楚地显现出来。为了达到这个目的，就需要用褪色字迹颜色的补色滤色镜摄影。白底部分反射出的光中有与补色滤色镜颜色相同的色光，可以通过滤色镜在底片上感光，而字迹部分反射出的色光是补色滤色镜的色光中绝对没有的色光，不能透过滤色镜，在底片上不感光。这样就能取得反差较大、字迹清楚的底片。

例如，一份蓝色字迹的档案，褪色后字迹已经变得很淡，如用一般摄影的方法，由于白底和字迹处反射出的光线强弱差不多，在底片上感光的程度也相近，反差很小，底片上的字迹仍然不会很清楚。用褪色字迹颜色的补色滤色镜（黄色）摄影，白底部分反射出的光中有黄色光，可以透过滤色镜在底片上感光，字迹部分反射出的蓝色光，则不能透过黄色滤色镜，在底片上不能感光。因此，在底片上就能得到反差较大、字迹清楚的影像，从而达到再显字迹的目的。

二、化学法

目前，化学法只能恢复褪色的蓝黑墨水字迹。蓝黑墨水的主要色素成分是鞣酸亚铁和没食子酸铁，当其字迹褪色后，在字迹处仍残留有一定的铁质，因而可以用一定化学药品与其发生作用，使其再产生颜色。

（一）硫化铵 [（NH_4）$_2S$] 显色法

硫化铵易分解成氨和硫化氢气体，硫化氢与褪色字迹处残留的铁发生作用，会生成黑色的硫化铁。

$$(NH_4)_2S \longrightarrow 2NH_3 + H_2S$$

$$H_2S+Fe \longrightarrow FeS+H_2$$

做法是将硫化铵溶液放在一瓷盘里，把要恢复字迹的档案用水润湿，字向上放在一块玻璃板上，然后连同玻璃板反盖在（字向下）瓷盘上，瓷盘中硫化铵分解出的硫化氢与档案字迹处的铁发生作用，过一段时间，褪色字迹处的颜色就会慢慢变黑。

这种方法的缺点是恢复出的黑色字迹，时间不长又会慢慢褪掉。因为硫化铁易氧化而褪色，潮湿又加速了氧化。如果立即把档案烘干，保留的时间会长一些，最好还是当字迹恢复出来后，立即摄影，以便长期保存。

（二）黄血盐显色法

黄血盐即亚铁氰化钾 [$K_4Fe(CN)_6$]，可以与褪色字迹处的铁质发生反应，生成亚铁氰化铁 $Fe_4[Fe(CN)_6]_3$，即蓝颜料中的铁蓝（也叫华蓝）。

做法是把需要恢复字迹的档案夹在两张浸过黄血盐溶液的滤纸中间，压实一段时间即可。此法恢复的字迹保存时间长，但颜色不同于原来字迹的颜色。

（三）鞣酸显色法

鞣酸可以和褪色字迹处的铁质发生反应，产生黑色的鞣酸铁。做法是将鞣酸溶于酒精中，制成 5% 的鞣酸酒精溶液，将滤纸放入溶液中浸润，把恢复字迹的档案夹在滤纸中，压实一段时间即可。

思考题

（1）试论档案修复工作的基本原则。

（2）试述漂白粉去污原理。

（3）试述缓冲溶液的去酸原理

（4）试述档案修裱技术的种类。

（5）试述用补色滤色镜恢复褪色字迹的原理。

附表

附表 1　不同温度时空气中水蒸气的饱和量表

温度 / ℃	空气含水蒸气的饱和量 / 克	温度 / ℃	空气含水蒸气的饱和量 / 克	温度 / ℃	空气含水蒸气的饱和量 / 克
−5	3.24	11	10	27	25.8
−4	3.51	12	10.7	28	27.2
−3	3.81	13	11.4	29	28.7
−2	4.13	14	12.1	30	30.3
−1	4.47	15	12.8	31	32.1
0	4.84	16	13.6	32	33.9
1	5.22	17	14.5	33	35.7
2	5.6	18	15.4	34	37.6
3	5.98	19	16.3	35	39.6
4	6.4	20	17.3	36	41.8
5	6.84	21	18.3	37	44
6	7.3	22	19.4	38	46.3
7	7.8	23	20.6	39	48.7
8	8.3	24	21.8	40	51.2
9	8.8	25	23		
10	9.4	26	24.4		

注：以 1 立方米空气含水蒸气的饱和量计算

附表 2　相对湿度表

$t_{干球}$/℃	$t_{干球}-t_{湿球}$/℃													
	0.5	1	1.5	2	2.5	3	3.5	4	4.5	5	5.5	6	6.5	7
−9	85	71												
−8	87	73	59	45										
−7	87	74	62	49	36	24								
−6	88	75	64	52	40	28								
−5	88	77	66	54	43	32								
−4	89	78	97	57	46	36								
−3	89	79	69	59	49	39	29	19						
−2	90	80	70	61	52	42	33	23						
−1	91	81	72	63	54	45	36	27						
−0	91	82	73	64	56	47	39	31						
1	91	83	75	66	58	50	42	34	26	18				
2	92	84	76	68	60	52	45	37	30	22				
3	92	84	77	69	62	54	47	40	33	25				
4	92	85	78	70	63	56	49	42	36	29				
5	93	86	79	72	65	58	51	45	38	32	26	19		
6	93	86	79	73	66	60	53	47	41	35	29	23		
7	93	87	80	75	67	61	55	49	43	37	31	26	20	14
8	94	87	81	75	69	62	57	51	45	40	34	29	23	18
9	94	88	82	76	70	64	58	53	47	42	36	31	26	21
10	94	88	82	77	71	65	60	55	49	44	39	34	29	24
11	94	88	83	77	72	66	61	56	51	46	41	36	31	26
12	94	89	83	78	73	68	62	57	53	48	43	38	33	29
13	95	89	84	79	74	69	64	59	54	49	45	40	36	31
14	95	90	84	79	74	70	65	60	56	51	46	42	38	33
15	95	90	85	80	75	71	66	61	57	53	48	44	40	35
16	95	90	85	81	76	71	67	62	58	54	50	46	42	37
17	95	90	86	81	77	72	68	63	59	55	51	47	43	39
18	95	91	86	82	77	73	69	65	61	56	53	49	45	41
19	95	91	86	82	78	74	70	95	62	58	54	50	46	43
20	96	91	87	83	78	74	70	66	63	59	55	51	48	44

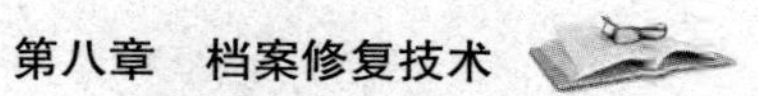

续　表

$t_{干球}$ /℃	$t_{干球}-t_{湿球}$/℃													
	0.5	1	1.5	2	2.5	3	3.5	4	4.5	5	5.5	6	6.5	7
21	96	91	87	83	79	75	71	67	64	60	56	52	49	45
22	96	92	88	83	80	75	72	68	64	61	57	54	50	47
23	96	92	88	84	80	76	72	69	65	62	58	55	51	48
24	96	92	88	84	80	77	73	70	66	62	59	56	53	4[illegible]
25	96	92	88	85	81	77	74	70	67	63	60	57	54	5[illegible]
26	96	92	88	85	81	78	74	71	67	64	61	58	55	51
27	96	93	89	85	81	78	75	71	68	65	62	59	55	53
28	96	93	89	86	82	79	75	72	68	65	62	59	56	53
29	96	93	89	96	82	79	76	72	69	66	63	60	57	54
30	96	93	89	86	83	79	76	73	70	67	64	61	58	55

注：风速度≤0.2 米 / 秒

下篇

绪　论

一、科技档案管理学的研究对象

科技档案管理学是档案学中以科技档案及其组织管理和开发利用工作为研究对象的一门独立的学科。研究科技档案管理学的目的是分析和掌握科技档案的运动规律，总结和探索科技档案组织管理和开发利用的最佳方式，为建立和发展国家的科技档案事业提供有关的理论和方法。

（一）科技档案是科技档案工作的物质对象和科技档案管理学的研究对象

科技档案管理学研究科技档案的形成过程及其规律性，即研究科技、生产活动中各种不同种类的科技档案及其前身——科技文件材料形成的特点和规律性。

科技档案管理学研究科技档案的形式和本质。科技档案是档案的一种，它同文书档案和其他各种专门档案有共同属性，但又有自己的特殊属性；科技档案是一种科技信息及其载体材料，同是科技信息及其载体材料的还有科技资料、科技图书、科技情报等。因此，科技档案管理学要研究科技档案同文书档案和其他各种专门档案的区别，以及科技档案同科技资料、科技图书、科技情报等有什么本质的不同。

科技档案管理学研究科技档案的种类、构成及其特点。科技、生产活动是多专业、多门类的，科技档案是各类科技、生产活动的记录的总概念。科技档案管理学要对不同种类的科技档案进行具体研究，以便有针对性地做好科技档案工作。

科技档案管理学研究科技档案的功能效用。科技档案记载着人们认识自然、改造自然的过程、经验和成果。科技档案管理学研究科技档案的作用及其各种具体的表现形式。

（二）科技档案的组织管理和开发利用工作是科技档案管理学的重要研究对象

科技档案管理学研究科技档案的管理原则。它要阐述指导我国社会主义国家规模的科技档案工作的管理原则的基本内容，说明我国科技档案工作管理原则的科学性，并且分析研究贯彻执行这一原则的各种具体经验和要求。

科技档案管理学研究科技档案工作的性质。科技档案工作是国家的一项专门事业，应当正确认识和阐述它的性质，以及它在科技、生产活动中具有的地位和作用。

科技档案管理学研究我国国家规模的科技档案工作的构成，即科技档案的宏观管理和微观管理，阐明科技档案宏观管理和微观管理的基本内容、工作原理和一般方法。

科技档案管理学研究科技档案开发利用工作。科技档案是一种重要的科技信息资源，如何实现科技档案资源有效的开发利用是科技档案管理学重要的研究内容。

二、科技档案管理学的任务和学习方法

（一）科技档案管理学的任务

科技档案管理学的任务是以辩证唯物主义和历史唯物主义为指导，以现代科学技术知识为基础，运用系统科学的有关理论和方法，研究和总结我国社会主义科技档案工作的实践经验，参考、借鉴国外关于科技档案工作的有益经验，建设具有中国特点的科技档案管理学体系，为科技档案工作实践服务，为国家的社会主义现代化建设服务。

（二）科技档案管理学的学习方法

1. 学习和研究科技档案管理学，必须坚持理论联系实际的基本方法

理论同实践相结合是学习和研究任何一门学问所必须采取的方法，它对学习和研究科技档案管理学有着特殊的意义。科技档案管理学是一门实践性很强的方法性、应用性学科，它的理论、原则和方法来自科技档案工作实践，用之于科技档案工作实践，科技档案工作实践是它唯一的源泉。因此，理论和实践

相结合的方法是学习和研究科技档案管理学的唯一正确的方法。

首先，学习和研究科技档案管理学要树立实践观念，密切联系实际，一切从实际出发。作为一种理论，科技档案管理学是从实践经验中概括和抽象出来的，是科技档案工作实践的反映。因此，进行科技档案管理学的学习和研究，要密切联系科技档案形成专业和形成单位的实际，密切联系科技档案各项具体业务工作的实际，要明确树立实践第一的观念。

其次，学习和研究科技档案管理学必须实行实践—认识—实践的正确的认识路线。科技档案工作的基本理论来源于实践，又要回到科技档案工作的实践中去，用来指导实践并接受实践的检验。要在实践、认识和再实践、再认识的过程中学习和研究科技档案管理学。

2. **要根据科技档案和科技档案工作的特点进行学习和研究**

辩证唯物主义认识论告诉我们：人们认识事物，就是去认识事物的运动形式。对于事物的每一种运动形式，应当注意它和其他种类运动形式的共同点，同时必须注意它的特点，注意它和其他种类运动形式的质的区别，这是认识事物的基础。

运用马克思主义认识论的这一基本原理指导科技档案管理学的学习和研究，必须从科技档案和科技档案工作的具体情况和特点出发，避免简单地搬用档案工作的一般原则和方法。

科技档案是档案的一个种类，科技档案工作是档案工作的一个组成部分，它们有共性。但是，科技档案和科技档案工作又有自己的特点、特殊的本质和运动形式。比如，科技档案的内容、形式和形成规律，科技档案工作的性质和管理体制，科技档案的分类以及各项具体的管理方法，等等。

3. **学习和研究科技档案管理学，要以现代科学技术知识为基础**

科技档案是一种科技信息及其载体，它是科技、生产活动的直接记录，记载了科技、生产活动的全部过程和最终成果。它不但记录了活动的技术内容，而且记录了活动的技术方式和手段。因此，学习和研究以科技档案和科技档案工作为对象的科技档案管理学，必须具备相关的科学技术知识。比如，学习和研究机械产品档案及其管理工作，应该具有相应的机械设计和制造方面的知识；学习和研究基本建设档案及其管理工作，应该具有建筑工程设计和建筑施工方面的知识；等等。

综上所述，科技档案管理学是一门以科技档案及其组织管理和开发利用为研究对象的科学。学习、研究科技档案管理学，应该采用理论与实际密切结合，根据科技档案和科技档案工作的特点，以现代科学技术知识为基础的正确方法。

第九章　科学技术档案

科学技术档案（以下简称“科技档案”），是科学技术和社会文明发展到一定历史阶段的产物，是人类社会进步的一个标志。人类社会发展史告诉我们，生产活动是人类最基本的实践活动，科学技术来源于生产实践和对自然现象的观察与探索。科技档案就是人类生产实践活动和科学技术实践活动的历史记录。

科技档案是一种科技信息，是反映人们认识自然、改造自然的手段、过程和成果的科技信息及其载体的统一体。

科技档案本质上是一种知识形态的产品。在人类的科技、生产活动中，一般将获得两种形态的产品：一种是物质形态的，如机床、楼房、煤炭、石油等；另一种是知识形态的，如工程或产品设计图样、科学试验记录和成果报告等。这种知识形态的产品归档保存起来，就是科技档案。

第一节　科技档案定义

科技档案是直接记述和反映科技、生产活动的，归档保存的科技文件材料。

科技档案定义的作用是揭示科技档案的本质属性，规定科技档案概念的内涵，从而明确科技档案同文书档案和其他档案，同科技资料、科技情报以及同一般科技文件材料有质的区别。

科技档案定义从以下几个方面揭示了科技档案的本质属性：

（1）定义揭示了科技档案的产生领域和内容性质，规定了科技档案同一般文书档案和其他档案在性质上的区别。科技档案是在科学技术活动和生产活动中产生的。这里的“科技、生产活动”是一个高度概括的名词概念，凡人们

所进行的认识自然和改造自然的一切活动都包括在这一概念的范围之内。科技档案就是在这样的活动领域里形成的。

档案是人们社会实践活动的历史记录。由于人们的社会实践活动是多种多样的，因此作为人们社会实践活动历史记录的档案的种类也是多种多样的，如文书档案、人事档案、会计档案、艺术档案等。科技档案和所有这些档案的根本区别就在于它产生于生产活动和自然科学实验活动中，它记述和反映自然界各种物质的现象和运动规律，记述人们认识自然、改造自然的各种活动，是一种科技信息及其载体。

（2）定义明确了科技档案是科技、生产活动的直接记录，规定了科技档案同科技资料和科技情报在性质上的区别。科技档案同文书档案及其档案的区别是在档案范畴内部不同档案种类的区别，科技档案同科技资料、科技情报的区别则是档案同非档案的区别。

定义规定，科技档案是“直接记述和反映科技、生产活动的……科技文件材料”。它直接记述和反映自然现象的运动过程和具体项目的实体，强调“直接”二字。科技档案是人们认识自然和改造自然活动的原始记录或第一手材料，而不是事后另行编写和搜集的间接的第二手、第三手材料。科技资料和科技情报则不同，它们不是科技、生产活动的直接记录或第一手材料，是为了科技、生产活动参考的需要而交流、购买的间接的第二手、第三手材料，它们不像科技档案那样具有原始的依据和凭证作用。

（3）定义明确了科技档案是具有保存价值，并且经过归档保存起来的科技文件材料，规定了科技档案同一般科技文件材料的区别。定义指出，科技档案是“归档保存的科技文件材料”。“归档保存”的含义包括以下两个方面：

第一，科技档案是具有保存价值的科技文件材料。没有保存价值的科技文件材料不必归档，也就不会转化为科技档案。有没有保存价值是科技文件材料能否转化为科技档案的基本条件，有保存价值是“归档保存”的前提。

第二，科技档案是履行了归档手续、集中保管起来的科技文件材料。作为科技档案归档保存起来的科技文件材料，已经同一般意义的科技文件材料有了存在形态和性质方面的不同：①归档以后，它们作为科技文件材料的形成过程已基本结束或告一段落；②归档以后，它们发挥作用的性质和重点发生了变化；③归档以后，经过了鉴定（鉴别）和筛选，在数量上有了变化；④归档以后，经过初步整理，形成了保管单位，在存在形式上发生了变化；⑤履行了归档手续，实现了集中统一管理，成为国家档案财富的组成部分。

综上所述，科技档案定义通过三个方面揭示了科技档案的本质属性，明确了对科技档案性质的规定性，即明确了科技档案同文书档案和其他档案，同科技资料、科技情报以及同一般科技文件材料在性质上的本质区别。

第二节　科技档案的种类和构成

科技档案的基本种类有科学技术研究档案、工业生产技术档案、农业生产技术档案、基本建设档案、设备仪器档案、地质档案、测绘档案、气象档案、天文档案、水文档案、地震档案、环境保护档案、医疗卫生档案等。

一、科学技术研究档案

科学技术研究档案是在自然科学技术研究活动中形成的科技档案。

科学是特殊的社会历史现象。科学技术研究是在自然科学技术领域，研究客观事物的本质及其运动发展规律的一项工作，它是人类认识自然、改造自然和利用自然的一项重要的社会实践活动。科技研究档案就是这项社会实践活动的直接记录。它记载和反映了科技研究活动的全部过程和具体成果，是一种十分重要的科技档案。

科技研究档案的基本特点是以课题成套。一个科技研究课题的档案材料是有机联系的整体。科技研究档案的这个特点是由科技研究活动的特点决定的。任何一项科技研究活动都是以课题为单元，按课题进行的。因此，围绕一个课题的科技研究活动，就形成了一套在内容和程序上前后衔接、上下联系的科技档案整体。

科技研究档案的内容构成因研究任务的专业和类型而异，一般包括以下内容：

（一）课题研究依据性文件

课题研究依据性文件包括技术委托书，技术协议书，技术合同书，课题研究技术任务书，专家建议，上级主管机关的指示、批示，等等。

（二）定题论证文件

定题论证文件包括开题报告、国内外相关情况考察报告和专题分析报告、技术方案及方案论证材料、可行性方案及其批准文件、课题实施方案、课题预算书、年度设计书或年度实施计划文件等。

（三）实验研究阶段形成的文件

实验研究阶段形成的文件包括研究实验大纲，各种调查、观察、实验和测试记录，研究实验日志、技术配方、计算程序，数据整理和分析材料，实验设备设计文件和图样，照片、录音带、录像带和某些实物标本，实验报告、阶段性成果文件，工业性试验及区域性试验文件（样机试制记录和运行报告、样机测试记录和测试报告、工艺总结文件、区域性试验记录和试验报告等）。

（四）课题研究成果和总结鉴定文件

课题研究成果和总结鉴定文件包括课题成果报告、论文或专著，课题总结，技术经济分析报告，鉴定工作大纲，成果鉴定意见书，鉴定会议纪要，课题成果鉴定批准书，专利申请文件，以及获奖文件，等等。

（五）课题成果推广和反馈信息文件

课题成果推广和反馈信息文件包括课题成果转让、推广协议书，科技成果在推广过程中形成的评论、建议和用户意见材料等。

（六）其他有关文件

其他有关文件，如国家或上级主管机关下达的长期和近期科研计划、本单位的科技研究规划文件和计划文件、科技研究工作年度总结和年报、科技研究业务会议记录和专业会议文件，以及同课题研究直接有关的有归档价值的情报编译材料等。

二、工业生产技术档案

工业生产技术档案也称工业产品档案，是在工业产品的设计、研制活动和生产制造活动中形成的科技档案。

工业产品档案是内容丰富、专业繁多、形式多样的科技档案之一。在五花八门的工业产品世界，有多少种工业产品就有多少种工业产品档案。

工业产品档案的基本特点是以型号成套，一个型号产品的档案材料是有机联系的整体。工业产品档案的这个特点是由工业产品设计和生产制造活动的特点决定的。任何工业产品的设计和生产制造活动都是以型号为单元，按型号进行的。因此，围绕着一个型号产品的设计和生产制造活动，就形成了一套相互密切联系的工业产品档案整体。

工业生产专业不同，产品对象不同，生产类型不同，因而工业产品档案的内容构成差别较大，这里只以机械产品为例，简要地叙述机械产品档案的内容构成。

一个型号的机械产品，从接受任务（包括国外任务、国家任务、委托任务、自定任务）进行设计，到产品鉴定定型和交付生产，要经过相应的设计、试制和生产过程，包括编制技术任务书、初步设计、技术设计、工作图设计、产品试制、试验、定型、生产准备、投入生产等。从接受任务到投入生产的全过程中形成的文件材料构成了机械产品档案的基本内容。

（1）技术协议书、委托书以及有关的合同文件。这是机械产品设计和生产制造的依据文件的一部分，具有法律效用，是机械产品档案不可缺少的内容。

（2）技术任务书（设计、研制任务书）、可行性研究报告、行业调查报告、有关的专题分析报告、方案论证文件，以及主管机关的审批文件。这一组材料是机械产品设计的重要依据性文件，是机械产品设计档案的有机组成部分。其内容包括国内外机械产品市场调查、同国内外同类型产品的比较，产品的适用性（用途和使用范围）及设计、研制的理论根据；产品的性能、结构特征、技术规格、主要参数和技术经济指标，产品的设计原则、生产规模、用户要求，等等。

（3）产品设计计算文件。包括计算任务书、计算书、计算程序、计算报告等。这是一组对产品的性能、主要结构等进行理论计算的档案材料。

（4）产品图样。主要有产品总图（表达产品及其组成部分结构概况、相互关系和基本性能的图样）、装配图（它是表达产品与部件、部件与部件、部件与零件、零件与零件之间相互联结关系的图样，是指导产品装配和部件装配的依据文件）、零件图（指导零件制造和零件检验的图样）。

（5）产品的目录式文件。包括文件目录（产品设计文件清单）、图样目录（产品全套工作图清单）、明细表等。

（6）技术条件。包括零件制造技术条件、产品装配技术条件、产品试验技术条件等。技术条件规定了有关对象制造、试验和检验等方面的技术要求，是机械产品档案不可缺少的内容。

（7）产品试制鉴定、定型文件。

①产品试制鉴定大纲。这是为产品进行定型鉴定而编制的科技文件，它规定了产品鉴定时所需要的文件、试验程序、试验要求和试验方法，是机械产品进行鉴定工作的重要文件。

②产品定型试验报告。这是样机试制和样机鉴定的重要文件，是根据产品试制鉴定大纲或技术条件的要求，对样机的各项质量指标进行全面检验后而形成的文件。

③产品试制总结。这是样机试制和小批试制时，对设计和工艺在试制过程中出现的问题、解决办法及试验验证等的分析总结文件。

④产品定型报告。

（8）产品说明书或产品使用说明书。这是供用户了解产品性能，便于正确运输、安装、调整、使用和维护、检修产品的科技文件。

（9）产品合格证或产品合格证明书。

（10）产品装箱单。

上述文件材料是一般情况下机械产品档案的基本构成内容。此外，在某些条件下，机械产品档案还将包括以下文件材料：①产品研究试验大纲和研究试验报告；②技术设计说明书；③技术关键问题分析、处理报告；④重大故障分析和排除措施报告；⑤专题技术请示报告和批复文件；⑥阶段性技术总结；⑦试用或试运行报告；⑧标准化审查报告；⑨各种汇总表，如通用件汇总表、借用件汇总表、外购件汇总表、标准化汇总表；⑩技术经济分析报告；⑪产品略图（包括产品原理图、系统图、方框图等）；⑫包装设计图、产品安装图等。

在机械产品生产、制造过程中，还会形成相应的生产工艺文件和其他有关文件材料，如生产任务书，主管机关的指示文件，试生产方案和计划，产品工艺方案，工艺规程，工艺指导书和工艺说明书，工艺路线卡片，工艺试验记录和分析、鉴定文件，工艺装备图样（包括刀具、夹具、量具、模具图）和说明书，技术定额，产品质量检验文件及工艺技术总结，等等。这些文件材料也是机械产品档案的重要组成部分。

三、农业生产技术档案

农业生产技术档案又称农业科技档案，是在农业生产、技术活动中形成的科技档案。

农业科技档案是一种种类繁多、综合性比较强的科技档案，包括作物育种和良种繁育档案、作物栽培档案、作物保护档案、土壤普查档案、农业垦殖档案、农业自然资源调查和农业区划档案、林木园艺档案、畜牧档案、水产档案，以及农田水利工程档案、农机设备档案、农业气象档案等。

农业科技档案户外形成量大，形成周期较长。

农业科技档案具有地域性特点。农业生产是以农作物、林木、畜禽、鱼类为对象，同大自然进行能量交换，从而为社会创造物质财富的生产活动。它离不开一定的地理环境所提供的具体自然条件，包括水文、土壤、气候等。在一般情况下，地域条件对农业生产的制约性较大。作为农业生产活动记录的农业科技档案，因农业生产的地域性特点而具有较强的地域性，在不同的地域范围内，农业科技档案的种类、内容、成分都有很大的差异。

（一）种子档案

种子档案是在作物育种、良种繁育以及新品种引种、试验、检验和作物品种资源普查活动中形成的农业科技档案。作物育种、良种繁育、新品种引种，是实现高产稳产的重要措施，一般要经过较长的时间和复杂的育种、引种程序。在这个过程中将形成以下科技档案：

1. 新品种选育档案

新品种选育档案包括原始材料的性状描述和观察记录，父本和母本的选育文件，选育方法和杂交组合设计，育种和田间观察记录、管理记录，新品种选育技术措施文件，年度和季节阶段小结，新品种选育总结报告，等等。

2. 良种繁育档案

良种繁育档案包括良种提纯复壮文件、种子繁育文件和良种推广文件等。

3. 新品种引种和试验档案

品种引种和试验档案包括新品种引种计划，新品种性状和特征描述材料，原产地选育经过材料，新品种预备试验方案、实施经过和总结文件，区域试验实施方案、观察记录及总结报告，等等。

4. 种子检验档案

此外，在作物品种调查和资源普查活动中还将形成作物品种资源普查档案。

（二）作物栽培档案

作物栽培档案是在作物播种和田间管理等栽培技术和栽培管理活动中形成的农业科技档案，包括作物栽培计划，栽培技术和管理措施文件，播种、施肥、中耕、灌溉以及苗情、苗势等记录材料，作物栽培技术总结文件，等等。

（三）作物保护档案

作物保护档案是在农作物病虫害预测、防治，植物检疫和植物药械研究等活动中形成的农业科技档案。

1. 农作物病虫测报档案

农作物病虫测报档案主要包含以下几种：①农作物病虫观测记载文件，包括农作物病虫系统测报观测记录和农作物病虫一般测报观测记录；②农作物病

虫情报和发报验证文件，包括农作物病虫预报、警报文件，农作物病虫技术服务情报文件，农作物病虫简报、动态文件，农作物病虫更正预报文件等；③农作物病虫信息通信文件，包括一般信息传递电报和模式电报；④农作物病虫测报管理文件，包括病虫测报计划、病虫测报专业统计文件、病虫测报合同和协议书、病虫测报大事记和技术事故记载文件、病虫测报总结文件等。

2. **植物检疫档案**

植物检疫档案主要有疫情档案、检疫操作档案、检疫措施档案。其中，检疫措施档案包括疫区档案、保护区档案、检疫苗圃档案和无检疫对象的种子苗木基地档案等。

（四）土壤普查档案

土壤普查档案是在土壤普查活动中形成的科技档案，包括土壤普查活动的各种依据性文件、各种记录文件和普查成果文件。具体包含以下几种：①土壤普查计划和土壤普查规范；②土壤普查原始基础材料，包括普查地区的气象、地质、地貌、植被、水文和水文地质材料，社会经济材料，土地利用的历史和现状材料，农业生产状况和栽培措施材料等；③野外调查材料，包括土壤分析方案、土壤分析草图、地块（片）图、地块（片）登记表、土壤草图、土壤剖面记载表、专题调查和访问记录等；④内业化验分析和土壤普查成果材料，主要包括各种化验、分析记录，综合土壤图，土壤分布图，土壤养分图，土壤改良利用图，土壤生产力评级图，土地利用现状图，土地利用和改良规划，土壤普查报告和各种专题文件，土壤普查检验和总结文件，等等。

（五）农业自然资源调查和农业区划档案

农业自然资源调查和农业区划档案这是在农业自然资源调查和农业区划研究活动中形成的科技档案，主要包括农业综合区划文件，农业地貌调查和区划文件，土地资源、水资源、农业气候资源、生物资源调查和区划文件，种植业调查和区划文件，林业资源调查和区划文件，畜牧业资源调查和区划文件，水产资源调查和区划文件，等等。

农业自然资源调查和区划档案的主要成分有自然资源和自然条件的原始调查记录和统计、综合材料，自然区划的原始材料，资源调查和区划的成果报告及有关图件，成果技术鉴定、验收文件，成果应用文件，工作总结，等等。

（六）畜牧档案

畜牧档案是畜牧业建设、育种饲养和疫病防治活动中形成的科技档案。以下主要选取其中几个代表性档案开展分析。

1. 草场档案

草场档案是在草场、草原、草山等的建设、使用、管理活动中形成的畜牧档案。主要有以下两种：一是草场建设档案。包括草原、草场、草山资源普查、测量、规划文件，基本草牧场建设（培育草地、人工草场、半机械化草地等）文件，林、草、料（饲料）生产基地建设文件，牧业现代化试点建设文件，等等。二是草牧场放牧、利用、改造、保护档案。

2. 畜禽品种培育档案

具体如下：①畜禽选种档案。包括畜禽品种资源调查和分析文件，选种计划和方案设计文件，畜禽品种定向培育文件，畜禽品种血统分析、鉴定文件，畜禽发育记录、繁殖育种性能记录和鉴定文件，选种工作总结，等等。②畜禽选配档案。包括畜禽个体系谱、畜（禽）群系谱、既往选配效果分析文件、种畜（禽）选配计划等。

3. 畜禽繁殖档案

畜禽繁殖档案主要有种畜（禽）品质基本情况和选配计划表、种畜（禽）生产发育登记表、种畜（禽）繁殖育种性能登记表、种畜（禽）配种登记表、仔畜（禽）发育登记表等。

4. 畜禽疫病防治档案

畜禽疫病防治档案包括畜禽疫病（传染病、多发病、常见病）预防和治疗文件，畜禽疫情调查、普查文件，畜禽免疫、检疫文件，兽医药化验、分析、鉴定文件以及牲畜病历档案，等等。

（七）水产档案

水产档案是水产养殖、捕捞和水产品加工活动中形成的科技档案，这里只简要介绍水产养殖档案。

水产养殖档案主要有以下几种：

1. 鱼池设计和水面测绘档案

鱼池设计和水面测绘档案包括鱼池结构设计文件，水库、池塘、湖泊、滩涂等的地形图、水面图等。

2. 鱼池进水、排水和水质净化处理档案

这类档案包括水源和输水方式设计文件、水循环方式设计文件及水处理滤池设计文件等。

3. 鱼苗育种档案

鱼苗育种档案包括亲鱼培养记录和分析文件，种鱼排卵、受精记录和分析文件，鱼苗和幼鱼培养技术措施，幼鱼生长观测记录，鱼苗成活率统计对比文件环境条件对鱼苗影响的调查分析文件，鱼苗育种经验总结，等等。

4. 鱼池用水理化性质观测档案

这类档案包括水位观测记录、水温及水色观测记录、酸碱度测定记录、土中溶氧量测定记录等。

5. 成鱼饲养档案

成鱼饲养档案包括成鱼饲养工艺流程设计文件，放养密度设计和记录、分析文件，饲料配方，饲料投喂记录和饲料效率分析文件，增氧工艺和增氧记录、分析文件，池水流量调节和鱼池卫生排污记录文件，鱼体重、体长及雌雄鱼生长情况抽样测定文件，鱼放养情况和产量统计文件，鱼病防治文件，经营管理和成本核算文件，成鱼饲养经验总结，等等。

四、基本建设档案

基本建设档案即工程建设档案，是在各种建筑物、构筑物、地上地下管线等基本建设工程的规划、设计、施工和使用、维修活动中形成的科技档案。

基本建设档案涉及工程的规划、设计、施工、建设单位以及建设单位的主管机关和其他有关部门。规划和建设管理部门保存有该工程的规划和有关基本建设管理方面的档案材料；勘察设计部门保存有该工程勘察、设计过程中的全部档案；施工部门则保存有该工程施工过程中形成的档案材料。工程的建设单位拥有该工程的全套档案，是基本建设档案的主要管理和使用单位。其他如上级主管机关、设备制造单位以及环境保护、市政管理和建设银行等部门，也保管与本单位职能任务相应的同该建设项目有关的档案材料。

基本建设档案是一个总类，它包括基本建设工程的规划、设计档案，施工档案，竣工档案。在规划、设计和施工单位，那些在相应的工作活动中形成的档案一般被称为规划、设计档案，或称施工档案；只是建设单位的档案（主要是竣工档案）被称为基本建设档案。

基本建设竣工档案不仅从静态上反映一项工程的面貌，还从动态上反映该项建筑的变化和发展，始终同它所反映的工程对象的实际面貌保持一致。

在基本建设档案中，竣工图是一种十分重要的档案材料，它真实地记录了建筑工程的具体情况和完工报竣时的实际面貌，是对建筑物进行交工验收、使用、维护、改建、扩建、恢复的重要依据。

在基本建设档案中，城市基本建设档案占有相当大的比重，它除了包括城市中的工业建筑档案、交通工程档案、民用建筑工程档案外，还包括市政工程方面的档案，以及城市规划和城市建设管理方面的档案。

基本建设档案的特点是以工程项目成套。一个工程项目的档案是有机联系的整体。这个特点是由基本建设工程的特点决定的。基本建设工程都是以工程项目为单元进行建设的。因此，围绕着一个工程项目的建设，就形成了一个密切联系的基本建设档案整体。

基本建设档案的内容构成因工程性质而异。下面以工业建筑工程为例进行简要叙述。工业基本建设工程的专业不同（如冶金工业工程、化学工业工程、纺织工业工程等），其内容构成也不尽一致，主要内容包括以下方面：

（一）基本建设前期工作档案

前期工作是整个基本建设过程的重要组成部分，前期工作档案是基本建设档案的重要内容，包括可行性研究文件、计划任务书、工程选址和征地文件、基本建设计划和审批文件以及各种协议、合同文件等。

（二）基本建设工程设计档案

工程设计是基本建设活动的重要内容，它为工程建设编制和提供设计文件，用以指导施工。基本建设工程设计档案是基本建设档案的重要组成部分，一般包括以下几种：①设计依据性文件；②工程设计原始基础材料；③工程设计开工报告；④初步设计或扩大初步设计文件，包括方案设计、初步设计书及附图、主要设备表、概算书；⑤技术设计文件；⑥施工图设计文件，包括工程施工图，施工图设计说明书，计算书，预算书，工程设计文件、图纸目录；⑦施工现场设计服务文件，包括设计变更通知单，现场修改、补充文件和图样；⑧工程会议纪要和工程大事记；⑨工程设计总结。

（三）基本建设工程施工档案

工程建设施工是基本建设的实施阶段。工程施工档案是基本建设档案的组成部分之一。主要包括以下几种文件：

1.施工准备工作文件

施工准备工作文件包括工程施工承包合同、协议书及施工执照，施工组织设计或施工方案，开工报告，图纸会审记录，冬季和雨季施工技术措施，施工预算书，等等。

2. 施工文件

施工文件包括建筑工程测量定位记录，建筑材料试验报告及预制构件出厂证明书，隐蔽工程记录，建筑工程沉降、位移观测及变形观测记录，设计变更及工程联系单，材料代用审核文件，合理化建议审批表，施工日志和施工大事记，基础工程施工记录及其他有关施工记录，等等。

3. 施工验收总结文件

施工验收总结文件包括基础工程和隐蔽工程检查验收记录，工程质量检查评定及缺陷处理文件，单机试车、无负荷联动试车记录，交工验收证明，施工技术总结和竣工验收报告。

（四）基本建设竣工档案

这类档案包括工程项目竣工验收证明书和竣工报告、全套竣工图、工程决算书和竣工验收会议纪要及其全部附件。

（五）其他档案材料

基本建设工程使用、管理、维护、改建、扩建中形成的档案材料。

五、设备仪器档案

设备仪器档案简称设备档案，是各种机械设备和仪器、仪表的档案材料。

设备仪器是一种重要的生产手段，因而设备仪器档案是一种在各个专业系统的各种不同的企业和事业单位中都拥有的科技档案。例如，工厂里的生产设备档案，科技研究单位的仪器设备档案，农业生产单位的农机设备档案，交通运输部门的运输设备档案，地质部门的勘探设备档案，气象、天文、水文、地震、测绘部门的相应的观测仪器档案，等等。

设备档案按设备的构造和使用形式划分有两种：一种是同土建工程连在一起的，如某些化工装置及钢铁和有色冶金企业的冶炼设备档案。这种设备档案同基本建设档案一般难于截然分开，因而可以作为基本建设档案的一个组成部分。另一种是各种金属切削设备、运输设备、采掘设备、起重设备档案，它们可以同基建工程分开独立存在。

设备仪器从来源划分有两种，一种是本单位自行设计、研制的自制设备，另一种是从国内外市场购买来的外购设备。因此，设备档案也有两种情况，一种是在自制设备的设计、研制过程中形成的，另一种是随外购设备的进货随机带来的。

此外，在设备仪器的使用、维护、检修、改造过程中，也将形成相应的文件材料，这些文件材料是在设备投入使用、运行后，对有关情况包括变化情况的直接记录，因而也是设备档案的组成部分。

设备档案的基本特点同产品档案是一样的，即以型号成套。但是，设备档案的构成在一般情况下同产品档案不尽相同。这是因为设备档案同产品档案的形成规律不同，作用也不一样。自制设备档案除包括设备在设计、研制、试验和制造过程中形成的文件外，还包括该项设备在安装、使用、维护、检修、改造过程中形成的文件。外购设备档案不包括设备在设计、研试、制造过程的文件，其基本内容构成如下：①设备购置文件，包括设备经济技术计算文件、订货谈判文件、订购协议或合同书等；②随机文件，包括设备图册，设备说明书、合格证、装箱单，设备配件明细表，设备安装规程，等等；③设备安装、使用过程形成的文件，包括设备安装记录，试车验收记录和总结报告，设备运行记录，设备保养和大、中修记录，设备事故记录，设备使用分析表和设备检查记录，设备履历表，设备改造记录和总结，等等。

六、地质档案

地质档案是地质工作活动的记录和成果，它是在地质调查、矿产勘探等活动中形成的科技档案。

地质找矿工作一般分为三个大的阶段，即区域地质调查、地质普查和地质勘探。在每一个地质工作阶段，一般按以下五个程序开展工作：①地质设计；②野外勘测；③室内综合分析整理；④编制地质成果报告；⑤审查批准地质成果报告。地质档案就是遵循上述地质工作程序有步骤地形成的。

地质档案按专业性质或地质对象一般可划分为区域地质调查档案、固体矿产地质档案、石油地质档案、海洋地质档案、物探和化探档案、水文地质和工程地质档案。

地质档案有地质原本档案和地质复制本档案两种形式。地质原本档案是地质工作第一线的各地质队，在地质勘探活动中形成的原始记录、中间成果和最终成果，包括各种有关文件材料的底稿、底图、原图、记录本等。地质复制本档案则是地质成果报告及有关的附图、附表的印刷复制件，主要用于上报汇交。因此，地质复制本档案不同于地质原本档案，它仅是地质原本档案的成果部分。

关于地质档案的构成，这里只就区域地质调查档案做简要叙述。

区域地质调查是对较大区域内的地层、岩石、构造等基本地质情况及矿产

进行全面系统的调查研究，初步查明区内各种矿产的分布规律，圈定出普查地段和远景区，指出找矿方向，取得该区内基础地质成果文件。因此，区域地质调查档案包括以下内容：

（1）区域调查设计文件。区域调查设计是进行区域调查工作的地质、技术依据。其文件有上级下达或批准的区域调查任务书，区域调查大队对设计的技术要求，区域调查设计书及附图、附表，上级审批文件，等等。

（2）野外地质调查文件。此文件包括野外调查活动中形成的各种图样（如地质剖面图、地层柱状图、观测路线图、取样位置图、地质素描图等）、原始记录（如地质剖面记录簿，重砂、金属量、放射性测量记录簿等）和其他有关文件（如实测地质剖面登记簿，各种标本、样品的分析、鉴定、测试报告及登记表等）。

（3）室内综合分析整理文件。此文件包括综合地质图，金属量测量、自然重砂测量、放射性伽马测量成果图，矿（化）点、异常分布图，以及相关的简报或一览表等。

（4）地质调查成果文件。主要有地质图和矿产图的编稿原图，地质图、矿产图及区域地质调查报告书送审稿，各种矿产登记表等。

（5）审查批准文件。主要有最终成果报告验收决议书，地质图、矿产图的出版清绘图，地质、矿产图、调查报告书出版底稿等。

七、测绘档案

测绘档案是在大地测量和地图绘制活动中形成的科技档案。

测绘工作在国家经济建设中是一项基础性、超前期性的工作，它在全国范围内提供各种控制点的精确的坐标、高程数据、重力数据和各种比例尺的地形图、专题图和图集等。测绘档案是测绘活动过程和成果的直接记录。

按照不同的使用性质，测绘档案一般分为基本测绘档案、专业测绘档案、特业测绘档案和现势参考档案。

（一）基本测绘档案

基本测绘档案是指按照国家统一规范、细则、图式施测的下述文件：①各等天文、基线（含电磁波测距）、三角（含导线）、水准和重力文件材料；②1：250 000～1：100 000各种比例尺航空摄影、地形测量和制印文件材料；③编绘出版的1：200 000～1：1 000 000各种比例尺制印文件材料。

（二）专业测绘档案

专业测绘档案是指有关单位根据专业需要，按照专业测绘规范、细则、图式，施测、编绘和出版的各种测绘文件材料。

（三）特业测绘档案

特业测绘档案是指为了某种特殊需要而进行测绘所产生的文件材料，如基地测绘文件、边界勘测文件、兵要测绘文件等。

（四）现势参考档案

现势参考档案是指与测绘工作和军事地形保障有关的具有现势参考价值的文件材料，如铁路、公路、水系、行政区划等各种形势图和地图集等。

测绘档案包括天文测量文件，长度测量文件，三角测量文件，水准测量文件，多普勒定位原始记录和计算文件，天文大地内业计算文件，重力测量文件，航空测量、摄影文件，航测外、内业和平板仪测量文件，地图编绘、制印文件，等等。

八、气象档案

气象档案是在气象观（探）测、气象预报和气象业务技术管理活动中形成的科技档案。

气象档案是我国现有各类科技档案中规范化程度比较高的科技档案种类。气象档案不仅完整性、准确性和系统性程度比较高，而且各种文件材料的用纸、规格、样式、内容标准化程度也较高。

在气象档案的构成中，气象记录档案数量最多，价值最大，使用最频繁。气象记录档案是气象观（探）测活动中以各种方法和手段所观测和探测到的各种气象要素的数据及其载体。气象观（探）测是气象工作的基础，气象记录档案是气象档案最基本的内容成分。气象记录档案连续地、系统地记载了一定范围内的气象现象及其变化过程，为气象预报、气象情报、气象分析和气象科学研究提供了原始依据。

气象档案的构成包括：①气象记录档案，包括各种气象观（探）测原始记录和经过初步加工整编的基本气象档案；②气象业务技术和服务档案，包括天气分析和预报档案、气候档案、农业气象分析和预报档案、专业气象分析和预报档案、气象服务档案；③气象业务技术管理档案，包括气象工作条例和地面、高空气象观测的规范、规定、办法，气象观测和预报电码，气象台（站）档案（如台、站、区站号，台、站登记表，台、站历史沿革表，台、站值班日记）等。

九、天文档案

天文档案是在天文观测和天文研究活动中形成的科技档案。天文观测和天文研究是密切联系、不可分割的两项工作，正如气象观测同气象分析预报是两项不可分割的工作一样。因此，在各个天文（观象）台、站，天文观测档案同天文研究档案是密切联系着的。这里仅就天文观测档案做简要叙述。

天文观测档案的基本构成，包括三种成分的档案材料：一是在天文观测活动中形成的各种原始记录、图表和照片；二是根据原始记录，经过综合、分析整理的各种定期报表和图件；三是观测规范和仪器设备的常数记载材料。例如，太阳黑子观测逐日统计表、太阳黑子群表、太阳黑子照片和黑子图、太阳黑子观测报告、太阳耀斑观测报告、太阳耀斑和回归日珥的光谱分析材料、日珥归算材料、日珥生长曲线、太阳磁场调查报告、高空太阳观测调查报告、太阳图，等等。

十、水文档案

水文档案是在水文观测（测验）和水情分析预报等水文工作活动中形成的科技档案。其主要内容如下：

（一）站网规划和测站档案

该档案是在水文观测站网的规划和测站设置活动中形成的科技档案。包括地方的和流域的站网规划、设站查勘和测站考证文件，水文测站的任务书和鉴定书，测站各种流域特征量算成果和测站特征分析成果，经审定启用的水位—流量单值化成果文件，以及水文测站志等。

（二）水文测验档案

水文测验档案是在水文测验活动和水文计算、分析、研究活动中形成的各项原始记录和整编成果档案，主要有各项水文（水位、流量、含沙量、输沙率、冰情、水温、地下水、降水量、蒸发量等）测验记录和旬报表、月报表、年报表；各类水文查勘调查记录、照片和图表，水准测量记载本、水质监测和水文泥沙实验成果文件；历年各项水文特征值统计文件；水位流量关系曲线图；洪水、枯水、暴雨、径流及水平衡计算文件；降雨—径流分析成果材料；区域性水文规律分析报告，水文年鉴、水文图集、水文手册；等等。

（三）水情预报档案

水情预报档案包括各种水文预报方案、应用计算机编制的各种水文预报程序、水情简报和水情总结、年度抗旱、防汛总结、水文规律分析成果等。

十一、地震档案

地震档案是在地震监测和地震分析、预报活动中形成的科技档案，是地震测报工作的直接记录。主要如下：

（一）地震台网档案

地震台网档案是在地震台网的规划、设置活动中形成的科技档案，包括地震台网的规划及布局方案，地震观测台、站（包括传输点）选测报告、技术方案论证及审批文件，地震观测台、站的设计、审批、竣工文件，地震观测台、站史志及台、站撤销或移交变更等文件。

（二）地震监测档案

地震监测档案是在台、站观测和野外流动测量活动中形成的科技档案，是地震档案的主体和核心内容。包括地震观测原始记录（原始观测簿、记录图纸和记录磁带等），地震观测台站联测、比测及辅助观测文件，台网观测数据分析及整编文件，以及在野外流动测量和监测活动中形成的科技文件。包括场地布局、实施方案、技术论证和审批文件，野外考察及深部探测报告、模拟和数字磁带，野外流动观测原始记录手簿和计算整编文件，质量检查、验收和各种流动观测方法的技术规范等。

（三）地震分析预报档案

地震分析预报档案包括提供预报的原始数据材料，各种重要的预报意见，分析预报部门各种手段的监视手录，分析会商记录及地震趋势意见，震情简报、报告，震例档案，预报方案及数据处理文件，分析预报程序及管理文件，等等。

十二、环境保护档案

环境保护档案简称环保档案，是在环境管理、监测、评价、预测等活动中形成的科技档案。主要如下：

（一）环境管理档案

环境管理档案是在环境的规划、管理、监督和仲裁等活动中形成的环境保护档案，主要有以下六点：①环境保护法规档案，包括环境保护的条例、规定、办法及其制定的依据和审批文件；②环境保护标准档案，包括环境质量标准、污染物排放标准等基础和方法标准文件，环境保护标准的调查分析文件，环境标准的审批文件等；③环境保护规划档案，包括生态规划、污染综合防治规划、自然保护规划及环境科学技术发展规划文件，制定规划的依据文件和环境保护规划的审批文件等；④环境技术经济政策档案；⑤环境统计档案；⑥环境监督档案及污染源仲裁档案等。

（二）环境监测档案

环境监测档案是在水质、大气、土壤、生物、噪声、放射性等污染监测活动中形成的环境保护档案。环境监测档案主要有环境监测计划、月报、年报、年鉴和环境质量报告书、环境监测技术方案及其成果审定文件，环境监测新技术、新方法的验证文件，环境监测技术总结，以及土业、农业、交通运输、污染源的调查和控制文件，等等。

（三）环境预测和评价档案

该档案是在环境预测和环境评价工作中形成的环境保护档案。环境预测和评价档案主要有以下两点：一是环境预测范围确定文件，预测方法和程序文件，环境变化的定性、定量预测文件和预测总结文件；二是环境质量评价合同、计划和评价方案，环境评价基础材料、专题报告和综合报告，环境审批文件和实施效果材料。

其他还有环境工程档案、自然保护档案等。

十三、医疗卫生档案

医疗卫生档案也称医学科技档案，是在防病治病和医疗卫生管理等活动中形成的科技档案。主要包括以下两类档案：

（一）疫病防治档案

疫病防治档案，又称防病治病档案，是在各种疫病的预防、医疗、护理活动中形成的医疗卫生档案。主要包括：①疫病调查防治档案，主要有各种传染病、职业病、地方病的流行调查报告、防治方案、规划、总结文件，以及监测点、防治点记录数据材料等；②疫病档案，如各种疫病报表和疫情统计文件等；③患者档案，主要有患者住院及门诊病历，X光照片，病理标本，心、脑电图等各种生化检查的登记图表等；④专家医术档案，包括名老中医、教授、专家的学术经验、医案、医经原稿和名老中药师的中药配方、炮制技术等材料；⑤病例分析和医疗经验总结档案，包括住院及门诊病例的分析统计材料、医疗质量分析统计材料、特殊病例的临床观察记录、治疗经过及病例分析总结材料，疑难死亡病例分析材料等；⑥医疗、护理技术的发明、创造、革新档案及其他有关疫病防治的档案材料。

（二）卫生监督、管理档案

卫生监督、管理档案是在环境卫生、食品卫生、劳动保护及防辐射污染等卫生监督、管理活动中形成的档案材料。

第三节　科技档案的作用

科技档案是重要的科技资源，是国家宝贵的历史、文化财富，它在我国社会主义现代化建设中起到了重要的作用，并且具有长远的历史参考价值。

一、科技档案是积累科技经验、储备科技资源的重要手段

科技档案是科技、生产活动的直接记录和实际反映，它真实地记述了科技、生产活动的过程和成果，记载了人们的科技思想、科技方法和科技经验。

人类社会的科技文献种类很多，如科技图书、科技情报、科技资料等，但唯一记述人们的科技活动过程和经验的只有科技档案。科技档案的这种作为科技思想、科技成果直接载体的特点，赋予它一种作用，即积累科技经验的作用、科技储备的作用，这使它成为积累科技经验、进行科技储备的工具和手段。

人们认识自然、改造自然的能力是逐步提高的，科学技术是逐步发展的。一部人类科学技术发展史，就是人们认识自然、改造自然的能力由低向高逐步发展的历史。在这个发展过程中，人们不断地总结经验，积累经验，借鉴经验，于是才有科学、技术、文化发展的延续性。科学、技术发展的延续性，要求有

科学技术经验的积累，而积累科技经验的重要的、直接的手段，就是作为科技活动及其成果的真实历史记录的科技档案。

因为科技档案是科技经验和科技资源储备的手段，所以对一个国家来说，如果它有高质量的科技档案的丰富典藏，那么这就是这个国家科学技术资源储备雄厚的一个标志；同样，对一个企、事业单位来说，如果它有质量较高、数量较多的科技档案库藏，那就标志着它有比较雄厚的科学技术基础。

二、科技档案是科技、生产活动和科技管理活动的依据

科技档案同科技、生产活动和科技管理活动的关系是十分密切的。要使科技、生产活动和科技管理活动有秩序、有规律地进行，必须有完整、准确的科技档案作为依据。

（一）科技档案是产品定型的依据

在产品生产过程中，产品经过设计、研制以后，就进入了定型阶段。产品定型是产品生产制造过程的一个重要环节。产品定型必须有充分可靠的依据，依据之一就是在产品试制过程中形成的科技档案。没有产品试制档案提供的各项数据，产品定型就缺乏科学根据。

停产产品恢复生产时，最基本的条件之一，是必须有齐全、准确的产品档案作为生产的依据。即使是在产产品，在继续进行生产的过程中也需要以底图档案为依据，不断向车间、班组提供科技档案复制件。

经济体制改革以来，在工厂生产中科技档案的依据作用更为突出。因为过去工厂生产的产品全部由商业部门包销，更新换代缓慢，批量大，品种少，生产者靠"老经验"还可以过得去。随着经济体制改革的深化，市场的竞争机制发挥作用，产品更新速度加快，在这种情况下，离开了科技档案，离开了图纸作依据，就无法生产。

（二）科技档案是加强生产管理、提高产品质量的依据

产品质量，是企业经营管理的三大指标之一。产品质量直接关系着产品的销路，关系着企业的经济效益和企业的命运，是加强生产管理的重要环节，而保证和提高产品质量，需要多方面的条件，其中一个条件是必须有准确的档案——图纸做依据。科技档案不仅是高质量产品生产制造的依据，还是对产品质量进行检验的依据。

（三）科技档案是制定标准和进行定额管理的依据

任何行业制定技术标准，都必须在大量的经过实践检验的数据基础上进行，准确、可靠的数据是保证标准科学性的重要条件。这些数据的绝大多数来自各有关单位的科技档案。科技、生产活动要实现科学管理，编制相应的定额是一项重要的工作内容。例如，设计定额，它是衡量设计成果所需劳动量的尺度，也是按劳计奖的依据。一个平均指标比较先进的定额，对提高设计水平、管理水平和设计效率有重要的促进作用，而编制设计定额的重要依据是科技档案。

（四）科技档案是维护、使用、检修工程对象的依据

科技档案是维护、使用、检修工程对象的依据，尤其在工程对象进行改建、扩建或遭破坏后进行恢复时，更是离不开科技档案。科技档案是设备使用、维修和管理的依据。现代化设备结构复杂、精密，必须以设备档案为依据，才方便维护和管理。

（五）科技档案是城市管理的重要依据

现代化城市，地面高楼林立，地下管线纵横，如供排水系统、地下通信系统、人防通道工程，密如蛛网，必须有完整、准确、系统的科技档案做依据，才能实行科学管理。

总之，有完整的科技档案，科技、生产活动和科技管理活动就可以有秩序、高效率地进行；没有科技档案，科技、生产活动和科技管理活动就会失去依据，受到影响，造成损失。

三、科技档案是科技研究工作和设计工作的必要条件

科技研究工作和设计工作都具有一定的继承性，都需要吸取和借鉴已有的科技成果。恩格斯指出，科学的发展是“同前一代人遗留下的知识量成正比例”的，并且提出了科学发展在一般情况下是“按几何级数发展”的规律继承和借鉴前人的成果，是科学再生产的前提条件。因此，进行科技研究工作和工程、产品设计工作，都必须有大量的充分可靠的材料。科技档案就是科技研究工作和设计工作不可缺少的依据和参考材料，是科技研究工作和设计工作的必要，自中华人民共和国成立以来，我国就十分重视科技档案对发展科技事业的条件作用。1956 年 1 月，周恩来在《关于知识分子问题的报告》中就指出：“为了实现向科学进军的计划，我们必须为发展科学研究准备一切必要的条件。在这里，具有首要意义的是要使科学家得到必要的图书、档案资料、技术资料和其

他工作条件。”这里，周恩来是把科技档案作为向科学进军的“一切必要条件”中的“具有首要意义”的条件之一提出来的。

科技档案为课题研究提供条件。任何一项科技课题的研究，都离不开已有的科技成果，科技档案正是已有科技成果的记录和实际反映。因此，在进行一项新课题的研究试验时，总要查阅有关的科技档案。可以说，查阅利用科技档案几乎贯穿一项课题研究的全过程。利用科技档案，可以帮助科研人员了解过去的工作，便于在过去的基础上开展新的工作；同时可以启发思路，开阔眼界，少走弯路，减少不必要的重复劳动，提高科研工作的效率和水平。

科技档案为工程设计和产品设计提供条件。工程和产品设计是一种创造性的智能活动。为使所设计的工程和产品具有先进性和适用性，工程设计人员和产品设计人员在接受一项设计任务时，需要查阅尽可能多的科技文献资料，以资参考和借鉴。这些文献资料有国外的，也有国内的；有外单位的，也有本单位的。其中本单位的就是以前进行的工程或产品设计活动中形成的科技档案。

以工程设计而言，无论是工厂矿山设计、水利电力工程设计、交通工程设计，还是民用建筑工程设计，一项设计任务下来，设计人员经常要跑的单位之一就是科技档案部门。那里库藏的丰富的设计档案，是他们进行新项目设计不可或缺的重要条件。设计档案，为他们提供了前人或他人的设计思想和设计手法，为他们提供了有关的技术数据和图形结构，有时甚至可以直接选用其中的某些成果或采用其大部分成图。设计档案是在设计工作中形成的，反过来设计工作又离不开设计档案。这就辩证地说明了科技档案同设计工作的相互关系，以及科技档案对设计工作的条件作用。

四、科技档案是进行科技交流的工具

科技信息交流是促进科技发展的一种重要手段。因此，科技交流在人类历史上历来占有重要的位置。马克思和恩格斯对此有过精辟的论述。他们指出：在人类历史上，“某一个地方创造出来的生产力，特别是发明，在往后的发展中是否会失传，取决于交往扩展的情况。当交往只限于毗邻地区的时候，每一种发明在每一个地方都必须重新开始……在历史发展的最初阶段，每天都在重新发明，而且每个地方都是单独进行的”[①]。这段话生动地说明了科技交流在人类历史上的意义。马克思和恩格斯在这里基本上说的是人类发展初期的情况，

① 中共中央马克思恩格斯列宁斯大林著作编译局．马克思恩格斯选集：第1卷[M]．北京：人民出版社，1972：60-61.

但是，即使在今天，如果不合理地组织科技交流，每个地方、每个单位也会重复地进行着别人已经搞出成果的发明和研究，可见进行科技交流的重要性。

科学技术总是由低到高逐步发展的，特别是现代科学技术，其难度越来越大，渗透性也越来越强，使相邻领域或专题项目之间的相互交叉、相互推动、共同发展的趋势日益明显。这就要求进行广泛的社会协作和及时的技术传递、学术交流，而科学档案就是传递、交流科技信息并进行科技协作的重要工具和手段。

我国的现代化建设，应该在社会主义大协作中推进。为了尽快把我国建设成为一个伟大的社会主义强国，全国各地区、各部门、各单位之间应积极协作，互相交流，充分发挥科技档案的情报源、资料源作用。特别是，随着经济体制和科技体制的改革，随着技术市场的开放，科技档案作为科技信息和科技成果的载体，已经开始进入技术市场，企、事业单位之间的有偿技术转让，一般就是通过科技档案（复制件）实现的，这进一步突出了科技档案所具有的科技交流工具的作用。

五、管好用好科技档案，可以取得或提高经济效益

科技档案的作用，不仅通过前述技术的角度反映出来，表现为技术效用，还通过经济的角度反映出来，表现为科技档案的经济效益。

（一）管好用好科技档案可以节约劳动和物化劳动、提高经济效益

复用科技档案，节约劳动，取得经济效益。在设计部门，新设计常常要复用（套用）已有设计的科技档案。设计，无论是工程设计还是产品设计，都不存在所谓“全新”的设计问题。一项设计常常是部分地甚至大部分地利用旧有设计的成功部分或适用部分，仅仅在局部上加以改进或创新。而旧有设计的成果则大部分来自科技档案，许多情况下是直接复用科技档案，凡复用部分，既不用重新设计，又不必重新制图，只将原有的设计底图档案调出来复制晒印就可以了。在设计活动中复用已有设计的科技档案，意味着节约了大量的劳动支付，从而相应地提高了设计活动和设计部门的经济效益。

发挥科技档案的依据凭证作用，取得经济效益。科技档案在技术上的依据凭证作用，可以在经济方面取得相应的效益。某国有大型钢铁公司热轧薄板厂是引进项目，按合同规定其设备基础工程由外商设计。外商提出需打进数量很大的钢管桩，投资数百万元。我方专家利用完整、准确的地质档案证明，可以不采取外商的基础设计方式。在确凿的科技档案数据面前，外商采纳了我方意

见，这样就为国家节省了数百万元的资金，并缩短了工期，取得了相应的经济效益。

进行科技交流，避免重复劳动，取得社会经济效益。在各地区和各单位之间，以科技档案作为科技交流的手段，使对方在科技、生产活动中因获得有关的科技信息和科技成果而避免重复劳动，从而取得社会经济效益，是科技档案发挥作用的一种重要形式。某省地震监测部门为搞地震测报工作，需要进行有关地域范围内的地形测量。某市测绘部门为他们提供了相关地区的数十个水准点的测量档案，从而使该地震部门省去了在该地区的地形测量工作。仅此一项就节约人力、物力投资达十万元之多。

（二）管好用好科技档案是发展内含扩大再生产、提高经济效益的重要条件

科技档案在企业挖掘生产潜力中发挥作用，提高企业经济效益。某锰矿为挖掘矿山资源潜力，决定在早已报废的一期工程井区搞露天回采，回收丢失的小块矿柱。科技档案部门主动向主办单位提供了该井区有关的科技档案，包括采矿图、底板等高线图、地质图、地形图、坑内外对照图等材料。以此为据，查明了八万七千多吨高品位锰矿石。

科技档案在技术改造中发挥作用，取得效益。某市玻璃厂对平板玻璃生产装置进行技术改造，由于利用了已有的科技档案，节省改造设计费十五万元，提前一个月投产，为国家多生产平板玻璃创造的价值达一百万元左右。

（三）充分发挥科技档案的作用可以为社会创造价值，增加财富

苏州市某丝织厂 1980 年生产的绸缎产品有三分之二的品种不能适应国内外市场的需要，造成产品积压，急需改变产品结构，增加花色品种。该厂科技档案部门及时提供了有关的设备档案和 20 世纪五六十年代的花色品种档案加快了增加花色品种、改变产品结构的进度，一年中设计出十二个新品种，为国家创造了八十万元的利润和二百万美元的外汇。

思考题

（1）什么是科技档案？简析科技档案的定义。

（2）科技档案的基本种类有哪些？

（3）简述科技档案的作用。

第十章　科技档案工作概述

第一节　科技档案事业构成

科技档案事业，是以科技档案管理和科技档案工作管理为基本内容的一项专门事业。因此，科技档案事业的基本构成，包括两部分既互相独立又密切联系着的工作，这就是科技档案的微观管理工作和科技档案的宏观管理工作。

一、科技档案的微观管理工作

科技档案的微观管理，是以科技档案为直接管理对象的科技档案工作。它包括两个管理层次：第一个层次是企、事业单位和专业主管机关的科技档案管理工作；第二个层次是科技专业档案馆的科技档案管理工作。

第一个管理层次，特别是企、事业单位的科技档案管理工作，是我国整个科技档案事业的基础。科学地组织两个管理层次，使之协调发展，是发展我国科技档案事业的重要任务。

科技档案微观管理工作的基本内容有如下七个方面：

（一）科技档案收集工作

科技档案收集工作是科技档案微观管理的一项重要内容，是整个科技档案微观管理工作的基础。科技档案收集工作包括科技档案室（科、处）的收集工

作和科技专业档案馆的收集工作，即科技档案室（科、处）接收那些具有保存价值的科技文件材料，科技专业档案馆接收那些具有长远保存价值的重要的科技档案。

（二）科技档案的分类整理工作

科技档案的分类整理工作是科技档案微观管理工作的中心环节。它是把经过归档或按规定移交给科技档案室（科、处）或科技专业档案馆的科技档案，按照它们的自然形成规律和特点，进行科学分类、系统排列和基本编目的工作。

（三）编制检索工具和科技档案著录工作

编制检索工具和科技档案著录工作是为了揭示科技档案内容、成分，实现对科技档案的科学管理和有效利用创造条件的工作，是科技档案室和科技专业档案馆的一项重要工作内容。

（四）科技档案保管工作

科技档案保管工作是科技档案微观管理工作中一项经常性管理工作。它的基本任务是保护科技档案的完整和安全，保证科技档案的准确和质量，保持库房中科技档案排放的科学序列，维护科技档案的机密，为最大限度地延长科技档案载体的自然寿命和保证科技档案的有效利用，提供条件并实行监督。

档案保管工作，一般指保管条件、保管技术和保管方法。科技档案的保管工作，除上述内容外，还应考虑科技档案的特点。科技档案的特点之一，是要求同它所反映的对象保持一致，即科技档案不仅要反映对象的历史面貌、变化过程，还要反映对象的现实情况。实物对象变化了，相应的科技档案也要做相应的更改和补充，以维护科技档案的准确性。根据这一特点，其保管工作，一方面要提供条件，保护科技档案的完整与安全；另一方面还要进行监督，建立科技档案的监督更改制度，并认真贯彻执行，以确保科技档案的质量。

（五）科技档案的鉴定工作

科技档案的鉴定工作是通过对科技档案保存价值的分析，对科技档案进行保存等级的划分及筛选存毁工作。

同科技档案的保管工作及其他各项管理工作不同，科技档案的鉴定工作不是一项经常性的管理工作，而是定期进行的。同时，科技档案的鉴定工作具有更严格的科学性。鉴定工作的质量，在相当大的程度上，取决于参加鉴定工作的人员对所鉴定的科技档案客观价值的主观认识程度，这种主观对客观的认识是否准确，对鉴定工作的质量、科技档案的“命运”具有决定性影响。因此，无论是科技档案室的科技档案鉴定工作，还是科技专业档案馆的科技档案鉴定工作，都是科技档案微观管理的一项重要工作。

（六）科技档案的统计工作

科技档案的统计工作包括科技档案的宏观统计和微观统计两个方面的内容。科技档案的宏观统计是科技档案宏观管理工作的组成部分。科技档案的微观统计工作，是以数字为基本的统计手段，通过相关的数字来了解和反映科技档案的数量和质量，以及科技档案管理和利用工作的基本状况。

科技档案微观统计工作，是掌握情况、制订计划、总结经验、改善管理、提高效率及保护科技档案的一项具体措施，是科技档案微观管理不可或缺的一项工作内容。

（七）科技档案利用工作

科技档案利用工作是实现科技档案管理工作的基本目的，是充分发挥科技档案作用的手段。它通过创造各种条件，以各种有效的方式，将库藏的科技档案提供出来，满足利用者和各项有关工作的需要。科技档案利用工作，是信息资源开发性工作，是科技档案微观管理工作的一项十分重要的内容。

此外，基层各企、事业单位的科技档案部门，还应承担检查和协助科技人员做好科技文件材料的形成、积累、整理、归档工作的任务。科技文件材料是科技档案的前身，科技文件材料的合理形成、积累和正确整理、归档，是保证科技档案完整、准确、系统的基础。因此，基层科技档案部门作为企、事业科技管理体系的一个工作环节，有责任对科技文件材料的形成、积累、整理、归档工作，进行检查、协助和指导，以保证归档材料的质量。

二、科技档案的宏观管理工作

科技档案的宏观管理工作，是把国家全部科技档案财富作为一个整体，把各项科技档案工作作为国家的一项专门事业来进行规划、组织、管理、储备和开发。它把科技档案和科技档案工作作为一项事业的整体来进行宏观研究和宏观管理。因此，科技档案的宏观管理工作所要解决的是诸如科技档案工作的体制问题、规划问题、业务指导问题，以及科技档案工作的方针政策、章则制度、人才培养等科技档案工作全局性问题。

我国国家规模的科技档案事业，是由科技档案微观管理工作、宏观管理工作及科技档案的教育、研究工作构成的有机整体。科技档案的微观管理工作是国家整个科技档案事业的基础。衡量和反映一个国家科技档案工作基础和水平的，是这个国家科技档案微观管理工作的基础和水平。只有做好科技档案的微观管理工作，才能为国家储备数量既多、质量又高的科技档案资源，才能充分发挥科技档案的作用，实现科技档案资源有效地开发利用。

我国的科技档案工作是社会主义的科技档案工作，科技档案的微观管理离不开国家的宏观指导。实践证明，我国科技档案微观管理工作的发展速度和发展水平，同国家的宏观指导有着十分密切的关系。我国科技档案事业发展的一条基本经验：只有以科技档案的微观管理为基础和立足点，加强科技档案工作的宏观研究和宏观管理，形成科技档案工作的合理层次和结构，才能促进科技档案事业的不断发展。

第二节　科技档案工作管理原则

1956 年，国务院发布了《关于加强国家档案工作的决定》，这是我国档案工作的根本指导性文件。在这个文件里规定了我国档案工作的基本原则：“我国档案工作的基本原则是集中统一地管理国家档案，维护档案的完整与安全，便于党和国家各项工作的利用。”

这条原则，是我国整个档案工作的基本原则，因而同样适用于科技档案工作。根据档案工作基本原则，结合科技档案及科技档案工作的特点，其具体的管理原则：集中统一地管理科技档案，维护科技档案的完整、准确、系统、安全，实现科技档案的有效利用。

一、集中统一地管理科技档案

集中统一地管理科技档案，是科技档案工作管理原则的核心。它规定了科技档案必须实行集中统一管理，不得分散。

科技档案实行集中统一管理，表现在两个方面：其一，国家的全部科技档案，应按专业系统实行统一的分级管理；其二，在一个单位内部，科技档案应由档案部门实行集中统一管理。由档案部门实行对本单位科技档案的集中统一管理，是国家全部科技档案实行集中统一管理的基础。

（一）科技档案为什么要实行集中统一管理

1. 集中统一管理科技档案，是科技生产发展的客观需要，是社会化大生产和专业分工的产物

科技档案实行集中统一管理，不是人们主观意志的表现，而是由社会生产力和生产方式的发展所决定的。手工业生产阶段和科学研究处于个人自由研究的阶段，所形成的科技档案甚少。低下的生产力和小生产方式决定了科技档案的管理形式——个人分散管理。

近代大机器生产方式的出现和科学研究成为社会性事业以后，由于生产力的发展，无论工业生产还是科学研究，都从个体劳动转化为社会化的合作劳动。新的生产方式要求实行专业分工和协作。数量日益增多的科技档案，客观地要求同它们的形成者分离，而由专门设置的机构和人员去管理，专业分工和协作也客观地要求互相借鉴彼此的科技成果，需要把大家形成的科技档案集中管理起来，以便于共同查找使用。这就势必使科技档案从分散走向集中，从形成者个人保管走向科技档案部门集中统一管理。

因此，对科技档案实行集中统一管理，是生产力和生产方式发展的必然结果，是专业化分工的客观需要，是一种规律性的现象。

2. 集中统一管理科技档案是科技档案实现现代化管理的客观需要，是科技档案工作现代化的重要条件

随着科学技术的发展和我国现代化建设的不断前进，我国的科技档案工作也必然逐步实现现代化管理。《中华人民共和国档案法》规定：各级各类档案馆和其他档案部门，都应“采用先进技术，实现档案管理现代化”。现代化的科技档案管理体系，将是以电子计算机检索为中心的科技档案信息处理的自动化体系，它包括科技档案信息的贮存、检索、提取、传输、显示等。

这样的现代化体系，必然要求科技档案实行集中统一管理，以便统一安排和使用有关的技术装备。不能设想，科技档案分散在形成者个人手里，会有效地使用现代化管理手段。从这个意义上可以说，没有集中统一管理，就不可能有科技档案的现代化管理。国外和国内的科技档案工作实践都证明，集中统一管理科技档案，是科技档案工作实现现代化管理的客观需要，是科技档案工作现代化的重要条件。

3. 集中统一管理科技档案是社会主义公有制的反映，是由我国的国家制度决定的

这是我国科技档案实行集中统一管理的特殊原因。资本主义国家科技档案的集中统一管理同我们是不完全相同的，简单来说，它是不完全、不彻底的集中统一管理。在它们那里，基本上只是在一个企业或事业单位的内部实行了科技档案的集中统一管理。由于资本主义私有制的关系，国家对私人企业、事业单位的科技档案基本上无权过问和干预，就国家整体而言，科技档案基本上仍然是分散的。

我国的科技档案，则是实行完整意义的集中统一管理，这是由我国的所有制性质和国家制度决定的。我国是社会主义国家，实行生产资料公有制，科技档案是国家的科技文化财富，属国家所有。要实现科技档案资源的科学管理和有效的开发利用，必须按国家制定的统一制度和办法，实行集中统一管理。

（二）科技档案实行集中统一管理的具体要求和内容

就国家来说，科技档案实行集中统一管理原则的要求和内容有以下四点：第一，科技档案是国家的科技文化财富，归国家所有，为国家的各项工作服务；第二，由国家和各专业主管机关制定统一的科技档案管理的章则制度；第三，各级科技档案机构，要接受国家和各级档案业务管理机关的监督、检查和指导；第四，各单位需要长远保存重要的科技档案，定期向科技专业档案馆移交。

就具体单位来说，科技档案实行集中统一管理原则的要求和内容有以下三点：一是有一个健全的、符合科技档案工作要求和本单位实际情况的科技档案工作机构；二是科技档案由科技档案部门实行集中统一管理；三是有健全的、同科技管理制度相一致，并且纳入其中的科技档案管理制度。

（三）科技档案实行集中统一管理的优越性

1. 科技档案实行集中统一管理，有利于形成国家的和企、事业单位的科技资源储备中心和交流中心

就整个国家来说，科技档案的集中统一管理，其归宿有两个：一个是基层企、事业单位的科技档案室；另一个是各级各专业的科技专业档案馆。科技档案由科技档案室和科技专业档案馆实行集中统一管理，就使每一个科技档案室和科技专业档案馆，成为大小不同的、专业不同的科技资源储备中心和科技资源交流中心。如果科技档案不实行集中统一管理，而分散在形成者个人或部门手里，就无法形成这样的中心，影响科技档案资源的积累和交流。

2. 有助于加强科技管理，符合经济原则

科技档案的实际状况，即其是否完整、准确、系统，是科技管理状况的综合反映。科技档案实行集中统一管理，使科技档案部门可以依据科技档案的质量状况，围绕科技档案的管理工作，参与本单位的科技管理工作，有针对性地促进和协助有关部门加强科技管理工作。

同时，科技档案实行集中统一管理，可以节省人力、物力，减少开支，符合经济原则。

3. 有利于保护科技档案和保守科技机密

科技档案部门是专门管理科技档案的职能工作部门，一般都有较好的库房和装具条件，有健全的管理制度和科学的管理方法。因此，由科技档案部门实行集中统一管理，有利于保护科技档案和保守有关的科技机密。

二、维护科技档案的完整、准确、系统、安全

维护科技档案的完整、准确、系统、安全，是对科技档案管理的基本要求，是由科技档案的性质和作用决定的。

（一）科技档案必须完整

维护科技档案完整，就是要保证科技档案齐全成套，不能残缺不全。

科技档案是科技、生产活动的历史记录，客观地记述和反映科技、生产活动的全过程和科技、生产成果的全部情况，是科技档案的基本功能。因此，科技档案必须完整。

任何一项科技、生产活动，都是根据其对象和内容，按照一定的科学程序有步骤地进行的。伴随着科技、生产活动，自然地形成了记录和反映该项科技、生产活动的工作依据性文件、工作过程性文件及成果性文件等。这些文件材料构成了一个具有严密有机联系的整体。只有通过这个整体，才能反映该项科技、生产活动的全面情况和历史过程。科技档案管理工作的重要任务之一，就是要维护这个整体的完整，维护科技档案的齐全成套。

维护科技档案完整，必须健全制度，加强管理，协助、指导科技文件材料的形成、积累、归档工作，健全科技档案的收集工作。

科技档案具有完整性，是它的准确性和系统性的前提，没有科技档案的完整性，就谈不上科技档案的准确性和系统性。

（二）科技档案必须准确

科技档案具有凭证作用和依据作用。它不仅可以作为历史查考的凭证，还可以作为现实使用的依据，这就要求科技档案必须准确。

维护科技档案的准确，就是要保证科技档案同它所反映的科技对象相一致，保证科技档案能如实地记录和反映科技活动的客观实际，确保科技档案的质量和真实性。

准确性是对科技档案的一个普遍性的要求。但是，对于产品档案、设备档案和基本建设档案，准确性的要求尤为突出，这是因为这几种科技档案具有实物对象，且失真、失准问题比较普遍。

科技档案失去了准确性，其依据和凭证作用就失去了客观的基础，也就失去了保存和管理科技档案的意义。把这样的科技档案提供出来使用，常常会造成危害，给企、事业单位带来重大损失。

维护科技档案的准确性，必须从加强管理入手，具体如下：①建立和健全科技档案的更改、补充制度，严格控制科技档案的更改、补充和流通；②健全科技档案收集工作，保证科技档案的质量；③严格执行国家和有关部门制定的竣工图制度，对竣工图的编制和质量实行必要的监督；④参与相关科技项目的鉴定验收活动。

（三）科技档案必须系统、安全

维护科技档案的系统，就是要保持科技档案材料之间的有机联系，不能割裂分散，杂乱无章，要实现库藏科技档案整体的科学分类和系统排列。为此，要进行科技档案的科学整理和分类工作，从库藏科技档案整体到每套科技档案材料和每一个保管单位，实现系统化和有序化。

维护科技档案的安全，就是要保护科技档案机密，并注意改善保管条件，保护科技档案的载体和线条、字迹不受损坏，延长科技档案的自然寿命。为确保科技档案的安全，应加强科技档案保管工作，建立和健全科技档案的保密制度、保管制度和检查制度，提供必要的库房、设备和装具条件，采取相应的防护措施。

三、实现科技档案的有效利用

实现科技档案的有效利用，是科技档案管理工作的根本目的。我们建立科技档案工作，发展科技档案事业，花费相当的人力、物力、财力来管理科技档案，其根本目的在于充分发挥科技档案的作用，为国家的现代化建设事业，为企、事业单位的各项工作服务。

对于科技档案室或科技专业档案馆来说，科技档案是否实现有效的利用，是衡量和检验这个单位科技档案工作水平和科技档案工作发挥作用情况的重要尺度。

为了实现科技档案的有效利用，除应做好科技档案管理的各项基础工作外，还应着重做好科技档案的开发利用工作，编制各种科学、适用的检索工具和参考资料，采取各种有效的方式，积极、主动地提供科技档案为各项工作服务。

综上所述，科技档案工作的管理原则，规定了我国科技档案必须实行集中统一管理的基本制度，规定了我国科技档案管理的基本要求和根本目的。科技档案工作管理原则的上述三个方面的内容，是以集中统一管理为核心互相密切联系的整体。只有实行集中统一管理，才有利于维护科技档案的完整、准确、系统、安全，才便于实现科技档案的有效利用。

第三节　科技档案工作管理体制

我国科技档案工作管理体制如下：在国家档案局的统一掌管下，按专业实行统一管理，中央和地方各级专业主管机关对所属系统科技档案工作实行直接领导和业务指导；各级档案业务管理机关对所辖地区各单位的科技档案工作实行指导、监督和检查。

一、国家档案局负责掌管全国的档案事务

《中华人民共和国档案法》规定：“国家档案行政管理部门主管全国档案事业，对全国的档案事业实行统筹规划，组织协调，统一制度，监督和指导。”

国家档案局是我国档案事业的最高管理机关，它负责掌管全国的档案事务，其中包括科技档案事务。1955 年 11 月 19 日经国务院常务会议批准的《国家档案局组织简则》，授权“国家档案局在国务院直接领导下，掌管国家档案事务”。它在集中统一管理国家档案工作的原则下，负责规划、指导和监督国家各级、各专业档案工作的建设。也就是说，国家档案局是统一掌管国家档案事业的“国家档案行政管理部门”，它依照法律和法令处理我国档案事业的一切重要问题。

因此，全国的科技档案事业也是由国家档案局统一掌管的。《科学技术档案工作条例》明确规定："国家档案局……应当加强对科学技术档案工作的指导、监督和检查。"

这是我国科技档案工作管理体制的一个重要方面。

二、科技档案工作按专业实行统一管理

科技档案是各专业科技、生产活动的记录和产物。科技档案和科技档案工作的特点之一，是专业技术性强，它是在工业、农业、交通、科研、国防、建筑、水利、电力、地质、煤炭、石油、天文、气象、测绘、地震等各个专业的科技、生产活动中形成的，记录各专业活动的技术内容，反映各专业活动的技术过程和技术成果，并且首先为各专业的科技活动和科技管理服务。因此，科技档案工作必须根据这一特点，按专业实行统一管理，要在贯彻国家统一原则和统一制度的前提下，按专业系统，由中央和地方各级专业主管机关进行直接领导和业务指导。

1960 年，国务院在批准《技术档案室工作暂行通则》的通知中提出，各专业主管机关要加强对本专业系统科技档案工作的领导。

1964 年，中共中央和国务院批转国家档案局《关于进一步加强技术档案工作的报告》中，强调科技档案工作必须实行按专业统一管理的制度，明确规定中央各专业主管机关应设立直属的档案局（处），加强对所属系统科技档案工作的领导。省、自治区、直辖市乃至专区、县等各级专业主管部门，也应该设置适当的机构或配备干部，对所属企、事业单位的科技档案工作进行领导和指导。

1980 年发布的《科学技术档案工作条例》再次明确规定："科学技术档案工作必须按专业实行统一管理，国务院所属的各专业主管机关和省、自治区、直辖市人民政府所属的各专业主管机关，应当建立相应的档案机构，加强对所属企业、事业单位科学技术档案工作的领导。"

中央和地方各级专业主管机关，对所属系统企、事业单位的科技档案工作实行领导和业务指导的主要工作内容包括：科技档案机构设置，干部配备和培训，科技档案工作的经费开支和设备添置；规划和筹建科技专业档案馆；制定和编制本专业系统科技档案管理制度、保管期限表和分类大纲；研究和制定科技档案的规范化或标准化方案；研究和推进科技档案的现代化管理；召开本专业系统科技档案工作会议；组织科技档案工作协作交流和学术研究；领导和组

织科技档案的评比检查活动、企业档案管理升级活动；对有关单位的工作进行具体的检查和业务指导；等等。

为加强和健全专业领导的管理体制，各专业主管机关的上级综合管理部门，也应该加强对各有关专业系统科技档案工作的领导和指导。这样就形成了中央和地方各级综合管理部门及各级专业主管机关的科技档案工作领导指导系统，有利于推动科技档案工作的健康发展。

在经济体制改革中，专业主管机关实行权力下放，有些主管机关的直属企、事业单位权力已全部下放。在这种新形势下，各有关的专业主管机关应进一步加强宏观指导和政策性指导，以利科技档案工作的发展。

三、地方各级档案业务管理机关实行指导、监督和检查

《中华人民共和国档案法》规定："县级以上地方各级人民政府的档案行政管理部门主管本行政区域内的档案事业，并对本行政区域内机关、团体、企业事业单位和其他组织的档案工作实行监督和指导。"省（自治区、直辖市）、市、县的各级档案业务管理机关，对所辖地区范围内各企、事业单位的科技档案工作，进行指导、监督和检查。

目前，在经济体制改革中，中央专业主管机关简政放权，更突出了地方特别是中心城市档案业务管理机关监督、指导的职责。

综上所述，我国科技档案工作的管理体制：在国家档案行政管理部门统一掌管下，以专业主管机关为主的"条、块"结合的领导、指导体制。这是根据科技档案和科技档案工作的特点，根据我国的具体情况建立的一种科学的行之有效的管理体制。

第四节　科技档案工作的性质

科技档案工作的性质，是由科技档案工作的任务及科技档案工作自身的作用和特点决定的。研究和掌握科技档案工作的性质，是为了正确认识科技档案工作的地位、作用，正确认识和处理科技档案工作同其他有关工作的关系，从而了解和把握科技档案工作的正确的工作方向、工作方法，自觉地履行科技档案工作的基本职责，更好地完成科技档案工作的基本任务。

研究和揭示科技档案工作的性质，是一个主观对客观事物属性的认识过程，既受到科技档案工作这一客观事物实际发展状况的影响，又受到人们主观认识水平及外界形势的制约。根据目前的认识，科技档案工作是一项专业性的、科技管理基础性的和条件性的工作。

一、科技档案工作是一项专业性工作

科技档案工作作为一种社会现象，有它自身发生、发展的客观过程和客观规律。科技档案工作的专业化，是科技档案和科技活动发展的必然结果，是科技档案工作发展和成熟的标志。

科技档案工作原本不是一项独立的工作，它们都是同科技、生产活动融为一体的。科技、生产活动形成了它的伴生物——科技文件材料，科技文件材料由它的形成者收存和使用。随着科技、生产活动的发展，以及科技、生产活动伴生物——科技文件材料的不断增加，实现了科技文件材料同它的形成者的分离，于是一项专业性的工作产生了，这就是以管理科技档案为内容的科技档案工作。

科技档案工作的专业性表现在以下几个方面：

（一）科技档案工作有自己独立的专业性的工作对象

对于一项工作来说，有没有自己独立的、特有的工作对象，是判断这项工作是不是一项专业性工作的重要标志之一。正如作为专业性工作的图书馆工作以图书为自己独立的工作对象，情报工作以情报信息为自己独立的工作对象一样，科技档案工作以科技档案作为自己特有的和独立的工作对象。

科技档案作为科技档案工作的物质对象，它产生于科技、生产活动当中，是科技、生产活动的记录和产物，是机械设计和制造活动的记录和产物，是建筑设计和施工活动的记录和产物，是水文、气象、天文、地震观测活动和地质勘探、地形测量活动的记录和产物，等等。一句话，科技档案是专业技术活动的记录和产物，因而具有专业技术的内容。科技档案的这一特点，决定了科技档案工作具有一定的专业技术性特点。

（二）科技档案工作有自己特定的工作内容、方法和完整的专业体系

科技档案工作，作为一项专业性的工作，已经形成了一套完整、系统、彼此紧密衔接的工作内容和工作方法，有一套特定的工作程序，这就是从检查和

协助科技文件材料的形成、积累、整理、归档到科技档案的收集、整理、鉴定、保管、统计和开发利用工作。这使科技档案工作同其他有关工作明显地区别开来。

特别是，科技档案工作已经形成了由科技档案室工作、科技专业档案馆工作、科技档案业务指导工作和教育研究工作组成的完整的专业体系。这表明，科技档案工作不是一个个零散的个体，而是一个国家规模的专业工作体系，具有自己的各级专业工作机构、专业指导体制、专业干部队伍，以及专门的科研教育机构。

（三）科技档案工作有自己的学科理论和专业知识体系

科技档案工作的专业理论，来源于具体的科技档案工作实际，它把各个专业的科技档案工作的丰富的实践内容集中起来，进行概括，归纳其科学的方法，探索其一般的规律，上升为理论，形成科技档案工作的基本原理和基本方法，建立科技档案工作的专业理论知识体系，再回到工作实践中去，用以指导科技档案工作实践。这表明，科技档案工作实践，不是盲目的实践，而是在专业理论指导下的专业性科学实践。

二、科技档案工作是科技管理的基础性工作

在企、事业单位的整个管理工作中，科技档案工作是一项基础性的管理工作。企、事业单位的各项管理工作，可以划分为两种类型或两种性质。

一种是企、事业单位的职能性管理工作，如计划管理、生产管理、技术管理、质量管理、设备管理、基建管理等，职能管理在企、事业管理中发挥计划、组织、指挥、控制、协调等职能作用；另一种是企、事业单位的基础性管理工作，它为各项职能管理提供资料依据、共同准则、基本手段和前提条件。

其中，基础性管理工作主要如下：

（一）信息管理工作

信息管理工作包括企、事业单位的自生信息和收集来的各种信息的管理工作。这项工作所提供的信息资料，是企、事业单位进行经营决策、制订各种定额、编制各种计划及进行各项职能管理的基础和依据。

（二）定额管理工作

定额管理工作包括劳动定额、物资定额、资金定额、设计定额等技术经济定额及其管理工作。

（三）计量管理工作

计量管理工作包括计量检定、测试、化验分析等计量技术和计量管理工作。它是控制各项消耗、保证产品质量、实现安全生产的基础。

（四）标准化管理工作

标准化管理工作包括技术标准和管理标准的制定、执行和管理工作。

（五）规章制度的制定和贯彻执行及基础教育工作

现在让我们来分析科技档案工作同企、事业单位的各种职能性管理和基础性管理的关系，从而弄清楚科技档案工作的作用和性质。

第一，科技档案工作是为企、事业单位各种职能性管理工作提供资料依据和前提条件的。以设备管理为例，设备仪器是科技、生产活动的重要手段。现代化技术装备的科学管理，除必须搞好职工培训，制定科学的管理制度外，还应建立健全设备档案及其管理工作，这是实现设备仪器科学管理的重要基础。设备档案管理得好，每台设备都有完整、准确的设备档案，使设备仪器管理、维修有准确、可靠的依据，从而实现设备仪器的科学管理，使设备仪器经常处于良好状态。这说明科技档案工作是为设备管理提供依据和条件的，是设备管理的基础工作。同样道理，科技档案工作也是技术管理、质量管理、基建管理等各项职能性管理工作的基础。

第二，科技档案工作是信息工作的重要组成部分。信息管理是企、事业单位的基础性管理工作，它包括科技档案管理，科技情报管理，科技图书、资料管理，以及各种统计材料、市场调查和预测材料的管理，等等。科技档案信息是企、事业单位的重要信息资源，科技档案工作是企、事业单位信息管理工作的重要组成部分，是企、事业单位基础性管理工作的重要内容之一。

第三，科技档案工作为企、事业单位的基础性管理工作提供依据和条件。科技档案工作不仅是企、事业单位职能性管理工作的基础，还为企、事业单位的基础性管理工作提供了资料依据和前提条件。例如，定额管理，一方面离不开科技档案为它提供依据和原始数据，另一方面它本身也要形成定额档案。定额档案管理得好不好，是否完整、准确、系统，又会影响定额管理的质量和水平。其他如计量管理、标准化管理等，也是如此。

综合以上几点，可以说明，科技档案工作是企、事业单位科技管理的基础性工作。

三、科技档案工作是一项条件性工作

如前所述，科技档案工作是一项科技管理的基础性工作。但是，同其他科技管理的基础性工作相比较，科技档案工作有它本身的特殊性，即它是一项条件性的科技管理基础工作，是一项科技保障性的工作，这就是科技档案工作的条件性。

科技档案工作，同其科技管理性工作的不同点在于：它是通过对科技文件材料形成、积累、择档和更改、补充的监督，通过对科技档案的管理和提供利用，来参与科技管理工作并为其他各项科技工作和科技管理工作服务，这就决定了它是一项条件性的科技管理工作，是一项条件性的科技管理基础工作。

首先，科技档案工作是一项为科技、生产活动创造条件、提供条件的工作。科技档案是发展生产力的一种科技资源，它被利用到科技、生产活动，就会促进科技、生产活动的发展。现代化的大生产和各项科技活动离不开科技档案这个条件。因此，科技档案工作，是为科技、生产活动创造条件和提供条件。在工矿企业和设计、科技研究等单位，它通过对科技档案的管理和提供利用，为产品生产、工程施工和设计、科研等活动创造条件和提供咨询服务，使科技档案工作同生产实践和设计、科研实践活动紧密联系，为生产、建设和科研、设计等项工作的发展做出自己的贡献。

其次，科技档案工作为实现企、事业的科学管理提供条件和创造条件。企、事业单位管理的科学化，是企、事业单位科技、生产活动得以正常进行的保证。而企、事业单位的管理越是科学化、越是严密，就越是不能离开科技档案和科技档案工作。当今的企、事业管理工作，已从单纯凭借管理者个人的经验进行的所谓“传统管理”，进入科学管理和现代管理阶段。科学管理要靠科学、凭数据说话，以准确可靠的数据和各种有关的信息为依据进行管理。依靠数据和信息，就离不开科技档案。因此，科技档案是实现企、事业科学管理的重要的、不可缺少的条件。科技档案工作的一项重要任务，就是为科学管理提供条件、提供依据。

最后，科技档案工作作为一项条件性的工作，要求科技档案干部必须树立明确的服务思想，为科技、生产服务，为科学管理服务。这项工作做得好坏，是衡量科技档案工作质量和水平的重要标志之一。

第五节　科技档案工作机构

科技档案工作机构是从事科技档案工作的具体部门，它的设置由科技档案的宏观管理和微观管理的工作任务决定。我国社会主义国家规模的科技档案事业是个大系统，它的具体工作机构包括五个系统，这五个系统的紧密衔接和密切协作，实现了我国整个科技档案事业大系统的协调发展。

科技档案的五个机构系统如下：

一是科技档案工作业务指导机构系统。构成这个系统的是国家档案局及省（自治区、直辖市）、市、县档案局。

二是专业主管机关科技档案工作机构系统。构成这个系统的是国务院各部（委、局）的档案处，以及各省（自治区，直辖市）、市、县专业厅和局的档案科（室）。

三是基层科技档案工作机构系统。构成这个系统的是基层企、事业单位的科技档案部门。

四是科技专业档案馆系统。它包括各级、各专业的科技专业档案馆和城市建设档案馆。

五是科技档案教育和研究机构系统。由国家的和各专业、各地方的不同层次的科技档案教育单位和科学研究单位组成。

本节只着重对基层科技档案机构和科技专业档案馆做简要叙述。

一、基层科技档案工作机构

（一）基层科技档案工作机构的地位

（1）基层科技档案机构是从事科技档案微观管理工作的具体部门，是一个企、事业单位内部科技档案的总汇集地，由它对本单位各机构在科技、生产活动中形成的科技档案，实行集中统一管理。

（2）基层科技档案机构是企、事业单位科技管理系统的组成部分。在工矿企业或科研、设计及各种自然观测和勘测单位，科技档案工作机构是它的技术管理、科研管理、设计管理或其他科技管理机构体系的一个环节，它从科技档案和科技档案管理的角度，参与有关的科技管理工作，行使相应的科技管理职能。

（3）基层科技档案机构，特别是大、中型企、事业单位的科技档案机构，是各职能科（处）室的平行机构。科技档案机构，其工作涉及面较广，在一个企、事业单位内部，它与各个业务技术机构发生工作关系，接收它们形成的科技档案，提供科技档案为它们的工作创造条件，并且对它们形成、积累、整理、归档科技文件材料的工作进行协助和指导。因此，在一般情况下，特别是在大、中型企、事业单位，科技档案机构应同其他职能机构平行设置。把科技档案机构放在任何一个职能机构下面，都不便于科技档案工作的全面开展，不利于企、事业单位的整个科技生产活动和科技管理活动。

（4）基层科技档案机构是国家科技档案事业整个组织系统的基础，是国家整个科技档案事业的立脚点。基层科技档案机构直接同企、事业单位的生产和工作相联系，并且首先由它们把国家的重要科技财富——科技档案集中统一地管理起来。只有把基层科技档案机构建立和健全起来，把它的工作做好，国家整个的科技档案事业才有较好的组织基础和工作基础，科技专业档案馆才能不断得到科技档案的补充，国家全部科技档案的完整积累和妥善管理才能实现，国家整个科技档案事业才能不断得到发展和提高。

（二）基层科技档案工作机构的形式和设置

《科学技术档案工作条例》规定：“大中型企业、事业单位要设立直属的科技档案机构；小型企业、事业单位可以设立单独的科技档案室，也可以设立文书档案和科技档案统一管理的档案室，或者配备专（兼）职人员管理。”

科技档案机构的设置，应适应国民经济发展和经济体制改革、科技体制改革的需要，并不断得到加强。目前，我国各单位科技档案机构的组织情况，基本上有四种类型。

第一种类型，是科技档案同文书档案以及其他各种档案统一管理的档案工作机构。这种类型的档案机构有如下两种情况：

（1）统一的档案科（处）。这种形式的档案工作机构，大多是在大中型企、事业单位建立的。它具有双重职能：一是档案室的职能，负责管理整个单位集中保管的科技档案、文书档案和其他专门档案，如会计档案、经营档案、人事档案等，实行各种档案的一体化管理；二是业务指导的职能，负责对本单位各部门及下属各单位如二级厂、矿档案工作的业务指导。

（2）统一的档案室，又称联合档案室或综合档案室。统一档案室管理档案的范围不尽相同，有的只负责管理文书档案和科技档案，有的还集中管理人事档案、会计档案、经营档案等，实行各种档案的一体化管理。不论管理范围

大小，在统一档案室内，科技档案和文书档案等都是实行分别管理。

上述统一的档案处、科、室，实际上是一个企业或事业单位的档案信息中心，应在主管厂长（或经理、院长、所长等）的直接领导下，作为企、事业单位整个管理系统的一个子系统，承担企、事业全部档案信息资源的储存、管理和开发利用工作，发挥统一管理档案和对内、对外组织档案信息流通的作用。

第二种类型，是单独的科技档案机构——科技档案科或科技档案室。它是专门负责管理科技档案的部门。单独的科技档案机构，因机构设置和管理形式的不同，有以下两种形式：

（1）一级集中管理的机构设置。这是一种大集中的管理形式和机构设置，一个企、事业单位只设立一个单独的科技档案科（室），集中统一地管理本单位的全部科技档案。例如，在工矿企业，就把产品档案、工艺档案、设备档案、基建档案、科研档案等，全部集中起来，实行一级集中管理。这样的机构是企、事业单位的科技档案信息中心。

（2）分级集中管理的机构设置。这种管理形式和机构设置，是在企、事业单位内部，除设立科技档案的中心管理机构——科技档案科（室）外，还在下属单位和有关的业务机构设立科技档案的分支机构——科技档案分室，对科技档案实行分级管理，分级设置机构。

实行分级集中管理形式和机构设置，其科技档案的中心机构同各分支机构，应有明确的分工和各自的职责范围。中心机构的主要任务：负责管理全程性的重要的科技档案，制定科技档案工作的规章制度；统一办理对外联系和供应工作；对分支机构的科技档案管理进行指导、监督和检查；负责组织科技档案业务学习和经验交流。科技档案分支机构的职责：在科技档案实行集中统一管理原则的指导下，定期保管和管理本部门或本单位常用的科技档案或科技档案副本；检查和协助本部门或本单位科技人员做好科技文件材料的形成、积累、整理和归档工作；接受科技档案中心机构的监督、检查和指导。

在某些适于实行分级集中管理形式和机构设置的单位，如某些大型厂矿或联合企业，可以以科技档案的中心机构为核心，从纵向和横向两个方面形成本单位的科技档案信息管理网络。纵向方面，包括下属二级单位、三级单位，以及车间、班组；横向方面，包括技术部门、设备管理部门、基建管理部门等。这些纵向单位和横向部门，根据需要和实际情况，可以设立科技档案分室，也可以设人专管或兼管。这样，以科技档案的中心机构为核心，就可以形成本单位的有纵向和横向联系的、有分工有协作的科技档案信息网络和科技档案管理体系。

第三种类型，是科技档案同文书档案、各种专门档案、科技资料、科技情报、科技图书等统一管理的机构。这是一种开放型的信息一体化的管理形式和机构设置，是企、事业单位内部统一的信息（或科技信息）管理中心。

在这个信息管理一体化的统一机构内部，一方面实行科技档案同其他信息载体的分别管理，另一方面进行各种有关信息的联合开发，如编制联合目录和索引、文摘、图集等，内外沟通，相互补充，形成一个统一的开放型的信息（或科技信息）联合体。

第四种类型，是企、事业档案馆。随着我国社会主义建设事业的发展，一些大中型企、事业单位，已经形成和积累了大量的科技档案和其他各种档案，如文书档案、人事档案、会计档案等。为了加强对这些档案的科学管理和有效的开发利用，某些单位已建立或正在筹备建立本单位的以科技档案为主体的综合性档案馆。这种档案馆是保存和管理本单位包括科技档案在内的各种档案材料的基地。

上述几种科技档案机构的类型和管理形式，各具特点。在选择和确定一个单位科技档案的机构设置和组织管理形式时，主要考虑的原则应该如下：科技档案要实行集中统一管理，要便于开展工作和有效地开发利用档案资源。在这一原则指导下，可以考虑以下几个方面的因素：企、事业单位的大小；住地的分散与集中；科技档案的数量、保密程度和利用的频繁度等。

（三）基层科技档案工作机构的职责和领导关系

1. 基层科技档案机构的工作职责

基层科技档案机构的工作职责是承担科技档案的具体管理和开发利用工作；同时，由于基层企、事业单位就是科技档案的直接形成单位，因此围绕着科技文件材料的形成和运转，基层科技档案部门还要承担其他一些有关的工作，其具体的职责任务包括以下几个方面：

（1）制定和参与制定科技档案的规章制度和有关的科技管理制度。例如，制定科技文件材料的形成、积累、整理、归档制度，科技图样的更改、补充制度，科技档案的借阅、复制制度等；参与制定本单位的设计管理制度、科研管理制度、设备管理制度及其他有关的科技管理制度等，从科技文件材料形成、积累、整理、归档的角度，从科技档案管理的角度，对这些制度的制定提出相应的要求。

（2）参与科研成果、产品试制、基建工程、设备开箱和其他技术项目的鉴定、验收活动，对应当归档的科技文件材料加以验收和评定。

（3）协助、检查科技人员做好科技文件材料的形成、积累、整理和归档工作。

（4）为车间生产准备工作提供和复制有关的图纸和科技文件；进行工程设计或产品设计的底图配套复制工作。

（5）做好科技档案的收集、管理和利用工作。

（6）有下属单位和科技档案分支机构的，要承担科技档案业务指导和监督、检查的任务。

（7）负责科技档案进馆和转移移交工作。

（8）承担科技资料管理工作。在档案、资料科学区分的基础上，实行科技档案和科技资料的一体化管理。

2. 基层科技档案机构的领导关系

基层科技档案机构的领导关系是由科技档案工作和科技档案机构的性质决定的。科技档案工作是一项科技管理的基础性工作，科技档案机构是企、事业单位内科技管理体系的组成部分，而在基层企、事业单位，其科技管理工作是由分工科技生产工作的负责人或总工程师领导的。因此，基层科技档案机构应该纳入科技生产管理系统，由生产技术负责人或总工程师直接领导。

二、科技专业档案馆

科技专业档案馆是专业档案馆的一种。专业档案馆是按专业系统建立的，如军事档案馆、外交档案馆等。科技专业档案馆则是各工业、交通、科学技术、城市建设等专业系统建立的以科技档案为主体的专业档案馆。

科技专业档案馆是保管本专业具有长远保存价值的重要的科技档案的机构。这里是具有长远保存价值的重要科技档案的最终归宿。

科技专业档案馆是科学技术事业单位，是专业性的科技档案资源的储备中心、咨询中心和交流中心。

在工业、交通、科技等各专业系统，有关单位需要进馆的文书档案和其他专门档案，从档案形成规律以及便于实现科学管理和有效利用出发，也应向科技专业档案馆移交。因此，科技专业档案馆实际上是按专业系统建立的一种综合性档案馆。

（一）建立科技专业档案馆的意义

建立科技专业档案馆的目的，是为具有长远保存价值的重要科技档案提供更加可靠的保管条件，为国家长远地积累和珍藏这一部分科技档案资源，并在更大的范围内组织交流使用，充分发挥科技档案的作用。

1. 建立科技专业档案馆，有利于珍藏和积累科技档案资源，更好地保护科技档案

科技档案具有数量大的特点。数量庞大的科技档案需要占用较多的库房面积和设备装具，特别是具有长期和永久保存价值的科技档案，还需要有较好的保管条件。而科技专业档案馆一般有较好的保管和管理条件，将具有长远利用价值的重要的科技档案交由科技专业档案馆进行保管，更有利于保护科技档案，为国家长远地积累和管好这一部分重要的科技文化财富。

2. 建立科技专业档案馆，有利于在更大范围内发挥科技档案的作用

科技档案的作用范围不只限于它的形成单位。为了充分发挥科技档案的作用，便于在更广大的范围内交流使用，为了便于对专业技术进行宏观性和历史性的学术研究，应该把该专业系统重要的科技档案集中起来，由一个专门的机构进行管理和组织利用，这个机构就是科技专业档案馆。

3. 建立科技专业档案馆，有利于形成国家规模的科技专业档案馆网络系统

科技专业档案馆网络系统，是国家整个档案馆系统的一个子系统。科技专业档案馆网络系统的组成，对建立和完善国家整个档案馆系统具有重要意义。为了尽快和科学合理地形成和建立科技专业档案馆网络系统，必须先规划和组建各专业的和各级的科技专业档案馆，这是形成和建立国家规模的科技专业档案馆网络系统的基础。

科技专业档案馆作为一个专业系统的科技档案的储存中心和管理中心，应该由该专业的主管机关直接领导，是专业主管机关的直属科技事业单位。

（二）科技专业档案馆的设置

科技专业档案馆的建立和组织，是科技档案事业建设的一个重大课题，应进行统筹规划、合理布局，以便形成国家的科技专业档案馆网体系。目前，我国已经建立和正在筹备建立的科技专业档案馆有以下几种形式：

1. 中央级的科技专业档案馆

这是由国务院所属的工业、交通、科学技术等专业主管机关筹建或建立的专业档案馆，负责接收和管理主管机关自身形成和直属企、事业单位形成的重要的、需要长远保存的科技档案，如铁道档案馆、兵器档案馆、冶金档案馆、地质档案馆、气象档案馆、海洋档案馆、机械档案馆、航空和航天档案馆等。中央级科技专业档案馆实际上是国家专业档案馆。

2. 省级科技专业档案馆

我们国家是个大国，地域辽阔。在如此辽阔的疆域内，如果一个专业系统

只建立一个中央级专业档案馆，显然不便于科技档案的有效利用。因此，还应该根据各专业的具体情况，设立省（自治区、直辖市）级科技专业档案馆。这样就形成了国家二级科技专业档案馆，它是国家科技专业档案馆网的重要组成部分。目前，有的专业系统已经建立或正在筹建省级科技专业档案馆，如省（自治区、直辖市）地质档案馆、省（自治区、直辖市）气象档案馆等。

3. 市、县科技档案馆

省辖市或一般市、县的科技档案馆设置，目前有两种设想。一种是不设立科技专业档案馆，各有关企、事业单位的科技档案，凡需要进馆的，一律进市、县档案馆，把市、县档案馆建设成为文书档案、科技档案及其档案合一的综合性地方档案馆。另一种是建立市、县级综合的或专业的科技信息中心。所谓综合性的科技信息中心，是包括本地区各专业的科技档案、科技图书资料及科技情报的一体化的科技信息机构。所谓专业性的科技信息中心，是指建立本地区的专业性的包括科技档案、科技图书资料、科技情报的一体化科技信息机构，如农业科技信息中心等。

4. 流域档案馆

这是水利水电部门按大江大河的流域水系组建的科技专业档案馆。中华人民共和国成立以来，为了开发水利资源，治理大江大河，在长江、黄河、淮河等大江大河，按流域建立专门机构，如长江流域规划办公室、黄河水利委员会、淮河水利委员会等。沿流域建设了大批水利、水电工程，形成了大量的、系统的、非常珍贵的水利、水文勘察和观测档案，流域规划档案，工程设计档案，基本建设档案，科学研究档案，等等。

这些科技档案的突出特点是整体性强、系统性强，它们都是围绕着一条江、一条河的规划、开发、治理活动形成的，都是为整个流域的开发、治理服务的。对整个流域来说，它们是互相联系、不可分割的整体。同时，作为一个流域，如长江流域、黄河流域，它们跨省、跨县，突破了行政区划的界限。因此，对这些科技档案应根据其形成规律和特点，设立流域档案馆，负责集中管理本流域在开发治理过程中形成的需要长久保存的档案。1983 年 3 月，我国流域性科技专业档案馆——黄河档案馆已经基本建成。

5. 城市建设档案馆

国家规定，大、中城市应建立城市基本建设档案馆，收集和保管本城市应当长期和永久保存的基本建设档案。

城市基本建设档案是指在城市范围内，在同城市规划、建设、管理有关的活动中形成的科技档案，它是城市自然面貌和城市建筑物、构筑物、地上和地下管线等各项建设的真实记录，是进行城市规划、建设、管理、维护、恢复等工作的重要条件。

现代化城市是一个有机的、综合性的大系统，它的特点之一是综合性和整体性强。所谓综合性强，是指在现代化城市里，工业、交通、文化、教育、商业、通信、机关、服务等各行业、各系统综合存在，紧密联系，互相依存；所谓整体性强，是指在城市范围内，空中、地面、地下构成一个有机整体。因此，对现代化城市，必须以城市为单位建立档案馆，以城市基本建设档案的集中管理，来适应城市建设和城市管理的综合性、整体性要求，从而实现现代化城市的科学管理和正常运行。

城市建设档案馆同一般科技专业档案馆相比较，有它本身的特点：

第一，城市建设档案馆是以城市为单位设置的，凡一个城市的各有关单位应该进馆的基本建设档案，都应按规定向城市建设档案馆移交。

第二，城市建设档案馆只接收同城市建设有关的基本建设档案，它是有关城市建设的专门性科技档案馆。

第三，城市建设档案馆是市政府直属的科技事业单位。

思考题

（1）简述科技档案事业的基本构成。

（2）我国科技档案工作的管理原则是什么？

（3）简述科技档案为什么要实行集中统一管理，其具体要求和内容是什么？

（4）我国科技档案工作管理体制是什么？

（5）简述科技档案工作的性质。

（6）简析基层科技档案工作机构的地位。

第十一章　监督、管理科技文件材料工作

第一节　对科技文件材料形成、积累的监督、管理工作

一、形成、积累科技文件材料，是科技、生产活动的客观需要，是科技人员的本职工作

科技文件材料是一个综合性概念，它泛指一切科技文字材料、科技图样材料、科技表格材料，以及在不同载体上用其他各种技术处理方式形成的科技文件，如科技录音材料、科技录像材料等。简单来说，科技文件材料是一切科技、生产活动及其成果的记录。

科技文件材料是为科技、生产活动的客观需要而有目的地编制和形成的。人们在认识自然、改造自然的丰富、生动的实践活动中，总是有计划地逐项地进行着有关的科技、生产活动，如进行某项有特定内容和目的的课题研究，进行具有某种使用功能的工程或产品的设计，进行某种自然现象的系统观测，等等。在这些具有特定内容的科技、生产活动中，为了达到预期的目的，或使整个活动能够顺利进行，客观地需要形成和编制相关内容的科技文件材料。这些科技文件材料自然地记录下该项科技、生产活动的过程和结果。它们不是科技、生产活动的“身外之物”，而是科技、生产活动的自身内容，即科技、生产活

动本身就包含着形成和编制相应的科技文件材料的内容。例如，进行产品或工程设计活动，设计工作和编制设计文件材料，两者是不能分割的；同样，进行科技课题研究，不形成试验研究的记录材料，不编制课题成果报告，也是不可想象的；而气象、水文等自然观测活动和地质勘探活动，其观测和勘探活动同形成相应的文件材料几乎是同步进行的。

因此，科技文件材料是为了科技、生产活动而有目的、有计划地编制和形成的，编制和形成相关的科技、文件材料是科技、生产活动本身的自然需要，是科技人员分内的工作任务。

二、监督、管理科技文件材料的形成、积累，是基层科技档案部门的一项任务

《科学技术档案工作条例》规定，科技档案部门“有责任检查和协助科技人员做好科技文件材料的形成、积累、整理和归档的工作”。基层科技档案部门对做好科技文件材料形成、积累等有关工作，担负检查和协助的任务，这是由科技文件材料同科技档案的关系，以及基层科技档案部门同科技、生产活动的关系决定的。

（一）科技档案是由科技文件材料转化来的，科技文件材料的状况对科技档案的质量有重要影响

从科技文件材料同科技档案的关系来看，科技文件材料是科技档案的前身，科技档案是科技文件材料的归档转化形态。科技文件材料形成和处理完毕，经过归档就转化为科技档案。

从科技档案的质量来说，科技档案的完整、准确和系统状况，基本上是由它的前身科技文件材料确定下来的。科技文件材料的完整、准确、系统，是科技档案完整、准确、系统的基础。

维护科技档案的完整、准确、系统，是对科技档案管理工作的基本要求。从科技档案运转的全过程来考察，科技档案的质量状况受两个因素的影响：一个是“先天因素”，一个是“后天因素”。所谓“先天因素”，就是移交给科技档案部门之前，处于科技文件材料阶段的各种因素。科技档案的“先天因素”良好与否，即科技文件材料形成、积累得是否完整、准确，整理得是否系统、科学，对科技档案的“后天”发展阶段，具有十分重要的影响。

科技档案一般不是由科技档案部门产生的，它是由科技、生产部门和科技、生产人员那里接收来的，从归档时起，科技档案的实际状况如何，已经成为“既

成事实”，如果应该形成的材料没有形成，应该积累的材料没有积累，或已经形成、积累的材料不合要求，再想改变或补救是比较困难的，有些甚至无法补救。

因此，科技档案部门，特别是基层企、事业单位的科技档案部门，必须十分重视科技文件材料的形成、积累工作，了解和掌握科技文件材料的形成和运动规律，检查和协助科技部门和科技人员做好科技文件材料的形成、积累、整理和归档的工作，以保证归档材料的质量。

（二）基层科技档案部门是科技管理性部门，同科技、生产活动和科技文件材料关系密切

在基层企业或事业单位，科技档案部门是一个科技管理性部门，它参与科技管理活动是围绕着科技文件材料和科技档案的管理进行的。离开了对科技文件材料和科技档案的监督、管理，科技档案部门参与科技管理就失去了客观基础和它应有的意义。

由于基层企、事业单位的专业性质、生产类型、机构设置、任务分工、人员条件等的不同，基层科技档案部门参与科技文件材料监督、管理工作的内容、深度也不尽一致。有的全面承担科技文件材料的管理工作，有的部分承担科技文件材料的管理工作，有的则只是承担检查、协助科技文件材料的形成、积累、整理、归档工作。

三、监督、管理科技文件材料形成、积累的具体方法和措施

（一）科技、生产程序和有关规则、标准，是检查、协助科技文件材料形成、积累的基本依据

任何专业或任何类型的科技、生产活动，都不是随意进行的，而是按照一定的工作程序和技术规则有规律、有秩序地进行的。科技文件材料是科技、生产活动的记录和伴生物，它真实地记载着科技、生产活动的过程和成果。因此，科技文件材料不是随意形成的，而是在科技、生产活动中，遵循该专业特定的工作程序和有关的技术规则，有秩序地、有规律地逐步形成的。

科技文件材料不仅是遵循科技、生产活动的特定工作程序形成的，还是以标准化或规范化的语言、符号、线条、图形等来表述相关的科技内容的。科技生产活动的工作对象和活动内容十分丰富和复杂。为了准确地、科学地记述和反映大千世界的各种科技现象和有关的科技活动内容，在长期的科技、生产活动实践中，人们创造了和规定了各种专业性的和标准性的线条、符号、名词、

术语及各种技术规则，用来记录科技现象、表达科技思想、反映科技内容。科技文件材料正是以这种标准化或规范化了的线条、符号、名词、术语形成和编写的。因此，科技文件材料不仅以自己特有的科技内容同其他文件相区别，还具有自己特有的技术表达形式。

上述事实说明，科技、生产程序和有关的技术规则、标准，是任何科技、生产活动都必须遵循的，是进行科技、生产活动的依据，它们规定了科技、生产活动的阶段、步骤和整个工作过程，规定了每个阶段、步骤的工作任务和相应形成的科技文件材料，规定了各种科技文件材料的记述、表达和编制方法。

因此，科技、生产程序和有关的技术规则、标准，就成为科技档案部门检查、协助科技、生产人员和科技、生产部门形成、积累科技文件材料的基本依据。要根据科技、生产程序和有关的技术规则、标准，检查每项科技、生产活动形成的科技文件材料是否完整、准确、系统；检查每项科技、生产活动中，各个工作阶段应该形成的科技文件材料是否形成了，以及形成的科技文件材料是否准确、系统；检查科技文件材料的规格、编号、书写、绘制、签署等是否符合标准。

（二）检查和协助科技文件材料的形成、积累，要根据产品开发的类型或基本建设的性质来完成

对工业产品的开发研究，因具体情况和研制任务的不同，而划分为若干不同的开发类型，如全新产品的开发研制、变型产品的开发研制、老产品的更新换代等。产品开发类型的不同，其设计、研制的任务及所形成的科技文件材料也不相同，因而对其科技文件材料形成、积累的监督、管理也应有所不同。

全新产品的开发研制，在产品的技术指标、工作性能、整体结构和技术规格等方面都具有创新性质，难度较大，周期较长，科技文件材料基本上都是在开发研制过程中新编制的。因此，对全新产品开发研制科技文件材料的形成、积累，应实行全程跟踪监督、管理，从产品开发的调查决策、编写新产品发展建议书开始，直到产品投产和销售服务为止，对每一工作阶段和每一工作环节科技文件材料的形成、积累，都要进行有效的监督、管理，即实行全过程监督、管理，以确保科技文件材料的完整和质量。

对其他类型的产品开发研制，则需要根据每种开发类型的特点，抓住重点和关键环节，保证重点和关键环节科技文件材料的完整和质量。

基本建设项目，按其性质可分为新建项目、扩建项目、改建项目等不同类型。新建项目从无到有，具有全新性质；扩建项目是在原有工程项目的基础上，增

建新的建设项目；改建项目则是在原有工程的基础上进行的工程改造。基本建设项目的性质不同，其任务范围、工作基础和所形成的科技文件材料也不相同，因而对其科技文件材料形成、积累的监督、管理也不完全相同。

对新建项目科技文件材料的形成、积累，也应实行全过程监督，以确保形成、积累完整、准确的成套的基建工程科技文件材料。对扩建项目和改建项目科技文件材料的形成和积累，则可以实行重点环节的监督、管理，以保证扩建和改建部分科技文件材料的完整。

（三）抓住薄弱环节和难于形成的科技文件材料，做好科技文件材料形成、积累的监督、管理工作

在科技、生产活动中，从科技文件材料形成、积累的角度看，有一些带普遍性的薄弱环节，抓住这些薄弱环节，对监督、管理科技文件材料的形成、积累和保证科技文件材料的完整，具有十分重要的作用。

例如，科技、生产活动的开始阶段，常常是形成、积累科技文件材料的薄弱环节。一项基本建设工程，一种产品设计开发或一个课题研究项目，等等，在工作初期阶段，或因人员刚刚组织，或因缺乏工作基础，或因准备不够充分，或因制度不够健全等原因，常常比较忙乱、生疏、紧迫，不太注意或无暇顾及有关文件材料的形成和积累，成为形成、积累科技文件材料的薄弱环节。因此，应注意抓好一项科技、生产活动开始阶段科技文件材料形成、积累的监督、管理工作。科技、生产活动的开始，也就是科技文件材料形成过程的开始。一个科技项目最终形成的科技文件材料是否完整、成套，至关重要的一环是能否抓好“开始关”，能否在科技项目一开始就把科技文件材料的形成、积累工作做好，能否在一开始就建立起有效的监督、管理工作。

同样，对科技、生产活动中形成、积累科技文件材料的其他薄弱环节也应切实抓好，建立有效的监督、管理工作。在科技、生产活动中，有些科技文件材料是容易或比较容易形成、积累的，如课题研究活动中的科研成果材料、工程或产品设计活动中的设计图样材料等。在成套的科技文件材料中，这些材料相对来说比较齐全。但是，在科技、生产活动中，还有某些带普遍性的难于形成、积累的科技文件材料，如课题研究活动中的文献调研材料、试验记录材料，基本建设活动中的竣工图，产品设计研制中的计算材料和各种原始记录等。

就科技研究中的原始试（实）验记录而言，实验是科技研究活动中的一个十分重要的工作环节或工作过程。进行科技研究实验，应该忠实地、一丝不苟地将实验过程及实验中的各种有关现象和数据记录下来，形成完整、准确、系

统的实验记录。实验记录是科技研究活动中的中间性文件材料，完善、精确、系统的实验记录是整理科技成果、撰写课题报告乃至日后考察利用的基础和依据。但是，在科技研究活动中，常常有些人不注重实验记录材料的完整形成和积累。他们在课题研究中往往只重视成果材料，而轻视实验记录材料。这是实验记录材料不能完整、系统形成的一个原因。

所谓科技档案不完整，在大多数情况下，是由于这样一些科技文件材料没有形成、积累下来。因此，对这些难于形成、积累的科技文件材料，应作为监督、管理工作的重点，切实抓好。

（四）实行“三纳入”，将科技文件材料的形成、积累纳入科技管理制度

对科技文件材料的形成、积累实行监督、管理，最根本的措施是从加强科技管理入手，建立严密科学的管理制度。其中“三纳入”是被实践经验所证明，并且写进《科学技术档案工作条例》的行之有效的办法，即把科技文件材料的形成、积累纳入科技工作程序，纳入生产、科研、基本建设等工作计划，纳入有关部门和有关人员的职责范围。

1.把科技文件材料的形成、积累纳入科技工作程序

科技工作程序是科技管理制度的重要内容之一，它根据科技、生产活动的内在规律和特点，科学地规定了每项科技、生产活动的阶段和步骤，使科技、生产活动能够由粗到细、由浅入深，有秩序、有节奏地进行，直到取得预期的结果。

把科技文件材料的形成、积累纳入科技工作程序，就是在科技管理制度中具体地规定，在科技、生产活动全过程的每一个阶段应该形成和积累哪些科技文件材料，将这些科技文件材料的名称明确规定下来。例如，对于基本建设活动要按照基建工作程序，明确规定设计前期工作阶段、初步设计阶段、施工图设计阶段、施工阶段及竣工验收阶段都应该形成和积累哪些科技文件材料。

2.把科技文件材料的形成、积累纳入科技工作计划管理

计划管理是企业和事业管理工作的重要内容。任何一个企、事业单位的任何一项科技、生产活动，如课题研究、基本建设、产品研制等，都是在一定计划的指导和控制下进行的。对于该项科技、生产活动的准备工作、开始日期、实施过程、完成报竣等都有明确的计划规定和计划要求。按规定和要求完成计划，是有关人员的职责和义务。

科技文件材料的形成、积累纳入计划管理，就是企、事业单位在安排生产、

基建施工、科技研究等工作计划的时候，要相应地把有关科技文件材料的形成、积累列入计划之中，与科技工作任务同时下达。科技档案部门应会同计划管理部门按计划督促检查。一项科技、生产工作完成以后，应当有完整的科技文件材料归档，否则不能算工作计划的最终完成。

3. **把科技文件材料的形成、积累纳入有关人员的岗位责任制**

形成、积累科技文件材料本来就是科技、生产人员的责任，纳入岗位责任制，是使这种责任制度化，以加强有关人员的责任感，也便于监督、检查和管理。

形成、积累科技文件材料的岗位责任制，主要涉及两个方面的有关人员：一个是有关的科技、生产人员；另一个是有关的科技管理人员。在上述有关人员的岗位责任制中，应明确规定各自在科技文件材料形成、积累工作中的职责任务。科技档案部门应会同有关部门对岗位责任制的执行情况进行监督和检查。

（五）运用经济原则，加强对科技文件材料形成、积累的监督、管理

适当、合理地运用经济原则，是对科技文件材料形成、积累进行监督、管理的有效方式。

在科技文件材料的形成、积累工作中运用经济原则，包括对外和对内两个方面。对外，是指对承担本单位科技项目有关任务的兄弟单位；对内，是指对企、事业单位内部各有关科技、生产人员。

运用经济原则编制竣工图，是一个有效的监督、管理办法。一般做法是在基本建设工程的承建合同中明确规定：由施工单位承担竣工图的编制工作，并且预留一定比例的基金作为编制工程竣工图的保证金，届时如果施工单位没有编制和提供合乎质量要求的竣工图，则从施工费用中扣除竣工图保证金。实践证明，以经济手段对工程竣工图的编制进行监督、管理，是行之有效的，符合国家关于基本建设工程必须编制竣工图的有关规定。

在企、事业内部，运用经济原则可以同岗位责任制结合起来，把科技文件材料的形成、积累的状况作为综合评奖的一个条件，按分计奖，好的计奖，不好的扣奖。这样就把科技文件材料的形成、积累同有关人员的经济利益衔接起来，有利于对科技文件材料形成、积累的监督和管理。

（六）形成科技文件材料监督、管理网络，建立科技文件材料形成、积累的责任保证体系

科技、生产活动和科技管理活动是由多环节、多层次的各方面有关人员进行的。因此，形成、积累科技文件材料，对科技文件材料的形成、积累实行有效的监督、管理，必须建立监督、管理网络，形成一个自上而下的责任保证体系，

这是保证科技文件材料完整、准确、系统的重要措施。例如，在设计单位应该建立从主管生产技术的院长、总工程师、设计室主任、主任工程师、工程设计主持人、专业设计负责人、设计人直到制图人、复审人的责任保证体系；建立从设计管理、质量管理、计划管理、生产管理到科技档案管理的监督管理网络。在这个责任保证体系和监督管理网络中，每个人员和每个部门各司其职、各尽其责，从本人和本部门的职责任务出发，对科技文件材料的形成、积累，对科技文件材料的完整、准确、系统负责。

在工矿企业、科研单位和其他有关部门也都可以并且应该建立、形成这种体系和网络，并保证它的有效运转，这对科技文件材料的形成、积累是一个切实有效的保证措施。

（七）建立“科技文件材料积累袋制度”

为协助和管理科技、生产人员和科技业务部门做好科技文件材料的形成、积累工作，基层科技档案部门可以建立“科技文件材料积累袋制度”，有计划地制发一些科技文件材料积累袋，供有关科技人员和科技业务部门使用。

科技文件材料积累袋应按项目进行建立和使用，将属于一个科技项目的科技文件材料以“积累袋”为工具集中到一起。一个科技项目，视科技文件材料的多寡可以设立一个或几个积累袋进行保管。对积累袋中的科技文件材料，可以按其形成的先后顺序或相互联系，做大致的排列，并随时做好登记。

基层科技档案部门，应定期对积累袋的使用情况和科技文件材料的形成、积累情况进行检查和指导。

科技文件材料积累袋虽然不是科技文件材料组织保管单位的装具，而是为平时形成、积累科技文件材料提供的一种临时性的工具，但也应尽量统一规格。为便于使用，便于检查，积累袋的封面和封底可以根据科技对象的实际情况和形成科技文件材料的一般规律，印出将会形成或应该形成的科技文件材料的清单，其项目包括序号、科技文件材料名称、页数、形成时间、形成者姓名、备注等。随形成、积累进行填写或标注。这对形成和积累者来说，便于做到胸中有数，也便于日常管理和使用；对科技档案部门来说，便于据此清单随时或定期进行检查、指导，有利于及时掌握情况，随时进行监督、管理。

科技文件材料积累袋应该有计划、有控制地下发使用，不宜随便分发。力争做到特制专用，才能引起重视，避免浪费，实现积累袋应有的作用。

第二节　协助、指导科技文件材料的鉴别、整理工作

在科技文件材料归档前的准备工作过程中，科技人员或科技业务部门应按照国家的规定，对所形成的科技文件材料进行具体的鉴别、整理工作。基层科技档案部门要根据本单位科技、生产活动和科技文件材料的具体情况，协助和指导有关人员做好这项工作。

一、协助、指导科技文件材料的鉴别工作

在归档前，科技文件材料的鉴别工作包括以下几个方面的内容：

（一）归档材料完整性的鉴别工作

为保证归档材料的完整，无论是科研课题文件材料、工程文件材料、产品文件材料还是其他科技文件材料，在归档之前都应按项目收集齐全，完整成套。在一套科技文件材料内不能缺项；在一份科技文件材料内不能缺张少页。一套科技文件材料应该能够完整地反映该项科技活动的全部内容和全部过程，既应有原始依据性文件，又应有过程性的文件和成果性文件。在归档之前，基层科技档案部门应认真进行检查，并协助归档部门做好此项工作。

（二）归档材料准确性的鉴别工作

从准确性考虑，归档的科技文件材料应做到两个“一致”：一是科技文件材料应该同它所记载和反映的科技对象或科技过程相一致；二是相关的科技文件之间在内容上应该一致，如底图和有关的蓝图应保持一致，成果报告和相关的实验记录应保持一致，等等。这是保证科技档案准确性的基础。

（三）文件材料属性的鉴别工作

这就是进行科技文件材料、科技资料及一般文书材料的鉴别区分工作。归档之前，基层科技档案部门要协助和指导归档部门，把这些有关的材料区分清楚，以便把应该归档的科技文件材料整理归档。

（四）科技文件材料保存价值和保管期限的鉴别工作

归档的科技文件材料应该是具有保存价值的材料，因而归档之前要根据归

档制度的有关规定和科技文件材料的具体情况，鉴别科技文件材料是否具有保存价值，从而确定哪些科技文件材料应该归档，哪些材料不必归档。

归档之前，还应根据科技文件材料的保存价值，确定其保管期限，并确定其机密等级。基层科技档案部门应主动参与这项工作，从科技档案和科技档案管理的角度积极提供意见，以确保这项工作的质量。

二、协助、指导科技文件材料整理工作

归档的科技文件材料不应是一堆杂乱的材料或单份文件、单张图纸，而应该经过整理，组织成保管单位；基层科技档案部门应积极协助和指导归档部门做好这项工作，以保证归档材料的系统性和条理性，便于科技档案部门进行接收和日后的管理工作。

（一）组织保管单位

1.保管单位及其特征

保管单位是一组具有有机联系的、价值大体相同的科技文件材料的集合体。保管单位具有以下特征：

（1）保管单位是一组具有有机联系的科技文件材料。也就是说，保管单位不是由内容毫不相关的一堆材料随意组成的，而是由相互之间有密切内在有机联系的科技文件材料组成的。"有机联系"是保管单位的本质特征。

（2）保管单位内的科技文件材料有一个相对的数量界限。按照前述第一个特点，保管单位是一组具有有机联系的科技文件材料，但是"有机联系"的范围、大小幅度伸缩性很大。一架飞机的图纸上万张，作为一套材料，它们之间是有机联系的；飞机上的发动机有上百张图纸，它们内部之间也是存在有机联系的，可见"有机联系"的范围伸缩性很大。一架飞机上万张图纸组成一个保管单位显然不行，既不便于管理又不便于使用。所以作为保管单位来说，质的要求必须是一组有机联系的科技文件材料。除了质的要求以外，还应该有一个量的界限，这就是保管单位的组合度。

那么，组织保管单位的数量界限是多少呢？保管单位的组合度一般表现为保管单位的厚度，而厚度是由科技文件材料的张数决定的。经过长期的工作实践和测算，保管单位的厚度以一百张A4基本图幅的图纸为宜，其上下伸缩幅度一般可在五十张左右。

这说明，保管单位内科技文件材料的有机联系，从数量的角度看，是相对的，而不是绝对的。一个项目完整成套（如一个产品、一项工程或一个课题等）

的科技文件材料，它们内部相互之间是存在有机联系的；一个成套材料的内部，也可以划分为若干个具有有机联系的部分。因此，一个项目成套的材料可以组成一个保管单位，也可以按其内部的相互关系和数量多少，组成若干个保管单位。

（3）保管单位内科技文件材料的保存价值应该基本上是相同的。从保管、鉴定、统计、利用的角度来考虑，这一条是重要的。在一般情况下，一个保管单位，既是一组具有有机联系的科技文件材料，又是一组价值和保管期限基本相同的材料。但是，由于"保持有机联系"和"区分价值"是从两个不同的角度提出的要求，其衡量的标准就不可能完全一致，所以也常常有发生矛盾的时候。解决这个矛盾应以保持有机联系为主，在维护有机联系的前提下，再考虑按不同价值组织保管单位。如果因为区分价值而有损于保持科技文件材料的有机联系，则不必硬性分开，以后管理和使用时，以价值小的服从价值大的为原则。

（4）保管单位的形式有卷（册）、袋、盒。这是基层科技档案部门和科技专业档案馆管理科技档案的基本单位。无论是科技档案的收集、分类、保管、统计工作，还是科技档案的鉴定、利用工作，都是以卷（册）、袋、盒等保管单位为基本单位的。作为科技档案管理的基本单位，保管单位应力求整齐美观。

2. 组织保管单位的方法

由于科技文件材料种类繁多，类型复杂，可根据科技文件材料的具体情况，选用既能保持科技文件材料有机联系，又便于科技文件材料保管和使用的方法。一般常用的主要方法有以下几种：

（1）按结构组织保管单位。这种方法主要适用于机械产品科技文件材料（特别是图纸），其做法如下：按机械产品的组（部）件或系统将其科技文件材料组织成保管单位。例如，一台铣床的科技文件材料，是由床身、传动机构、变速机构、进给箱、升降台、工作台、电气系统、润滑系统、冷却系统等部分组成的，各结构组成部分的科技文件材料分别是具有有机联系的，即可分别组成保管单位；又例如，北京吉普车的结构组成部分包括底盘、发动机、曲轴连杆和配气机构、冷却系统、润滑系统、制动装置、传动轴离合器、变速器等组（部）件，北京吉普车的科技文件材料，尤其是图纸，即可按照上述组（部）件组织保管单位。

（2）按子项组织保管单位。这种方法主要适用于基本建设工程科技文件材料。例如，某基本建设工程由铸工车间、金属加工车间、机修车间、锅炉房、原料库、成品库等子项组成，各子项的科技文件材料分别是具有有机联系的，即可分别组织保管单位。

（3）按工序或阶段组织保管单位。这是根据生产程序或工作过程，把反映同一程序或过程的科技文件材料组成保管单位。例如，工艺文件材料可以按加工工序的不同，组织相应的保管单位；科研、设计文件材料，可以按科研和设计阶段组织保管单位；地质勘探方面的科技文件材料，可以按踏勘、初勘等工作进程组织保管单位。

（4）按专业组织保管单位。这是按照科技文件材料内容所涉及的专业来分别组织保管单位。例如，一个机械产品的工艺文件可以按铸造、锻造、热处理、电镀、油漆、焊接等不同专业，分别组织保管单位；基本建设工程的图样文件，可以按建筑、结构、水暖、通风、电气等不同专业，分别组织保管单位。

（5）按问题组织保管单位。这是按照科技文件材料所反映的不同问题，分别组织保管单位，将同一问题的科技文件材料组织到一起。

（6）按文件名称或材料性质组织保管单位。按文件名称组织保管单位，就是按照科技文件材料的不同名称，如设计任务书、计算书、说明书、工程预算等，分别组织保管单位；按材料性质组织保管单位，如可以将综合性材料、成果性材料、原始记录性材料等，分别组织保管单位。

（7）按地域组织保管单位。这种方法主要适用于地质勘探材料、地形测量材料，以及水文、气象观测材料，将这些材料按照它们所反映的地区，分别组织保管单位。例如，气象年报按地区（观测台站）组织保管单位等。

（8）按时间组织保管单位。这是按照科技文件材料所反映的时间或形成的时间，来组织保管单位。水文、气象、天文、地震等观测材料，通常可以采用这种方法组织保管单位，如气象月报（每月四张）可按时间把一年内形成的气象月报集中起来组织成一个保管单位，也可以把一年内形成的气象月报和本年的年报放到一起组成一个保管单位。

（9）按作者组织保管单位。“作者”包括个人作者、集体作者或机构。这种方法就是按照科技事件材料的形成者分别组织保管单位。

在科技文件材料整理工作中，应注意维护科技文件材料的完整成套，同时要保证科技文件材料的精练，在相关的项目之间不要有过多互相重复的科技文件材料。这主要指以下两种情况：

第一，当机械产品或电器产品发展成为系列产品，或进行产品变型改装时，基型产品同系列产品之间，或基型产品同变型产品之间，会有相当一些科技文件材料是互相重复的。在进行科技文件材料整理时，可以以基型产品为基础，保持科技文件材料的完整成套，其他系列产品或变型改装产品的科技文件材料则不必求全配齐，只保存本身专用的科技文件材料即可，这样可以避免科技文件材料的大量重复保管。为使系列产品或变型改装产品的全套科技文件材料也

能得到反映，可以通过编制系列产品或变型改装产品成套文件材料明细表的方法来解决。

第二，对产品、工程设计和专用（非标准）设备中采用的标准图、通用图和借用图，也不必重新复制一套进行整理，只需要在目录中注明所采用的标准图、通用图和借用图的名称和编号就可以了。

此外，随着产品和设备的革新、改进，工程项目和设备的使用、维修，还会逐步形成和补充一些新的科技文件材料。这些科技文件材料，应该单独组织保管单位。这样做的目的是避免拆散原来已经组织好并归档的保管单位，减少不必要的重复工作量，也便于看出生产技术发展变化的历史过程。

（二）保管单位内科技文件材料的排列

保管单位内科技文件材料的系统排列，也是科技文件材料整理工作的一项内容，其目的是更好地保持和正确地反映科技文件材料之间的有机联系，便于管理和查找使用。

1. 图样材料的排列

图样材料在形成时一般有两种情况：一种情况是，在形成时编制了图样目录。例如，工程设计或产品设计图样，在设计过程中就形成了按一定顺序排列的图样目录。凡有图样目录的图样材料，在保管单位内部进行排列时，都可以按目录进行系统排列。这种排列方法，科学、简便、适用。另一种情况是，有些图样材料在形成过程中没有编制图样目录。对这种图样材料，在进行保管单位内科技文件材料排列时，有以下几种方法可供选择：

第一，按隶属关系进行排列。这种方法适用于机械产品图样材料的排列。机械产品图样材料一般都是运用结构特征来组织保管单位，同这种组织保管单位的方法相适应，保管单位内的图样材料，可以按“隶属关系”特征进行系统排列。其总的排列顺序如下：总图在前，其他图样排后；组件图在前，部件图和零件图排后，即按照总图→组件图→部件图→零件图的顺序进行排列。如果按组件组织保管单位，那么在一个保管单位内，其图样排列的具体顺序应为组件图→第一部件图及其所属各零件图→第二部件图及其所属各零件图→直属组件的零件图等。如果图样材料是按隶属编号法进行编号的，也可以按图号依次排列。

第二，按总体和局部关系进行排列。这种方法主要适用于工程建设图样的系统排列。其总的排列次序是总体布置图→系统图→平面图（立面图、剖面图）→大样图等。即总体性、全局性、系统性的图样在前，局部性的图样排后，细部的、大样性的图样排最后。

第三，按比例尺进行排列。这种方法主要适用于大地和地形测绘、测量图样材料。

第四，按地区特征排列。这种方法主要适用于地质勘探图样、地震观测图样和地形测绘图样材料的排列。

第五，按时间排列，即按图样材料形成或其内容所反映的时间顺序进行排列。这种方法主要适用于某些自然现象观测图样，如水文观测图样、气象观测图样的系统排列。

2. 文字材料的排列

科技文字材料在保管单位内部的排列，主要有以下几种方法：

（1）按重要程度排列。在一个保管单位内部，将重要的文字材料排列在前，次要的材料排列在后，即按重要程度的大小依次进行排列。例如，在一个保管单位内既有成果材料，又有中间性材料和原始记录，则应根据材料的重要程度按以下顺序依次排列：成果性材料→原始记录→中间性材料。这样排列不仅可以体现出文件材料的重要程度，还符合一般的查阅使用规律。

（2）按时间排列。这种方法是最常使用的系统排列方法，即按文件材料形成的时间或文件材料内容所反映的时间顺序排列。

（3）按地区特征排列。即根据文件材料所反映的地区特征，按顺序进行系统排列。

（4）按文件材料之间的逻辑关系排列。有以下三种：一是来文和复文的关系，即复文在前，来文在后；二是主件和附件的关系，即主件在前，附件排后；三是正本和原稿的关系，即正本在前，原稿排后。

3. 图文混合材料的排列

在保管单位中，有的只有图样材料，有的只有文字材料，也有的是由图样材料和文字材料混合组成的。对于图文混合组成的保管单位，其文件材料的系统排列一般采取以下两种方法：

（1）如果保管单位内的文字材料是对整个对象（如产品、工程、课题等）或整个保管单位（如组件、专业等）的全貌进行说明或指示的，那么就要排在图样材料的前面。

（2）如果保管单位内的文字材料只是对本保管单位内的图样材料进行补充或局部性的一般说明，这时图样材料应当排列在前，文字材料要排在图样材料的后面。

（三）保管单位的编目

保管单位编目是科技文件材料整理工作的内容之一。科技文件材料组成保管单位并进行系统排列后，就要对保管单位进行编目工作。通过编目来固定和揭示保管单位内科技文件材料的秩序和内容，以便于监督和保护保管单位的完整和安全，便于日后的查找和使用。

保管单位编目包括以下内容：

1. 编张号

要为保管单位内每一张科技文件材料编上张号。其目的是固定保管单位内科技文件材料的排列次序，便于确切统计保管单位内科技文件材料的数量，有利于保护和查找使用。

2. 填制保管单位内科技文件材料目录

这是保管单位内每一份文字材料和每一张图样材料的明细表。它对于保管和使用保管单位具有重要的作用。保管单位内科技文件材料目录的主要内容项目如下：

（1）顺序号。顺序号指该份文字材料或该张图样材料在保管单位中的具体排列序号。

（2）科技文件材料名称。科技文件材料名称指该份文字材料或该张图样材料的具体名称。

（3）代号。代号指该份文字材料的文件号或该张图纸的图号。

（4）编制单位和日期。

（5）所在张号。

（6）备注。

3. 填写备考表

备考表是用来记载和说明归档前和归档后保管单位内科技文件材料基本情况和变化情况的一种工具。它对于保管单位的管理、使用，乃至于鉴定和统计都有一定的价值。

备考表的内容项目主要包括两个部分：一部分是组成保管单位时，该保管单位内科技文件材料基本情况的有关记载和说明，如图样材料、文字材料、照片材料等的数量记载，以及归档单位或保管单位组织者对科技文件材料完整、准确状况的说明。这一部分内容是在科技文件材料整理工作中，由有关的科技人员负责填写的。

另一部分是科技文件材料归档后，在科技档案的管理工作过程中，对有关该保管单位变化情况的记载和说明。这一部分内容是由科技档案部门的有关人员负责填写的。备考表应设计和印制成固定的格式，按项目填写后放在保管单位内科技文件材料的最后面。其参考格式如表 11–1 所示。

4. 填制保管单位封面

它是以一定的格式概要介绍保管单位内科技文件材料内容的一种工具，同时对保管单位内的科技文件材料起着保护作用。保管单位封面编制的质量和水平，将直接影响到对科技档案检索工具的编制，关系到能否迅速地查到所需要的科技档案。因此，它在保管单位编目中是一项重要内容。

表 11–1 保管单位备考表参考格式

<table>
<tr><td colspan="5">备考表</td></tr>
<tr><td rowspan="4">数量</td><td>图样</td><td></td><td rowspan="4">说明</td><td rowspan="4">归档人：　　年　月　日</td></tr>
<tr><td>文字</td><td></td></tr>
<tr><td>其他</td><td></td></tr>
<tr><td>合计</td><td></td></tr>
<tr><td colspan="5">归档后情况</td></tr>
</table>

保管单位封面的内容项目大体由以下三部分组成：

（1）企、事业单位名称或机关名称。置于封面的中间偏上部位，应填写企、事业单位或机关名称的全称，一般不可用简称或代称。

（2）保管单位标题。这是保管单位内科技文件材料的综合性名称。它概

括地反映了保管单位的主要内容，是直接指引和帮助利用者查找使用的向导，也是日后管理科技档案的依据。因此，保管单位标题是保管单位封面的核心内容，应置于封面的中心突出部位。

保管单位标题应包括或反映以下内容：①项目名称，即保管单位所属的工程、产品或课题、设备等的名称；②保管单位内科技文件材料的内容特征，如机械产品某组成部分的材料（结构特征）、工程设计的某设计阶段（阶段特征）或某专业（专业特征）的科技文件材料等；③文件名称特征，即保管单位内的文件材料是说明书、计算书，还是实验记录或成果报告等，一般要有比较明确的反映。

拟制保管单位标题，要注意概括性，做到文字简练、准确，不可过于繁杂冗长，同时要注意完整、全面，能够充分地揭示出保管单位内科技文件材料的内容、成分，避免不适当的简化。

（3）保管单位的管理性内容项目。具体如下：①编制日期，指保管单位内科技文件材料形成的起止日期；②归档日期；③张数，指保管单位内科技文件材料的总张数；④保管期限；⑤机密等级。这些项目都填写在保管单位封面的下方。

第三节　检查、指导科技文件材料的归档工作

科技文件材料是科技档案的前身和来源。凡形成、积累并经过鉴别、整理组成保管单位的科技文件材料，应该按照一定的制度和要求向科技档案部门移交归档。

科技文件材料的归档工作，连接着形成、使用科技文件材料的科技业务部门和管理、保管科技档案的档案部门，是科技业务工作和科技档案工作的交接点或交汇点。为了保证归档材料的完整和质量，履行科技管理和科技档案管理的职责，中层科技档案部门应该做好对科技文件材料归档工作的检查和指导。

科技文件材料归档制度是指导科技文件材料归档工作的基本依据。为了做好对科技文件材料归档工作的检查、指导，首要的一环，就是要制定科学的，符合本单位科技、生产活动特点和科技文件材料形成规律的归档制度，并切实检查、监督、协助有关科技业务部门认真贯彻执行。

科技文件材料归档制度是科技管理和科技档案管理的基本制度之一。其有关规定是否科学和切实可行，将直接影响归档材料的质量。

一、制定科技文件材料归档制度的要求和步骤

（一）制定科技文件材料归档制度的要求

1. 科技文件材料归档制度，必须符合本单位科技、生产活动和科技文件材料的实际

各个基层企、事业单位，专业不同，科技、生产活动的任务和内容不同，甚至规模大小不同，等等，都会对科技文件材料的种类、内容构成、形成特点等产生直接影响。因此，每个基层企、事业单位科技文件材料归档制度的具体规定，都不能是完全一致的。一个科学的科技文件材料归档制度，必须以本单位科技、生产活动和科技文件材料的具体特点为根据，这样的归档制度才是切实可行的，才能保证归档材料的质量。

2. 科技文件材料归档制度，应该同企、事业单位各项有关的管理制度相衔接，成为企、事业单位整个管理制度的有机组成部分

在基层企、事业单位，为了实现整个企、事业活动的科学管理，制定了各项有关的管理制度。这些管理制度都不是孤立的，而是各自从不同的侧面、不同的角度去实现企、事业单位总体科学管理的目标，从而形成了一个科学管理制度的体系。因此，科技文件材料归档制度也不是一个孤立的管理制度，它应该同各项管理制度相衔接。

首先，它应该同企业或事业单位中的设计管理制度、科研管理制度、基建施工管理制度、设备管理制度、各种自然观测管理制度相衔接，并且将有关科技文件材料归档的内容纳入上述各项管理制度。

其次，科技文件材料归档制度应该同标准化管理制度相衔接，纳入企、事业单位的标准化管理。归档材料的完整性、准确性、系统性和各种书写格式、幅面要求等，都应符合标准的规定或经标准化部门审查。

再次，科技文件材料归档制度应该同企、事业单位科技人员的岗位责任制相衔接，把科技文件材料的归档要求纳入有关人员的岗位责任制。

最后，科技文件材料归档制度还应该同计划管理制度和有关的奖励制度相衔接，把归档任务的完成和质量纳入计划管理，并且同有关人员的个人经济利益相挂钩，以确保归档制度的正确贯彻执行。

3. 科技文件材料归档制度的有关规定，必须具体、明确，便于贯彻执行

归档制度是科技文件材料归档的依据，也是对归档工作和归档质量进行检查、监督的依据。因此，所制定内容和各项有关规定，必须具体、细致，不能过于笼统；必须明确、清楚，不能含糊不清。

4. 制定科技文件材料归档制度，要走群众路线

不能只是由科技档案部门关起门来主观拟定，而应广泛听取各专业科技人员和有关科技领导的意见，使所制定的归档制度符合客观实际，并有广泛的群众基础，这样的归档制度才能顺利地贯彻执行。

（二）制定科技文件材料归档制度的步骤

制定科技文件材料归档制度，一般应经过如下几个步骤：

1. 学习材料

认真学习科技档案工作的有关指导文件，包括《科学技术档案工作条例》、《技术档案室工作暂行通则》、专业主管部门制定的科技档案管理制度、其他兄弟单位有关的经验材料及本单位的各项科技管理制度和其他有关制度。

2. 调查研究

在学习有关材料的基础上，对本单位各部门的科技、生产活动及其科技文件材料的形成过程和特点，进行深入细致的调查研究，同时有计划、有目的地听取有关人员对科技文件材料归档的意见。

3. 拟订初稿

经过文件学习和对实际情况的调查研究之后，即可进行科技文件材料归档制度的拟稿工作。拟稿工作，要在科技档案工作基本原则的指导下，密切结合本单位科技、生产活动和科技文件材料的实际，条理清楚、具体明确地规定出本单位科技文件材料归档制度的各项有关内容。

4 . 征求意见，最后定稿

拟出科技文件材料归档制度初稿以后，要就归档制度各项内容的正确性和可行性广泛征求各专业部门和有关的技术领导人的意见。然后对这些意见进一步深入的分析研究，采纳其中正确的意见，对归档制度初稿进行修改，形成定稿。

5. 审查批准，印发执行

定稿后的归档制度，经过有关领导批准后，作为本单位的规章制度下发执行。

二、科技文件材料归档制度的内容

科技文件材料归档制度的内容，一般包括科技文件材料的归档范围、归档时间、归档份数、归档要求和归档手续。

（一）科技文件材料归档范围

归档范围，就是确定在一个单位内，哪些科技文件材料应该归档。它根据科技档案的基本含义和本单位科技、生产活动的任务和范围，具体确定归档材料的内容与成分。因此，归档范围是科技文件材料归档制度的首要内容。正确划定科技文件材料的归档范围，是保证本单位科技档案质量的关键。归档范围规定得过宽或过窄都是不利的。

确定归档范围的标准，即科技文件材料是否具有保存或继续使用的价值。这既包括具有长远的历史考查价值，又包括在当前或一定时期内具有参考和依据作用。凡是在当前或今后具有考查、依据作用的科技文件材料，都应划入归档范围。各单位可根据上级主管机关制定的科技档案管理办法的有关规定，结合本单位形成的科技文件材料的实际情况，确定具体的归档范围。

在确定归档范围时，可以从以下几个方面着手：

（1）研究和分析本单位科技、生产活动的范围，从而掌握本单位在科技、生产活动中形成的科技文件材料的种类和成分，确定在归档范围中应该包括哪些方面的科技文件材料。

（2）掌握本单位的基础职能活动，将本单位在基本职能活动中形成的科技文件材料作为归档范围的主体。第一，保证这些科技文件材料的归档范围清楚、明确；第二，以基本职能活动为中心，研究和分析围绕基本职能活动进行的其他科技活动所形成的科技文件材料，进一步确定这些科技文件材料的归档范围。这样，就能既把握重点，又照顾全面，以主带次，清楚、全面地规定出本单位科技文件材料的归档范围。

（3）正确地划定本单位内的科技档案和科技资料、科技档案与一般文书档案的界限。在确定科技文件材料归档范围时，按照区分科技档案与科技资料的一般原则和方法，把科技资料区分出去，从根本上解决科技档案同科技资料无法区分的问题；一般文书档案应该同科技档案实行分别管理或分类管理，因而在确定科技文件材料归档范围时，要把一般文书材料区别开来，单独归档。

（4）根据科技文件材料的保存价值，确定其归档范围。那些没有保存价值的科技文件材料不要列入归档范围。

（二）科技文件材料归档时间

归档时间是科技文件材料归档制度的内容之一。应该根据科技文件材料形成过程的特点，具体规定本单位各种科技文件材料的归档时间。正确规定归档时间，对维护科技档案的完整、保护科技档案，对维护科技业务部门和科技档案部门正常的工作秩序，都有实际意义。归档时间过晚，科技文件材料长期滞留在各科技业务部门，容易散失、损坏，并且给科技业务部门造成负担，也增

加接收时的困难；归档时间定得过早，会影响科技业务部门对科技文件材料的使用，也会影响科技档案部门其他业务工作的开展。

综合各种科技、生产活动和各种科技文件材料的具体特点，科技文件材料的归档时间基本上有以下几种：

1. **在一项科技、生产活动结束后归档**

例如，工程设计或课题研究，在工程设计结束或课题研究结束并进行成果鉴定后归档。这种归档时间，符合科技、生产活动的自然进程并易于保持科技文件材料的完整，使归档工作和科技、生产活动的总结收尾工作协调进行。科技、生产活动完结，围绕该项活动的科技文件材料形成过程结束，于是把形成的有保存价值的科技文件材料经系统整理后归档，同科技、生产活动的节奏相一致，既便于安排工作，又有利于归档材料的完整和系统。一般来说，形成周期不太长的科技文件材料，都宜于采取这种方式归档。

此外，专业性技术会议和学术会议的文件材料，也应在会议结束后及时整理归档。

2. **按阶段归档**

科技、生产活动周期过长的科技文件可以按形成阶段归档。

3. **外来材料随时归档**

外来材料，为了保护材料完整，不致分散、遗失，要求随时归档，如外购（包括国外引进）设备的随机文件材料、委托外单位设计的文件材料等。对前者，一般是设备开箱后立即归档，然后再提供利用，或者复制后提供复制件借阅使用；对后者，一般是随接收随归档，归档以后再按规定发有关部门使用。

（三）科技文件材料归档的份数

科技文件材料归档份数在科技文件材料归档制度中，应对科技文件材料的归档份数做出具体规定。确定归档份数，一般要考虑以下几个方面的具体情况：

（1）要考虑能满足日常利用的需要。对重要的和可能频繁利用的材料，应在归档份数上做出考虑。

（2）要考虑保护科技档案原件的需要。重要的、需要永久保存的科技档案原件一般不外借，因而应多归档一份至几份副本供日常使用。

（3）经科技档案部门汇总上报的材料，在确定归档份数时，应统一做出规定。

（4）要考虑科技档案报送专业档案馆的需要。

因此，确定科技文件材料归档份数不能按套（一个工程、一个课题、一个产品等）做出笼统的统一规定，而应根据不同材料的具体情况和具体需要，有针对性地做出规定，这样才便于掌握、便于执行。例如，一个科技研究课题的材料，原始记录只有一份，也只能归档一份，但课题报告却可以根据具体情况和实际需要归档一份或几份；又如，基本建设工程设计文件，其初步设计文件只有一份，也只能归档一份，但施工设计图样却可以根据需要，除归档底图外，还可以归档一份至几份蓝图。

确定科技文件材料归档份数，除应具体，还应合理。归档份数规定得过多或过少，都不利于工作。归档份数过多，会造成人力、物力的浪费，增加库房、设备的负担，也不便于管理；归档份数过少，则不能满足利用需要，也不利于保护科技档案。因此，归档份数要规定得适当合理。

（四）科技文件材料归档要求

科技文件材料归档制度中应明确规定归档要求，以便于贯彻执行和监督、检查，确保归档材料的质量、完整和系统。

科技文件材料的归档要求，因具体单位和科技文件材料的不同而不尽一致。最基本的要求应包括以下几个方面：

1.科技文件材料整理归档工作，由各科技业务部门即科技文件材料的形成部门或形成者承担

由科技业务部门和有关的科技人员负责科技文件材料的整理、归档工作，是国家的一项规定。《科学技术档案工作条例》规定："一个科研课题、一个试制的产品、一项工程或其技术项目，在完成或告一段落以后，必须将所形成的科技文件材料加以系统整理，组成保管单位，填写保管期限，注明密级，由课题负责人、工程负责人等审查后，及时归档。"

由科技业务部门和有关的科技人员承担科技文件材料的整理、归档工作，是由科技、生产活动和科技文件材料形成的特点决定的。

第一，科技文件材料整理、归档，是科技工作程序和科技文件材料形成过程的一个具体的、必要的环节。科技文件材料是科技、生产活动的伴生物。对于任何一项科技活动，只有形成科技文件材料多少的不同，没有是否形成科技文件材料的不同。这说明形成科技文件材料是一切科技活动的共同规律，也说明任何一项科技活动所形成的科技文件材料同该项科技活动本身是不可分割的，是该项科技活动的一个不可缺少的、必然的组成部分。科技业务部门和有关的科技人员，既是该项科技活动的参加者，也是与该项活动有关的科技文件材料的形成者。科技活动的全过程，也就是科技文件材料形成的全过程。科技

活动结束，科技文件材料归档，形式上好像是两项工作，实际上是一个工作过程的两个侧面。因此，当一项工作结束或告一段落以后，把相应形成的科技文件材料加以系统整理，在科技档案部门归档，是一个很自然的事情，而不是额外附加的工作。

第二，由科技业务部门和有关的科技人员进行科技文件材料的整理、归档，能确保归档质量。科技文件材料是科技业务部门和有关的科技人员在相应的工作和生产活动中形成的。他们是科技文件材料的具体形成者和经办人，对科技文件材料的形成过程、科技文件材料之间的相互关系，甚至科技文件材料的保存价值都十分熟悉。因此，只有科技业务部门和有关的科技人员负责将日常科技、生产活动中形成、积累的科技文件材料进行整理、归档，才能保证归档材料的完整、系统，也便于日后的查阅使用。

2. 凡归档的科技文件材料，应做到线条、字迹清楚，纸质优良，签署完备

不能用铅笔、普通圆珠笔（或在复写纸上）书写，以利于长久保存。除机械用图、建筑用图以及水文、气象、测绘等部门的专用文件有固定的图幅或书写用纸格式外，其他各专业系统的科技文件材料用纸也都应该逐步做到规格化、标准化；在按专业系统实现标准化以前，各企业和事业单位内部应该首先做到规格化、标准化。有的企、事业单位，总结本单位的实践经验，经过认真设计，印制了统一规格的科技文件用纸，发给有关部门使用，提高了科技档案的质量。这些专门设计的归档用纸包括设计书用纸、任务书用纸、实验记录用纸、计算书用纸、总结报告用纸等。

3. 凡归档的科技文件材料，应收集齐全，核对准确，经有关领导审批

为确保归档材料的完整，可以建立科技文件材料归档审批表制度。审批表的内容包括：归档材料的项目名称（如科研课题名称、工程项目名称、产品名称、设备名称等）、归档材料的项目代号、归档材料的形成（起止）时间、归档材料的项目主持人姓名、归档材料完整情况、审批人签字和日期。科技文件材料归档审批表，同归档材料一起移交科技档案部门。

（五）科技文件材料归档手续

建立和明确归档手续，是科技文件材料归档制度的重要内容之一。它有利于明确责任和义务，保证归档质量。科技文件材料归档手续应包括两个方面的内容：一是由归档部门对归档材料的基本情况进行必要的说明；二是办理必要的交接手续。

1. 对归档材料的必要说明

为了便于对归档材料进行检查和验收，并且有助于日后对归档材料的管理和有效的组织利用，应建立“归档材料说明书”制度，由有关的科技业务部门或归档人撰写。

归档材料说明书一般包括下述内容：

（1）本套材料的名称和代号；（2）本套材料的任务来源、工作依据及依据文件的编号；（3）本套材料的任务性质和进行过程；（4）本项目的科技水平、质量评价和技术经济效益；（5）材料完整、准确、系统状况；（6）主持人和参考人姓名；（7）材料整理人和说明书撰写人姓名、日期。

2. 编制科技文件材料归档移交清单

归档清单一式两份。移交时按清单交代清楚，交接双方签字，各留一份，以备查考。

基层科技档案部门，就是按照归档制度的有关规定，检查、指导科技业务部门做好科技文件材料的归档工作的。

思考题

（1）简述监督、管理科技文件材料形成、积累的具体方法和措施。
（2）试述归档前科技文件材料鉴别工作的内容。
（3）什么是科技档案保管单位？简述保管单位的特征。
（4）试述科技文件材料组织保管单位的方法。
（5）简述保管单位内图样材料的排列方法。
（6）简述保管单位编目的内容。
（7）试述制定科技文件材料归档制度的要求。
（8）简述科技文件材料归档制度的内容。
（9）试述确定科技文件材料归档范围的方法。
（10）试述科技文件材料归档时间的类型。

第十二章　科技档案收集工作

第一节　科技档案收集工作的意义和要求

一、科技档案收集工作的意义

科技档案的收集工作，包括基层科技档案部门的收集工作和科技专业档案馆的收集工作。

基层科技档案部门对科技档案的收集工作，在正常情况下，是通过接收科技文件材料归档来实现的。即各科技业务部门和科技、生产人员，按照归档制度的有关规定，向科技档案部门移交科技文件材料。科技专业档案馆对科技档案的收集工作，一般是按照科技档案进馆制度的规定，接收有关单位移交来的科技档案。

在实际工作中，基层科技档案部门除按制度接收归档以外，还要通过各种方式对零散的科技文件材料进行收集；科技专业档案馆也要通过各种其他手段进行科技档案的收集。

科技档案收集工作的意义，可以概括为以下几个方面：

（一）科技档案收集工作标志着科技档案自身运动的一个新阶段

以运动的观点来看，科技档案的收集工作，显示或反映了科技档案运动过程的一个新的发展阶段。

首先，基层科技档案部门的收集工作，标志着科技档案在自身运动过程中的一次质的变化。收集归档以前，科技文件材料是处在形成过程或现行使用过程中的，它们是现行的科技文件材料；而通过收集归档，它们就由现行的科技文件材料转化为科技档案，发生了基本属性的变化。对于绝大多数科技档案来说，归档和收集集中，标志着它们作为科技文件材料的属性和使命已经完成或基本完成，具备了科技档案的属性和使命。

科技档案同科技文件材料是同一个事物的两个不同的发展阶段，它们之间既有密切的联系又有区别，这种区别就是科技文件材料经过归档以后，由于基本属性和使命的变化，从而无论在量的方面、质的方面，还是在存在形式、管理方式上都发生了变化。

认识并且承认这种变化，是我们做好收集归档后科技档案管理工作的实践基础和理论基础，也是我们建立和发展科技档案管理学的实践基础和理论基础。

其次，科技专业档案馆对科技档案的收集工作，同样显示和标志着科技档案运动的一个新阶段，实现了科技档案的第二次分离过程和第二次集中过程。

科技档案的第一次分离和集中过程，是在企事业单位内部实现的，是在基层科技档案部门和科技业务部门之间进行的，也是在科技档案的管理者和形成者之间进行的。通过科技文件材料的归档和集中统一管理，科技档案从它的形成者（科技业务部门和科技生产人员）手里分离出来，由专业的科技档案部门和科技档案人员进行集中管理，这是第一次分离和集中的过程。

科技专业档案馆的收集工作，使科技档案在自身运动中出现了第二次分离和集中的过程，这个过程是在基层科技档案部门和科技专业档案馆之间进行的。通过科技档案的收集进馆，科技档案从它的形成单位分离出来，由科技专业档案馆进行集中统一管理，进一步体现了科技档案是国家财富的性质。

（二）科技档案收集工作是科技档案工作的基础，是丰富科技档案馆（室）藏的重要手段

人们从事任何一项工作，都要有自己特定的物质对象，如图书工作以图书为自己工作的物质对象，商业工作以商品为自己工作的物质对象，科技档案工作则以科技档案为自己工作的物质对象。但是，科技档案工作的物质对象却不是在科技档案部门产生和形成的，它是从各个有关单位，从各个科技业务部门和科技生产人员手中收集来的。如果没有收集工作，科技档案和它的前身——科技文件材料就处于分散状态，分散在各个科技业务机构，甚至分散在个人手中。也就是说，没有科技档案的收集工作，科技档案部门就没有自己工作的物

质对象，因而也就无所谓科技档案的整理、保管、鉴定、统计利用工作；对于国家来说，也就无法组织全国规模的科技档案事业。因此，无论对一个单位，还是对整个国家来说，科技档案的收集工作都是科技档案工作的基础，是丰富科技档案馆藏或室藏的重要手段。

（三）科技档案收集工作是贯彻科技档案工作管理原则的重要措施

第一，国家规定，科技档案要实行集中统一管理，这是科技档案工作管理原则的核心，必须认真贯彻执行。贯彻集中统一管理原则，包括多方面的内容，其中最重要的一项，就是科技档案要由科技档案部门实行集中统一管理。在基层单位由科技档案室（科）集中统一管理，在全国由各级科技专业档案馆集中统一管理。要实现这种集中统一管理，就必须开展收集工作。没有科技档案的收集工作，就不能把在生产建设和科研、设计等工作中形成的科技文件材料，转化为国家的一项财富集中保管起来。因此，科技档案的收集工作，是贯彻集中统一管理原则的重要措施之一。

第二，国家要求，必须维护科技档案的完整、准确、系统、安全，这是科技档案工作管理原则的一项重要内容。科技档案的收集工作，是保证科技档案完整、准确的重要措施。科技文件材料分散在各业务技术部门和个人手中，是无法保证完整、准确的，必须在科技、生产活动结束或告一段落后，由科技档案部门进行收集集中。科技文件材料收集归档后，科技、生产活动还在延续，产品投产后还会不断改进，工程、设备在使用、运行过程中要不断维修和改造。此外，还需要做科技文件材料的补充收集工作，以确保其完整和准确。同时，健全的科技档案收集工作制度，有利于保护科技档案，维护科技档案的系统和安全。通过科技档案的收集工作，把处于分散状态的科技档案集中统一地管理起来，能够维护科技档案的系统和安全，有利于保护国家的科技机密。

二、科技档案收集工作的要求

（一）必须认真贯彻集中统一管理科技档案的原则

集中统一管理是我国科技档案工作管理原则的核心。在任何企、事业单位内部，科技档案都应该由科技档案部门实行集中统一管理，这是国家全部科技档案能够实现集中统一管理的基础。《技术档案室工作暂行通则》规定，各工厂、矿山、设计院、科学技术研究院（所）和地质、测绘、水文、气象等部门以及工业、交通、科学技术的主管机关都必须对科技档案实行集中统一管理。

集中统一管理是做好科技档案收集工作的根本指导原则。检验科技档案收集工作的首要标准是是否贯彻了集中统一管理原则、对科技档案是否实行了集中统一管理。

（二）收集工作要遵循科技档案的自然形成规律

科技档案及其前身——科技文件材料，是在各项科技、生产活动中，伴随着科技、生产活动的进行而自然形成的。科技档案的收集工作是一个承前启后的环节。对于基层科技档案部门的收集和接收归档来说，它前边联系着科技、生产活动，后边联系着科技档案工作活动；前边联系着科技文件材料，后边联系着科技档案；对于科技专业档案馆的收集工作来说，它前边联系着科技档案的形成单位，后边联系着专业档案馆的各项工作。

这就要求科技档案的收集工作必须遵循科技档案的自然形成规律，必须照顾好前后左右的工作关系。特别是在基层企、事业单位，科技文件材料的归档，实际上是科技、生产活动程序中的一个环节。因此，科技档案的收集工作和科技文件材料的归档制度，必须符合科技、生产活动的规律性，要根据科技、生产活动的工作程序和科技文件材料的形成过程，具体规定归档范围、归档时间，这样才能既做到集中统一管理，保证科技档案的完整、安全，又不影响现行工作的使用。

（三）保证科技档案的完整、准确

科技档案的完整、准确是保证科技档案质量的关键。完整、准确的科技档案，可以充分发挥凭证、查考作用和科技储备作用；而不完整的科技档案，特别是不准确的科技档案，其价值会大大降低，在许多情况下，不仅会影响其凭证、查考作用，甚至会起到相反的作用，给工作造成损失。

因此，科技档案的收集工作必须严格注意科技档案的完整性和准确性。不完整的一定要设法补齐，不准确的一定要设法解决。这是保证科技档案收集质量的关键。

第二节　基层科技档案部门收集工作的方法

一、按制度接收科技文件材料归档

按照归档制度接收科技文件材料归档是基层科技档案部门收集科技档案的基本方法。在科技管理制度和科技档案管理制度健全的情况下，科技业务部门和科技、生产人员，在一项科技活动结束或告一段落之后，应该按照科技程序和归档制度的有关规定，对科技文件材料进行科学筛选和系统整理，向科技档案部门归档。科技档案部门要认真清点这些归档，并办理交接手续。这就是正常情况下收集科技档案的收集形式和主要方法。

二、疏通和确定科技档案收集渠道，定向、定内容进行收集

科技档案及其前身——科技文件材料是在科技业务部门和科技、生产人员的科技、生产活动中产生的，因而科技档案总的收集方向是明确的。但是，科技、生产活动是按专业分别进行的，每个专业内的科技、生产活动又是按项目在一定的责任分工的基础上进行的。因此，为了建立有效的档案收集工作，科技档案部门必须确定明确、具体的收集渠道，并切实保证收集渠道的畅通，对每条收集渠道进行定向、定内容的收集工作，这样才不会笼统地、一般化地进行收集，才不会使科技档案的收集工作落空。

疏通和确定科技档案的收集渠道，既包括确定科技文件材料的归档责任者，也包括确定收集工作的具体方向。一般包括以下几种情况：

（一）确定不同的科技文件材料归档责任单位或确定不同的科技档案的具体收集渠道

以某油田科技文件材料的收集归档工作为例，其归档责任单位或具体的收集渠道如表 12-1 所示。

表 12–1　科技文件材料归档单位或收集渠道确定表

科技文件材料或科技档案	归档单位或收集渠道
水源井井位部署图	地质所
水源井工程设计	水电厂技术科
水源井完工报告	水井队
水源井地质设计	地质所
综合录井图	水井队
试水分析化验材料	化验室
水井电测图	电测站
……	……

从表 12–1 可以看出，在油田开发过程中，对于水源井建设中形成的科技文件材料，其归档或收集渠道是具体的。这是由于虽然都是围绕水源井建设形成的科技文件材料，但其形成的部门是不同的，因此科技文件材料的收集、归档工作，也不能只是笼统地确定为“水源井建设部门”，而应该根据各种不同材料的具体形成情况，定向地、定内容地确定归档和收集渠道，这样才能确保归档或收集任务的完成。

（二）对于协作项目的科技文件材料，要抓住主持单位，做好收集工作

协作项目，有外部协作项目（即本单位同外单位共同进行的协作项目）和内部协作项目（即本单位内部有关部门之间进行的协作项目），这里是指内部协作项目科技文件材料的归档和收集问题。

保证协作项目科技文件材料的归档和收集工作的质量，关键是要抓住归档和收集工作的主渠道，即抓住协作项目的主持单位。任何一个协作项目，都有主持单位和参加单位，参加单位可能很多，但主持单位一般只有一个。因此，要抓住渠道，进行定向、定内容的收集，为了保证科技档案的收集质量，还应抓住重要和关键环节做好收集工作。

（三）抓住重要环节或关键阶段进行科技档案收集

科技文件材料是在科技、生产活动中形成的，但是科技文件材料并不是在

科技、生产活动中随意形成的，而是按照科技、生产工作程序有规律、有节奏地形成的。因此，要做好科技档案的收集工作，就应该掌握科技、生产活动的规律和节奏，抓住重要的环节和关键的阶段，不失时机地做好收集工作。

1. **机械产品档案**

机械产品从设计、试制到定型、生产，要经过一个相当长的过程，这期间要进行设计和工艺方面的反复试验和修改，所形成的科技文件材料数量很大、变化很多。经验证明，为保证科技档案收集工作的质量，抓住机械产品设计、研制过程中的关键环节是十分重要的。在机械产品设计、研制的整个过程中，无论研制对象如何复杂，无论其设计和研制的周期如何长，从科技档案的收集工作来看，关键要抓住两个环节。

（1）样机鉴定。在样机鉴定之前，样机处于试制过程，有关的设计文件、设计图纸和工艺文件不要求十分完整齐全，科技文件材料随着试制而增减、更改，处于不稳定状态。但是，样机进入鉴定阶段或样机鉴定完毕，所有应该形成的科技文件材料特别是设计图纸等材料，都应该完整齐全，符合标准化要求，并且基本稳定下来，以便进行下一阶段的工作。因此，这是进行科技文件材料归档和科技档案收集工作的关键阶段和重要环节，它对保证科技档案材料的完整、准确，提高科技档案的收集质量至关重要，一定要切实抓好。

（2）定型鉴定。机械产品到定型鉴定时，不仅设计文件经过了考验，工艺文件也编制齐全并考核完毕，达到了完整性、准确性的要求，因而这是抓好科技文件材料归档和收集工作的又一个关键和重要环节。

2. **工程设计档案**

凡工程设计一般都具有这样两个共同特点：其一，任何工程设计都是按设计程序分阶段进行的，如设计前期工作阶段、初步设计阶段、技术设计阶段、施工图设计阶段等；其二，任何工程设计都是为建筑施工提供依据的，设计活动同建筑施工活动紧密联系。工程设计档案的收集工作，要注意分析工程设计活动的一般规律，紧紧把握这两个特点，抓住关键和重要的环节，做好收集工作。

对于设计周期较长的工程设计，其设计档案的收集工作应抓好以下两个环节或阶段：

（1）初步设计完成阶段。中小型或一般设计周期较短的工程设计，可以在设计结束后进行一次收集归档。但是，对于大型工程或设计周期较长的工程设计，为维护设计档案的完整，保证收集工作质量，一般实行分阶段收集归档。在各个设计阶段的收集工作中，要着重抓好初步设计完成阶段的收集工作。这是因为工程经过前期准备工作，形成了可行性研究材料、设计任务书以及相应的审批文件，获得了设计工作的基本依据，在此基础上进行工程的初步设计。初步设计文件主要是初步设计书和有关的附图，包括设计前期文件和初步设计文件在内的这些材料，有以下几个特点：①主要是一般文件形式的文字材料；②综合性、概要性比较强，来源渠道多样；③初步设计文件是施工图设计的依据，其基本精神最终都要落实到施工图设计文件中来。根据上述情况和特点，基层科技档案部门应紧紧抓住时机，在初步设计结束、施工图设计即将开始的重要环节，及时做好施工图设计前形成的全部科技文件材料的收集归档工作，以保证这部分材料的完整。

（2）设计结束和总结阶段。工程设计结束特别是进入设计总结阶段，该项工程设计活动中的科技文件材料已全部形成，为科技文件材料的收集、归档创造了最好的条件。这时，基层科技档案部门应抓紧时机，将该工程设计活动中形成的应该归档的科技文件材料全部收集归档。

工程设计单位，作为基本建设活动的乙方，是通过工程设计为甲方（工程的建设单位）提供设计文件服务的。在整个工程设计活动中，围绕着工程对象，工程设计单位同工程建设单位保持紧密的工作联系；其中，尤其以初步设计前后和施工图出图以后相互间的联系最为频繁。因此，抓住这一时机做好科技文件材料的收集工作，不仅有利于收集设计单位本身形成的文件材料，还有利于收集甲方形成的同工程设计有关的文件材料。

3. 基本建设档案

做好基本建设档案的收集工作，关键是要抓住竣工验收阶段。基本建设工程竣工犹如机械产品定型，从文件形成的角度来看，应该形成的科技文件材料都形成了，而且已经有条件同建筑实物保持一致，反映建筑实物的实际面貌；从工作活动来看，建筑工程的施工活动已经结束，施工单位同建设单位将办理移交手续，其中不仅要移交建筑对象，而且要移交有关的科技文件材料。即使在建设单位本身，围绕此项建筑工程形成的科技文件材料也完成了现行的工作使命，可以归档了。因此，抓住工程竣工验收这一工作环节，集中力量做好收集工作，符合科技文件材料的形成规律，是基本建设档案收集工作的一条重要经验。

4. 设备档案

设备档案有几种情况，应根据各自的特点，抓住关键环节做好收集工作。

（1）同土建工程连接在一起的设备，如石油、化工企业的各种大型装置以及某些管道、线路等。这些设备的档案，可同相应的基本建设档案一起，在基本建设工程竣工验收阶段进行收集。

（2）自制设备。相当一些企、事业单位所用的专用设备，是自行设计制造的。

对自制设备档案材料的收集工作，可以采用机械产品档案的收集方法，抓住设备定型鉴定这个环节，集中做好有关材料的归档、收集工作。

（3）外购设备。外购设备，无论是从国内市场购买的，还是从国外市场购买的，其档案材料的收集工作要抓好两个环节。

①设备开箱验收。设备到货开箱验收，是随机文件材料收集、归档的关键环节。经验证明，一定要抓好这个环节，以防止随机文件材料的散失、损坏。可以先收集归档，经过登记后再出借使用，或复制后出借使用。

②安装、调试（试车）。外购设备安装、调试（试车）过程中形成的文件材料，应在安装、调试（试车）完毕后，抓住时机组织收集归档。这样，外购设备在前期阶段形成的科技文件材料包括随机带来的科技文件材料和安装、调试（试车）过程中形成的材料，就基本上收集起来了。

5. 科技研究档案

根据科技研究档案形成的一般规律和特点，应抓住以下两个关键环节做好收集工作：

（1）年度总结。有些科研课题研究周期比较长，如农、林、牧、渔业的某些研究课题，往往需要年复一年地进行观察试验研究，它们的研究特点是受季节影响比较大，一个年度基本上是一个试验研究阶段，年度结束时进行当年试验研究的总结，而此时也是进行有关科技文件材料收集归档的好时机，因而要抓住年度总结的机会，做好科技文件材料的归档、收集工作。

（2）成果鉴定。科研成果鉴定是收集该课题科技档案材料的重要环节。成果鉴定标志着该课题的研究工作已经结束，有关的科技文件材料已经形成，课题组的任务即将转向新的课题，因而要抓住成果鉴定阶段的有利时机，认真做好有关文件材料的收集、归档工作。

三、做好收集工作的几个“结合”

为做好科技档案的收集工作，提高收集效果，保证收集质量，科技档案的收集工作应注意做到以下几点：

（一）接收归档和现场收集相结合

基层科技档案部门的收集工作，主要是通过接收科技文件材料归档实现的。为了保证科技档案的完整、系统，科技档案部门还应深入科室、车间，深入工地现场，做好科技档案的收集工作。

一般情况下，特别是在归档制度比较健全、执行比较严格的情况下，现场收集同接收归档比较起来，处于辅助地位；但是，在归档制度不够健全，或者虽有归档制度但执行不够严格的单位，现场收集则处于不可忽视的地位。基层企、事业单位的科技档案部门应根据本单位的具体情况，将“接收归档”和“现场收集”这两种收集方式合理地结合起来，以提高科技档案的收集质量。

（二）随时收集和集中收集相结合

科技档案的收集工作，应根据收集对象和收集任务的具体情况，采取不同方法进行。

随时收集是将收集工作同日常工作相结合，随时发现问题，随时进行收集，这种收集方式及时、灵活、简便。特别是对下述文件材料一定要切实做好随时收集工作：

①归档遗漏的零散材料；②有关人员工作调动时，应该移交归档的材料；③工作项目中断或发生变化时应清理归档的材料；④出国人员带回的应该归档保存的材料。

集中收集是指除定期接收归档的材料应该集中收集外，还包括结合企业整顿、保密检查等活动，以突击的方式进行的科技档案收集工作。这种收集方式，人力集中，效率比较高，效果也比较好。

（三）科技档案的收集工作同计划管理相结合

科技档案的收集工作同计划管理相结合，主要表现在两个方面。首先，要同生产计划部门密切配合，了解和掌握科技、生产活动的具体安排。科技文件材料的形成，同科技、生产活动的安排密切相关；而科技、生产活动的具体安排，离不开计划管理。因此，同生产计划部门密切配合，随时了解和掌握科技、生产动态，对做好科技档案的收集工作十分重要。每年年初，科技档案部门应主动了解本单位全年科技、生产活动的计划安排，掌握本年度的计划项目及其工作进度，预测在什么时间可以形成和归档哪些项目的文件材料，这样就可以有计划地，及时、主动地做好科技档案的收集工作。其次，要把归档收集工作纳入计划管理，使有关科技文件材料的归档集中，作为科技项目完成计划任务的一个重要标志。

（四）对内收集和对外收集相结合

对于科技档案的收集，不仅要做好内部有关文件材料的收集工作，还要做好对外收集工作。这是因为某些材料涉及外部单位，当这些文件材料不够齐全完整时，应做好对外收集工作。

1. **基本建设档案材料的对外收集**

对于建筑物的使用单位，当基建档案残缺不全时，常常需要对外补充收集，如向原计划单位收集有关设计方面的图纸和文字材料；向施工单位收集有关施工方面的文件材料；向勘探、测绘部门收集工程地质和地形测绘方面的材料；等等。

2. **设备档案材料的对外收集**

设备使用单位对外补充收集设备文件材料的情况比较多。因为购买设备时，随机文件是有限的，在设备安装、使用、维修过程中常常感到不足；特别是当设备档案散失、残缺不全时，更需要向设备生产单位补充收集有关的文件材料。

3. **协作项目文件材料的对外收集**

对于同外单位协作进行的科研、设计、生产等科技活动的项目，当有关的文件材料不够完整时，可以向参加协作的单位进行补充收集。

四、做好几种易缺档案材料的收集工作

在科技档案的收集工作中，各种不同文件材料的收集难度很不相同。有些材料比较容易收集，如科研成果报告、设计底图和蓝图等；有些材料则由于各种不同的原因，收集难度较大，容易短缺或疏漏。因此，应着重做好收集工作。

（一）工矿企业生产原始记录的收集

工矿企业生产原始记录是指工矿企业的车间、工段、班组甚至个人在生产操作过程中形成的原始材料。这些文件材料是工矿企业生产第一线实际情况的真实记录，如各种机电设备或化工设备的运行记录，产品生产状况、原材料消耗以及废品率原始记录，等等。这些材料及其有关数据，对研究分析设备运行状况，对科学地管理生产、总结经验和日后查考，都有科学价值和依据作用。因此，应该健全相关制度，做好收集工作。

（二）产品质量档案的收集

产品质量档案是在产品质量检验过程中形成的记载产品质量状况的档案材料，一般是产品档案的组成部分。随着企业管理工作的加强，产品质量检验工作由单一环节质量检验发展到多环节连续质量检验，由专职质量检验人员检验，发展到操作者自检和专职检验人员复检相结合的检验方式。有些工矿企业还推行了全面质量管理的有关方法。这样，产品质量档案的内容就大大丰富了。科技档案的收集工作应及时跟上产品质量检验工作和产品质量档案内容成分的发展变化，保证产品质量档案的完整、系统。

（三）有关会议材料和出国人员带回材料的收集

除本单位组织召开的科技性会议中形成的文件材料应列入归档范围进行收集归档外，本单位有关人员外出参加的专业性会议形成的有关材料，以及出国人员进行专业考察活动时形成和带回的有关材料，凡有价值的也应收集归档。这种类型的文件材料常常散存在有关人员手中，不易收集集中，除应健全制度、纳入归档范围、认真实行归档外，科技档案部门还应主动做好登门跟踪收集工作，以确保这部分文件材料得以收集建档。

（四）对有重要科技（学术）成就的个人有关材料的收集

在科研、生产或教学单位，常常有一些学有专长、在科技或学术方面成就显著的工程技术人员或教学、研究人员。对他们个人形成的一些论文、专著、译著或水平较高的教材等，也应做好收集工作。特别是那些年事已高的高级科技或教学人员，他们早年形成而长期由个人保存下来的有关材料，应该作为收集的重点，这种收集有时带有抢救性质。

对这些材料的收集工作，有较强的政策性，要做好宣传工作。暂不愿交的也可以用复制或代管的办法处理，目的是妥善地保存这些有珍贵价值的材料。这部分材料如果收集不好、得不到妥善保存，常常会造成不应有的损失。例如，某科研单位一位老所长，是我国植物生理学的创始人之一，从 1927 年开始，几十年来发表了不少论著，1978 年逝世后，原拟出版他的文集以资纪念，并通过文集使年轻的植物生理学工作者对本学科的发展历史有较全面的了解。但是，由于过去对他的论文、著作收集不够，材料很不完整，这本文集竟一时无法编辑出版。这一事例从侧面说明了收集重要人物相关材料的意义。

（五）反馈信息材料的收集

科研成果推广或发表，工程设计经过施工并且投入使用，工业产品销售，甚至气象和水文预报发布以后，其实用性和正确性如何，经过实践的检验都会产生相应的反映，这些反映形成的材料，就是反馈信息材料。这种材料对总结经验、发现问题、提高质量、改进工作具有重要的参考作用。因此，应做好有关反馈信息材料的收集工作。

反馈信息材料的收集方法和途径，因具体材料和具体情况的不同而异，主要有下述做法：

一是在签订成果推广、技术转让或产品销售合同时，载明受让或购买单位承担提供反馈信息材料的义务。

二是职能管理部门对推广出去的科技成果、竣工后的工程设计、销售出去的产品等，通过面调或函调的形式进行用户回访，并做好归档工作。

三是委托有关人员利用出差等机会进行访问或收集。

一旦这些材料“反馈”回来，科技档案部门应及时做好收集工作。

第三节　科技专业档案馆的收集工作

一、科技专业档案馆的进馆要求

科技专业档案馆是一个专业的科技事业单位，它是专业档案的贮藏中心和利用、咨询中心。从科技专业档案馆的性质和任务来看，进馆档案应当满足如下两个方面的要求。

（一）能反映本专业科学技术发展的历史面貌和历史过程

科技专业档案馆应该成为专业史研究的基地，因而科技专业档案馆的进馆范围或收集内容应该是那些能反映本专业各历史发展阶段的具有代表性的科技档案。有些科学技术，从技术的角度、现实使用的角度看，可能已经过时或相当落后，但从专业历史的角度看，它们代表了一个历史阶段，像这样的科技档案无疑应该收集进馆。

（二）能满足现实使用和发生意外事件时急用的需要

科技专业档案馆收集进馆的档案，绝不只是一些“老古董”，不只是为历史查考、历史研究的需要服务，科技专业档案馆作为专业档案的贮藏和利用中心，主要还是要满足现实使用的需要，也要妥善保管科技专业档案馆可以收集和接收同所藏档案有关的重要资料，如年鉴等。

二、科技档案收集进馆的方法和手续

（一）科技专业档案馆接收科技档案应做好准备工作

收集、接收科技档案进馆是科技专业档案馆的一项重要的业务工作，是馆

藏建设的基础。为了使收集、接收工作有计划、有秩序地进行，并保证科技档案的进馆质量，应该做好必要的准备工作。

1. 调查研究，摸清底数，制定稳妥可行的收集进馆方案

在收集进馆之前，应做好调查研究工作，内容包括：有多少单位的科技档案需要收集进馆，每个单位需要收集进馆的档案的种类、数量、保管状况、分类整理方法以及科技档案完整、准确、系统的情况等。掌握了这些情况之后，再根据馆藏条件和接收能力，制定具体的收集进馆方案。

收集进馆方案是科技专业档案馆接收科技档案的计划指导性工作文件，应制定得科学具体，既要考虑进馆需要，也要考虑进馆可能，同时要兼顾档案馆本身和档案送交单位，还要考虑到收集接收工作同专业档案馆各项业务工作的衔接和节奏。在全面统筹考虑的基础上，分清轻重缓急，有计划、有步骤、分期分批地做好收集接收工作。切不可不顾收集条件和可能，不问移交单位和科技档案的实际状况（包括数量状况和质量状况），毫无计划地收集接收。那样会影响收集工作质量，并且影响整个专业档案馆的业务建设工作。

2. 保证进馆科技档案的完整、准确、系统

科技专业档案馆是国家各级的专业档案的贮存中心，科技专业档案馆的库藏档案必须保证质量，这是对科技专业档案馆收集工作以及对科技专业档案馆整个馆藏的基本要求。保证科技专业档案馆馆藏档案质量的责任在档案的移交单位，而不是专业档案馆本身。这是因为：科技专业档案馆所藏科技档案并非自身形成的，而是各移交单位在工作活动中形成的，因而这些科技档案的质量状况是由各移交单位的工作状况决定的。

为了保证进馆科技档案的完整、准确、系统，必须做好收集进馆前的准备工作：协助和指导科技档案的移交单位认真做好进馆档案的核对配套工作、必要的实测补制工作和系统整理工作。

（二）科技档案进馆实行相关单位主送制

科技档案与文书档案不同。凡文书档案永久保存者，任何单位都应一律移交档案馆。科技档案则不同，并非任何单位永久保存的科技档案都必须进馆。这是因为一种产品的科技档案材料，常常不止一个单位拥有，设计研制单位和生产单位都有，而且往往若干家生产单位都有；一项基建工程的档案也远不止一个单位拥有；同一种型号设备的档案材料，凡拥有这种设备的单位都有。当然，各单位保存的科技档案材料在内容上各有侧重，存在一定的差异，这也是客观事实。

基于上述特点，科技档案的收集进馆，不采取普遍接收进馆的制度，而实

行相关单位主送的制度，即根据不同种类甚至不同项目的科技档案，分别确定报送单位。主送单位报送档案中不足的或缺少的部分由其他相关的单位补送。

相关单位主送制的优点是有利于在馆藏档案完整的基础上，避免馆藏档案的大量重复，便于科技专业档案馆的业务建设和集约经营，有利于保证馆藏质量。

（三）科技档案实行无偿进馆制度

科技档案是作为国家的科技文化财富收集进馆的，它不属于科技转让，因而不存在由专业档案馆向移交单位交费或提供补偿的问题。

（四）进馆档案要经过严格的检查验收，办理交接手续

科技专业档案馆接收科技档案，应实行严格缜密的检查验收制度。对进馆的科技档案，要根据移交清册逐项、逐卷、逐件地进行检查核对，确保完整无缺。

检查验收应做出验收记录，对进馆档案状况进行评价，并记载检查验收中发现的具体问题和处理意见。

科技专业档案馆和移交单位最后要在移交清册和检查验收记录上签字。科技档案移交清册一式两份，交接双方各留一份备查。

（五）建立和健全科技档案补送制度

科技档案补送制度是科技专业档案馆收集工作的重要制度和形式之一。建立补送制度是为了反映进馆项目发展、变化的情况，保证馆藏档案的完整和质量。科技档案的原移交单位要按制度规定补送相关的科技档案。例如，进馆档案的基建项目进行重大改建、扩建时，铁路或公路的线路、地形有重大变化或进行复测时，产品改型、换代时等。在这些情况下，原移交单位要向科技专业档案馆补送相关的科技档案。

思考题

（1）简述科技档案收集工作的要求。

（2）简述基层单位科技档案的收集方法。

（3）试分析如何抓住关键阶段做好基本建设档案的收集工作。

（4）试述科技专业档案馆的进馆范围。

（5）简述科技档案收集进馆的方法和手续。

第十三章　科技档案整理工作

第一节　科技档案整理工作的内容、意义和原则

一、科技档案整理工作的内容

从一个项目（如一个科研课题、一个工程设计、一个产品研制等）材料的整个形成和运动的全过程来说，它的整理工作是通过两个过程来完成的。

第一个过程是在归档以前、科技文件材料形成以后，由科技业务部门即科技文件材料的形成者或形成单位，在科技档案部门的协助、指导下所进行的整理工作。其主要内容是保管单位对科技文件材料进行基本的编目工作，这就是本书第十一章第二节所讲述的内容。这一过程的整理工作有以下几个特点：①整理工作的主要承担者是科技业务部门；②整理工作的对象是科技文件材料；③具体的工作内容是组织保管单位和进行保管单位编目；④整理工作的时间是在向科技档案部门移交归档之前。

第二个过程是在科技文件材料归档以后进行的。其整理工作的内容包括对保管单位进行科学的分类、排列和编制科技档案号。这个工作过程的特点是以科技档案的分类为基本工作内容，由科技档案部门独立进行。

在正常的情况下，任何企业或事业单位科技档案及其前身科技文件材料的整理工作，都是通过这样两个工作过程实现的，它符合科技文件材料及科技档案的自然形成规律，符合国家的有关要求和规定。但是，在工作实践中，由于

种种原因，在某些企业或事业单位，这两步工作都由科技档案部门承担了。这是客观存在的实际情况。但是，在理论认识上应该明确，科技文件材料的整理工作同科技档案的整理工作是既有密切联系又互相区别的两项工作，其具体的工作内容和实际的承担者都是不相同的。

二、科技档案整理工作的意义

整理工作是科技档案业务建设的中心环节。通过收集工作而集中到档案部门的科技档案，只有经过科学整理，才能实现条理化并将有关的内容、成分揭示出来。不经过科学的整理，科技档案无法进行定位和排架。同时，通过科技档案的整理工作，可以检验收集归档材料的质量，如果发现材料短缺，可以进行补充收集，有利于完善科技档案的收集工作。

整理是鉴定工作的基础。科技档案只有经过科学整理，实现系统化和条理化，才能进行鉴别和比较，正确地判断其保存价值。如果不经过科学整理，科技档案处于杂乱无章的状态，类别不清，联系混乱，也无法进行科学保管和有效统计。

整理工作是科技档案得以利用的基础和前提条件。管理科技档案是为了发挥科技档案的作用，把科技档案提供出来使用。而科技档案是否经过整理以及整理得是否科学，将直接影响对它的利用。科技档案经科学整理，就能够保持其内部相互之间的有机联系，揭示出它的内容和成分，这样，科技档案工作者就易于了解和熟悉他们所管理的科技档案，从而能够准确、迅速地提供档案。需要利用科技档案的有关人员，也便于了解和查找他们所需要的科技档案。因此，整理工作对充分发挥科技档案的作用、实现科技档案工作的目的，具有重要的意义。

三、科技档案整理工作的原则

毛泽东同志曾就档案整理问题指出，要“分门别类，便于保存和寻找”[①]。这个对一般档案整理工作的要求，同样适用于科技档案的整理工作。

那么应该怎样对科技档案进行“分门别类的整理，便于保存和寻找”呢？其原则就是遵循科技档案的自然形成规律和保持档案材料之间的有机联系。

---

① 这是1951年7月中央办公厅机要室负责人向毛泽东同志汇报工作，谈到文书、档案工作时，毛泽东同志的谈话。

现从理论和实践两个方面来分析这条整理工作原则。

首先，科技档案整理原则是建立在马克思主义方法论的基础上的。

恩格斯在《自然辩证法》一书中指出："科学的分类就是这些运动形态本身之依据其内部所固有的次序的分类和排列。"[①] 列宁也指出："……分类应当是自然的而不是纯粹人为的即任意的。"[②] 恩格斯和列宁在这些论述中明确指出，分类应该按照事物本身"固有的次序"，是"自然的"而不是"人为的"。这个论述具有理论上的普遍性和对实践的普遍的指导意义。这种所谓按照事物本身"固有的次序"进行分类的原理，表现在科技档案的整理工作上，就是要遵循科技档案的自然形成规律，"自然"地按照科技档案材料的"固有的次序"来进行整理工作，就是要维护和保持档案材料之间的、内在的、客观的有机联系，而决不能"人为"地、"任意"地破坏这种联系。

因此，整理工作"遵循科技档案的自然形成规律和保持档案材料之间有机联系"的原则，正是建立在恩格斯和列宁所指出的马克思主义方法论的基础上，坚持了辩证唯物主义和历史唯物主义的基本原理。

其次，科技档案整理原则是建立在客观实际的基础上的。

科技档案是科技、生产活动的产物。科技、生产活动有其本身的客观运动规律和一定的科学程序。因此，记录和反映科技、生产活动的科技档案，也就自然要反映出这个规律和程序，并构成一个独立的有机整体。

科技档案的整理工作，就要保持这个自然形成的有机整体的完整，并且要依据和反映这个整体形成时的科学程序，维护这个整体内部"所固有的次序"，"自然"地进行分类和排列。任何人为地、主观地把一个自然形成的成套档案材料分散、打乱，或人为地、主观地把一堆互无关联的科技档案任意拼凑起来的做法，都是既违背科学，又脱离实际的。

总之，只有遵循科技档案的自然形成规律，保持档案材料有机联系的原则，对科技档案进行"分门别类"的整理，才能做到"便于保存和寻找"。

---

① 恩格斯．自然辩证法 [M]. 于光远，译．北京：人民出版社，1958：209.

② 列宁．黑格尔《逻辑学》一书摘要 [M]// 列宁．列宁全集．北京：人民出版社，1953：255.

第二节　科技档案的分类要求和分类方案

一、科技档案分类

分类是根据对象的共同点和差异点，将对象划分为不同种类的逻辑方法。分类的基础是比较，也就是说，分类是通过比较来识别对象之间的共同点和差异点，然后根据共同点把对象归合为较大的类，根据差异点把对象划分为较小的类，从而把对象划分为具有一定平等关系和从属关系的不同等级的方法。因此，分类是认识事物、区分事物和揭示事物之间相互联系的一种逻辑方法。

科技档案分类就是根据科技档案的性质、内容、特点和相互之间的联系，把科技档案划分成一定的类别，从而使库藏的全部科技档案形成一个具有一定从属关系和平行关系的不同等级的系统。

对科技档案进行科学的分类，是管理科技档案的必要手段，也是科技档案整理工作的核心内容。

二、科技档案分类的要求

科技档案的分类要求主要有以下几点：

（一）科技档案分类要符合档案形成专业和形成单位科技活动的性质和特点

科技档案是在科技、生产活动中形成的。不同专业和单位，其科技、生产活动的内容、性质和科技程序都不尽相同，产生的科技档案的种类及其内容构成也不完全相同，甚至有很大的差别。比如，机械工业系统、冶金工业系统、化学工业系统、纺织工业系统，他们之间的专业性质不同，工作内容和科技生产程序不完全一样，所形成的科技档案差别也比较大；至于在工业、建筑、水利、气象、地质等专业系统之间，其科技、生产活动的差别更大，所形成的科技档案的种类和内容构成方面的差别也就更为突出。

因此，对不同专业系统科技档案的分类，要充分考虑本专业系统科技活动的特点。

即使在一个专业系统内部，各个不同类型的单位之间，其科技、生产活动的差别也同样是很大的。比如，在冶金工业系统内部，有工厂、矿山、设计院和研究院等不同类型的单位。这些不同的单位，由于科技、生产活动的差异，所产生的科技档案的种类和内容构成必然也很不相同。

因此，科技档案的分类必须符合科技档案形成专业和形成单位科技活动的性质和特点。这就要求科技档案管理人员必须熟悉该专业、该单位的工作内容、专业性质和科技活动的特点，进而熟悉科技档案的种类和内容构成，这是做好科技档案分类工作的必要前提。

（二）在一个单位内部或一个专业系统中，同一种科技档案的分类标准应该一致

分类必须有一定的标准，也就是要根据科技档案的某种属性、特征或关系来进行分类。由于科技档案具有多方面的属性（如时间属性、内容属性等），具有多方面的特征（如成套性特征、制成材料特征、制作方法特征等），具有多方面的联系（如结构关系方面的联系、工作程序方面的联系、专业性质方面的联系等），因而分类的标准也是多种多样的。但是，在一个科技档案室、一个科技专业档案馆或一个专业系统，对同一种科技档案只能采用一个分类标准，而不能对一种科技档案同时采用几个分类标准。

分类最忌标准不一。对同一种科技档案同时采用几个分类标准，就会造成分类中的类别交叉现象。分类的结果，同位类之间只能平行，不能交叉重叠。如果出现交叉重叠，那就是分类错误，既不便于科技档案的科学管理，也不便于科技档案的有效利用。

但是，对司一种科技档案，不可能用同一个标准一分到底，允许各个不同的类别层次的分类标准有所不同。

（三）分类应力求按专业系统实现标准化

为了逐步实现科技档案管理的现代化，便于科技档案向科技专业档案馆移交，便于科技档案分类，应逐步按专业系统实现标准化。

《科学技术档案工作条例》规定：“国务院所属各工业、交通、科研、基建等专业主管机关，应当拟定本专业系统的科技档案分类大纲。”这是按专业系统实现科技档案分类标准化的重要步骤。

三、编制科技档案分类方案

科技档案分类方案，是对科技档案进行科学分类的依据性文件。为了做好科技档案的分类工作，每个基层科技档案部门和科技专业档案馆都应根据库藏科技档案的实际情况，编制科学的、切实可行的科技档案分类方案。

科技档案分类方案不仅对指导科技档案分类工作有重要的作用，也可以展示库藏科技档案的内容构成和组织体系，便于对库藏科技档案的使用和监督、管理。

因此，编制科技档案分类方案是科技档案分类工作的一项重要内容，也是科技档案业务建设的一项重要措施。

专业主管机关编制的科学技术档案分类大纲也属于科技档案分类方案。它是指导本专业系统所有企、事业单位进行科技档案分类的依据性文件。因此，企、事业单位和科技专业档案馆编制科技档案分类方案时，应以专业系统的分类大纲为指导。

（一）科技档案分类方案的编制规则

1. 可包容性

科技档案分类方案，实际上就是基层科技档案部门或科技专业档案馆全部库藏科技档案（对于专业系统的分类大纲，则是本专业形成的全部科技档案）的分类类目表，它由各大类和各级属类的类目组成。各大类和各级属类构成分类方案的类目体系。在进行科技档案实体分类时，以分类方案为指导，根据科技档案实体在分类方案类目体系中的具体位置，“对号入座”，实现科学分类。

因此，科技档案分类方案的类目体系，必须有足够的容量，能够涵盖科技档案室或科技专业档案馆库藏科技档案的全部内容，要使库藏的每一种、每一部分科技档案都能在分类方案的类目体系中找到自己应有的位置。这就是科技档案分类方案类目体系的可包容性。如果在科技档案具体分类过程中，有些科技档案从分类方案上找不到自己的合理位置，就说明这个分类方案不具有可包容性，其对科技档案分类的指导作用就会大大降低。

为使所编制的分类方案具有可包容性，就要充分考虑现有库藏的实际情况，务必使现存的科技档案在分类方案的类目体系中都能够得到可靠的反映；同时，要进行必要的科学预测，估计到一定时期内库藏科技档案的发展情况，使分类方案的类目设计留有合理的扩充发展的余地。

2. 严整性

分类方案的类目体系，是由各大类和各级属类构成的反映各类目之间关系的分类系统。它表现在纵向和横向两个方面。

从纵向来讲，它表示大类和它所展开的各级属类之间的关系，表达的是由一个大类逐级展开细分的各级属类之间的从属关系。因此，分类方案中类目体系的纵向关系，是上位类和下位类的关系。凡是上位类，一定要能包含它所属的下位类。下位类一定是它的上位类的组成部分。上位类和下位类之间的关系，是总体和部分的关系。因此，分类方案中每一个纵向排列的各级类目，构成了一个类目系列，一般简称为“类系”。

从横向来讲，它表示各同位类之间的关系，表达同位类之间的并列关系。同位类，既有大类之间的同位类，也有属类（包括各级属类）之间的同位类。各同位类之间的关系是互相排斥的，即同位类之间只能并列、平行，而不能交叉重叠。因此，同位类的类目构成“类列”。

科技档案的分类方案，实际上就是由类系（反映纵向关系）和类列（反映横向关系）组成的一个严整的科技档案的类目体系。因此，编制科技档案的分类方案，必须确保分类方案类目体系的严整性，这是实现科技档案科学分类的重要条件。

3. 相对稳定性

基层科技档案部门或科技专业档案馆对库藏科技档案的分类是实现科学管理的基础。科技档案的分类，牵动着整个科技档案管理工作。如果库藏科技档案的分类发生变化，就会引起相应工作的一系列变化，有些甚至需要从头做起。因此，无论是科技档案部门还是科技专业档案馆，对科技档案的分类必须保持长期的相对稳定，不宜经常地或频繁地更改分类方法和分类体系。

为保持科技档案分类的长期相对稳定，在制定科技档案分类方案时，一定要进行缜密研究，全面考虑，使分类方案类目体系的设置科学合理，稳妥可靠，能够保持长期的相对稳定。

（二）科技档案分类方案的编制方法

1. 了解和掌握库藏科技档案的内容构成及形成特点

编制科技档案的分类方案，必须对库藏科技档案的实际情况有全面的了解。

（1）了解和掌握库藏科技档案的基本种类和每种科技档案的内容构成。

（2）熟悉每种科技档案的形成过程和特点。

（3）对库藏科技档案成分的历史演变有所了解，并对今后的发展变化做出初步的预测。

对库藏科技档案的状况做全面的熟悉和掌握，这是编制科技档案分类方案的基础工作。

2. **确定明确的分类标准和分类方法**

科技档案的分类标准必须在制定分类方案时确定下来，这是决定分类是否科学以及今后的科技档案分类工作是否科学的关键。因此，在全面掌握库藏科技档案基本状况的基础上，应根据科技档案的分类原理，对每种科技档案确定具体的分类标准和分类方法。因此，在正常的情况下，不是在对科技档案实体进行具体分类时才确定分类标准和分类方法，而是在制定分类方案时，就把分类标准和分类方法确定下来。

3. **设置科学、合理的类目体系，以文字叙述或图表的形式表达出来**

在充分掌握库藏科技档案的基本情况，并且确定了科技档案的分类标准和分类方法以后，就可以在前两项工作的基础上，进行分类方案类目体系的设置工作。

（1）划分大类，确定类列。根据库藏科技档案的基本种类划分出大类就是整个分类方案中的类列。有多少种科技档案，就可以设置多少个大类。

（2）划分属类，形成类系。在每个大类中，根据科技档案的内容构成和形成特点，按照已确定的分类标准和分类方法，进行类系展开，设置相应的上位类和下位类，形成不同的类别层次，构成一个完整的类系。

（3）确定类别排序。大类之间的排序，应考虑各类别之间的关系，突出库藏科技档案的主体。库藏科技档案的主体，是指反映企、事业单位基本职能活动的档案材料。比如，工矿企业科技档案的主体是产品档案或生产技术档案；设计单位科技档案的主体是设计档案；科技研究单位科技档案的主体是科研档案；等等。将反映主体内容的科技档案放在大类之首，然后根据各类别之间的相互关系，安排其他大类的排列次序。

（4）明确代字、代号。给每一个类目以固定的类目代字或代号。

（5）制成文件或图表。将由类列和类系组成的类目体系，用文字叙述或图表的形式表达出来，形成一个完整的科技档案分类方案。

（6）撰写分类方案编制说明。指出分类方案的编制依据、分类标准、类目代字和代号的使用方法等。

第三节　科技档案的分类方法

科技档案的实体分类是在分类方案的指导下分两步进行的。

第一步，对库藏的全部科技档案，按种类划分大类。比如，将全部科技档案划分为产品档案类、基建档案类、科研档案类、设备档案类等。

这是分类方案上的第一层分类。对于基层企、事业单位来说，其科技档案大类的多少，取决于这个单位科技档案种类的多少，也取决于这个单位科技档案集中统一管理的程度。如果这个单位全部科技档案都实现了集中统一管理，那么它的科技档案大类的数目正好同这个单位科技档案的种类相等。有些单位的科技档案没有全部实现集中统一管理，如它的设备档案、基建档案还在设备部门、基建部门，那么这个单位科技档案的大类数目就较少，不能反映该单位科技档案的全部种类。

此外，多年来科技档案分类工作的实践表明，在科技档案的第一层分类中，设置“综合类”是适宜的。它可以容纳科技档案中那些不属于任何一个种类的、具有综合性质的材料，如一些综合性的科技计划材料、科技会议材料以及标准、规范等。但需注意，综合类的内容要合理控制，不能过于庞杂。

第二步，对每种科技档案进行分类。科技档案种类很多，形成科技档案的单位的性质和情况又千差万别，因而科技档案的分类方法较多。最基本的有六种分类方法。

一是工程项目分类法。就是在本单位（或科技专业档案馆）全部基建档案范围内，以工程项目为分类单元，划分科技档案的类别。工程项目分类法适用于建设单位的各种基本建设工程档案的分类，也适用于工程设计单位对工程设计档案的分类和城市建设档案馆对城市建设档案的分类。

二是型号分类法。就是在本单位（或科技专业档案馆）全部产品档案或设备档案的范围内，以各个型号的产品或设备为分类单元，划分科技档案的类别。型号分类法适用于产品档案和设备档案的分类。

三是课题分类法。就是在本单位（或科技专业档案馆）全部科研档案范围内，以各个独立的研究课题为分类单元，划分科技档案的类别。课题分类法适用于科技研究档案的分类。

四是专业分类法。就是根据科技档案内容所反映的专业性质进行类别划分。

五是地域分类法。就是根据科技档案内容所反映的地域特征进行类别划分。

六是时间分类法。就是根据科技档案内容所反映的时间特征进行类别划分。

上述六种基本分类方法，在实际应用时可以根据具体情况，结合其他特征具体运用。下面按科技档案的种类分别加以叙述。

一、基建档案分类

基建档案最基本的分类方法是工程项目分类法，即以工程项目为单位进行分类。具体到不同的单位和不同的基建档案，一般有以下几种分类方法：

（一）性质—工程项目分类法

这种分类方法以工程项目为基础，结合工程项目的使用性质或专业性质进行分类。

1. 企、事业单位的基建档案

企、事业单位的基建档案，适于采用性质—工程项目分类法进行分类。以工厂的基建档案为例。工厂的基建档案，按建筑物的使用性质和档案内容可以划分为厂区综合性档案类、生产性建筑档案类、辅助生产性建筑档案类、办公和生活性建筑档案类等，其分类方法如图13–1所示。

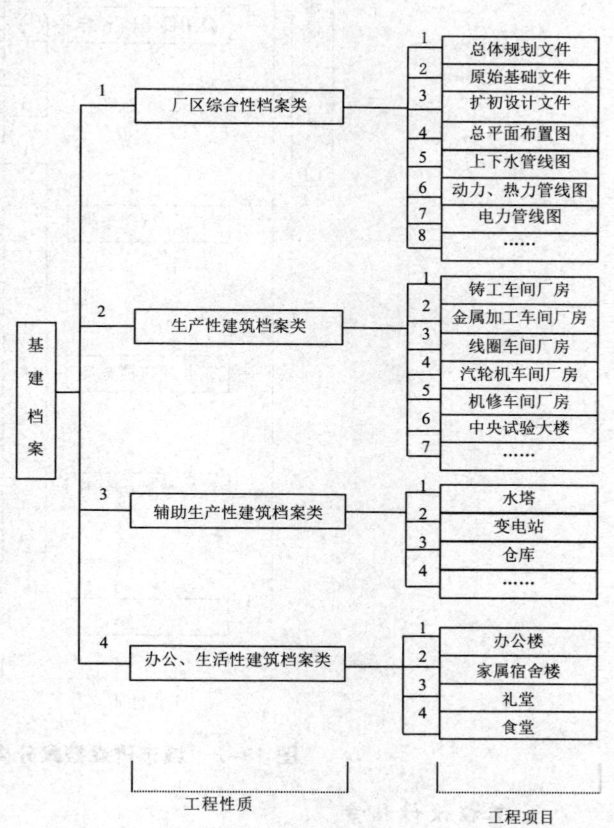

图 13–1　工厂企业基建档案分类示意图

在上述每个工程项目中，如果科技档案材料不多，可以直接排列保管单位；如果科技档案材料较多，则可以按专业等特征划分小类，然后在小类之下再排列保管单位。

2. 城市建设档案

城市建设档案（包括城市建设档案馆的档案）也适用于按性质—工程项目分类法进行分类，其分类方法如图 13-2 所示。

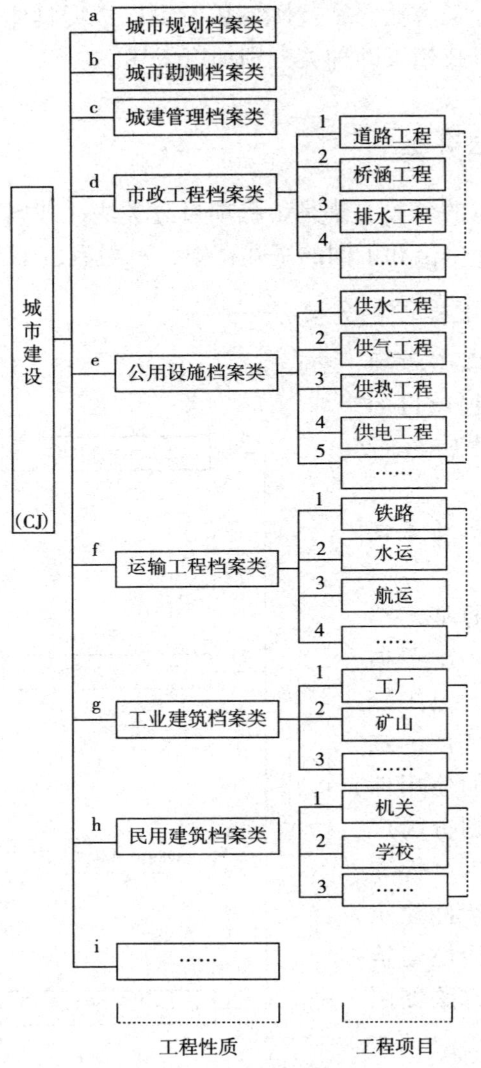

图 13-2　城市建设档案分类示意图

3. 工程设计档案

工程设计档案，包括工业工程设计档案和民用工程设计档案，都适用于按

性质—工程项目分类法进行分类。民用建筑工程设计档案分类，如图 13-3 所示。

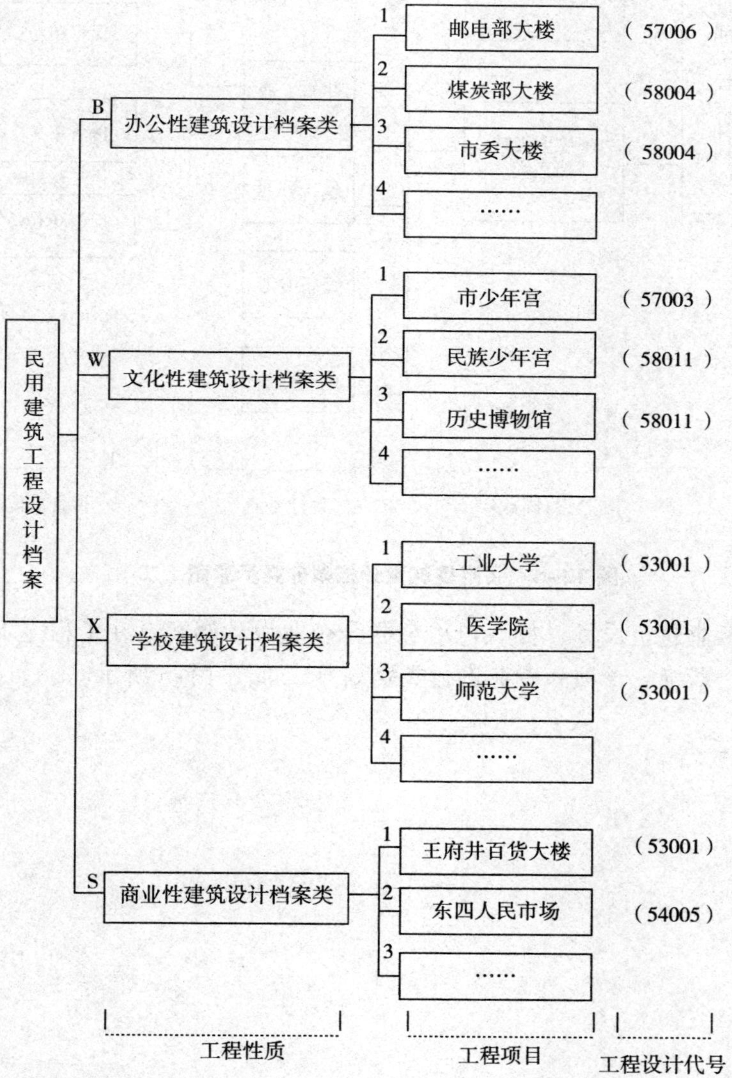

图 13-3　民用建筑工程设计档案分类示意图（一）

在每一个工程项目中，还可以按设计阶段、专业进行类别划分，然后排列科技档案的保管单位，如图 13-4 所示。

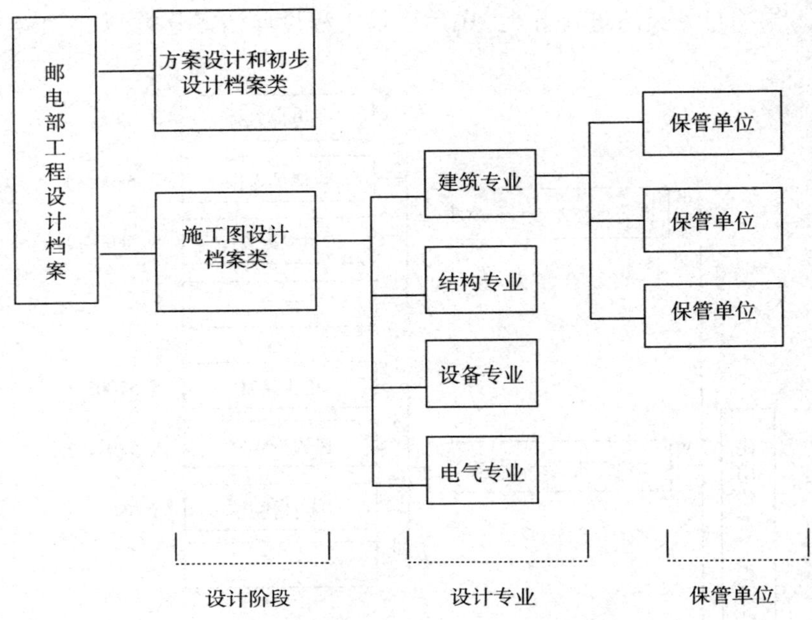

图 13–4　民用建筑设计档案分类示意图（二）

对于工业建筑设计，如有色冶金联合企业设计档案，在工程之下，可以按设计阶段、系统・子项和专业进行类别划分，如图 13–5 所示。

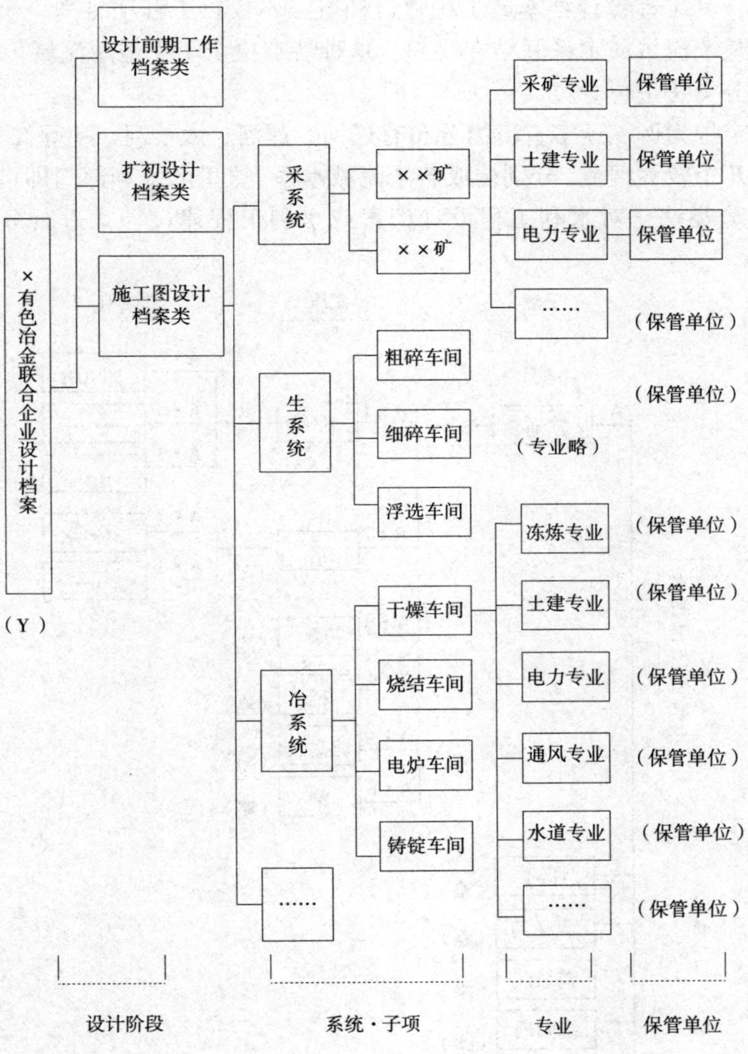

×有色冶金联合企业设计档案

（Y）

设计前期工作档案类

扩初设计档案类

施工图设计档案类

采系统

××矿

××矿

采矿专业　保管单位

土建专业　保管单位

电力专业　保管单位

……　（保管单位）

生系统

粗碎车间

细碎车间

浮选车间

（保管单位）

（专业略）

冶系统

干燥车间

烧结车间

电炉车间

铸锭车间

冻炼专业　（保管单位）

土建专业　（保管单位）

电力专业　（保管单位）

通风专业　（保管单位）

水道专业　（保管单位）

……　（保管单位）

……

设计阶段　　系统·子项　　专业　　保管单位

图 13-5　工业建筑设计档案分类示意图

（二）流域（水系）—工程项目分类法

流域（水系）分类法一般适用于大中型水利设计部门和水利管理规划部门，如水利勘测设计院、黄河水利委员会、长江流域规划办公室、淮河水利委员会、水利厅、水利局等单位。这些单位的工程设计或工程项目都分布在整个流域或水系上面，其工程设计档案或工程建设档案，不仅以工程项目为一个独立的整体，还将整个流域或水系联结在一起。这种特点决定了它适用流域（水系）—工程项目分类法进行分类。

以辽宁省为例。辽宁省境内分布有辽河、浑河、太子河、鸭绿江、绕阳河、碧流河等几个较大河流，分别构成若干流域水系。这里的水利部门即可按流域—工程项目分类法，对水利工程设计档案或水利工程建设档案进行分类，如图13-6所示。

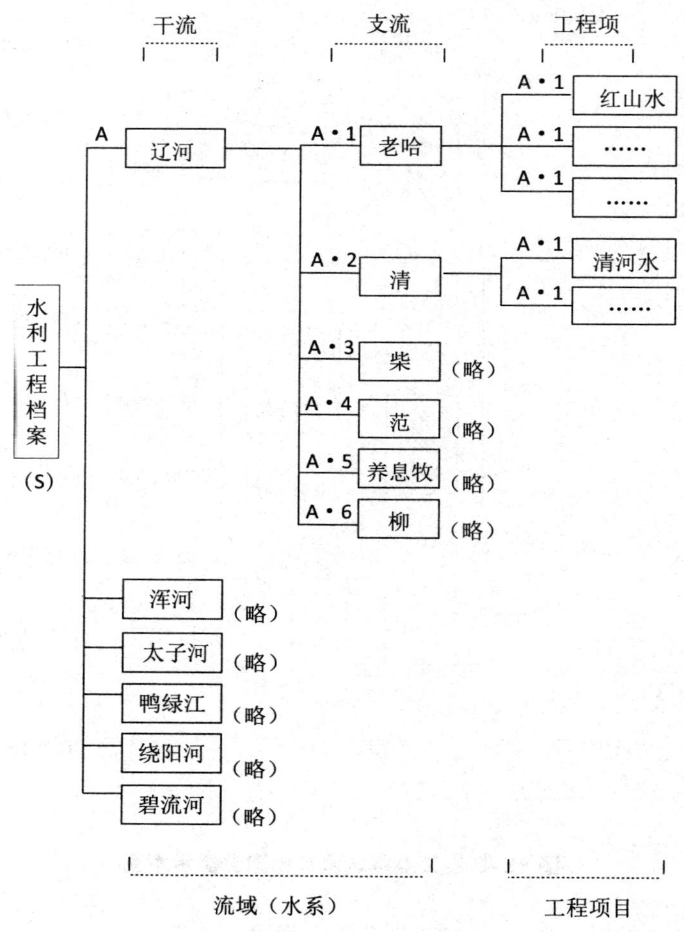

图13-6 水利工程档案分类示意图（一）

其具体的分类方法是以全省的各个流域（水系）的干流为大类，在每个大

类中以本流域的各个支流为属类，然后以每个支流上面的工程项目为样本的分类单元，保持一个工程项目档案的完整性。

这种分类方法下的大类的排列，可以按流域的大小顺序排列，也可以按方位顺序排列。其支流属类的排列，可以按各支流在流域中的位置，从上游向下游顺序排列。各工程项目按时间的先后顺序排列，先设计、先施工的排列在前，后设计、后施工的排列在后。某些工程不是建在支流上而是建在干流上，是干流的直属项目，则以干流号和工程项目号直接表示。

在每一个工程项目内，按设计阶段和专业做具体的类别划分，然后排列保管单位，如图 13–7 所示。

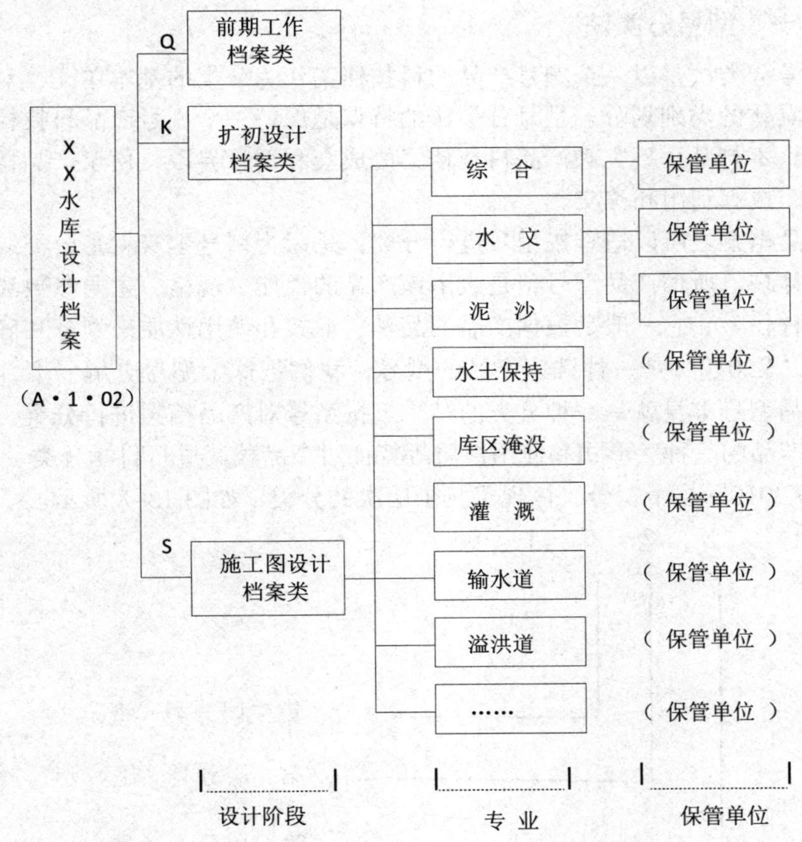

图 13–7　水利工作档案分类示意图（二）

性质—工程项目分类法和流域（水系）—工程项目分类法，都维护了一个工程项目科技档案的完整，都是以工程项目为分类的基础，包括工程项目之间科技档案的类别划分和工程项目内部科技档案的类别划分。这种分类的特点体现了科技档案的成套性，无论是科技档案的分类，还是科技档案的排列，都保持了一个工程项目档案材料的集中和成套。

二、产品档案分类

产品档案种类繁多，包括机械产品档案、轻纺产品档案等。因此，产品档案的分类方法也比较复杂。最基本的分类方法是按产品型号进行分类，即型号分类法。此外，还有其他一些具体的分类方法。

（一）型号分类法

型号分类法是以一个型号产品的科技档案作为分类的基本单元，对产品档案进行具体的类别划分。型号分类法的特点是保持一个型号产品科技档案的完整成套，不打乱、不突破产品科技档案的成套和型号界限，便于产品档案的成套管理、成套利用和移交。

产品档案之所以适宜按型号进行分类，是因为型号本身就是分类的结果和分类的体现。所谓产品型号，是表示该产品的性能、规格、主要参数和结构特征的一种代号，它一般是根据产品的品种、形式和使用性质来划分和确定的。比如，“X2010”是一种铣床产品的型号，我们把这个型号分解一下，就可以看出产品型号本身就是一种分类的结果。按型号对产品档案进行分类，实际上就是按产品的品种、形式和使用性质等特征对产品档案进行科学分类。

“X2010”这个型号，体现了三个层次的分类，如图 13-8 所示。

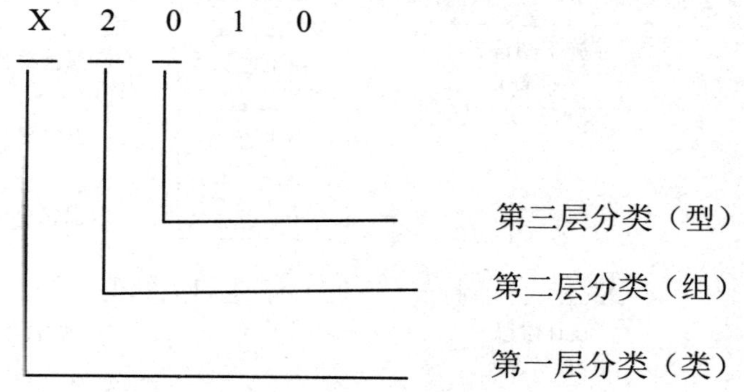

图 13-8　“X2010”型号层次分类

第一层分类是机床产品品种的分类，即车床、钻床、镗床、磨床、铣床、刨床等，如表 13-1 所示。

表 13-1　机床品种分类及代字表

产品品种	车　床	钻　床	镗　床	磨　床	铣　床	刨　床
品种代字	C	Z	T	M	X	B

第二层分类是在每种铣床产品内部，按其不同的形式或结构特征划分组别，如表 13-2 所示。

表 13-2　铣床组别分类及代字表

代　字	铣床分类
X1	单臂及单柱铣床
X2	龙门及双柱铣床
X3	平面及端面铣床
X4	仿形铣床
X5	立式铣床
X6	卧式铣床
X7	圆工作台及工作台不升降铣床
X8	工具铣床
X9	其他铣床

第三层分类是在每组铣床产品内部，按其使用性质划分型别，如表 13-3 所示。

表 13–3　铣床型别分类及代字表

代　字	铣床床型分类
X20	龙门铣床
X21	龙门镗铣床
X22	龙门刨铣床
X23	龙门磨铣床
X25	双柱铣床
X28	桥式龙门铣床

型号“X2010”中的最后两位数字“10”，则是铣床主参数的代号，如表 13–4 所示。

表 13–4　产品型号及铣床主要参数内容

型　号	主 要 参 数 内 容
X2010	工作台 1 000 mm × 3 000 mm
X2012	工作台 1 250 mm × 4 000 mm

从上述分析可以看出：①产品型号本身是分类的结果和分类的体现；②型号 X2010，体现了三级分类层次；③产品档案按型号进行分类，实际上就是按产品的品种、形式、使用性质和主要参数等特征进行不同层次的类别划分。

产品档案按型号进行分类，尤其对于生产系列产品的生产单位，更能显示出其优越性。在这些工厂，产品型号同产品系列密切联系，如图 13–9 所示。

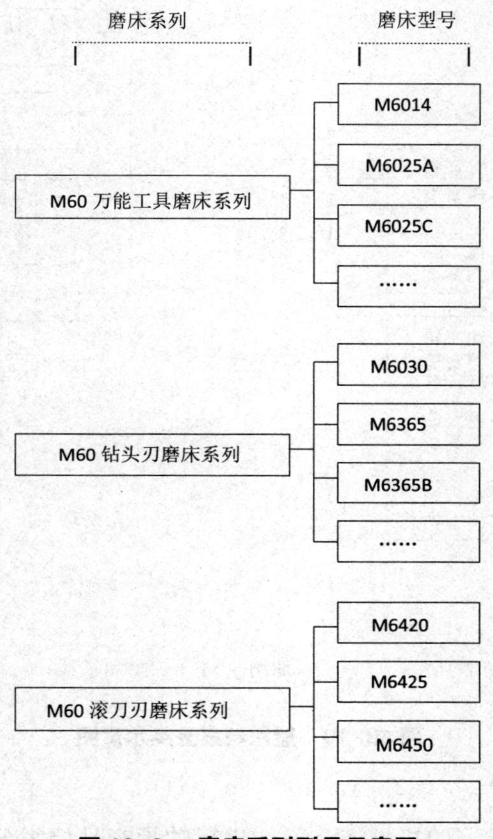

图 13-9　磨床系列型号示意图

因此，在系列产品的生产厂，按型号进行产品档案的分类和排列，便于体现出系列产品之间的密切联系，便于产品档案的管理和使用，便于发展系列产品。

型号分类法在具体应用时，可因产品对象的不同而有不同的应用形式。

1. 船舶产品

船舶产品是一种特殊类型的机械产品。在进行船舶产品档案分类时，要保持一条船舶档案的完整性，一般采用性质—船舶分类法。首先按船舶性质划分类别，然后在每个类别内以每条船舶作为分类单元，并且按照船舶的建造完工年份进行排列。在每条船舶的档案材料内部，按设计阶段和结构（专业）进行系统整理，如图 13-10 所示。

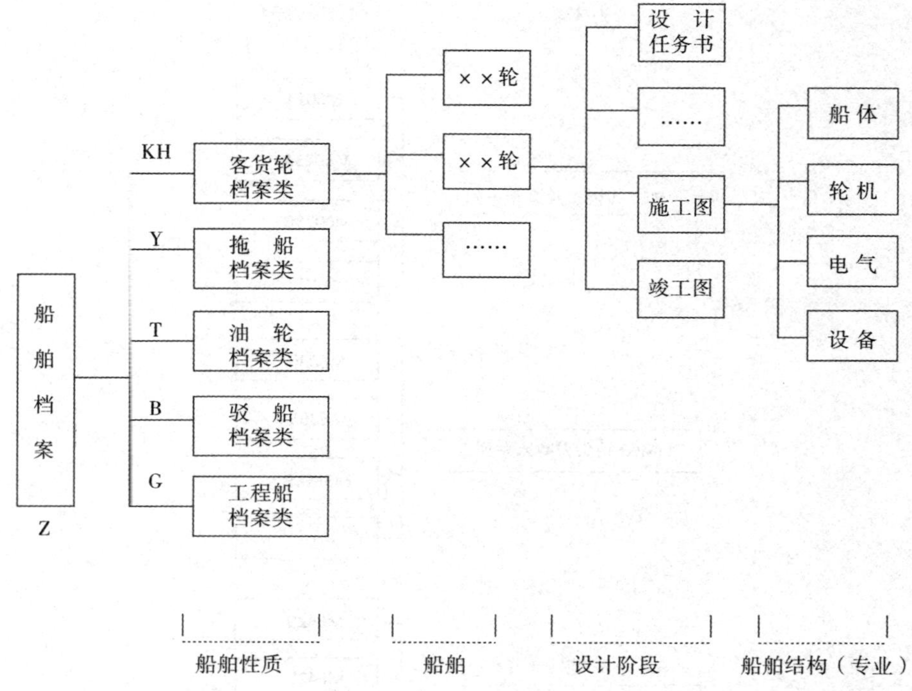

图 13-10 船舶档案分类示意图

2. **轴承产品**

这是一种特殊类型的机械产品。在进行轴承产品档案分类时，一般采用类型—型号分类法进行分类。

轴承产品的结构，比起一般机械或机器产品不是那么复杂。

以滚动轴承而言，主要是由四大件，即内圈、外圈、滚动体和保持架组成。每套图纸约十几张，有的因采用通用图和借用图，图纸还要少些。但是，它的类型比较复杂，因而一般采用类型—型号分类法。其具体方法如下：

首先，将轴承产品档案按轴承产品的技术特征划分为十个基本类型。

（1）向心球轴承。

（2）向心球面球轴承。

（3）向心短圆柱滚子轴承。

（4）向心球面滚子轴承。

（5）向心长圆柱滚子轴承。

（6）螺旋滚子轴承。

（7）向心推力球轴承。

（8）圆锥滚子轴承。

（9）推力球轴承。

（10）推力滚子轴承。

其次，在每个类型中，按产品型号（由直径系列号和内径尺寸号构成）进行分类和排列。

3. 纺纱产品

纺纱产品档案可以采用年度—纱号分类法进行分类。纱号是表示棉纱产品的一种代号。棉纱的突出标志是粗细度，纱号就是表示棉纱粗细度的代号。

表示棉纱粗细度的方法有两种。

（1）定长制。用纱支数来表示，码是英制。一磅棉花能纺几个 840 码的纱，就叫几支纱。因此，棉纱越细，支数越高。

（2）定重制。用纱号数来表示，号是公制。1 000 米长的纱，重多少克，就叫几号纱。因此，纱越细，号数越小。纺纱产品档案的分类，如图 13-11 所示。

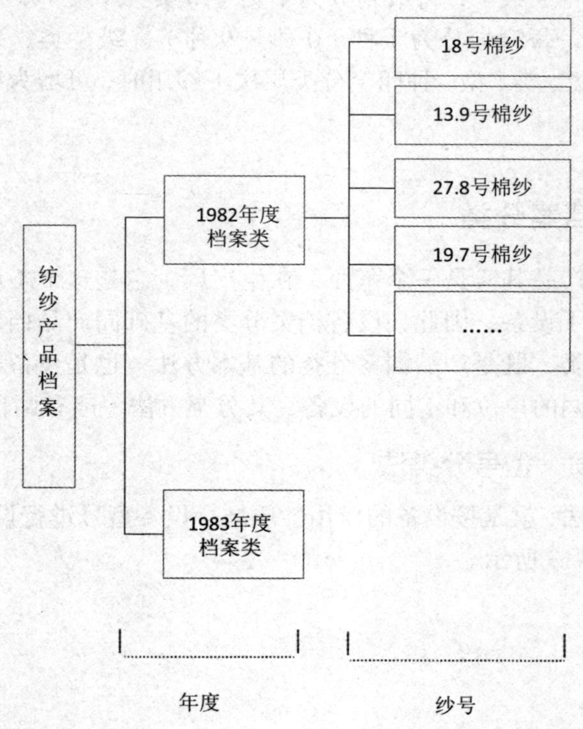

图 13-11　纺纱产品档案分类示意图

这种分类法的特点：一是以一个纱号产品的档案为分类的基本单元，保持了一个纱号产品档案材料的完整成套；二是按年度将纺纱产品档案进行归类，在一个年度内，按纺纱产品设计和投产的先后顺序进行排列，便于登记、排架，能够明显地反映出历年产品及年度内产品的发展、变化情况。

（二）十进制分类法

同前述型号分类法不同，十进制分类法突破了产品档案的型号、成套界限以及产品内部的隶属关系，把产品、部件、零件的科技档案，按其特征、结构或用途，以十进制的方法划分类别。

十进制分类法的特点：一是打破产品界限进行分类，不考虑产品组成部分之间的隶属关系；二是突破厂矿企业的单位界限，按事先规定好的十进制分类表，实行全国同行业统一分类，从而实现了产品档案分类标准化。

十进制分类法多运用于产品零部件通用性比较强的电器产品。

电器产品档案十进制分类法的具体做法：将全部产品及产品的组成部分划分为十级（0级～9级），每级划分为十类（0类～9类），每类划分为十型（0型～9型），每型划分为十种（0种～9种）。级、类、型、种四位数字组成分类号，当级、类、型、种四个分类层次不够用时，可增为级、类、型、种、项五个类别层次。

三、设备档案分类

设备和机械产品其实是一个东西，在生产厂，它是这个工厂的产品，到了用户手里它就成了设备。因此，设备档案分类的基础同产品档案是一样的，即型号。按型号分类，既是产品档案分类的基本方法，也是设备档案分类的基本方法。具体到不同的单位和不同的设备，其分类方法一般有两种。

（一）性质—型号分类法

这种分类方法，就是按设备的使用性质结合设备型号进行设备档案的分类，如图 13-12、13-13 所示。

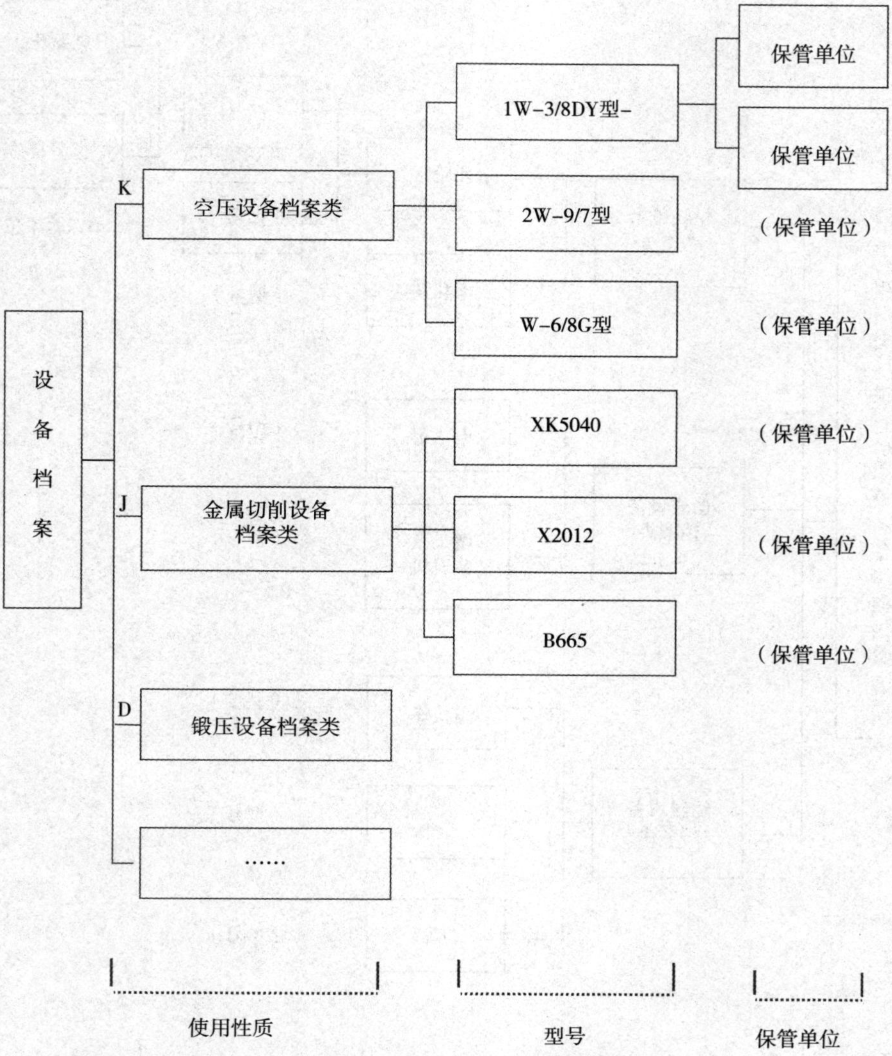

- 设备档案
  - K 空压设备档案类
    - 1W-3/8DY型-
      - 保管单位
      - 保管单位
    - 2W-9/7型　（保管单位）
    - W-6/8G型　（保管单位）
  - J 金属切削设备档案类
    - XK5040　（保管单位）
    - X2012　（保管单位）
    - B665　（保管单位）
  - D 锻压设备档案类
  - ……

使用性质　　　型号　　　保管单位

图 13-12　机械制造厂设备档案分类示意图

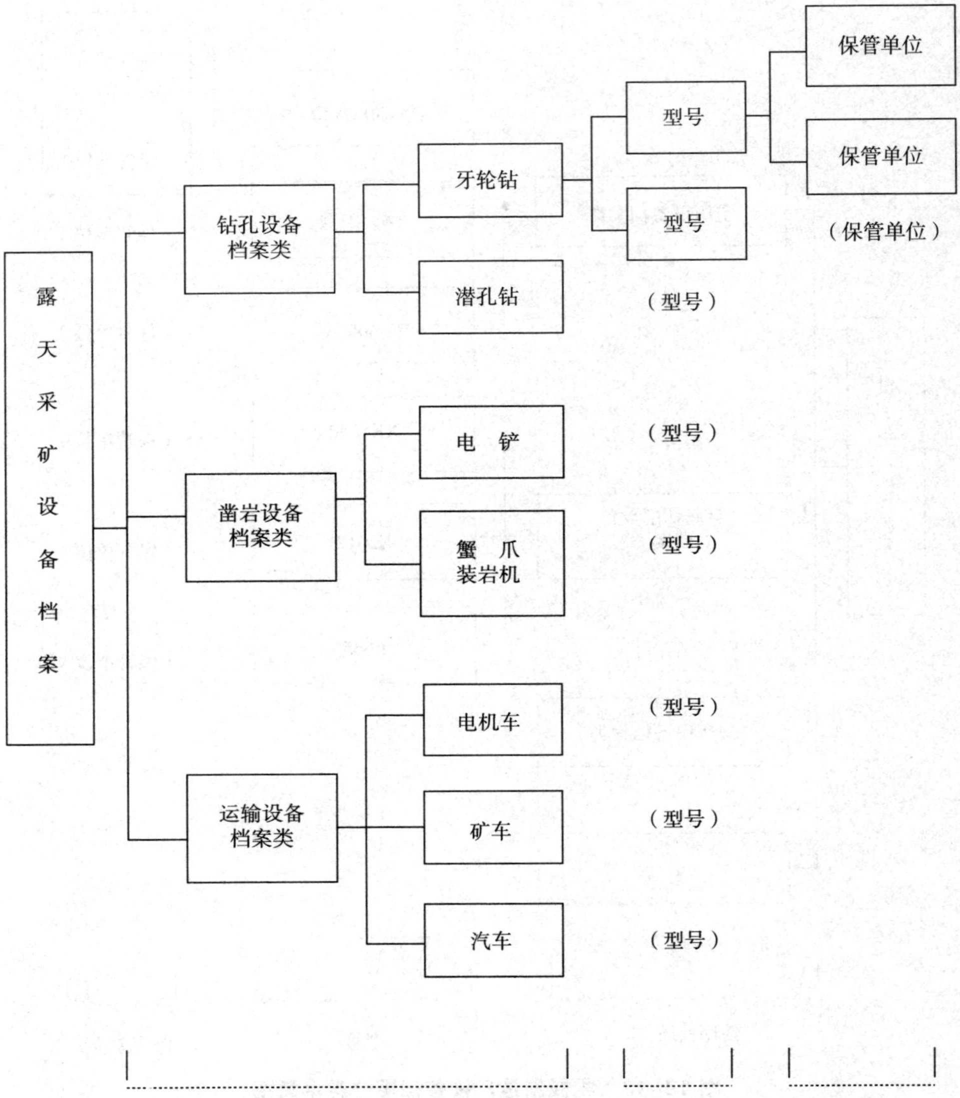

- 露天采矿设备档案
  - 钻孔设备档案类
    - 牙轮钻
      - 型号
        - 保管单位
        - 保管单位
      - 型号
        - （保管单位）
    - 潜孔钻
      - （型号）
  - 凿岩设备档案类
    - 电　铲
      - （型号）
    - 蟹　爪装岩机
      - （型号）
  - 运输设备档案类
    - 电机车
      - （型号）
    - 矿车
      - （型号）
    - 汽车
      - （型号）

使用性质　　型号　　保管单位

图 13-13　露天采矿设备档案分类示意图

（二）工序—型号分类法

这种分类方法多适用于对生产工艺或工序连续性较强的设备档案（如轻工、纺织或炼油、化工等生产设备档案）的分类。

例如，毛纺厂设备档案，按工序—型号分类法分类，如图 13-14 所示。

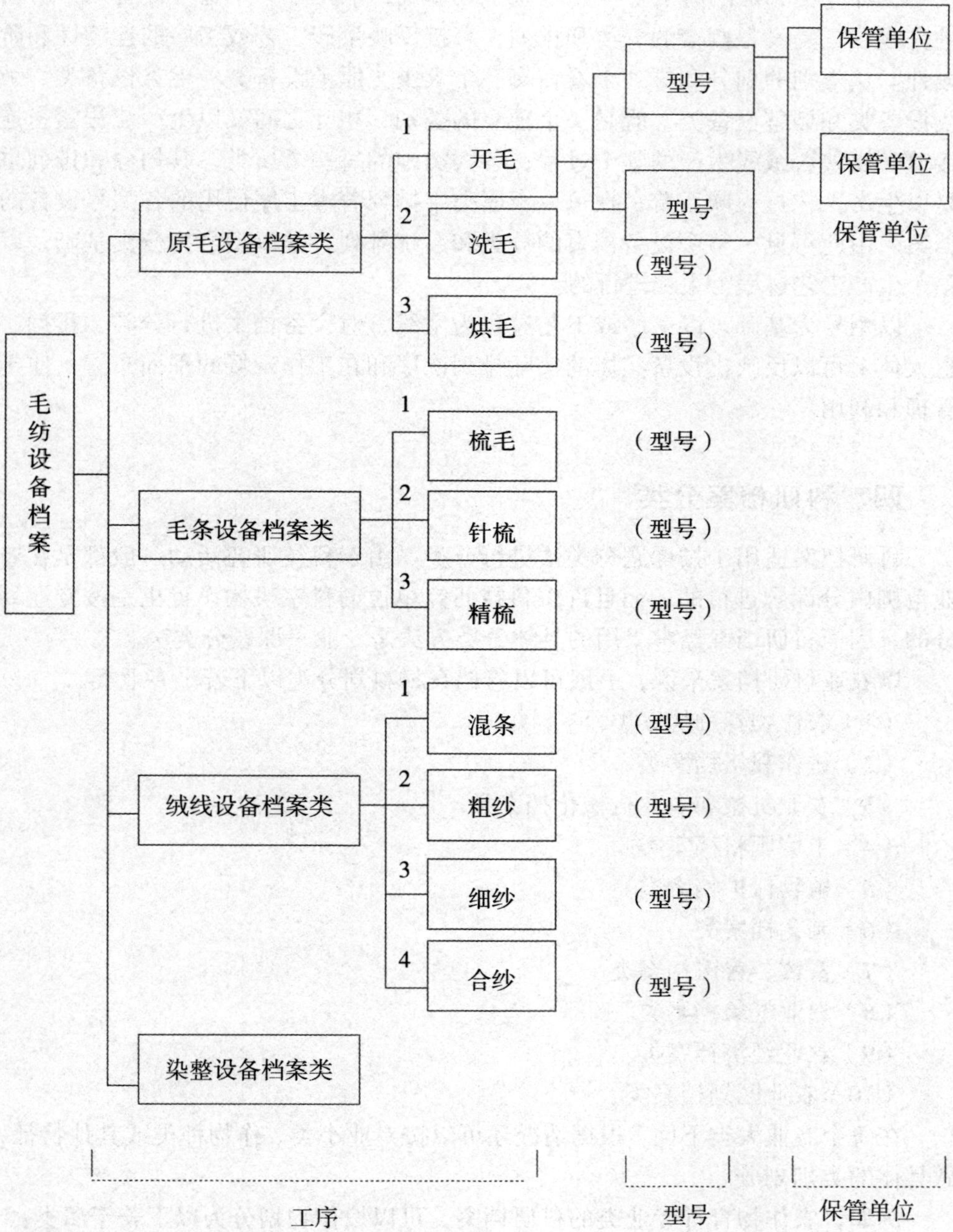

毛纺设备档案
- 原毛设备档案类
  - 1 开毛
    - 型号
      - 保管单位
      - 保管单位
    - 型号
      - 保管单位
  - 2 洗毛（型号）
  - 3 烘毛（型号）
- 毛条设备档案类
  - 1 梳毛（型号）
  - 2 针梳（型号）
  - 3 精梳（型号）
- 绒线设备档案类
  - 1 混条（型号）
  - 2 粗纱（型号）
  - 3 细纱（型号）
  - 4 合纱（型号）
- 染整设备档案类

工序　　型号　　保管单位

图 13–14　毛纺厂设备档案分类示意图

这种分类方法的特点：一是以型号为基础，保持了一个型号设备档案材料的完整；二是设备档案的分类和排列，直接反映生产工艺或工序的连续性和阶段性。从类别的划分和排列来看，每一个大类（原毛设备类、毛条设备类、绒线设备类和染整设备类）既是一个独立的类别，相互之间又以生产流程紧密连接着，反映着绒线生产的整个过程；各大类中的每一个属类，其划分和排列也是以生产工艺过程联系着；在每一个属类中排列着本工序使用的各型号设备的档案。由此可见，整个设备档案的分类和系统排列，是以型号为分类基础、以整个生产工艺过程为主线进行的。

以型号为基础、以工序或工艺过程为主线，对设备档案进行分类、排列，也大体上可以反映出设备实体的实际排列次序和在工作现场的平面布置，便于管理和利用。

四、科研档案分类

科研档案适用于按课题分类法进行分类。由于科技研究活动一般都是在专业范围内分课题进行的，而且许多科技研究单位的科室机构设置也是按专业划分的，因而科研档案经常采用的具体分类方法是专业—课题分类法。

以农业科研档案来说，一般可以将档案材料划分为以下若干专业类：

（1）农作物育种档案类。

（2）耕作栽培档案类。

（3）农业机械和农业机械化档案类。

（4）土壤肥料档案类。

（5）植物保护档案类。

（6）园艺档案类。

（7）畜牧、兽医档案类。

（8）农业气象档案类。

（9）农业经济档案类。

（10）农业区划档案类。

在每个专业大类下面，根据情况还可以按专业小类、作物种类或其他特征，做具体的类别划分。

例如，农作物育种专业类的科研档案，可以按作物划分为以下若干属类：

（1）水稻育种档案。

（2）小麦育种档案。

（3）玉米育种档案。

（4）高粱育种档案。

（5）谷子育种档案。

（6）大豆育种档案。

又如，植物保护专业类的科研档案，可以再划分为以下若干属类：

（1）植物检疫档案。

（2）农作物病虫害预测预报档案。

（3）病害及防治档案。

（4）虫害及防治档案。

（5）生物防治档案。

（6）药物防治档案。

（7）药物器械档案。

最后，在每个属类下，按照时间的先后次序排列课题，如图 13-15 所示。

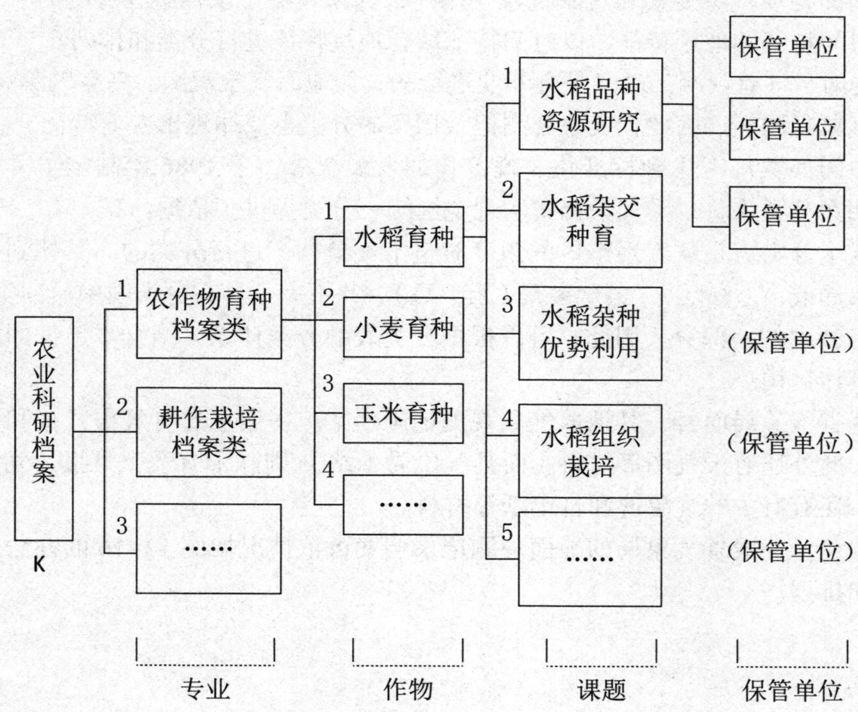

图 13-15　农业科研档案分类示意图

课题内部保管单位，可以按成果报告→鉴定材料→课题依据文件→原始试验记录的顺序进行排列。

五、气象档案分类

在气象部门形成的科技档案中，以气象观测记录档案为全部气象科技档案的主体和核心。这是因为气象观测记录档案是气象观测活动的直接记录，而气象观测活动是整个气象工作的基础，它对一定范围内的气象状况及其变化，进行系统、连续的观察和测定，为天气预报、气象情报、气候分析和气象科研提供重要依据。

这里仅就气象观测记录档案的分类做简要叙述。气象观测活动的突出特点是时间性强、地域性强，是严格地在一定的时间（一般每天定时四次）和地域（台、站）范围内进行的，它的科技档案也是严格地记载和反映相应时间内观测地区的各项气象要素和气象现象。因此，气象观测记录档案在分类时一般应突出时间特征和地域特征，以时间特征结合地域特征进行分类和排列。

同时，气象观测活动又是分专业进行的，如地面气象观测、高空气象观测、农业气象观测等。因此，气象观测记录档案的分类也要体现出专业特征。

中国气象局考虑到标准化、规范化的发展要求，于1986年制定了《气象科技档案分类法》，为气象档案实现全国统一分类提供了依据。

这个分类表是从宏观整体的角度对整个气象档案进行分类的。具体到一个省气象局或市（专区）、县气象局（台、站），并不完全具有分类表中所列类目，而只有其中的一部分。因此，可以根据分类表的分类体系，结合本单位的实际情况具体运用。

就省气象局而言，其地面气象观测记录档案，一般主要有气象月报和气象年报，此外还有天气图等材料。而县气象局（站）则除了有气象月报、气象年报外，还有有关的气象簿和自记纸等材料。

因此，一般省气象局的地面观测记录档案可依情况按图13-16的办法进行分类和排列。

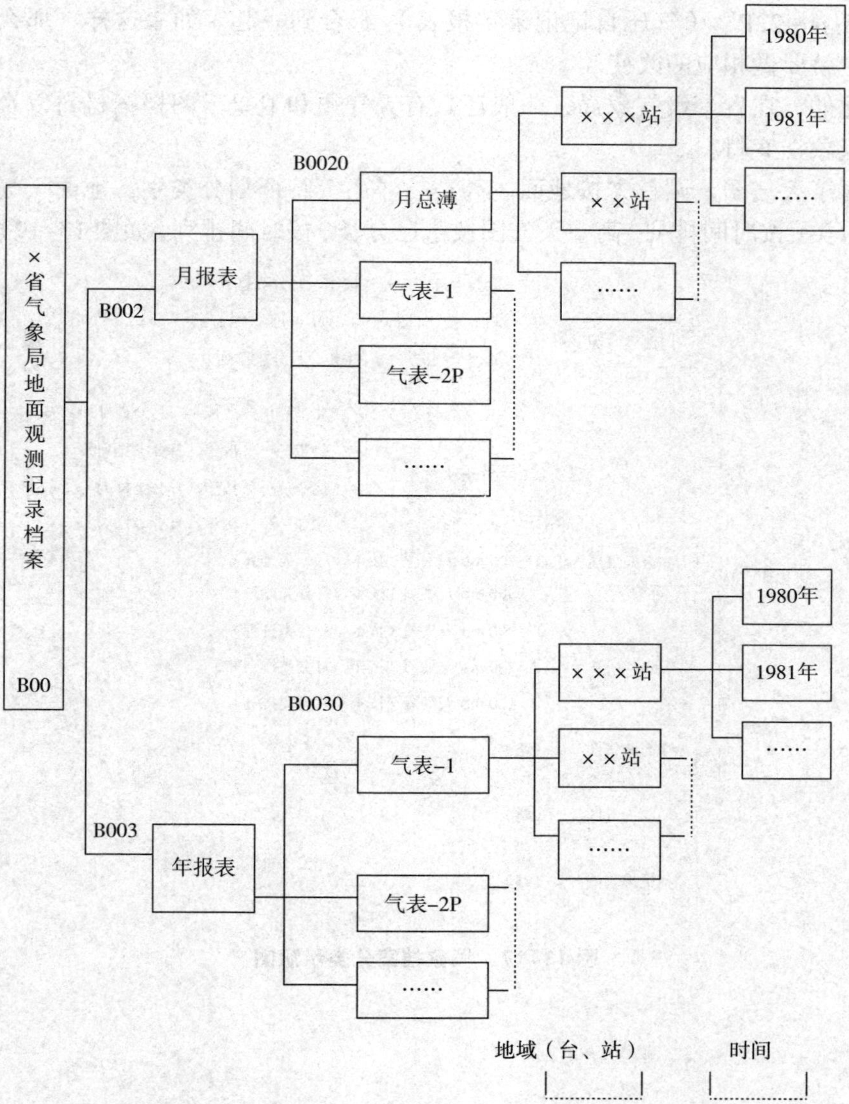

- ×省气象局地面观测记录档案 B00
  - B002 月报表
    - B0020 月总薄
      - ×××站
        - 1980年
        - 1981年
        - ……
      - ××站
      - ……
    - 气表-1
    - 气表-2P
    - ……
  - B003 年报表
    - B0030 气表-1
      - ×××站
        - 1980年
        - 1981年
        - ……
      - ××站
      - ……
    - 气表-2P
    - ……

地域（台、站）　　时间

图 13-16　省气象局地面观测记录档案分类示意图

这里要加以说明的是，对于月报表和年报表，每份的页数一般都比较少，因而也有的单位是按年度把相应的月报表和年报表合到一起交给保管单位。例如，将本年度十二个月的“气表 -1”（观测记录月报表）同“气表 -21”（观测记录年报表）组合到一起，把本年度的“气表 -2P”（气压自记记录月报表）

同“气表 -22P”（气压自记记录年报表）组合到一起。如果这样，那么分类形式也就要做相应的改变。

此外，在省一级气象局，一般还具有天气图和卫星云图档案材料以及其他一些气象档案材料。

对于天气图，则首先按地面、高空、洋面等特征划分类别。地面天气图按地区分类，按时间排列；高空天气图按毫巴分类，按时间排列，如图 13–17 所示。

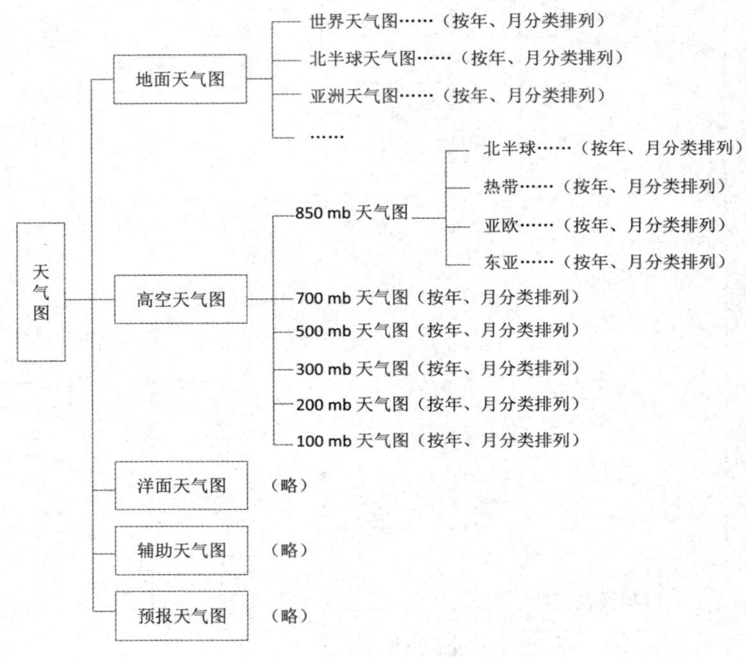

图 13–17　气象档案分类示意图

第四节　科技档案编号

科技档案编号是指保管单位的编号或代号。它是科技档案部门用来反映科技档案分类层次和保管单位排列顺序的一组符号，是科技档案分类号和保管单位顺序号的组合体。

科技档案编号起着固定整理成果，反映分类和排列次序，便于保管、查找

和调阅科技档案的作用，是管理科技档案的一种工具，是基层科技档案部门和科技专业档案馆在管理科技档案工作中常用的一种语言符号。

一、科技档案编号的编制要求

（一）编制原则

科技档案编号要反映科技档案系统整理后的科学秩序，同科技档案的分类方法和分类分案的结构层次相一致。

（二）内容构成

科技档案编号由代字和代号组成。代字使用汉字或汉语拼音字母，代号使用阿拉伯数字。代字使用汉语拼音字母，对于实现电子计算机管理更为有利。

科技档案的代字、代号是一定类别和内容的代称，因而要赋予科技档案的代字、代号以确定的含义。在一个科技档案室或科技专业档案馆内，一个代字不能既代表这种科技档案，又代表另外一种科技档案；不能既代表这一个类别又代表同一个分类层次的另外一个类别。比如，以汉语拼音字母“D”代表地质勘探档案类，就不能用“D”代表地形测量档案类。

（三）注意事项

科技档案编号应力求简明，不要过于复杂。

二、科技档案编号的编制方法

科技档案编号的设计是与编制科技档案分类方案同时进行的，而具体地为每一个保管单位编制和填写科技档案编号，则是在科技档案分类和排列之后进行的。

（一）编制同科技档案分类有关的代字、代号表

当科技档案分类方案中的各个类目，按照分类的类别层次和类目之间的横向关系排列成科学的类目体系之后，就要进行各类目的代字或代号的编制设计工作。这种科技档案类目的代字或代号，也就是科技档案编号中基本的代字和代号。

1. 科技档案种类代字、代号表

科技档案种类代字、代号表赋予每种科技档案以确定的代字或代号，它实际上是科技档案分类方案中第一级类目（大类）的代字或代号。

科技档案种类代字一般是由汉语拼音字母充任。代字的方法有两种。第一种代字方法是将科技档案种类名称的第一个汉字的汉语拼音声母，作为该类科技档案的代字，如以“J”代表“基本建设档案”。如果某一个科技档案种类名称的第一个汉字的汉语拼音声母同另一个科技档案种类名称的第一个汉字的汉语拼音声母相同，如产品档案第一个汉字的汉语拼音声母同测绘档案第一个汉字的汉语拼音声母都是“C”，则可以选用科技档案种类名称的第二个汉字或其他具有代表性含义的汉字的汉语拼音声母作为代字，如测绘档案可以用“H”作为代字，如表 13-5 所示。

表 13-5　以声母为代字的科技档案种类代字表

序　号	科技档案种类名称	代　字
1	基建档案	J
2	设备档案	S
3	产品档案	C
4	科研档案	K
5	地质档案	D
6	测绘档案	H

以科技档案种类名称中某汉字的汉语拼音声母作为代字，可以借用它的谐音，标识明显，易于分析辨认。但是，因汉语拼音声母数量有限，不能重复使用，应用起来常常遇到问题，因而也可以选用科技档案种类名称的两个汉字的声母作为代字，如以“JJ”代表基建档案、以“GY”代表工艺档案等。但这样一来，就增加了应用汉语拼音字母的数量，相应地拉长了科技档案编号的长度，无论书写或使用都会受到一定的影响，因而又有第二种代字方法。

第二种代字方法，不是采用汉语拼音的声母，而是按汉语拼音字母的自然排列次序分别代表科技档案的各个不同种类，即在科技档案种类的排列次序确定之后，依次冠以 A、B、C、D、E 等代字，如表 13-6 所示。

表 13–6　按字母顺序编制的科技档案种类代字表

序　号	科技档案种类名称	代　字
1	研究课题档案	A
2	仪器设备档案	B
3	基本建设档案	C
4	……	……

这种代字方法的缺点是从代字本身不能看出具体的科技档案种类，不如前一种代字方法易于辨认；其优点是使用起来不会遇到太多问题，不必为选用代字苦心思索。

2. 科技档案专业代字、代号表

科技档案专业代字、代号表，赋予科技档案中每一个专业以固定的代字或代号，可以用汉语拼音声母做专业代字，也可以用阿拉伯数字做专业代号，事先用代字或代号表将其确定下来，如表 13–7 所示。

表 13–7　科技档案专业代字表

专业名称	代　字	专业名称	代　字
总图运输	Z	电力	D
建筑	J	热力	R
结构	G	电讯	X

3. 科技档案设计阶段代字、代号表

对于科技档案的设计阶段，也应赋予相应的代字或代号，如表 13–8 所示。

表 13–8　科技档案设计阶段代字表

设计阶段	代　字	设计阶段	代　字
可行性研究	K	施工图设计	S
初步设计	C	设计回访	H
技术设计	J	……	……

（二）确定科技档案编号的编制结构，填写科技档案编号

确定科技档案编号的编制结构，是科技档案编号设计工作的重要内容。我国各基层企、事业单位和科技专业档案馆，在编制科技档案编号时，基本上采用两种形制：一种是单纯号码制，另一种是混合号码制。单纯号码制，是全部以数字进行科技档案编号；混合号码制，是以数字和代字混合进行科技档案编号。

采用单纯号码制还是混合号码制，主要以科技档案分类代字、代号的选用为依据。如果科技档案分类以代字来表示，或者采用代字、代号混合制，那么，科技档案编号就要采用混合号码制；相反，如果科技档案分类只以代号来表示，则科技档案编号就要采用单纯号码制。

无论采用单纯号码制还是采用混合号码制，科技档案编号都是由科技档案的分类结构代字（代号）和科技档案保管单位顺序号联合组成的。这是科技档案号的基本模式：科技档案号 = 分类号 + 顺序号。

思考题

（1）简述科技档案的分类要求。
（2）什么是科技档案分类方案？简述分类方案的编制规则。
（3）简述科技档案分类方案的编制方法。
（4）科技档案有哪几种最基本的分类方法？试做简要说明。
（5）简述基本建设档案的分类。
（6）什么是型号分类法？为什么产品档案适宜按型号进行分类？
（7）简述设备档案的分类方法。
（8）什么是科技档案编号？编制科技档案编号有哪些要求？
（9）简述科技档案编号的编制方法。

第十四章　科技档案鉴定工作

第一节　科技档案鉴定工作的内容和意义

一、科技档案鉴定工作的内容

科技档案的鉴定工作是科技档案微观管理工作的一项具体内容。这项工作就是鉴别科技档案现实的和历史的价值，根据价值的大小确定保管期限，把没有和失去保存价值的科技档案剔除销毁。

科技档案的鉴定是通过两个过程进行的。第一个过程是在归档的时候实现的。在科技文件材料归档时，有关的科技业务部门对所归档的材料进行一次价值鉴定。这次鉴定主要解决两个问题，一是鉴别科技文件材料有无保存价值，从而确定科技文件材料的取舍，剔出无保存价值的科技文件材料；二是鉴别科技文件材料价值的大小，从而确定保管期限的长短，对每一个归档的保管单位划出保管期限。这一个过程实际上是对科技文件材料的第一步筛选和过滤的过程。

科技档案价值鉴定的第二个过程是在管理工作中实现的。科技文件材料归档以后，科技档案部门（包括基层科技档案部门和专业档案馆）在管理工作中还要定期进行科技档案的鉴定工作，“对已过保管期限的技术档案重新进行审查，并把失去利用价值的技术档案剔除销毁”。这一过程实际上是对科技档案的又一次筛选和过滤的过程。

从科技文件材料归档时的鉴定，到科技档案管理过程中的鉴定，这两个鉴定过程具有密切的联系，科技文件材料归档时的鉴定是基础，它不仅对归档材料进行了去粗取精的筛选，还对归档的科技材料划定了保管期限。这两项工作的完成为管理过程中的鉴定工作奠定了基础。科技档案鉴定的第二个过程就是在这个基础上，对科技档案重新进行审查，根据实际情况修正某些划分不当的保管期限，并且把已经失去保存价值的科技档案剔除销毁。

但是，由于过去科技文件材料归档制度不够健全或执行不够严格，且工作人员缺乏鉴定工作的实践经验，在某些单位，科技文件材料归档时所做的价值鉴定及其所确定的保管期限往往不是那么准确、科学，只能作为参考；有的甚至在归档过程中没有进行鉴定工作，没有划分保管期限。这样就增加了科技档案部门在管理工作中定期进行鉴定时的工作量，使它不单纯是对已过保管期限的技术档案进行筛选，而实际上是把两个工作过程合成一个过程重新进行“审查”。在那些科技档案不完整、不准确、不系统的状况比较严重的单位，科技档案的鉴定工作往往要同清理、核对工作结合起来进行，并且事实上是把重点放在清理、核对方面。

二、科技档案鉴定工作的意义

（一）突出重点，保护好有价值的（特别是有重要保存价值的）科技档案

鉴定工作首先是实现了全部（科技档案室或科技专业档案馆）科技档案的一分为二，即留存和销毁，根据实际情况，剔除和销毁了那些没有保存价值和失去保存价值的科技档案。这样，有保存价值的科技档案就凸显出来了，便于进行管理和保护。

其次，鉴定工作又把有保存价值的科技档案一分为三，即分为永久保存的、长期保存的和短期保存的。这样，有重要保存价值的、需永久保存的科技档案就凸显出来了，便于对它们进行重点保护，便于在突发事件中进行重点抢救，特别是在战时，便于重点转移。

（二）更容易发挥科技档案的作用，实现科技档案的有效利用

鉴定工作划分了科技档案的保管期限，剔除了失去保存价值的科技档案，更容易实现对有价值档案的有效利用，否则有价值的科技档案会湮没在失去价值的档案材料中，不容易充分发挥作用。

在鉴定工作中，对科技档案进行“去粗取精”，实质上是一个科技档案库藏数量和质量的辩证统一过程。从数量上来说，经过鉴定，那些失去保存价值的材料被剔除处理了，科技档案的库藏数量相对减少了，但是从质量上来说，库藏科技档案的质量水平却提高了，更易于实现科技档案的有效利用。

（三）为计算机存贮和缩微化创造条件

利用电子计算机管理科技档案，实现科技档案管理和检索现代化，这是科技档案管理工作的发展方向。用电子计算机管理科技档案，要创造许多条件，其中有两个问题需要得到妥善解决。

第一是计算机的信息存贮量问题。任何先进的计算机对信息的存贮量总是有限的。因此，在使用计算机存贮科技档案信息时，就要求把那些失去保存价值的科技档案剔除掉，那些价值不大的材料（如短期保存的科技档案）是否存贮也要根据实际情况进行考虑，为此就必须对科技档案进行鉴定。

第二是前期准备工作问题。科技档案使用计算机管理，要做大量的前期准备工作，如填制卡片、拼音注释等。因此，也要求对科技档案进行鉴定，剔除失去保存价值的材料，以减少存贮前期准备工作的工作量。

第三，从实现缩微化的角度来说，科技档案缩微的工作量很大，成本较高。为了合理地减少缩微工作量，并使之符合经济原则，那些已经失去保存价值的科技档案应排除在缩微的范围之外，那些保存价值较低的科技档案也可以不进行缩微。这也要求对科技档案进行鉴定。

因此，从这个意义上可以说，科技档案鉴定工作是进行计算机存贮和缩微化的必要条件之一。

（四）有利于减轻库房、设备的负担，缓解库房、设备的紧张状况

基层科技档案部门的库房、设备一般都比较紧张，通过鉴定工作剔除一部分失去保存价值的科技档案，当然会有助于部分缓解库房、设备问题上的压力。但是，鉴定工作的目的绝对不是消极地为了销毁、处理档案，腾出库房、设备。虽然不可否认的是鉴定工作的结果必然会在一定程度上起到这样一种作用。

三、科技档案的价值量和价值因素

科技档案保管期限的长短是由科技档案价值的大小，也就是科技档案的价值量决定的。科技档案的价值量越大，它的保管期限越长；科技档案的价值量越小，它的保管期限就越短。因此，我们在进行科技档案鉴定、确定科技档案

保管期限的时候，实际上是在对科技档案的价值量进行比较。

科技档案的价值量是由各种有关的因素规定和制约的。其中有这样几个主要的因素需要考虑。

（一）技术因素

技术因素是影响科技档案价值量大小的决定因素。一般情况下，科技档案所记载和反映的技术对象的技术水平越高，则这个科技档案的价值量越大。可以说，科技档案价值量的大小一般是同它所反映对象的技术水平成正比的。因此，在鉴定科技档案时，首先要考虑和分析科技档案所记载和反映的对象的技术水平的高低，也就是要从技术因素的角度来分析和考查我们所要鉴定的科技档案，根据科技档案的技术价值的大小，把它们划分为永久保存、长期保存和短期保存三个档次，同时把那些失去价值的材料剔除销毁。

（二）功能因素

所谓功能因素，是指各种不同的科技档案所具有的功能作用。以同一个建筑的建筑设计档案和基本建设竣工档案来说，这是两种性质相近、关系十分密切的科技档案，都是围绕建筑工程形成的，而且在内容方面也常是互相交叉的，但是这两种科技档案的功能作用却不相同。具体说，一项工程的建筑设计档案对它的形成单位来说，基本功能作用有两个方面：一是为新设计提供套用，二是为新设计提供参考。而同一项工程的基建竣工档案的基本功能作用则是为建筑物的使用、维修、改建、扩建、恢复等提供依据。显然，这两种档案虽然都是同建筑有关的科技档案，但是它们基本的功能作用是不同的，这就提出了功能因素对科技档案价值的影响和制约问题。

以建筑设计档案来说，不论是工业建筑设计还是民用建筑设计，其目的都是根据国家的经济条件和技术条件，根据有关的需要，为国家和有关方面提供工业的或民用的建筑设计图纸，提供施工蓝图。而建筑设计是不断发展的，随着国家整个技术条件和经济条件的改善，随着建筑标准化的发展和施工技术的改进，随着新型建筑材料的采用和结构计算技术的提高，建筑设计水平将不断提高，旧有设计技术将被迅速淘汰。因此，20 世纪 50 年代、60 年代的设计档案对于 20 世纪 80 年代的设计来说，其套用性和参考作用就大大降低了，甚至已经完全消失。

而一个工厂的基建竣工档案，或一幢办公大楼、一座桥梁、一座水库、一座电站的基建竣工档案，它的使用期限少则几十年，多则可以达到百年以上。只要建筑对象存在，它的基建竣工档案就不能销毁，可以说是同建筑对象共存的。

那么，为什么同是和建筑物（或构筑物）有关的档案，建筑设计档案和基建竣工档案的价值量如此不同呢？这是因为它们的功能作用不同，科技档案的功能因素在这里发挥了重要的影响和规定作用。因此，在进行科技档案鉴定时，要结合本单位的具体情况，根据科技档案的功能作用来鉴别和评定它的保存价值，并据以确定具体的保管期限。例如，对基本建设竣工档案和设备档案，就不能单纯地以它们在技术上的先进程度来评定价值、划定保管期限，而应该根据它们在维护、使用建筑物和设备中的功能作用来考虑它们的价值，确定其保管期限。一般情况下，只要建筑物还存在、设备还在使用，其科技档案就有保存价值。

（三）时间因素

科技档案是历史的产物，任何科技档案都是在一定的历史条件下形成的，都是在一定的时间内形成的。因此，时间因素是影响和决定科技档案价值量的重要因素。这里所谓的“时间因素”是一个历史性的时间概念或宏观概念，它是把科技档案的价值量放到历史发展的长河中来考察的。

根据这样一种时间概念来鉴别科技档案的价值，我们会发现，形成年代的远近对科技档案价值的大小有很大的影响。古代遗留下来的一张图稿，哪怕是十分简单的一个水文、气象的数据，哪怕是孤立而没有联系的数据，在我们今天看来都具有莫大的价值。这些科技档案的价值量是由什么决定的呢？显然不是技术因素，而是时间因素。所谓“时间越久，价值越大”，就是指的这种情况。

因此，某些老工矿企业或科技专业档案馆在鉴定历史上遗留下来的科技档案时，应与鉴定一般的科技档案有所不同，要充分考虑它们的历史价值，即时间因素所赋予它们的价值量。此外，在水文、气象、天文、地震等自然现象观测单位以及因各种原因保存有水文、气象、天文、地震等档案材料的单位，在对历史上遗留下来的自然观测档案（特别是观测原始记录）进行鉴定时，一般都应划为永久保存。

（四）典型因素

典型因素是指科技档案记载和反映的科技对象所具有的典型意义。科技档案是科技活动和科技成果的记录，是生产力发展状况的直接反映。在科技活动和生产力状况由低到高不断发展的过程中，形成了许多具有典型性或代表性的成果。它们代表了人们认识自然和征服自然的一个历史性发展阶段。

因此，在进行科技档案鉴定的时候，就不能单纯以技术水平、技术因素来考虑问题，还需考虑典型因素，把那些在本单位或本专业科技发展中具有典型意义的科技档案重点保存下来。

（五）作者因素

作者因素对科技档案的价值量也有很大影响。对某些著名的专家、学者和某学科研究的代表人物所形成的科技档案材料而言，除技术水平的因素外，作者因素无疑赋予了它额外的价值量。为了完整、系统地保存这些专家、学者形成的科技档案材料，以便对他们个人的技术思想和技术活动进行研究，从而有利于对他们所代表或从事的专业和学科的系统研究，这些科技档案在进行鉴定、确定保管期限时，一般采取从宽保留的原则。

作者因素不只是指个人作者，也包括集体作者和企、事业单位以及专业主管机关。不同的作者在不同的情况下，都会对科技档案的价值有所影响。例如，在一个企、事业单位的科技档案中，常常会有上级专业主管机关形成的材料，兄弟企、事业单位形成的材料以及下属单位或有关单位形成的材料。对这些材料的鉴别，除了主要分析材料的内容以外，“作者”当然也要作为一种因素来考虑。在通常的情况下，上级专业主管机关的专指性文件，即主要针对本单位的工作而发的文件，一般都是从宽保留的。

（六）名称因素

名称因素是指科技档案材料的不同名称对科技档案价值大小的制约和影响。科技档案材料的名称是反映科技档案内容的。名称不同，说明了内容的不同以及价值的不同。名称因素也是科技档案鉴定时必须考虑的因素之一。因此，名称因素主要适用于在一套材料内部对不同名称的档案材料的价值鉴别工作。

以上这六种价值因素，都对科技档案的价值量具有制约和规定作用，但是作用的大小和角度是不同的。例如，技术因素一般是具有决定性作用的因素，其他因素是具有影响和制约作用的因素。

这六种价值因素之间是一种互相补充、相辅相成的对立统一关系，如技术因素和时间因素，就技术本身而言，它是由低到高逐步向前发展的，随着时间的推移，新的技术不断产生，老的技术不断被淘汰。从这个角度看，时间越近，技术越新，科技档案的价值越大；但从时间因素来看，则时间因素又赋予科技档案以额外的价值量，形成的年代越久，可能越珍贵。很显然，技术因素和时间因素是一种对立统一的关系。科技档案的鉴定工作就是在正确地处理好这些关系的过程中进行的。

鉴定科技档案，评定科技档案的价值，是人们主观对客观的认识。科技档案的保存价值是客观的，人们对科技档案价值的认识程度将会直接影响到科技档案鉴定工作的质量。要正确鉴别科技档案的价值，必须实行主观和客观的统

一的方法，这取决于人们的思想水平、政策水平、科学技术水平和对本单位业务的熟悉程度等。正确地、全面地、辩证地掌握和分析科技档案的价值因素，有助于提高科技档案鉴定工作的质量和水平。

第二节　科技档案鉴定工作的组织和方法

一、科技档案鉴定工作的组织

为了保证鉴定工作的质量，准确地确定科技档案的取舍和保管期限，需要建立一定的组织来进行具体的鉴定工作。《技术档案室工作暂行通则》第十七条规定："鉴定工作由技术档案室和有关机构组织鉴定小组进行。"

科技档案鉴定小组一般采取有关领导、科学技术人员和科技档案人员三结合的形式。经验证明，了解本单位的全面情况和科技发展的方针政策，了解科技档案的形成过程和利用价值，了解科技档案鉴定工作的一般要求和方法，是正确判定科技档案价值、提出存毁意见的保证。因此，鉴定小组由这三方面人员组成是鉴定工作的实际需要，也是科技档案鉴定工作的经验总结。

参加鉴定小组的科学技术人员，对保证科技档案的鉴定质量至关重要，因此应该符合一定的要求：一是要有较高的思想觉悟，工作认真负责，有较强的档案意识和科技档案观念；二是要有较高的业务技术水平，熟悉本单位科技、生产发展的历史情况；三是各有关的主要专业或部门都要有代表人员参加。

二、科技档案鉴定的方法

（一）确定科技档案保管期限的原则

科技档案的保管期限划分为永久保存、长期保存和短期保存三个档次。《技术档案室工作暂行通则》（以下简称《通则》）第十九条规定，凡是在工作查考、经验总结、科学研究等方面具有长远利用价值的科技档案，都应该永久保存；凡是在一定时期内具有利用价值的科技档案都可以定期（长期或短期）保存；凡是介于两种保管期限之间的科技档案，其保管期限一律从长。

（二）确定科技档案保管期限需要解决好的几个问题

第一，正确地解决永久保存和定期保存的关系问题，重点确定好永久保存的科技档案。确定科技档案保管期限的目的是突出重点，保护精华，充分发挥有价值档案的作用。永久保存的科技档案，正是一个单位科技档案中的精华，是管理和保护的重点。能不能抓住这部分科技档案，它的界限清楚与否，是鉴定工作质量的重要标志之一。正确划清永久保存和定期保存的界限，准确地划分永久保存科技档案的范围，不仅涉及基层科技档案部门的工作，还关系到日后科技档案进馆的问题，因而一定要做好。

第二，正确地解决留存和销毁的关系问题，确定好销毁科技档案的标准。科技档案的鉴定工作无非是留存和销毁两个方面，因而留存和销毁这两者的关系一定要处理好，界限要明确。该留存的销毁了，会造成不可挽回的损失；该销毁的留存了，也影响鉴定工作的质量，达不到鉴定工作的目的。正确处理两者的关系，重点是确定好销毁科技档案的标准，把好销毁档案的关口。

第三，正确地解决好介于两种保管期限之间的科技档案的鉴定问题，即解决好介于永久保存和长期保存之间、长期保存和短期保存之间以及留存和销毁之间的科技档案的鉴定问题。对这个问题的处理，《通则》有明确规定，即“其保管期限一律从长”。就是说，凡是介于永久和长期之间的材料均永久保存，凡是介于长期和短期之间的材料按长期保存，凡是介于留存和销毁之间的材料一律留存，即从长不从短，从存不从毁。对介于两种期限之间的科技档案，鉴定时要宽松一些。宽松了以后可以调整，太严格了就可能造成损失。

（三）科技档案鉴定的程序

科技档案的鉴定工作程序包括鉴定准备工作、鉴定工作和销毁善后处理工作等具体内容和步骤。

1. 鉴定准备工作

为使科技档案的鉴定工作有计划、有步骤、高质量地进行，应该在正式鉴定之前，认真做好各项有关的准备工作。

（1）制订鉴定工作计划。科技档案的鉴定工作，特别是在鉴定工作还缺乏经验和鉴定工作基础较差的情况下，常常要调动相当的人力，占用较长的时间来进行。在一个基层科技档案部门进行一次档案鉴定工作，通常都会成为一次相当大的“战役”，牵动各个方面。为使科技档案的鉴定工作既不影响各业务机构的工作，也不影响科技档案的日常管理和利用，并且能够有条不紊地进行，相关部门应该在鉴定工作开始之前制订出切实可行的工作计划，内容包括

库藏科技档案的现状、鉴定工作的目的、鉴定档案的范围、计划工作量、动用人力、所用时间以及后勤保障等。鉴定工作计划要经过主管科技档案工作的领导批准。

（2）做好组织准备和物质准备。没有科技档案鉴定小组的单位，要正式成立鉴定小组，这是一项重要的组织准备。鉴定小组的成员要按要求经过认真挑选，征得本人同意后，报请领导批准。鉴定小组成立后，要组织他们学习国家关于科技档案鉴定工作的各项有关规定以及经验材料，要使他们了解鉴定工作计划的有关内容和要求。这是搞好鉴定工作、保证鉴定质量的组织保证。此外，还需要做好必要的物质准备，如鉴定工作场所及鉴定工作所需的各种表格等。

（3）编制科技档案保管期限表。没有科技档案保管期限表的单位，在鉴定工作开始前，要根据有关规定编制科技档案保管期限表。这是一项重要的鉴定准备工作。

2. 鉴定工作

各项准备工作就绪后，就可以按照计划安排进入正式的鉴定工作阶段。科技档案鉴定工作的具体方法叫作直接鉴定法。它的基本精神是：在进行鉴定时，要以保管期限表为依据，采取直接审阅档案内容的方法来判断科技档案的价值，而不能单纯地从档案目录或保管单位标题、代号来判断其价值。这是因为档案目录或标题不一定能完全、准确地反映出科技档案的实际内容，如果不直接阅读档案内容，单纯依靠目录或标题，容易发生鉴别上的错误，影响鉴定质量，甚至造成损失。经验证明，只有采取直接鉴定的方法，才能确切、全面地鉴别科技档案的价值，从而正确地划分保管期限和决定科技档案的存毁。

鉴定科技档案，在一般情况下，应以一个项目（一个课题、一个产品、一项工程等）的材料为基础，按保管单位考虑和划定保管期限。因为一个保管单位的科技档案是一组具有有机联系的材料，而且其保存价值也是基本相同的。

科技档案鉴定，一般可分两个步骤进行。

第一步，个人初步鉴定。由鉴定小组的成员按分工分别审阅档案材料内容，根据科技档案的实际情况，提出鉴定意见，将鉴定意见填写在科技档案鉴定卡片上，卡片式样如表 14–1 所示。

表 14-1　科技档案鉴定卡

<table>
<tr><td>保管单位名称</td><td></td><td>科技档案号</td><td></td></tr>
<tr><td>项目名称</td><td></td><td>归档时间</td><td></td></tr>
<tr><td>原定保管期限</td><td></td><td>张数</td><td></td></tr>
<tr><td colspan="4">鉴定意见：

鉴定人：　　鉴定时间：</td></tr>
<tr><td colspan="4">鉴定小组意见：

鉴定人：　　鉴定时间：</td></tr>
</table>

鉴定卡片的栏目中，以“鉴定意见”一栏最为重要。一个完整的鉴定意见，大体上应该包括以下几个方面的内容：一是科技档案材料形成的背景情况；二是科技档案材料内容所反映的技术水平和所具有的历史、现实价值；三是其他同鉴定有关的情况；四是对确定存毁或保管期限的建议。

第二步，集体审查。在个人初步鉴定的基础上，由鉴定小组负责人召集全体成员对鉴定卡片进行逐个审查，分析比较，并听取鉴定人对有关问题的说明，最后形成集体意见，由鉴定小组负责人在鉴定卡上填写“鉴定小组意见”。集体审查时，一般只就鉴定卡片进行分析讨论，但如果有不同意见或遇有不明确的问题时，也应调出有关的科技档案进行直接鉴定。

3. 销毁和善后处理工作

经过鉴定，某些确实已经失去保存价值的科技档案，可以剔除销毁。这一阶段的工作主要包括以下内容。

（1）编制科技档案销毁清册。销毁科技档案，应该履行严格的程序，首先需要编制销毁清册，如表 14–2 所示。

科技档案销毁清册应填制封面。封面上注明以下内容：清册名称和单位、鉴定小组负责人姓名、销毁科技档案审批人姓名、鉴定时间、销毁时间、销毁人姓名、监销人姓名。

表 14–2　科技档案销毁清册

序　号	科技档案号	材料名称	数　量		鉴定卡片号	备　注
			卷	张（份）		

（2）编制科技档案鉴定报告。科技档案鉴定报告同鉴定工作计划一样，是鉴定工作中形成的正式工作文件。鉴定报告的内容一般包括以下几个方面的内容：①鉴定工作的目的和要求；②鉴定科技档案的范围（包括鉴定科技档案的种类、项目、数量等）；③鉴定小组成员名单及有关情况；④鉴定工作的过程和基本做法；⑤鉴定中调整和销毁科技档案的数量；⑥鉴定工作中取得的基本经验和存在的问题；⑦其他有关的问题。

科技档案监定报告同销毁清册一式三份，一份送本单位领导审查批准后，退科技档案部门保存备查；另两份分别报送上级专业主管机关和当地档案业务管理机关备案。

（3）销毁科技档案。科技档案的销毁由档案部门负责执行。销毁时应同保密或保卫部门取得联系，并指派专人销毁和监销。

（4）善后处理工作。科技档案鉴定以后的善后处理工作因各单位的情况不同而不同。一般要做好如下几项工作：①将销毁的科技档案从目录（包括保管单位目录、卷内目录和各种有关的检索工具）上画掉、注明，或撤掉有关的卡片；②凡是科技档案的保管期限在鉴定中有调整的，应对有关的管理工具（如档案目录、保管单位封面等）进行相应的修改；③保管单位内文件材料有变动的，应对保管单位进行调整或重新整理；④调整科技档案的排架序列；⑤将科技档案鉴定卡片按编号顺序进行系统整理和排列，装订整齐，同鉴定计划、鉴定报告、销毁清单、保管期限表等材料一起组成科技档案鉴定工作卷，妥善保存。

三、科技档案保管期限表

（一）科技档案保管期限表的类型

科技档案保管期限表是鉴定科技档案的价值、确定其保管期限的依据性文件。它根据国家关于划分科技档案保管期限的原则，以表格形式列出科技档案材料的名称、种类、来源、内容、形式，并注明保管期限。保管期限表在鉴定中具有划分科技档案保管期限标准的作用。

编制科技档案保管期限表是为了保证鉴定工作的质量，提高鉴定工作的效率，使参加鉴定的人员有统一的具体的标准，避免因个人认识和理解的不同，致使鉴定时掌握的分寸不一，造成鉴定失误。

科技档案保管期限表有两种类型。

1. 专业系统科技档案保管期限表

这是专业系统科技档案鉴定工作的指导性文件，由中央各专业主管机关根据《科学技术档案工作条例》（以下简称《条例》）和《技术档案室工作暂行通则》（以下简称《通则》）的规定，结合本专业系统科技档案的具体情况制定。

《通则》规定："中央各主管机关负责编制本专业的技术档案保管期限表，经本机关领导人批准以后执行，送国家档案局备查，并抄送各省、自治区、直辖市档案管理局（处）。"

2. 基层单位科技档案保管期限表

这是各企、事业单位根据《条例》《通则》的精神以及本专业系统保管期限表的规定，结合本单位的具体情况，编制的适用于本单位的科技档案保管期限表。这种保管期限表比较详尽，包括一个单位在其工作活动中可能产生的全部科技档案，是专供本单位科技档案鉴定工作使用的依据性文件。

基层单位的科技档案保管期限表需经本单位领导人批准，并报上级主管机关和有直接业务指导关系的当地档案业务管理机关备查。

（二）科技档案保管期限表的结构

科技档案保管期限表由说明和条款两部分组成。

1. **说明部分**

用来说明编制保管期限表和使用保管期限表的有关问题，如保管期限表的编制根据、确定科技档案保管期限的原则、保管期限表的适用范围、条款分类和排列的方法、科技档案保管期限的计算方法、保管期限表的批准时间和开始使用的日期以及使用保管期限表应注意的问题，等等。

文字说明部分对使用保管期限表起着指导作用，置于保管期限表的前面。

2. **条款部分**

科技档案保管期限表的主体一般由顺序号、条款名称、保管期限、备注等内容组成，如表 14–3 所示。

（1）顺序号。条款的代号。它是在确定了条款分类、排列次序以后编制的，在鉴定工作中可以用顺序号代表条款名称，简捷方便。

（2）条款名称。条款名称是指一组同类型的科技档案的名称，而不是指具体的某一份科技档案的名称。编制条款名称的基本要求是要使条款必须代表一组同类型的科技档案材料，这些材料一般具有相同的或相近的保存价值，如“科研课题试验记录”“课题研究报告”“区域地质报告和区测图”“区域详查评价报告”“隐蔽工程验收材料”等。

表 14–3　科技档案保管期限表

顺序号	条款名称	保管期限	备注

如果同属一个条款的科技档案材料价值有所不同，则可以在条款下分别注明“重要的”和“一般的”，以便分别注明不同的保管期限。

条款较多时，应当对条款进行分类，在每一个类别内按重要程度或形成顺序进行排列。类别多少、要不要划分属类以及类别的前后排列顺序则可以根据本单位或本专业的具体情况决定。例如，一般工业企业的科技档案保管期限表，其条款可以分为综合、生产技术、设备、基本建设、科技研究等类别。

（3）保管期限。它和每一个条款名称对应，根据确定科技档案保管期限的原则，规定其保管期限的档次，如永久、长期、短期。

（4）备注。备注是指在必要时，对条款及其保管期限进行注释和说明的栏目。

思考题

（1）简述科技档案鉴定工作的内容。

（2）科技档案有哪几种主要的价值因素？简述价值因素相互之间的关系。

（3）试述科技档案鉴定工作的组织。

（4）试述科技档案鉴定工作程序。

（5）什么是科技档案保管期限表？简述科技档案保管期限表的类型。

第十五章　科技档案保管、统计工作

第一节　科技档案保管工作

一、科技档案保管工作的意义和要求

科技档案保管工作的任务是集中统一地保管好科技档案，采取必要的措施维护科技档案的完整、准确、系统、安全，克服和限制一切损坏科技档案的不利因素，尽量延长科技档案的自然寿命。

保管工作是科技档案部门的一项经常性的业务工作。应该以有利于科技档案的长远保存为目标，采用科学的管理方法、有效的技术措施，从积累科技成果和发展科技出发，积极做好科技档案的保管工作，不断提高保管工作的业务水平和技术水平。

（一）科技档案保管工作的意义

科技档案保管工作有重要的现实意义和历史意义。

第一，做好科技档案保管工作，是落实集中统一管理原则的重要措施。我国科技档案工作的管理原则要求科技档案实行集中统一管理，要维护科技档案的完整、准确、系统、安全。只有做好科技档案的保管工作，才能使集中起来

的科技档案的完整和安全得到可靠的保证。因此，必须研究科技档案损坏的原因，总结保管工作的经验，探索保管工作的客观规律，采取一切必要的和可能的措施，从自然和社会两个方面入手，切实做好保管工作。

第二，实现了科技档案的科学保管，才能不断丰富我国的科学文化宝库。科技档案是科技成果的存在形式，是党和国家重要的科技文化财富。但是，这项财富不是一天形成的，而是随着社会生产和科学技术的发展，逐步积累丰富起来的。科学地保管好科技档案，才能保证我国的各项科技成果不断积累，使我国的科学文化宝库不断得到充实和丰富。

第三，科技档案的保管工作，是巩固整理工作成果、维护科技档案正常秩序的手段，也是实现科技档案有效利用的基本保证。科技档案经过整理实现了系统化，成为具有有机联系的整体。但是，如果没有科学、有效的保管工作，科技档案的整理成果是难以长期保持的。这是因为库房里的科技档案经常处于流动状态，如果没有开展保管工作或保管工作做得不好，科技档案的排架序列很容易受到破坏。排架序列一旦破坏，科技档案的整理成果和各项工作都会直接受到影响。实现科技档案的有效利用同保管工作的关系十分密切。第一，它取决于保管工作的有效性。有良好的库房管理秩序，才便于查找索取档案。第二，它取决于科技档案的完好状态。只有将科技档案保管好，才能充分发挥其作用，实现对其的有效利用。因此，做好保管工作是巩固科技档案整理成果、提高科技档案管理水平、充分发挥科技档案作用的必要手段。

（二）科技档案保管工作的要求

1. 保管人员要有强烈的事业心和高度的责任感

科技档案的保管工作，从形式上看是比较平凡而又琐细的。要做好保管工作，必须注意抓好两个因素：一个是物的因素，即必须提供必要的保管条件；另一个是人的因素，这主要表现为保管人员的事业心和责任感。从某种意义上说，人的因素比物的因素更重要，有好的保管条件，没有保管人员的事业心和责任感，也难以做好保管工作。因此，第一条要求就是科技档案保管人员要树立强烈的事业心和高度的责任感。这是做好保管工作的思想基础。

2. 要为保管工作提供必要的物质条件

要做好科技档案保管工作，物质条件是不可缺少的。保管工作的效果和水平同保管条件有密切的关系。为了提高科技档案的保管效果和保管水平，应该为保管工作提供必要的物质条件，并且随着科学技术和生产的发展，不断改善科技档案的保管条件。

3. 贯彻防重于治、防治兼施的思想

为了保证科技档案的安全，延长科技档案的寿命，在保管工作中，不仅要注意治理，而且要注意防护，应当实行“防重于治、防治并举”的方针。“防”的问题是一个根本问题，要防患于未然。“防”是主要的，是经常的，但也不能忽视“治”，有了毛病，出了问题，就要“治”。要以防为主、防治兼备。这样才能做好保管工作，提高保管工作的实际水平。

二、科技档案的保管条件和防护措施

（一）科技档案损毁原因

做好科技档案保管工作，首先要了解影响科技档案寿命的原因，以便对症下药，有针对性地积极做好工作。影响科技档案寿命的因素主要有两个方面。

1. 科技档案制成材料的质量

这是内因方面。科技档案制成材料有好有坏，好的制成材料保管的寿命就能长些，相反就要短些，所以科技档案制成材料的好坏，与科技档案寿命的长短有着密切的关系。

例如，好的描图纸有韧性，强度大，透明度高，耐磨；差的描图纸则透明度差，质脆易碎。再如，晒图纸的质量好坏和晒图方法的不同，对科技档案的寿命也很有影响。又如，文字档案用钢笔或圆珠笔书写，效果也不同。用钢笔书写时，墨水的质量不同，保管的效果也不相同。

2. 保管条件和保管方法

这是外因方面。保管条件好，如温湿度适宜，防护设施可靠，则有利于延长科技档案的寿命，相反就可能缩短科技档案的寿命。例如，某单位花费大量外汇进口设备接收美国卫星云图，光装订一本材料就要十几元钱，但库房保管条件不好，不到一年，档案就发霉、褪色，看不清了；某厂生产的 ×× 牌电冰箱是名牌产品，但产品档案长期放在高温、通风不良的小屋里，20% 的产品档案被老鼠、蟑螂咬坏。

上述内因和外因两个方面都是保护科技档案、延长科技档案寿命的重要条件。为保管好科技档案，档案部门要积极向有关方面提出使用优质的科技档案制成材料的要求和建议，同时要努力改善科技档案的保管条件，以期最大限度地延长科技档案的寿命。

（二）科技档案的保管条件

1. *库房*

库房是存放科技档案的处所，因而要有一个适宜的库房。科技档案库房应位于企、事业单位的工作中心，以便利用者就近查找使用档案；同时，库房要远离污染源，如锅炉房、化验室、有害车间、燃料库等，以防二氧化碳、灰尘等有害物质和高温、易燃易爆物的影响和威胁。库房也应远离民用住宅。

设在楼房里的科技档案库房，一般应在楼房的第一、二层，不要设在潮湿的地下室，也不要设在楼房的最顶层，否则不利于防潮、防晒和借阅利用。

此外，科技档案库房应与办公室、阅览室、晒图室隔开。库房门窗要坚固、安全。

2. *防火*

火灾对科技档案破坏性极大，保管工作中应特别注意防火。首先，应该配备消防灭火器材，包括二氧化碳灭火器、四氧化碳灭火器、干粉灭火器、沙箱以及消火栓等。规模较大的库房要安装避雷设备。其次，要建立严密的防火制度，其内容包括以下方面：库房内严禁吸烟和使用明火的制度；火灾隐患报告制度，要消除一切火灾隐患，对电源、线路、开关、灯头等定期进行检查；消防器材管理使用制度，对灭火器材应定期进行检查并学会使用，以保证其有效性；火灾抢救组织分工以及火源监视分工等。

3. *防潮、防高温，保持适宜的温、湿度*

温、湿度能直接影响纸张和字迹、线条的耐久性。一般情况下，温度14～18℃，相对湿度50%～65%较为适宜。过于干燥，纸内水分蒸发（纸内原有含水量平均为7%～8%），纸张就要变脆、发黄，耐折度降低；湿度过大，底图会发生纵横抽缩现象，蓝图会褪色或印迹模糊，发霉变质，年深日久变为纸砖。

为了防潮、防高温，保持适宜的温、湿度，科技档案库房应配备温度、湿度观测控制和调节设备，如干湿球湿度计、毛发湿度计、自记湿度计、自动恒温恒湿机、去湿机、增湿装置等。同时，要建立库房温度和湿度监测制度，内容包括温、湿度监测人员分工，温度计、湿度计的维护与管理，温、湿度记录以及通风、去湿记录与管理等。

不具备以上条件的，可以采用通风防潮的办法，还可使用石灰、无水氯化钙、木炭等吸水剂防潮。生石灰吸水能力较强，每公斤可吸水360克，一昼夜约吸水60克（石灰呈粉状后，应及时换掉，因其具有碱性，对档案有一定腐蚀作用。用时最好置于木盒中）。此外，提高室内温度，也可降低湿度。

库房内过于干燥时，可用拖地、洒水、放置水盆等简易办法增加湿度。

4. 防光

由于光源不同，光可分为自然光（如太阳光）和人工光（如各种灯光）。光线对科技档案有破坏作用，特别是太阳光中的紫外线具有强烈的光化作用，对科技档案的破坏性很大，对纸张中的纤维素和木质素都有很大的破坏力，可使纸张强度降低。蓝图上面的感光药剂遇到光线容易褪色，使线条印迹逐渐消失，纸张变色变脆。底图在光线照射下会逐渐降低机械强度，易于破裂。

因此，要防止光线对科技档案造成损害就要避免太阳光直射科技档案。窗户可用毛玻璃或花纹玻璃，也可用挂布帘等办法防止光线照射档案。同时，还要对库房灯光加以控制，无人时不开灯，灯上加罩，不让光线直射档案。

5. 防尘

尘的成分很复杂，如砂土、烟渣、煤屑以及其他机械粉末等。灰尘会摩擦和破坏档案纸张纤维，还会使档案字迹线条模糊不清；有的灰尘如苏打、水泥等带有碱性，对档案有较强的腐蚀作用；灰尘还是微生物寄生和繁殖的掩护所，也是各种霉菌的传播者，所以要做好防尘工作。除选择库房地址时考虑防尘条件外，在库房周围可以栽树种草；库房内要保持清洁，有条件的可采用除尘设备，如吸尘器等；库房窗口、通风孔上可以钉上一层涂油的金属纱或浸过5%甘油的棉纱，或安装其他过滤装置。

6. 防虫、防鼠

有害昆虫对科技档案危害很大，在高温、潮湿的地方，有害昆虫繁殖快，危害更大，必须严加防治。库房内应保持清洁、严密，墙壁、地面、顶板、柜架等都应清洁、平滑，少留缝隙，使有害昆虫无藏身之地，便于检查、除尘；对新入库的科技档案应严格检查，发现有虫蛀的，不经杀虫处理不得入库；对已入库的科技档案要经常检查，发现虫害及时治理；库房中的柜架上可放置一些药物，如樟脑球、烟草、细辛等。

老鼠是科技档案的凶恶敌人，库房内应创造一切使老鼠不能出现和繁殖的条件。库房墙壁应坚固平滑，使老鼠不能打洞攀登；档案柜架可与墙壁保持一定距离，便于检查，发现鼠洞及时堵塞封闭；库房内禁止放粮食和食品。如发现老鼠，要尽快消灭，防止鼠害蔓延。

三、科技档案的保管方法

（一）排架管理

排架管理是科技档案保管工作的一项重要内容。科技档案经过系统整理以后要入库上架，进入日常的保管工作流程。

科技档案的排架要依据整理分类的具体方法，并反映整理分类的具体成果。科技档案的排架序列同它的系统化顺序应该是一致的，即按照类别、项目以及项目内保管单位的顺序依次排列。不论是在基层科技档案部门还是科技专业档案馆，其科技档案的排架方法都应该同其整理分类的方法一致。这是科技档案排架的基本原则。

在具体排列上架时，应按照类别和保管单位的次序，自左向右、自上而下地进行排列，以便于管理和查找使用。

底图档案的制成材料比较特殊，描图纸是用油、蜡等物浸透过的，经过晒图机高温的影响，它的机械强度和耐久性有所降低，容易破碎。为了延长其使用寿命，底图一般应在特制的底图柜内存放。底图的保管方法有两种：一种是平放，即按顺序存放在多层抽屉的底图柜内。这种方法能保证底图的平整，取放也比较方便，有利于保护底图，有利于查找使用，是一般公认的较好的保管方法，只是占用面积较大。另一种是卷放，即将底图按套或按保管单位卷起来，放在柜子里或铁筒（或硬纸筒）里。一般将大张卷在里面，小张卷在外面，图纸标题栏在右下角，卷好后用绳捆上，放上标签，依次排好。这种办法的好处是节省空间，一层一米宽的抽屉可存放三十个至五十个保管单位。缺点是取放不便，不能按顺序排，不便查找，而且经常捆卷会增加图纸磨损程度。特大特长图幅的底图以卷放为好。底图应禁止折叠保管，应保证在不撕、不折、不受挤压、尽量减少磨损的条件下进行保管。为保护底图，可用缝纫机为底图扎边，有的单位也使用贴边机进行贴边。

科技档案排架应注意保持适宜的饱和度。不论排放底图还是蓝图，档案柜架的每一个档格都不宜排列过挤，否则会增加对卷皮（盒）和档案的摩擦，不利于保护科技档案。从便于清理、倒架和便于日后增补科技档案的角度考虑，排架也应预留一定的空位。

（二）柜架排列管理

柜架是库房内存放科技档案的主要设备装置。库房内柜架的排列管理同柜架的合理使用、库房内的工作秩序以及科技档案的保管和取放都有直接关系。因此，柜架排列管理是科技档案保管工作的一项不可缺少的内容。

柜架排列管理主要应注意以下几个问题：

第一，科技档案柜架在库房内的排列应同墙壁保持一定的距离，避免直接靠墙。这样做的目的是防潮、防止冷热传导，同时便于检查，有利于管理和保管工作。

第二，库房内科技档案柜架之间的通道应保持合理的宽度，一般以 0.9～1.2 米为宜。过窄不便于管理和通行，过宽则影响库房面积的充分利用。

第三，通道形式应取迂回式，使管理人员可以围绕柜架通行，方便取放和行走。

（三）库位管理

库房是保管科技档案的主要处所。为了合理利用库房，便于对科技档案的存放和查找，科技档案的保管工作中应加强库位管理。

库位管理就是根据科技档案分类和排架的要求，对库房进行合理的房间划分和保管区段划分，对不同类别的科技档案实行定位管理。

为了便于管理和查找科技档案，可以编制库位索引（包括库位号、科技档案类别、科技档案号、科技档案名称等项内容）或绘制库位平面图作为库位管理的指南。

（四）出入库管理

库存的科技档案经常处于流动和变化状态。随时掌握科技档案的库藏量、借出量、阅览量、移出量、销毁量等，是保管工作的重要任务之一。

科技档案借出时，要在代卷卡上进行登记；返库时，注销代卷卡，档案及时归入库位，要严格保持排放秩序。

四、科技档案的保密制度和检查制度

（一）保密制度

保密在科技档案保管工作中是一个不可忽视的方面。应该反对扩大保密和不必要的保密，它不利于科技档案工作的正常开展，不利于科技档案充分发挥作用；但是，必要的保密制度必须坚持，国家的机密应该保护。

《技术档案室工作暂行通则》第六条规定：“技术档案室必须严格地贯彻执行党和国家的保密政策和保密制度，维护技术档案的安全和国家的机密。”

制定科技档案保密制度的依据是国家和上级专业主管机关的有关规定。制定保密制度要同本单位的保密部门或保卫部门取得联系，互相配合。保密制度要经主管领导批准。

保密制度首先要明确科技档案的保密范围和机密等级。保密范围要根据科技档案内容，实事求是地划定。机密等级的标定不能偏高或偏低。绝密的科技档案可以单独保管、专人管理、控制使用。应根据需要，定期或不定期地进行科技档案保密检查。保密检查应做好记录。

随着科技、生产的发展和各种因素的变化，要进行科技档案保密等级的调整：已不属于保密范围的科技档案要及时解密，机密等级偏高的科技档案要进行降密，以调整和扩大科技档案的利用范围。

（二）检查制度

《技术档案室工作暂行通则》第二十二条规定："技术档案室应该建立检查制度，定期对技术档案的保管情况进行检查，以保证技术档案的完整和安全。"一般情况下，科技档案部门每年应对科技档案的保管状况进行一次全面检查。除应将保管状况作为检查的重点外，也应把库房管理、保密情况、借阅制度等情况作为检查的内容一并进行，并通过检查工作，找出薄弱环节，进一步健全各项制度。

遇有特殊情况或意外事件，应随时进行检查。检查时应有记录，并应组织专门的检查班子负责这项工作。检查后应将检查结果形成报告，采取措施进行补救。

五、监督科技档案的修改和补充

《技术档案室工作暂行通则》第二十三条规定："技术档案室有责任监督归档以后的图纸的修改。底图修改以后，必须对有关的蓝图作相应的修改或者补充修改过的蓝图。"

科技档案和文书档案相比有一个非常突出的特点：文书档案是绝对不许修改的，改动就失去了档案的真实性；但是科技档案则可以修改，只要符合制度要求并经过一定的批准手续。科技档案不但允许修改，而且必须修改，这样才能保证科技档案的准确性。科技档案不仅要反映一定条件下科技对象的历史状况，还要反映科技对象的现实面貌。保持科技档案同它所反映的科技对象的一致性是科技档案的明显特点，特别是产品档案（包括工艺档案）、基建档案、设备档案。

科技档案的准确性要求是由科技档案现实性强这一特点决定的。科技档案是正常生产（包括设计、实验、施工、安装、制造等各项科技活动）的必要条件。科学管理、文明生产离不开科技档案。科技档案是文明生产的记录，也是文明生产的依据。它和每个零件的制造，每一部机器的组装，每一台设备的使用、维修都是紧密联系在一起的。这就要求科技档案必须和生产保持一致。实践证

明，科技档案准确率高是保证产品质量的必要条件。因此，科技档案室必须把监督归档后的图纸的修改作为科技档案保管工作的一项重要内容来做。

科技档案的修改、补充属于技术性工作的范畴，是技术部门和技术人员职责范围内的事情。科技档案室的任务是监督和协助。科技档案的修改方法可依各单位的特点而定，但修改原则是一致的：它既要反映科技档案的历史面貌、变动过程，又要反映科技生产的现状。这是科技档案修改的原则，也是科技档案室做好监督修改工作必须切实执行的基本要求。

第二节　科技档案统计工作

一、科技档案统计工作及其意义

科技档案的统计工作是科技档案管理工作的一项重要内容，它是以数字的形式揭示科技档案的库藏状况和科技档案管理状况的一项工作。

从统计对象和统计范围来说，科技档案统计工作可以划分为两种类型：一种是科技档案的宏观统计工作，另一种是科技档案的微观统计工作。

科技档案的宏观统计工作是国家各级档案业务管理机关和各级专业主管机关所进行的科技档案统计。它包括全国科技档案和科技档案工作基本情况统计，专业系统科技档案和科技档案工作基本情况统计，省（自治区、直辖市）、市（专区）、县科技档案和科技档案工作基本情况统计。

科技档案的宏观统计是国家科技档案事业建设中的一项重要基础工作。它的基本任务是对国家的、地方的和专业系统的科技档案的数量、管理、利用情况以及科技档案事业的发展情况进行统计调查、统计整理和统计分析，为科技档案事业的宏观决策、规划管理和业务指导提供依据，为党和国家提供系统、准确的科技档案和科技档案事业发展情况的统计资料，是发展科技档案事业的有效工具。

为了加强我国档案事业的统计工作，国家档案局于1984年在全国范围内建立了档案统计年报制度，制定了由国家统计局批准下发的《档案工作基本情况统计年报》，对全国的档案工作推行统一的统计方法、计量单位和报表格式，以便准确地掌握全国档案机构的数量、人员、馆藏、库房以及档案的利用和编研等方面的基本情况，加强对全国档案工作的宏观指导。同时，将档案统计（包括科技档案统计）纳入我国国民经济和社会发展的统计指标体系，列入国家统计项目，使档案和档案工作更广泛地为社会主义现代化建设事业服务。

科技档案的微观统计是指基层企、事业单位和专业主管机关以及科技专业档案馆对本单位的科技档案和科技档案管理工作所进行的统计。这是本节着重讲述的内容。

做好科技档案的统计工作，对基层单位和科技专业档案馆的科技档案管理工作具有重要的意义。毛泽东同志曾经指出，办事情必须从实际出发，对情况和问题要注意到它们的数量方面；要做到胸中有“数”，要注意基本的统计、主要的百分比，要有基本的数量分析，要注意决定事物质量的数量界限。科技档案是国家重要的科技文化财富，为了实现对科技档案的科学管理，充分发挥科技档案的作用，必须建立科学的统计工作，对所保管的科技档案进行及时、全面、准确的统计，从不同的角度了解和分析所保管的科技档案的数量状况和管理状况，对科技档案的库藏和管理进行定量研究，从中总结工作经验，探索工作规律，发现薄弱环节，加强和改进管理。

科技档案的微观统计是宏观统计的基础。国家的、地区的和专业系统的科技档案统计工作必须建立在基层企、事业单位和科技专业档案馆的统计工作的基础上。科技档案室或科技专业档案馆的统计工作是否科学、统计数字是否准确，将直接影响科技档案宏观统计的质量和水平。因此，要建立国家规模的科技档案统计工作，必须从基层单位和科技专业档案馆做起。

二、科技档案统计工作的要求

统计工作是一项科学性很强的工作。科技档案的统计工作必须符合以下各项要求，才能保证统计质量和统计效果。

（一）要有明确的目的性

科技档案的统计工作是为了一定的目的而进行的，不是为统计而统计。如果没有明确的目的性，统计工作往往会失去意义，也不容易坚持下去。要根据本单位的实际情况，如单位的大小、科技档案的多少、科技档案的管理状况以及利用率高低等情况，实事求是地开展本单位的科技档案统计工作。

因此，在一个单位开展统计工作，确定科技档案的统计项目，一定要兼顾需要和可能，有目的地确定统计内容，做好统计工作。

（二）要具有准确性

科技档案的统计工作是用数字语言来表述事实的，必须十分准确。数字的真实性、准确性是统计工作的生命，失去了准确性和真实性的统计是毫无意义的。

要做到数字真实、准确，就必须有严肃负责的工作态度和一丝不苟、实事求是的工作作风，这样统计出来的数字才有价值，才能够达到统计工作的目的。

（三）要保持连续性

为了达到统计工作的目的、保证统计数字的准确和统计工作的质量，科技档案的统计工作必须连续进行，对有关内容的统计一定要有始有终，不能间断。

（四）要注意进行分析研究

取得统计数字不是统计工作的目的。经过定期或长期的积累，拿到具有客观真实性的、准确的统计原始数字，对统计工作来说并不算工作的完结。重要的工作在于对统计数字进行分析、研究，从中总结经验，发现问题，分析矛盾，探索规律，改进和加强科技档案工作。

三、科技档案的统计方法

一般统计工作都是根据不同的调查统计对象，采用多种多样的科学的调查统计方法以达到统计的目的。

科技档案的统计工作，一方面是随时了解、掌握科技档案的现状和变化情况，另一方面是及时了解、掌握科技档案工作的现状和进展情况。因此，也要根据不同的统计目的、不同的统计对象确定具体的统计方法。

（一）确定统计指标和统计指标体系

为了使统计工作科学化，应该首先确定科技档案的统计指标和统计指标体系，如科技档案库藏量指标体系（包括库藏量、入库量、移出量、鉴定剔除量、封存量、销毁量等）、科技档案利用工作指标体系（包括借出量、阅览量、复印量、对内供应量、对外交流量、利用率、复用率、利用效果等）、科技档案和科技档案工作质量指标体系（包括科技档案完整率、科技档案利用查全率和查准率等）、科技档案工作条件指标体系（包括人员配备、人员素质以及库房面积、库房利用系数、柜架面积、柜架利用率、设备配置等）等。

（二）科技档案的统计步骤

科技档案的统计工作一般分为三个步骤，即统计调查、统计整理和统计分析。

1. 统计调查

统计调查是根据规定的统计任务，为实现一定的统计目的而收集、登记和占有统计资料或原始统计数字的过程。统计调查根据统计任务和统计方法的不同，有基本情况统计报表、专题普查、重点调查、抽样调查和典型调查等多种形式。

2. 统计整理

对通过统计调查所取得和占有的大量原始统计材料，要根据统计目的和统计任务的要求，进行科学的整理和综合，使这些材料实现系统化和条理化，能够揭示和反映出各相关因素之间的关系，为统计分析提供必要的条件。

3. 统计分析

对统计调查特别是统计整理的材料进行分析研究，揭示科技档案及其管理工作的内在矛盾和变化发展规律，得出必要的结论，寻求解决矛盾和提高科技档案管理水平的具体办法，把工作不断地推向前进。

对于基层科技档案部门和科技专业档案馆来说，科技档案的统计调查主要就是对各项原始统计资料进行收集和积累工作。搞好原始统计资料的收集和积累是进行科学统计工作的基础。没有客观的、准确的、科学的原始统计资料，就不可能进行正确的统计整理和统计分析。

在基层科技档案部门和科技专业档案馆，科技档案原始统计资料的收集和积累工作不是以临时的或突击的方式进行的，而是在日常的各项管理工作和利用工作过程中随时进行的，即在科技档案的收进、移出、整理、著录、鉴定、保管、利用、编研等工作中，根据档案业务管理机关或上级专业主管机关制定的统计报表制度或本单位确定的统计项目，用登记簿或登记卡（单）等形式进行原始数字的记录和积累。

（三）基层单位和科技专业档案馆统计工作的基本内容

1. 科技档案数量统计

这种统计主要包括科技档案的收进、移出、销毁、实存等项目。一般通过总登记簿或分类登记簿以及移出、销毁清册等进行统计。

（1）收进数是指科技档案收进（包括归档）的保管单位数或底图的张数。这是掌握科技档案数量的最基本的数字。在统计中最好能反映收进的累计数及年份、季度的小计数，这样不仅能看出累计收进数量，还可以反映各时期的收

进数量，便于档案管理进行分析研究，找出收进科技档案的规律。

（2）移出数是指科技档案室或科技专业档案馆向外单位移交科技档案的保管单位数或底图的张数。这个数字是统计实存数的基础数字之一。

（3）销毁数是指科技档案鉴定后剔除销毁的保管单位数或底图的张数。这个数字也是统计实存数的基础数字之一。

（4）实存数是指科技档案室或科技专业档案馆当前实际保存的科技档案的数量。

2. 科技档案鉴定情况统计

科技档案鉴定情况统计包括科技档案保存和剔除销毁两方面的统计。统计时可以对永久、长期、短期保存的科技档案分别进行数量统计，并且要统计销毁档案的数量。这种统计可以反映库藏科技档案的价值情况和库存量的发展趋势，并且便于对价值大的科技档案安排重点保护。

3. 科技档案利用情况统计

科技档案利用情况统计包括利用效果统计、采用率统计、借阅人次统计等。

（1）利用效果统计是指利用了某套、某卷或某份（张）科技档案后所收到的实际效果，如提前完成了工作任务，节约了若干工时，节省了若干资金，有了新的发明创造，提高了技术水平，等等。为了便于进行利用效果统计，可以建立“科技档案利用效果记录卡”，由利用者或科技档案管理人员及时填写。科技档案利用效果记录卡参考格式如表 15–1 所示。

表 15–1　科技档案利用效果记录卡

<table>
<tr><td>利用者姓名</td><td></td><td>利用者单位</td><td></td><td>利用时间</td><td></td></tr>
<tr><td>科技档案名称</td><td colspan="3"></td><td>科技档案号</td><td></td></tr>
<tr><td colspan="6">利用效果：</td></tr>
<tr><td colspan="6">备注：</td></tr>
</table>

（2）采用率统计又称套用或复用率统计，是指某一个新的设计（或科研）项目采用或复用科技档案成图、成果的数量占设计（或科研）出图总量的百分比。

（3）借阅人次统计是指在一定时间内（如一年、一季、一月、一日）接待借阅者的人次数。可将本单位借阅人次数与外单位借阅人次数分开进行统计。

除上述三种常见的统计外，基层科技档案部门或科技专业档案馆还可以根据上级要求或工作需要，进行其他有关内容的统计。

在上述基本数字或基本情况统计的基础上，档案管理员对取得的各项原始统计资料进行统计数字的整理和统计分析工作，从中得出必要的结论，掌握库藏情况和工作规律，不断提高科技档案的管理水平。

思考题

（1）科技档案保管工作的任务是什么？简述科技档案保密制度和检查制度。

（2）什么是科技档案统计工作？简述科技档案统计工作要求。

第十六章　科技档案利用工作

第一节　科技档案利用工作的意义和要求

科技档案的利用工作就是通过各种有效的方式和方法，提供和开发科技档案资源，充分发挥科技档案的依据和查考作用，发挥科技档案的技术效用和社会、经济效益，为社会主义现代化建设服务。

一、科技档案利用工作的意义

科技档案利用工作对科技档案管理工作具有反馈和推动作用，可以检验和促进科技档案各项业务工作的改进和加强。

从利用工作和收集归档的关系来看，收集归档是科技档案工作的基础。收集归档是为了提供利用科技档案，不收集归档就谈不上对科技档案的利用工作；但是，科技档案的利用工作又对收集归档工作具有重要的推动作用。首先，利用工作可以检验收集归档工作的质量。通过利用工作，可以看出收集归档的科技档案是否完整、准确。如果不完整、不准确，就要找出原因，如归档制度是否健全、归档时间以及归档手续是否合理或严密，等等，这样就可以促使科技档案的收集工作不断得到改进和强化。其次，利用工作可以促使收集归档工作顺利进行。科技档案的利用工作是把档案部门保存的科技档案送出去给有关方面使用，而科技档案的收集工作则是把有关方面形成的科技文件材料拿进来集中保管，一个是“送出去”，一个是“拿进来”，情况不一样，工作难度也不相同，只有做好科技档案的利用工作，有关方面对科技档案的利用需求能够及时、准确地得到满足，才能建立起相互信任、相互依赖的工作关系，有关方面才愿意把应该归档的科技文件材料及时归档，才能建立起健全的科技档案收集工作制度。因此，科技档案的利用工作可以促进收集工作的顺利进行。

从利用工作和整理工作的关系来看，科技档案只有经过科学整理才便于提供利用。整理工作是否科学，要经过实践的检验，检验的最好方法是利用，要通过科技档案利用工作的实践来检验整理工作是否科学，是否符合科技档案的自然形成规律，是否保持了档案材料之间的有机联系。

通过科技档案的利用工作，可以检验鉴定工作的质量，验证保存和销毁的界限规定得是否恰当；通过科技档案的利用工作，可以检验保管工作是否切实可靠等，这些都说明科技档案的利用工作在档案工作各业务环节中占有很重要的地位。

二、科技档案利用工作的要求

科技档案的利用工作涉及多种因素和比较复杂的关系，如科技档案的提供者和科技档案的利用者这一因素涉及科技档案提供者的思想状况、业务水平和专业技术知识水平；科技档案利用者的需要和科技档案的实际状况，如科技档案的有无、质量高低、机密程度等。为了做好科技档案的利用工作，必须正确地认识利用工作中的各种相关因素和正确处理各种关系。其基本要求有以下几点：

（一）牢固树立为社会主义事业服务的思想

科技档案工作是一项服务性工作，而科技档案的利用工作则是科技档案工作服务性的直接体现。因此，科技档案工作人员要做好利用工作，必须首先在思想上树立起明确的为社会主义事业服务的思想，这是做好科技档案利用工作的思想基础。只有树立起明确的服务思想，才可能提供高水平的服务，才能主动积极地做好利用工作，及时、准确地提供科技档案，满足利用者的需要。

树立正确的服务思想，要求科技档案工作者坚持“五个面向”，积极做好工作。

第一，面向科技、生产工作。科技档案来源于科技、生产活动，也要服务于科技、生产活动。把为科技、生产活动服务放在第一位，这是科技档案利用工作的基本方向。面向科技、生产工作的实质是坚持生产力标准，为社会主义现代化建设服务。

在经济体制改革和科技体制改革中，为了适应竞争的需要，产品和技术更新换代加快，生产周期缩短，生产、设计和研制任务一般较急，经常要求及时、成套、系统地按专题提供科技档案。科技档案的利用工作要适应这种情况，面向科技、生产工作，广开利用渠道，积极主动地做好服务工作。

第二，面向车间、科室。车间、科室是科技、生产活动的第一线，科技档案主要是为车间、科室服务，为科技、生产第一线服务。许多基层科技档案部门在利用工作中实现了“服务到现场”，将科技档案的利用工作做得主动、及时、准确，深受车间、科室的好评。

第三，面向科技、生产人员。科技档案是科技、生产人员在工作活动中形成的，又主要供科技、生产人员在工作活动中利用。因此，科技、生产人员是科技档案利用工作的主要服务对象。面向科技、生产人员，为科技、生产人员服务，是科技档案工作人员开展科技档案利用工作时义不容辞的责任。

第四，面向领导，为领导决策服务。要对科技、生产活动进行科学有效的领导，必须掌握可靠的信息。科技档案是重要的科技信息，是领导者进行领导决策的重要依据。因此，科技档案的利用工作应该自觉地面向领导，为领导决策服务。

第五，面向社会。科技档案工作是社会主义科技事业的组成部分，在社会主义现代化建设中，科技档案的开发利用工作坚持生产力标准，为发展社会生产力服务。因此，搞好科技档案信息资源的开发利用，必须实现观念更新，摆脱封闭式发展和小生产者的狭隘眼界的束缚，认真学习党的社会主义初级阶段理论，面向社会，参与技术市场，为提高国家整体的科技、生产水平服务。

（二）了解需要，掌握库藏，及时、准确地提供科技档案

科技档案利用工作涉及需要利用和提供利用两个方面。为了做好利用工作，科技档案工作人员应当了解需求者要用什么样的科技档案，又要熟知自己保存了哪些科技档案以及存放在什么地方。“知己知彼”，方能有效地做好利用工作。

要做到了解利用者的需要，掌握利用科技档案的规律，首先要了解和掌握经济建设的形势、科技活动的方向以及党和国家的方针政策。

其次，要了解本单位各时期的工作任务和有关计划。科技档案工作人员应了解和掌握本单位不同时期的科技生产任务和工作计划，做到心中有数，积极主动地做好科技档案的利用工作。

最后，要了解科技、生产活动程序，掌握科技、生产活动的规律。任何单位的科技、生产活动都是按照一定的程序有规律地进行的。在不同的工作阶段

中，工作内容不同，对科技档案利用的需要也不尽相同。例如，在工程设计的准备阶段，主要是搜集整理地质、水文、气象、经济等方面的基础材料，为设计寻求依据；在施工图设计阶段，主要利用设计成图，以便参考或复用等。科技档案部门也应了解和掌握这些情况，以便把握时机，有针对性地做好科技档案利用工作，使提供的科技档案更符合利用者的需要。

以上说的是“知彼”，即了解和掌握科技档案利用者一方的情况，以便实现“预测服务”和“跟踪服务”。此外，还应该“知己”，做好利用工作，除应了解利用者的需要外，还应熟悉科技档案的库藏情况，熟悉和掌握库藏科技档案的内容、完整程度、准确程度、形成时间、形成单位、工作过程、归档时间、科技价值、保管状况和利用率等情况，这样才能提高利用工作的质量和效率。

（三）提高利用工作水平，发挥咨询参谋作用

科技档案的利用工作不应满足于利用者凭借目录查图号、档案工作者凭借图号查档案的水平，不能长时期停留在只是拿拿放放、找图插图的简单工作阶段，而应不断提高业务水平和专业知识水平，研究总结科技档案利用工作的规律和特点，研究和掌握科技档案内容，以科技档案为依据，积极发挥科技咨询和科技参谋作用，把科技档案的利用工作提高到一个新的水平。

（四）正确处理好利用和保密的关系

科技档案中存在着机密文件资料。正确认识和处理科技档案的保密和利用的关系是对科技档案利用工作的一条重要要求。保守机密是科技档案工作必须遵守的原则，提供科技档案为国家的各项工作服务是科技档案工作的根本目的。保密和利用是辩证统一的关系，要妥善地处理好这种关系，不能顾此失彼。

在科技档案利用工作中，我们既有失密泄密的教训，也有过于扩大保密范围的教训。放松警惕、泄露机密，特别是对一些重点工程、机密专业、尖端技术而言，在保密上疏忽大意，会给党和国家造成损失；但是，把保密和利用对立起来，随意扩大保密范围，对科技人员利用科技档案进行不恰当的限制，搞烦琐的手续，则有碍于科技发展和科技交流，不利于国家的社会主义现代化建设。

正确处理保密和利用的关系的关键是合理确定科技档案的保密范围和机密等级，并且随着时间的推移而及时地调整密级。科技档案的保密范围要适当，保密范围过宽，不利于保守机密；反之，则不利于科技档案的利用。机密等级要划分合理，不宜随意拔高或降低。任何机密都是有时间性的，因而要定期对科技档案的机密等级进行审查，根据上级规定和实际情况，及时调整科技档案的密级，扩大科技档案利用与交流的范围。

除上述要求外，还应该从技术手段上积极为科技档案利用工作创造一些必要的条件，进行服务硬件的建设，如添置科技档案复印设备以及缩微胶片阅读器等。

第二节　科技档案利用工作的方式

科技档案利用工作的方式是比较多的，一般有以下几种：

一、科技档案借阅

借阅是科技档案利用的基本形式。科技档案借阅包括内部借阅和外部借阅两种。内部借阅和外部借阅的服务对象不同，所以借阅要求和手续也不完全相同。

（一）内部借阅

科技档案内部借阅是本单位内部有关人员利用科技档案的基本形式。

1. 科技档案的查询阅览

这种利用形式是指为利用者提供科技档案原件或复件，以供阅览，但不允许借出科技档案室。因此，这种利用形式的借阅手续简便，而且不受阅览数量的限制，只要需要，就可以提出调档要求。

为了方便阅览，科技档案部门应尽量为阅览者创造一些必要的条件，如比较宽敞、安静的阅览室。如果条件不具备，至少也应有适用的阅览桌。还应设置一些常用的工具书、检索工具等有关资料，以备阅览者随时翻检使用。

某些企、事业单位可以有条件地实行科技档案内部开架阅览。开架阅览的突出优点是简化了手续，扩大了科技档案的利用范围，提高了科技档案的利用率，便于利用者大量地查阅科技档案。

开架阅览的基本做法如下：

（1）以科技档案副本开架，并且只对本单位内部的有关人员开架。

（2）开架的科技档案是非机密的或密级较低的。为有效实行开架，对科技档案要事先进行密级调整，根据有关规定和实际情况做好降密和解密工作。

（3）利用者凭本单位工作证自由阅览。

（4）提供专门的开架阅览场所。

（5）编写开架部分的科技档案检索工具，注明存放位置，并在每个阅览架上张贴科技档案检索图表，以便利用者查找有关的科技档案。

（6）科技档案部门要加强对阅览者的协助和指导，以保护档案和实现对开架档案的有效利用。

2. 科技档案的借出

这种利用形式下的科技档案会离开科技档案室，因而与查询阅览的要求和手续应该有所不同。借出科技档案应严格执行有关的借阅制度。借阅者应切实注意保护档案和有关机密，并且要按时归还。为了严格做好借阅工作，科技档案部门应建立以下有关制度。

（1）借阅证制度。在正常情况下，科技档案的借出是以科技档案借阅证为依据的。借阅证由科技档案部门统一制发。

科技档案借阅证有两种形式：一种是按人头制发的；另一种是按机构制发的。两种形式的内容、管理和使用都不相同。

按人头制发的科技档案借阅证，一般包括姓名、单位、证号及借阅内容、归还日期等项目。其参考格式如表 16-1 所示。

表 16-1　科技档案借阅证

姓名：　　科室：　　证号：				
序号	科技档案号	科技档案名称	借出日期	归还日期

这种借阅证的管理方式有两种：一种是按机构进行管理，同一个机构的借阅证排放在一起；另一种是按姓氏笔画顺序排列。

按机构制发的科技档案借阅证适用于某些大型的科技、生产单位。它是以

业务科室、车间为单位的，每个科室、车间一证，由本科室、车间的兼职资料员保管。借阅证是书本式的，封面注明科室、车间名称，里面的栏目有科技档案名称、科技档案号、数量、借阅者姓名、借出日期、归还日期、科技档案室验收人签名、备注等项。

使用这种借阅证借出科技档案以后，借阅证可以由借阅人带回，由本机构的兼职资料员保管，而科技档案室则设立借阅登记簿，借阅时一并填写。其项目有科技档案名称、科技档案号、数量、借阅单位、借阅人、借阅日期、归还日期等。

这种借阅证的好处是可以避免同一机构的有关人员在同一时期重复借阅同一份科技档案；也便于催还，使科技档案室不必逐人催还，只找该机构的兼职资料员即可。

在某些较小的企、事业单位，人员较少，可以不采用借阅证制度，借阅者只在科技档案借阅登记簿上登记即可。

（2）代卷卡制度。为便于借阅和管理科技档案，每个档案可设一个代卷卡，平时置于档案封底里页，该档案借出时在代卷卡上注明借阅者的姓名、单位及借出日期，并将代卷卡置于该档案原存放位置上。再有人来借阅时，一看便可知道该档案的去向，便于管理、借阅和催还。

也有的单位不单独设立代卷卡，而用借阅提图单作为代卷卡：借阅科技档案时，首先填写借阅提图单，项目有借阅日期、借者姓名、科技档案名称。档案管理人员据此抽出档案，并将提图单放在档案原存放位置，作代卷卡使用。科技档案归还时，抽出“提图单”。提图单的缺点是不便于对每个保管单位的利用情况进行统计。

3. 科技档案的催还和续借制度

为了提高科技档案的利用率，防止科技档案在利用者手中的无效停留，除借阅者应按规定及时归还所借档案外，还应健全科技档案的归还制度。有些借出的科技档案虽已到归还日期，但确因工作需要暂时不能归还时，应该办理续借手续。

4. 建立调离认可制度

为维护科技档案的完整和安全，避免因某些人员工作调动而带来科技档案的分散和丢失，应在企、事业单位干部管理制度中作出规定：干部调动时，经科技档案部门确认已还清所借科技档案并签字以后，方能办理有关的调离手续。

（二）外部借阅

科技档案部门除对内提供科技档案外，还应积极做好外部借阅工作。随着国家建设事业的发展和科技交流活动的增加，科技档案外部借阅工作显得日益重要起来。科技档案对外借阅属科技交流性质，科技档案利用者需持有本单位的介绍信，根据借阅科技档案的情况和机密程度，经科技档案持有单位有关领导批准后，方可办理借阅手续。

科技档案外部借阅主要指对科技档案的查询阅览。对外部单位来说，科技档案一般只能在科技档案室内阅览，不可带出科技档案室。

二、科技档案的复制供应

复制供应是科技档案利用工作的一种重要形式。科技档案的复制供应包括内供复制和外供复制两种。

（一）科技档案的内供复制

内供复制在工程设计部门、产品设计和产品制造部门的科技档案利用工作中占有相当大的比重。

科技档案的内供复制又可按复制性质分为内供单件复制和内供配套复制两种。内供单件复制一般是用于查考使用；内供配套复制则是为设计配套，或为产品生产用图配套进行复制，是科技档案复制的重要形式。

配套复制的内容大体有两种。

一种是对标准图档案、通用图档案的配套复制。随着标准化、通用化、系列化的发展，工程设计和产品设计利用标准图和通用图的数量日益增加。一个设计做出来，凡采用标准图、通用图的，只要在目录上注明图名、图号，即可到科技档案部门进行配套复制。

另一种是对非标准图、非通用图的配套复制。对这些成图，不需要重新设计、绘制，只在目录中填上图名、图号，就可由科技档案室提供底图，配套复制。

（二）科技档案的外供复制

外供复制按索取方式一般分为两种：一种是门市外供复制，即外单位利用者登门提出复制要求并办理复制手续；另一种是函索外供复制，即外单位利用者来函提出复制要求和办理复制手续。

科技档案的外供复制是科技档案对外利用工作的重要内容和方式，有助于科技交流，有利于充分发挥科技档案的技术效用和经济效益。

科技档案对外复制交流从工作关系上看有以下三种情况：

第一种情况是对用户或甲方提供服务。对用户提供服务是指工厂的产品出售以后，用户在使用、维修中需要增补有关图纸，以建立或补充自己的设备档案。对甲方提供服务是指建筑工程竣工投入使用后，建筑工程的使用单位作为甲方，为维护建筑工程而健全或补充基建档案，要求原设计单位提供设计档案复制件。对科技档案持有单位来说，这种情况的复制交流是其义不容辞的职责，它对用户或甲方健全或补充完善设备档案或基建档案具有重要作用。

第二种情况是一般兄弟单位之间为在科技、生产活动中参考而要求提供复制。索取者一般是把这些复制品作为科技资料使用。这种情况在科技档案复制交流中占有相当大的比重。所谓科技档案发挥科技交流工具的作用，主要是指这种情况，因而需要认真做好。

第三种情况是在科研成果推广使用过程中对有关科技档案的复制供应。这是科研成果推广使用工作的一部分。科技档案作为科技信息和科技成果的载体，在这种复制供应的过程中，在科研成果接收，使用单位的科技、生产活动中将直接地转化为生产力。

三、科技咨询

科技咨询是科技档案人员以科技档案为依据，以自己所掌握的业务知识和专业技术知识为基础，对查询者提出的有关问题进行解答服务。

科技咨询包括内部咨询和外部咨询两种，外部咨询又包括门市咨询和函电咨询两种形式。

四、印发目录

为便于交流情况、互通信息，科技档案部门编制的科技档案目录可以印制分发。印发目录包括内部印发（向内部各机构和下属单位印发）和外部交流两种。

五、整编出版

科技档案整编出版工作一般有两种：一种是编辑科技档案参考资料并出版、发行或交流；另一种是科技成果档案的整编出版发行工作，如地质研究成果的整编出版发行、气象研究成果的整编出版发行、水文研究成果的整编出版发行等。

第三节　编辑科技档案参考资料

一、编辑参考资料工作的性质和要求

在科技档案利用工作中，有条件的科技档案室和科技专业档案馆除直接提供科技档案原件利用外，还可以根据科技档案的内容，编辑科技档案参考资料以供使用。

（一）编辑科技档案参考资料工作的性质

编辑参考资料是科技档案资源开发利用的一种形式，属于科技档案利用工作的内容。编辑科技档案参考资料同提供科技档案原件利用相比，是利用工作的发展和提高，是科技档案利用工作内容的深化。它提供给利用者的是经过加工或半加工了的材料，是较之科技档案原件更集中、更系统、更鲜明突出的材料。

编辑科技档案参考资料工作是科技档案编研工作的一种形式。编辑参考资料工作是建立在对科技档案内容进行分析研究的基础上的。没有对科技档案内容的综合研究、对比分析、鉴别评述，就不可能编辑出合格的科技档案参考资料。所以说，编辑科技档案参考资料是科技档案编研工作的一种形式。

（二）编辑科技档案参考资料的原则和要求

科技档案参考资料的编辑工作既是科技档案利用工作的一项内容，又是科技档案编研工作的一项内容，因而编辑科技档案参考资料必须符合一定的原则和要求。

1. 编辑科技档案参考资料的原则

编辑科技档案参考资料的原则是适应需要、考虑基础、忠于原文。

（1）适应需要。必须根据科技、生产活动和科技、生产管理的需要来编辑科技档案参考资料。编辑科技档案参考资料的目的是更好地开发利用科技档案资源，是为了满足利用者对科技档案的需要。因此，必须紧密结合客观需要，根据科技活动和科技管理工作中提出的课题进行编辑工作，这是使所编辑的科技档案参考资料有价值的前提。

（2）考虑基础。科技档案材料的库藏状况是编辑科技档案参考资料的物

质基础。编辑科技档案参考资料一方面要根据需要，另一方面又要考虑基础。如果只考虑客观需要而不考虑材料基础，编辑科技档案参考资料的工作就会成为无源之水、无本之木，是无法编出具有相当质量的科技档案参考资料的。

（3）忠于原文。编辑科技档案参考资料必须忠实于科技档案材料。科技档案参考资料不是一般的材料，不能随意杜撰编辑而是要以科技档案为依据、以科技档案为母本编辑。因此，编辑科技档案参考资料必须绝对忠实于它所依据的科技档案，这是使科技档案参考资料可靠、有使用价值的根本条件。

2. **编辑科技档案参考资料的要求**

根据上述原则，编辑科技档案参考资料有以下几项具体要求：

（1）熟悉科技档案内容，对科技档案材料进行深入细致的分析研究。科技档案是编辑科技档案参考资料的基础，因而编辑科技档案参考资料，必须对科技档案内容十分熟悉，而且要求在充分了解、掌握科技档案材料状况的基础上，坚持对科技档案材料进行深入细致的分析研究、综合对比。要把编辑工作和对科技档案内容的研究工作结合起来，把编辑工作建立在对科技档案内容分析研究的基础上，并且要把分析研究贯穿于整个编辑工作的始终。

（2）学习和掌握有关的专业技术知识，了解本单位或本部门科技活动的历史发展状况。编辑科技档案参考资料必须对科技档案材料进行分析研究，必须深入到科技档案内容中去，这就要求科技档案工作人员必须学习和掌握有关的专业技术知识，这是编辑科技档案参考资料的必要条件。

编辑科技档案参考资料还要求编辑人员充分了解本单位或本部门科技活动的历史发展状况。这些历史情况同科技档案材料的状况是密切联系的，因而对历史情况了解得越清楚，编辑水平提高得越快。

（3）学习党和国家关于科技发展的方针政策，特别是关于本部门、本专业科技发展的方针政策。编辑科技档案参考资料不仅要了解和掌握科技发展的过去和现在，还要预测今后的发展趋势。这就要求科技档案工作人员必须学习党和国家关于科技发展的方针政策，因为只有以此为指导，才能编出具有较高水平的、适用的科技档案参考资料。

（4）采取群众路线的工作方法。编辑科技档案参考资料是为科技人员、科技管理人员和有关领导提供服务的，是为他们而编辑的，是为他们所使用的。特别是科技人员，他们既是科技档案的形成者，又是科技档案参考资料的利用者，他们对科技档案参考资料的编辑工作最有发言权。因此，在编辑工作中，必须采取群众路线的方法，充分征求有关人员的意见和要求。例如，题目的选定、材料的取舍、疑难问题的处理以及具体的编辑方法等，都应尽量听取有关人员的意见，必要时还可以请有关的科技人员参加编辑工作。

（5）编辑人员要有严肃的科学态度和严谨的工作作风。编辑科技档案参考资料是一项以科技档案为基础的编研性工作，要求编辑人员必须认真负责，实事求是，一丝不苟。不但选题要紧密结合实际，选材要忠于原文，而且各项具体的加工、编排工作都必须十分细致，一个文字、一个数字、一个标点的疏漏都会影响整个材料的可靠性，影响整个材料的质量。

二、科技档案参考资料的编辑程序和内容结构

（一）科技档案参考资料的编辑程序

编辑科技档案参考资料的基本工作程序包括选题、拟制编辑方案、选材、加工和编排、审校和批准等环节。

1. 选题

选题是编辑科技档案参考资料的首要环节。选题是否合适，将直接影响参考资料的价值和利用率。

选题的基本依据是客观需要和材料基础，实际上也就是需要和可行性这两个方面。只有符合科技、生产活动和科技管理活动需要的题目，才是有生命力的题目，这样编辑出来的参考资料才有使用价值，才会受到欢迎和有较高的利用率；同时还要考虑材料基础，也就是是否具有编辑这样的题目的可能，如果没有材料基础，再怎么需要，题目也无法编辑出来。

所谓客观需要，包括两个方面的含义：一方面是当前科技、生产活动和科技管理活动的需要；另一方面是长远的需要。选题应充分考虑这两个方面，尽量兼顾这两个方面；但也应根据人力、物力的实际情况，分轻重缓急，首先满足当前的需要，同时兼顾长远的安排。

为了使选题更切合实际需要，应做好调查研究工作，请教有关的科技人员和科技管理人员，请教有关的领导人员，把选题工作建立在充分调查研究的基础上，这样才能使选题尽量符合客观需要。此外，还应研究分析科技档案的利用情况，从日常的利用工作中摸索规律，选择题目。

2. 拟制编辑方案

编辑方案是编辑科技档案参考资料的一个计划性材料，对整个工作的组织、协调有指导作用。严密的编辑方案，有助于编辑工作有条不紊、有节奏的进行。

“方案”的内容包括参考资料的主题内容、编辑目的和要求、材料范围、人员情况、时间安排、工作步骤、质量保证等。

编辑方案应由参加编辑工作的人员进行充分讨论，尽量将其考虑得严密周到。然后征求有关科技人员的意见，并经有关领导同意。

3. 选材

选材是编辑科技档案参考资料的重要步骤。选材必须在编辑科技档案参考资料的基本原则和要求的指导下，根据编辑方案，紧紧围绕题目进行。题目制约并规定着材料的内容和范围，是选材工作的基本依据。选材应注意以下问题:

（1）在题目范围内，如果可供选择的材料比较多，应注意选取以下材料：第一是同题目最切近的材料，即最能反映主题内容的材料，那些同题目仅有一般联系而不是直接同主题密切相关的材料以及可选可不选的材料，原则上可以不选；第二是内容比较先进的材料；第三是具有历史代表性、能反映科技发展历史过程的材料。

（2）应尽量保证选用材料的完整性。材料完整是保证参考资料价值的重要因素。如果材料不够完整，应做好收集补充工作，包括向内部有关部门、有关人员收集和向外部有关单位收集。

（3）应保证选用材料的准确性。材料不准确的参考资料基本上没有使用价值。因此，必须特别注意保证材料的准确性，加强调查核实工作，注意分析研究。

4. 加工和编排

科技档案参考资料的加工内容因不同的参考资料的形式和编辑方法而异，一般包括在分析研究基础上的选录，摘抄，内容校核，文字、标点的考订等。

加工的核心原则是忠于科技档案原件，忠于科技、生产的实际情况，保证准确无误。凡是科技档案材料准确的，必须无条件地按档案材料进行选录和摘抄；如果科技档案材料有不准确之处，一定要根据科技、生产的实际情况将其校核清楚，使之符合科技、生产的实际。

文字、标点的考订是编辑加工工作中的一项不可缺少的内容。不做好这项工作，不仅会影响参考资料的质量，还会造成误读、误解，给工作带来不必要的损失。

编排是编辑科技档案参考资料的一项重要工作。编排是否得当、科学，将直接影响参考资料的质量，也将影响对参考资料的使用。

编排工作首先要解决的问题是参考资料的体例，即参考资料的组织形式。科技档案参考资料的编辑体例在拟制编辑方案时就应确定下来，在选材、加工以后，根据具体情况可进行适当的修正和调整，然后就可按最后定下来的编辑体例对所选材料进行具体的分类和排列。

5. 审校和批准

为保证科技档案参考资料准确无误，应严格做好审校工作。一般可分三段进行，即初步审校、全面审校和最后审校。

初步审校可以同选录和摘抄等工作结合进行，即随选录、摘抄进行审校。初步审校可以采取自校的形式，也可以采取互校的形式。

全面审校是在初稿完成以后进行的审校。全面审校包括对科技档案材料选编内容的校核、参考资料编排形式的校核以及对文字、标点的校核等。

最后审校是将完成的参考资料初稿送本单位主管科技工作的部门进行的审校。该部门在审校时，根据需要可将有关部分委托有关的科技人员进行重点审校。初稿经最后审校并由有关领导签署意见后，方可定稿、送印。

（二）科技档案参考资料的内容结构

科技档案参考资料的内容结构依具体情况而异，一般包括以下几个部分：

1. 封面

参考资料封面上的内容一般包括科技档案参考资料的准确、完整的标题，编辑单位和编辑时间等。因此，参考资料的封面不仅起保护作用，还可以集中地反映参考资料的内容。

2. 说明或前言

这是科技档案参考资料的前置部分，是参考资料的重要构成内容，一般不应省略。说明或前言的具体内容因情况而异，主要应包括编辑本参考资料的目的、本参考资料包括的材料内容及其时间期限、参考资料的编辑体例、编辑者和编辑时间、存在问题和其他应该说明的问题。因此，说明或前言的作用是使利用者了解本参考资料的编辑情况和编辑方法，便于选择使用。

3. 图例说明

有些科技档案参考资料使用了大量图例。图例是一种符号语言，每种图例都代表一种特定的内容。使用图例，对某些参考资料的编辑工作具有简洁适用的效果，但对图例所指内容应做出明确的解释，这就需要在这类参考资料的内容构成中专设一项图例说明。

4. 目录

对科技档案参考资料的编辑内容来说，目录是必设的构成部分，便于对参考资料的翻检使用。

5. 具体内容

这一部分是科技档案参考资料的主体，应按照目录的顺序，具体排列参考资料的内容。

三、科技档案参考资料的形式

科技档案参考资料，就内容来说，一般是反映本单位重要的新技术、新成就方面的科技档案材料，或是价值大、利用频繁的科技档案材料；就编辑方法来说，有的是科技档案内容的直接抄录、汇编，有的是对科技档案内容的介绍；就其编辑形式来说，则是多种多样的，基本的形式大体有以下几种。

（一）图集式科技档案参考资料

这种类型的科技档案参考资料采用图例编辑或绘图编辑的形式，查用比较直观。常见的图集式科技档案参考资料有以下几种：

1. 图例式科技档案参考资料

这是以各种特定的图例为基本的语言符号编辑的参考资料。这种编辑形式一般适用于石油、化工、轻纺等部门的设备档案参考资料。在这些部门中，生产流程连续性比较强，设备档案是科技档案的主体。为服务于设备的管理、维护、检修工作，可以以图例的形式编辑设备档案参考资料，如《机泵平面布置图册》等。

2. 简图汇编式科技档案参考资料

这是以简略图形的形式编辑的参考资料。这种编辑形式适用于工业和民用建筑设计单位的设计档案参考资料。在这些单位，科技档案参考资料主要是为工程技术人员的设计工作提供参考，因而将有关的工程设计档案以简图形式汇编成参考资料，对新项目设计具有较高的参考价值。

3. 其他类型的图集式科技档案参考资料

图集式科技档案参考资料是一种常见的参考资料编辑形式。不论是图例式、简图汇编式还是其他类型的图集式科技档案参考资料，都可以描制底图、晒印蓝图，以便于复制和分发交流使用。

（二）书册式科技档案参考资料

书册式科技档案参考资料采用书本或手册的编辑形式，以文字为主，辅以必要的图样或图示，能够比较系统地编辑有关的科技档案内容，其常见的形式有以下几种。

1. 编撰型科技档案参考资料

这是由参考资料的编辑人员根据科技档案的内容，通过综合、概括的方法编辑而成的参考资料。例如，建筑施工单位的科技档案人员根据施工档案编辑的《小口径钢筋混凝土烟囱施工法》等科技档案参考资料，就是通过对有关的施工档案进行综合整理而形成的一种编撰型科技档案参考资料。

2. 文摘型科技档案参考资料

这是通过对科技档案关键内容或主要内容的摘录或著述而形成的科技档案参考资料。文摘型参考资料可以是对科技档案材料中有关技术、经济指标或重要数据的辑录，也可以是对科技档案材料主题内容、基本的理论方法或成果评价的摘要著述。某些企、事业单位编辑的“基础数据汇总箱”也属于这种类型的科技档案参考资料。

3. 汇编型科技档案参考资料

这是对有关的科技档案材料采取汇总编辑的形式而形成的参考资料。这种类型的参考资料重在选材和编排，首先要将有关主题内容的科技档案制成复制件，然后进行汇总和编排。

（三）简介式或简报式科技档案参考资料

这类参考资料主要是对有关项目科技档案的内容和特征进行简要的介绍或报道，有时加以简单的评述，供查阅者参考。

第四节　科技档案检索工具体系

一、科技档案检索工具体系的构成

科技档案的检索工具揭示了科技档案内容，提供了科技档案存放线索，有利于查找科技档案。它是利用者检索、利用科技档案的桥梁和向导，也是科技档案部门管理科技档案、向利用者介绍科技档案的工具。

（一）建立科技档案检索工具体系的必要性

1. 基层单位科技档案数量和利用量日益增加，客观要求建立检索工具体系

许多企业和事业单位，特别是大中型企、事业单位，形成和积累了大量的科技档案。管理这些数量浩繁而且还在日益增加的科技档案，只靠单一的账本式或单一的卡片式目录是远远不够的。

特别是随着社会主义现代化建设事业的蓬勃发展和经济体制、科技体制改

革的进行，企、事业单位的活力增强，新产品、新技术不断涌现，产品更新换代的速度加快，科技档案在单位内部的利用率大大提高。过去的那种形式单一、著录项目简单、缺乏相应的著录深度的检索工具，在很多情况下已经不能够满足需要。为了适应建设的需要，为了充分开发利用科技档案资源、实现对科技档案的有效利用，必须有计划、有步骤地建立科技档案的检索工具体系。

2. **建立科技档案检索工具体系是实现科技档案资源社会共享的重要条件**

在我国社会主义现代化建设的新形势下，社会对科技信息的需求越来越迫切，需求量也越来越大。科技档案是重要的科技情报源和科技资料源。各企、事业单位的科技档案工作在满足全社会对科技信息的需求方面，具有重要的意义，并将发挥重要的作用。

为了适应全社会对科技档案信息的需要，科技档案管理部门应该采取一系列相应的措施，其中一项重要措施就是建立科技档案检索工具体系。这是因为要实现科技档案资源的社会共享，实现在广阔的领域内迅速、准确地进行科技档案信息交流，光靠单一的、各个单位自身的科技档案目录是无法做到的，必须按照统一的标准进行科技档案著录，在此基础上建立统一的便于进行社会传递和交流的科技档案检索工具体系。

《档案著录规则》作为档案著录工作的标准，为建立全国性的科技档案检索工具体系创造了前提条件。

3. **建立科技档案检索工具体系是实现计算机自动化网络检索的重要准备工作**

我国科技档案管理的发展方向是逐步实现科技档案的自动化管理和自动化检索，并在全社会的范围内建立科技档案的自动化检索网络。为了朝这一方向发展，现在就应该着手进行各项有关的准备工作，而实现科技档案著录标准化和建立科技档案检索工具体系是其中一项重要的准备工作。

（二）科技档案检索工具体系的类型和构成

科技档案检索工具体系的构成具有不同的层次。根据科技档案检索工具体系的不同层次，可以将其划分为三种类型。

1. **企、事业单位的科技档案检索工具体系**

这是低级层次的检索工具体系。它主要是为本单位的科技档案检索和管理提供条件，同时也在科技档案信息的对外交流活动中发挥一定的作用，特别是在未形成国家规模的科技档案检索工具体系以前，基层企、事业单位的科技档案检索工具体系是对外进行科技档案信息交流的重要工具。

企、事业单位科技档案检索工具体系在国家整个科技档案检索工具体系中占有重要的位置，尤其是规范化和标准化的企、事业单位的科技档案检索工具体系，实际上是建立国家整个科技档案检索工具体系的基础。这就是说，国家规模的科技档案检索工具体系并不是由某一个专门性的机构把它作为一项单独的工作编制的，它的基础和来源是基层企、事业单位。专门性机构（如全国目录中心）的任务只是把这些形成于并来自基层企、事业单位的科技档案检索工具或著录条目进行综合、归纳、加工、系统化而已。因此，一定要把基层企、事业单位的科技档案检索工具体系组建好，这是保证整个国家科技检索工具体系组建效率和组建质量的基础和关键。

2. 专业系统的科技档案检索工具体系

这是中级层次的科技档案检索工具体系。它是在一个专业系统（如机械工业系统、冶金工业系统、纺织工业系统、地质专业系统等）的范围内建立的，为在本专业系统内部各企、事业单位和有关单位之间进行科技档案信息交流，实现科技档案的资源共享提供检索条件，同时也便于不同专业系统之间进行科技档案的信息交流。

建立专业系统科技档案检索工具体系是由科技档案的特点和我国科技档案工作的管理体制决定的。根据科技档案专业技术性强的特点以及科技档案的形成规律和利用规律，我国实行按专业管理科技档案和科技档案工作的管理体制，并且按专业组建科技专业档案馆。因此，按专业系统建立科技档案检索工具体系，不仅是科技档案管理和利用工作的需要，还符合科技档案的特点和科技档案的管理体制。

各专业系统的档案管理部门包括科技专业档案馆，应该成为专业系统科技档案检索工具体系的组织者，成为专业系统的科技档案目录中心，负责具体的组建、协调和交流、报道工作。

专业系统科技档案检索工具体系的建立，应以基层企、事业单位科技档案检索工具体系为基础；同时，又要先行一步，走在国家整个科技档案检索工具体系组建之前。各专业系统科技档案检索工具体系建立成功之日，也就是全国科技档案检索工具体系形成之时。

3. 国家科技档案检索工具体系

这是科技档案检索工具体系的最高层次。实现科技档案的标准化著录，建立基层企、事业单位科技档案检索工具体系和专业系统科技档案检索工具体系的最终目的是形成和建立整个国家的科技档案检索工具体系。只有组成国家科技档案检索工具体系，才能在全社会的范围内有效地实现科技档案信息资源的共享。

国家科技档案检索工具体系将是国家整个档案（包括文书档案和其他各种档案）检索工具体系、科技文献（包括科技图书、科技情报、科技资料）检索工具体系和整个文献（包括各种档案、图书、情报、资料）检索工具体系的组成部分。

综上所述，科技档案的检索工具体系是由国家级和专业级，以及企、事业单位级科技档案检索工具体系构成的一个全社会性的科技档案检索系统网络。一个科学的、健全的、全社会性的科技档案检索系统网络的形成，将把我国科技档案的管理工作和科技档案资源的开发利用工作推向一个更高的水平，为祖国的社会主义现代化建设事业做出更大的贡献。

二、企、事业单位的科技档案检索工具体系

（一）妥善做好向标准化检索工具体系过渡的工作

在中华人民共和国成立以来的长期工作中，各企、事业单位的科技档案部门都编制了各种类型或各种形式的科技档案目录。这些科技档案目录作为检索和管理工具，在过去的工作中曾发挥了重要的作用，在今后一个相当长的时期内，也将会继续发挥重要的检索作用和管理作用。它们是广大科技档案工作者长期辛勤劳动的结晶。

科技档案检索工具的编制面临两个方面的任务：一是健全和充实现有的科技档案检索工具，使其成为具有一定的著录深度和较充足的信息量的、能适应多角度检索需要的检索工具体系；二是按照《档案著录规则》的规定，在实现著录规范化的基础上，组建新的符合标准化要求的多功能的科技档案检索工具体系。

这两个方面的任务在不同类型和不同条件的单位可以有不同的安排。有条件的大中型企、事业单位，这两个方面的任务可以同时进行；不具备条件的中小型企、事业单位，可以分步进行，首先把第一方面的工作做好。就全国总的趋势来说，科技档案检索工具的编制是逐步由前者向后者发展和过渡的，但是在一个相当长的时期内，在多数单位将会是非标准化、非规范化的检索工具和标准化、规范化的检索工具并存的情况，即在一个相当长的时间内要实行两种类型的科技档案检索工具并存的双轨制，并逐步地、扎实地实现由前者向后者的过渡。

因此，应该妥善地抓好两个方面的工作。一方面要认真抓好现有科技档案检索工具的健全、充实、配套工作，绝不能因为要向规范化发展，而在不具备

基础和条件的情况下一哄而起，放松甚至放弃了现有检索工具的编制和健全工作。另一方面，要认真学习关于著录规则的有关规定，扎扎实实地做好准备工作，积极创造条件。凡是已经具备条件的单位，可以有组织、有计划地着手建立标准化、规范化的科技档案检索工具体系。

（二）健全和完善现有科技档案检索工具体系

科技档案检索工具体系是由不同形式的、能满足从不同角度检索需要的科技档案目录组成的一个检索工具系统。

在每一个企、事业单位，科技档案检索工具体系的组成可以根据本单位的具体情况而有所不同。大中型特别是大型企、事业单位，科技档案数量多，成分复杂，利用率高，为满足多向检索的需要，可以建立多种形式的科技档案目录。中小型企、事业单位，特别是科技档案数量少、成分比较单一的小型企、事业单位，其科技档案目录形式则可以单一一些，能够满足查找和利用需要就可以了。

科技档案检索工具从形式上划分，主要有书本式和卡片式两种。

1. 书本式科技档案检索工具

书本式科技档案检索工具又称簿册式科技档案检索工具，主要有科技档案总目录、科技档案分类目录、科技档案专题目录。此外还有底图档案目录等。

（1）科技档案总目录。科技档案总目录具有双重性质。在大型或大中型企、事业单位，由于科技档案数量很多，科技档案总目录无法作为检索工具使用，它只是科技档案库藏及其变化情况的总登记账簿；在小型企、事业单位，由于科技档案库藏单一、数量较少，总目录除具有登记科技档案库藏及变化情况的作用外，同时也具有检索的作用。科技档案总目录参考格式如表 16-2 所示。

表 16-2　科技档案总目录参考格式

总登记号	登记日期	保管单位名称	编制单位	数量		保管期限	密级	变更记录			备注
				份数	张数			一次	二次	三次	

科技档案总目录是按照接收归档的先后顺序，以保管单位为对象进行登记著录的。因此，在科技档案总目录中，条目的排列次序一般只反映归档时间的先后，即归档在前，排列在前，归档在后，排列在后；如果一个项目的科技文件材料是分阶段归档的，那么一套科技档案可能将被分别排列在几个地方。只有每个项目的科技文件材料是成套的、一次归档的，总目录中条目的排列才可以体现出成套材料完整集中和按内在联系排列的特点。

表 16-2 中的各著录项目的含义如下：

①总登记号。这是条目的总登记流水顺序号，它可以反映科技档案保管单位的总库藏数量。也就是说，每个时期的总登记号，反映截止到当时的科技档案的总库藏数量；最后的总登记号，则反映科技档案的库藏总量。因此，科技档案总目录具有统计科技档案库藏的功能。

②登记日期。这是条目著录的日期，一般可以反映出科技档案归档入库的大体时间，同总登记号结合起来，便于进行库藏统计；同时，也为科技档案的查询利用提供检索线索。

③保管单位名称。这是保管单位封面上的标题，也就是《档案著录规则》中所谓的“题名”。

④编制单位。这是该保管单位档案材料的形成者，也就是《档案著录规则》中所规定的“责任者”。

⑤数量。这是该保管单位内科技文字材料的份数和图样材料的张数。这一个著录项目主要是为了便于进行统计和管理，有利于检查和保护科技档案。

⑥保管期限。填写科技文件材料归档时确定的保管期限。

⑦密级。这是该保管单位内科技文件材料的保密等级。

⑧变更记录。这一个著录项目反映科技档案保管单位在管理过程中的变化情况，主要是数量的增减情况。

⑨备注。这是其他有关情况的标记项，如上述八个著录项目未能包括的内容，或对管理过程中有关变化情况的注记（如保管期限变化、密级调整、移出、销毁等）。

（2）科技档案分类目录。科技档案分类目录是严格按照科技档案分类、排列的秩序，以保管单位为对象进行登记著录的目录。它的主要作用在于固定科技档案分类、排列的次序，揭示科技档案的内容与成分，是直接按类别查找科技档案的检索工具。

书本式科技档案分类目录是将科技档案的条目按科技档案的分类、排列顺序著录在簿册上。在正式按《档案著录规则》进行著录以前，我国传统的书本式科技档案分类目录都是采用表格式的编目形式。其参考格式如表16–3所示。

表16–3　科技档案分类目录参考格式

类别：

档　案	题　名	编　制		密　级	保管期限	张　数	备　注
		单位	时间				

（3）底图档案。这是一种特殊载体形态的科技档案，在日常保管和使用时有自己的特点。底图档案目录以单张图纸或单份文件作为著录对象，每张图纸或每份文件构成一个条目，按项目（如一个型号的产品、一个工程项目、一个科研课题等）组织目录。

在底图档案目录中，一般设有以下著录项目。

①序号。著录条目的顺序号。

②文件编号。著录底图（包括文字材料或图样材料，下同）在设计编制时的文件代号或图样代号。

③题名。著录底图的全名。

④编制单位和时间。著录底图的形成单位和最后签字者的签署时间。

⑤密级。底图档案的保密程度。

⑥保管期限。填写底图档案归档时确定的保管期限。

⑦载体形态。著录该底图的图幅大小、张数以及折合成A4基本幅面的数量。

⑧变更记录。著录底图的更改、作废等事项。

⑨备注。参见“科技档案总目录”中相关著录项的含义。

底图档案目录参考格式如表16-4所示。

表16-4　底图档案目录参考格式

类别：　　　　　　　　项目：

序号	文件编号	题名	编制		密级	保管期限	载体形态			变更记录	备注
			单位	时间			图幅	数量	折合A4		

（4）科技档案专题目录。前述科技档案分类目录和底图目录都是为了满足项目检索的需要而编制的科技档案目录，通过它们可以检索到一个成套项目（产品、工程、课题等）内的科技档案。

科技档案专题目录则不同，它突破了项目界限，是以库藏的全部科技档案为对象，按照事先确定的题目（专题）进行著录和组织的科技档案目录。因此，科技档案专题目录所揭示的，不是某一个特定项目的科技档案的内容和成分，而是某一个特定题目的科技档案的内容和成分，它所要满足的是对科技档案的特性检索的需要。

科技档案专题目录的具体著录和编制方法，见“专题卡片目录”。

2. 卡片式科技档案检索工具

卡片式检索工具是科技档案检索工具体系中的一个主要的检索工具类型。

大中型企、事业单位科技档案数量比较多，利用量比较大，可以编制卡片式检索工具。

卡片式检索工具以一张卡片作为一个编制单位，在一张卡片上著录一个科技档案条目。因此，一张卡片既是利用者查阅科技档案的检索单位，又是组织卡片式检索工具的基本单位，编制、管理、组织、使用都比较灵活方便，是手工检索工具中被公认的一种适用的检索工具形式。

下面介绍几种卡片式科技档案检索工具。

（1）工程档案卡片目录。工程档案卡片目录中一张卡片所针对和检索的对象，可以是一个保管单位，也可以是工程中的一个专业、一个设计阶段或一个子项。总之，伸缩性比较大，可以根据需要来确定。同时，也可以根据工作的开展和利用工作的需要，由粗而细逐步补充。例如，原来是以工程为单位填制卡片，一个工程作为一个条目填制一张卡片，随着工作的开展，觉得这种制卡方式太粗糙了，可以再按子项或按保管单位进行填制和补充。

卡片著录是编制卡片式科技档案检索工具的第一步工作。为了便于按照不同的形式来组织卡片式检索工具，每张卡片可以根据需要填制一式两份或三份。工程档案卡片目录参考格式如表 16–5 所示。

表 16–5　工程档案卡片目录

类别：

<table>
<tr><td colspan="3">工程名称</td><td colspan="3"></td><td>工程代号</td><td></td></tr>
<tr><td colspan="3">题名</td><td colspan="3"></td><td>档号</td><td></td></tr>
<tr><td rowspan="2">设计</td><td>单位</td><td></td><td>设计阶段</td><td colspan="2"></td><td>密级</td><td></td></tr>
<tr><td>时间</td><td></td><td>专　业</td><td></td><td>保管期限</td><td colspan="2"></td></tr>
<tr><td colspan="2">蓝图份数</td><td></td><td colspan="5" rowspan="4">提要</td></tr>
<tr><td rowspan="2">底图张数</td><td>新制</td><td></td></tr>
<tr><td>复用</td><td></td></tr>
<tr><td>备注</td><td colspan="2"></td></tr>
</table>

卡片著录完成后，进入编制卡片式科技档案检索工具的第二步工作，即组织目录工作。为了满足从不同角度检索科技档案的需要，可以按照不同的形式来组织科技档案目录，如从纵向和横向两个角度来进行组织和排列。

纵向组织和排列：为满足纵向检索的需要，保持一个工程设计的成套，将一个工程的卡片集中起来，在工程范围内按照设计阶段、子项、专业的顺序排列。不同的工程之间用指引卡隔开，每个工程内部的不同子项、不同阶段和不同专业之间也可以用指引卡标示出来，以便查找和利用。纵向组织的卡片式科技档案目录实际上就是卡片式分类目录。

横向组织和排列：为满足横向检索（即按专业检索）科技档案的需要，可以突破工程界限，将卡片按专业分类排列。每个专业的卡片集中到一起，在每个专业内部按不同的工程进行排列。专业之间和专业内部各工程之间可以用指引卡标示出来。

（2）产品档案卡片目录。产品档案卡片目录可以以一个产品为对象填制卡片，每个产品著录一个条目，也可以以产品的组成部分或产品档案的保管单位为对象填制卡片，每个组成部分或每个保管单位著录一个条目。总之，应根据产品档案的利用需要确定。其参考格式如表 16-6 所示。

表 16-6　产品档案卡片目录参考格式

<table>
<tr><td colspan="2">产品名称</td><td colspan="3"></td><td>产品型号</td><td></td></tr>
<tr><td colspan="2">题名</td><td colspan="3"></td><td>档号</td><td></td></tr>
<tr><td rowspan="2">编制</td><td>单位</td><td></td><td>密级</td><td></td><td>文本</td><td></td></tr>
<tr><td>时间</td><td></td><td>保管期限</td><td></td><td>张数</td><td></td></tr>
<tr><td colspan="5">提要</td><td colspan="2">简图或照片</td></tr>
<tr><td colspan="2">备注</td><td colspan="5"></td></tr>
</table>

（3）单份文件（图纸）卡片目录。这种卡片目录是以单份文件或单张图纸为著录对象编制而成的卡片式科技档案检索工具，是文件级检索工具。每份文件或每张图纸著录一个条目，填制一张卡片，如一份计划任务书、一份课题设计书、一份工程设计预算书、一份地质勘探报告、一张总平面图等，以它们为著录对象，单独制卡编目。其参考格式如表 16–7 所示。

表 16–7　单份文件（图纸）卡片目录参考格式

<table>
<tr><td colspan="2">题名</td><td colspan="2"></td><td>文件编号</td><td></td></tr>
<tr><td colspan="2">所属项目</td><td colspan="4"></td></tr>
<tr><td colspan="2">所在保管单位</td><td colspan="2"></td><td>文本</td><td></td></tr>
<tr><td rowspan="2">编制</td><td>单位</td><td colspan="2"></td><td>密级</td><td></td></tr>
<tr><td>时间</td><td colspan="2"></td><td>保管期限</td><td></td></tr>
<tr><td rowspan="3">载体形态</td><td>数量</td><td></td><td colspan="3" rowspan="3">提要或简图</td></tr>
<tr><td>规格</td><td></td></tr>
<tr><td>附件</td><td></td></tr>
<tr><td colspan="2">备注</td><td colspan="4"></td></tr>
</table>

单份文件或单张图纸卡片目录的主要著录项目如下：

①题名。著录单份文件或单张图纸标示的全称。

②文件编号。著录单份文件的文件号或单张图纸的图号。

③所属项目。著录该文件或图纸所属项目（如产品、工程、课题等）的全称。

④所在档案。著录该文件或图纸所在保管单位的科技档案编号。

⑤所在保管单位。著录该文件或图纸所在的保管单位的名称。

⑥文本。文件材料稿本的名称，依实际情况著录为正本、副本、草稿、定稿、手稿、草图、原图、底图、蓝图等。

⑦编制单位。著录该文件或图纸的第一责任者。

⑧编制时间。著录该文件或图纸的审批时间或最后签署时间。

⑨密级和保管期限。著录该文件或图纸的保密程度及需要短期、长期或永久保管。

⑩数量。著录该文件或图纸的页数或张数。

⑪规格。著录该文件或图纸的尺寸或幅面。

⑫附件。主件后的附加材料，一般著录附件的题名。

⑬提要或简图。对该文件（图纸）内容或技术经济参数等进行简介，或以简图作直观示意。

⑭备注。其他有关情况的补充。

单份文件或单张图纸卡片目录的组织方法有两种：一种是按成套性特征进行组织和排列，即将一个项目（或工程、产品、课题等）的单份文件或单张图纸卡片集中排放，成套管理；另一种是按文件类型特征进行组织和排列，如将所有的计划任务书的卡片组织、排放到一起，将所有的工程预算书的卡片组织、排放到一起等，然后再按时间先后进行排列。

（4）专题卡片目录。专题卡片目录是一种根据特定需要，按照专门选定的专题（题目）编制的卡片式检索工具，利用它可以查找某一专门问题的科技档案。

编制专题卡片目录，首先要确定题目。确定题目要根据客观需要和库藏科技档案的具体状况，如在某民用建筑设计单位，科技档案部门根据设计人员的利用需要和所积累保管的工程设计档案，确定《民用建筑灯具选型》《民用建筑明暗装配电箱做法图》《民用建筑防雷装置做法图》等专题。

专题确定以后，可以拟制一个专题目录编制方案，内容包括选题根据及本专题目录的使用价值、档案材料涉及的年限和范围等。如果专题内部的材料较多，可以进行适当的分类，在编制方案中拟出分类表。例如，前述《民用建筑防雷装置做法图》的专题可划分为以下类别：

①坡屋顶防雷装置做法图；②平屋顶防雷装置做法图；③折板屋顶防雷装置做法图；④加气板平屋顶防雷装置做法图；⑤烟囱防雷装置做法图；⑥水塔防雷装置做法图。

编制方案确定以后，即可根据题目和方案进行查找和挑选材料的工作。在选择材料时，应进行分析研究，使所选的材料符合专题的要求。在挑选材料的同时，可进行卡片著录工作。卡片可以以单份文件或单张图纸为对象进行著录，也可以以保管单位为对象进行著录。

专题卡片参考格式与单份文件（图纸）卡片相同。其中几个项目的著录方法说明如下：

①题名。以单份文件或单张图纸为著录对象时，著录文件名或图名；以保管单位为著录对象时，著录保管单位名称。

②文件号。以单份文件或单张图纸为著录对象时，著录文件号或图号；以

保管单位为著录对象时，此项不填注。

③所在保管单位。以单份文件或单张图纸为著录对象时，著录该文件或图纸所在保管单位的名称；以保管单位为著录对象时，此项不填注。

④所在档号。一律著录保管单位的科技档案编号。

卡片著录完毕后，根据编制方案对卡片进行分类、排列，组成目录。在类别之间放上不同颜色的指引卡标明类别，以便查找使用。在专题卡片目录之前，用一张空白卡题写专题卡片目录的完整名称。

如果把专题卡片加以汇编，可以编成书本式专题目录，印发给有关单位使用。

思考题

（1）什么是科技档案利用工作？简述科技档案利用工作的要求。

（2）科技档案有哪些利用工作方式？

（3）简述科技档案参考资料的编辑原则和要求。

（4）简述科技档案参考资料的编辑程序。

（5）什么是科技档案检索工具？简述科技档案检索工具体系的类型。

参考文献

[1] 欧秀花，张睿祥 . 铁锈斑去除剂对档案纸张耐久性的影响 [J]. 档案管理，2019（02）：53–55，64.

[2] 李青 . 空气污染物对文书档案纸张保存耐久性的影响研究 [J]. 环境科学与管理，2018，43（05）：187–190.

[3] 刘莹 . 新型载体档案材料的耐久性及保护探析 [J]. 档案时空，2015（10）：34–36.

[4] 付荣娟 . 光对档案的危害与防光措施 [J]. 兰台世界，2015（S2）：61–62.

[5] 王延妮 . 浅析纸张的耐久性 [J]. 湖北造纸，2014（04）：39–41.

[6] 贾智慧，周婷，戎岩，等 . 乙酸环境对档案纸张及字迹耐久性的影响 [J]. 陕西师范大学学报（自然科学版），2017，45（05）：49–54.

[7] 曹建忠 . 档案库房病虫害防治研究——以常见档案病虫害烟草甲、档案窃蠹和霉菌为例 [J]. 北京档案，2018（11）：28–30.

[8] 闫智培，田周玲，易晓辉，等 . 冷冻对纸张耐久性影响的研究 [J]. 纸和造纸，2018，37（02）：28–32.

[9] 窦梅，于佳，孙京波 . 甲醛高锰酸钾熏蒸消毒档案库房对纸张耐久性的影响 [J]. 档案学研究，2020（05）：134–137.

[10] 朱秀堂 . 温湿度对档案制成材料耐久性危害研究 [J]. 兰台内外，2015（01）：34.

[11] 邢惠萍，李玉虎，马静，等 . 蓝黑墨水对档案纸张耐久性的影响 [J]. 档案学研究，2013（05）：51–53.

[12] 夏珂，谢娟，黄勇．低温冷冻杀虫对档案纸张耐久性的影响 [J]. 兰台世界，2006（23）：13–14.
[13] 楼少郡．改进档案库房管理水平的思考 [J]. 办公室业务，2020（18）：60–61.
[14] 姚志刚．档案库房虫害与霉变防治研究 [J]. 北京档案，2020（09）：25–28.
[15] 李雅丹．论档案库房安全防护工作 [J]. 办公室业务，2019（12）：108.
[16] 吴晶．化学在纸质档案保护与修复技术中的应用 [J]. 陕西档案，2015（05）：56–57.
[17] 祝金梦．档案修复用纸选配存在的问题及对策研究 [J]. 北京档案，2020（10）：24–26.
[18] 王励，徐靖波，钱唐根．档案修复中易扩散字迹的控洇无损研究 [J]. 机电兵船档案，2020（03）：70–71.
[19] 王明．现代化档案管理技术应用 [J]. 科技经济导刊，2020，28（32）：202–203.
[20] 张超．加强档案材料的收集整理 [J]. 兰台内外，2020（34）：79–81.
[21] 高鹿．浅谈科技档案工作的重要性 [J]. 科技风，2020（28）：3–4.
[22] 韩照杰．科技档案资源建设管理与利用服务研究 [J]. 办公室业务，2020（19）：90–91.
[23] 倪斌．科技档案管理模式的创新策略 [J]. 办公室业务，2020（13）：76–77.
[24] 冯瑜．科技档案收集整编工作方法探究 [J]. 城建档案，2020（06）：89–91.
[25] 魏甜甜．科技档案利用与保密工作的关系 [J]. 机电兵船档案，2019（06）：39–41.
[26] 何婕．档案保管工作的意义和任务探析 [J]. 办公室业务，2019（13）：71，77.
[27] 黄媛萍．科技档案整理归档问题的分析与对策 [J]. 办公室业务，2019（06）：59.
[28] 张志惠．细菌纤维素在纸质档案修复中的应用研究 [D]. 昆明：云南大学，2015.